王运熙文集

文心雕龙探索

图书在版编目（CIP）数据

文心雕龙探索／王运熙著. —上海：上海古籍出
版社,2014.4
（王运熙文集）
ISBN 978-7-5325-7197-0

Ⅰ.①文… Ⅱ.①王… Ⅲ.①《文心雕龙》—古典文
学研究 Ⅳ.①I206.2

中国版本图书馆 CIP 数据核字（2014）第 036281 号

王运熙文集

文心雕龙探索

王运熙　著

上海世纪出版股份有限公司
上 海 古 籍 出 版 社　出版

（上海瑞金二路 272 号　邮政编码 200020）

（1）网址：www.guji.com.cn
（2）E-mail:guji1@guji.com.cn
（3）易文网网址：www.ewen.cc

上海世纪出版股份有限公司发行中心发行经销
上海中华商务联合印刷有限公司印刷

开本 890×1240　1/32　印张 15.5　插页 3　字数 388,000
2014 年 4 月第 1 版　2014 年 4 月第 1 次印刷
印数：1—1,500
ISBN 978-7-5325-7197-0
Ⅰ·2799　定价：58.00 元
如有质量问题，请与承印公司联系

文心雕龙探索

目　　录

下　编

初 版 自 序

　　收集在这本小书中的十九篇论文,是我从六十年代初到近四五年中陆续写成的。它们并没有对《文心雕龙》全书进行全面系统的论述,而只是对书中某些方面、某些问题作了探索分析,提出自己的一些看法。

　　五十年代我在大学教"中国文学史"课的魏晋南北朝阶段,初步对《文心雕龙》发生兴趣。六十年代初,一度教"中国文学批评史"课,又参加编写文科教材《中国文学批评史》,于是对该书用力较多,写出了《刘勰为何把〈辨骚〉列入文之枢纽?》、《〈文心雕龙〉风骨论诠释》两文和《从〈文心雕龙·风骨〉谈到建安风骨》的初稿。1976年后,指导研究生攻读中国文学批评史,同他们一起学习、讨论《文心雕龙》,温故知新,又陆续写出了十来篇。现在把它们结集成这本小书。

　　建国以来,《文心雕龙》愈来愈受到学术界的重视,出现了不少研究论文和专著,取得了不少成果。经过研讨,对书中问题的认识日益深入,有些问题趋向明朗,有些问题则还存在着分歧意见。《文心雕龙》文句比较深奥,全书用骈文写成,字句的整齐匀称,带来意义上的模糊而欠明确。在运用马克思主义文艺理论进行分析解释的过程中,也存在着一些不够实事求是的现象。这是形成分歧意见的两个比较重要的原因。我写作这些论文,主观上力图统观全书,探究刘勰的思想体系,把他提出的理论原则同他对作家作品的批评联系起来考察,把他的理论批评同南朝其他文论联系起来考察,阐明刘勰文学思想的原来面貌。但这仅是主观愿望，是否真正做到，还要等待读者的批评。如果这本小书在对解决《文心雕龙》某些存在分歧的问题方面，能起一点积极的作用，那将是我最大的愉快。

　　关于风骨的解释，可说是《文心雕龙》研究中意见最为纷纭的一个问题，本书收录了三篇从不同角度研讨它的文章。还有《魏晋南北朝和唐代文学批评中的文质论》一篇，超出了《文心雕龙》研究范围，但对理解刘勰的文学思想关系密切，所以附录在后面，俾便参阅。

　　书中《〈文心雕龙〉产生的历史条件》、《魏晋南北朝和唐代文学批评中的文质论》两篇是杨明同志帮助我写成的。他为此付出不少劳力，特此致谢。

1984 年 7 月
于复旦大学中国语文研究所
中国文学批评史研究室

附记：

　　此次修订出增补本，将《魏晋南北朝和唐代文学批评中的文质论》一篇抽去。该文拟编入另一论文集。

著　者
2004 年 4 月

上　编

《文心雕龙》是怎样一部书

　　《文心雕龙》是一部杰出的文学理论批评著作,在中国文学批评史中占有很重要的地位。本文拟对该书的性质、主要内容和价值略述我的看法。

　　刘勰写作此书,原意是谈作文之原则和方法。《序志》篇指出,"文心"是"言为文之用心",也就是讲如何用心写文章。《序志》又解释"雕龙"两字的含义说:"古来文章,以雕缛成体,岂取驺奭之群言雕龙也?"原来在战国时代,邹衍善于谈天说地,后来驺奭又发挥其学说,当时有"谈天衍,雕龙奭"之称。雕龙是指言辞修饰得很细致,有如"雕镂龙文"(见《史记·孟子荀卿列传》及注)。"岂取驺奭"句与《文心·杂文》"岂慕朱仲四寸之珰乎"句一样,都是用反诘语气表示肯定,句末"也"字作疑问助词用。刘勰这里意思是说:自古以来的文章注意写得美丽细致,他这部书细致地讨论作文之道,故采取过去"雕龙奭"的说法,名叫《文心雕龙》。如用现代汉语,大致可以译成《文章作法精义》。

　　《文心》全书共五十篇,除末篇《序志》为自序外,大致说来可分四个部分,以下分别略作说明。

　　自《原道》至《辨骚》五篇为第一部分,《序志》称为"文之枢纽",提出了指导写作的总原则。这五篇中,《原道》、《征圣》、《宗经》是一组,《正纬》、《辨骚》是另一组。《原道》等三篇关系密切,道、圣、经是三位一体。刘勰旨在说明圣人之文(指《易》、《书》、《诗》、《礼》、《春秋》等

"五经")表现了至高无上的道,是文章的典范,所以作文必须取法"五经"。刘勰认为"五经"文风最为雅正,作文宗法"五经",就有可能达到"情深而不诡"、"风清而不杂"等六项标准,思想艺术都完美。《正纬》、《辨骚》两篇,指出纬书、楚辞两类作品,某些奇诡内容背离了"五经"的轨道,但辞采富丽(特别是楚辞),写作时也应当吸取。《辨骚》最后指出,作文应当"倚《雅》《颂》,驭楚篇",即以《诗经》为根本,吸取楚辞的奇辞异采,"酌奇而不失其真(正),玩华而不坠其实",即做到奇正相参,华实并茂。这可以说是对《原道》以下五篇的小结,提出了指导写作的总原则。汉魏以来,人们习惯上把诗赋认作文学作品中的主要样式,所以刘勰用倚靠《诗经》、驾驭楚辞来提出指导写作的总原则。扩大一点说,这个总原则应是:倚靠"五经"的雅正文风,吸取纬书、楚辞的奇辞异采。

自《明诗》至《书记》二十篇为第二部分,分别论述诗歌、辞赋、论说、书信等三十多种体裁的作品。每篇有四项内容,所谓"原始以表末,释名以章义,选文以定篇,敷理以举统",就是叙述源流,解释名称性质,评述代表作家作品,指陈体制特色和规格要求。其中"敷理以举统"一项,常在篇末,分量不大,但从指导写作角度指明各体文章的体制特色和规格要求,是各篇结穴所在,地位最重要。刘勰把这部分称为"纲领之要"、"大要"、"大体"等等,认为写作文章时应该首先抓住。《明诗》篇说:"故铺观列代,而情变之数可监;撮举同异,而纲领之要可明矣。"指出篇中详细介绍历代诗歌发展与作家作品,就是为了阐明这个"纲领之要",也就是说,"原始表末"、"选文定篇"两项内容最终是为"敷理举统"服务的。由于时代的变化,刘勰所论述的各体文章,我们今天大多数不再写了,少数(如诗歌、论说文等)即使写,规格要求也很不相同,所以"敷理举统"这部分内容今天看来意义不大,但在当时则是很重要的。

自《神思》至《总术》十九篇为第三部分,泛论写作方法。第二部分分论各体文章,指明写作时应注意各体文章的体制特色和规格要求,第三部分打通各体文章,泛论写作方法,两个部分从不同角度进行论述,目的都是阐明写作之道。现代《文心雕龙》研究者常把第二部分称为文体论,第三部分称为创作论,我过去也是这样看,现在觉得这种提法不大确切,因为全书中心是指导创作,单把第三部分叫做创作论是不妥贴的。第三部分的内容很丰富,论述面颇广,但着重论述的则是两个方面的问题。一是论通篇的体制风格,《体性》、《风骨》、《通变》、《定势》等篇属之。二是论用字造句和修辞方法,自《声律》至《指瑕》九篇属之。此外,还论述了构思、结构安排等问题。

自《时序》至《程器》五篇为第四部分,在全书属于杂论性质。其中《时序》、《物色》两篇论文学同时代、自然景物的关系,《才略》、《程器》两篇评论历代作家的才能与品德,《知音》论文学批评的态度和方法。这五篇除《物色》直接谈到写作方法外,其馀四篇均未谈到。在前面三部分分别研讨了写作总原则、写作各体文章的规格要求、写作方法泛论外,刘勰感到还有一些问题虽然不是直接谈写作,但从创作修养看也颇重要,因而写下了这些篇章。

上面曾说,倚靠"五经"的雅正文风,吸取楚辞等的奇辞异采,是刘勰提出的指导创作的总原则。这一原则实际上是要求文章写得美丽,但不要艳丽过度,用刘勰的话说,是要写得雅丽,不要淫丽。魏晋以来,骈体文学日益发达,产生了骈赋、骈文,诗歌也多用骈偶句,崇尚辞藻、对偶、声调等语言之美。刘勰认为这种文风继承了楚辞、汉赋的艳丽文风,走向极端,所谓"楚艳汉侈,流弊不还"(《宗经》)。刘勰是拥护骈体文学的,从《文心雕龙》书中《声律》、《丽辞》、《事类》等篇看,他对骈文所讲究的声律、对偶、用典等语言美都加以肯定。《文心雕龙》全书也用精致的骈文写成。但是,他认为魏晋以来的骈体文学(诗歌、辞赋、骈文等)存在着很大缺点,文辞过于浮靡华艳,同时内容不真实,缺乏美刺讽谕的良好作用。这是发展了楚辞、汉赋(特别是汉赋)的弊病而形成的。为了扭转这种文风,他大力提倡宗经,企图通过学习"五经"比较朴实的风格,使当时过于浮靡的文风得到一定程度的改变,达到"倚《雅》《颂》,驭楚篇",奇正相参,华实并茂。这一思想贯穿于《文心雕龙》全书。《通变》篇指出,楚汉文风"侈而艳",魏晋文风"浅而绮",刘宋初年文风"讹而新",总的趋势是片面追求绮艳新奇,务华少实。他接着认为要矫正这种弊病必须取法"五经":"矫讹翻浅,还宗经诰。斯斟酌乎质文之间,而櫽括乎雅俗之际。"他所谓质、雅,指学习经书朴实雅正的文风;所谓文、俗,指当时为大多数文人所追求、时俗所爱好的片面重视文采的文风。他要求二者互相调剂,做到质文并重,也就是奇正相参,华实并重。

　　说到这里,读者或许会奇怪,《文心雕龙》中心既是谈写作,它是一部文章学、文章作法一类的书,怎会成为文学理论批评巨著呢? 原来,刘勰写此书时,视野开阔,不是就写作谈写作,而是系统广泛地评述了历代的作家作品,分析其成败得失,总结其经验;同时,书中谈写作,涉及到不少重要的文学理论问题,往往展开论述,在总结过去文论的基础上提出自己的看法。这些内容不但见解精辟,并且比重也相当大,这就使此书成为古代文论中的巨著。关于这方面的内容和价值,现代一般论著介绍较详,这里无须多作论证。下面略举几个例子说明一下。例如《辨骚》篇,其主旨如上文所述,在指明作文应当"倚《雅》《颂》,驭楚篇",但篇中对楚辞的思想艺术成就,《离骚》、《九歌》等篇的不同风格特色,楚辞的重要历史地位与影响,作了具体深入的评述,比汉代的楚辞评论有所发展,因此在文学批评史上就很有价值。又如《明诗》篇,主旨虽在末段"敷理以举统"部分,但前面评述历代诗歌,特别对汉、魏、晋、宋几个阶段的不同诗风,作出了中肯精辟的分析,无异是一篇出色的诗歌小史。又如《体性》篇讨论作者个性与作品风格的关系,主旨在强调作者应当注意学习雅正的作品以培养自己良好的文风,但篇中把文章风格分为八体,介绍其不同特色,并指出它们为作者先天才气和后天学习两种因素所决定,对这个问题的论述,比曹丕《典论·论文》有较大发展,在文论史上具有重要地位。又如《情采》篇,他总结了长期来的两种创作倾向:一是为情造文,以《诗经》为代表;一是为文造情,以后代辞赋为代表。它在讨论作家情思与作品的关系、作品内容与形式的关系这方面,也提出了可贵的见解。此外,在作品的思想艺术标准、继承与革新的关系、文学与现实的关系、文学批评的态度和方法等重要理论问题上,他都提出了有价值的看法,《文心雕龙》研究者已多有论列,这里不再一一介绍了。

　　总之,《文心雕龙》原来宗旨是指导写作,是一部文章作法,但由于它广泛评论了作家作品,系统研讨了不少文学理论问题,总结其经验以指导写作,因此具有很强的理论性,成为我国古代文论中的空前巨著。

(原载《语文学习》1984 年第 10 期)

《文心雕龙》的宗旨、结构和
基本思想

    人们一提到《文心雕龙》，总认为它是我国古代最有系统的一部文学理论书籍，其性质相当于今天的文学概论那样。我过去也是这样看的。诚然，《文心雕龙》对不少重要的文学理论问题，如文学与现实的关系、内容与形式的关系、文学批评的标准和方法等等，都作了系统的论述，发表了精到的见解，理论性相当强，不妨把它当作一部文学理论专著来研究；但从刘勰写作此书的宗旨来看，从全书的结构安排和重点所在来看，则应当说它是一部写作指导或文章作法，而不是文学概论一类书籍。

    《文心雕龙·序志》一开头说："夫文心者，言为文之用心也。"明确指出其书是讲如何用心做文章的。下文解释"雕龙"两字的含义说："古来文章，以雕缛成体，岂取驺奭之群言雕龙也？"按《史记·孟子荀卿列传》："谈天衍，雕龙奭。"《集解》引刘向《别录》解释说：驺奭发挥驺衍谈天之说，修饰得非常细致，有如"雕镂龙文，故曰雕龙"。"岂取驺奭"句与《杂文》篇"岂慕朱仲四寸之珰乎"句一样，都是用反诘语气表示肯定；句末"也"字作疑问助词用。刘勰用"雕龙"名书，似是说此书论述作文之法，像雕龙那样非常精细。关于这一点或许大家看法不尽一致；但《序志》篇开头那段话表明此书宗旨在讲为文之法，则是没有疑问的。

    《序志》篇更指出作者撰写《文心雕龙》，是为了针对当时流行的不良文风,为写作指出一条正确的道路:"唯文章之用,实经典枝条。……详其本源,莫非经典。而去圣久远,文体解散,辞人爱奇,言贵浮诡,饰羽尚画,文绣鞶帨,离本弥甚,将遂讹滥。盖《周书》论辞,贵乎体要;尼父陈训,恶乎异端;辞训之异,宜体于要。于是搦笔和墨,乃始论文。"也鲜明地表述了此书的宗旨是为了指导写作。范文澜同志说:"《文心雕龙》的根本宗旨,在于讲明作文的法则。"(《中国通史简编》第二编五章三节)这话说得很中肯,可惜范氏对此没有展开论述。

《文心雕龙》这一宗旨,贯穿全书,许多地方都扣紧宗旨,论述如何把文章写好;而且在全书的结构安排上也体现出来,经纬交错,把如何写好文章的道理讲得很周密。《文心雕龙》共五十篇,除《序志》为自序外,此外四十九篇现在多数研究者认为大致可分为四个部分,下面就对这四个部分逐一进行分析。

一

自《原道》至《辨骚》五篇为第一部分,刘勰自称这是在讲"文之枢纽",是全书的总纲。这五篇中,《原道》、《征圣》、《宗经》为一组;《正纬》、《辨骚》为另一组。

《原道》等三篇关系非常密切,道、圣、经是三位一体,所谓"道沿圣以垂文,圣因文而明道"(《原道》),而其归宿则在于说明圣人之文(即"五经")是文章的楷模。刘勰认为:文章是道的表现,古代圣人创作文章来表现道,用以治理国家,进行教化。圣人的文章很雅丽,"衔华佩实",为后人树立了榜样。他更指出:如果作文能宗法"五经",则有六种优点(即"六义"之美):一是"情深而不诡",即感情深挚而不浮诡;二是"风清而不杂",即风貌清明而不芜杂;三是"事信而不诞",即记事信实而不荒诞;四是"义直而不回",即思想正直而不邪曲;五是

"体约而不芜",即体制要约而不杂乱;六是"文丽而不淫",即文辞美丽而不淫艳。情深、事信、义直三点是就思想内容说的,风清、体约、文丽三点是就艺术形式和风格说的。如果不宗法"五经",就会追随楚辞汉赋的流弊而不能自拔。所以《原道》等三篇的主旨就在强调作文必须宗经。

刘勰虽然强调宗经,反对片面学习"楚艳汉侈",但他对"五经"以后文学方面的新创造,并不笼统地加以排斥,而是主张在宗经前提下适当吸收。《正纬》篇从四个方面指责纬书多伪,与经背谬,但也肯定纬书"事丰奇伟,辞富膏腴,无益经典,而有助文章,是以后来辞人,采摭英华",指出它们在题材、文辞方面均有可取之处,并为后人所采摭。《辨骚》篇对《楚辞》各篇的思想艺术作了具体分析,指出它们有"同于风雅"的四事,也有"异乎经典"的四事。但总的说来,他对楚辞的评价很高,认为《离骚》是"奇文郁起","其文辞丽雅,为词赋之宗",《楚辞》各篇是"气往轹古,辞来切今,惊采绝艳,难与并能矣"。还指出了楚辞对后代产生深远影响,"其衣被词人,非一代也"。最后,刘勰认为作文必须"凭轼以倚《雅》《颂》,悬辔以驭楚篇,酌奇而不失其真(一作"贞",意同"正"),玩华而不坠其实"。所谓"真"、"实",兼指规正的内容和朴实雅正的语言风格;所谓"奇"、"华",兼指奇特的内容和华美奇丽的语言风格。因此,"真"、"实"、"奇"、"华"也可指综合内容和形式的艺术风格,即体制。刘勰认为作文应以雅、颂等经典为根本,同时尽量采取楚辞的优长,做到奇正相参,华实并茂,这是他总结了"五经"、纬书、《楚辞》等书的文学特色以后对创作提出的一个总原则或总要求。

自汉末建安年代以迄南朝,诗赋和各体骈文日益发展,作家们大量写作诗赋,注意抒情写景,忽视儒家所倡导的文学的政治教化作用;注意语言形式的华美,缺乏朴实的文风。对此,李谔在《上隋文帝书》中曾加以猛烈攻击。所谓"贵贱贤愚,唯务吟咏"、"竞一韵之奇,争一字之巧"、"连篇累牍,不出月露之形;积案盈箱,唯是风云之状"、"指儒素为古拙,用词赋为君子"。刘勰对这种"楚艳汉侈,流弊不还"的现象也有所不满,因此强调征圣宗经来加以纠正。在《征圣》篇中,他指出圣人之文在政治教化、外交、修身各方面的积极作用,指出"圣文雅丽,衔华佩实",在《宗经》中,他指出宗经才有"六义"之美,都具有补偏救弊的意义。

但另一方面,刘勰也非常重视文采,重视文学的创新和变化。"五经"之文,除《诗经》、《左传》的许多篇章富有文采外,其他各经的绝大部分都是质朴少文的,刘勰却称道"圣文雅丽",《通变》篇也说"商周(主要指"五经")丽而雅",强调其丽,这实际上是片面夸大了"五经"的文采,来适合他所树立的艺术标准。他对楚辞奇丽之文,给予极高的评价,认为其"气往轹古",《时序》篇也大力赞美屈宋辞赋,以为"观其艳说,则笼罩《雅》、《颂》",这实际上是肯定楚辞在艺术上超越雅颂,有着重大的创新。

《辨骚》实际上是酌骚。在对骚赋与"五经"进行具体比较、剖析其同异以后,刘勰认为在不违背"五经"雅正文风的前提下,应当尽量酌取楚辞的奇辞丽采,做到奇正相参,华实并茂。这种不囿于经书的旧传统、大胆肯定艺术上的发展与创新,是刘勰对文学创作总要求的一个重要方面,也是他善于总结历代文学发展经验的一个重要成果。它不但是刘勰对文学创作提出的一个总原则或总要求,也是他评价历代作家作品的一个总标准。刘勰把《辨骚》列入"文之枢纽",而不是归于《明诗》、《诠赋》一类,正是由于通过《辨骚》,与《宗经》等篇联系起来,完整地表明了他这个基本思想。

二

从《明诗》到《书记》二十篇为第二部分。这部分一般研究者称为文体论,我认为更确切地说,应称为各体文章写作指导,因为其宗旨是阐明写作各体文章的基本要求。《序志》篇介绍全书上半部内容云:

> 盖《文心》之作也,本乎道,师乎圣,体乎经,酌乎纬,变乎骚,文之枢纽,亦云极矣。若乃论文叙笔,则囿别区分,原始以表末,释名以章义,选文以定篇,敷理以举统,上篇以上,纲领明矣。

"论文叙笔,则囿别区分"两句,是说把文章分为有韵之文和无韵之笔两大类,分别加以论述。《明诗》至《谐隐》十篇论述有韵之文(其中《杂文》、《谐隐》两篇兼有无韵之笔),自《史传》至《书记》十篇论述无韵之笔。"原始"以下四句,指出各篇内容大致分为四项:原始以表末,是叙述该体文章的源流;释名以章义,是说明该体文章名称的含义与性质;选文以定篇,是列举该体文章的代表作家作品加以评述;敷理以举统,是论述该体文章的体制特色和规格要求。四项内容,从次序和分量看,一般是:先是释名,很简括,分量最小;次讲始末,再次选文,这两项有时合在一块讲,提及不少作家作品,分量最大;最后敷理举统,分量较始末、选文两项为小,但它是各篇的结穴所在,前面三项内容,归结起来都为阐明各体文章的体制特色和规格要求服务,所以它的地位最为重要。上引《序志》篇说:"上篇以上,纲领明矣。"这"纲领"指什么?它既可指《原道》等五篇,更着重指此处二十篇中的"敷理以举统"这一项。请看例证:

> 故铺观列代,而情变之数可监;撮举同异,而纲领之要可明矣。若夫四言正体,则雅润为本;五言流调,则清丽居宗。华实异用,惟才所安。(《明诗》)
>
> 凡说之枢要,必使时利而义贞,进有契于成务,退无阻于荣

身。自非谲敌,则唯忠与信。披肝胆以献主,飞文敏以济辞,此说之本也。(《论说》)

故其大体所资,必枢纽经典,采故实于前代,观通变于当今,理不谬摇其枝,字不妄舒其藻。……然后标以显义,约以正辞。文以辨洁为能,不以繁缛为巧;事以明核为美,不以深隐为奇。此纲领之大要也。(《议对》)

上面的引文,均出自各篇的"敷理以举统"项内。很明显,所谓"纲领之要"、"枢要",就是《序志》篇所说的"纲领"。又上引《明诗》篇自"故铺观列代"到"而纲领之要可明矣"这几句话,意为考察了历代的作家作品,因而明白了作诗的"纲领之要",即诗歌的体制特色和规格要求,也正好说明原始表末、选文定篇两项内容归结起来是为敷理举统服务的。刘勰在这部分的首篇《明诗》明确指出敷理以举统是作文的"纲领之要",而且指出研讨历代作家作品是为了懂得"纲领之要",可说是起了提挈以下十多篇的作用的。

还有,各篇中的敷理以举统部分,常常把各体文章基本的体制特色和规格要求,称为"体"、"大体"、"体制","要"、"大要"等等,让我们举一些例子:

原夫登高之旨,盖睹物兴情。情以物兴,故义必明雅;物以情观,故词必巧丽。丽词雅义,符采相胜,如组织之品朱紫,画绘之著玄黄。文虽新而有质,色虽糅而有本,此立赋之大体也。(《诠赋》)

箴全御过,故文资确切;铭兼褒赞,故体贵弘润。其取事也必核以辨,其摛文也必简而深,此其大要也。(《铭箴》)

夫属碑之体,资乎史才。其序则传,其文则铭。标序盛德,必见清风之华;昭纪鸿懿,必见峻伟之烈。此碑之制也。(《诔碑》)

凡檄之大体，或述此休明，或叙彼苟虐。……虽本国信，实参兵诈。谲诡以驰旨，炜晔以腾说。……故其植义飏辞，务在刚健。插羽以示迅，不可使辞缓；露板以宣众，不可使义隐。必事昭而理辨，气盛而辞断，此其要也。（《檄移》）

所谓"大体"、"大要"中的"大"字，也就是纲领的意思，大体、大要等等，就是指各体文章基本的体制特色和规格要求。它包括思想内容和文辞形式两个方面（《诠赋》篇所谓"丽词雅义"，《檄移》篇所谓"植义飏辞"，都明确表明了这一点），以及由这两方面综合而成的风格特征。《附会》篇说："夫才童学文，宜正体制：必以情志为神明，事义为骨髓，辞采为肌肤，宫商为声气。"这就清楚地表明了体制是情志、事义、辞采、宫商诸因素的综合表现，也就是思想和艺术的综合表现。

由于这个"体"或"大体"性质非常重要，所以刘勰不但在《明诗》以下二十篇中着重予以论述，而且在《文心雕龙》下半部也常常提及。这在《镕裁》篇中表现尤为突出。《镕裁》篇说"规范本体谓之镕"，"镕则纲领昭畅"。本体就是大体，本体或大体抓好了，就是抓到了文章的"纲领之要"，当然就能取得"纲领昭畅"的效果。《镕裁》篇又论作文次第云："是以草创鸿笔，先标三准：履端于始，则设情以位体；举正于中，则酌事以取类；归馀于终，则撮辞以举要。"这里"位体"的体，也就是大体或本体；因为它是文章的基本体制特色和规格要求，所以在依据思想感情进行写作时，必须首先加以经营设计，这就是"设情以位体"的意思。

大抵古人作文，除诗、赋外，就是各体骈散文，它们在体制上都各自有其特点。作者写作时，首先得依据其特点从总体上经营设计，进行适当的安排。《文心雕龙》把《明诗》到《书记》这部分诗、赋和各体骈散文作法紧放在"文之枢纽"后面进行论述，特别重视诗、赋和各体骈散文的体制特色和规格要求，结合对于历代作家作品的评述对它们作了明确的规定,为写作者树立了规范,指明了方向。如果我们明白了《文心雕龙》的宗旨在于指导写作,那末,对刘勰非常重视这个部分的二十篇,并把各篇核心"敷理以举统"一项称为纲领之要,就不难理解其用心所在了。

刘勰在"文之枢纽"中提出了写作的根本原则,即要求把儒家经典的雅正文风和楚辞的奇丽文风相结合,宗经和酌骚相结合,做到奇正相参,华实并茂。这一基本思想,在下半部《神思》以下十多篇中表现特别鲜明,在《明诗》以下二十篇中也时有表露。如《明诗》云:"若夫四言正体,则雅润为本;五言流调,则清丽居宗。华实异用,惟才所安。"他认为以《诗经》为典范的四言诗风格雅润,偏于朴实;汉魏以来新起的五言诗风格清丽,偏于华美。他虽然尊四言诗为正体,但又正视建安以来五言诗已居诗坛主要地位的事实,所以《明诗》篇用了较多的篇幅来评价五言诗的作家和作品,结合《定势》篇"赋颂歌诗,则羽仪乎清丽"的话来看,实际上他已承认五言诗是诗歌创作的主要样式了。在《诸子》篇中,刘勰一方面从宗经立场出发,指摘《列子》"移山跨海之谈"、《淮南》"倾天折地之说"为"踳驳之类",认为内容不正;另一方面又赞美《列子》"气伟而采奇",《淮南》"泛采而文丽",肯定其富有文采,鲜明地表现了酌奇玩华的思想。又如《章表》篇云:"至于文举之荐祢衡,气扬采飞;孔明之辞后主,志尽文畅:虽华实异旨,并表之英也。"下面敷理以举统部分又云:"必雅义以扇其风,清文以驰其丽。……繁约得正,华实相胜。"也是华实并重。又如《书记》篇赞汉代司马迁《报任安书》等书札为"志气盘桓,各含殊采",赞美嵇康的《与山巨源绝交书》为"志高而文伟",肯定他们的文章有奇采壮辞。刘勰在《征圣》篇中虽然认为圣文"雅丽"、"衔华佩实",但如上文所指出,他对经文的丽是片面夸大了的,而且上面所举的不少作家作品,《列子》、《淮南子》、司马迁、孔融、嵇康等等,其丽辞异采,明显地超出了经书的传统,只有结合《辨骚》提出的酌奇玩华的原则来理解,才能够解释得通。只有在个别篇章中,刘勰强调了实的一面。如《史传》篇主张"务信弃奇",批评"俗皆爱奇,莫顾实理",那是因为历史内容必须真实的缘故。即使这样,他还是称赞司马迁有"博雅宏辩之才",《汉书》的"赞序弘丽",《三国志》"文质辨洽",仍然没有忽视文采。

<h1 style="text-align:center">三</h1>

从《神思》到《总术》十九篇为第三部分。这部分一般研究者称为创作论,我认为更确切地说,应称为写作方法统论,是打通各体文章,从篇章字句等一些共同性的问题来讨论写作方法的。第二部分分体谈作法,第三部分打通各体谈作法,一经一纬,相辅相成。二者宗旨都是讨论写作方法,区别只是角度不同罢了。

第三部分十九篇的结构次序,大体上先是谈谋篇,讨论文章的整体风格;次是谈用词造句,讨论具体的修辞手段和写作技巧;最后呼应前文,重复强调了谋篇的重要性。

第一篇是《神思》,谈作文的构思和想像。这是创作过程中的第一步,故首先予以论述。陆机《文赋》论创作,也是首先论述构思和想像,刘勰在这方面大约受到陆机的影响。下面《体性》、《风骨》、《通变》、《定势》四篇都是着重讨论风格问题。《体性》篇指出由于作者才性学养的不同,形成了典雅、远奥等八种不同的文体(即风格)。《风骨》篇提倡明朗刚健的优良文风:述情必显,析辞必精,风清骨峻,文明以健。《通变》篇指出文风随着时代而变化,由质朴趋于华丽,降及晋宋,文风"浅而绮"、"讹而新",即有浮浅奇诡之病。《定势》篇指出章表奏议、赋颂歌诗等不同体裁的文章,应具有典雅、清丽等不同的"势"(即风格)。文章的风格,是就整篇说的,所以论述风格实际上就是谈的谋篇问题。《文心雕龙》书中屡有"篇体"、"篇制"字样用以指风格,如"江左篇制,溺乎玄风"(《明诗》)、"风清骨峻,篇体光华"(《风骨》)、"正始馀风,篇体轻澹"(《时序》),充分证明《体性》等篇着重谈风格,实际是讲谋篇,只是并非讨论整篇的安排结构,而是讨论如何获得整篇的优良风格。

下面是《情采》、《镕裁》两篇。《情采》讨论情思与文采实即思想内容与运用语言的关系问题,指出必须为情造文,批判为文造情者的"淫丽而烦滥"的文风。《镕裁》篇讨论剪裁问题,指出必须"剪截浮词"。这都是针对当时过于浮靡的文风而发。《镕裁》后面《声律》等九篇着重研讨用词造句,敷设文采;在此前面,刘勰强调必须为情造文,剪裁浮词,指出敷设文采必须服从于情思,避免浮靡烦滥,是具有深意的。

下面是《声律》、《章句》、《丽辞》、《比兴》、《夸饰》、《事类》、《练字》、《隐秀》、《指瑕》等九篇,除《章句》篇兼论章(指小段)法外,其他各篇都是研讨用词造句和修辞手段等具体问题,也就是如何敷设文采。

后面《养气》、《附会》、《总术》三篇,又回过头来,呼应前文,补充论述有关情思、篇制问题。《养气》与《神思》遥相呼应。《养气》指出,"精气内销",则"神志外伤";为了做到写作时思路畅通,必须注意"清和其心,调畅其气,烦而即舍,勿使壅滞"。《神思》强调"陶钧文思,贵在虚静";《养气》也宣称"水停以鉴,火静而朗,无扰文虑,郁此精爽"。《附会》讨论"附辞会义",把文章的内容形式安排得当,做到"首尾周密,表里一体"。刘勰认为这是"命篇之经略",也就是谈谋篇问题。不同的是,前面《体性》等篇是谈篇的风格问题,这里是谈篇的结构组织问题。《总术》强调作文必须通晓"术",并批评许多作者追求新丽,"多欲练辞,莫肯研术"。从篇中"执术驭篇"、"务先大体"等语句看,这"术"就是《明诗》以下二十篇中屡屡提及的"大体",就是《体性》以下四篇论述的体制,也就是《镕裁》中所说的"位体",这是刘勰认为作文必须首先注意的问题。在这部分的末尾,在研讨了声律、丽辞等许多具体的用词造句问题后,刘勰生怕作文的人片面注意练辞,而忽略了这个"大体",所以特列一篇,反复申述体制的重要性,以示其郑重叮咛之意。

刘勰在《辨骚》中提出的"酌奇而不失其贞,玩华而不坠其实"的思想,明显地贯穿在《神思》以下的十多篇中。《风骨》指出文章应当做到风骨与文采二者兼备,即既有明朗刚健的风格,又有华美的文采。《通变》指出作文应当"斟酌乎质文之间",即质朴与华美结合得好,不要过于质朴,也不要过于华艳。《定势》指出,正与奇、典与华,必须"兼解以俱通",即都要掌握,不可偏废。在这几对概念中,风骨、质、正、典,指的是质朴雅正的文风;采、文、奇、华等,指的是华美奇丽的文风。在"文之枢纽"中,刘勰使用了正与奇这对概念来概括这两种不同的文风;在其他篇章中,按照不同情况,他分别使用了质与文、典与华等等内容接近的概念。

《定势》说:"模经为式者,自入典雅之懿;效《骚》命篇者,必归艳逸之华。"指出了两种不同的风格分别来自"五经"和楚辞,与《辨骚》篇意旨相同。(上文曾指出刘勰说"圣文雅丽",片面夸大了"五经"的文采;这里表明,他认为"五经"毕竟是以典雅质实见长的。)刘勰认为,逐奇失正的文风,始于辞赋,所谓"宋(玉)发夸谈,实始淫丽"(《诠赋》),到汉赋有进一步的发展。南朝文学沿着这条道路愈走愈远。所谓"后之作者,采滥忽真,远弃风雅,近师辞赋,故体情之制日疏,逐文之篇愈盛"(《情采》)。为了纠正这种近师辞赋、华而不实的文风,刘勰强调向文质兼备的儒家经典学习。《风骨》指出要"镕铸经典之范,翔集子史之术",《通变》批评晋宋文风"浅而绮"、"讹而新",认为要"矫讹翻浅,还宗经诰",都是这个意思。他还提出了新旧今古的问题。《定势》说:"旧练之才,则执正以驭奇;新学之锐,则逐奇而失正。"旧练之才,就是懂得宗法经诰的人;新学之锐,则是远弃风雅、近师辞赋的人。《风骨》说:"跨略旧规,驰骛新作,虽获巧意,危败亦多。"也是对弃旧法而专事趋新者的批评。他要求新旧或今古相结合,所谓"望今制奇,参古定法"(《通变》),实际上也就是《辨骚》篇提出的"酌奇而不失其贞,玩华而不坠其实"的意思。稍后于刘勰的颜之推,也有这种古今结合的思想,《颜氏家训·文章》说:

> 古人之文,宏材逸气,体度风格,去今实远;但缉缀疏朴,未为密致耳。今世音律谐靡,章句偶对,讳避精详,贤于往昔多矣。宜以古之制裁为本,今之辞调为末,并须两存,不可偏弃也。

这段话的内容,同刘勰的主张非常接近,是可以互相参照的。

颜之推认为应该把古之制裁(即体制)同今之辞调结合起来,学古以学习体制风格为主,采今以采择文辞声调为主。刘勰也是这样看法。《通变》说:

> 夫设文之体有常,变文之数无方。何以明其然耶? 凡诗赋书记,名理相因,此有常之体也;文辞气力,通变则久,此无方之数也。名理有常,体必资于故实;通变无方,数必酌于新声。

这里所谓"设文之体",不仅指诗、赋等体裁,更主要的是指体制或大体,即上面所说的各体文章的体制特色和规格要求。所谓"名理相因",是指根据各体文章的名目(如诗赋)来规定写作要领。以《诠赋》为例,"赋者铺也,铺采摛文,体物写志也",这是释赋之名义;"原夫登高之旨,盖睹物兴情。情以物兴,故义必明雅;物以情观,故词必巧丽。丽词雅义,符采相胜",这就是根据赋的"铺采摛文,体物写志"的名义提出的作赋之理,即赋的体制或大体。这种体制是有常规的,必须以古人之文为法,所以说"体必资于故实"。至于文辞(即颜之推所说的辞调),那是变化无方的,就应该多酌新声了。《总术》批评许多作者"各竞新丽,多欲练辞,莫肯研术",只注意新丽的文辞,不肯重视研讨体制。

刘勰主张奇正结合,古今结合,在体制上宗法古人(以儒家经典为主),在文辞方面则崇尚新变。《风骨》、《通变》、《定势》诸篇,着重讨论体制风格,所以议论比较着重宗法经典,自《声律》至《隐秀》诸篇,讨论用词造句和修辞,议论就着重研讨文辞的华美了。东汉以来,骈体文学日趋发达,南朝益盛。南朝文人作骈体诗文辞赋,不但注意对偶和辞藻色泽之美,而且还注意用典和声律。从《声律》篇,我们看到刘勰完全拥护和支持沈约他们所提倡的声律论。在《丽辞》篇中,刘勰强调"体植必两,辞动有配",认为对偶犹如人体的四肢,是必然的现象。《事类》篇指出运用成语典故,是"圣贤之鸿谟,经籍之通矩",也是来自经典的不可或缺的手段。在这些篇章中,刘勰还细致地讨论了如何把声律、对偶、典故等运用得恰当和美妙。他还分别用专篇讨论了比兴、夸张、含蓄与警策等修辞手段,讨论了字形的美观问题(《练字》)。这些,充分表现了刘勰对骈体文学的语言形式之美,不但没有忽视和排斥,而且作了细致的研讨,充分体现了他那"数必酌于新声"的主张。对于文学创作上的新奇华美之风,他是主张参酌采用的;他反对的只是片面追求新奇、抛弃古法的风气。他要的是"执正驭奇","望今制奇,参古定法";反对的是"逐奇失正"。《体性》说:"新奇者,摈古竞今,危侧趣诡者也。轻靡者,浮文弱植,缥缈附俗者也。"片面追求新奇轻靡、投合俗好的文风,才是他所贬责的。

黄侃《文心雕龙札记》解释《序志》篇"古来文章以雕缛成体"一句时说:"此与后章'文绣鞶帨,离本弥甚'之说,似有差违;实则彦和之意,以为文章本贵修饰,特去甚去泰耳。全书皆此旨。"这话说得很中肯。因为刘勰主张"文章本贵修饰",所以他对于汉魏六朝骈体文学的许多代表作家作品及其重要修辞手段,都加以肯定,《文心》全书也以精美的骈文写成。因为他主张"去甚去泰",所以反对创作中那种"逐奇失正"、"玩华坠实"的文风。这是了解刘勰文学思想的核心所在。

四

自《时序》以下为全书的第四部分。其中《序志》为全书的自序，故这部分实际是《时序》以下五篇。其中《时序》论述各个朝代文学与时代的关系，各时期文学的发展与特色；《物色》论述文学创作与自然风景的关系；《才略》论述历代重要的作家；《知音》论述文学批评的态度和方法；《程器》论述作家的品德修养与政治才能。这些篇章，除《物色》一部分直接谈到写作方法外，其他四篇都没有谈到。它们在全书是杂论性质，在前面三部分分别论述了写作总原则、各体文章作法、写作方法统论以外，刘勰感到还有一些问题虽然非直接论作法，但从创作修养看，也颇重要，因而写下了这些篇章。

《时序》、《才略》两篇都是评述历代文学，前者着重分析各时期文学创作总的趋势，后者着重评论重要作家，二者相辅相成，都带有文学史性质。值得注意的是，这两篇评述历代许多作家作品，虽然涉及面颇广，但还是以诗歌、辞赋二体及其作家为主。这就说明刘勰在全书中论列了许多文体，但毕竟认为诗、赋二体是文学创作的主要样式。这种看法同当时的一般主张，同沈约、萧子显、萧统等人的看法也是一致的。刘勰在书中虽然屡屡批评汉魏以来的某些作品淫丽过度，但从这两篇再结合《明诗》、《诠赋》等篇来看，他对汉魏以至南朝的不少著名诗赋家，都是肯定或基本肯定的。这就说明，刘勰虽然宗经，但与扬雄晚年的态度很不相同。扬雄晚年笼统否定辞赋，认为只有写质朴的学术著作才有价值；刘勰则强调圣文雅丽，并主张酌取楚辞的奇文异采，使文学创作有所创新和变化，所以他对汉魏六朝的骈体文学给予充分肯定，并对其主要样式诗赋的成就与地位，也给予充分的重视。

《物色》一篇,内容着重谈了自然景色的描写,现代一些《文心雕龙》研究者往往主张此篇应移入第三部分,有的同志还认为《物色》现在次于《时序》之后,是后来编次错乱或传写之误。这种主张有一定道理,因为此篇谈到如何写好自然景色,内容与第三部分诸篇接近,但论据还不足。因为:第一,说《物色》篇编次错乱,纯属推测,在版本上缺乏依据。第二,如前所述,第三部分诸篇,讲构思、篇的体制风格、用词造句,不但内容,就是篇名如《神思》、《声律》等等,都是从写作方法角度着眼的,而"物色"却是指激发创作冲动的因素和文学描写的对象,与第三部分诸篇角度不同,移到前面,并不相称。第三,从第四部分的结构看,《时序》讲文学与时代(政治社会环境)的关系,《物色》讲文学与景物(自然环境)的关系,连在一起,也讲得通。两篇开头云:

> 时运交移,质文代变,古今情理,如可言乎!(《时序》)
>
> 春秋代序,阴阳惨舒,物色之动,心亦摇焉。(《物色》)

二者词句非常对称,内容都是说明环境对文学的影响,看来不是偶然的巧合,而是表明刘勰认为这两篇有着密切的关系。

《知音》篇专门论述文学批评,指责了常见的贵古贱今、崇己抑人、知多偏好等不合理现象,强调应当博观圆照,进行全面的理解和公正的批评。刘勰认为,批评者必须通过作品的艺术形式进而理解作者的思想感情,所谓"观文者披文以入情",怎样披文入情呢? 他提出了"六观"的方法:

> 是以将阅文情,先标六观:一观位体,二观置辞,三观通变,四观奇正,五观事义,六观宫商。斯术既形,则优劣见矣。

"位体"是指经营整篇的体制风格。刘勰认为写作时应首先注意"设情以位体"（《镕裁》），阅读时也应首先注意它。"置辞"是指运用辞采，包括《丽辞》、《比兴》、《夸饰》、《练字》、《隐秀》等篇中所论列的各种用词造句方法，再加上观事义（见《事类》）、观宫商（见《声律》）。当时写作骈体文字必须注意的辞藻、对偶、用典、声律诸因素，都包括进去了。"奇正"是指作品风格的奇正形势，"通变"是指作品能否折中古今，"斟酌乎质文之间"（《通变》）。刘勰要求作品的体制和语言都能做到"执正以驭奇"（《定势》），要求"望今制奇，参古定法"（《通变》）。这是他全面讨论创作的基本思想，因此在讨论文学批评时，也把它作为应当考察的重要方面。

在《程器》篇中，刘勰认为文人不但应当注重道德修养，还应有政治才能。他强调说："摛文必在纬军国，负重必在任栋梁，穷则独善以垂文，达则奉时以骋绩。"把建功立业、报效国家放在生活理想的首要位置来强调，鲜明地表现出儒家传统思想的影响。

《序志》篇称《明诗》以下二十篇为"纲领"，是因为全书宗旨在讲作文之法，其重点在端正各体文章的体制，所以称之为纲领。至于它把下半部称为"毛目"（细目），那大约是因为下半部有不少篇章讨论用词造句，相对来讲是比较细小的问题，所以叫做毛目了。

综上所述，可见《文心雕龙》是一部详细研讨写作方法的书，它的宗旨是通过阐明写作方法，端正文体，纠正当时的不良文风。《原道》至《辨骚》五篇是总论，提出写作方法的总原则和总要求，也就是全书的基本思想。《明诗》至《书记》二十篇，是各体文章写作指导，结合介绍各体文章的性质、历史发展、代表作家作品，分别阐明写作各体文章时所应注意的规格要求和体制风格。《神思》至《总术》十九篇，是写作方法统论，泛论写作各体文章都应注意的写作要求和方法，其中前面几篇着重谈体制风格，后面几篇着重谈用词造句。《时序》至《程器》五篇为第四部分，是附论，大抵不直接谈写作方法，讨论了文学同时代及景色的关系、文学批评的态度和方法等问题。

刘勰的文学基本思想是宗经与酌骚相结合,即主张雅正的"五经"文风与奇丽的楚辞文风相结合。刘勰身处南朝,当时诗赋和各体骈文日益发展,语言华美,刘勰对于汉魏以迄南朝骈体文学持肯定的态度,他处处强调文辞应当美丽,甚至片面夸张"五经"之文都是雅丽的。《声律》、《丽辞》、《事类》诸篇,分别肯定了骈文讲求声律、对仗、用典等艺术要素。这种文风,主要是从楚辞、汉赋发展而来的,刘勰虽然基本肯定它们,但又认为当时一部分作家作品片面追求华辞丽藻,缺少雅正的体制,故企图以圣人的"五经"为旗帜,提倡雅正文风与奇丽文风相结合,做到奇正相参,华实并茂,来矫正当时的某些不良文风。《文心雕龙》全书语言优美,富有文学性,可说就是实践了他的主张、风格雅丽的一部创作。

刘勰宗经、酌骚的基本思想,不但提挈于总论,而且贯穿于全书,成为全书思想的核心。这种思想,我们今天看来,意义倒不大。我们今天所特别重视的,不是他对写作各体文章的总的要求和分别的要求,而是其他方面,如他对楚辞艺术成就与特色的分析(《辨骚》),对五言诗发展的评述(《明诗》),对创作构思的描绘(《神思》),对内容与形式关系的论列(《情采》),对文学与时代关系的认识(《时序》),对文学批评正确态度与方法的总结(《知音》)等等。那是因为我们同刘勰所处的时代大不相同了,我们今天已不需要写作他所提倡的雅丽的骈文。《文心雕龙》原来的核心何在、重点何在,与我们今天认为此书的价值何在、精华何在,二者不是一回事,应当区别开来。

(原载《复旦学报》1981 年第 1 期)

《文心雕龙》产生的历史条件

《文心雕龙》这一部体大思精的著作,产生于齐梁之际,自有其一定的历史条件。本文拟从汉魏以来文学创作和批评的发展以及学术空气状况两个方面作一些阐述。

一

《文心雕龙》全书的中心是论述写作文章的方法。自《原道》至《辨骚》五篇是全书的总纲;自《明诗》至《书记》二十篇是各体文章写作指导;自《神思》至《总术》十九篇是打通各体文章,讨论写作中的一些共同性问题;自《时序》以下谈其他一些有关问题,属于附论性质。其中《明诗》以下二十篇叙述诸体文章的名称意义、源流发展,列举和评论历代重要作家作品,从而概括出各体文章的基本规格要求和风格特点,是全书中颇为重要的部分,故刘勰在《序志》篇中称之为"纲领"[1]。

要对各种体裁文章的发展和写作进行系统论述,其先决条件当然是诸体文章的大量积累。各体文章数量从东汉开始大为增加。范晔《后汉书》常在列传末尾详列传主著述篇目,如:

(冯衍)所著赋、诔、铭、说、《问交》、《德诰》、《慎情》、书记说、

---

[1] 见拙作《〈文心雕龙〉的宗旨、结构和基本思想》。编者按:此文收入《文心雕龙探索》上编。

自序、官录说、策五十篇。

（杜笃）所著赋、诔、吊、书、赞、七言、《女诫》及杂文，凡十八篇，又著《明世论》十五篇。

（傅毅）著诗、赋、诔、颂、祝文、《七激》、连珠，凡二十八篇。

（班固）所著《典引》、《宾戏》、《应讥》、诗、赋、铭、诔、颂、书、文、记、论、议、六言，在者凡四十一篇。

（崔骃）所著诗、赋、铭、颂、书、记、表、《七依》、《婚礼结言》、《达旨》、《酒警》，合二十一篇。

（李尤）所著诗、赋、铭、诔、颂、《七叹》、《哀典》，凡二十八篇。

（张衡）所著诗、赋、铭、七言、《灵宪》、《应间》、《七辩》、《巡诰》、《悬图》，凡三十二篇。

（崔瑗）所著赋、碑、铭、箴、颂、《七苏》、《南阳文学官志》、《叹辞》、《移社文》、《悔祈》、《草书势》、七言，凡五十七篇。

（蔡邕）所著诗、赋、碑、诔、铭、赞、连珠、箴、吊、论、议、《独断》、《劝学》、《释诲》、《叙乐》、《女训》、《篆势》、祝文、章、表、书、记，凡百四篇，传于世。

此类例子多达数十则。据此可知东汉能文之士甚多，且文章体裁大备，凡《文心雕龙·明诗》以下二十篇中所论及的较重要的三十馀种文体，在这数十例中基本上都已举出，有不少种类是多次枚举的。当时文人除如同西汉文士一样大量作赋外，并受民间新兴诗歌样式的影响，写作五言和七言诗歌，五言的成就尤其突出。此外写作较多的是颂、赞、铭、箴、诔、碑、哀、吊、对问、七、连珠，论以及章奏、书记等诸种体裁的文章。在此基础上，到了建安以至魏晋时期，作者辈出，作品大量积累。因此葛洪说"魏代以来,群文滋长,倍于往者"(《抱朴子外篇·自叙》)。试看《隋书·经籍志》所载各朝别集,西汉只有近三十家,东汉增至七十馀家,三国六十馀家(其中魏国四十馀家),晋代骤增至近三百八十家,宋、齐短祚,二代共八十八年,但也有二百馀家之多。当然其著录数与文籍的存佚等情况有关,可是上述数字还是能够大体上反映东汉以后文章数量日益加增的趋势。

在作家作品大量增多的基础上,从晋代起总集的编纂开始兴盛。建安末徐幹、陈琳、应玚、刘桢等人一时俱逝,曹丕乃"撰其遗文,都为一集"(《与吴质书》)。魏正始中曾诏撰群臣上书,以为《名臣奏议》(见《三国志·陈群传》注)。《隋书·经籍志》有"《应璩书林》八卷,夏赤松撰",《旧唐书·经籍志》、《新唐书·艺文志》均作"《书林》六卷,夏赤松撰"。姚振宗《三国艺文志》以为此书"盖集录诸家书记之文以为一编",系应璩编集,夏赤松重编。证以《文心雕龙·书记》"休琏好事,留意词翰"之语,姚氏所说当属可信。以上是建安、曹魏时所编总集中的三个例子。至晋代,总集数量大增。如《应璩书林》那种专集一体文章的,有荀绰《古今五言诗美文》,荀勖《晋歌诗》、《晋燕乐歌辞》,张湛《古今九代歌诗》、《古今箴铭集》,綦毋邃《诫林》,陈颢《杂碑》、《碑文》,车灌《碑文》,傅玄《七林》(见《艺文类聚》卷五七引挚虞《文章流别论》),陈寿《汉名臣奏》、《魏名臣奏》,殷仲堪《论集》,东晋佚名《设论集》,王履《书集》等。集诸体文章为一书的,则有挚虞《文章流别集》、杜预《善文》、谢沈《名文集》(据两《唐志》)、谢混《集苑》(《隋志》不著撰人,此据两《唐志》)等,都是数十卷的大规模总集(上引诸总集除注明者外均见《隋书·经籍志》)。嗣后南朝各代都续有修撰。总集的编纂与文学批评的发展关系颇为密切。从作品的取舍中,便往往显示出编者的批评眼光。有的总集有品评,那更是直接的文学批评了。大多数总集或专收某种体裁的文章,或虽备收诸体而分体编次,这说明当时人注重文章的分体学习和研究。

　　正是在诸体文章大量积累的基础上，人们才可能对各体文章的发展源流、体制特点、写作方法等进行分体的研究。《文心雕龙·明诗》以下二十篇就是这种分体研究成果的总结。其中"选文以定篇"部分列举历代名篇，其性质可说与总集较为接近。

　　《文心雕龙》是在长时期文学创作的深厚土壤中产生的，其宗旨又是为了指导当时的写作，它与创作的关系非常密切。同时，它广泛地继承了前人文学批评的成果。汉代以来，人们写作各体文章时，对文辞都颇为注意。读者也常从文学角度加以欣赏和评论。诗赋等"美文"、"丽文"自不待说，即使是诏、策、檄、移、章、表、书、记等应用文章，史传、诸子等学术性著作，也往往如此。例如司马迁称赞汉武帝封立齐、燕、广陵三王策文"文辞烂然，甚可观也"（《史记·三王世家》）。又如东汉初年隗嚣"宾客、掾史多文学生，所上事，当世士大夫皆讽诵之"（《后汉书·隗嚣传》）；又《东观汉记》云"梁鸿常闭户吟咏书记"（《艺文类聚》卷一九引）。"讽诵"、"吟咏"，便表现了一种欣赏喜好的态度。曹丕说"元瑜书记翩翩，致足乐也"（《与吴质书》），也是此意。陈寿《上〈诸葛亮集〉表》云："论者或怪亮文彩不艳，而过于丁宁周至。"（《三国志·诸葛亮传》）说明人们对教、令一类公文也从文辞写作的角度加以批评。又如范晔自称其《后汉书》"杂传论皆有精意深旨，既有裁味，故约其词句。至于《循吏》以下及六夷诸序论，笔势纵放，实天下之奇作。其中合者，往往不减《过秦篇》"。他还说："赞自是吾文之杰思，殆无一字空设，奇变不穷，同合异体，乃自不知所以称之。"（《狱中与诸甥侄书》）他对自己所作史论、史赞的这番评论，主要也是从写作角度着眼的。刘子玄讥范晔多作史序，每卷均有论、赞，是"矜炫文采"，重复累赘（见《史通·论赞》、《序例》），但南朝时《后汉书》的赞、论曾单出别行（《隋书·经籍志》有《后汉书赞论》四卷），《文选》"史论"一门录范作特多，可见当时人对范晔的这些文采斐然之作是颇为欣赏、重视的。上举这些例子，表明汉魏以来人们对诸体文章——包括应用性、学术性文章的态度,确如陆机所谓"游文章之林府,嘉丽藻之彬彬"(《文赋》),又如萧统所谓"众制锋起,源流间出。譬陶匏异器,并为入耳之娱;黼黻不同,俱为悦目之玩"(《文选序》),是常常作为玩赏对象、从文学角度予以批评的。为何应用性、学术性文字长期以来与诗赋同属于"文章"范畴,于此可以得到部分的说明。从建安以迄刘勰生活的时代,这种欣赏、评论文章的气氛相当浓厚,不惟著名文士,一般知识分子也往往如此。例如被曹植目为"才不能逮于作者"的刘季绪,也喜欢"诋诃文章,掎摭利病"(《与杨德祖书》)。齐梁时其风尤盛,如钟嵘说:"观王公搢绅之士,每博论之馀,何尝不以诗为口实,随其嗜欲,商榷不同。……喧议竞起,准的无依。"(《诗品序》)颜之推也说:"江南文制,欲人弹射,知有病累,随即改之。"(《颜氏家训·文章》)正是在这种广泛而持久的风气中,经过长期积累,才逐渐形成较为深入完整的文学批评著作。

《文心雕龙·明诗》以下二十篇分体论文,"原始以表末,释名以章义,选文以定篇,敷理以举统"(《序志》),条理井然,特别是能以精炼的语言概括出各种体裁的规格要求、风格特点,显示了高度的分析综合能力。但这并非凭空独创,而是继承发展了汉魏以来对文章进行分体评论、研究的成果。这种分体研究的做法,与人们的写作实践有密切关系。王隐《晋书》云:"刘官由亭民举秀才,刺史笺久不成,官指语笺体,然后成。"(转引自范文澜《文心雕龙·书记》篇注)"体"即指体制特点。要掌握某种体裁特点,就必须大量阅读、揣摩前人和当代的名篇,由模仿进而创作。在这样的过程中,不但对于该体文章自古及今的源流发展、名篇佳制、著名作家有所了解,而且对其写作要求、风格特点也就逐渐有会于心。上文已经提到,晋代许多总集按体编纂的方法,反映了人们分体研摩文章的兴趣和需要。而挚虞《文章流别论》、李充《翰林论》,虽只存留不多的佚文,但从中可以看出它们分体论文已较为全面、有一定的系统性了。

　　刘勰标举的"原始以表末"等四个方面,在汉魏晋宋一些或零碎或较为完整的资料中都已有了。以"原始以表末"而言,其思想资料的渊源可追溯到刘歆《七略》、班固《汉书·艺文志》的考镜学术源流,如"诗赋略"的论中就叙述了诗赋的发展过程。由于东汉铭文之作甚多,蔡邕已有《铭论》之作,文中对铭的用途加以说明,并列举古代著名铭文,也有考镜源流的意义。以敷理举统、概括文章体制特点而言,西汉已有人对个别文体的风格要求加以概括,至曹丕《典论·论文》则有"奏议宜雅,书论宜理,铭诔尚实,诗赋欲丽"之说,陆机《文赋》又有发展。晋人对文体的研究颇引人注目。傅玄《七谟序》、《连珠序》分别对"七"、"连珠"两种文体的发展和名篇加以介绍评论。《连珠序》还解释了连珠的命名,概括了它的体制特点,其文云:

　　　　所谓连珠者,兴于汉章帝之世。班固、贾逵、傅毅三子受诏作之,而蔡邕、张华之徒又广焉。其文体辞丽而言约,不指说事情,必假喻以达其旨,而贤者微悟,合于古诗劝兴之义。欲使历历如贯珠,易睹而可悦,故谓之连珠也。班固喻美辞壮,文章弘丽,最得其体。蔡邕似论,言质而辞碎,然旨笃矣。贾逵儒而不艳,傅毅有文而不典。(《艺文类聚》卷五七)

所谓"原始以表末,释名以章义,选文以定篇,敷理以举统"四者,在这里已是具体而微。傅玄又撰有《七林》,"集古今'七'而论品之"(《艺文类聚》卷五七引《文章流别论》),是一部兼有品评的总集。挚虞《文章流别论》则对各体文章都加以论述。如论哀辞云:

　　　　哀辞者,诔之流也。崔瑗、苏顺、马融等为之,率以施于童殇夭折不以寿终者。建安中,文帝与临淄侯各失稚子,命徐幹、刘桢等为之哀辞。哀辞之体,以哀痛为主,缘以叹息之辞。(《全晋文》卷七七)

语虽简短,但对于哀辞的意义、发展和特点都涉及到了。又如论颂云:

> 颂,诗之美者也。古者圣帝明王,功成治定,而颂声兴。于是史录其篇,工歌其章,以奏于宗庙,告于鬼神。故颂之所美者,圣王之德也,则以为律吕,或以颂形,或以颂声,其细已甚,非古颂之意。昔班固为《安丰戴侯颂》,史岑为《出师颂》、《和熹邓后颂》,与《鲁颂》体意相类,而文辞之异,古今之变也。扬雄《赵充国颂》,颂而似雅。傅毅《显宗颂》,文与《周颂》相似,而杂以风雅之意。若马融《广成》、《上林》之属,纯为今赋之体,而谓之颂,失之远矣。(《全晋文》卷七七)

也讲了颂的发展,列举了重要篇目加以评论,并强调颂有不同于风、雅、赋的体制特点。《文心雕龙·颂赞》继承其说,认为“挚虞品藻,颇为精核”,只是对其中评傅毅《显宗颂》的话表示不满。又此段文字中说班固等所作“与《鲁颂》体意相类,而文辞之异,古今之变也”,《文心雕龙·通变》中“凡诗赋书记,名理相因,此有常之体也;文辞气力,通变则久,此无方之数也”的观点,也与之有一脉相承的关系。李充《翰林论》也论述了各体文章,如言“容象图而赞立”,“研核名理而论难生焉”,“在朝辩政而议奏出”,“盟檄发于师旅”等,都指出各体文章产生的缘由。又说赞“宜使辞简而义正”,“表宜以远大为本,不以华藻为先”,“驳不以华藻为先”,“论贵于允理,不求支离”,议奏“宜以远大为本”,则概括了诸体文章的体制特点。而“若嵇康之论,成文美矣”、“相如《喻蜀父老》,可谓德音矣”、“陆机议晋断(按指《〈晋书〉限断议》),亦名其美矣”之类评述,则具有“选文以定篇”的意义(引文见《太平御览·文部》有关诸卷)。晋代是拟古风气颇为盛行的时代,在拟作过程中必然对各体文章的源流多所了解,对其体制特点多所领会。晋人论文体的资料较多,当与此有关。从文学批评发展的历史来说,晋代是一个颇值得重视的时代。

　　除分体论文外,《文心雕龙》中还有不少重要内容,也受到前人启发,对前人有所继承。例如《情采》等篇中论述内容与形式的关系问题,主张二者并重而以内容为本。这种观点先秦儒家已经提出来了。东汉王充提出"实诚在胸臆,文墨著竹帛,外内表里,自相副称"(《论衡·超奇》),以至刘宋范晔说"故当以意为主,以文传意"(《狱中与诸甥侄书》),都说明了这一原则。又如《神思》、《养气》等篇论构思创作的过程,直接受陆机《文赋》的影响。关于文学发展与时代的关系问题,早在《诗大序》中已概括了诗乐与政治的关系,成为传统儒家诗论中的重要内容之一。《抱朴子·钧世》则肯定了文章由质朴趋于藻丽的发展规律;陆厥《与沈约书》论声律,说"质文时异,古今好殊",认为今人讲究声律是文章趋于华丽的表现。《宋书·谢灵运传论》更较为系统地阐述了文学发展的历史,谈到了作品的时代风格问题。从《文心雕龙·通变》、《时序》等篇中可以看出上述这些观点的影响。又从文章写作的角度征圣宗经的思想,扬雄已发其端。刘勰嫌恶宋齐文风过于淫丽,正与扬雄嫌"辞人之赋丽以淫"有相似之处。晋代傅玄也曾说:"《诗》之雅颂,《书》之典谟,文质足以相副,玩之若近,寻之益远,陈之若肆,研之若隐,浩乎其文章之渊府也。"(《太平御览》卷五九九引《傅子》)也是从文章的角度表示宗经的。至于刘勰同时人任昉,更与刘勰一样,明确指出诸体文章源于"六经"。其《文章始序》云:"'六经'素有歌诗书诔箴铭之类。《尚书》帝庸作歌,《毛诗》三百篇,《左传》叔向贻子产书、鲁哀孔子诔、孔悝鼎铭、虞人箴,此等自秦汉以来,圣君贤士,沿著为文章名之始。"①再如《文心雕龙·知音》论文学批评,反对贵古贱今、崇己抑人等,也显然受到王充、曹丕、葛洪的启示。

---

　　①　任昉《文章始》,《隋书·经籍志》已称有录无书。今传任昉《文章缘起》,《四库全书总目提要》以为"殆张绩所补,后人误以为昉本书"。按《文章始序》即载于《文章缘起》卷首,其书虽非任昉本书,其序当仍为昉所作(严可均《全梁文》、姚振宗《〈隋书·经籍志〉考证》均以此序为任昉作)。

总之,《文心雕龙》一方面大大发展了前人的论述,有不少深思熟虑的精到见解,确是一部精心结撰的深沉博大之作;另一方面,它对前人的继承性也是十分明显的。可以说,如果没有汉魏以来各体文章的大量涌现和文学批评资料的日益积累,就不可能产生《文心雕龙》。

<h1 style="text-align:center">二</h1>

《文心雕龙》的写作,与长期以来的学术空气也颇有关系。

第一,刘勰写作《文心雕龙》,受到汉魏以来以著述企求立名的风气影响。

《文心雕龙·诸子》云:"诸子者,入道见志之书。太上立德,其次立言。……君子之处世,疾名德之不章。唯英才特达,则炳曜垂文。腾其姓氏,悬诸日月焉。"并感叹道:"嗟夫!身与时舛,志共道申,标心于万古之上,而送怀于千载之下,金石靡矣,声其销乎!"隐然有自寓之意。《序志》亦云:"岁月飘忽,性灵不居,腾声飞实,制作而已。……是以君子处世,树德建言,岂好辩哉?不得已也。"可见刘勰著《文心雕龙》,实有立言不朽的动机,自比其书于诸子。刘知几将《文心雕龙》与《淮南子》、《法言》、《论衡》、《风俗通》以及刘劭《人物志》、陆景《典语》等子书并列,是深得刘勰用心的(见《史通·自叙》)。

古人著述以求立名,具有悠久的传统。司马迁之所以要隐忍苟活,发愤完成《史记》,"思垂空文以自见"、恨"鄙陋没世而文采不表于后世"是一个重要原因(见《报任安书》)。扬雄淡泊自守,而拟《易》作《太玄》,拟《论语》作《法言》,其意正是"欲求文章成名于后世"(《汉书·扬雄传赞》)。桓谭对《史记》、《太玄》、《法言》极为推崇。他说:"扬子之书文义至深,而不诡于圣人"(同上),"《玄》经数百年,其书必传"(《新论》)。他认为好学深思、博大精微而且阐发圣人之道的作品,才足以传世。这种看法符合扬雄本心,对后世以著述为务者也深有影响。东汉著述子书风气颇盛,其著作也颇受重视。汉光武、汉章帝都曾重视著述;桓谭上《新论》于光武,受到称赏。其《琴道》一篇未成,章帝使班固续成之。王充对于著书立说者推崇备至。他瞧不起那些官高而德薄、俸厚而才下,"百载之后,与物俱殁,名不流于一嗣,文不遗于一札"的人。他写作《论衡》,正是以"体列于一世,名传于千载"自期(见《论衡·自纪》)。东汉末年政治黑暗,社会动荡,不少人感到仕途险巇,志不获骋,因而潜心著作。他们当然也怀有借著述以垂名后世的动机。建安、三国,其风亦盛。曹丕屡次以著书不朽为言。他编纂自己所作的《典论》及诗赋,还并录之赠与孙权、张昭。他把诗赋等作品置于传世不朽之列,但对于学术著作似乎表现出特殊的重视,故《典论·论文》云:"(孔)融等已逝,唯(徐)幹著论,成一家言。"《与吴质书》称徐幹"著《中论》二十馀篇,成一家之言,辞义典雅,足传于后,此子为不朽矣",又说"德琏常斐然有述作之意,其才学足以著书,美志不遂,良可痛惜"。徐幹著《中论》,则显然以为学术著作的价值高于诗赋。《中论序》云:"(徐幹)见辞人美丽之文并时而作,曾无阐弘大义、敷散道教、上求圣人之中、下救流俗之昏者,故废诗赋颂铭赞之文,著《中论》之书二十篇。"①曹植颇以辞赋诗文自高,但仍说"辞赋小道,固未足以揄扬大义,彰示来世",认为历史和子书著作的价值更高(见《与杨德祖书》)。可知建安时代当诗文辞赋日益发展而受到人们高度重视之时,学术著作在人们心目中的地位似乎更高一些。桓范作《世要论》,也认为"古者富贵而名贱废灭,不可胜记,唯篇论俶傥之人为不朽耳"(《世要论·序作》)。时太尉蒋济与群卿列坐,"范怀其所撰,欲以示济,谓济当虚心观之"(《三国志·诸夏侯曹传》注引《魏略》)。他企图以著作邀取声名。

---

① 《中论序》不知作者,《序》中有"余数侍坐,观君(指徐幹)之言"等语,当是徐幹同时人。

　　晋人以著述求名者非常之多。著名文人陆机、陆云都有子书之作。葛洪说:"陆平原作子书未成。吾门生有在陆君军中,常在左右,言陆君临亡时曰:'穷通时也,遭遇命也。古人贵立言以为不朽,吾所作子书未成,以此为恨耳。'"(《抱朴子外篇》佚文,见《全晋文》卷一一七)陆云则有《陆子》十卷,见《隋书·经籍志》子部道家类(《晋书》本传云"撰《新书》十篇")。葛洪自称"年十五六时,所作诗赋杂文,当时自谓可行于代(世)。……洪年二十馀,乃计作细碎小文,妨弃功日,未若立一家之言,乃草创子书"。又说自己不热中于仕进,"念精治'五经',著一部子书,令后世知其为文儒而已"(《抱朴子外篇·自叙》)。这种风气,南朝仍是馀波尚传。萧绎以帝子之尊,亦作子书以求垂世。其《金楼子序》云:"余于天下为不贱焉。窃念臧文仲既殁,其立言于世。曹子桓云立德著书,可以不朽。杜元凯言德者非所企及,立言或可庶几。故户牖悬刀笔,而有述作之志矣。常笑淮南之假手,每嗤不韦之托人。由是年在志学,躬自搜纂,以为一家之言。"

　　在这种源远流长的学术空气之中,刘勰潜心著作,并收名定价于当代文宗沈约,乃是非常自然的事情。但他不像许多作者那样转相仿效,写一些叠床架屋的浮滥之作,而是别树一帜,精研文章,这是他非常高明的地方。当然这也与时代风气有关。宋、齐之世,文章受到更多的重视。刘宋时"天下悉以文采相尚"(《南史·王俭传》)。萧齐时竟陵王子良"倾意宾客,天下才学皆游集焉。……士子文章及朝贵辞翰,皆发教撰录"(《南史》本传),著名文人沈约、谢朓、范云、任昉等都与之游,号为"八友";那正当刘勰的青年时代。这种情况,对于刘勰以文章为研究对象,是有影响的。

　　第二,《文心雕龙》是一部体系周密的论著,它的写作与长期以来论说性文字(包括子书和单篇论文)的发展以及魏晋以来讲谈之风的盛行有关。

　　子书之作东汉颇盛,普遍写作单篇论说文的风气也始于东汉。

魏晋玄学大昌,东晋以后佛理尤盛,论说文的写作也愈加发展。议论范围很广:有关通解老庄、辩论三教同异及灵魂报应之有无等,固然是重要论题;他如宇宙本体、才性同异、治国措施、处世方法以及评骘历史和当今人物、探讨养生之具、感叹命运、讽刺世态等等,无不在论述之列。刘勰对于曹魏、西晋时期的论文评价最高。他说:"魏之初霸,术兼名法;傅嘏、王粲,校练名理。迄至正始,务欲守文;何晏之徒,始盛玄论。于是聃、周当路,与尼父争途矣。详观兰石之《才性》,仲宣之《去伐》,叔夜之辨声,太初之《本无》,辅嗣之两《例》,平叔之二论,并师心独见,锋颖精密,盖论之英也。至如李康《运命》,同《论衡》而过之;陆机《辨亡》,效《过秦》而不及,然亦其美矣。次及宋岱、郭象,锐思于几神之区;夷甫、裴颜,交辨于有无之域:并独步当时,流声后代。"(《论说》)所举名篇中谈玄之作颇多。正始迄于元嘉论文的发展,与玄学思想的广泛流行是很有关系的。到了东晋、南朝,佛、道、儒之间的种种辩论对于论说文的发展也起了很大的推动作用。

东汉时已见讲谈之风,至魏晋而大盛。讲谈与著论不完全一样:它贵乎应对敏捷,又往往重在言简意深。有人长于口辩而不善作论,有人则正相反。但讲谈与著论都重在辨析名理,其议论范围也大致相同,它们互相影响促进,其关系非常密切。清谈是魏晋士大夫生活中的重要内容。他们往往手挥麈尾,高谈尽日,宾朋满座,辩难蜂起。谈者乐此不疲,甚至寝食都废;听者欣赏其理致词藻,欢欣踊跃,感到很大的满足。善谈论者不仅取重当时,而且垂名后世。以下略举二例以见当时风气:《管辂别传》载琅琊太守单子春请管辂谈论,时宾客百馀人,辂"于是唱大论之端,遂经于阴阳,文采葩流,枝叶横生,少引圣籍,多发天然。子春及众士互共攻劫,论难蜂起,而辂人人答对,言皆有馀。至日向暮,酒食不行。子春语众人曰:此年少盛有才器,听其言论,正似司马犬子游猎之赋,何其磊落雄壮!……于是发声徐州,号之神童"(《三国志·魏书·方伎传》注引)。又《世说新语·文学》载支道林、许询在会稽王司马昱座上讲《维摩诘经》,"支通一义,四坐莫不厌心;许送一难,众人莫不抃舞"。从这两个例子即可见讲谈盛况和众人欣赏的程度。宋、齐之世,此风未泯。《南齐书·王僧虔传》载其《诫子书》,郑重叮咛必须多多读书,方可从事谈论,以免贻笑大方。书中自谓"见诸玄,志为之逸,肠为之抽。专一书,转诵数十家注。自少至老,手不释卷,尚未敢轻言"。可见他对于玄学的爱好和对于谈论的重视。书中又责备子弟钻研玄学未明,"便盛于麈尾,自呼谈士,此最险事。设令袁令命汝言《易》,谢中书挑汝言《庄》,张吴兴叩汝言《老》,端可复言未尝看邪?"又说到"论注百氏,荆州八峡,又才性四本、声无哀乐,皆言家口实,如宾至之有设也"。又同书《周颙传》云:颙"兼善《老》、《易》,与张融相遇,辄以玄言相滞,弥日不解"。又《南史·张绪传》:"绪吐纳风流,听者皆忘饥疲。……清谈端正,或竟日无食。"其子充亦能清言。"(王)俭方聚亲宾,充毅巾葛帔,至便求酒,言论放逸,一坐尽倾"。从这些材料中可以约略窥见宋齐时的谈论风气。

议论性著作的发展,谈讲之风的盛行,对于《文心雕龙》的写作有哪些影响呢?

首先,这样的学术空气促进了人们逻辑思维能力的提高。《文心雕龙》"弥纶群言","擘肌分理",显示了高度的分析概括能力。这固然体现了刘勰个人的突出才能,同时也是当时人们思辨能力高度发展的标志,是长期人们逻辑思维能力逐步提高的结果。魏晋南朝的这种风气,相对于汉代儒家的墨守师说和烦琐章句之学,具有解放思想、启发独立思考的作用。《文心雕龙·论说》称赞曹魏、西晋诸论文"师心独见",《才略》又说"嵇康师心以遣论",反映了人们对于见解独到的论文的欣赏。《世说新语·文学》云:"《庄子·逍遥篇》旧是难处,诸名贤所可钻味,而不能拔理于郭、向之外。支道林……卓然标新理于二家之表,立异义于众贤之外,皆是诸名贤寻味之所不得。后遂用支理。"又载孙盛称支道林语云:"拔新领异,胸怀所及,乃自佳。"也可见清谈、著论因见解新颖而为当时人所称赏。刘知幾自称"自小观书,喜谈名理。其所悟者,皆得之襟腑,非由染习。故始在总角,读班、谢两《汉》,便怪《前书》不应有《古今人表》,《后书》宜为更始立纪"(《史通·自叙》),正表明辨析名理有利于培养独立思考和批判的精神。著论讲谈之风又有利于养成人们思维的明确性、条理性和精密性。孙盛称"南人学问清通简要"(《世说新语·文学》),即能抓住要点,要约明畅。《南史·儒林传》载兼通儒玄的严植之讲授儒经,"有区段次第,析理分明",极受欢迎。这种学风恐与著论辩难风气有关。又如《管辂别传》载辂言:"夫论难当先审其本,然后求其理,理失则机谬。"(《三国志·魏书·方伎传》注引)刘劭《人物志·材理》说:"善难者务释事本,不善难者舍本而理末。"意谓论难应抓住根本,不要枝蔓。王弼《老子指略》说:"夫不能辩名,则不可与言理;不能定名,则不可与论实也。"[①]这些话表明曹魏时人们对于论辩方法的注意。总之,魏晋以来盛行的著论、辩难之风对于逻辑思维发展水平的提高具有重大作用。《文心雕龙》正是这种发展的一个体现。

附带提一下,《文心雕龙》全书的结构颇为严整。范文澜同志曾指出这与佛家经论的影响有关,说刘勰"盖采取释书法式而为之,故能翩理明晰若此"(《序志》注)。这话是具有启发性的。佛学东来,佛家教义与中国原有哲学观念之间的论辩,确实推动了人们思辨能力的发展。刘勰博通佛教经论。其《灭惑论》对于攻击佛教的一些说法加以驳斥,思路开阔,条理明晰,颇为锋利。《文心雕龙》在结构安排等方面受释书影响,是可能的。同时亦应指出,先秦两汉有一些诸子著作已经较有系统性,其篇目排列类聚区分,篇与篇之间亦有一定的联系。例如《吕氏春秋》的篇目安排便相当有条理。其十二纪每纪五

---

① 王弼《老子指略》今佚,此据楼宇烈《王弼集校释》所载《老子指略辑佚》。

篇,均以《月令》为首篇,而以下四篇论人事;春、夏、秋、冬四令的内容,则分别寓有春生夏长秋收冬藏之意。这样的安排,实暗寓顺天则地的意思①。又如陆贾《新语》言君臣政治得失,而以《道基》为首篇,以申明"天生万物,以地养之,圣人成之,功德参合而道术生焉"之意。《淮南子》泛论天地人事,而以《原道》为首篇,因为作者认为"道"是宇宙本原、万物根由。《新语》、《淮南子》首先提出"道"来,都有推究本原、统摄全书的用意。《文心雕龙》也以《原道》为首,应是受到它们影响的。总之,《文心雕龙》的结构严密,体现出作者思维的精密,当亦是受多方面影响的结果。

其次,魏晋南朝著论、讲谈的内容,对《文心雕龙》有某些影响。例如《文心雕龙·体性》论作品是作家才性的表现,说道:"才力居中,肇自血气;气以实志,志以定言;吐纳英华,莫非情性。"因此作家"才性异区",便使得作品"文辞繁诡",表现出多种多样的风格。这是刘勰对于文学理论的重大贡献。这里便涉及魏晋以来人们经常谈论的一个重要题目:才性问题。曹魏时锺会、傅嘏、李丰、王广论才性之同异合离,锺会撰有《四本论》,同时人袁准亦作《才性论》。晋代殷仲堪曾有"使我解'四本',谈不翅尔"之叹(见《世说新语·文学》),可见此论之受人重视。直至宋齐时代,才性问题仍为人们所注目。上引王僧虔《诫子书》便言及"才性四本"。又《南史·顾欢传》载孔珪寻欢共谈四本,欢以为锺会等人"同昧其本而竞谈其末",乃著《三名论》以正之,尚书刘澄、临川王常侍朱广之并立论难,与之往复。这些论文都已亡佚,惟袁准《才性论》残句有"性言其质,才名其用"之说,意谓才由性所决定,禀有何种性质,便具有何种才干。魏刘劭《人物志》专门研究人的情性才智和认识人才、使用人才的方法。他说"人物之本出乎情性",人的情性各各不同,都表现于外,"著乎形容,见乎声色,发

①　参考余嘉锡《四库提要辨证》卷十四。

乎情味"(《九征》),并且都表现出相应的长处和短处,具有不同的才干。不难看出,刘勰关于作品是情性的表现、作品风貌取决于性情的观点,与袁准、刘劭的说法有相通之处。刘勰又把情性分析为才、气二者,说"气有刚柔",这一论点对后世以阳刚阴柔论文的说法有影响。而以"气"解释人的性格,早见于先秦、汉代典籍。《汉书·地理志》便说人性有"刚柔缓急"之异,乃系于"水土之风气"。刘劭在论人的种种不同情性时也曾提到刚柔二者,而西凉刘昞注《人物志》则已将性情分为刚柔两大类:"性资于阴阳,故刚柔之意别矣。"(《九征》注)"禀气阴阳,性有刚柔。"(《体别》注)还有,《人物志·接识》指出,由于人们性情不同,"是故能识同体之善,而或失异量之美。……互相非驳,莫肯相是。取同体也,则接论而相得;取异体也,虽历久而不知"。《文心雕龙·知音》则说:"慷慨者逆声而击节,酝藉者见密而高蹈,浮慧者观绮而跃心,爱奇者闻诡而惊听。会己则嗟讽,异我则沮弃。"指出由于人们气质不同,对作品的爱好各异。二者也颇相通。再有,《人物志·材能》强调人才各有所宜,《文心雕龙·程器》则说:"人禀五材,修短殊用。"也有相通之处。这样比较并非说刘勰直接沿袭刘劭等人的论点,只是说刘勰的观点不是孤立的和突然产生的,他不可能不受到前人和同时代人的种种影响。这是时代风气的影响,其发生作用的途径虽然错综复杂,但却总是有脉络踪迹可寻的。

最后再略谈一下语言风格问题,朱自清先生曾指出清谈注重藻采,以善用譬喻为贵(见《〈文选序〉"事出于沉思义归乎翰藻"说》)。上文引《管辂别传》,称辂所谈"文采葩流",可知魏代已是如此。《世说新语·文学》载殷浩问:"自然无心于禀受,何以正善人少,恶人多?"刘惔答曰:"譬如写水着地,正自纵横流漫,略无正方圆者。""一时绝叹,以为名通。"可见好的比喻言简意深,且有新奇之趣,故为谈家所重。至于子书和单篇论文,也多有文采华丽者。例如《抱朴子外篇》,词采就非常富丽,其中《博喻》、《广譬》两篇集中了大量的比喻。

单篇论文如《文选》所载贾谊《过秦论》至刘峻《广绝交论》,大多文采斐然。《文心雕龙》文辞的美丽,固然与宋齐文风有关,同时也是与长期以来清谈论说重视文采的风气有直接关系的。

其三,《文心雕龙》中体现的思想倾向,与宋齐之世的时代风气相一致。刘勰写作《文心雕龙》,正当南朝儒学开始复兴而玄学仍然流行的时代。《原道》、《征圣》、《宗经》、《序志》等篇强调文章的重要,阐明文章的楷模,自述著书的动机,都体现出浓厚的儒家思想。而书中将文章和天地万物都看作"道"的表现,主张作家构思应求虚静,强调"自然之道"(《原道》)、"自然之趣"、"自然之势"(《定势》)等,又显示出道家思想的影响。

封建统治者在取得统治权后,为了巩固政权,一般都要提倡儒学。曹魏时曾企图从兴修学校和任用官吏等方面着手恢复儒学的地位,但效果极微。两晋统治者对于尊儒劝学也颇注意,但因政治颇为混乱,内忧外患接连不断,社会不安定,加以正始以来玄风大畅,所以除东晋时江州、馀杭等地因地方官提倡而儒风较盛外,儒学仍不为人们所重视。晋末刘裕镇京口时,曾感叹"学尚废弛,后进颓业,衡门之内,清风辍响。良由戎车屡警,礼乐中息。……非唯志学者鲜,或是劝诱未至"(《宋书·臧焘传》)。宋世情况开始有所改变。元嘉时立儒、玄、史、文四学,征著名儒者雷次宗至京师聚徒讲授,一时颇为隆盛。数年后又立国子学。至元嘉末对北魏战争爆发,国子学罢置。宋明帝时又置总明观,亦有儒、玄、文、史四科。但总的说来,史称宋世儒风不纯(见《南齐书·刘瓛陆澄传论》),"莫以专经为业"(《南史·王俭传》)。萧齐时儒学有较大的恢复。齐高帝萧道成少年时曾从雷次宗学习礼学及《左氏春秋》,尤好《左传》。他在世时已设立国学。至武帝永明年间,定礼乐,兴学校,尊儒生,儒学大盛。这与当时名臣王俭颇有关系。王俭是齐高帝佐命功臣,甚蒙宠任。史言其"弱年便留意三《礼》,尤善《春秋》,发言吐论,造次必于儒教"(《南史》本传）。永明年间，他官居侍中，尚书令、卫将军。他多年主管吏部，掌握选举；又任国子祭酒、太子少傅，学士馆即开设于其宅中，以宋世总明观四部书充之。因此，他以一身而兼掌选用官吏和教育胄子的权力。其倡导儒风作用之大，可想而知。萧子显云："永明纂袭，克隆均校，王俭为辅，长于经礼。朝廷仰其风，胄子观其则。由是家寻孔教，人诵儒书，执卷欣欣，此焉弥盛。"（《南齐书·刘瓛陆澄传论》）反映了当时事实。其时名儒有刘瓛、吴苞。刘瓛"儒学冠于当时，京师士子贵游，莫不下席受业。……竟陵王子良亲往修谒"（《南齐书》本传）。刘、吴都在京师讲学，"瓛讲《礼》，苞讲《论语》、《孝经》，诸生朝听瓛，晚听苞也"（《南史·隐逸传》），可谓盛极一时。永明年间正当刘勰青年时期，下距《文心雕龙》写作年代也不远，当时风气必然会对刘勰的思想、对《文心雕龙》的写作产生重大影响。现略述永明年间尊儒情况：

永明二年：定礼乐。总明观讲学，武帝敕朝臣聚集听讲。三年：立国学，召公卿子弟下及员外郎之胤入学，凡置学生二百人，于王俭宅开学士馆。其年冬太子萧长懋于崇正殿讲《孝经》，武帝亲临听讲，讲毕行释奠之礼，王公以下悉往观礼。太子少傅王俭摘《孝经》句，令太子仆周颙撰为义疏。四年：王俭领吏部，当朝理事，每十日一还学士馆，"监试诸生。巾卷在庭，剑卫令史，仪容甚盛"（《南史·王俭传》）。五年：冬，萧长懋又临国子学策试诸生。当时太子与少傅王俭、金紫光禄大夫张绪、竟陵王萧子良、临川王萧映讨论《曲礼》、《易经》、《孝经》中疑义，反复咨询辩难。史称"太子以长年临学，亦前代未有也"（《南齐书·文惠太子传》）。七年：刘瓛卒。萧子良曾上表请为瓛修造学馆。瓛卒后，学者咸归吴苞。

永明之后，齐明帝不好文，儒学不如永明之盛。但学校仍继续开设。京下高儒有吴苞、何佟之等，仍聚徒讲学。东昏侯永元末年京师兵乱，何佟之仍常集诸生讲论，孜孜不息。至梁武践祚，愈加崇尚儒学,规定"不通一经,不得解褐"(《南史·梁武帝本纪》),儒学便进一步复兴了。

　　应该指出,在南朝儒学复振的同时,佛、道两家的影响也相当大。谈玄之风依然存在,经学受玄学影响,注重义理的探索,并带有某些道家思想色彩。东晋太兴四年,立国学,置博士。《易经》初拟只置王弼一家。王弼注《易》杂以老庄之义。当时太常荀崧请兼置郑玄注博士。宋元嘉建学,郑、王两立。至颜延之为祭酒,黜郑置王。齐永明中陆澄与王俭书,斥颜延之此举"意在贵玄,事成败儒"。认为"今若不大弘儒风,则无所立学"。但他也不能废王置郑,只是以为"玄不可弃,儒不可缺",应该二家并存。王俭同意他的看法(事见《南齐书·陆澄传》)。文惠太子临国学与诸人讨论经义时,临川王萧映曾发问道:"孝为德本,常是所疑:德施万善,孝由天性,自然之理,岂因积习?"意谓"孝"这种品行不须通过后天的学习修养获得,而是出于人的天性,何以儒家视为根本? 太子答道:"不因积习而至,所以可为德本。"意谓正因孝出于自然,所以可为德本(事见《南齐书·文惠太子传》)。按崇尚自然,以为名教出于自然,正是玄学家的理论。这个例子表明萧长懋的崇儒,带有玄学色彩。当时不少硕儒兼通玄理。如宋世雷次宗一代儒宗,而顾欢曾从他"咨玄儒诸义"(《南齐书·顾欢传》),可知他也通玄学。齐代伏曼容曾为王俭所荐定礼乐,而他又善《老》、《易》,能玄言。又如杜京产"学遍玄儒"(《南齐书》本传);名儒吴苞"善三《礼》及《老》、《庄》"(《南齐书》本传);沈驎士注《易经》、《礼记》、《春秋》、《尚书》、《论语》、《孝经》、《丧服》,又注《老子要略》,著《周易》两《系》、《庄子内篇》训;徐伯珍为儒者所宗,又好《老》、《庄》。再如明山宾七岁能言玄理,十三博通经传,入梁为"五经"博士之首选;严植之"少善《庄》、《老》,能玄言",又"精解《丧服》、《孝经》、《论语》,及长,遍习郑氏《礼》、《周易》、《毛诗》、《左氏春秋》"(《南史》本传),入梁亦为"五经"博士。时代风气如此,刘勰在崇尚儒教的同时,又流露出玄学思想的影响,当然是毫不足怪的。

从以上的叙述可知,《文心雕龙》的写作动机、思想倾向、某些论点以至于语言风格,都与前代和当时的学术风气状况有某些联系。一部文学批评著作的诞生,当然与文学创作、文学批评的发展具有最直接的关系,而学术风气的影响也是值得探究的。多方面了解《文心雕龙》产生的历史条件,对于研究《文心雕龙》本身,对于探索古代文学批评发展的规律,应该都是有所裨益的。

（原载《文史》第 22 辑,中华书局 1984 年出版）

《文心雕龙·序志》"先哲之诰"解

　　《文心雕龙·序志》中间一段，评论了曹丕、曹植、陆机、应场、挚虞、李充六家的文论，指出它们各有其优点，但也都有"各照隅隙，鲜观衢路"之弊。接着说：

> 君山、公幹之徒，吉甫、士龙之辈，泛议文意，往往间出。并未能振叶以寻根，观澜而索源。不述先哲之诰，无益后生之虑。

批评诸家文论均未能寻根索源。所谓根源，系指儒家经典，而叶、澜则比喻后代的文章。《序志》上文云："唯文章之用，实经典枝条。……详其本源，莫非经典。"比喻上下呼应，意思更为明确。又《宗经》云：

> 故论说辞序，则《易》统其首；诏策章奏，则《书》发其源；赋颂歌赞，则《诗》立其本；铭诔箴祝，则《礼》总其端；纪传盟檄，则《春秋》为根。

指出后代各体文章，分别以"五经"为根源，意思也非常明确。《宗经》篇末提出作文应纠正楚艳汉侈的流弊，宗法"五经"，做到"正末归本"，归结到"五经"是文章之根本。文必宗经，这是《文心》全书主旨所在，所以刘勰反复强调"五经"是文章的根源。他批评曹丕等诸家文论都"鲜观衢路",主要当也是由于它们未能提出宗经的主张。

刘勰还批评诸家文论"不述先哲之诰",对后生研讨写作之道好处不大。这先哲之诰指什么呢？现代不少《文心雕龙》注本都不作解释。有的则解释得笼统,认为泛指儒家经典或儒家学说。按先哲指古代圣人。《征圣》云:"夫作者曰圣,述者曰明,陶铸性情,功在上哲。"也以上哲称圣人。日本学者斯波六郎《文心雕龙札记》解释"功在上哲"句说:"功指功绩,'上哲'与上句中的'圣'、'明'同义。"(见《日本研究〈文心雕龙〉论文集》)其说是。先哲之诰,指古代圣人的训诰或教导,依语义应有具体的言辞,而非泛指儒家经书中的学说。

其实所谓先哲之诰,在《征圣》篇中有明确的交代:

> 是以论文必征于圣,窥圣必宗于经。《易》称"辨物正言,断辞则备";《书》云"辞尚体要,弗惟好异"。故知正言所以立辨,体要所以成辞,辞成无好异之尤,辨立有断辞之美。虽精义曲隐,无伤其正言;微辞婉晦,不害其体要。体要与微辞偕通,正言共精义并用。圣人之文章,亦可见也。

此处郑重引用并加阐发的《周易》、《尚书》两句话,即是先哲之诰。《易·系辞下》云:"开而当名,辨物正言,断辞则备矣。"韩康伯注:"开释爻卦,使各当其名也,理类辨明,故曰断辞也。"刘勰引《系辞》,突出"正言"二字。干宝云:"辨物类也。正言,言正义也。"(《周易集解》卷十六引)孔颖达云:"正言者,谓辨天下之物,各以类正定言之。"(《周易正义》卷八)刘勰强调正言,意在提倡雅正的文风,它涉及到内容、文辞两方面,重点更在强调思想内容的规正。《尚书·伪毕命》云:"政贵有恒,辞尚体要,不惟好异。"伪《孔传》释云:"辞以理实为要,故贵尚之。若异于先王,君子所不好。"刘勰引《毕命》,突出"体要"二字。孔颖达《尚书正义》(卷十九)释"辞尚体要"为"言辞尚其体实要约",蔡沈《书经集传》(卷六)释为"辞令简实",意思较为明白。刘勰强调体要,意在提倡朴实精要的文风,它以思想内容为基础,但主要是指语言风格。总之,刘勰引用《系辞》《毕命》辞语作为先哲之教导,用以提倡典雅规正、朴实精要的文风。这是贯穿《文心》全书的一个指导思想。

《序志》篇还有一段话,内容不但与上引《征圣》之文互相呼应,而且还说明了刘勰提倡正言、体要的时代背景:

> 去圣久远,文体解散,辞人爱奇,言贵浮诡,饰羽尚画,文绣鞶帨,离本弥甚,将遂讹滥。盖《周书》论辞,贵乎体要;尼父陈训,恶乎异端。辞训之异(疑当作奥),宜体于要。于是搦笔和墨,乃始论文。

此处所谓《周书》,即指传为周代文诰之《毕命》。"尼父"二句典出《论语·为政》:"子曰:攻乎异端,斯害也已。"异端违背正道,此处强调恶乎异端,即是要提倡《系辞》的正言。古时人们认为《系辞》是孔子所作,因此《征圣》引《系辞》提倡正言,《序志》引《论语》反对异端,精神是一致的。再则,恶乎异端与《毕命》的"不惟好异"也互相沟通。这样就进一步证明提倡正言、体要,是《文心》全书的指导思想。而所谓先哲之诰,是指《系辞》、《毕命》、《论语·为政》的三句话。其中前两句是主要的,因为它们直接谈言辞;后一句则起了补充作用。《序志》更指出后世文章存在着"言贵浮诡,饰羽尚画,文绣鞶帨"的弊病,是抨击宋齐时代文人过分追求奇丽的文风。浮诡云云,意为其文风虚浮不实,靡丽过分,诡异不正。可见刘勰引用先哲之诰,强调正言、体要,就是为了纠正"辞人爱奇"、"离本弥甚"的弊病,以求"正末归本"(《宗经》),有益于后生之虑。

《宗经》篇的"六义",可以说是刘勰根据正言、体要两大原则提出

的六项标准。在指导文学创作以至评论方面,正言、体要可说是纲,六义则是较为具体的目了。《宗经》云:

> 故文能宗经,体有六义:一则情深而不诡,二则风清而不杂,三则事信而不诞,四则义直(一作"贞")而不回,五则体约而不芜,六则文丽而不淫。

其中第一、三、四项,要求文章述情深挚而不虚假,记事信实而不荒诞,思想正直而不回曲,都属于思想内容,可以说都是符合正言的具体标准。五、六两项指艺术形式(着重指语言)。"体约"之"体",在《文心》书中常指体制规模,也可包含在语言风格之内。五、六两项要求文章体制要约而不芜秽,文采美丽而不淫滥,可说都是符合体要的具体标准。第二项"风清"与《风骨》篇之"风清"相通,指思想感情在作品中呈现出鲜明爽朗的风貌。风貌清明而不繁杂,指的是一种优良的艺术风格。据《风骨》篇的论述,可知文章堆砌华辞丽藻,容易造成缺乏风骨,即缺乏明朗刚健的文风,所以《风骨》强调作者应当"无务繁采"。这样说来,风清而不杂这一项,也是体现了体要的具体要求。

分而言之,则正言、体要可以具体化为六义;合而言之,则体要又可归纳在正言之中。因为芜杂淫滥的体制和语言风格也是不正。"义"字有"善"、"正"、"法"的意思。六义可说就是六条合乎正道的法则或标准。《练字》篇的"依义弃奇",实即"依正弃邪"。《辨骚》要求写作者"酌奇而不失其贞(意为"正"),玩华而不坠其实",即是以"正"、"实"来概括雅正朴实的文风,而"奇"、"华"过分则是不好的。《文心》全书中,常常单独使用奇正这一对概念来进行评论,正代表正规的文风,而逐奇失正,就是六义中指责的诡、杂、诞、回、芜、淫,则是不良的文风。刘勰有时用"邪"字来概括这种文风,与"正"互相对立。

他认为这种不良文风,楚辞(特别是宋玉的作品)已开其端,汉赋又加发展,魏晋以迄宋齐时代的许多作品,又承其绪而变本加厉,对此他深表不满。下面举若干例子说明之。

《情采》强调写作诗赋,必须"为情造文",文风才能"要约而写真";否则"为文造情",文风必然"淫丽而烦滥"。它批评后代辞赋作者,缺乏真情实感,矫揉造作,"志深轩冕,而泛咏皋壤;心缠几务,而虚述人外"。这里就体现了"情深而不诡"、"文丽而不淫"的要求。《情采》在篇末提出"理正而后摛藻","正采耀乎朱蓝",即内容文辞都要正,因为感情虚伪和文采淫丽都属于不正之列。至于《物色》批评汉赋云:"及长卿之徒,诡势瑰声,模山范水,字必鱼贯,所谓诗人丽则而约言,辞人丽淫而繁句也。"更是直接批评汉赋有淫丽之病。

《辨骚》批评楚辞采用了不少神话传说,是所谓"诡异之辞"、"谲怪之谈",这是违背事信而不诞的标准的。《诸子》也批评了《列子》、《淮南子》记载某些神话传说为"踳驳之类"。《诸子》后面认为应当"览华而食实,弃邪而采正",其意与《辨骚》的"酌奇而不失其贞,玩华而不坠其实"相通。刘勰认为采用这类神话传说是属于逐奇失正一类。《夸饰》批评司马相如、扬雄辞赋中所写的某些事物都不合事理,"验理则理无可验,穷饰则饰犹未穷",提出汉赋发展了夸诞的弊病。《史传》更是强调记事要信实,批评不少史书"爱奇,莫顾实理,传闻而欲伟其事,录远而欲详其迹",结果讹滥失实。认为史家应当"析理居正",不应"任情失正"。在刘勰看来,史书记事是否信实,是衡量居正或失正的首要标准。

《辨骚》批评楚辞内容存在"狷狭之志"、"荒淫之意",即是违背义直而不回的标准的。《杂文》概述枚乘《七发》以下的七辞云:"观其大抵所归,莫不高谈宫馆,壮语畋猎,穷瑰奇之服馔,极蛊媚之声色,甘意摇骨髓,艳辞洞魂识,虽始之以淫侈,而终之以居正。"刘勰认为七辞这类作品,前面竭力描写统治者奢华的物质生活,内容淫侈,是违背义直而不回的标准的;但它们末尾规讽统治者节俭,思想又是正直而合于正道的。

六义中的体制芜秽,当然包括整个篇章结构而言,但主要是由于文辞过于繁冗,缺乏剪裁而形成的。《镕裁》所云"裁则芜秽不生"就是此意。刘勰对陆机作品文辞过繁颇有微词。《镕裁》即云:"士衡才优,而缀辞尤繁。"又《才略》云:"陆机才欲窥深,辞务索广,故思能入巧,而不制繁。"陆机文章因运辞过繁,有芜秽之病。《世说新语·文学》载孙绰云:"陆文若排沙简金,往往见宝。"又云:"陆文深而芜。"更是径直指出了陆文有芜秽之病。

六义中的文辞淫丽,上面已经提到。体制芜秽,文辞淫丽,都是违背体要这一原则的,同时也属于不正的范围。《宗经》末尾说:"楚艳汉侈,流弊不还。正末归本,不其懿欤!"他把承袭楚辞、汉赋艳侈文风的作品目为末流之弊,应当加以矫正,其意思是很明显的。

六义中的风清而不杂,指作品思想感情表现鲜明爽朗而不繁杂,它跟运用语言有密切关系,已如上述。《风骨》篇后面也郑重引用了《周书》"辞尚体要,弗惟好异"两句话,同时批评"习华随侈,流遁忘反"的文风,更见出注意运用语言是锻炼风骨的重要条件。《风骨》末尾说:"若能确乎正式,使文明以健,则风清骨峻,篇体光华。"把具有风骨的作品称为正式,即合乎写作的正道,意思也是很明显的。

《文心》中"正"这个形容文风的概念,其内涵比六义要更广一些。六义是雅正文风的主要内容。其他如《定势》篇提出的颠倒字句、逐奇失正之病,《练字》篇提出的由于好奇而采用讹谬的字,都属于不正,但超出了六义的范围了。

综上所述,刘勰引证《系辞》、《周书》、《论语》的话作为先哲之诰,提出正言、体要两大原则,以提倡雅正精约的文风,企图纠正当时文学浮诡不正的弊病。这两个原则,具体体现为六义,合起来又可以归结为执正弃邪一个总纲(同时还要执正驭奇)。两个原则、六项标准、一个总纲是互相沟通的,都体现了贯穿《文心》全书的指导思想。因此,把先哲之诰的涵义弄清楚,是理解《文心雕龙》的一个重要环节。

(原载《复旦学报》1985 年第 1 期)

《文心雕龙·原道》和玄学思想的关系

　　《文心雕龙·原道》强调文源于道,强调自然,这种思想实际受到当时玄学的影响。当今研究阐发此篇的论文颇多,但对这个问题似未加以注意,因此试作短文,提出来探讨一下。

　　《原道》篇说:"夫玄黄色杂,方圆体分。日月叠璧,以垂丽天之象;山川焕绮,以铺理地之形:此盖道之文也。"又说:"旁及万品,动植皆文。龙凤以藻绘呈瑞,虎豹以炳蔚凝姿。云霞雕色,有逾画工之妙;草木贲华,无待锦匠之奇。夫岂外饰,盖自然耳。"这是说,天空地面上的许多有文采的事物,都是道的表现,是自然而然的。

　　《原道》篇又说:"惟人参之,性灵所钟,是谓三才。为五行之秀,实天地之心。心生而言立,言立而文明,自然之道也。"这是说,人文(人们的语言文字表现)和天文、地文一样,也是道的表现,是合乎自然的。刘勰认为人文的代表是儒家的"六经"。在《原道》篇中,他叙述了《易经》、《书经》、《诗经》等书的产生过程,后面小结说:"爰自风姓,暨于孔氏,玄圣创典,素王述训,莫不原道心以敷章,研神理而设教。"这是说,经过孔子编订的"六经",都是古代圣人根据自然之道制作出来的,都体现了自然之道。

　　在《原道》以外的其他篇章中,刘勰也再次指出文学创作是自然之道的表现。《明诗》说:"人禀七情,应物斯感,感物吟志,莫非自然。"又《情采》说:"五色杂而成黼黻,五音比而成《韶》、《夏》,五情发而为辞章,神理之数也。"这里的"神理之数",与《原道》篇的"道心"、"神理"(见上引)一样,实际都是指自然之道。刘勰甚至认为当时盛行的讲究形式整齐美丽的骈文,也是合于自然之道的:"造化赋形,支体必双;神理为用,事不孤立。夫心生文辞,运裁百虑,高下相须,自然成对。"(《丽辞》)他认为运用对偶语句写作骈文,如同人体的双手双足那样,是自然形成的。他还批评不讲对偶的文章像一足兽那样不正常:"若夫事或孤立,莫与相偶,是夔之一足,踔踸而行也。"(《丽辞》)

人们感到奇怪的是:刘勰把真正自然形成的事物和人工制造出来的文化、文学作品的性质混淆起来了。天上的日月云霞,地上的山川动植,它们具有美丽的文采,的确是自然形成的;但是"六经"、文学作品,则是人们制造出来的,怎么能同日月山川等物等量齐观,也说是合于自然之道呢? 实际这种说法正是当时玄学思想影响下的产物。

魏晋玄学中着重讨论的一个问题,是名教与自然的关系。名,是指反映封建等级、封建秩序的名分;名教是因名设教,指维护封建统治阶级的一套政治思想制度和伦理道德规范,它们是儒家竭力提倡的。自然观念原本老庄,主张顺遂万物本性,反对人工造作和礼法拘束。名教和自然二者原是矛盾的,但魏晋的一些玄学家却把二者调和糅合起来,形成了名教自然一致的理论。王弼具体发挥了名教本于自然的理论。他说:

> 朴,真也。真散则百行出,殊类生,若器也。圣人因其分散,故为之立官长。(《老子》第二十八章注)

> 始制官长,不可不立名分以定尊卑。(《老子》第三十二章注)

东晋袁宏在其所著《后汉纪》中,有不少地方发挥名教本于自然的理论。如他说:

> 夫君臣父子,名教之本也。然则名教之作何为者也?盖准天地之性,求之自然之理,拟议以制其名,因循以弘其教,辨物成器,以通天下之务者也。(《后汉纪》卷二六)

这就更为明确地指出了名教是根据自然之理制作出来的①。

东晋的郭象,进一步发展了名教与自然合一的理论。他说:

> 夫仁义自是人之情性,但当任之耳。恐仁义非人情而忧之者,真可谓多忧也。(《庄子·骈拇》注)

> 臣妾之才,而不安臣妾之任,则失矣。故知君臣上下,手足内外,乃天理自然,岂真人之所为哉!(《庄子·齐物论》注)

"这就是说,凡君臣上下,尊卑贵贱,仁义礼法,一切现存的政治制度和道德规范,都是理应如此的自然状态。"②王弼说名教本于自然,郭象进一步说名教即是自然,其目的都是为了论证和维护封建等级制度和封建礼教的合理性,为巩固封建制度服务。名教与自然合一的玄学思想,发展到了东晋,已经有了比较一致的看法,这种看法,一直沿袭到南朝齐梁时代③。

现在再回过来看看《文心雕龙》关于自然的说法。《原道》篇认为"六经"是古代圣人根据自然之道制作出来的。大家知道,"六经"正是体现儒家名教的主要典籍,那末,他的文原于道、"六经""莫不原道心以敷章"的议论,不正是王弼等人的名教本于自然说的翻版吗?郭象不但认为名教即自然,而且认为万物都是自然。他说:"物无非天

---

① 参考陈寅恪《陶渊明之思想与清谈之关系》一文,收入《金明馆丛稿初编》。
② 见庞朴《名教与自然之辨的辩证发展》一文,载《中国哲学》第一辑。
③ 参考唐长孺《魏晋玄学之形成及其发展》一文,收入《魏晋南北朝史论丛》。

也,天也者自然者也。"(《庄子·大宗师》注)刘勰认为文学创作包括讲究对偶的骈体文字都出于自然,这不正是利用郭象万物都是自然的理论来解释文学作品产生的必然性,并鼓吹骈体文学的合理性吗?《原道》篇说:"道沿圣以垂文,圣因文而明道。"纪昀评《原道》篇有云:"文以载道,明其当然;文原于道,明其本然。""当然"是指儒家之道,"本然"是指自然之道。刘勰把自然之道和儒家之道融合起来,归于一致,实际乃是当时玄学自然与名教合一思想的反映。刘勰在《原道》篇中论述了作为各体文章的渊源和规范的"六经",是本于道同时又是用来明道的,这就为文章以及作文必须宗经的合理性和重要性,奠定了理论基础。

玄学大盛于魏晋,南朝仍然流行。宋文帝元嘉十五年,使何尚之立玄学馆,与儒学、史学、文学并称四学(见《宋书·隐逸·雷次宗传》)。玄学的三部经典是《周易》、《老子》、《庄子》。王弼的《周易注》、《老子注》,郭象的《庄子注》盛行于南朝。直至梁代,梁武帝还撰《周易讲疏》、《老子讲疏》,简文帝撰《老子义》、《庄子义》等著作①。在这种历史条件下,刘勰吸收玄学的理论进入《文心雕龙》,乃是并不奇怪的事情。

有的同志或许会提出刘勰对玄言诗持不满态度。《明诗》篇云:"江左篇制,溺乎玄风,嗤笑徇务之志,崇盛忘机之谈。"《时序》篇云:"自中朝贵玄,江左称盛,因谈馀气,流成文体,是以世极迍邅,而辞意夷泰,诗必柱下之旨归,赋乃漆园之义疏。"刘勰对表现玄学思想的诗赋颇表不满,他能否接受玄学思想作为《原道》篇的理论基础呢? 其实从上引两小段文字看,刘勰不满玄言诗赋,主要是因为它们不关心世务;《文心雕龙》全书强调文学必须有益于政教,玄言诗赋和他的创作原则背道而驰,所以他表示不满。刘勰对某些发挥玄学思想的作

---

① 　参考刘汝霖《东晋南北朝学术编年》。

品,还是加以肯定的。如《论说》篇云:

> 详观兰石之《才性》,仲宣之《去伐》,叔夜之辨声,太初之《本无》,辅嗣之两《例》,平叔之二论,并师心独见,锋颖精密,盖论之英也。

对于夏侯玄、王弼、何晏的发挥玄学思想的作品,都作了赞美。《论说》篇下文对郭象的论文,虽然指出它们存在"徒锐偏解,莫诣正理"的缺点,但又称誉它们"独步当时,流声后代"。又如《时序》篇云:"简文勃兴,渊乎清峻,微言精理,宷满玄席,澹思浓采,时洒文囿。"对东晋简文帝富于玄学风味的作品也作了肯定。这些都足以说明刘勰对玄言诗不满,但他并不一概反对表现玄学思想的作品,相反地他对其中某些作品还作了赞美。

《文心雕龙》书中屡屡引用《周易》、《老子》、《庄子》这三部玄学经典中的语句、典实来作为立论依据。玄学清谈重视言辞简要,《文心雕龙》也经常强调文章必须体要、简约,看来也是蒙受玄学的影响。《文心雕龙》与玄学思想的关系,值得进一步探讨,本文或许能起一点抛砖引玉的作用吧。

(原载《文学评论丛刊》第 18 辑,
中国社会科学出版社 1983 年出版)

刘勰为何把《辨骚》列入"文之枢纽"?

《文心雕龙·序志》篇在介绍全书内容时,有一段话说:"本乎道,师乎圣,体乎经,酌乎纬,变乎骚,文之枢纽,亦云极矣。"从这里可以看出,刘勰是把全书的前五篇作为讨论"文之枢纽"的总论的,《辨骚》篇是五篇之一,这是讲得明明白白的。但骚是一种文体,跟《宗经》、《正纬》篇讨论的经书、纬书性质有所不同,而与自《明诗》至《书记》各篇所探究的各体文章却相类似。萧统的《文选》也把骚作为文之一体,与诗、赋、七、诏、册等并列。因此,有些研究者主张《辨骚》一篇不应列入全书总论,而与《明诗》至《书记》二十篇同归于文体论部分。这种看法,固然有一定理由,但违背了《序志》篇中刘勰自己的话,显然是不妥当的。《辨骚》篇究竟何属,看起来似乎是一个小问题,实际却涉及到对于刘勰的基本文学思想的理解,不可以不加辨明。段熙仲先生在《〈文心雕龙·辨骚〉的重新认识》一文(见《文学遗产》第393期)中指出,自《明诗》至《书记》二十篇的内容,如《序志》篇所说,是包含"原始以表末、释名以章义、选文以定篇、敷理以举统"等四项内容的,《辨骚》篇内容不是这样,因此它与《明诗》以下二十篇应区别开来。这种看法是有价值的。段文也谈到刘勰为何不把《辨骚》列入文体论而列入"文之枢纽",只是说理比较粗略,令人有不够惬意之憾。本文试从刘勰的基本文学思想来说明这个问题。

"轩翥诗人之后,奋飞辞家之前"的楚辞,在中国文学史上具有非常重要的地位。它在汉魏六朝时代,为许多文人所学习模仿,和《诗经》一起被奉为韵文的经典作品。比刘勰年辈稍早的沈约,在《宋书·谢灵运传论》中论述汉魏以迄南朝诗赋的发展时,就说过"源其飙流所始,莫不同祖风骚"的话。与刘勰同时代的锺嵘,在《诗品》中系统地评述了汉魏两晋南朝诗人,指出这些诗人的远源不出"国风"、"小雅"、楚辞三者,实际也就是"同祖风骚"的意思。刘勰充分认识到楚辞对于后世文学的深远影响,"其衣被词人,非一代也"(《辨骚》)。他又说:"模经为式者,自入典雅之懿;效骚命篇者,必归艳逸之华。"(《定势》)明显地把楚辞和儒家经典相提并论,认为是两种不同文学风格的渊源。上面沈约、锺嵘、刘勰的议论具有一个共同点,就是把楚辞跟《诗经》(扩大一点就是儒家的经典)相提并论。他们把古代优秀的文学作品当作创作之源,固然是错误的;但这类看法反映了后世文人对楚辞的充分重视,反映了楚辞在中国文学史上巨大深远的影响。从这个角度讲,刘勰把专门探讨楚辞的《辨骚》篇列入全书的总论,而和着重探讨汉魏以来各体作品的《明诗》等二十篇区别开来,是完全合理的。

　　刘勰把《辨骚》列入"文之枢纽",不但说明他对于楚辞历史地位的尊重,而且还表明了他的一个重要的文学观念,即创作必须以儒家经典为准则,对楚辞的奇变的文风,必须加以批判地吸取。

　　刘勰认为文人作文,必须宗法儒家的经典。这些圣人的作品,是"志足而言文,情信而辞巧",是"圣文之雅丽,固衔华而佩实者"(《征圣》),即思想艺术两方面都很完美的。经典的文风,在刘勰看来,概括地说,其风格特色就是"雅正"、"典雅"或"正"。刘勰认为宗经之文,有"六义"之美,"一则情深而不诡,二则风清而不杂,三则事信而不诞,四则义直而不回,五则体约而不芜,六则文丽而不淫"(《宗经》),这就是经典文风在思想艺术上的具体特色。这种竭力夸张经书的主张,表现了浓厚的儒家正统思想和复古观念。

楚辞的出现，是儒家经典以后文风的一大变。刘勰在《辨骚》篇中，以经书为标准，折衷汉代诸家的议论，指出屈宋的作品同于风雅者有典诰之体、规讽之旨、比兴之义、忠怨之辞四事，异于经典者有诡异之辞、谲怪之谈、狷狭之志、荒淫之意四事，结论是："论其典诰则如彼，语其夸诞则如此"，"乃雅颂之博徒，而词赋之英杰也"。这些意见表面看来似乎颇为全面，实际上并没有摆脱汉儒依经立论、提倡温柔敦厚的狭隘保守观点。刘勰认为楚辞文风的特色是"奇"，它的优点是"虽取镕经意，亦自铸伟辞"，"惊采绝艳，难与并能"；缺点是有不少地方异于经典，形成"夸诞"之风。《辨骚》篇的结论是："凭轼以倚《雅》《颂》，悬辔以驭楚篇，酌奇而不失其真（一作贞，意同"正"），玩华而不坠其实。"这就是要求以儒家经典雅正的文风为准则，批判吸收楚辞奇丽的文采，而不流于夸诞。《定势》篇说："旧练之才，则执正以驭奇；新学之锐，则逐奇而失正。"在刘勰看来，以儒家经典文风为准则，酌取楚辞的"惊采绝艳"，便是"执正以驭奇"；不然的话，就要"逐奇而失正"。

要求"执正而驭奇"，反对"逐奇而失正"，是刘勰的一个基本文学主张，除《辨骚》篇外，还表现于其他各篇。《史传》篇强调史传内容必须"务信弃奇"，批评许多史传在这方面的弊病道："若夫追述远代，代远多伪。……盖文疑则阙，贵信史也。然俗皆爱奇，莫顾实理，传闻而欲伟其事，录远而欲详其迹；于是弃同即异，穿凿傍说，旧史所无，我书则传。此讹滥之本源，而述远之巨蠹也。"又援引班彪之论，批评司马迁《史记》有"爱奇反经之尤"。这里所指摘的史家爱奇之失，是指记事夸诞失真或议论谬误不合经典。《宗经》篇六义中的两义是"事信而不诞"、"义直而不回"，史传记事夸诞失真、议论谬误，所以说是"爱奇反经之尤"了。《诸子》篇批评《列子》、《庄子》、《淮南子》运用神话传说和寓言故事的弊病，认为是"踳驳"、"虚诞"；又批评韩非子、公孙龙学说的"杂诡术"；接着要求"洽闻之士，宜撮纲要，览华而食实,弃邪而采正"。从刘勰宗经的标准看来,诸子的这些内容,有的是违背"事信而不诞"的标准的(神话、传说一类),有的是违背"义直而不回"的标准的(韩非、公孙龙学说),都是逐奇失正的东西,是"邪",必须摒弃。《史传》、《诸子》两篇所批评的"奇"和"邪"都指内容。《练字》篇主张用字"依义弃奇",批评《尚书大传》和傅毅把"列风淫雨"作为"别风淮雨"是"理乖而新异",是出于"爱奇之心"。这是指的形式。还有《定势》篇所批评的逐奇失正之风,是指语言和风格,也属于形式。至于《序志》篇说的"去圣久远,文体解散,辞人爱奇,言贵浮诡",这里所指摘的现象,又是兼包内容形式两方面了。总之,刘勰并不笼统反对文章之奇,但反对"逐奇而失正",他把这种现象和儒家经典的文风对立起来,作为《文心雕龙》全书的主要抨击对象。

刘勰认为,汉魏以来离开儒家经典文风的准则,形成"浮诡"、"讹滥"文风的现象,主要应由辞赋尸其咎。这一看法在《情采》篇中表述得很明确。他认为《诗三百篇》作者是"为情而造文",其文"要约而写真";辞人的赋颂却是"为文而造情",其文"淫丽而烦滥";"而后之作者,采滥忽真,远弃风雅,近师辞赋,故体情之制日疏,逐文之篇愈盛"。《文心雕龙》其他篇中对于辞赋的批评是颇多的,这里毋须赘述。辞赋的这种华而不实的毛病,发源于楚辞。《宗经》篇说:"建言修辞,鲜克宗经,是以楚艳汉侈,流弊不还。"《通变》篇说:"商周丽而雅,楚汉侈而艳。"都是楚辞、汉赋连类而言,并把它们和儒家经典文风相对举。《物色》篇赞美《诗经》描状自然景色,用字精要,"皎日嘒星,一言穷理;参差沃若,两字穷形:并以少总多,情貌无遗矣"。接着说:"及《离骚》代兴,触类而长,物貌难尽,故重沓舒状,于是嵯峨之类聚,葳蕤之群积矣。及长卿之徒,诡势瑰声,模山范水,字必鱼贯,所谓诗人丽则而约言,辞人丽淫而繁句也。"这里"丽淫而繁句"固然是直接批评汉赋,但认为楚辞在这方面起了不良的先导作用,语意之间也是颇为明显的。纪昀评《辨骚》说:"词赋之源出于骚,浮艳之根亦滥觞于骚，辨字极为分明。"这话是探得了刘勰的用心的。当然，刘勰并不笼统反对楚辞之艳，他认为"若爱典而恶华，则兼通之理偏"（《定势》），但他坚决反对"楚艳汉侈，流弊不还"的现象，因为那是"逐奇而失正"了。

综上所述，可见刘勰把《辨骚》列入"文之枢纽"，作为全书总论之一篇，不但由于楚辞产生时代较早，对后世文学发生深远影响，必须尊重它的历史地位；而且从阐明自己的创作原则来说，具有重要的意义。刘勰认为楚辞的"奇文郁起"，是儒家"五经"以后文风的一个巨大转变（《序志》篇所谓"变乎骚"意即指此），它有"自铸伟辞"、"惊采绝艳"的优点，但也有异乎经典的"夸诞"之弊。这种弊病由于汉赋的继承发展而扩大了，形成了后世"浮诡"、"讹滥"的不良文风。为了矫正这种不良文风，刘勰强调必须以儒家经典文风为准则，批判吸取从楚辞开始的奇辞异彩，强调"正末归本"（《宗经》），强调"执正驭奇"。这个重要主张贯串在《文心雕龙》全书中间，而在总论中作了开宗明义的论述。这层意思，即在《宗经》、《辨骚》的篇名用字中间，也是可以窥见的。

刘勰在"文之枢纽"中所表现出来的崇经抑骚的思想，在锺嵘《诗品》中也有明显表现。锺嵘最推崇上品中的曹植、陆机、谢灵运三位诗人，都是源出"国风"；对源出楚辞的张华、鲍照、谢朓等诗人，则较多不满之词，都置于中品。《诗品序》中更讥笑当代"轻薄之徒"，不肯好好向源出"国风"的曹植、刘桢学习，而专门师法鲍照和谢朓。这种议论跟刘勰宗经、辨骚的宗旨是很相近的。

我们评价刘勰《辨骚》的文学思想，应该肯定它的价值，特别是其中对楚辞的艺术成就和楚辞中各篇的风格特色，作了深入细致的分析，比起前人在这方面的理论，有了很大的发展，这表现了刘勰卓越的艺术鉴赏才能和分析能力，无疑是应该肯定的。再有，在刘勰宗经、辨骚的文学主张中，着重谈到了奇与正的问题。不少同志根据刘勰对于奇的言论来探讨刘勰对于浪漫主义的看法，这也是有其道理的。但应该看到，文学作品中奇的现象是比较复杂的，有的与浪漫主义有关，如神话传说，有的却无关，如"别风淮雨"之类，奇并不都是浪漫主义。刘勰对于奇的态度也不是简单的，他对于奇不是笼统肯定，也不是笼统否定。他既要执正驭奇，要酌奇玩华；又要依义弃奇，反对逐奇失正。因此我们探讨刘勰对于浪漫主义的看法，必须作全面的考察和科学的分析，否则是很容易说错的。

（原载《光明日报》1964 年 8 月 23 日

《文学遗产》副刊第 475 期）

从《乐府》、《谐讔》看刘勰对民间文学和通俗文学的态度

　　刘勰对民间文学和发源于民间的通俗文学的态度，主要见于《文心雕龙》的《乐府》、《谐讔》两篇。在《乐府》篇中，刘勰对汉魏时代的乐府民歌评价很低；《谐讔》篇则对源出民间的谐辞、隐语颇为重视，特列专篇加以论述。看来，刘勰对民间文学和通俗文学的态度比较复杂，他有他自己的思想标准和艺术标准，根据这种标准对它们有所肯定或否定，而不是笼统的赞扬或排斥。本文试图在这方面作一些具体分析。

　　先谈谈《乐府》篇。刘勰对汉乐府民歌的评价很低。《乐府》说："迩及元、成，稍广淫乐。"这里的淫乐主要即指汉代相和歌等一类出于民间的乐曲。西汉武帝开始广泛采集民间歌曲，到元帝、成帝时期，民间乐曲进一步发展，风靡于贵族上层社会。《汉书·礼乐志》载："（成帝）时郑声尤甚。黄门名倡丙强、景武之属，富显于世。贵戚五侯、定陵、富平外戚之家，淫侈过度，至与人主争女乐。"这里的"郑声"也指通俗乐曲。黄门倡指当时宫庭内的黄门鼓吹乐工，其职务主要就是演唱相和歌等一类通俗乐曲①；现存汉乐府民歌，大多数保存在相和歌辞中。刘勰承袭《汉书·礼乐志》的看法，把相和歌等民间通俗乐曲斥为"淫乐"，态度是很保守的。

---

　　①　参考拙作《说黄门鼓吹乐》，载《乐府诗论丛》（编者按：即《乐府诗述论》中编）。

　　《乐府》又说："若夫艳歌婉娈，怨志诀绝，淫辞在曲，正响焉生！"这是对汉乐府民歌一部分内容的否定性评价。艳歌当指相和歌辞中的《艳歌何尝行》、《艳歌行》等。现存《艳歌何尝行》古辞"飞来双白鹄"篇以双白鹄不忍分离为引子，抒发女子对丈夫的坚贞爱情；《艳歌行》古辞"翩翩堂前燕"篇写流宕他乡的两三兄弟，在生活上得到女主人帮助，引起男主人猜忌，因而触动归家的念头。两篇都表现了男女间深厚的情意，所以刘勰称为"艳歌婉娈"。"怨志诀绝"，据范文澜《文心雕龙注》考订，当作"怨诗决绝"。怨诗指汉乐府相和歌的《白头吟》（其内容诉说妇女被丈夫遗弃的哀怨）。《白头吟》有句云："闻君有两意，故来相决绝。""决绝"语本此。范说相当中肯。刘勰把《艳歌何尝行》、《艳歌行》、《白头吟》等一类优秀篇章斥为"淫辞"，可见他对汉乐府民歌的评价是很低的。

　　在《乐府》篇中，我们还看到刘勰对曹魏时代在汉乐府民歌影响下的一些文人作品，也是估价较低。他在提到曹操的《苦寒行》（"北上太行山"篇）、曹丕的《燕歌行》（"秋风萧瑟天气凉"篇）等篇章时评云："志不出于慆荡，辞不离于哀思，虽三调之正声，实《韶》、《夏》之郑曲也。"认为同古代雅正的乐曲相比，它们仍是郑卫之淫声。这里也间接反映了他对汉乐府民歌的轻视态度。

　　人们或许会感到奇怪：汉乐府民歌的不少篇章，反映了比较广阔的社会生活，表现了下层人民的痛苦，叙事具体生动，抒情真挚深切，具有高度的思想性和艺术性；刘勰评价作品，重视政治教化内容，重视艺术成就，他对汉乐府民歌的评价，何以如此之低呢？这个问题，我想应当从刘勰批评标准的具体内涵来理解。

　　从思想标准看，刘勰诚然强调文学作品的政治教化作用，强调它们的规诫讽谏内容（此点下文还要详述），但他并不要求作品反映下层社会生活和描绘民生疾苦。这，除掉表现于对汉乐府民歌的评价外，还有其他的例子。东汉末年的灵帝，喜欢民间通俗文艺，在鸿都门招集了一批文人,其作品颇多描写"方俗闾里小事"(就是民间日常生活),灵帝看了很高兴。当时著名文人蔡邕上书反对,斥骂这类作品"连偶俗语,有类俳优",意思说它们语言鄙俗,像俳优唱戏一样(见《后汉书·蔡邕传》)。刘勰在《文心雕龙·时序》中提到此事,他同意蔡邕的看法,并把那批文人斥为"浅陋"。上文提到,汉代包含了许多民歌的相和歌辞,是由宫庭内的黄门倡演唱的,其中歌辞如《东门行》、《妇病行》、《孤儿行》等,描写的也正是"方俗闾里小事"。由此可见,刘勰鄙视汉乐府民歌和鸿都门文人,是有着共同思想基础的。

从艺术标准看,刘勰轻视汉乐府民歌也自有他的理由。汉乐府民歌的不少优秀篇什,抒情真挚深刻,叙事具体细致,人物形象鲜明,语言质朴生动,具有很高的艺术性。明代胡应麟评它们说:"质而不俚,浅而能深,近而能远,天下至文,靡以过之。"(《诗薮》内编卷一)但这是后代文风趋向质朴、民歌获得文人重视时期的看法。刘勰身处南朝,当时骈体文学高度发展,一般文人总是把辞藻华美、对仗工整、音律和谐等作为衡量作品艺术性的主要标准。刘勰也是骈体文学的拥护者,《文心雕龙》就是用精美的骈文写作的。因此,在刘勰看来,许多民间歌辞的语言都是过于质朴鄙俗,缺乏文采。他曾说:"文辞鄙俚,莫过于谚。"(《书记》)他赞美汉代无名氏的数十首古诗为"直而不野";看来他认为汉乐府民歌则是直而野的。像《东门行》、《妇病行》、《平陵东》等一类非常口语化的作品,我们认为很生动,刘勰看来却是质直鄙俚的。另一方面,刘勰在《乐府》中赞美曹植、陆机"咸有佳篇",就是因为两人的诗作富有文采,没有质直鄙俚之病。

在刘勰所处的时代,乐府清商曲中的吴声歌曲、西曲歌非常发达,从东晋到齐梁,产生了许多曲调和大量歌词。《宋书·乐志》对一部分吴声歌曲曾加以叙述,《文心雕龙》却是只字不提。在刘勰看来,汉乐府民歌已是"淫辞",吴声、西曲歌辞内容专门谈情说爱,就更是自郐以下,卑卑不足道了。

　　刘勰对乐府民歌的轻视,在当时批评界不是一种孤立的现象,我们不妨拿来与锺嵘、萧统的观点互相比照。锺嵘《诗品》评价作家作品,也很重视文采。他评汉代无名氏古诗云:"文温以丽,意悲而远,惊心动魄,可谓几乎一字千金。"但对汉乐府民歌却根本不加论述。曹魏作家中,曹操、曹丕、陈琳、阮瑀的作品受汉乐府民歌影响比较深,语言比较质朴。《诗品》列曹操于下品,评为"古直";列曹丕中品,评为"百馀篇率皆鄙质如偶语";对杰出作品《饮马长城窟行》的作者陈琳,根本不加品题;阮瑀也列在下品。对六朝乐府民歌也不予论列。另一方面,对富有文采的曹植、陆机,则评价很高,均列上品。其看法同刘勰非常接近。

　　让我们再看看萧统《昭明文选》中的诗歌选篇。汉诗,除选录《古诗十九首》外,乐府仅选《饮马长城窟行》("青青河边草"篇)、《伤歌行》("昭昭素明月"篇)、《长歌行》("青青园中葵"篇)三首,其风格均与《古诗十九首》接近。那些反映下层生活、语言通俗的优秀篇章均未入选。曹魏时代深受汉乐府民歌影响的优秀篇章,像曹操的《薤露》、《蒿里》,陈琳的《饮马长城窟行》,阮瑀的《驾出北郭门行》等,都没有入选。曹植的乐府,选了富有文采的《箜篌引》等四篇,陆机乐府入选竟达十七首。六朝乐府民歌,一首也没有入选。可见《文选》的选录标准与刘勰的批评标准也比较接近。南朝批评家轻视汉乐府民歌的质朴鄙俚,同他们认为陶渊明诗古朴质直因而评价不高,其间贯穿着一致的艺术标准。

　　当时比较重视乐府民歌的,只有徐陵的《玉台新咏》。该书选了古乐府六首,它们是:《日出东南隅行》(即《陌上桑》)、《相逢狭路间》、《陇西行》、《艳歌行》、《皑如山上雪》(即《白头吟》)、《双白鹄》(即《艳歌何尝行》)。此外,还选了陈琳的《饮马长城窟行》和无名氏的《古诗为焦仲卿妻作》(即《孔雀东南飞》)。在该书第十卷中,还选了十馀首六朝时代的吴声、西曲歌辞和一部分文人学习民歌的作品。《玉台新咏》重视乐府民歌和民歌气味浓厚的文人作品,值得称道。但此书相传系提倡宫体诗的萧纲指示徐陵编集,专选表现男女情爱之作,在选本中为别调;而刘勰、锺嵘、萧统等人的批评或选录标准,才是当时诗坛占统治地位的看法。

下面再谈谈《谐讔》篇。谐,谐辞,指嘲戏性的文辞;讔,隐语,指谜语一类作品。谐辞隐语,原来出自民间,起源颇古,汉魏六朝时代,文人在这方面也颇多制作。

刘勰在《谐讔》篇首段中指出,谐隐一类作品,有其一定的价值。他说:"蚤蟹鄙谚,狸首淫哇,苟可箴戒,载于礼典。故知谐辞讔言,亦无弃矣。"他认为蚤蟹歌、狸首歌,虽然文辞鄙俗不雅,但其内容有一定的箴戒作用,故被《礼记》所记录;对谐辞隐语,也应取这种态度。这几句话很重要,表明了刘勰对谐隐一类民间文学和通俗文学的基本态度,即在他看来,这类作品是比较鄙俗而不雅驯的,但如果它们包含了一定的规讽箴戒内容,在政治或道德修养方面可以产生积极作用的话,仍然应适当加以肯定;如果不包含这种积极的内容,那就无大价值了。

在叙述谐辞时,刘勰指出先秦时淳于髡谏齐威王之辞、宋玉的《登徒子好色赋》,都是"意在微讽,有足观者";还有《史记·滑稽列传》所载优旃、优孟的谐辞,都能"谲辞饰说,抑止昏暴",在政治上产生积极作用。"其辞虽倾回,意归义正",它们的文辞虽然并不雅正,但其内容在阻止帝王的昏暴行为,主旨却是纯正可取的。但他接着指出,这类作品"本体不雅,其流易弊",因为它们专门编造一些故事,"谲辞饰说",如果丧失积极的内容,就容易产生弊端。他列举了汉代东方朔以至魏晋时期的一些作品,指出它们虽然内容非常诙谐,使人大笑,但常有"无益时用"、"有亏德音"之弊,也就是在政治和道德修养上不能产生积极作用。

在叙述隐语时,刘勰先是列举了先秦时代的若干例子,指出它们

"大者兴治济身，其次弼违晓惑"，也就是在政治上和道德修养上产生积极作用。接着他就批评东方朔所造作的隐语"谬辞诋戏，无益规补"。下面叙述曹魏以来，谜语盛行，但曹丕、曹植、曹髦等人的作品，都是"博举品物，虽有小巧，用乖远大"。刘勰认为东方朔、曹丕等的这类作品都缺乏积极的思想内容。他肯定古代良好的隐语"理周要务"，也就是能够"兴治济身"，"弼违晓惑"；如果仅仅"为童稚之戏谑"，像小孩子那样开开玩笑，那就没有多大价值了。

《谐讔》最后的赞语云："古之嘲隐，振危释惫。虽有丝麻，无弃菅蒯。会义适时，颇益讽诫。空戏滑稽，德音大坏。"他认为谐辞隐语在各种文体中犹如草木之有菅和蒯，是粗野的低等植物，也就是上文"本体不雅"的意思。他肯定古代的谐隐具有拯救危难的作用，指出谐隐的内容应当合于道义，有益于讽谏规诫，而不应当是"空戏滑稽"，仅仅开开玩笑，再一次重申了他对谐隐一类民间文学和通俗文学的基本态度。

我国古代的游戏文学有着悠久的历史。先秦时代已有不少作品，西汉的东方朔更是一个游戏文学专家。《南齐书·文学传论》："王褒《僮约》，束皙《发蒙》，滑稽之流，亦可奇玮。"对此类作品举例加以肯定。魏晋南北朝时期，文学较多地摆脱儒家思想的束缚，趋向独立地自觉地发展，作家作品繁多，游戏文学也有进一步的发展。《谐讔》篇说："潘岳《丑妇》之属，束皙《卖饼》之类，尤而效之，盖以百数。魏晋滑稽，盛相驱扇。"由此可以窥见魏晋时期游戏文学的盛行。此风迄南朝不衰。据《隋书·经籍志》集部总集类所载，有《诽谐文》三卷、袁淑撰《诽谐文》十卷。梁有《续诽谐文集》十卷，又有沈宗之撰《诽谐文》一卷。诽谐文即是刘勰所谓谐辞。刘师培《中国中古文学史讲义》"宋齐梁陈文学总论"中曾指出这时期文学的四个特色，其一即为"谐讔之文，斯时益盛"。这类游戏文学作品，常常采用韵文形式，如潘岳的《丑妇赋》、束皙的《饼赋》、袁淑的《鸡九锡文》和《驴山公九锡文》等都是①。著名的《北山移文》，实际也是一篇游戏文学作品②，只因其艺术成就卓越，还被采入《昭明文选》。总之，诽谐之文在南朝已经成为文人创作的一种常见样式，数量颇多；它们受当时骈体文学发展的影响，注意辞藻、对偶、声韵之美，颇有文采，因而受到批评家的重视。刘勰在《文心雕龙》中特列专篇评述谐辞隐语，并在排列次序上把它归入有韵之文一类，正反映了这种现象。刘勰根据他评文的思想标准，认为魏晋南北朝的谐辞隐语大抵是"空戏滑稽"，估价很低；但当时此类文体流行，作品繁多，而且颇有文采，他又不能不承认这种不容漠视的文学现象。

　　这里想附带谈谈刘勰对小说的态度。魏晋南北朝时期，文言笔记体小说抬头和发展。记鬼神的有干宝《搜神记》、刘敬叔《异苑》等数十种，记人事的有邯郸淳《笑林》、刘义庆《世说》等若干种。当时人不把它们归入集部（文学）而归入子、史。到唐人编《隋书·经籍志》仍是如此，志怪小说归入史部杂传类，记人小说归入子部小说家类。《文心雕龙》中《史传》、《诸子》两篇，评述了许多著作，但对志怪和志人小说均只字不提。人们或许会奇怪：对谐辞隐语，刘勰还特列专篇论述，怎么会对当时如此盛行的笔记体小说全部略而不论呢？实际上联系刘勰的批评标准来考察，这也不难理解。刘勰认为史书的内容应当翔实可信，不可虚假，志怪小说专记鬼神荒诞之事，自不合格。他认为诸子的著作是"入道见志之书"，《笑林》、《世说》一类，仅供谈笑，当然谈不上"入道见志"。再从艺术标准看，笔记体小说在语言上都是属于无韵之笔一类，缺乏辞藻、对偶、声韵之美，在当时崇尚骈体文学的人们（包括刘勰）看来，它们是缺乏文采、缺乏文学之美的。如

---

　　①　《丑妇赋》今失传。其馀三篇范文澜《文心雕龙注》曾引用，读者可以参考。

　　②　参考拙作《孔稚圭的〈北山移文〉》，载《汉魏六朝唐代文学论丛》。

果说，对魏晋南北朝的谐隐之文，刘勰虽然认为它们大多数"空戏滑稽"，缺乏积极内容，但还承认它们具有一定的文采，因而加以评述的话；那么，当时的笔记体小说，内容和艺术都是不足称述的了。

综合上面的介绍分析，我认为刘勰对民间文学和通俗文学的态度，大致上可以概括如下：

总的说来，刘勰在文体方面的正统观念比较鲜明，对民间文学、通俗文学抱着轻视的态度。他认为民谣俗谚的文辞是很鄙俚的，俳谐作品也是"本体不雅"，把谐辞隐语比作莒蒯，它们在各体文章中都是低等的作品。他对优秀的汉乐府民歌评价很低，对六朝乐府民歌和魏晋南北朝小说根本不加论述，把谐隐之文放在有韵之文末尾来论述，都鲜明地表现了他轻视民间文学、通俗文学的态度。

刘勰要求文学作品的思想内容，能够在政治上、道德修养上直接产生积极作用，做到"兴治济身"，"弼违晓惑"。根据这一标准，他肯定了一部分谐辞隐语。汉魏六朝的乐府民歌、小说和很大部分的谐辞隐语，并不具有这种内容，所以刘勰或评价很低，或不加论列。

刘勰拥护南朝盛行的骈文体制，把辞藻、对偶、声韵之美作为主要的艺术标准来衡量作品。乐府民歌语言质朴而口语化，笔记体小说是无韵之笔，在他看来都缺乏文采，所以评价很低，甚至不屑齿及。对不少谐隐之文，虽然其内容也不足取，但具有骈文文体之美，所以他仍然予以论述。

（原载《柳泉》1983 年第 1 期）

读《文心雕龙·神思》札记

一　物

《文心雕龙·神思》专论创作构思，比较具体地谈到了作者的构思和物的关系。其中有云：

> 故思理为妙，神与物游。神居胸臆，而志气统其关键；物沿耳目，而辞令管其枢机。枢机方通，则物无隐貌；关键将塞，则神有遁心。

这个为耳目所接触的物，是不是指客观外界广泛的事物呢？不是。物仅指有形貌有声响、可以耳闻目睹之物。由人们活动所构成的事实，并无形貌，就不属于物。

《神思》篇所谓物，首先是指自然风景，亦即《文心雕龙·物色》中的物色。《物色》篇一开始叙述四时气候和景物都有变化，触动了人们的情绪，激发了创作欲望，因而写成作品，即所谓"岁有其物，物有其容，情以物迁，辞以情发"。这里的情、物、辞三者与《神思》中的神与志气、物、辞令三者基本上是一致的。《物色》前半篇谈到的物，有四时气候、玄驹、丹鸟、清风、明月、白日、春林、桃花、杨柳、雨雪、黄鸟等等，都是自然景物。《文选》所选赋有"物色"一类，描写风、秋景、雪、月等等，也是自然景物。还有一些外界之物，有些是人工制造之物（如宫殿），有些虽是自然之物，但不一定作为风景对象来描绘，也属于《神思》所谓物的范围。《文选》所选赋有宫殿、江海、鸟兽（有鹏鸟、鹦鹉、鶬鶊等）三类，都是其例。《文心雕龙·夸饰》云："至如气貌山海，体势宫殿，嵯峨揭业，熠耀焜煌之状，光采炜炜而欲然，声貌岌岌其将动矣。"这里讲到山海宫殿等物。《诠赋》云："至于草区禽族，庶品杂类……象其物宜，则理贵侧附。"这里讲到各种动植物。这些外界之物虽不作为风景，但也常常是辞赋的描写对象，与《文选》所选诸赋可以配合起来看。《神思》中提到的神思的对象，有风云之色以及山海等等，也都是外部自然界之物。王元化同志在其《文心雕龙创作论》一书中曾指出，《文心》全书用物字凡四十八处，除极少数外，物字都"作为代表外境或自然景物的称谓"（见《心物交融说物字解》篇），这一解释是很中肯的。

文学作品所表现的内容是多方面的，大致说来，则分别为人们（包括作者本人）主观世界的思想感情和客观世界的事与物。作品中表现的思想，刘勰常常使用"义"、"理"来概括，如《杂文》云："或文丽而义暧，或理粹而辞驳。"义、理均指思想或道理。情是《文心雕龙》经常讲的，《宗经》提出要"情深而不诡"。这种主观世界的思想感情当然不属于物。至于人们活动构成的事实，如上文所说，它并无形貌，也与物不同。《文心雕龙》书中对事与物也是清楚区分的。如《史传》肯定《史记》体制"虽殊古式，而得事序"。《史传》又云："纪传为式，编年缀事，文非泛论，按实而书。""或有同归一事，而数人分功。""传闻而欲伟其事，录远而欲详其迹。"这种事实或事迹显然与风云山水等不同，不能用"物"来概括。

读者会问：《神思》篇位于《文心雕龙》下半部之首，泛论创作构思，在讨论作家的思维活动与外界事物关系的时候，为什么不是泛论外界的事与物而单独标举物呢？回答是，因为这是以诗赋为文学作品的主要对象来讨论问题的缘故。汉魏以至南朝,人们一般以诗赋为文学作品的主要样式,这在创作和评论方面都是如此。例如《宋书·谢灵运传论》性质等于一篇文学传论,其内容先述《诗三百篇》和楚辞、汉赋,中间指出"自汉至魏……辞人才子,文体三变",三次变化分别以司马相如、班固、曹植和王粲为其代表。其后至西晋元康时代,则以潘岳、陆机最为突出。所举都是擅长诗赋的作家。《文选》选录作品,首列赋,次列诗,然后是其他样式文章,也把诗赋放在主要地位。《文心雕龙》论述的各种文体有数十种,范围相当宽大,但也把诗赋放在首要地位。他在分论各种文体时,先是以《明诗》、《乐府》论诗,接着以《诠赋》论赋,然后再论其他文体。《体性》篇论述作家个性与作品风格的关系,列举了大作家贾谊、司马相如、扬雄、刘向、班固、张衡、王粲、刘桢、阮籍、嵇康、潘岳、陆机等十二人,代表了西汉、东汉、魏、晋各代文学的最高成就。其中除刘向一人外,都是诗赋名家(其中有的兼长散文或骈文)。《时序》篇论述历代文学与时世的关系,大体上均以评述诗赋作家为主。《才略》篇涉及面稍广,但诗赋作家作品仍占最大比重。由此可见,刘勰同当时许多人一样,认为诗赋是文学作品的主要样式。

状物是辞赋的一个重要内容,故《诠赋》云:"赋者,铺也,铺采摛文,体物写志也。"绝大部分诗歌和一部分辞赋着重抒情,在抒情时,作者常常从外界的物色即自然景物获得启发与感召,抒情写景往往结合在一起。《文心雕龙》中对情物二者的密切关系是屡屡提到的,除上举《物色》的"情以物迁,辞以情发"外,《明诗》有云:"人禀七情,应物斯感,感物吟志,莫非自然。"《诠赋》有云:"原夫登高之旨,盖睹物兴情。"都鲜明地表明了诗赋作者感物起兴、情物结合的特色。我国古代诗歌情物结合或情景结合的特色,《诗经》、楚辞已肇其端,至魏晋诗赋繁兴而有进一步的发展。我们看到陆机《文赋》首段描绘创作构思,也颇重视情物二者的关系,如云:"遵四时以叹逝,瞻万物而思纷。悲落叶于劲秋,喜柔条于芳春。"又云:"情瞳眬而弥鲜,物昭晰而互进。"这种论述正是反映了当时抒情写景诗赋发达的情况。到南朝刘宋时代,山水诗兴起,风靡文坛。山水诗注意刻画自然景色,刘勰称为"情必极貌以写物"(《明诗》)。他还特列《物色》一篇,专论景物描写,有云:"自近代以来,文贵形似,窥情风景之上,钻貌草木之中。吟咏所发,志惟深远;体物为妙,功在密附。"综上所述,可见刘勰既然认为诗赋是文学作品的主要样式,在当时山水诗昌盛之际,他在《神思》篇中着重讲作家思维与物的关系,也就不难理解了。《情采》篇泛论作者性情与作品文辞的关系,也以诗赋为例来分析,指出"诗人什篇"(指《诗三百篇》)是"为情而造文","辞人赋颂"是"为文而造情",在以诗赋为代表来讨论创作中的一般性问题方面,有与《神思》共通之处。

读者或许还会问:《文心雕龙·宗经》中论述作品内容之美,提出了"情深而不诡"、"事信而不诞"、"义直而不回"三原则,这里提到了情、事、义,为什么独独不提物呢? 这不是与《神思》、《物色》的重视物矛盾吗? 我想这还是可以解释的。在抒情写景诗赋中,情景常常结合在一起,写景最终是为了表现情志,所谓"感物吟志"、"睹物兴情"以及上举《物色》论山水诗的"吟咏所发,志惟深远",都含有这层意思。一部分赋虽着重状物,但体物与写志也往往结合,通过写物来抒写情志,如《文选》所选的宋玉《风赋》、潘岳《秋兴赋》、贾谊《鵩鸟赋》、祢衡《鹦鹉赋》等等,都具有此种特色。刘勰主张诗赋应以抒写情志为根本,所谓"况乎文章,述志为本"(《情采》)。因此,《宗经》中"情深而不诡"一条,实际上可以理解为包含着不少体物的内容的。

二 "研阅以穷照"

《神思》论述创作构思时,联系到创作前的准备工夫,有四句话说：

> 积学以储宝，酌理以富才，研阅以穷照，驯致以绎辞。

"积学"，是指平时多读书，积累学问和材料，包括题材、词语、典故等等，以供构思和创作时使用。"酌理"，指吸取前人作品中的思想观点，以丰富自己的创作才能。这"理"，在刘勰看来主要是儒家之理，但也可以吸取其他方面的理。"研阅"的"阅"，现代研究者多数认为指阅历，则"研阅"是指研究生活经历。这种解释须要商榷。作者的生活经历对创作的确发生巨大作用，刘勰对此也是重视的。他在《时序》中指出建安文人的作品"雅好慷慨"、"梗概而多气"，是由于"世积乱离，风衰俗怨"；在《才略》中指出刘琨的作品"雅壮而多风"，是"遇之于时世"，都说明了时势和作者的生活经历对作品的影响。可是把"阅"字释为阅历或生活经历，在词语运用习惯上是罕见的，在《文心雕龙》全书其他篇章和魏晋南北朝其他文论中似乎都找不到这种例子。

如我们把这里的"研阅"、"穷照"，解释为阅览、钻研前人或他人文章，就能够和《文心》中的其他篇章配合起来。《通变》云："先博览以精阅，总纲纪而摄契。"《知音》云："鉴照洞明。"又云："圆照之象，务先博观。"两篇中的"阅"、"照"，均指阅览钻研他人作品，与《神思》篇参照是很有意义的。或许有人会说，上面"积学"句讲读书，此处又讲阅览他人文章，不是重复了吗？诚然，这两句都讲阅读他人作品，但侧重点有所不同。"积学"句是指博读他人作品，吸取各方面的知识和材料；"研阅"句则指钻研他人文章，吸取其艺术方法和技巧。《知音》云：

> 是以将阅文情，先标六观：一观位体，二观置辞，三观通变，

四观奇正,五观事义,六观宫商。斯术既形,则优劣见矣。

这里"阅文情"即是研阅。"六观"的对象中,"置辞"、"事义"、"宫商"三项,都是从艺术方面谈的;"位体"、"通变"、"奇正"三项虽与内容有关,这里也着重在艺术形式方面。从以上六个方面进行考察,正是研阅他人作品,学习吸取其创作艺术的重要内容,所以说"研阅"句的侧重点与"积学"句有所区别。翻翻《隋书·经籍志》,我们发现魏晋南北朝时代有两类书籍颇为流行,供人们作文时借鉴和取材:一类是类书,如《皇览》、《类苑》等,有十馀种;另一类是总集,如《文章流别集》、《文选》,数量就更多了。我们不妨说,类书是分类纂集多方面的知识和材料,帮助作者"积学以储宝"的,总集则往往是编选优秀作品,供作者"研阅以穷照"的。

实际上,"积学"以下三句说的都是阅读他人的著作文章,吸取其中的养料,不过角度和侧重点不同。"积学"句是吸取题材、词语、典故等材料,"酌理"句是吸取思想观点,"研阅"句是吸取写作艺术。下面"驯致"句是说顺利地抽绎组织文辞,接近于表达阶段,这正是上面积学、酌理、研阅等几种准备工作做得很良好的条件下获得的效果。

或许有人会问:《神思》谈创作修养,为什么只是强调读书学习,从书本中吸取养料而不重视作者的生活经验呢?原来魏晋南北朝时代,骈体文学昌盛,在文坛占据统治地位,文人创作,以讲究骈俪辞藻的诗、赋、文为主要样式,其内容则偏重抒情写景。当时文人多数不重视反映社会现实的叙事作品。他们把记事写人的史传文称为笔,认为缺少文采;只有像《汉书》、《后汉书》等史书中的一部分赞论序述,"事出于沉思,义归乎翰藻",才算是富有文采,故《昭明文选》加以选录。他们也不重视叙事性强的诗歌,像汉乐府中叙事名篇《陌上桑》、《焦仲卿妻》等等,除少数采入《玉台新咏》外,文论家沈约、刘勰、钟嵘等均未加肯定,甚至不予齿及。《昭明文选》也不收。文人叙事佳作,像陈琳《饮马长城窟行》,曹操《薤露》、《蒿里》等篇遭到的也是同样命运。对这类作品反映社会现实的深刻内容,他们大抵不予重视;在艺术上又认为它们语言质朴甚至俚俗,缺乏骈体文学的语言文采,而不能认识它们刻画人物、运用语言都朴素生动的特色。刘勰、锺嵘虽很推重建安诗歌和建安风骨,但他们所肯定的,主要乃是那些"慷慨以任气,磊落以使才"的抒情作品,像《文选》所选的那样,而不是叙事作品①。他们在创作上既然不重视叙事作品,不重视反映社会现实,那么,作家有没有丰富的生活经历,在他们看来就不是一件重要事情,无须作为创作准备的一个必要条件来加以论述了。

上面提到,刘勰注意到时势和作者身世对作品的影响,这表现在他对建安文学和刘琨的评价上。这种观点,在其前的谢灵运《拟魏太子邺中集诗八首》的某些小序中也有表现。但他们所重视的主要仍是表现慷慨情志的抒情作品。而且,指出某些作品受作家身世或生活经历的影响,并不等于提倡为了使作品更好地反映社会现实,作者应当具有丰富的生活阅历。前者是就既成作品客观地对其思想内容的形成条件加以分析,后者则是提倡作品应当表现什么题材以及作者必须的准备工夫,二者不能混为一谈。

魏晋南北朝时期的文人,多数出身门阀世族,在生活上远离下层社会。当时玄学流行,人们在玄学思想影响下,往往追求超尘脱俗,不关心社会现实情况。在文学上则是如上文所述,骈体文学昌盛,刻意追求辞藻之美。在这种风气支配和影响下,当时文人一般都不重视反映社会现实,在理论上也不提倡作者应当有丰富的阅历。这实在不是刘勰一个人的局限。我们看陆机《文赋》前面谈论创作准备工夫时,一是"颐情志于典坟"、"游文章之林府"云云,二是"遵四时以叹

---

①　参考拙作《从〈文心雕龙·风骨〉谈到建安风骨》一文。编者按:此文收入《文心雕龙探索》上编。

逝"、"悲落叶于劲秋"云云,也不出读书借鉴、观览景物这两项。《神思》篇内容正是继承《文赋》的传统而来的。在文论中强调生活经历的重要性,强调作家应有丰富的阅历,那是唐宋以来文论中的新现象。这在苏辙《上枢密韩太尉书》和陆游《示子遹》、《九月一日夜读诗稿有感走笔作歌》等篇章中,表现得尤为鲜明突出。

　　《神思》篇谈创作与外界的关系时,突出的是自然景物而不是广阔的社会生活;谈创作准备,只强调阅读观摩他人的著作文章而不注意作者的生活经验。这里反映的不仅是刘勰个人和其他文论家的思想局限,而且反映了这一历史时期带有普遍性的作品内容不重视反映社会现实的局限,文学理论、文学创作两方面的局限是紧密地联系在一起的。

　　　　　　　　　　　（原载《文艺理论研究》1985 年第 1 期）

《文心雕龙》风骨论诠释

　　推崇风骨是刘勰文学理论的一个重要内容。什么是风骨？近年来发表的论文颇不少，讨论在逐步深入，但看法还不一致。除《风骨》篇外，《文心雕龙》书中运用"风"、"骨"这两个名词的地方颇多，含义和《风骨》篇并不完全相同。我们自然应该以《风骨》篇为主要探讨依据。但刘勰既推崇风骨，且其论点贯穿于全书，因此还应以有关论述为辅佐，并在引用这类材料时小心谨慎，实事求是，避免主观武断，牵强附会。底下试本着这样的认识来谈谈对刘勰风骨论的理解。

　　风是什么呢？《风骨》篇说："诗总六义，风冠其首，斯乃化感之本源，志气之符契也。是以怊怅述情，必始乎风。""意气骏爽，则文风清焉。""思不环周，索莫乏气，则无风之验也。"可见作品的风是作者情志意气的表现。所谓情志意气，包括思想、感情、气质、性格诸方面。简单说来，风就是作者思想、感情、气质等表现在文章中的风貌。每个作者都有他的思想、感情、气质、性格等等，因此其作品也必然有其风貌；但刘勰风骨论的风，又是带有肯定意味，指作品的优良风貌而言。《风骨》篇说："意气骏爽，则文风清焉。""深乎风者，述情必显。""若能确乎正式，使文明以健，则风清骨峻，篇体光华。"好的作品文风清明，述情显豁，也就是作者的思想、感情、气质等在作品中呈现出明朗的风貌。刘勰所谓有风的作品，实际上就是指风清的作品而言。

　　好作品的风貌具有清明或明朗的特色，刘勰认为是由于作者"意气骏爽"、思虑"环周"的结果，也就是思想感情爽朗鲜明的表现。思想感情是否爽朗鲜明，在作品中是否表现得明朗，是作品内容能否打动人的一个重要因素，但它跟思想感情的是否纯正不是一回事。《风骨》篇说："相如赋仙，气号凌云，蔚为辞宗，乃其风力遒也。"这里"风力"与上文"骨髓"对言，也就是"风"的意思。"相如赋仙"是指司马相如的《大人赋》。扬雄曾经批评《大人赋》道："往时武帝好神仙，相如上《大人赋》欲以风，帝反缥缥有凌云之志。由是言之，赋劝而不止明矣。"（《汉书·扬雄传》）刘勰接受了扬雄贬斥汉赋的观点，《文心雕龙·诠赋》曾以"无贵风轨，莫益劝戒"的话来批评汉赋的流弊，《杂文》篇又以"讽一劝百，势不自反"的话批评枚乘《七发》以下的许多拟作。可以肯定，刘勰是不会从思想内容纯正的角度来赞美《大人赋》的。假如以思想内容的纯正为标准，《风骨》篇独独举《大人赋》作为风力遒劲的正面例子，那倒是奇怪而令人难以理解了。司马相如辞赋的代表作《子虚赋》、《上林赋》，其主要风格特征，据刘勰的评价是"繁类以成艳"（《诠赋》），"理侈而辞溢"（《体性》），"洞入夸艳"（《才略》），比较起来，《大人赋》的风貌却是远较《子虚》、《上林》为清明，有飞动之致，这就是《风骨》篇特加赞美的原因吧。《宗经》篇说："故文能宗经，体有六义：一则情深而不诡，二则风清而不杂，三则事信而不诞，四则义直而不回，五则体约而不芜，六则文丽而不淫。"这六项中第一、三、四项都和思想内容的纯正有关，而第二项却否。清的反面是杂，风貌芜杂是思想感情表现得杂乱（即《风骨》篇"昭体故意新而不乱"之乱）而不明朗。不管明朗抑或杂乱，都和内容的是否纯正不同。总之，风的清与杂都是指作者思想感情在作品中的表现效果即艺术感染力而言，而不是指思想感情本身的美恶邪正。有的同志在论文中把风的清明和思想内容的纯正密切联系起来解释，我认为这样做不符合刘勰的原意。有的同志为了保护自己的论点，硬说《风骨》篇所举《大人赋》的例子不恰当，态度也是不够客观的。

根据《风骨》篇的界说，骨的含义又是如何呢？《风骨》篇说："沉吟铺辞,莫先于骨,故辞之待骨,如体之树骸。""结言端直,则文骨成焉。""故练于骨者,析辞必精。""捶字坚而难移,结响凝而不滞,此风骨之力也。"①"若瘠义肥辞,繁杂失统,则无骨之征也。"②"若能确乎正式,使文明以健,则风清骨峻。"综上所言,可知骨是属于文辞的范围,但骨不是指任何文辞,凡是结言端直、精炼、劲健者始能称为骨。骨在用词造句上表现为"坚而难移"、"凝而不滞"的特色。"坚而难移"的反面是轻靡,即所谓"浮文弱植"(《体性》篇);"凝而不滞"的反面是滞涩,即迁缓拖沓。"捶字"两句,说明文章用词造句沉着有力而又不迁缓拖沓。这是骨力的表现。简单地说,骨是指质素而劲健有力的语言。以比喻说明,文辞犹如人的整个躯体,质素而劲健有力的语言犹如骨骼,藻丽的语言(即《风骨》篇所谓"采")犹如血肉。躯体必须先有骨骼为基干,然后血肉得以附丽;所以说:"沉吟铺辞,莫先于骨。故辞之待骨,如体之树骸。""繁杂失统"的"肥辞",犹如一个骨骼不强的胖子,满身臃肿,血肉仿佛无所附丽,就是一种病态。《风骨》篇说:"昔潘勖锡魏,思摹经典,群才韬笔,乃其骨髓峻也。"潘勖的《册魏公九锡文》用词造句摹仿《尚书》典诰之体,语言比较质素而劲健有力,因此刘勰引作文章骨峻的正面例子。

《体性》篇赞说:"辞为肤根,志实骨髓。"《附会》篇说:"必以情志为神明,事义为骨髓,辞采为肌肤,宫商为声气。"这里以骨髓比喻文章的情志和事义,属于思想内容的范畴,跟风骨的以骨比质素而劲健有力的语言不同。有的同志把二者混淆起来,这是不对的。把《风骨》篇中的骨解释为情志或事义,那是无论如何也讲不通的。

在讨论风骨时,刘勰特别强调气的作用。《风骨》篇说:"是以缀

---

① "捶字"两句专指骨。"此风骨之力也"句除承"捶字"两句外,兼综上文"故练于骨者,析辞必精;深乎风者,述情必显"四句。

② "瘠义肥辞",偏重在肥辞,瘠义是陪衬。辞肥而繁杂失统,是无骨的征象。瘠义与无骨没有必然联系;但辞肥而内容贫瘠,则无骨的病态尤为突出。

虑裁篇,务盈守气,刚健既实,辉光乃新。"后面又引曹丕《典论·论文》的话申明气的重要性。这是因为:作者的气质和思想感情的特色不但影响文风的清与杂,而且也影响到语言风格(关于后者,《体性》篇有很充分的论述)。

如上所述,风指风清,即文章思想感情表现的明朗性;骨指质素而劲健有力的语言。风和骨是两个概念,分别代表两个对文学作品应具有高风格的要求。但风和骨二者又有密切的联系,这不但因为风、骨二者都是作者的气质和思想、感情特色的表现,而且因为思想感情表现的明朗性与语言的质素而劲健有力常常是互相联系着的,某些藻丽纷披的作品,不但语言浮华而寡力,迂缓拖沓,而且思想感情的表现也常常是晦昧而不明朗的。这就是风和骨二者所以紧密结合起来当作一个统一的要求被提出的原因。

具有风骨的文学作品,除掉具有思想感情表现的明朗性和质素而劲健有力的语言之外,还有两点显著的风格特征。

其一是刚健。《风骨》篇说:"是以缀虑裁篇,务盈守气,刚健既实,辉光乃新。其为文用,譬征鸟之使翼也。"又说:"鹰隼乏采而翰飞戾天,骨劲而气猛也。"指出具有风骨即"骨劲气猛"的作品,犹如翱翔高空的鹰隼,刚健有力。《体性》篇说:"风趣刚柔,宁或改其气。"这里的风趣即相当于风,它为作者的气所决定。在刘勰看来,风趣刚健和风清二者是紧密联系着的。作者气质偏于清刚,其作品就容易富有风力。《风骨》篇中间提到的孔融、刘桢两位作家,就是其例。这是说风。至于骨,本是指具有劲健特色的语言。因此,不论从风、骨二者各自的特色讲,或是从风、骨二者的结合看,刚健都是一个显著的特色。

其二是精要和体要。《风骨》篇说:"练于骨者,析辞必精。"这里的"精"是就辞和骨说的,其实语言不精要、繁冗拖沓,自然会使思想感情表现得晦昧不明朗,因此精要跟风也有紧密联系。《风骨》篇说:

"若骨采未圆,风辞未练,而跨略旧规,驰骛新作,虽获巧意,危败亦多,岂空结奇字,纰缪而成经矣。《周书》云:'辞尚体要,弗惟好异。'盖防文滥也。"这里引《周书》的两句话很重要,刘勰反对当时随意趋新、追求形式华丽的文风;他认为有风骨的作品必须"辞尚体要,弗惟好异",这是贯穿《文心雕龙》全书的一个重要思想。《序志》篇说:"去圣久远,文体解散;辞人爱奇,言贵浮诡,饰羽尚画,文绣鞶帨,离本弥甚,将遂讹滥。盖《周书》论辞,贵乎体要;尼父陈训,恶乎异端。辞训之异,宜体于要。于是搦笔和墨,乃始论文。"《征圣》篇说:"是以论文必征于圣,窥圣必宗于经。《易》称'辩物正言,断辞则备',《书》云'辞尚体要,弗惟好异'。故知正言所以立辩,体要所以成辞;辞成无好异之尤,辩立有断辞之义。"由此可见,刘勰是把体要看做经典优良文风的一个主要特征提出,用以矫正当时浮诡讹滥的文风的。提倡体要、精要、简要的意见,在《文心雕龙》全书各篇中常常可见,这里试举若干例子。《铭箴》篇赞说:"义典则弘,文约为美。"《诔碑》篇说:"至如崔骃诔赵,刘陶诔黄,并得宪章,工在简要。陈思叨名,而体实繁缓。"《奏启》篇说:"是以立范运衡,宜明体要。"《书记》篇说:"或全任质素,或杂用文绮,随事立体,贵乎精要。"《情采》篇说:"为情者要约而写真,为文者淫丽而烦滥。"《物色》篇说:"物色虽繁,而析辞尚简。"以上只是一部分例子,此外尚有。可见《文心雕龙》对精要的重视程度。这些地方虽然只是提倡精要,没有提到风骨,但也可以帮助说明刘勰大力提倡风骨的意旨所在。

综上所述,我认为刘勰所谓有风骨的作品是指:思想感情表现得明朗,语言质素而劲健有力,气势刚健,措辞精要。

底下试本着上面对于风骨的解释,结合《文心雕龙》书中对于各体文章和若干具体作家作品的评论,互相印证,看看上面的解释是否恰当。

《诠赋》篇说:"文虽杂而有质,色虽糅而有本,此立赋之大体也。

然逐末之俦,蔑弃其本,虽读千赋,愈惑体要,遂使繁华损枝,膏腴害骨,无贵风轨,莫益劝戒。"(字下黑点是我加的,下文仿此)这里指出辞赋末流不懂得体要的原则,片面追求艳丽的文辞,造成不良的后果。"繁华损枝"两句指责这些作品丽藻纷披,但损伤素质。"膏腴害骨"和《风骨》篇"瘠义肥辞,繁杂失统,则无骨之征"的意思相通。

《檄移》篇论檄文说:"故其植义扬辞,务在刚健。插羽以示迅,不可使辞缓;露板以宣众,不可使义隐。必事昭而理辨,气盛而辞断,此其要也,若曲趣密巧,无所取才矣。"檄文因为用以声讨敌人的罪状,特别需要内容明白(事昭而理辨),气势雄壮(气盛),文辞端直有力(辞断),风格刚健,反对"义隐"、"辞缓"、"曲趣密巧"。各体文章都应该有风骨,但檄文由于其应用的特殊性质,尤应注意风骨。《檄移》篇又说:"观隗嚣之檄亡新,布其三逆,文不雕饰,而辞切事明。……陈琳之檄豫州,壮有骨鲠。"这是赞美陈琳等的檄文富有风骨。"壮有骨鲠"形容骨力劲健,与《风骨》篇赞的"严此骨鲠"意思相通。

《封禅》篇说:"至于邯郸《受命》,攀响前声,风末力寡,辑韵成颂。虽文理顺序,而不能奋飞。陈思《魏德》,假论客主,问答迂缓,且已千言,劳深绩寡,飙焰缺焉。兹文为用,盖一代之典章也。……树骨于训典之区,选言于宏富之路。……义吐光芒,辞成廉锷,则为伟矣。"这里也强调封禅之文应注意风骨,"辞成廉锷",意谓文辞强劲有力,即具有骨力。"树骨于训典之区",意思说应向《尚书》中训典一类作品学习质素劲健的语言,因而获得骨力。这意见与《风骨》篇对潘勖《册魏公九锡文》的赞美是相通的。反之,像邯郸淳的《受命述》,风末力寡(即风骨不振),曹植的《魏德论》,问答迂缓(语言冗长拖沓),都因缺乏风骨,力弱而不能奋飞,犯了《风骨》篇所说:"翚翟备色而翾翥百步,肌丰而力沉"的毛病。这里还应该指出,《封禅》篇曾经赞美司马相如的《封禅文》为"绝笔兹文,固维新之作",而批评邯郸淳、曹植的文章为缺乏风骨。三人文章的内容都是歌颂帝王功德,性质属于一类,而有的受赞扬,有的被批评,这里也证明了文章有没有风骨,跟思想内容的是否纯正没有必然联系。

《章表》篇说:"原夫章表之为用也,所以对扬王庭,昭明心曲。既其身文,且亦国华。章以造阙,风矩应明;表以致禁,骨采宜耀。……是以章式炳贲,志在典谟,使要而非略,明而不浅。表体多包,情伪屡迁,必雅义以扇其风,清文以驰其丽。"这里"风矩应明"即"风清"之意,"骨采宜耀"即《风骨》篇"唯藻耀而高翔"之意。"必雅义以扇其风"两句即《诠赋》篇"丽词雅义,符采相胜"之意;雅义和清风不是一回事,但二者结合在一起,却能相得益彰。

《议对》篇说:"然后标以显义,约以正辞,文以辨洁为能,不以繁缛为巧;事以明核为美,不以深隐为奇:此纲领之大要也。"这里没有直接提到风骨,但显义和事的明核,跟风清有密切关系;正辞和文的辨洁,跟骨健有密切关系;而文的繁缛和事的深隐,则是造成文章缺乏风骨的主要原因。

《通变》篇说:"榷而论之,则黄唐淳而质,虞夏质而辨,商周丽而雅,楚汉侈而艳,魏晋浅而绮,宋初讹而新。从质及讹,弥近弥澹。何则?竞今疏古,风末气衰也。"这段话批评宋初以来的文章"讹而新",和《序志》篇指责近代辞人浮诡讹滥的文风意思相通。"风末气衰"和《封禅》篇的"风末力寡"意思相同,是认为近代的文章缺乏风骨。

建安文风以富有风骨著称,后人常常称为建安风骨。锺嵘《诗品序》称为"建安风力",意思相同。《文心雕龙》没有直接使用"建安风骨"字样,但从它对建安文学的评价中,可以看出刘勰也是肯定其风骨的。《明诗》篇说:"暨建安之初,五言腾踊。文帝、陈思,纵辔以骋节;王、徐、应、刘,望路而争驱。并怜风月,狎池苑,述恩荣,叙酣宴,慷慨以任气,磊落以使才。造怀指事,不求纤密之巧;驱辞逐貌,唯取昭晰之能。此其所同也。"这里"驱辞逐貌"两句,指出了建安诗歌在表现上具有昭晰即明朗的特色,而它又和"慷慨任气"即气盛有关。

昭晰的反面是纤密，文章纤密，容易不明不健，缺乏风骨。后世评文者也有"密则伤气"之说。《乐府》篇说："至于魏之三祖，气爽才丽。"这里的"气爽"即《风骨》篇的"意气骏爽"，"气爽"是曹魏三祖诗歌具有风骨的一个重要原因。《时序》篇说：建安文章"志深而笔长，故梗概而多气"，也以气盛赞美建安文学。气盛和气爽，是形成文风清明的重要原因。建安七子中孔融的散文，意气骏爽，用笔疏朗，富有风骨。《文心雕龙·章表》说："文举之荐祢衡，气扬采飞。"《才略》篇说："孔融气盛于为笔。"《风骨》篇又引曹丕说孔融"体气高妙"，引刘桢说孔融"信含异气"，也揭示了这种特色。

《文心雕龙》于魏晋大家中对陆机颇多微词，如《议对》篇说："及陆机断议，亦有锋颖；而腴辞弗剪，颇累文骨。"《体性》篇说："士衡矜重，故情繁而辞隐。"《镕裁》篇说："士衡才优，而缀辞尤繁。"《才略》篇说："陆机才欲窥深，辞务索广，故思能入巧，而不制繁。"都对于陆机作品的文辞过于繁富有所不满，因为这种繁富伤害了风骨。"腴辞弗剪"、"颇累文骨"两句跟《诠赋》篇的"膏腴害骨"一句意思相同。《世说新语·文学》记载孙绰评陆机作品道："陆文若排沙简金，往往见宝。"又道："陆文深而芜。"认为陆机作品伤于芜杂，看法大致相同。

以上就《文心雕龙》书中对各体文章和若干具体作家作品的评论加以考察，经过分析，证明上文关于风骨的解释是说得通的。

《文心雕龙》虽然强调风骨，但对藻丽或采也很重视。《风骨》篇说："若风骨乏采，则鸷集翰林；采乏风骨，则雉窜文囿。唯藻耀而高翔，固文笔之鸣凤也。"他要求风骨与采互相结合，达到"藻耀而高翔"的风格；他所反对的只是"丰藻克赡，风骨不飞"的作品。这种要求二者结合的主张和锺嵘《诗品序》"干之以风力，润之以丹采"的说法正相一致。《文心雕龙》对于"风骨乏采"的作家作品也有不满之辞，《明诗》篇说："兼善则子建、仲宣，偏美则太冲、公幹。"刘桢（公幹）、左思（太冲）的作品，都是质胜于文，风骨高而文采不足。锺嵘《诗品》评刘桢云:"仗气爱奇,动多振绝。真骨凌霜,高风跨俗。但气过其文,雕润恨少。"评左思云:"其源出于公幹。……虽野于陆机,而深于潘岳。""雕润恨少"、"野于陆机"都是指文采不足。比起曹植的"骨气奇高,词采华茂"(《诗品》)来,两人的确可说是"偏美"了。在这方面,刘勰和锺嵘的看法也复相同。刘勰虽然要求风骨与采结合,但比较起来更为重视风骨,那是因为:一、风骨比采是更为本质的东西,"怊怅述情必始乎风,沉吟铺辞莫先于骨",有了风骨为质地,再施加藻采,才能做到文质彬彬。二、由于刘勰时代文章的主要弊病是堆砌美丽的辞藻而缺乏风骨,所谓"习华随侈,流遁忘反";《文心雕龙》针对时弊,因此就大力提倡风骨了。

(原载《学术月刊》1963 年第 2 期)

从《文心雕龙·风骨》谈到
建安风骨

　　风骨是中国文学批评史上的一个重要概念,是南朝以迄唐代人们品评文学作品的一个重要标准。汉末建安时代的作家作品(以五言诗为主),以风骨遒劲著名,史称建安风骨,成为后代诗人学习的榜样。学术界对风骨一词的意义曾进行过讨论,意见颇为分歧,尚无定论。本文拟申述管见,由风骨的意义进而探讨建安风骨的特色。如有谬误不当之处,请同志们批评指正。

一　《文心雕龙·风骨》论风骨

　　我在《〈文心雕龙〉风骨论诠释》一文中①,以《文心雕龙》的《风骨》为中心,结合全书有关风骨的言论,说明风是指文章中的思想感情表现得鲜明爽朗,骨是指作品的语言质朴而劲健有力,风骨合起来,是指作品具有明朗刚健的艺术风格。我现在仍持这种看法。这里先从《文心雕龙·风骨》的言论来分析说明风骨的涵义。

　　《文心雕龙·风骨》专论风骨,刘勰对于风骨涵义的解释,应以此篇为主要依据。《文心雕龙》全书是用骈体文写的,为了讲究语句的对仗工整和辞采华美,有些语句含义不大明确,容易引起不同理解;

---

　　① 原载《学术月刊》1963 年第 2 期。

因此我们不能执着个别句子孤立地去解释,而要全面地考察情况,并要注意抓住其关键性的语句。《风骨》中解释风骨涵义的语句,最重要者如下:

> 结言端直,则文骨成焉;意气骏爽,则文风清焉。
>
> 故练于骨者,析辞必精;深乎风者,述情必显。
>
> 若能确乎正式,使文明以健,则风清骨峻,篇体光华。
>
> 文明以健,珪璋乃聘。

由上引语句可见,风的基本特征是清、显、明,它是指作品中思想感情表现的外部风貌即作品的艺术风格而言,而不是指思想感情的内在性质即作品的思想内容而言。如果风是指作品思想内容的优劣高下,怎么能用清、显、明等字眼来形容呢?《文心雕龙·宗经》说"文能宗经,体有六义",其二是"风清而不杂",也指出风的基本特征是清,即作者思想感情表现的明朗性;它的反面是杂,即思想感情表现得杂乱不明朗。有些同志认为风是指作品思想内容的健康、纯正等意思,这样讲,不但同《宗经》"六义"中的"情深而不诡"、"事信而不诞"、"义直而不回"三项分不清界线,而且同风的基本特征清、显、明等词的涵义不相符合。

刘勰认为文风的清明显豁,是作者"意气骏爽"的表现。意气指作者的意志、气质和性格,即作者的思想感情。作者的思想感情骏发爽朗,就产生作品风貌的清明显豁的特征。《体性》说"贾生(贾谊)俊发,故文洁而体清",就是一个例证。反之,作者的思想感情不鲜明爽朗,"思不环周,索莫乏气"(《风骨》),就会形成杂而不清的文风。刘勰要求作者"意气骏爽",避免"思不环周,索莫乏气",都是从获得优良的艺术表现效果角度提出来的。假如是从获得健康纯正的思想内容角度来提,那他对作者意气的要求,应该不是"骏爽"之类,而应该像孟子或后来唐代的韩愈那样,着重提思想道德修养的条件了。《风骨》说:"诗总六义,风冠其首,斯乃化感之本源,志气之符契也。"刘勰这里借用《诗经》"风冠其首"(指《国风》次序在《雅》、《颂》之前)来比喻作品"风清而不杂"的重要性。他说风是"志气之符契"(志气即意气),意即谓风不是作者的思想感情本身,而是思想感情表现于作品的外部风貌。按《毛诗序》云:"风,风也,教也。风以动之,教以化之。"意谓风是用作品去感动读者。刘勰借用其意,指出作品的外部风貌是读者首先接触到的,作品能否感染读者,它起着重要的作用。

《风骨》说:"相如赋仙,气号凌云,蔚为辞宗,乃其风力遒也。"这里"风力"与上文"骨髓"对言,就是"风"的意思;"相如赋仙"是指司马相如的《大人赋》。扬雄曾经批评《大人赋》为"劝而不止"(《汉书·扬雄传》)。刘勰接受了扬雄贬斥汉赋的观点,《文心雕龙·诠赋》批评汉赋的流弊为"无贵风轨,莫益劝戒",可以肯定,他是不会从思想内容纯正的角度来赞美《大人赋》的。假如以思想内容的纯正为标准,《风骨》独独举《大人赋》作为"风力遒"("遒"字也是形容艺术风格的)的正面例子,那倒是奇怪而令人难以理解了。司马相如的辞赋,其特色是文辞繁富艳丽,比较起来,《大人赋》的风貌却是远较其代表作《子虚》、《上林》为清明,有飞动之致,符合于"风清而不杂"的标准,所以《风骨》就特别加以赞美了。

黄侃的《文心雕龙札记》在《文心雕龙》研究著作中是一部很有质量的书。他的《〈风骨〉篇札记》说:"风即文意。"其说对研究者颇有影响。但又说:"情显则文风生也。"指出表现感情显豁是深于风的特色。黄氏的解释前后有些依违两可,关键在于他没有把作品中思想感情的内容同它的外部风貌区别清楚。

从上引《风骨》语句可见,骨的基本特征是精、健、峻,精是精要不繁芜,健是刚健有力,都指语言文辞的特色。有的同志认为骨是指作品的思想内容,试问思想内容如何能用"刚健"来形容呢? 有些同志根据《附会》中"事义为骨髓"一句话来论证骨是指思想内容,实际上《附会》中的骨髓同风骨的骨不是一回事,不能混为一谈。《风骨》明说文骨的成立,是结言(用词造句)端直的结果,是属于语言形式范围的事情。骨属于作品的语言,但仅指语言之端直者。范文澜同志《文心雕龙注》说:"辞之端直者谓之辞,而肥辞繁杂亦谓之辞,惟前者始得文骨之称,肥辞不与焉。"这解释是准确的。以人的躯体为喻,端直劲健之辞犹如骨骼,藻丽的语言犹如血肉。躯体必须先有骨骼作基干,然后血肉得以附丽,所以《风骨》说:"沉吟铺辞,莫先于骨。"又说:"辞之待骨,如体之树骸。"这不是说骨在辞之外,而是说骨是辞的基干部分,如同骸骨是躯体的基干部分那样。

《风骨》说:"昔潘勖锡魏,思摹经典,群才韬笔,乃其骨髓峻(当作峻)也。"汉末潘勖的《册魏公九锡文》,用语造句摹仿《尚书》典诰之体,语言比较质朴而劲健有力,具有"捶字坚而难移,结响凝而不滞"(《风骨》)的优点,所以被刘勰引作文章骨峻的正面例子。潘文歌颂曹操功德,为曹操建立新王朝制造舆论,从封建道德标准看,其思想内容并无足取。如果骨的涵义像有些同志所说,是指思想内容,那末《风骨》独独举此文作为骨峻的正面例子,那也是奇怪而令人难以理解的了。

如上所述,风是指文章的思想感情表现得鲜明爽朗,骨是指语言质朴而劲健有力,都是指作品的艺术表现而言。郭绍虞同志《中国文学批评史》在分析《风骨》时曾指出:"骨在说得精,风在说得畅。"(1955年,新文艺出版社版)也指出它是一个艺术表现问题。风和骨原是两个概念,但二者又有紧密的联系。作品的思想感情是通过语言来表现的,语言质朴刚健,思想感情容易表现得鲜明爽朗,反之,语言靡丽、柔弱、拖沓,必然会影响思想感情表现的明朗性,因此风、骨二者被结合起来,当作一个统一的要求被提出来。《风骨》说:"夫翚翟备色而翾翥百步,肌丰而力沉也;鹰隼乏采而翰飞戾天,骨劲而气猛也。文章才力,有似于此。"这里运用比喻,说明具有风骨的作品犹如鹰隼,虽然缺乏羽毛文采之美,但骨劲气猛,可翱翔高空;而徒有丽藻缺乏风骨的作品,则如同肌丰力沉的雉鸟,只能低飞于百步之间,没有俊爽劲健的雄姿。通过这种比喻,说明作品有没有风骨,其艺术风格和艺术感染力量是大不相同的。

二 魏晋南朝人物品评和画论中的风骨

魏晋南朝人品评人物,非常重视人物风度的清俊爽朗之美,有时直接用"风骨清举"一类语句加以赞扬。南朝文学批评中的"风骨"一词,即从人物品评和人物画论移植而来。这里拟先列举《世说新语》中这类人物品评的一部分例子,以见当时上层社会风气的一斑,帮助说明文学批评中风骨的涵义。

《世说·容止》载:"嵇康身长七尺八寸,风姿特秀。见者叹曰:萧萧肃肃,爽朗清举。"又载:"潘岳妙有姿容,好神情。"(注引《潘岳别传》:"岳姿容甚美,风仪闲畅。")又载:"骠骑王武子是卫玠之舅,俊爽有风姿,见玠,辄叹曰:珠玉在侧,觉我形秽。"(注引《卫玠别传》载王济〔即王武子〕语曰:"吾与外生共坐,若明珠之在侧,朗然来照人。")这里赞誉人物的风神姿貌,用了"爽朗清举"、"闲畅"、"俊爽"等词语,大致都是清俊爽朗的意思,可见当时人对这种风度特征的重视。王济"俊爽有风姿",可是同卫玠的"朗然照人"相比,又自惭形秽,更足说明当时人对风度清俊爽朗之美的重视。

《世说·容止》注引《江左名士传》曰:"杜弘治清标令上,为后来之美。又面如凝脂,眼如点漆,粗可得方诸卫玠。"又《世说·赏誉》载:"有人目杜弘治标鲜清令。"所谓"清标令上"或"标鲜清令"都是清俊爽朗之意。《赏誉》载:"殷中军道王右军云:逸少清贵人。"注引《文

章志》曰："羲之高爽有风气，不类常流也。"这是赞美王羲之风度清俊
爽朗。同篇又载："殷中军道右军清鉴贵要。"注引《晋安帝纪》曰："羲
之风骨清举也。"知《赏誉》篇上文之"清贵人"，即"清鉴贵要"之意；又
引《晋安帝纪》以"风骨清举"作注，实际也是风度清俊爽朗的意思。
《容止》："时人目王右军飘如游云，矫若惊龙。"这里是以具体的比喻
来形容羲之的"风骨清举"。《赏誉》载：王右军"叹林公器朗神俊"。
注引《支遁别传》曰："遁任心独往，风期高亮。"风期即指风度，这里也
是赞美支遁风度清俊爽朗。《容止》："谢公云：见林公双眼黯黯明黑。
孙兴公见林公棱棱露其爽。"这是具体描摹支遁风姿之美。《赏誉》
载："王子猷说，世目（祖）士少为朗，我家亦以为彻朗。"注引《晋诸公
赞》曰："祖约少有清称。"《赏誉》又载张天锡见王弥"风神清令，言话
如流。……天锡讶服"。这些记载是赞美祖约、王弥具有清俊爽朗的
风度。

　　魏晋南朝人品评人物所以非常重视风度的清俊爽朗，也有其原
因。《世说·赏誉》载"王戎云：太尉（指王衍）神姿高彻，如瑶林琼树，
自然是风尘外物。"《世说·贤媛》载济尼曰："王夫人神情散朗，故有
林下风气。"所谓"风尘外物"、"林下风气"，都是指超脱尘俗的意思。
当时玄学盛行，上层人士往往"溺乎玄风，嗤笑徇务之志，崇盛亡机之
谈"（《文心雕龙·明诗》），把超脱尘俗、神游物外当作雅人雅事。他
们认为清俊爽朗的风度，是一个人在思想、感情、性格方面超脱尘俗
的标志，因此对这种风度特别重视。

　　上引《世说》等书关于风姿、风仪、风神的记载，都是指人物的外
部风貌说的，文学批评风骨论中的风是指思想感情呈现为作品的外
部风貌说的，二者的特色都是清。可见文学批评中风的概念不但是
从人物品评借用而来，而且借义同原义也仍相吻合。

　　至于品评人物的所谓骨，是指骨相、骨法而言。它由来已久，汉
代王充《论衡》就有《骨相》专篇。《世说》有两条有关骨相的记载值得

重视。《赏誉》载："王右军目陈玄伯垒块有正骨。"《轻诋》载："旧目韩康伯将肘无风骨。"注引《说林》曰："范启云：韩康伯似肉鸭。"垒块亦作魂磊，原意指众石错落突兀，这里借指人的骨骼挺拔。陈玄伯骨骼挺拔，故王羲之评为"有正骨"。韩康伯肥胖臃肿，有似肉鸭，骨骼为血肉所掩，故被人评为"无风骨"。肥胖使人体好像无骨，借用到文学批评方面，则肥辞使文无骨，故《风骨》说："若瘠义肥辞，繁杂失统，则无骨之征也。"①又上文引《晋安帝纪》说王羲之"风骨清举"，除指羲之风度清俊爽朗外，兼含骨骼挺拔之意。"清举"之"举"，与《风骨》"风骨不飞"句中的"飞"字近似。

让我们再来考察一下六朝画论中的风骨论。六朝时山水画尚未发展，画论的主要对象是人物画。人物画评论中关于风骨的概念，是直接从当时人物品评的言论中得来的。东晋名画家顾恺之有《论画》一文（全篇已佚，残文见唐张彦远《历代名画记》引），其中已多次运用"神"、"骨"等词品评古画。廖仲安、刘国盈在《释风骨》文中说："从顾文（指《论画》）可以看到'骨法'、'天骨'、'形骨'，都是指人的骨相形体，而'神'的概念，则近于'风'的概念，是指画中人物的神情、风姿。"②这解释是中肯的。

南齐谢赫（年代略早于刘勰），著有《古画品录》，更强调风骨。《〈古画品录〉序》认为画有六法，"六法者何？ 一、气韵生动是也，二、骨法用笔是也，三、应物象形是也，四、随类赋采是也，五、经营位置是也，六、传移模写是也。"气韵生动即指风③，骨法用笔即指骨。谢赫把气韵生动、骨法用笔放在六法的第一、第二位，可见他对风骨的重

---

① "若瘠义肥辞"句，重点在"肥辞"，肥辞使文无骨。"瘠义"是陪衬，意谓肥辞而更瘠义，则文更差。

② 见《文学评论》1962年第1期。

③ 详见下文。《世说·任诞》："阮浑长成，风气韵度似父。"可见气韵即风气韵度的省称，原以品评人物，后借用评人物画。

视程度。他评第一品的曹不兴说："观其风骨，名岂虚成！"也鲜明地表现出这种态度。詹锳在《齐梁文艺批评中的风骨论》一文中说："他（谢赫）对于各家的评语中，也常用到'壮气'、'骨法'、'气力'、'神气'、'风范气候'、'风采飘然'、'风趣巧技'、'用笔骨梗'、'笔迹困弱'、'笔迹轻羸'等等词语，可以看出他所谓的'风'，就是'气韵生动'，他所谓的'骨'，就是'骨法用笔'。"①这个解释也是中肯的。

张彦远《历代名画记》中对谢赫六法作了具体阐述，其中有些话说得很警辟。如云："至于鬼神人物，有生动之可状，须神韵而后全。若气韵不周，空陈形似（指六法第三项"应物象形"），笔力未遒，空善赋采（指六法第四项"随类赋采"），谓非妙也。"（"气韵不周"句与《文心雕龙·风骨》的"思不环周，索莫乏气"意思大致相同）又云："然今之画人，粗善写貌，得其形似，则无其气韵，具其采色，则失其笔法，岂曰画也！"这些话很深刻地说明了气韵、笔力的重要性，也就是画论中所以强调风骨的理由。

画论中风骨的涵义和人物品评中风骨的涵义是一致的。画论中风、神、气韵等词，都指人物的神情风貌在画中表现的生动性而言；骨、笔迹、骨法用笔等词语，则指人物的骨相形貌在画中是否被勾勒得遒劲有力而言。气韵和笔力二者的关系是很密切的。如果笔力不遒，要表现生动的气韵是困难的；正如人物如果骨骼不正，很难设想会产生清俊爽朗的风度。所以《历代名画记》说："骨气形似，皆本于立意，而归乎用笔。"人物品评、画论中风骨两词连称，除二者都很重要外，还由于二者的关系颇为密切。

文学批评中的风骨论和画论中的风骨论的关系，比起和人物品评的关系更为接近，因为文论、画论二者都是文艺理论。画论中的风骨论产生时代较文论中的风骨论要早，文论中的风骨论，或许主要是

①　见《文学遗产》第 392 期，《光明日报》1961 年 12 月 10 日。

从画论移植而来。从画论中的风骨论发展到文论中的风骨论,有两点很值得注意:

其一,画论中首先强调气韵生动。因为人物的风姿神态是否写得活跃生动,是人物画是否具有强烈的艺术感染力量的一个首要条件。后代画论经常强调传神的重要性,理由也在这里。借用到文论,刘勰也强调"风"在作品艺术表现中的首要地位。《风骨》说:"诗总六义,风冠其首,斯乃化感之本源,志气之符契也。"这里所谓"化感",如上文所指出,是指文学作品的艺术感染力量,而不是指其思想内容的教育感化作用。

其二,画论中也很强调骨法用笔。俞剑华先生注释《历代名画记》说:"骨法等于人的骨格,在画上就是轮廓的勾勒。"这意见是对的。轮廓的勾勒很重要,轮廓勾勒得好,线条明晰有力,就为赋采设色打下了基础;轮廓勾勒得不好,随类赋采必然徒劳无功,所以应当强调。移用到文学创作上,骨法用笔犹如端直劲健的语言,随类赋采犹如美丽的辞藻,都属运用语言的事。二者应以骨为首要,所以《风骨》说"沉吟铺辞,莫先于骨";否则丽藻满篇,柔靡不振,作品就会"振采失鲜,负声无力"了。在绘画上,骨法用笔和随类赋采在步骤上有先后之分,即先勾勒轮廓,再施色彩;在写作上,端直劲健的语言和美丽的辞藻在运用上却不可能划分为先后两个步骤。刘勰说"沉吟铺辞,莫先于骨",并不是说运用语言可分先骨后采两步,其意与锺嵘《诗品序》"干之以风力(即风骨),润之以丹采"的话略同,无非要求作者在运用语言时要以骨为基干,首先要注意它们的端直劲健罢了。

从上面的论述,可见风骨这个概念,魏晋南朝时原用于品评人物,风指清俊爽朗的神情风度,骨指挺拔端正的骨骼。后来即用以品评人物画,风即气韵生动,指画中人物神情风貌奕奕生动;骨即骨法用笔,指画中人物轮廓勾勒良好,线条明晰有力。再移用到文学批评上,风指思想感情表现得鲜明爽朗,骨指语言端直刚健。从人物品评到画论再到文论,三者的评论对象虽有不同,但风骨概念的基本特征却没有改变,风均指清俊爽朗的风貌,骨均指端直劲健的骨骼。

三 刘勰为什么提倡风骨

《文心雕龙·风骨》把风骨作为优良风格的概念加以提倡。风骨与同书《体性》中提出的典雅、远奥、精约、显附等等概念,《定势》中提出的典雅、清丽、明断、核要等等概念,虽然同属风格范畴,但性质颇不相同。典雅、清丽等等概念,是指某一作家或某一文体的风格特征,而风骨则是对于许多作家和文体所提出的普遍要求。风清骨峻的反面是芜杂柔靡,属不健康的文风,应当反对。魏晋以来,文学创作方面骈俪之风日益发展,文人作文,刻意追求华辞丽藻,雕琢堆砌,形成语言柔靡无力、思想感情表现得晦昧不明朗的弊病。针对这种现象,刘勰大力提倡风骨,企图予以矫正。作品有没有风骨,根柢固然由于作者的意气,但从艺术表现方面讲,关键在于语言的运用。这里想说明语言运用的两个问题,一个是文与质的问题,一个是繁与简的问题。

先说文与质的问题。文质这对概念,见于《论语·雍也》:"子曰:质胜文则野,文胜质则史。文质彬彬,然后君子。"此处文质是指人们的文化修养、礼节文饰而言。孔子认为人们的礼节文饰要恰到好处,不足则失之野,太过分了又会流于虚伪不朴实。所谓文质彬彬,何晏《论语集解》说:"包曰:彬彬,文质相半之貌。"邢昺疏说:"文质相半之貌,言文华质朴相半,彬彬然。"后代文论运用这对概念,文均指形式,指语言有文采,质有时指内容,有时指质朴的语言。在语言形式上要求文质彬彬,就是指语言的华美性和质朴性相结合。刘勰在语言形式上是主张文质结合的,《风骨》说:"若风骨乏采,则鸷集翰林;采乏风骨,则雉窜文囿。唯藻耀而高翔,固文笔之鸣凤也。"要求风骨和采相结合,即是要求语言的质朴刚健和文采相结合。

南朝文风之弊,在于语言华丽过分,柔靡不振。《文心雕龙》对这一弊病的指摘是屡见不鲜的。如《序志》批评"辞人爱奇,言贵浮诡,饰羽尚画,文绣鞶帨,离本弥甚,将遂讹滥"。《风骨》也指责了"习华随侈,流遁忘反"的文风。《通变》更从历史发展过程指出后代文章是"从质及讹,弥近弥澹",以至"风末气衰"。风末气衰,是说作品缺乏俊爽刚健的风格,即缺乏风骨。刘勰针对当时文胜于质的文风,指出作文必须"斟酌乎质文之间",即强调质文相济,这是他大力提倡风骨的一个重要原因。

次说繁与简的问题。《征圣》认为圣人之文,或"简言以达旨",或"博文以该情","繁略殊形",都是"抑引随时,变通会适"的。这里对文章的繁简无所轩轾,认为繁简应随机应变。但《物色》则对汉赋描写的繁冗作了批评。他具体比较了《诗经》与辞赋的描写,认为《诗经》的语言是"以少总多,情貌无遗",而辞赋却是堆砌辞藻,"字必鱼贯",其结论是"诗人丽则而约言,辞人丽淫而繁句"。《镕裁》较多地谈到繁简问题。前面说:"谓繁与略,随分所好。"这里对繁略无所轩轾,但篇末掉转笔头说:"巧犹难繁,况在乎拙。"指责繁冗。最后要求发挥镕裁的作用,做到"辞运而不滥"。刘勰对陆机作品文辞过于繁富颇多指摘。《议对》说他"腴辞弗剪,颇累文骨",即运辞过繁,损伤了文章的风骨。

针对南朝作品文辞繁冗之病,刘勰大力提倡精约简要的文风。《风骨》说:"练于骨者,析辞必精。"又说:"《周书》云:'辞尚体要,弗惟好异。'盖防文滥也。"又说:"无务繁采。"在《序志》、《征圣》两篇中,都引用了《周书》的这句话。《宗经》所标举的六义,其五是"体约而不芜"。这些都可见刘勰对精约简要文风的重视。提倡文章应体要、精要的意见,在《文心雕龙》全书中可以常常看到。如《情采》说:"为情者要约而写真,为文者淫丽而烦滥。"《物色》说:"物色虽繁,而析辞尚简。"此外例子尚多,不备举。可以说,以简约纠繁冗,这是刘勰大力提倡风骨的又一个重要原因。

《宗经》的六义,对作品提出了三项艺术标准,它们是:风清而不杂,体约而不芜,文丽而不淫。三者的关系颇为密切,都是针对当时文风之弊而发。刘勰认为当时文风之弊,在文辞上是繁芜,是淫靡,都是损伤文骨的。这两种弊病常常结合在一块,所谓"为文者淫丽而烦滥"(《情采》),所谓"辞人丽淫而繁句"(《物色》),都是此意。针对这种弊病,刘勰大力提倡质朴精约的文风,可说是对症下药。而"风清而不杂",作者的思想感情要在作品中呈现出鲜明爽朗的风貌,也必须克服文辞繁芜淫靡的弊病才能够取得。所以说,这三项艺术标准的关系是颇为密切的。这三项标准达到了,也就达到了《风骨》所提出的风骨与采相结合的艺术要求。所以我们可以说,《风骨》是《文心雕龙》全书中集中谈艺术标准的一个专篇。或许有人会提出疑问:既然"风清而不杂"是指艺术风格,为什么在六义中位置列在"事信而不诞"、"义直而不回"之前?我想这也可以理解,因为"风清"是指"述情必显",它与六义中第一项"情深而不诡"同是讲情,一讲情的内容,一讲情的表现,连类而及,置于第二项,也是合乎情理的。

四　建　安　风　骨

上文分析了风骨的涵义和刘勰大力提倡风骨的原因,下面拟进而讨论建安风骨的涵义。后代文人常以建安风骨指建安时代诗文(特别是诗歌)的优良特色和传统,建安风骨在中国文学史上是很著名的一个概念。建安风骨究竟指什么呢?根据我的理解,风骨既然是指作品明朗刚健的艺术风格,那末建安风骨即指建安时代诗文所突出具有的明朗刚健的风格。

与刘勰同时的沈约,在《宋书·谢灵运传论》中评述历代文学时,虽没有使用"建安风骨"这一词语,但已经指出了这一风格特色。《宋书·谢灵运传论》云:"至于建安,曹氏基命,二祖、陈王,咸蓄盛藻,甫乃以情纬文,以文被质。"指出曹操、曹丕、曹植的作品都富有文采,能够根据思想感情来组织文辞,用文采来润色质素的语言。这里"以文被质"的"质"是指质素的语言①。以文被质,就是文质彬彬,也就是鍾嵘《诗品序》"干之以风力,润之以丹采"的意思。《宋书·谢灵运传论》又云:"子建、仲宣,以气质为体。"这里的"体",相当于《文心雕龙·体性》的"体",指作家的创作风格。以气质为体,就是以骏爽的意气和质素的语言(即风骨)构成作品风格的意思。沈约通过对三曹、王粲等代表作家的评论,指出了建安文学文情并茂、文质彬彬、富有风骨的特色。

《文心雕龙》也没有直接使用"建安风骨"这一词语,但书中不少篇章对建安风骨的特色指陈颇为明晰。《明诗》说:"暨建安之初,五言腾踊。文帝、陈思,纵辔以骋节;王、徐、应、刘,望路而争驱。并怜风月,狎池苑,述恩荣,叙酣宴,慷慨以任气,磊落以使才。造怀指事,不求纤密之巧;驱辞逐貌,唯取昭晰之能。此其所同也。"所谓"驱辞逐貌,唯取昭晰之能",指出了建安诗歌具有昭晰即明朗的特色,而它又同"慷慨以任气"即意气豪迈骏爽有关。昭晰的反面是纤密,作品过于追求辞藻纤密富丽,容易损伤明朗刚健的风骨;建安诗歌"不求纤密之巧",所以风骨突出。范文澜《文心雕龙注》引黄侃《诗品讲疏》评建安诗歌曰:"文采缤纷,而不能离闾里歌谣之质。故其称物则不尚雕镂,叙胸情则唯求诚恳,而又缘以雅词,振其英响。"指出建安诗

---

①　当时人常用"质"字指质素的语言。如《文心雕龙·诸子》:"墨翟随巢,意显而语质。"《书记》:"或全任质素,或杂用文绮。"《通变》:"黄唐淳而质,虞夏质而辨。"《情采》:"故知君子常言,未尝质也。"《养气》:"故淳言以比浇辞,文质悬乎千载。"《时序》:"时运交移,质文代变。"《诗品》评曹植云:"体被文质。"均其例。黄侃《诗品讲疏》解释《宋书·谢灵运传论》此段文字,"质"字也解释为质素的语言(见范文澜《文心雕龙注·明诗》引)。

歌虽然文采缤纷，但不尚雕镂，还保持着乐府民歌质朴的特色，有助于我们理解上引《明诗》的一段话，理解建安诗歌何以具有风骨。

《文心雕龙·乐府》云："至于魏之三祖，气爽才丽。"这里的"气爽"意同《风骨》的"意气骏爽"，它是形成文风清明、具有风骨的一个重要条件。《时序》评建安文学云："观其时文，雅好慷慨；良由世积乱离，风衰俗怨，并志深而笔长，故梗概而多气也。"这段话的意思是说：由于当时社会动乱，作家饱经沧桑，思想感情常常激昂慷慨，故作品呈现出梗概多气（即气盛）的风貌。"梗概而多气"句，一般研究者都认为梗概即慷慨之意。范文澜同志说："梗概慷慨，声同通用。"按黄叔琳《文心雕龙辑注》引《文选·东京赋》注云："梗概，不纤密，则是大概之意。"黄注虽不同意释《时序》的"梗概"为大概，但我以为与《明诗》对照来看，此处释为"大概"，颇为合适。文辞大概而不纤密，则疏朗多气，形成清俊爽朗的风貌，正与《明诗》"造怀指事，不求纤密之巧；驱辞逐貌，唯取昭晰之能"的意思相合。宋代苏辙赞美司马迁的文章"疏荡颇有奇气"（《上枢密韩太尉书》），意思同这里的"梗概多气"相近。后世评文者还有"密则伤气"之说，则是从反面说明梗概则多气。况且，如释梗概为慷慨，也与同篇上文"雅好慷慨"句意重复。

《文心雕龙》强调风骨，也重视文采，他要求风骨与文采相结合，达到"藻耀而高翔"（《风骨》），即辞藻鲜丽，而又风清骨峻。《明诗》云："晋世群才，稍入轻绮。张潘左陆，比肩诗衢，采缛于正始，力柔于建安。"这是说西晋太康年间的一批文人，其文采富丽，但风格比较柔弱，不及建安风骨刚健有力。《明诗》又云："兼善则子建、仲宣，偏美则太冲、公幹。"这是说曹植、王粲的诗歌文质兼备，而刘桢、左思的诗歌则比较质朴，文采稍逊，故云"偏美"。

与刘勰同时的鍾嵘，更直接使用了"建安风力"（风力即风骨）这一词语。在《诗品序》中，鍾嵘一方面大力赞美建安诗歌达到"彬彬之盛"，即具有文质（质朴的语言风格）兼备之美；另一方面慨叹东晋时代玄言诗发展,诗风平典,"建安风力尽矣",完全丢失了建安诗歌明朗刚健的优良传统。由此可见,锺嵘对建安风骨是非常推崇的。

锺嵘在《诗品序》中还提出诗歌创作应当"干之以风力,润之以丹采",即以明朗刚健的语言和风格为基干,再润色以美丽的辞藻,二者结合,形成优良的文风。这同刘勰的风骨与文采相结合的意见是一致的。《诗品》对具体作家的评价,不少地方就是依据了这个标准。这里着重说它对建安诗人的评价。锺嵘在汉魏以迄南朝的诗人中最推重曹植,认为其作品"譬人伦之有周孔,鳞羽之有龙凤"。评其诗歌的思想艺术特色与成就云:"骨气奇高,词采华茂,情兼雅怨,体被文质,粲溢今古,卓尔不群。"其中"情兼雅怨"是指思想内容说的;"骨气"二句,则指艺术性而言。"骨气"即气骨,也就是风骨,"骨气奇高",即《风骨》所谓风清骨峻、骨劲气猛之意,它属于质一方面;"词采华茂"则属于文。骨气与词采相结合,就是"体被文质"(与《宋书·谢灵运传论》的"以文被质"意同),也就是"干之以风力,润之以丹采"的意思。锺嵘认为曹植诗歌的思想艺术成就完全符合于他的标准,故评价极高。

《诗品》评刘桢说:"仗气爱奇,动多振绝。真骨凌霜,高风跨俗。但气过其文,雕润恨少。"真骨二句,即指风骨很高;雕润恨少,则指"润之以丹采"不足。锺嵘对刘桢很推重,说"曹刘殆文章之圣","陈思已下,桢称独步",但对他的文采不足,毕竟有些微词。《诗品》评左思云:"其源出于公幹。……虽野于陆机,而深于潘岳。"认为左思的诗出于刘桢,风骨颇高(《诗品》评陶潜有"又协左思风力"之句),但词采毕竟稍逊,所以野于陆机。这里"野"字即取《论语·雍也》"质胜文则野"之意,谓文采不足。锺嵘对刘桢、左思诗作的批评,同刘勰"偏美则太冲、公幹"的意见是一致的。对建安诗人曹植、刘桢的评价,刘、锺一致,对王粲则有分歧。刘勰认为王粲与曹植都是"兼善",即文质兼备;锺嵘则认为王粲"文秀而质羸",文采秀出而质朴不足,即风骨较弱。刘、锺两人对个别作家的看法虽有分歧,而要求风骨与文采结合的批评标准则是一致的。另外,锺嵘评曹操诗为"古直",置于下品;评曹丕诗为"百许篇率皆鄙质如偶语",置于中品;都是不满他们的诗太质直,缺少文采。他说陶潜诗"世叹其质直",置于中品,也是同一理由。

有些研究者认为风骨的风是指思想内容,建安风骨的特色,首先表现为具有充实健康的思想内容:反映了当时社会的动乱和人民的苦难,表现了作家要求乘时建功立业的雄心壮志。这种说法貌似有理,实则难以成立。风的特色是指作家的思想感情表现得鲜明爽朗,是作品的外部风貌,不是指思想内容本身,已如上述。诚然,建安文学具有鲜明爽朗、刚健有力的风格,同建安作家生值汉季,经历社会大动乱,思想感情常常慷慨激昂有关。但我认为,建安文人意气的慷慨激昂,只是构成作品具有明朗刚健的文风(即风骨)的思想感情基础,建安风骨不是直接指慷慨激昂的思想感情本身。《文心雕龙·才略》说:"刘琨雅壮而多风,卢谌情发而理昭,亦遇之于时势也。"这里"多风"、"理昭"也指鲜明爽朗的文风,与《诗品序》"刘越石(刘琨)仗清刚之气"的评价一致。刘琨、卢谌生值西晋末叶,时势与汉季近似,故其思想感情慷慨激昂,作品富有风骨,与建安文人相近。

让我们再来分析一些建安文人的诗作。建安诗歌中反映社会动乱和人民痛苦的篇什不多,为一般选本和文学史选录和称述的作品,大致是:曹操《薤露》、《蒿里》,曹植《送应氏》("步登北邙阪"篇)、《泰山梁甫吟》,王粲《七哀》("西京乱无象"篇),陈琳《饮马长城窟行》,阮瑀《驾出北郭门行》,蔡琰《悲愤诗》。表现要求乘时建功立业的雄心壮志的诗作,较突出的是:曹操《短歌行》、《步出夏门行》("龟虽寿"篇),曹植的《杂诗》("仆夫早严驾"篇、"飞观百馀尺"篇)、《鰕䱇篇》,王粲《从军诗》等。

对上述这类作品,南朝批评家的态度如何呢? 先说刘勰。《文心雕龙·明诗》论建安诗歌特色时说"并怜风月,狎池苑,述恩荣,叙酣宴",列举了各种题材(这类诗大致见于《文选》诗的"公燕"、"赠答"类),偏偏没有讲反映社会离乱。《乐府》说:"观其'北上'众引,'秋风'列篇,或述酣宴,或伤羁戍,志不出于淫荡,辞不离于哀思,虽三调之正声,实《韶》《夏》之郑曲也。"只提到了曹操的《苦寒行》("北上太行山"篇),曹丕的《燕歌行》("秋风萧瑟天气凉"篇),不提曹操《薤露》、《蒿里》等篇,而且对《苦寒行》等一类乐府评价不高,目为"郑曲"。刘勰没有肯定过陈琳、阮瑀的诗歌,只说"琳瑀以符檄擅声"(《才略》);对蔡琰也不置一辞(这里可能还牵涉到《悲愤诗》的真伪问题)。再说锺嵘。《诗品》置曹操、阮瑀于下品,不提陈琳、蔡琰。如果建安风骨首先是指作品反映了社会动乱和人民苦难的思想内容,那末,大力提倡风骨和建安风骨的刘勰、锺嵘,对曹操、陈琳等人这方面具有代表性的作品,竟采取如此漠视的态度,这是很难令人理解的。诚然,刘勰、锺嵘对曹植、王粲的评价是高的,但他们推崇曹植,并没有特别提出《送应氏》、《泰山梁甫吟》等作品来加以肯定。只有王粲的《七哀》,被作为名篇提出来。《诗品序》列举了一些"五言(诗)之警策者",其中有"仲宣《七哀》"。还有《宋书·谢灵运传论》提到了若干"先士茂制,讽高历赏"的诗歌,其中有"仲宣霸岸之篇"。王粲《七哀》所以历来传诵,除具有较高的艺术水平外,在思想内容上看来主要由于其中的名句"南登霸陵岸,回首望长安",表现了作者眷恋故国的思想感情,而不是反映了"路有饥妇人,抱子弃草间"的社会悲剧。

通过上面的分析,我认为建安风骨是指建安文学(特别是五言诗)所具有的鲜明爽朗、刚健有力的文风,它是以作家慷慨饱满的思想感情为基础所表现出来的艺术风貌,不是指什么充实健康的思想内容。

建安文学标志着中国文学发展史上的一个很大转变。它摆脱了汉代儒家章句之学的束缚,思想比较解放,注意作品的抒情性和形象性,重视文学形式之美。刘师培《论文杂记》说:"魏代之体,则又以声色相矜,以藻绘相饰。"指出了它重视辞藻、声韵的特色,即重视文采的一面。但另一方面,它仍然保持着质朴刚健的特色。其五言诗承受汉乐府民歌和汉代无名氏古诗的深刻影响,因而富有风骨。即便曹植的诗歌,特长文采,也仍然保持着明朗刚健的特色。宋代范温《诗眼》说:"建安诗辩而不华,质而不俚,风调高雅,格力遒壮,其言直致而少对偶,指事情而绮丽,得风雅骚人之气骨,最为近古者也。"(《苕溪渔隐丛话》引)对建安诗歌质朴刚健的特色讲得颇为中肯具体,其所谓"格力"、"气骨",即指风骨。从文学(特别是五言诗)发展的历史看,刘勰、钟嵘等批评家认为东晋的玄言诗,"平典似《道德论》",不但内容缺乏文学意味,而且平淡无文采;南朝的许多作品,则又过于华靡繁芜,缺乏风骨。而建安文学,既有明朗刚健的风骨,又有华美的辞藻,"体被文质",在艺术形式和风格上质朴性和华美性结合得比较好,可以作为借鉴来纠正南朝文风华靡不振之病,这就是他们大力提倡建安风骨的重要原因。这种主张,在当时是有其历史进步意义的。但刘、钟两人毕竟受当时文学风气的影响,非常重视骈偶、辞藻等形式之美,比较忽视作品的社会内容(特别是反映下层人民痛苦方面的题材);他们不重视曹操、陶潜的作品,不重视汉乐府民歌深刻的社会内容及其对建安文人某些作品的影响,都反映了这种思想局限。

必须把我们今天对建安文学的评价和对建安风骨这一概念的理解区别开来。我们今天完全有理由对曹操的《薤露》、《蒿里》、《步出夏门行》,曹植的《送应氏》,陈琳的《饮马长城窟行》等诗篇给予充分的肯定和较高的评价,因为这是根据我们今天的批评标准所得出来的合乎逻辑的结论。但是,建安风骨是南朝批评家所创立的一个批评概念,它同我们今天肯定建安文学的标准并不相等,仅是部分内涵相通。我们必须客观地实事求是地考察刘勰、钟嵘的理论,还风骨和建安风骨这些概念以本来的面貌,而不要把我们今天对建安文学的肯定赞美的意见加进建安风骨这个概念之内。

五 唐代前期诗人对风骨的提倡

最后一节,想谈谈唐人对风骨和建安风骨的意见。唐代前期诗人,为了扭转齐梁以来柔靡不振的文风,大力提倡风骨,并以建安风骨为学习榜样,在促进唐诗的改革和健康发展方面,产生了积极良好的作用。

初唐史家,即提出了撷取南朝与北朝不同的文学优长,互相截长补短,以建立优良的新文风。《隋书·文学传序》说:

> 然彼此好尚,互有异同:江左宫商发越,贵于清绮;河朔词义贞刚,重乎气质。气质则理胜其词,清绮则文过其意。理深者便于时用,文华者宜于咏歌。此其南北词人得失之大较也。若能撷彼清音,简兹累句,各去所短,合其两长,则文质斌斌,尽善尽美矣。

这里指出南朝文学创作注重音韵,文风偏于绮丽,北朝文学义贞词刚,文风偏于质朴;二者如能结合得好,就能达到"文质斌斌,尽善尽美"的境界。"重乎气质"句的"气质",与《宋书·谢灵运传论》"子建、仲宣以气质为体"句中的"气质"意同,也就是指风骨。气质与清绮相结合,就是风骨与丹采相结合。"气质则理胜其词",不是说"气质"即指"理",即指思想内容;而是说文风质朴刚健者往往能有充实的内容。吴融评论李白诗说:"气骨高举,不失颂咏风刺之道。"(《禅月集序》)孟郊评论张碧诗云:"下笔证兴亡,陈词备风骨。"(《读张碧集》)都是赞美李、张的诗进步内容和明朗刚健的风格结合在一起。

初唐四杰之一的杨炯,在其所作《王勃集序》中对王勃作品给予很高评价,叙述王勃变革当时淫靡文风的业绩道:

> 尝以龙朔(唐高宗年号)初载,文场变体,争构纤微,竞为雕刻。糅之金玉龙凤,乱之朱紫青黄。影带以徇其功,假对以称其美。骨气都尽,刚健不闻。思革其弊,用光志业。……长风一振,众萌自偃。……积年绮碎,一朝清廓,翰苑豁如,词林增峻,反诸宏博,君之力焉。

当时南朝遗留下来的柔靡雕琢的文风,泛滥文坛,所以杨炯评为"骨气都尽,刚健不闻",即缺乏爽朗刚健的风骨。四杰的作品,虽然还缺少充实的社会内容,并且未能完全摆脱齐梁绮靡文风的影响,但渐趋雄健,确也体现出新的风貌。杨炯与王勃是同道,对王勃虽然不免赞美过分,但确实反映出他们有意识地重视风骨、改变当时绮靡文风的倾向。大抵王勃、杨炯所反对的只是齐梁以来作品的绮靡文风,而不是整个魏晋南北朝文学的骈偶风气。《新唐书·文艺传序》说:"高祖太宗,大难始夷,沿江左馀风,缔句绘章,揣合低昂,故王杨为之霸。"《新唐书》编者欧阳修、宋祁从古文家反骈俪的角度看王、杨作品和南朝文风的关系,就只见其同而不见其异了。

《隋书·文学传序》提出要学习吸取北朝质朴刚健、具有风骨的文风,但北朝的创作成就贫弱,在这方面缺少可作楷模的作家作品;真正要从前人遗产中继承优良风骨的传统,还得从汉魏或建安时代去找。陈子昂的《与东方左史虬修竹篇序》首先指明了学习对象,文云:

> 东方公足下:文章道弊五百年矣。汉魏风骨,晋宋莫传,然而文献有可征者。仆尝暇时观齐梁间诗,彩丽竞繁,而兴寄都

绝，每以永叹，思古人常恐逶迤颓靡，风雅不作，以耿耿也。一昨
于解三处见明公《咏孤桐篇》，骨气端翔，音情顿挫，光英朗练，有
金石声。遂用洗心饰视，发挥幽郁。不图正始之音，复睹于兹；
可使建安作者，相视而笑。

这里陈子昂结合古典诗歌的优良传统，明确地提出了诗歌创作的两
个标准，一个是要有兴寄，另一个是要有骨气。所谓兴寄，即比兴寄
托，就是要求诗歌创作继承发扬《诗经》美刺比兴的传统，具有充实的
政治社会内容。这是就思想内容说的。所谓骨气，即指风骨，是要求
诗歌具有爽朗刚健的风格。这是就艺术表现说的。《文心雕龙·风
骨》批评"丰藻克赡，风骨不飞"之病；"骨气端翔"，即风骨飞举之意。
"音情顿挫，光英朗练，有金石声"诸句，也与《风骨》"捶字坚而难移，
结响凝而不滞"句意相近。兴寄和骨气二者相结合，就能使诗歌创作
在思想、艺术上达到完美的统一。陈子昂继承了汉代诗论重视比兴
和南朝批评家强调风骨的传统，明确地提出了这两个标准，就为唐代
诗歌创作和诗歌理论的健康发展指明了方向。

　　盛唐时代诗歌的一个显著特征是努力追求建安风骨，要求诗歌
具有明朗刚健的风格。这在诗人和评论者的言论中都有鲜明的反
映。李白赞扬"蓬莱文章建安骨"（《宣州谢朓楼饯别校书叔云》），并
且宣称"自从建安来，绮丽不足珍"（《古风》其一）。高适也很推崇建
安作品，有云："周子负高价，梁生多逸词。周旋梁宋间，感激建安
时。"（《宋中别周梁李三子》）"故交负灵奇，逸气抱塞谔。隐轸经济
具，纵横建安作。"（《淇上酬薛三据兼寄郭少府》）"逸气刘公幹，玄言
向子期。"（《奉酬路太守见赠之作》）把建安时期的作家作品与逸气、
逸词联系起来，实际即是赞美建安风骨。此外如杜确《岑嘉州集序》
评论开元年间的诗歌说："其时作者凡十数辈，颇能以雅参丽，以古杂
今，彬彬然，粲粲然，近建安之遗范矣。"所谓"雅"、"古"，即指汉魏风

骨；所谓"丽"、"今"，是指南朝以来的丽藻。二者结合，达到了文质彬彬的境地。皮日休《郢州孟亭记》说："明皇世章句大得建安体，论者推李翰林、杜工部为之尤。介其间能不愧者，惟吾乡之孟先生（孟浩然）也。"从这些评论中，也可以看出盛唐诗人力追建安风骨的风尚。

殷璠的《河岳英灵集》编集于天宝年间，专收盛唐诗，书中对盛唐诗人崇尚风骨的特色，评述尤为具体。其叙文中指出建安时"曹（植）刘（桢）诗多直致，语少切对"，"逸驾终存"。赞美盛唐诗歌自开元十五年后，由于"海内词场，翕然尊古"，达到了"声律风骨始备矣"的境界。其集论中更说他所选的诗歌，"文质半取，风骚两挟，言气骨则建安为传（一作俦），论宫商则太康不逮"。"言气骨"二句具体阐明了盛唐诗歌"声律风骨始备"的特色。从风骨方面说，殷璠认为盛唐诗歌可以与建安作品比美。《河岳英灵集》中对风格爽朗刚健的作家，常常以风骨或气骨赞美之。如评陶翰云："既多兴象，复备风骨。"评高适云："多胸臆语，兼有气骨。"评崔颢云："晚节忽变常体，风骨凛然。"评薛据云："据为人骨鲠有气魄，其文亦尔。"（按此评与上引高适赠薛据诗意见相符合。）这些诗人，如高适、崔颢，以擅长雄壮的边塞诗著名，风格爽朗刚健，确是他们作品的一个特色。对另外一派擅长描写山水风景、表现隐逸情趣的诗人，如王维、刘眘虚、储光羲等，殷璠常以具有兴象及雅调来赞美他们。这派诗人的作品，风格偏于阴柔，容易缺少风骨（像陶翰那样兴象、风骨兼备的毕竟是少数）。殷璠对此也加以指出，如评刘眘虚云："情幽兴远，思苦语奇。……声律宛态，无出其右。唯气骨不逮诸公。"评祖咏云："气虽不高，调颇凌俗。"殷璠对刘眘虚、祖咏有微词，只是因为他们的作品风格比较柔弱，而不是思想内容有什么不好。

唐代前期诗人大力提倡风骨以改革齐梁以来柔靡诗风的历史任务，到唐玄宗时代可以说是完成了。殷璠说"开元十五年后声律风骨始备矣"，就揭示了这一现象。李阳冰《草堂集序》说："卢黄门（卢藏用)云：'陈拾遗（陈子昂）横制颓波，天下质文，翕然一变。'至今朝（指唐玄宗时）诗体，尚有梁陈宫掖之风，至公大变，扫地以尽。"梁陈以来宫体诗风被彻底扫除干净，这是盛唐许多优秀诗人共同努力的结果，李白在这方面的成绩只是更为突出罢了。盛唐以后，由于变革柔靡诗风的任务已经完成，作家、批评家们就不再像前期那样大力提倡风骨了。

经过安史之乱，唐代中期政治社会情况起了急剧的变化，唐王朝由盛趋衰，社会动荡不安，民生凋敝。诗人们面对这种不景气现象，就往往强调风雅比兴，要求作品反映国事民生，对统治者进行讽谏规劝，促进改革政治。这种主张在白居易、元稹的诗论中表现得最为鲜明。白居易的《与元九书》是一篇重要的文学论文。文中评述了自上古到唐朝的诗歌，提倡《诗经》的六义，即风雅比兴的传统，主张诗歌应当"补察时政"，"泄导人情"；批评晋宋以来专务"嘲风雪弄花草"的篇章。值得注意的是，在这篇文章中，白居易对建安诗歌的成就和建安风骨的优良传统竟只字不提。对唐代诗人，除李白、杜甫外，他仅肯定陈子昂的《感遇诗》、鲍防的《感兴诗》。对李、杜，从风雅比兴的标准衡量，他也惋惜合格之作太少。对高适、崔颢、王昌龄等有一些作品富有风骨，为《河岳英灵集》所赞美的诗人①，也只字未提。除《与元九书》外，白居易在其他地方也都是提倡风雅比兴，不提风骨。元稹也提倡写作讽谕诗，议论与白居易大致相近。他的《唐故工部员外郎杜君墓系铭序》中，在评述历代诗歌时提到建安诗作，文云："建安之后，天下文士遭罹兵战，曹氏父子鞍马间为文，往往横槊赋诗，故

---

① 《河岳英灵集》评王昌龄云："元嘉以还四百年内，曹刘陆谢风骨顿尽。顷有太原王昌龄、鲁山储光羲，颇从厥游。且两贤气同体别，而王稍声峻。……今略举其数十句，则中兴高作可知矣。"认为曹植、刘桢、陆机、谢灵运以后，诗歌风骨渐灭，而王昌龄诗则有风骨中兴之美。

其遒壮抑扬冤哀悲离之作,尤极于古。"并赞美杜甫诗"言夺苏李,气吞曹刘"。虽然指出了建安诗歌遒壮气盛的特色,但也并没有当作学习效法的对象,特别加以推崇。

陈子昂的《修竹篇序》从诗歌创作的思想艺术两方面,提出了风雅兴寄和汉魏风骨两个标准,为唐诗的健康发展指明了方向。安史乱前,盛唐诗人强调建安风骨,用以变革齐梁以来的柔靡诗风;安史乱后,中唐诗人强调风雅比兴,藉以推动诗歌注意反映国事民生,"补察时政"。时代形势不同,强调的对象也就不同了。

(原载《文史》第 9 辑,中华书局 1980 年出版)

《文心雕龙·风骨》笺释

关于"风骨"这一概念的涵义,目前学术界仍是意见分歧,不能统一。其实《文心雕龙·风骨》对风骨的界说,意思还是比较明确的。该篇一则说:"结言端直,则文骨成焉;意气骏爽,则文风清焉。"再则说:"故练于骨者,析辞必精;深乎风者,述情必显。"三则说:"若能确乎正式,使文明以健,则风清骨峻,篇体光华。"可见风的特点是清、显、明,是指作者思想感情骏发爽朗,形成一种鲜明显豁的文风;骨的特点是精、健、峻,是指作品语言端直精要,刚健有力。但由于《风骨》和《文心雕龙》其他篇章中,有些地方谈到风与骨的时候,意思不甚清楚,容易引起误会。本文试图对《风骨》全篇作一些笺释,以期有助于对这个问题的深入探讨和彻底解决。

我对这个问题过去写过两篇文章,一是《〈文心雕龙〉风骨论诠释》(载《学术月刊》1963年第2期),二是《从〈文心雕龙·风骨〉谈到建安风骨》(载《文史》第9辑)。本篇与该两文基本论点相同,行文彼此补充,详略互见,读者可以参看。

诗总六义,风冠其首,斯乃化感之本源,志气之符契也。

《毛诗序》:"故诗有六义焉:一曰风,二曰赋,三曰比,四曰兴,五曰雅,六曰颂。上以风化下,下以风刺上,主文而谲谏,言之者无罪,闻之者足以戒,故曰风。"又云:"风,风也,教也。风以动之,教以化之。""国风"居《诗三百篇》"六义"之首,在上者以风教化下民,在下者以风讽刺居上位者,上下互相风动感发,故曰化感之本源。按《毛诗序》释风,指诗的思想内容所产生的教化感发作用,刘勰借以形容文学作品(包括诗文)鲜明显豁的文风对读者的艺术感染力量。实际上"国风"的教化感发作用与风骨的艺术感染力量虽同属文学作品对读者(或听者)的积极影响,但内涵并不相同。刘勰喜欢引用儒家经典阐发自己的见解,有时立论不免牵强。《文心雕龙·明诗》云:"诗者,持也,持人情性;《三百》之蔽,义归无邪,持之为训,有符焉尔。"强调诗歌的本质为持人情性,以与孔子"思无邪"的看法联系起来,也不免牵强。

"志气",指作者的思想、感情、气质、性格等。作者有怎么样的思想、感情、气质、性格等特色,便有怎么样的文风,有其内则形诸外,内外相应,若合符契。《文心雕龙·神思》云:"神居胸臆,而志气统其关键。"这是说志气是作文运思时的关键。《体性》篇云:"气以实志,志以定言。"这是讲志、气、言辞三者间的关系。又《乐府》篇云:"匹夫庶妇,讴吟土风,诗官采言,乐胥被律,志感丝篁,气变金石。"这是形容志气真挚强烈,产生感人的乐曲。又《章表》篇云:"至于文举之荐祢衡,气扬采飞;孔明之辞后主,志尽文畅。"这是讲志气如何表现为文风,采飞文畅,正是气扬志尽的符契。

是以怊怅述情,必始乎风;沉吟铺辞,莫先于骨。

上文云"风冠其首",此承上文而言,故云"述情必始乎风"。"怊怅",怅恨。《明诗》篇称誉汉代古诗云:"婉转附物,怊怅切情。"盖刘勰认为诗能表现怊怅之情者为美。

作品语言,统称之则为辞、文辞,若析而言之,则辞之精要刚健者谓之骨,绮丽华靡者谓之采、藻。《杂文》篇:"藻溢于辞。"即是指文辞富于藻饰。刘勰认为运用文辞,首先应注意精要刚健。

故辞之待骨,如体之树骸;情之含风,犹形之包气。

风骨这个概念,在魏晋南北朝时期原来用于品评人物,风指人物的风神姿态,骨指人物的骨骼骨相。后来移植到绘画、书法、文学批评中。在文论中,风指作品具有鲜明生动的美好风貌,骨指作品能以精要刚健的语言为骨干。"辞之待骨"二句,意谓人体有骨骼始能树立,文章有精要刚健的语言为骨干,始能挺拔。

当时人们认为,气原是物质性的,它是构成万物的因素。在人体内,气像血液一样周布全身。《管子·心术下》:"气者,身之充也。"《孟子·公孙丑上》:"气,体之充也。"都是此意。这个气,形成人的思想、感情、气质等精神状态的东西,便是志气、意气。志气流露于外,便是神气、气色。这种气表现为写作才能,叫才气;表现为文章的风貌,叫风,有时也叫气,所以风骨又叫气骨。"情之含风"二句,意谓作品中思想感情呈现出来的风貌,犹如人体的意气、神气那样。

结言端直,则文骨成焉;意气骏爽,则文风清焉。

"结言端直",谓遣词造句正直挺拔。骨的正面意义(有骨者)原指人物骨骼端直。《世说新语·赏誉》:"王右军目陈玄伯垒块有正骨。"有正骨,即指骨骼端直。垒块亦作魁磊,原意为众石错落突兀,这里借以形容人的骨骼挺拔。借用到作品,则语言端直者叫骨。范文澜《文心雕龙注》说:"辞之端直者谓之辞,而肥辞繁杂亦谓之辞,惟前者始得文骨之称,肥辞不与焉。"这说法很中肯。

意气(思想、感情、气质等)骏发爽朗,则形成清明显豁的文风。《宗经》篇谓宗经之文有六大优点,其二为"风清而不杂",可见有风的作品其基本特色是"清"。魏晋南北朝时期品评人物,常以人的风度清朗为美。如《世说·容止》载嵇康"风姿特秀",见者叹为"爽朗清举",又载王济"俊爽有风姿",都是其例。后来借用到文学作品,指文章风貌清明爽朗。《明诗》篇评建安诗歌云:"慷慨以任气,磊落以使才。造怀指事,不求纤密之巧;驱辞逐貌,唯取昭晰之能。"慷慨任气,即意气骏爽之意。昭晰,即文风清明之意。气爽风清,是建安风骨的特征。《乐府》篇:"魏之三祖,气爽才丽。"曹魏三祖,意气骏爽,所以诗歌富有风骨。锺嵘《诗品序》:"孙绰、许询、桓、庾诸公诗,皆平典似《道德论》,建安风力尽矣。先是郭景纯用隽上之才,变创其体;刘越石仗清刚之气,赞成厥美。"这里赞美刘琨的为人和诗歌有清刚之气,即具有风骨之美,初步冲破了当时玄言诗的不良风尚。《文心雕龙·才略》:"刘琨雅壮而多风。""多风",即指诗歌风貌清明爽朗。又《体性》篇云:"风趣刚柔,宁或改其气。"这也是讲不同的气质形成不同的文风。

若丰藻克赡,风骨不飞,则振采失鲜,负声无力。

　　这四句说如果辞藻丰富,但没有爽朗刚健的风骨,那末文章就缺乏飞动之美,色采不鲜明,声调不响亮。联系下文"征鸟之使翼",这里也是以征鸟能否高翔比喻文风是否飞动。魏晋时代人们喜用"清举"一词形容人物的风神俊爽。上引《世说·容止》载时人赞叹嵇康风姿"爽朗清举",《世说·赏誉》注引《晋安帝纪》说王羲之"风骨清举","举"字即有飞动之意。《世说·容止》又云:"时人目王右军飘如游云,矫若惊龙。"这里以具体的比喻形容王羲之的"风骨清举",游云、惊龙都是具有飞动特色的事物。文章爽朗刚健,富有风骨,犹如鸷鸟高翔,具有飞动之美。

是以缀虑裁篇,务盈守气,刚健既实,辉光乃新,其为文用,譬征鸟之使翼也。

　　"缀虑"二句说运思谋篇,务使意气饱满充溢。"守气",生气。《左传·昭公十一年》:"单子会韩宣子于戚,视下言徐。叔向曰:单子其将死乎!……无守气矣。""刚健"二句说如果清刚之气充溢,则文章就能鲜明生动,光采焕发。《易·大畜》:"刚健笃实,辉光日新。"此处借用其语。"其为"二句说文章风骨之作用,犹如猛禽展翅。猛禽羽翮劲健,故能高翔;文章风骨清峻,则有飞动之美。《礼记·月令》:"征鸟厉疾。"《正义》:"征鸟,谓鹰隼之属也。"

故练于骨者,析辞必精;深乎风者,述情必显。

上二句说文章长于骨力者,其用词造句必精当简要。刘勰对析辞精要非常重视,屡屡言及。如《书记》篇云:"或全任质素,或杂用文绮,随事立体,贵乎精要。"《情采》篇云:"为情者要约而写真,为文者淫丽而烦滥。"不备举。下二句说文章长于风神者,表现思想感情必显豁明朗。《风骨》篇前后用"清"、"显"、"明"诸字形容风,含义相同。

捶字坚而难移,结响凝而不滞,此风骨之力也。

"捶字"句谓锻炼词语要坚实而不轻浮,"结响"句谓文辞声调要凝重而不板滞。二者都是析辞精当的效果。二者虽均讲析辞,均直接讲练骨的效果,但作品的思想内容是通过语言表达出来的,析辞精当而不繁冗,思想感情就容易表现得鲜明爽朗,风骨二者密切相关,故此处以"此风骨之力也"句作结。陈子昂《与东方左史虬修竹篇序》论风骨有云:"汉魏风骨,晋宋莫传。……一昨于解三处见明公《咏孤桐篇》,骨气端翔,音情顿挫,光英朗练,有金石声。……不图正始之音,复睹于兹;可使建安作者,相视而笑。""骨气端翔",谓风骨端直飞翔。"光英朗练",谓风格鲜明爽朗。"音情顿挫"、"有金石声",与此处"捶字"二句意义息息相通。捶字坚而结响凝,故有金石之声。陈子昂对风骨的理解,当是受到刘勰此篇影响。

若瘠义肥辞,繁杂失统,则无骨之征也;思不环周,索莫乏气,则无风之验也。

"肥辞",指丽藻纷披。堆砌艳丽辞藻,繁冗而失统绪,是无骨之征象。人物过于肥胖,骨骼不挺拔,是为"无骨"。《世说新语·轻诋》载:"旧目韩康伯将肘无风骨。"注引《说林》曰:"范启云:韩康伯似肉鸭。"韩康伯肥胖臃肿,骨骼为血肉所掩,有似肉鸭,风姿因之也不爽朗,故被人评为无风骨。东晋卫夫人《笔阵图》云:"善笔力者多骨,不善笔力者多肉。多骨微肉者谓之筋书,多肉微骨者谓之墨猪。多力丰筋者圣，无力无筋者病。"墨猪如同肉鸭，其病在于过于肥胖而少骨力。其在文学作品，则为肥辞伤骨。《诠赋》篇云："繁华损枝，膏腴害骨。"正是此意。刘勰对陆机作品文辞繁而少骨，常表不满，如《议对》篇云："及陆机断议，亦有锋颖，而腴辞弗剪，颇累文骨。"《才略》篇云："陆机才欲窥深，辞务索广，故思能入巧，而不制繁。"都是其例。又此处"瘠义肥辞"句，偏重在"肥辞"，"瘠义"是陪衬。瘠义与无骨没有必然联系；但辞肥而内容贫瘠，则无骨的病态尤为突出。

"思不环周，索莫乏气"，谓思想感情不饱满畅通，文章缺乏鲜明生动的气貌。"索莫"，枯寂无生气之状。

昔潘勖锡魏，思摹经典，群才韬笔，乃其骨髓峻也；相如赋仙，气号凌云，蔚为辞宗，乃其风力遒也。

"潘勖锡魏"，指东汉末叶潘勖《册魏公九锡文》，其文代汉帝立言，叙述曹操功德，宠以九锡。"思摹经典"，谓此文运思摹仿经典语气。潘文用词造句，竭力摹仿《尚书》，如首段有云："即我高祖之命，将坠于地。朕用夙兴假寐，震悼于厥心。曰惟祖惟父，股肱先正，其孰恤朕躬？乃诱天衷，诞育丞相，保乂我皇家，宏济于艰难，朕实赖之。今将授君典礼，其敬听朕命。"何义门评云："全仿《尚书》行文。"又结尾云："君往钦哉，敬服朕命，简恤尔众，时亮庶功，用终尔显德，对扬我高祖之休命。"亦绝似《尚书》。中间行文，亦多规仿《尚书》、《左传》。故清方伯海评云："哀辑《尚书》、《左》、《国》以成文，浑朴质穆。"（于光华《文选集评》卷八引）范文澜注亦谓其"规范典诰，辞至雅重"。所谓"典诰"，指《尚书》中《尧典》、《舜典》、《大诰》、《康诰》等一类文章。儒家经典之文字，比较质朴刚健，《尚书》尤为突出，潘文刻意摹仿《尚书》，语言刚健有力，故刘勰引为骨峻之范例。按《诏策》篇云："潘勖《九锡》，典雅逸群。"（《体性》："典雅者，镕式经诰，方轨儒门者也。"《定势》："模经为式者，自入典雅之懿。"）《才略》篇云："潘勖凭经以骋才，故绝群于锡命。"均可与此处互相参照，见出刘勰对潘文的推重。"骨髓"，指骨。杨明照《文心雕龙校注拾遗》谓"髓"当作"骽"。

刘勰对规仿《尚书》之文，每称其有骨力。如《诔碑》篇赞美蔡邕的碑文有云："观杨赐之碑，骨鲠训典。"杨赐之碑，指《司空文烈侯杨公碑》，其文字亦摹拟《尚书》，故刘勰评为"骨鲠训典"。训典，指《尚书》中《伊训》、《尧典》一类文章。骨鲠训典，意谓《杨赐碑》学习训典刚健之词句作为文之骨干。近人金榘香评蔡邕说："今观其《司空文烈侯杨公碑》，多引典谟成语，苍劲高洁，非若晋宋以下之荟铺藻饰也。"（《骈文概论》第二章第十六节）所言颇为中肯。又《封禅》篇指出封禅文的写作，应"树骨于训典之区"，意同"骨鲠训典"。盖封禅文铺陈帝王功德，体制与九锡文接近，故刘勰亦强调其应规仿《尚书》质朴刚健之词语以为文之骨干。司马相如的《封禅文》，过去认为是这方面的杰作，亦规仿《尚书》。孙月峰评云："规模亦自《仲虺诰》、《伊训》诸篇来。"何义门评云："文效《书》而不袭典谟诰。"（《文选集评》卷十二引）《封禅》说邯郸淳的《受命述》"风末力寡，辑韵成颂"，则是批评该文文辞不能刚健，缺乏风骨。

"相如赋仙"，指司马相如的《大人赋》。《史记·司马相如传》："相如既奏《大人之颂》（即《大人赋》），天子大说，飘飘有凌云之气，似游天地之间意。"按司马相如辞赋的代表作品为《子虚赋》、《上林赋》，其特色是文辞繁富艳丽，刘勰评为"繁类以成艳"（《诠赋》），"理侈而辞溢"（《体性》），"洞入夸艳"（《才略》），风骨不足。比较起来，《大人赋》文辞接近楚辞，较为简练，风貌较为清明爽朗，有飞动之致，故刘勰举以为作品有风力（此处即指风）之范例。又《大人赋》述游仙之事，汉武读后"飘飘有凌云之气"。刘勰认为这种强大的艺术感染力，来自作品具有飞动的风骨，因为作品骨气端翔，所以读后使人气概凌云。《汉书·叙传》述《司马相如传》有云："蔚为辞宗，赋颂之首。"颜师古注："蔚，文采盛也。音郁。"

能鉴斯要，可以定文。兹术或违，无务繁采。

　　"鉴"，明察、洞晓之意。"斯要"，指锻炼风骨的要领。"定文"，意谓能使文章写得完善。"兹术或违"，意谓上述写作方法不能违背。《檄移》篇："凡此众条，莫之或违者也。"含义略同。"繁采"，即肥辞，肥辞不但伤骨，且使思想感情表现不明朗，故欲求风骨，必须注意不要追求繁采。按意气骏爽，如下文所言，主要由于作者先天禀赋，而结言之端直劲健，则多出后天之功；故此处言锻炼风骨要领，强调无务繁采。

　　以上为第一大段，指出风骨的涵义、特色和锻炼风骨的要领。

故魏文称"文以气为主，气之清浊有体，不可力强而致"。

　　魏文语见《典论·论文》。此处"气"指作者的气质、个性，表现于文章则为作品的气貌、风格。清气，指清明阳刚之气（《诗品序》有"刘越石仗清刚之气"句，可见清气偏于阳刚）；浊气，指重浊阴柔之气。曹丕认为气有偏清偏浊之分，各有定体，出于禀赋，非后天之力所能勉强。

　　《体性》篇指出"气有刚柔"之分，意思略同于清浊有体。这种作者的气质个性形成作品的风格。《体性》篇下文所举"贾生俊发，故文洁而体清"等十二个作家的例子，即是说明作者气质个性（才性）与作品风格（体）的关系。刘勰除强调才性的作用外，也重视后天的学习，较之曹丕的论点更为全面。

故其论孔融，则云"体气高妙"；论徐幹，则云"时有齐气"；论刘桢，则云"有逸气"。公幹亦云："孔氏卓卓，信含异气，笔墨之性，殆不可胜。"并重气之旨也。

　　"体气高妙"语见《典论·论文》。"体气"，兼指作者的气质和作品的气貌。《章表》篇云："文举之荐祢衡，气扬采飞。"《才略》篇云："孔融气盛于为笔。"说明孔融意气昂扬，文采飞动，与曹丕"体气高妙"之论相合。"齐气"，《文选》李善注："言齐俗文体舒缓，而徐幹亦有斯累。"《汉书·朱博传》:"齐部舒缓养名。"颜师古注:"言齐人之俗,其性迟缓,多自高大以养名声。"《论衡·率性》:"楚越之人处庄岳(齐街里名)之间,经历岁月,变为舒缓,风俗移也。故曰齐舒缓。"说明齐气是舒缓之气,它原是齐地人们的一种性格特征,也表现为文风(参考郭绍虞主编《中国历代文论选》第一册)。徐幹,北海剧县(今山东昌乐西)人,故有齐气。范文澜注:"徐幹为人恬淡优柔,性近舒缓,故曰时有齐气。"曹丕《与吴质书》:"公幹有逸气,但未遒耳。""逸气",俊逸奔放之气,偏于清刚一类。锺嵘《诗品》评刘桢云:"仗气爱奇,动多振绝。真骨凌霜,高风跨俗。"说明刘桢的诗气盛而富有风骨。又谢灵运《拟魏太子邺中集诗》:"刘桢卓荦偏人,文最有气,所得颇经奇。"亦称其多气。刘桢评孔融语,原文已佚。"笔墨之性"二句,郭晋稀《文心雕龙注译》释云:"笔墨间流露出来的个性,比别人特殊鲜明。"近是。

　　这一小段引述曹丕、刘桢的话,旨在说明气对于风骨的重要意义。气是风的根源和表现。作者意气骏爽,则文风清明。作者具有清刚之气,再结合用词精要,作品自然清新刚健。黄叔琳注评《风骨》云:"气是风骨之本。"是从作者的气质、个性言气。纪昀评云:"气即风骨,更无本末。"是就作品的气貌言气。两说俱可通。气有清刚、柔浊之分,当时人多以清刚为贵,故此处引文于孔融多赞美之词。

夫翚翟备色而翾翥百步,肌丰而力沉也;鹰隼乏采而翰飞戾天,骨劲而气猛也。

　　"翚翟",雉鸟。"翾翥",小飞。这里以禽鸟为喻。肌丰力沉的雉鸟羽毛色彩缤纷,但飞不高远,犹如肥辞绮丽而缺乏风骨的作品。骨劲气猛的鹰隼,羽毛虽不鲜艳,但高飞至天,犹如风清骨峻的作品。

文章才力,有似于此。若风骨乏采,则鸷集翰林;采乏风骨,则雉窜文囿;唯藻耀而高翔,固文笔之鸣凤也。

　　此承上文点明旨意。鸷鸟,即鹰隼一类猛禽。"翰林"、"文囿",

均指文学园地。南朝许多文章,常常丽藻纷披而缺乏爽朗刚健之美。刘勰针对这种弊病,大力提倡风骨,企图扭转文风。但他仍很重视文采,他理想的文风是风骨与文采互相结合,而不偏废,犹如凤凰那样,既能高翔,又复毛羽鲜艳。这种要求风骨、文采二者结合的主张,在锺嵘《诗品》中表现得也很鲜明。《诗品序》指出诗歌应"干之以风力,润之以丹采",即以风骨为基干,再润色以美丽的辞藻,使二者互相结合。《诗品》最推重曹植,评语有云:"骨气奇高,词采华茂。"骨气即气骨,也就是风骨,二句是赞美曹植作品兼有风骨与文采之美。《诗品》肯定刘桢作品富有风骨,但又认为"气过其文,雕润恨少",就是对他"润之以丹采"不足这一点表示不满。《诗品》评王粲为"文秀而质羸",则是认为其诗富有文采而风骨不足。风骨偏于质朴,犹如"鹰隼乏采"。《宋书·谢灵运传论》在批评东晋玄言诗时说:"遒丽之辞,无闻焉尔。"希望出现遒丽之辞。所谓遒丽,即既刚健又美丽,实际也是风骨与文采相结合。该文评建安文学为"以文被质",指文采与质朴结合得好,也有此意。汉魏以来,我国文论中早有要求文质结合的传统。刘勰等希望风骨与文采相结合,实际是在南朝特殊历史条件下要求文质结合得好的一种提法。

　　以上为第二大段,指出气与风骨的关系,并主张作文必须风骨与文采互相结合。

若夫镕铸经典之范,翔集子史之术,洞晓情变,曲昭文体,然后能孳甲新意,雕画奇辞。昭体故意新而不乱,晓变故辞奇而不黩。

　　这一小段讲锻炼风骨之法,与《通变》篇息息相通。《通变》评历代文风云:"榷而论之:则黄唐淳而质,虞夏质而辨,商周丽而雅,楚汉侈而艳,魏晋浅而绮,宋初讹而新。从质及讹,弥近弥澹。何则?竞今疏古,风末气衰也。"范文澜注:"《说文》:'澹,水摇也。'又:'淡,薄味也。'弥澹，应作弥淡。"范说是。风末气衰，即风力不振，与《封禅》篇"风末力寡"意同。刘勰认为从上古到晋宋，文学发展愈来愈趋向绮丽新奇，因而缺乏风骨。要扭转这种文风，必须重视学习古代儒家经典质朴刚健的优点。故《通变》又云："矫讹翻浅，还宗经诰。斯斟酌乎质文之间，而櫽括乎雅俗之际，可与言通变矣。"此处"镕铸经典之范"，也是此意。子史之文，一般也较质朴，此处"翔集子史之术"，也有学习其质朴文风之意。《封禅》云："树骨于训典之区，选言于宏富之路。""树骨"句谓学习《尚书》的词句，树立骨干，已详上文。"选言"句所谓"宏富之路"，意似与"子史之术"相通，因为写作文章，取法对象，如能不限于诗赋颂赞等篇章，而旁及子史，就可说"选言于宏富之路"了。

"洞晓情变"，谓深明作文变化之道。《通变》云："夫设文之体有常，变文之数无方。何以明其然耶？凡诗赋书记，名理相因，此有常之体也；文辞气力，通变则久，此无方之数也。"郭晋稀《注译》云："洞晓情变，即洞晓'变文之数'，与夫'文辞气力，通变则久'也。"其说是。"曲昭文体"，谓详尽仔细地明了各体文章基本的体制特色和规格要求。如《诔碑》云："夫属碑之体，资乎史才。其序则传，其文则铭。标序盛德，必见清风之华；昭纪鸿懿，必见峻伟之烈。此碑之制也。"此即是碑文之体，必须懂得和遵循。"体"，《文心雕龙》书中亦称作"大体"、"体制"、"要"、"大要"等；自《明诗》至《书记》二十篇中的"敷理以举统"部分，对各体文章基本的体制特色和规格要求，均有表述，此处不赘。

"孳甲"，萌芽、产生。"新意"，指艺术构思上的新意，它与语言的运用有密切关系。陆机《文赋》："其会意也尚巧，其遣言也贵妍。"《才略》篇也说陆机"思能入巧"。这种巧意或巧思即此处的新意（参考郭绍虞《论陆机〈文赋〉中之所谓"意"》，载《文学评论》1961年第4期）。又《定势》篇："密会者以意新得巧。""意新"也指艺术构思。"雕画"，指修饰文辞。"昭体"二句，承上文谓如能曲昭文体，洞晓情变，就会使文章具有新颖的构思而不杂乱，具有奇丽的文辞而不淫滥。"黩"，滥。

若骨采未圆，风辞未练，而跨略旧规，驰骛新作，虽获巧意，危败亦多。岂空结奇字，纰缪而成经矣！

　　"骨采"二句，周振甫《注释》："这是互文，即风骨没有成熟，辞采没有精练。"周说是。"旧规"，指历来相承的各体文章基本的体制特色和规格要求，即上文"昭体"的体。《通变》云："凡诗赋书记，名理相因，此有常之体也。……名理有常，体必资于故实。""名"，指各体文章的名目（如诗、赋）；"理"，指各体文章基本的体制特色和规格要求，即"敷理以举统"的理，也即是体或大体。"名理相因"，是指根据各体文章的名目来规定其写作要领或体。这种体是有常规的，必须规仿古人的佳作，所以说"体必资于故实"。"故实"也就是旧规。《定势》云："自近代辞人，率好诡巧，原其为体，讹势所变，厌黩旧式，故穿凿取新。……故文反正为乏，辞反正为奇。效奇之法，必颠倒文句，上字而抑下，中辞而出外，回互不常，则新色耳。"这可以说是对"跨略旧规，驰骛新作"现象的一种具体说明。刘勰认为，如果违弃相承的旧规或旧式，片面追求新奇，则文章必疵病丛生，即所谓"危败亦多"。《定势》所谓"失体成怪"、"逐奇而失正"，都是指的这种危败现象（参考本书《〈文心雕龙〉的宗旨、结构和基本思想》）。"空结奇字"，即指片面追求新奇辞藻、逐奇失正的现象。"纰缪而成经矣"，范文澜注云："纰缪成经，经字不误，经，常也，言不可为常道。矣字疑当作乎。"这句是说片面追求新奇，是一种纰缪，岂能成为常道。

《周书》云："辞尚体要，弗惟好异。"盖防文滥也。

　　《尚书·毕命》："政贵有恒，辞尚体要，不惟好异。"《伪孔传》："辞以体实为要，故贵尚之。若异于先王，君子所不好。"刘勰引用《周书》之语，把体要作为精要理解。刘勰重视用辞精要，上文已有阐述。《周书》之语，在《文心》全书中也屡有引用。如《序志》云："盖《周书》论辞，贵乎体要；尼父陈训，恶乎异端。辞训之异，宜体于要。"《征圣》云："《易》称'辨物正言，断辞则备'；《书》云'辞尚体要，不惟好异'。故知正言所以立辩,体要所以成辞,辞成无好异之尤,辩立有断辞之美。"均是。此外,如《诠赋》之"愈好体要",《奏启》之"宜明体要",语亦本于《周书》,只是没有明言征引《周书》罢了。精要的反面是丽藻纷披,芜杂烦滥,刘勰认为这是晋宋以来文章的大病,所以针对其弊,大力提倡体要。

然文术多门,各适所好,明者弗授,学者弗师。于是习华随侈,流遁忘反。

"文术"二句谓为文之法途径非一,作者好尚不同,取径亦异。《定势》云:"桓谭称:'文家各有所慕,或好浮华而不知实核,或美众多而不见要约。'陈思亦云:'世之作者,或好烦文博采,深沉其旨者;或好离言辨句,分毫析厘者:所习不同,所务各异。'言势殊也。"陆机《文赋》云:"夸目者尚奢,惬心者贵当,言穷者无隘,论达者唯旷。"都说明由于作者好尚不同,因之文风亦异。"明者",指深通文术者。明者不传授作文之术,学者又不肯访求明者为师,必将形成"辞人爱奇,言贵浮诡","离本弥甚,将遂讹滥"(《序志》)的局面。刘勰撰述《文心雕龙》传授作文之术,有自居明者意。华侈,指文风绮靡繁冗,与体要相反。《宗经》篇云:"建言修辞,鲜克宗经。是以楚艳汉侈,流弊不还。"刘勰认为作文如不能宗法儒家经典,专门规仿楚辞、汉赋,则必然逐奇失正,流于华侈。"流遁忘反",与"流弊不还"意思相同。张衡《东京赋》:"若乃流遁忘反,放心不觉。"此用其语。

若能确乎正式,使文明以健,则风清骨峻,篇体光华。能研诸虑,何远之有哉!

"确乎正式",坚持规正的法式。"明",形容风清,与上文"述情必显"相呼应。"健",形容骨峻,与上文"析辞必精"、"捶字坚而难移,结响凝而不滞"相呼应。《易·同人》象曰:"文明以健,中正而应。"此借用其语。"篇体",指整篇的体制风格。《时序》云:"正始馀风,篇体轻澹。"篇体涵义相同。"光华",指作品光采焕发,与上文"振采失鲜"句中之"鲜"字、"唯藻耀而高翔"句中之"耀"字相呼应。"能研"二句，意谓如能对此细心研求，掌握写作之道并不甚难。

以上为第三大段，进一步指明锻炼风骨的途径和方法。

赞曰：情与气偕，辞共体并。文明以健，珪璋乃聘。蔚彼风力，严此骨鲠。才锋峻立，符采克炳。

"情与"二句意思说：在作品中，情思与意气，文辞与体制风格，都是密切相关的。"体"，即上文"曲昭文体"的体。"聘"，一作骋，作聘者是。《礼记·聘义》："圭璋特达，德也。"郑注："特达，谓以朝聘也。"《正义》："行聘之时，唯执珪璋特得通达。"（参考杨明照《文心雕龙校注》）二句意谓文风如能清明刚健，则属上乘，犹如执圭璋（宝玉）聘问，特得通达。"蔚"，文采茂盛，这里形容富有风力。"风力"，指风。"骨鲠"，指骨。二句即风清骨峻之意。"峻立"，有清峻刚健之意。"符采"，原指玉的纹理光采，此处借指作品的文采。左思《蜀都赋》："符采彪炳。"李善注："符采，玉之横文也。"二句与上文"藻耀而高翔"、"风清骨峻，篇体光华"意思相通。

以上为赞语，撮述全篇要旨，指出气与文章的密切关系；指出文章必须清明刚健，风清骨峻，才能焕发光采。

最后说一下《风骨》篇在全书中的位置及其与上下篇的关系问题。《体性》、《风骨》、《通变》、《定势》四篇相连，都是从文章全篇的体制风格来讨论创作的。《体性》着重谈作家才性与文章体制风格的关系；《风骨》具体论述了作家气质、文辞运用与爽朗刚健文风的关系；《通变》进一步从历代文风的变化来谈创作；《定势》则着重讨论文体与风格的关系。四篇从不同角度讨论文章的体制风格，但都贯穿着刘勰要求执正御奇、反对逐奇失正的基本创作原则。

（原载《中华文史论丛》1983 年第 2 期）

《文心雕龙·总术》试解

　　《文心雕龙》中《总术》一篇，主旨比较隐晦，不易理解。清代纪昀评此书时，已经指出这种情况。纪氏评全篇云："此篇文有讹误，语多难解。郭象云：自不害其宏旨，皆可略之。"评"今之常言，有文有笔"一段云："此一段辨明文笔，其言汗漫，未喻其命意之本。"评"凡精虑造文，各竞新丽"一段云："此一段剖析得失，疑似分明；然与前后二段不甚相属，亦未喻其意。"周振甫《文心雕龙注释》指出《总术》首段意在宗经，颇为中肯，惜乎言而未畅。今按此篇主旨强调作文必须掌握要领，必须以"五经"为典范，贯穿着刘勰征圣宗经的主张。兹不揣浅陋，试加诠解。

　　此篇名曰"总术"，总是操持、掌握之意，术是方法，此处指写作要领。篇中曰"研术"，曰"晓术"，曰"执术驭篇"，指出作文之术非常重要，必须研讨它，通晓它，掌握它。这术究竟指什么呢？《总术》云："凡精虑造文，各竞新丽，多欲练辞，莫肯研术。"又云："是以执术驭篇，似善弈之穷数。"又篇末赞语有云："文场笔苑，有术有门。务先大体，鉴必穷源。"可见这术不是局部性的锤练字句（所谓"练辞"），而是就整篇文章的体制而言，也就是所谓"大体"。"大体"一词，在《文心雕龙》的《明诗》至《书记》二十篇各体文章论的"敷理以举统"部分中，屡屡言及，指的是作品的体制特色和规格要求，举例如下：

　　　原夫登高之旨，盖睹物兴情。情以物兴，故义必明雅；物以情观,故词必巧丽。丽词雅义,符采相胜,如组织之品朱紫,画绘之著玄黄。文虽新而有质,色虽糅而有本,此立赋之大体也。然逐末之俦,蔑弃其本,虽读千赋,愈惑体要。遂使繁华损枝,膏腴害骨,无贵风轨,莫益劝戒。(《诠赋》)

夫盟之大体,必序危机,奖忠孝,共存亡,戮心力。祈幽灵以取鉴,指九天以为正。感激以立诚,切至以敷辞,此其所同也。……忠信可矣,无恃神焉。(《祝盟》)

原夫哀辞大体,情主于痛伤,而辞穷乎爱惜。幼未成德,故誉止于察惠;弱不胜务,故悼加乎肤色。隐心而结文则事惬,观文而属心则体奢。奢体为辞,则虽丽不哀。必使情往会悲,文来引泣,乃其贵耳。(《哀吊》)

故其大体所资,必枢纽经典,采故实于前代,观通变于当今;理不谬摇其枝,字不妄舒其藻。……然后标以显义,约以正辞,文以辨洁为能,不以繁缛为巧,事以明核为美,不以深隐为奇,此纲领之大要也。……若文浮于理,末胜其本,则秦女楚珠,复在于兹矣。(《议对》)

这个"大体",在《文心雕龙》中有时称为"体"、"体制"、"要"、"大要"、"纲领之要"等等。上举《议对》中的"纲领之大要"(与该篇上文"大体"呼应)即是一例。这里再举数例:

故铺观列代,而情变之数可鉴;撮举同异,而纲领之要可明矣。(《明诗》)

原夫兹文之设,乃发愤以表志。身挫凭乎道胜,时屯寄于情泰,莫不渊岳其心,麟凤其采,此立体之大要也。(《杂文》)

　　原夫论之为体，所以辨正然否，穷于有数，究于无形，钻坚求通，钩深取极，乃百虑之筌蹄，万事之权衡也。故其义贵圆通，辞忌枝碎，必使心与理合，弥缝莫见其隙，辞共心密，敌人不知所乘，斯其要也。(《论说》)

由上可见，所谓"大体"、"体"等等，即文章的体制，也就是各体文章基本的体制特色和规格要求。因为它是基本的要求，很重要，所以刘勰把它称为"纲领之要"；而"大体"、"大要"等名称中的"大"字，实际也是"纲领"的意思。这个"大体"，包括了思想感情和文辞形式两个方面的基本要求，以及由这两方面综合而成的风格特征。如上引《诠赋》云："义必明雅……词必巧丽。"《祝盟》云："序危机，奖忠孝……感激以立诚，切至以敷辞。"就分别指出了赋和盟辞的内容、形式两方面的基本要求及其风格特征。《附会》云："夫才童学文，宜正体制：必以情志为神明，事义为骨髓，辞采为肌肤，宫商为声气。"这里清楚地说明了体制是情志、事义、辞采、宫商诸因素的综合表现，也就是思想和艺术的综合表现。

　　刘勰认为，写作文章，必须首先明了和掌握这个"大体"，才能胸有全局，顺利进行。《镕裁》论作文次第云："是以草创鸿笔，先标三准：履端于始，则设情以位体；举正于中，则酌事以取类；归馀于终，则撮辞以举要。然后舒华布实，献替节文。"这里"位体"的"体"，即是"大体"；"设情以位体"，就是依据所要表现的思想感情，对文章的基本体制和规格加以经营筹划。刘勰认为，这是写作一开始时必须首先抓住的。至于文辞，他认为应先举其精要者，然后慢慢"舒华布实，献替节文"，进行仔细的修饰。《封禅》云："构位之始，宜明大体。"也是强调应先抓住大体。《总术》云："才之能通，必资晓术。自非圆鉴区域，大判条例，岂能控引情源，制胜文苑哉！"这里所谓"圆鉴区域"，当指了解各体文章的区别与特色；所谓"大判条例"，当指掌握各体文章的规格要求。了解并掌握各体文章基本的体制特色和规格要求，也就是所谓"晓术"了。通晓了"术",掌握了"大体",作文时就能胸有整体,表达顺遂,达到"按部整伍,以待情会,因时顺机,动不失正","义味腾跃而生,辞气丛杂而至"(《总术》)的良好效果。

反之,如果作文不先"晓术",不先掌握"大体",就弊病丛生,"乃多少之并惑,何妍媸之能制"(《总术》)。宋齐时代,诗赋等各体文章日趋新丽,许多作者追求字句的绮艳奇巧,而往往忽略"大体"。刘勰对此深为不满,《总术》中既有"多欲练辞,莫肯研术"的讥评;《序志》中又批评后代"辞人爱奇,言贵浮诡,饰羽尚画,文绣鞶帨",即片面追求文辞的奇丽,以致形成"文体解散","离本弥甚",也就是违背"大体"的弊病。刘勰对文辞之美也是很重视的,但他认为创作必须首先从大处着眼,经营好通篇的体制;然后再研讨字句。在《文心雕龙》下半部中,《声律》、《章句》、《丽辞》、《比兴》、《夸饰》、《事类》、《练字》、《隐秀》、《指瑕》等篇都是着重研讨用词造句的,他对于声律、对偶、用典以至比喻、夸张、含蓄等修辞手段都颇为重视,一点也没有轻视字句。但在这些篇什之前,他先以《体性》、《风骨》、《通变》、《定势》诸篇研讨体制,接着又安排了《情采》、《镕裁》两篇,前者指明文采字句必须为表现情志服务,后者指明作文应先经营体制。在《指瑕》篇后,他又安排了《附会》和《总术》篇。《附会》指出"才童学文,宜正体制"的重要性,指出了"锐精细巧,必疏体统"的弊病,其用意与《总术》的批评"多欲练辞,莫肯研术"相通。接着《总术》又强调"执术驭篇","务先大体"。这些都表现了他认为作文必先注意体制或"大体"的深意。

刘勰认为,各种样式文章的体制或"大体",有其一定的规格要求,相沿日久,必须遵循。《通变》云:

> 夫设文之体有常,变文之数无方。何以明其然耶?凡诗赋书记,名理相因,此有常之体也;文辞气力,通变则久,此无方之数也。名理有常,体必资于故实;通变无方,数必酌于新声。

这里所谓"设文之体"的"体",不仅指诗、赋等体裁样式,更主要的是指体制或"大体"。所谓"名理相因",是指根据各体文章的名目来规定写作之理。以《诠赋》为例,"赋者铺也,铺采摛文,体物写志也",这是释赋之名义;"原夫登高之旨,盖睹物兴情。情以物兴,故义必明雅;物以情观,故词必巧丽。丽辞雅义,符采相胜",这一段话就是根据赋的名义提出的作赋之理,即赋的体制或"大体",也就是"敷理以举统"。这种体制是有常规的,必须以古人之文为法,所以说"体必资于故实"。至于文辞则可以变化无方,所以应当多酌新声了。《风骨》篇对文章体制必须遵循旧规也有所论述:

> 若夫镕铸经典之范,翔集子史之术,洞晓情变,曲昭文体,然后能莩甲新意,雕画奇辞。昭体故意新而不乱,晓变故辞奇而不黩。若骨采未圆,风辞未练,而跨略旧规,驰骛新作,虽获巧意,危败亦多。

这里的"曲昭文体",即是通晓各体文章的体制。刘勰认为,作文能通晓体制,才能做到"意新而不乱"。而要做到通晓文章体制,则必须以古为法,多多注意学习儒家经典以及子书、史书的规范。如果不遵守旧规,片面追求新奇,那就会导致"危败亦多"的弊病。后来颜之推在《颜氏家训·文章》中提出"宜以古之制裁为本,今之辞调为末,并须两存,不可偏弃",实际上是刘勰这种主张的一脉相承。

《总术》赞语云:"务先大体,鉴必穷源。"这里所谓"穷源",我以为即指探究古来各体文章的规范和法式,以期了解并掌握其"大体"。考《明诗》至《书记》二十篇中的"敷理以举统"部分,常用"原夫"一词领起全段,如:

> 原夫登高之旨……(《诠赋》)

原夫颂惟典雅……(《颂赞》)

原夫哀辞大体……(《哀吊》)

原夫兹文之设……(《杂文》)

原夫载籍之作也……(《史传》)

原夫论之为体……(《论说》)

原夫章表之为用也……(《章表》)

原笺记之为式……(《书记》)

这是用"原夫"或"原"字领起的例,在其他地方,也有用"夫"或"凡"字领起的,用意略同。所谓"原夫"或"原",即探究各体文章的规范和法式,以期了解并掌握其"大体"。"原夫"或"原"领起的一段文字,就是"鉴必穷源"主张的实践,名词的"源"与动词性的"原",字形虽有区别,表达的是同一意思。

　　上面我们把"术"的具体内容说清楚了,现在回过头来再看《总术》第一段中对于颜延年和陆机的批评意见,就比较容易了解了。上文指出,刘勰强调作文首先要重视体制,各体文章的体制有相承的基本规格,要通晓掌握它,应向古代的经典、子、史等学习。在《宗经》篇中,刘勰指出,各体文章都源出"五经",所谓"论说辞序则《易》统其首"等等,又指出作文如能宗法经典,则可获得"六义"之美,即情深而不诡,风清而不杂,事信而不诞,义直而不回,体约而不芜,文丽而不淫,在思想内容和艺术形式上都达到优美的境界。总之,他强调作文要以儒家经典为规范和法式。颜延年把文章分为言、笔、文三类,其言云:"笔之为体,言之文也。经典则言而非笔,传记则笔而非言。"范文澜《文心雕龙注》解释说:"此言字与笔字对举,意谓直言事理不加采饰者为言,如《礼经》、《尚书》之类是;言之有文饰者为笔,如《左传》、《礼记》之类是。其有文饰而又有韵者为文。"这里姑不论颜延年的言论是否合理,但他把儒家经典的一部分缺少文饰的作品归入"言"一类,这与文章必须宗经的主张恰好背道而驰,所以刘勰要加以驳斥了。周振甫《文心雕龙注释》说:"刘勰反对三分法,因为按照三分法,经书都是言,不是文,那末论文就不好宗经了。"这说法有理,指出了《总术》篇批评颜延年的意旨所在。

《总术》还批评陆机云:"昔陆氏《文赋》,号为曲尽,然泛论纤悉,而实体未该。"陆机《文赋》对创作构思、用词造句等修辞技巧作了详细论述,故刘勰称为"泛论纤悉",但其主要缺点则是"实体未该",即对文章的体制或大体没有完备的叙述。按《文赋》对文章的不同体制风格有如下一段叙述:

> 诗缘情而绮靡,赋体物而浏亮。碑披文以相质,诔缠绵而凄怆。铭博约而温润,箴顿挫而清壮。颂优游以彬蔚,论精微而朗畅。奏平彻以闲雅,说炜晔而谲诳。虽区分之在兹,亦禁邪而制放。

这里陆机列举了十种文体的不同风格特色,只列十种文体固然嫌少,而更重要的是他不能像刘勰那样"敷理以举统",具体指明各体文章的体制特色和规格要求,指出应当怎样写,有时还指出不应当怎样写(如上引《诠赋》、《哀吊》、《议对》诸条)。这样比较起来,就显出《文赋》对文章体制的论述是很不完备了。按《文镜秘府论·南卷·论体》有云:

> 至如称博雅,则颂、论为其标;语清典,则铭、赞居其极;……故词人之作也,先看文之大体,随而用心。遵其所宜,防其所失,故能辞成炼核,动合规矩。而近代作者,好尚互舛,苟见一途,守而不易,至令摛章缀翰,罕有兼善。岂才思之不足,抑由体制之未该也。

这段话不知引自何书,但很可与《文心雕龙》互相参证。这里所谓"大体",与刘勰所谓"大体"涵义相同。这里所谓"体制之未该",批评近代作者不能周详地通晓各体文章的体制,也与刘勰批评陆机《文赋》"实体未该"的意思互相沟通。又《文心雕龙·论说》论"说"体云:

> 凡说之枢要,必使时利而义贞,进有契于成务,退无阻于荣身。自非谲敌,则唯忠与信。披肝胆以献主,飞文敏以济辞,此说之本也。而陆氏直称"说炜晔以谲诳",何哉?

这里刘勰更是在某个具体问题上,批评陆机对文章体制在理解和论述方面存在着片面性了。刘勰在《序志》篇中还说过"陆赋巧而碎乱"的话。按刘勰认为辨明文章体制,是作文的首要任务,故把它强调为"纲领之要";陆机《文赋》在这方面偏偏忽略,论述不能具体周详,因此,尽管《文赋》写得很巧妙,但毕竟有"碎乱"之病,即不能"敷理以举统"了。郭晋稀《文心雕龙注译》提出,《总术》批评陆机的这一小段文字应属于全文第二段,与下文"凡精虑造文"等衔接。我同意这主张,因为批评陆机这一段文字,不是就言、笔之分讨论问题,而是与下文一致,均就应注意大体这点上讨论问题。

《总术》中间一段有云:

> 落落之玉,或乱乎石;碌碌之石,时似乎玉。精者要约,匮者亦鲜;博者该赡,芜者亦繁;辩者昭晰,浅者亦露;奥者复隐,诡者亦曲。

指出要约、该赡、昭晰、复隐四种风格,两两相对,但都是像白玉一样的优良风格;至于匮鲜、繁芜、浅露、诡曲四者,那就是表面像白玉,实际是石块的不良文风了。按《征圣》篇论述儒家经典文风有云:

　　夫鉴周日月,妙极机神;文成规矩,思合符契。或简言以达旨,或博文以该情,或明理以立体,或隐义以藏用。故《春秋》一字以褒贬,丧服举轻以包重,此简言以达旨也。邠诗联章以积句,《儒行》缛说以繁辞,此博文以该情也。书契断决以象夬,文章昭晰以效离,此明理以立体也。四象精义以曲隐,五例微辞以婉晦,此隐义以藏用也。故知繁略殊形,隐显异术,抑引随时,变通适会,征之周孔,则文有师矣。

这里提出简言、博文、明理、隐义四种基本风格,与《总术》的精、博、辩、奥完全一致。《征圣》指出"五经"之文尽管有繁略隐显的不同,但都恰到好处,足为楷模;那末,要避免《总术》中所批评的匮鲜、繁芜、浅露、诡曲等弊病,就应当注意学习"五经"之文了。这种征圣宗经的思想,正好与第一段中批评颜延年的议论相呼应。

　　总之,《总术》全篇论作文之道,贯穿着注重体制(大体)、宗法"五经"的思想。

1983 年 7 月

刘勰的文学历史发展观

　　刘勰的文学历史发展观，主要表现于《文心雕龙》的《时序》、《通变》两篇。《时序》一篇，结合中国古代历朝时世的推移来阐述文学的发展变化，内容丰富深入，其中涉及若干文学史中带有规律性的东西。《通变》探讨文学创作的继承与创新问题，中间也谈到历代文学发展变化的趋势，可与《时序》互相参照。

　　《时序》云："时运交移，质文代变。"又云："故知文变染乎世情，兴废系乎时序。"篇末赞语有云："质文沿时。"这些语句可说表达了刘勰对于文学历史发展的纲领性思想，即是：一，文学随着时代发展而变化，其风貌有时偏于质朴，有时偏于华艳；二，文学面貌的变化，是蒙受着时代社会情况的影响的。本文打算以《时序》、《通变》为中心，结合《文心雕龙》书中的其他有关篇章，对这两个问题作一些阐述。

一

　　以质文为标准来评论文学，刘勰以前早就有了。

　　《论语·雍也》云："子曰：质胜文则野，文胜质则史。文质彬彬，然后君子。"何晏《集解》："包（咸）曰：野，如野人，言鄙略也。史者，文多而质少。彬彬，文质相半之貌。"邢昺疏："文质彬彬然后君子者，彬彬，文质相半之貌，言文华、质朴相半彬彬然，然后可为君子也。"《论语》所谓文质，原指人们的文化修养、礼仪节文而言，虽也包括文学在内,但涵义较为广泛。后来人们在儒家思想的影响下,就喜欢用文质这对概念来评论文学作品的特色和变化。如班彪评司马迁《史记》说:"善述事理,辩而不华,质而不俚,文质相称,盖良史之才也。"(《后汉书·班彪传》)刘宋檀道鸾《续晋阳秋》说:"逮乎西朝之末,潘、陆之徒,虽时有质文,而宗归不异也。"(《世说新语·文学》注引)都是其例。与刘勰同时代的文人,则如沈约《宋书·谢灵运传论》赞美建安文学为"以情纬文,以文被质",锺嵘《诗品》评曹植诗为"体被文质",都是其例。可见以文质这对概念来品评文学,在当时已经成为一种常见的现象。

《文心雕龙》书中运用文质这对概念评论文学之处很多,《时序》、《通变》两篇则着重通过"质文代变"来说明文学的历史发展。刘勰这种思想还受到秦汉以来政治、历史学说方面文质论的影响。《礼记·表记》载孔子曾云:"虞夏之质,殷周之文,至矣!"《尚书大传》:"王者一质一文,据天地之道。"以后董仲舒《春秋繁露·三代改制质文》、班固《白虎通德论·三正》对此均有阐述发挥。其所谓质,主要指为政简易,崇尚质朴,较少礼节法令制度;文则指多设人为的礼法制度,崇尚文化(包括文学)。建安时代阮瑀、应玚各撰《文质论》,也是从这个角度进行论辩。阮瑀尚质,主张"少言辞,政不烦","不至华言","意崇敦朴"。应玚尚文,批评阮瑀"弃五典之文,暗智礼之大,信管、望之小,寻老氏之蔽",认为"质者不足,文者有馀"。应玚尚文的言论,得到刘勰重视,在《序志》篇中评述前代文论时也予以论列。应论中"二政代序,有文有质"这种质文代变的言论很可能直接影响了刘勰的文学历史发展观念。

在《通变》篇中,刘勰对历代文学质文变化的情况,作了概括的叙述:

　　榷而论之,则黄唐淳而质,虞夏质而辨,商周丽而雅,楚汉侈而艳,魏晋浅而绮,宋初讹而新。从质及讹,弥近弥澹。何则?竞今疏古,风末气衰也。

刘勰认为商周之文(主要指"五经")丽而能雅,文质彬彬,最符合理想。在此以前偏于质,在此以后偏于文,都不完美。这是一种比较粗略的概括,实际商周以后,文风也不是直线式的日趋华艳,而是时有质文,走着比较曲折的道路。《时序》篇的论述,就比较具体细致,试略加分析。

《时序》篇对周代以前的作品论述比较简略,因为这时期的作品数量很少(姑不论其真伪),而且颇为单纯。《通变》说:

> 黄歌"断竹",质之至也;唐歌"在昔",则广于黄世;虞歌《卿云》,则文于唐时;夏歌"雕墙",缛于虞代。

这个时期的作品,总的说来都是质朴的,但后一代作品比起前一代的作品,文采略有增加,所谓"文于唐时"、"缛于虞代",并不是说已经富于文采了。《通变》说:"黄唐淳而质,虞夏质而辨。"同样是质,但黄唐是淳朴,虞夏是辨析,也是说在表现上有所发展。

周代文化学术有很大发展,"六经"大部分产生于周代,其中尤以《诗三百篇》文学成就最为突出。《时序》对周代诗歌的发展作了概述,《原道》则对周代文学有更为具体的评介:

> 逮及商周,文胜其质。雅颂所被,英华日新。文王患忧,繇辞炳曜,符采复隐,精义坚深。重以公旦多材,振其徽烈,制《诗》缉《颂》,斧藻群言。至夫子继圣,独秀前哲,镕钧"六经",必金声而玉振,雕琢情性,组织辞令。

周代文学加上《诗经》中的《商颂》(过去认为是商代作品),与前朝相比,文采确有长足的发展,所以《原道》有"文胜其质"之称。但刘勰并不认为商周文学偏重文而质不足,而是文质彬彬的。《通变》说"商周丽而雅",《征圣》说"圣文雅丽,衔华佩实",都是这个意思。正因为圣文("六经"之文)雅丽,文质彬彬,堪为准则,所以刘勰认为作文必须宗经。

周代后期,诸子百家繁兴,文学进一步发展,屈原、宋玉写作大量辞赋,更使文坛生色。《时序》小结诸子屈宋的文学云:"观其艳说,则笼罩雅颂,故知炜烨之奇意,出乎纵横之诡俗也。"指出这时期文风特色是"艳",是"炜烨",开了偏重文采的局面。《辨骚》赞美屈宋之作"惊采绝艳",又指出楚辞文风的特色是"奇"、"华",而雅颂文风的特色则是"贞(正)"、"实",要求把二者结合起来,达到文质彬彬的境界。

汉代承屈宋馀绪,辞赋最为发展。汉赋的特色也是艳丽,所谓"极声貌以穷文","写物图貌,蔚似雕画"(《诠赋》)。《夸饰》说:

> 至如气貌山海,体势宫殿,嵯峨揭业,熠耀焜煌之状,光采炜炜而欲然,声貌岌岌其将动矣。

这段话最能反映汉赋(特别是大赋)的艺术特色。《时序》小结西汉文学说:"虽世渐百龄,辞人九变,而大抵所归,祖述楚辞,灵均馀影,于是乎在。"指出了西汉赋家蒙受楚辞的深刻影响。《通变》说"楚汉侈而艳",是就两代文风的共同特色而言;《风骨》说"楚艳汉侈",于合提中分说,则又指明汉赋文辞侈靡,比楚辞有所发展。总的说来,楚辞汉赋都是文有馀而质不足的。

东汉文风,比起西汉有了明显的变化。《时序》说:"中兴之后,群才稍改前辙,华实所附,斟酌经辞。盖历政讲聚,故渐靡儒风者也。"指出东汉历朝帝王提倡儒学,招集儒生讲学,文学受其影响,表现出

"华实所附,斟酌经辞"的特色。在其他篇章中,刘勰也常指明东汉的几个代表作家班固、张衡、蔡邕等具有儒家雅正的文风。如《诠赋》说班固的《两都赋》"明绚以雅赡";《史传》说班固的《汉书》"十志该富,赞序弘丽,儒雅彬彬,信有遗味";《体性》说"孟坚雅懿,故裁密而思靡";《才略》说"张衡通赡,蔡邕精雅,文史彬彬,隔世相望";《诔碑》说蔡邕的碑文"其叙事也该而要,其缀采也雅而泽";《才略》又说"马融鸿儒,思洽识高,吐纳经范,华实相扶"。刘勰认为,这些作家受儒家经典影响很深,因而文风也具有"五经"之文丽而雅的特色,也就是文质结合得较好①。这里鲜明地表现了刘勰文必宗经的创作思想。

《通变》说"魏晋浅而绮"。浅指用字浅易,不似汉代文章深奥(参见《练字》篇),绮即绮丽之意,也就是富于文采。关于这一点,魏晋两代文风实际不是直线式地向绮丽发展,而是中间有着反复和变化。曹魏前期和后期有所不同。前期即建安、黄初时代,作家遭汉末丧乱,"志深笔长,梗概多气"(《时序》),文风俊爽刚健,形成所谓建安风骨,以质见长;但又能"以文被质"(《宋书·谢灵运传论》),"体被文质"(《诗品》),因而文质结合得比较好。到后期正始时代,玄学思想抬头,作品"篇体轻澹"(《时序》),就显得文采不足了。晋代文风,东西晋也有区别。西晋文风的特色是绮丽,以文采见长。《时序》在列举一批作家后,指出他们"并结藻清英,流韵绮靡"。《明诗》也说:"晋世群才,稍入轻绮,张潘左陆,比肩诗衢,采缛于正始,力柔于建安,或析文以为妙,或流靡以自妍,此其大略也。"到了东晋,上承正始遗风,玄学大盛,诗文受其影响,崇尚发挥老庄思想,"理过其辞,淡乎寡味"

---

①　刘师培论班固、蔡邕之文有云:"儒家之文,说理虽不能尽,而朴厚中自有渊懿之光。若孟坚则能备具儒家之特色者也。蔡伯喈之文亦纯为儒家,其碑铭颂赞固多采用经说,即论事之文亦取法《春秋繁露》。而文章之重规叠矩,则又胎息于荀子《礼论》、《乐论》。故虽明白显露,而文章自然含蕴不尽。文能含蕴,则气自厚矣。"(见罗常培记录《汉魏六朝专家文研究》第十节。)

（《诗品序》），又变得枯燥而缺乏文采了。

《通变》说"宋初讹而新"，这句话其实可以概括宋、齐两代文风的主要倾向。《时序》于刘宋列举了一些作家姓氏，没有作具体品评；于萧齐更是笼统地誉为"经典礼章，跨周轹汉，唐虞之文，其鼎盛乎"。这可能是因为评论当代文学，往往涉及一些有权势的人物，心存顾虑，故不敢明言。但在其他篇章中，可以窥见刘勰对宋齐文学的看法。《明诗》评谢灵运一派山水诗说："俪采百字之偶，争价一句之奇，情必极貌以写物，辞必穷力而追新，此近世之所竞也。"《定势》说：

> 自近代辞人，率好诡巧。原其为体，讹势所变，厌黩旧式，故穿凿取新。察其讹意，似难而实无他术也，反正而已。故文反正为乏，辞反正为奇。效奇之法，必颠倒文句，上字而抑下，中辞而出外，回互不常，则新色耳。

这两段话可说是对"宋初讹而新"一句作了具体的阐述。又《序志》所指责的"辞人爱奇，言贵浮诡"，也是指这种文风。这种文风，当然是文胜于质。《南齐书·文学传论》称谢灵运一派作品为"启心闲绎，托辞华旷，虽存巧绮，终致迂回"；称鲍照一派作品为"发唱惊挺，操调险急，雕藻淫艳，倾炫心魂，亦犹五色之有红紫，八音之有郑卫"，也指出了宋齐文学的主要倾向为绮艳新奇，和刘勰的看法可以参证。

《通变》认为从唐虞到刘宋初年，文风总的趋势是愈来愈向华艳发展；从质及讹，这是比较粗略的分析。从《时序》结合其他篇章看，那末质文代变的过程是走着曲折反复的道路：黄唐、虞夏、曹魏后期、东晋文风偏于质朴，楚、西汉、西晋、宋齐偏于华艳，商周、东汉、曹魏前期则是文质结合得比较好。一般说来，文风以质朴见长时，总是比较重视思想内容，但重视内容不等于内容好。例如晋代玄言诗重视发挥老庄思想，但忽视国事，为刘勰所不满。刘勰认为，儒家的"五经"为文质彬彬的优良文风树立了准则,东汉文学受儒学影响深,所以文风也就雅正。为了矫正宋齐的不良文风,做到文质彬彬,刘勰大力提倡征圣宗经,《通变》说:"矫讹翻浅,还宗经诰,斯斟酌乎质文之间,而櫽括乎雅俗之际,可与言通变矣。"鲜明地表现了这层意思。这就是刘勰的中国文学发展趋势观,以及在总结文学历史发展经验基础上提出来的今后创作方向。

　　刘勰以后,从文质变化的角度来评述文学发展变化的,历代不乏其人。如《隋书·文学传序》评论南朝文学偏于文,北朝文学偏于质,各有缺点,所谓"气质则理胜其词,清绮则文过其意";并对今后创作提出了"各去所短,合其两长,则文质斌斌,尽善尽美"的期望。卢藏用《陈子昂文集序》赞美陈子昂的文学业绩云:"卓立千古,横制颓波,天下翕然,质文一变。"指出了陈子昂以质朴刚健文风扭转了六朝以迄唐初的绮靡文风。又如胡应麟《诗薮》(内编卷一)说:

　　　　周汉之交,实古今气运一大际会。周尚文,故国风、雅、颂皆
　　　文;然自是三代之文,非后世之文。汉尚质,故古诗、乐府多质;然
　　　自是两汉之质,非后世之质。文质彬彬,周也。两汉以质胜,六朝
　　　以文胜。魏稍文,所以逊两汉也;唐稍质,所以过六朝也。

从文质变化评论了自周到唐历代诗歌的发展,可惜没有展开更为具体的阐述。《文心雕龙》在明代颇受文人重视,胡应麟的这种议论,看来是受到刘勰的影响的。明代戏曲理论中崇尚本色与崇尚辞华之争,实际也是过去文学批评中文质论的一种新的表现形式。

二

　　"文变染乎世情,兴废系乎时序",所谓"世情"、"时序"的具体内

容是什么呢？根据《时序》篇的论述，大致上可以分为以下三点。

一是政治的盛衰和社会的治乱。刘勰指出，唐虞时代，由于"德盛化钧"，"政阜民暇"，即政治清明，民生安定，因而产生了《击壤歌》、《唐衢谣》、《南风诗》、《卿云歌》那样"心乐而声泰"的作品。他论述周代诗歌，尤为具体：

> 逮姬文之德盛，《周南》勤而不怨；大王之化淳，《邠风》乐而不淫。幽、厉昏而《板》、《荡》怒，平王微而《黍离》哀。

接着他小结上古到春秋时代的诗歌云："故知歌谣文理，与世推移，风动于上，而波震于下者也。"所谓"风动于上"，指朝廷政治的盛衰隆污；"波震于下"，指表现人们思想感情的诗歌。刘勰认为，上面有怎么样的政治状况，下面就有怎么样的作品作为反应。

刘勰这种政治密切影响文学的看法，来源于前人关于诗乐的论述。根据《左传·襄公二十九年》记载，吴公子季札在鲁国观周乐，依次聆听了《诗三百篇》的各个部分，一一作了评论，从诗乐所表现的情调特点来探讨民情风俗和政治的盛衰，可知春秋时代人们已经认识到政治和文学的密切关系了。后来《礼记·乐记》说："治世之音安以乐，其政和；乱世之音怨以怒，其政乖；亡国之音哀以思，其民困。"《诗大序》也有这样的话。这是对《诗三百篇》与政治关系的更为扼要的概括。刘勰关于周诗前后期情思风格不同的论述，更接受了汉儒风雅有正变之分的看法。《诗大序》说："至于王道衰，礼义废，政教失，国异政，家殊俗，而变风变雅作矣。"其后郑玄《诗谱序》有更为具体的论述：

> 文、武之德，光熙前绪，以集大命于厥身，遂为天下父母，使民有政有居。其时诗，风有《周南》、《召南》，雅有《鹿鸣》、《文王》

之属。……故皆录之，谓之《诗》之正经。后王稍更陵迟。懿王始受谮亨齐哀公，夷身失礼，之后邶不尊贤。自是而下，厉也幽也，政教尤衰，周室大坏。《十月之交》、《民劳》、《板》、《荡》，勃尔俱作，众国纷然，刺怨相寻。……故孔子录懿王、夷王时诗，讫于陈灵公淫乱之事，谓之变风变雅。

《时序》篇所举《周南》、《邶风》，是"《诗》之正经"；所举《板》、《荡》、《黍离》，是变风变雅。前人关于诗乐和政治关系的论述，大体上符合《诗三百篇》的实际内容，因而为刘勰所吸取。

与政治盛衰密切相关的是社会的安定或动乱，它常常影响到人们（包括作家）的生活、思想和感情，影响到文学。《时序》篇明确指出建安文学"梗概多气"的风格特征，是由于当时社会的动乱："观其时文，雅好慷慨；良由世积乱离，风衰俗怨，并志深而笔长，故梗概而多气也。"又《才略》篇说："刘琨雅壮而多风，卢谌情发而理昭，亦遇之于时势也。"也是着眼于从社会动乱来解释刘琨、卢谌诗歌的风格特征的。注意从社会状况和作家的生活经历来解释作品的做法，在刘勰以前也已经有了，如谢灵运《拟魏太子邺中集诗八首》中的某些小序，评王粲云："家本秦川，贵公子孙，遭乱流寓，自伤情多。"评陈琳云："袁本初书记之士，故述丧乱事多。"评应玚云："汝颖之士，流离世故，颇有飘薄之叹。"都是其例。看来《时序》篇对建安文学与当时社会关系的评述，是受到了谢灵运的影响，但分析得比谢灵运更为具体而深刻。

二是学术思想的面貌。《时序》篇指出，战国时代，群雄纷争，诸子百家风起云涌，游说盛行，屈原、宋玉艳丽的辞赋，其"炜烨之奇意"，乃"出乎纵横之诡俗"。东汉时代，明帝、章帝"崇爱儒术，肆礼璧堂，讲文虎观"，从此儒学大为发展，因而东汉文学表现出"华实所附，斟酌经辞"、"渐靡儒风"的特色。晋代文学，则深受玄学盛行的影响：

> 自中朝贵玄，江左称盛，因谈馀气，流成文体。是以世极迍
> 邅，而辞意夷泰，诗必柱下之旨归，赋乃漆园之义疏。

又《明诗》篇说："正始明道，诗杂仙心。""江左篇制，溺乎玄风，嗤笑徇
务之志，崇盛忘机之谈。"也指出了玄学对魏晋诗歌的影响。从大量
的历史事实，我们看到各个时代的学术思想，往往给予文学以明显而
直接的影响；中国古代哲学、文学二者，经常密切相关，不少杰出的文
学家同时又是思想家。刘勰概括了大量史实，指出了学术思想对于
文学的深刻影响，有助于我们对中国古代文学历史发展的理解。

　　东晋时期，玄言诗盛行，在诗坛占据主导地位，此种现象，前此学
者早就注意到了。例如刘宋檀道鸾《续晋阳秋》说：

> 正始中，王弼、何晏好庄、老玄胜之谈，而世遂贵焉。至过
> 江，佛理尤盛，故郭璞五言，始会合道家之言而韵之。询（许询）
> 及太原孙绰，转相祖尚，又加以三世之辞，而诗骚之体尽矣。询、
> 绰并为一时文宗，自此作者悉体之。（《世说新语·文学》注引）

沈约《宋书·谢灵运传论》也有这样的评述：

> 有晋中兴，玄风独振。为学穷于柱下，博物止乎七篇，驰骋
> 文辞，义殚乎此。自建武暨乎义熙，历载将百，虽缀响联辞，波属
> 云委，莫不寄言上德，托意玄珠，道丽之辞，无闻焉尔。

刘勰关于玄言文学的议论，当受到这些评述的影响，只是刘勰从他那
"摛文必在纬军国"（《程器》）的主张出发，更多地指责玄言文学的忘

情于世务。刘勰关于学术思想影响文学的论述，除玄言诗赋外，还涉及到先秦与东汉文学，这样，关于这方面的议论，就显得更为全面和充实。

三是君主爱好和提倡文学。《时序》篇指出，战国时期的齐楚两国，君主重视文学，"齐开庄衢之第，楚广兰台之宫"，招集了不少文学之士，故两国的文学相当发达，产生了孟轲、荀卿、屈原、宋玉那样的杰出作家。西汉时期，则是"孝武崇儒，润色鸿业，礼乐争辉，辞藻竞骛"，大批文士聚集朝廷，"应对固无方，篇章亦不匮，遗风徐采，莫与比盛"。到汉末建安时期，曹操父子又提倡文学，"魏武以相王之尊，雅爱诗章；文帝以副君之重，妙善辞赋；陈思以公子之豪，下笔琳琅；并体貌英逸，故俊才云蒸"。在他们手下聚集了王粲、陈琳等一大群文人，形成了一时盛况。对西汉武帝和曹氏父子的提倡文学，刘勰特别重视和赞美，除《时序》篇外，《才略》篇末尾更有这样的评论：

> 观夫后汉才林，可参西京；晋世文苑，足俪邺都。然而魏时话言，必以元封（武帝年号）为称首；宋来美谈，亦以建安为口实。何也？岂非崇文之盛世，招才之嘉会哉！嗟夫，此古人所以贵乎时也！

由此可见，刘勰所强调的影响文学的世情时序，其中君主的提倡，乃是一个相当重要的因素。

在我国古代封建社会中，君主是最高统治者，具有无上的威力，其意志和要求，往往表现为某种政治力量和制度（如唐代的以诗赋取士），产生巨大作用。君主爱好和提倡文学，招集许多文学之士，加以礼遇，使他们获得较好的生活条件和社会地位，从容从事写作，并且彼此可以一起切磋琢磨，互相启发。这样，在君主周围，就会出现一批作家，写出大量作品，其中并有少数文人成就更为突出，标志着一个时代的高峰。如汉武帝时代,产生了一批辞赋家、散文家,其中司马相如、司马迁的成就尤为卓越;建安时代,产生了一批以写作五言诗为主的作家,而以曹植、王粲为其代表。当然,君主的爱好和提倡,对于文学的作用,主要表现为涌现较多的作家作品(也容易产生较多的歌功颂德的庸俗作品),以及由于许多文人致力于创作,作品的艺术性容易得到提高;至于作品内容的充实和进步,则更多地依赖于作家具有丰富的阅历和先进的思想。刘勰在这方面的认识是不足的。

在中国古代,封建君王提倡文学,常为人们所津津乐道。即以汉武、曹氏父子为例来说,班固在《汉书·公孙弘卜式兒宽传赞》中,称道汉武帝兼重文学武艺,重视招纳人才,与文学有关者,"文章则司马迁、相如,滑稽则东方朔、枚皋,应对则严助、朱买臣","汉之得人,于兹为盛"。至于曹操父子,曹植在《与杨德祖书》中即已指出,曹操对于王粲、徐幹等文士,"设天网以该之,顿八纮以掩之,今悉集兹国矣"。《三国志·王卫二刘傅传评》也说:"昔文帝、陈王,以公子之尊,博好文采,同声相应,才士并出。"与刘勰同时代的鍾嵘,在《诗品序》中亦盛称曹氏父子对建安文学的影响:

> 降及建安,曹公父子,笃好斯文;平原兄弟,郁为文栋;刘桢、王粲,为其羽翼。次有攀龙托凤、自致于属车者,盖将百计。彬彬之盛,大备于时矣。

可见刘勰对君主提倡文学的重视,包括对汉武帝、曹操父子的特加赞美,实际上是反映了古代许多文人对于这种现象的看法。

《时序》篇还谈到了屈宋辞赋对于汉赋的巨大影响,那是属于文学本身的继承关系问题,而不是外部的世情、时序与文学的关系,这里就不去分析它了。

综上所述,可见刘勰运用质文代变的思想来分析我国古代文学的发展演化，最后指出宋齐文风偏于华艳，因此他大力提倡文质彬彬的文风以期扭转。他还从政治和社会、学术思想、君主提倡等几个方面来探讨文学发展变化的历史背景。刘勰的这些理论和观点，从单个来说，大抵已见诸前人，并不是他的独创。例如运用学术著作中的质文观念来评论文学，早已见于汉代。又如政治盛衰影响文学，在先秦两汉的诗乐论中已有较多的阐述；玄学对文学发生作用，在南朝文论中也屡有评论。但刘勰把这些比较零碎的看法或对局部问题的理论综合起来，加以具体化、系统化，对先秦至南朝文学创作，包括诗歌、辞赋、散文等各体作品，作了全面的探讨，不但把文学历史的发展过程阐述得脉络清晰，而且对文学发展的趋势及其历史背景，作了比较深入的分析，在文学历史发展观方面，构成了他自己的理论体系。在这方面，他的成就远远超越前人，作出了相当大的贡献。

（原载《文心雕龙学刊》第 1 辑，齐鲁书社 1983 年出版）

《物色》篇在《文心雕龙》中的位置问题

《物色》篇在我们今天所见的各本《文心雕龙》中，位置均在《时序》篇后、《才略》篇前。对此，现代不少《文心雕龙》研究者均表示怀疑，认为次序当有错乱。最近出版的周振甫先生的《文心雕龙选译》，索性把《物色》篇提前放入全书第三部分，次在《镕裁》前、《声律》后。据我看，这个问题还可以商榷，原来的次序位置不见得错。试申述鄙见。

范文澜《文心雕龙注》很早就提出了《物色》的位置问题，其《物色》篇题注说：

> 《文选》赋有物色类。李善注曰："四时所观之物色而为之赋。"又云："有物有文曰色，风虽无正色，然亦有声。"本篇当移在《附会》篇之下，《总术》篇之上。盖物色犹言声色，即《声律》篇以下诸篇之总名，与《附会》篇相对而统于《总术》篇，今在卷十之首，疑有误也。

范氏之说，实难成立。考《文选》赋中的物色类，录有宋玉《风赋》、潘岳《秋兴赋》、谢惠连《雪赋》、谢庄《月赋》四篇，都写自然景物。《风赋》所写即李善所谓"虽无正色，然亦有声"者；《秋兴》以下三篇所写，则李善所谓"有物有文曰色"者。不管声或色，都是指自然界的景物。

《文心雕龙》中的《声律》篇讲的是文章的声律;《丽辞》、《比兴》、《夸饰》等篇,讲的是文章的色彩。虽然都讲声色,但一指自然景色,一指文章的声调色泽,二者不是一回事。即在《文心雕龙》本书中,对二者也是区分清楚的。《情采》说:

> 故立文之道,其理有三:一曰形文,五色是也;二曰声文,五音是也;三曰情文,五性是也。五色杂而成黼黻,五音比而成《韶》、《夏》,五情发而为辞章,神理之数也。

《原道》篇首段对此也有阐述,他把日月山川、龙凤草木等作为"形立章成"的形文,把"林籁结响"、"泉石激韵"作为"声发文生"的声文,而文学则是"有心之器"所创造的人文。三者虽均有文采,但不是一回事。《物色》篇的内容,是讲自然景物激发人们的创作冲动,文学作品中景物描写技巧的发展,描写景物应该注意之点等;而不是如范氏所说,是对《声律》以下讲求写作技巧诸篇的总结。所以我说,范氏之说实难成立。

刘永济《文心雕龙校释》说:"按此篇宜在《练字》篇后,皆论修辞之事也。今本乃浅人改编,盖误认《时序》为时令,故以《物色》相次。"[①]的确,《物色》篇中有约占半数的篇幅从修辞或写作技巧立论,或评述过去作品,或指出写好自然景物应当注意的要点;内容与上文《比兴》、《夸饰》、《事类》、《练字》诸篇颇为接近。但它与《比兴》诸篇又有很显著的不同点,那就是《比兴》等篇都从修辞手段和用词造句讨论问题,并不划定描写的对象;《物色》则专谈自然景物与文学的关

---

①　刘氏《文心雕龙校释》初版本(1948年正中书局出版)云:"按此篇论旨,宜与前《比兴》、《夸饰》诸篇为次,今在《时序》篇之后,或由浅人改编。盖但视篇名,误认'时序'二字之义也。"意见与修订本相同,但以疑问语气出之,态度较为审慎。

系,划定了描写的对象。这一不同点,在各篇的篇名中也体现出来了。忽视这一突出现象,把《物色》放在《比兴》、《练字》一类,是不妥当的。至于所谓"浅人改编"云云,则纯属推测之辞,并没有什么确凿的证据。我们今天所见各本《文心雕龙》,《物色》篇均在《时序》之后。

王利器《文心雕龙校证》也认为《物色》在《时序》篇后,是次序错乱。他在肯定范文澜的怀疑后,接着说:

> 《序志》篇云:"崇替于《时序》,褒贬于《才略》,怊怅于《知音》,耿介于《程器》,长怀《序志》,以驭群篇。"彦和自道其篇次如此;《物色》正不在《时序》、《才略》间。惟此篇由何处错入,则不敢决言之耳。

按《序志》篇在《时序》下没有提到《物色》,不能由此肯定《物色》次序错乱,《文心雕龙》篇目很多,《序志》中不能备列;上文"割情析采"句以下,对《神思》以下篇章,也只是列举了一部分。这是一。介绍《时序》以下六篇,按内容,《序志》必须单提,上面用了"崇替于《时序》"等四个排比句,按形式只能提四篇,略去《物色》不提,在道理上也是说得通的。这是二。

认为《物色》篇次序错乱的看法,大致上就是上面这些。这些看法,虽然不无理由,但仔细推敲,毕竟缺乏充分的论据,令人难以信服。这些看法的一个共同缺点,是注意到《物色》篇谈写作技巧,谈如何把景物写好;而没有注意到刘勰还把自然景物当作激发创作冲动的原因。《物色》首段就是从这一角度进行论述的:

> 春秋代序,阴阳惨舒,物色之动,心亦摇焉。……若夫珪璋挺其惠心,英华秀其清气,物色相召,人谁获安?是以献岁发春,悦豫之情畅;滔滔孟夏,郁陶之心凝;天高气清,阴沉之志远;霰

雪无垠,矜肃之虑深。岁有其物,物有其容;情以物迁,辞以情发。一叶且或迎意,虫声有足引心;况清风与明月同夜,白日与春林共朝哉!

在这一段文字中,刘勰着重论述了自然界节候景物的变化,使人们的思想感情随着发生变化(所谓"情以物迁"),因而产生创作冲动。在下面的段落中,他再着重讲写作技巧,讲如何运用文辞来把景物写好。这首段讲的是外界事物与文学创作的关系,这种内容在前面《声律》、《丽辞》、《比兴》等篇章中是无法找到的,因为它们纯从写作方法的角度立论。所以说,把《物色》的位置移到前面去是不适当的。

如果注意到《物色》篇前面部分着重论述外界事物与文学创作的关系,那末,对《物色》篇位置在《时序》之后,不但不会产生怀疑,而且会感到有它的合理性。《时序》论述时代(包括政治、社会、学术思想等)与文学创作的关系,《物色》论述自然景物与文学创作的关系,正是在论述外界事物或环境与文学创作关系这一点上,有着共同之处。《时序》一开头说:

时运交移,质文代变,古今情理,如可言乎!

指出文学随着时代的变化而变化。这四句和《物色》开头"春秋代序"四句不但内容上有相通之处,而且词句格式也非常接近,看来这出自刘勰精心的安排,而不是偶然的巧合。

从东汉末年建安时代开始,文学较多地摆脱儒家传统思想的束缚,不再像过去那样强调要为政治教化服务,作品较多地用来表现人们日常的生活和思想感情,抒情写景之作日趋发展。到两晋南北朝时代,这类作品成为文学创作中占有很大比重的一种现象。这种创作方面的新现象,反映到文艺理论批评上,便是注意论述节候景物的变化如何激动人们的思想感情,因而产生文学创作①。较早的是陆机的《文赋》,它在一开始就触及这个问题:

> 伫中区以玄览,颐情志于典坟。遵四时以叹逝,瞻万物而思纷。悲落叶于劲秋,喜柔条于芳春。……慨投篇而援笔,聊宣之乎斯文。

与刘勰同时代的钟嵘、萧统、萧纲、萧子显等,在这方面均有所论述②:

> 气之动物,物之感人,故摇荡性情,形诸舞咏。……若乃春风春鸟,秋月秋蝉,夏云暑雨,冬月祁寒,斯四候之感诸诗者也。(钟嵘《诗品序》)

> 或日因春阳,其物韶丽,树花发,莺鸣和,春泉生,暄风至,陶嘉月而嬉游,藉芳草而眺瞩。或朱炎受谢,白藏纪时,玉露夕流,金风时扇,悟秋山之心,登高而远托。或夏条可结,倦於邑而属词;冬云千里,睹纷霏而兴咏。(萧统《答湘东王求文集及〈诗苑英华〉书》)

---

① 《文心雕龙·明诗》:"暨建安之初,五言腾踊。文帝陈思,纵辔以骋节;王徐应刘,望路而争驱。并怜风月,狎池苑,述恩荣,叙酣宴。"其中"怜风月"二句指出了物色成为建安诗的一项重要内容。曹丕《与朝歌令吴质书》云:"驰骋北场,旅食南馆,浮甘瓜于清泉,沉朱李于寒水。白日既匿,继以朗月,同乘并载,以游后园,舆轮徐动,参从无声。清风夜起,悲笳微吟,乐往哀来,怆然伤怀。"描绘了建安文人进行游宴和文学创作活动的景物环境,只是没有直接点明物色激发了他们的创作活动。

② 下列引例,参考骆鸿凯《文心雕龙物色篇札记》,见黄侃《文心雕龙札记》附录。

　　至如春庭落景，转蕙承风，秋雨且晴，檐梧初下，浮云生野，明月入楼。……伊昔三边，久留四战，胡雾连天，征旗拂日，时闻坞笛，遥听塞笳，或乡思凄然，或雄心愤薄。是以沉吟短翰，补缀庸音，寓目写心，因事而作。（萧纲《答张缵谢示集书》）

　　若乃登高目极，临水送归，风动春朝，月明秋夜，早雁初莺，开花落叶，有来斯应，每不能已也。（萧子显《自序》）

由此可见，南朝文人在论述文学作品（诗、赋、散文）的产生时，是多么重视节候景物的影响。这种议论，的确反映了当时抒情写景作品繁兴的实际情况。刘勰处身齐梁之际，与这些作者同时，在《文心雕龙》中特列《物色》专篇，在这方面发表了同声相应、同气相求的意见，是不难理解的。

　　先秦两汉时代，在儒家思想的影响下，文学理论批评比较注意论述时代（主要是政治）对于文学创作的影响。《左传·襄公二十九年》所记吴季札观周乐一段，叙述季札论《诗三百篇》内容风格与周朝政治的关系，颇为具体。其后《礼记·乐记》对周代的诗乐作了概括："是故治世之音安以乐，其政和；乱世之音怨以怒，其政乖；亡国之音哀以思，其民困。声音之道，与政通矣。"《诗大序》也有与此相同的议论，还提出了"王道衰，礼义废，变风变雅作"的理论，郑玄《诗谱序》作了更为具体的阐发。如果说，强调时代对文学的影响是先秦两汉时代（特别是汉代）文学批评的一个特点的话；那么，强调节候景物对文学的影响，则是魏晋南北朝时代文学批评的一个新的特点了。刘勰在论述外界事物对文学创作的影响时，也是采取了"惟务折衷"的态度，一方面以《时序》篇论述时代对文学的影响，吸收了过去的说法，并有所发展；一方面写《物色》篇论述景物对文学的影响，反映了当时文学创作的新面貌。

　　我在六十年代初参加撰写《中国文学批评史》上册中的《文心雕龙》一章时，即并列《时序》、《物色》两篇，并用了"时代和文学的关系"、"自然景物和文学创作的关系"两个小标题予以分析。我现在仍持这种看法，觉得这样理解比较符合于刘勰的原意。

（原载《文史哲》1983 年第 2 期）

刘勰论文学的作用和
思想政治标准

　　研究《文心雕龙》的同志，一般根据此书头上《原道》、《征圣》、《宗经》、《辨骚》等篇，以及后面的《情采》、《序志》等篇，指出此书以儒家思想为指导，很重视作品的思想内容，要求文章积极地为政治服务；这样的意见固然是事实，但终觉说得过于笼统。本文拟钩稽全书中有关论文学的作用和评价作家作品的思想政治标准的言论，作一番较为全面的考察，看看它的政治标准究竟如何，其进步性、局限性何在。这也是评价《文心雕龙》的一个重要课题。抛砖引玉，希望引起同志们进一步的关心和讨论。

一

　　刘勰认为文学在政治上、个人道德修养上都能发挥积极的作用。《征圣》篇说：

　　　　是以远称唐世，则焕乎为盛；近褒周代，则郁哉可从：此政化贵文之征也。郑伯入陈，以文辞为功；宋置折俎，以多文举礼：此事迹贵文之征也。褒美子产，则云"言以足志，文以足言"；泛论君子，则云"情欲信，辞欲巧"：此修身贵文之征也。

这里把文学的作用分为政化(政治教化)、事迹、修身三项。其中事迹一项,从所举郑伯入陈等例看,指外交辞令,实际也是政治活动之一。从《文心雕龙》全书看,刘勰最重视文章要积极地为政治服务,其言论不一而足,如:

> 唯文章之用,实经典枝条,五礼资之以成,六典因之致用,君臣所以炳焕,军国所以昭明。详其本源,莫非经典。(《序志》)

> 隐语之用,被于纪传,大者兴治济身,其次弼违晓惑。(《谐讔》)

> 摛文必在纬军国,负重必在任栋梁。穷则独善以垂文,达则奉时以骋绩。(《程器》)

刘勰强调作文必须"纬军国",就是说文章必须直接地为国家的政治、军事服务,并在这方面产生积极良好的作用。

文章对国家政治教化产生积极作用,在儒家"五经"之后,刘勰非常推重汉代的奏疏,《奏启》篇说:

> 自汉以来,奏事或称上疏,儒雅继踵,殊采可观。若夫贾谊之务农,晁错之兵事,匡衡之定郊,王吉之劝礼,温舒之缓狱,谷永之谏仙,理既切至,辞亦通畅,可谓识大体矣。后汉群贤,嘉言罔伏。杨秉耿介于灾异,陈蕃愤懑于尺一,骨鲠得焉;张衡指摘于史职,蔡邕铨列于朝仪,博雅明焉。

下迄魏晋,仍有若干奏疏佳篇,但已不及两汉的富美了。奏疏以外,刘勰对汉代的对策评价也很高,《议对》篇列举了晁错、董仲舒、公孙弘、杜钦、鲁丕等五家的对策文,加以肯定,认为都是"前代之明范"。

这些对策文,虽然文辞较朴素,但议论国事,比较深入得体,所以获得刘勰的赞美。汉代的奏疏、对策一类文章,其内容符合于刘勰"摛文必在纬军国"的标准,议论有一定深度,文章有一定文采,又常以儒家思想为指导,对巩固封建统治起了积极作用,所以一直获得后人的推重。刘勰以后,唐宋以迄明清的古文家也很赞美。这是封建阶级文人要求文学为本阶级政治积极服务的必然现象。

封建时代,帝王东巡泰山,祭祀封禅,令文士作文颂德铭勋,称为封禅文。这种封建迷信活动在当时被认为是了不起的大事。刘勰对它也颇为重视,《文心雕龙》有《封禅》专篇评述这方面的作品。他称赞李斯的《泰山刻石文》"疏而能壮,亦彼时之绝采";称赞司马相如的《封禅文》"表权舆,序皇王,炳玄符,镜鸿业,驱前古于当今之下,腾休明于列圣之上,歌之以祯瑞,赞之以介丘,绝笔兹文,固维新之作也",评价很高;称赞后汉初年张纯的《泰山刻石文》为"事核理举"。在刘勰看来,这类歌功颂德的作品,也是属于"纬军国"的范畴。这里鲜明地反映了他维护封建统治的正统立场。

用文章来对统治者进行规讽,拾遗补阙,使统治者获得鉴戒,改善措施,是封建社会中臣僚和文人为政治服务的一条重要途径;较有远见的统治者为了广开视听,巩固政权,也鼓励臣下进谏。《国语·周语》载召公谏周厉王云:"为川者决之使导,为民者宣之使言。故天子听政,使公卿至于列士献诗,瞽献曲,史献书,师箴,瞍赋,矇诵,百工谏,庶人传语,近臣尽规,亲戚补察,瞽史教诲,耆艾修之,而后王斟酌焉,是以事行而不悖。"就是一个明证。《尚书》、《诗经》中已有不少规讽之作,《左传》、《国语》等史书也有不少这方面的记载,为后人树立了榜样。在长期的封建社会中,对统治者进行规讽,构成了文学作品的一个重要内容。

刘勰对具有讽刺内容的作品是颇为重视并加以肯定的。他在《辨骚》篇中引用了淮南王刘安《离骚传》的话,赞美《离骚》具有"小雅

怨诽而不乱"的长处,下面更进一步对屈赋的思想内容作了具体的分析,其言云:

> 故其陈尧舜之耿介,称汤武之祗敬,典诰之体也。讥桀纣之猖披,伤羿浇之颠陨,规讽之旨也。虬龙以喻君子,云霓以譬谗邪,比兴之义也。每一顾而掩涕,叹君门之九重,忠怨之辞也。观兹四事,同于风雅者也。

这里对屈赋思想内容的赞美与肯定,主要是认为它们继承了《诗经》风雅的优良传统,通过比兴手法对君主进行规讽,表现了对国事的关心和美好的政治理想。《明诗》篇说:"汉初四言,韦孟首唱,匡谏之义,继轨周人。"又说:"若乃应璩《百一》,独立不惧,辞谲义贞,亦魏之遗直也。"对韦孟的《讽谏诗》、应璩的《百一诗》,都从规讽角度加以肯定。《才略》篇说:"傅玄篇章,义多规镜。"特别肯定傅玄文章富于规戒的特色。从这个角度出发,刘勰甚至对一些他认为鄙俗的歌谣和滑稽之辞也加以肯定:

> 昔华元弃甲,城者发睅目之讴;臧纥丧师,国人造侏儒之歌。并嗤戏形貌,内怨为俳也。又蚕蟹鄙谚,貍首淫哇,苟可箴戒,载于礼典,故知谐辞谲言,亦无弃矣。谐之言皆也,辞浅会俗,皆悦笑也。昔齐威酣乐,而淳于说甘酒;楚襄宴集,而宋玉赋好色:意在微讽,有足观者。及优旃之讽漆城,优孟之谏葬马,并谲辞饰说,抑止昏暴。是以子长编史,列传滑稽,以其辞虽倾回,意归义正也。(《谐讔》)

另一方面,刘勰对那些驰骋文辞、掩盖讽意的辞赋则给予批评。他批评枚乘《七发》以后的这一类作品道:"观其大抵所归,莫不高谈宫馆,壮语畋猎,穷瑰奇之服馔,极蛊媚之声色,甘意摇骨体,艳词洞魂识。虽始之以淫侈,而终之以居正,然讽一劝百,势不自反。子云所谓先骋郑卫之声,曲终而奏雅者也。"(《杂文》)他在《诠赋》篇中批评某些辞赋"繁华损枝,膏腴害骨,无贵风轨,莫益劝戒"。《才略》篇批评司马相如的辞赋说:"洞入夸艳,致名辞宗,然核取精意,理不胜辞,故扬子(扬雄)以为文丽用寡者长卿,诚哉是言也。"这种对辞赋"讽一劝百"的批评意见,虽然本于扬雄,但也表现了他一贯重视规讽的主张。在《谐讔》篇中,刘勰一方面肯定一部分谐辞隐语的规讽作用(见上引文),但对某些缺乏讽意、徒取滑稽戏谑的作品则加以指摘。他批评东方朔、枚皋的谐辞只是"诋嫚媒弄","无所匡正";东方朔的隐语也是"谬辞诋戏,无益规补",都缺乏规讽作用。他批评曹丕的笑书、薛综的嘲调内容虽然滑稽发噱,但"无益时用"。他指出古代良好的谐辞、隐语,能够在政治上"振危释惫",发挥"会义适时,颇益讽戒"的作用。如果谐辞隐语只是"空戏滑稽",那就"德音大坏"了。

　　刘勰强调文学的规讽作用,要求作品很好地为政治服务,有其积极意义,特别针对南朝许多文人作品片面追求形式华美、缺乏政治内容的现象,更显示其补偏救弊的用意。但从上述对辞赋、谐辞隐语的批评,可以看出他对文学作品的特点认识不足,对文学作用的要求也过于狭窄。文学作品要有具体细致的描写,曲折生动的情节,来感染和娱乐读者,使读者从娱乐中获得启发和教育。某些作品(如滑稽笑话),尽管没有明显的教育作用,但如果能够使人获得娱乐和美的享受,或者增长知识和智慧,而没有不良的思想倾向的话,也还是可以肯定的。刘勰对辞赋和谐辞隐语的批评,大致本于汉代儒家思想浓厚的扬雄、班固,对辞赋的弊病虽有一定的针砭作用;但他对文学作品的特点和作用,存在着认识不足的片面性,也是不容忽视的。

　　刘勰提倡文学应当为政治教化服务,强调其规讽作用;另一方面,他对许多抒情述志、写景状物、并不直接联系政治的作品,只要其内容没有明显的悖于事理、有助于品德修养的话,也是加以肯定的。《明诗》篇赞美汉代无名氏古诗"婉转附物,怊怅切情,实五言之冠冕也",赞美建安时代三曹、七子等作品"怜风月,狎池苑,述恩荣,叙酣宴,慷慨以任气,磊落以使才",《诠赋》篇评状物小赋"至于草区禽族,庶品杂类,则触兴致情,因变取会"。《哀吊》篇赞美徐幹、潘岳的哀辞道:"建安哀辞,惟伟长差善,《行女》一篇,时有恻怛。及潘岳继作,实踵其美①。观其虑善辞变,情洞悲苦,叙事如传,结言摹诗。……故能义直而文婉,体旧而趣新,《金鹿》、《泽兰》,莫之或继也。"这些作品,内容一般都没有涉及政治和表现规讽之意,着重抒发个人情意,或者写景状物,内容比较健康,所以都获得刘勰的肯定。在《书记》篇中,他列举了司马迁以至祢衡十多家的书札,都在不同程度上作了肯定。这些书札的内容,有些没有涉及政治;有的虽然涉及政治(如司马迁《报任安书》),但主旨仍在抒发个人情意,不是议论政治以发挥纬军国、进规讽的作用。《书记》篇说:"详总书体,本在尽言。言以散郁陶,托风采,故宜条畅以任气,优柔以怿怀,文明从容,亦心声之献酬也。"所谓"散郁陶"、"托风采",就是抒发个人的情意和旨趣。

从文学创作的现象看,那些内容不议论政治、不直接为政治服务的作品,在各个历史阶段其数量常常占大多数。一个比较通达的文艺理论家,往往是一方面代表本阶级的利益,重视文学的政治作用,使文学有效地为巩固本阶级的统治服务;另一方面又能注意到文学的特点和多方面的社会需要,重视并肯定各种题材的作品,使文学作品能够发挥多方面的功能。刘勰不像宋代理学家那样认为文章必须载道,否则便是作文害道,这是他的通达之处,但他排斥那些缺乏规讽意味的笑话一类作品,又表现出正统思想的偏见。

---

① 据范文澜《文心雕龙注》、杨明照《文心雕龙校注》,此句"踵"字应作"锺",下句中"善"字应作"赡"。

二

刘勰在《宗经》篇中提出:"文能宗经,体有六义:一则情深而不诡,二则风清而不杂,三则事信而不诞,四则义直而不回,五则体约而不芜,六则文丽而不淫。"其中第一、三、四项是就思想内容说的,也可以说是他评价作家作品的思想政治标准。其他三项是就语言风格说的,也可以说是他评价作家作品的艺术标准。他要求文章表现感情深挚而不浮诡(虚假),纪事信实而不荒诞,思想意义正直而不回曲;他认为必须以儒家经典为准则,才能取得这些优美的思想内容。《文心雕龙》全书中常常提到正和邪,刘勰提倡作文要正,反对邪。他所谓正,即是以儒家经典为准则,具体讲就是情深、事信、义直;反之,如果思想内容诡异、荒诞、回曲,就是邪。例如《明诗》篇赞美《诗三百篇》"义归无邪",主要是就情深说的;《史传》篇指出作史不能"任情失正",《诸子》篇主张"弃邪而采正",主要是就"事信"、"义直"说的。

诗赋是作者表现感情的主要文学样式,让我们先看看刘勰在这方面对作家作品的评价。刘勰认为《诗经》是诗歌的典范。他说:"诗者持也,持人情性。三百之蔽,义归无邪。持之为训,有符焉尔。"(《明诗》)这里完全沿袭了孔子"《诗三百》,一言以蔽之,曰思无邪"(《论语·为政》)的评价。他赞美楚辞云:"故其叙情怨则郁伊而易感,述离居则怆怏而难怀。"(《辨骚》)赞美汉代古诗云:"怊怅切情。"(《明诗》)都是肯定它们写情的真挚深刻。他评价曹操、曹丕等人的乐府诗道:

> 观其"北上"众引,"秋风"列篇,或述酣宴,或伤羁戍,志不出于滔荡,辞不离于哀思,虽三调之正声,实《韶》、《夏》之郑曲也。(《乐府》)

"北上"指曹操《苦寒行》"北上太行山"篇，"秋风"指曹丕《燕歌行》"秋风萧瑟天气凉"篇，二者均为优秀的诗歌，刘勰却认为曹氏父子的这类诗篇情思"慆荡"，不似《诗经》那样温柔敦厚，是"郑曲"，可见他这方面的立场观点是相当保守、正统的。他批评后代的许多诗赋一类作品，缺乏真实的思想感情，内容矫揉造作："志深轩冕，而泛咏皋壤；心缠几务，而虚述人外；真宰弗存，翩其反矣。"(《情采》)这种对不良文风的指摘却是很中肯的。

刘勰要求文章内容必须记事信实而不荒诞。此点对历史散文特别重要，《史传》篇狠狠批评了某些史书记事不实的风气：在记载远古传疑的史迹时，是"俗皆爱奇，莫顾实理，传闻而欲伟其事，录远而欲详其迹；于是弃同即异，穿凿傍说"。至于记载当代史实时，又牵于"世情利害，勋荣之家，虽庸夫而尽饰；迍败之士，虽令德而嗤埋。吹霜煦露，寒暑笔端"，不能成为实录。他认为应该像春秋时齐国南史氏、晋国董狐那样，操笔直书，不畏强暴，所谓"直归南董"。

对于其他文章的记事，刘勰也主张应当核实可信。《铭箴》篇认为铭箴"其取事也必核以辨"，《议对》篇认为奏议文章"事以明核为美"。《哀吊》篇赞美贾谊的《吊屈原赋》说："体同而事核，辞清而理哀，盖首出之作也。"《封禅》篇赞美张纯的《刻石文》为"事核理举"，都是例证。《夸饰》篇批评汉赋夸张过分，常有记载失实之处。纬书记事类多荒诞，《正纬》篇对其虚伪内容，作了具体的分析和指摘，并叙述了后汉桓谭、尹敏、张衡等人对纬书的抨击，表现了刘勰憎恶虚妄的精神。《辨骚》篇批评屈赋说："至于托云龙，说迂怪，丰隆求宓妃，鸩鸟媒娀女，诡异之辞也。康回倾地，夷羿彃日，木夫九首，土伯三目，谲怪之谈也。"《诸子》篇说："若乃汤之问棘，云蚊睫有雷霆之声；惠施对梁王，云蜗角有伏尸之战；《列子》有移山跨海之谈，《淮南》有倾天折地之说，此踳驳之类也。"这里说明刘勰对神话、传说、寓言一类文学的特点与价值缺乏认识，没有把它们与迷信、虚伪区别开来。

但是对这种区别，当时人大抵都缺乏认识，连伟大的思想家王充也莫能例外，所以在这方面是不能苛求于刘勰的。

刘勰对作品思想内容的纯正（即义直）非常重视。《哀吊》篇说："固宜正义以绳理，昭德而塞违，割析褒贬，哀而有正，则无夺伦矣。"所谓"正义以绳理"，即"义直而不回"之意。他赞美曹植的《诰咎文》"裁以正义"（《祝盟》）；赞美潘岳的哀辞"义直而文婉"（《哀吊》），都符合标准。《铭箴》篇说："潘尼《乘舆》，义正而体芜。"指出潘文思想内容是纯正的，但文体芜杂，艺术上有缺陷。他评价枚乘的《七发》道："腴辞云构，夸丽风骇。盖七窍所发，发乎嗜欲，始邪末正，所以戒膏粱之子也。"（《杂文》）《七发》虽然驰骋夸丽之辞，但末尾表现了鲜明的规讽之意，所以评为"始邪末正"。《杂文》篇又云："崔瑗《七厉》①，植义纯正。""唯《七厉》叙贤，归以儒道，虽文非拔群，而意实卓尔矣。"他认为《七厉》的文辞尽管并不突出，但思想纯正，阐明儒家之道，所以在《七发》一类作品中，特别提出来给予表扬。刘勰在《谐讔》篇中指出隐语应当"义欲婉而正"，他批评那些徒取滑稽嘲戏、缺乏规讽的谐辞隐语为"有亏德音"的"荛言"，也就是背离了"义直而不回"的标准。刘勰所谓"义直"，所谓思想内容的纯正无邪，的确是以儒家之道作为准则的。《史传》篇云："是立义选言，宜依经以树则；劝戒与夺，必附圣以居宗；然后诠评昭整，苟滥不作矣。"明确提出史传文章的褒贬评价，必须以儒家经典为标准。《原道》篇云："光采玄圣，炳耀仁孝。"《论说》篇云："自非谲敌，则唯忠与信。"《奏启》篇云："辟礼门以悬规，标义路以植矩。"又《诸子》篇抨击商鞅、韩非云："六虱五蠹，弃孝废仁。"他所标举的仁孝、忠信、礼义等等，都是儒家所强调的伦理道德标准。

刘勰认为文章的思想内容应以儒家之道为准则，做到情真、事

---

① 据杨明照《文心雕龙校注》，作《七厉》者乃马融，而非崔瑗。

信、义直,但对诸子百家之文,并不一概排斥。对待它们,他认为应该
"览华而食实,弃邪而采正",吸取其合于正道的内容和华美的辞采。
《诸子》篇说:

> 研夫孟、荀所述,理懿而辞雅;管、晏属篇,事核而言练。列
> 御寇之书,气伟而采奇;邹子之说,心奢而辞壮。墨翟、随巢,意
> 显而语质;尸佼、尉缭,术通而文钝。鹖冠绵绵,亟发深言;鬼谷
> 眇眇,每环奥义。情辨以泽,文子擅其能;辞约而精,尹文得其
> 要。慎到析密理之巧,韩非著博喻之富。吕氏鉴远而体周;淮南
> 泛采而文丽。斯则得百氏之华采,而辞气之大略也。

其中除孟子、荀子、晏子外,都不是儒家,但刘勰对他们分别都作了肯
定。对不合于儒家经典标准的文章,刘勰大体采取两种态度。一种
是部分内容不合的,则采取其合于经典正道的部分。如对屈赋,就肯
定其"同于风雅"的部分,批判其"异乎经典"的部分。对基本上不合
儒家经典准则的文章,则摒弃其内容而吸取其有用的文采。上面所
述的对儒家以外各家的肯定,主要即是从艺术上加以肯定的。即使
对韩非那样的法家,刘勰对他反对儒学的《五蠹》等文深致不满,骂他
"弃孝废仁,辕药之祸,非虚至也",但还是肯定其文章"著博喻之富"。
对纬书的荒诞内容,刘勰大力加以批判,但仍然肯定它们在艺术上有
可取之处,"事丰奇伟,辞富膏腴,无益经典,而有助文章"(《正纬》)。
对于战国游说之士的艺术成就,他就更为重视了,如说:"乐毅报书辨
而义,范雎上书密而至,苏秦历说壮而中,李斯自奏丽而动,若在文
世,则扬、班俦矣。"(《才略》)

对于道家及其后学的著作、文章,刘勰不但从艺术上肯定它们
(如说"列御寇之书,气伟而采奇"),在思想内容上也是有所肯定的。
《诸子》篇说:"至鬻熊知道,而文王咨询,馀文遗事,录为《鬻子》。子

自肇始,莫先于兹。及伯阳(按《史记》:老子李耳字伯阳)识礼,而仲尼访问,爰序《道德》,以冠百氏。然则鬻惟文友,李实孔师,圣贤并世,而经子异流矣。"按《汉书·艺文志》,道家有《鬻子》二十二篇。刘勰指出鬻熊、老子之书,不但在诸子著作中时代最早,而且两人为周文王、孔子的师友,显然对其书的内容是有所肯定的。刘勰对魏晋时代发挥玄学的一些著名论文,在思想内容上也有所肯定:

> 迄于正始,务欲守文。何晏之徒,始盛玄论,于是聃、周当路,与尼父争途矣。详观兰石之《才性》,仲宣之《去伐》,叔夜之辨声,太初之《本玄》,辅嗣之两《例》,平叔之二论,并师心独见,锋颖精密,盖论之英也。(《论说》)

他把何晏、王弼等的论文,称为"师心独见,锋颖精密",在思想、艺术方面都给予较高的评价。对于郭象、王衍的论文,虽然批评它们"徒锐偏解,莫诣正理",但又赞美它们"独步当时,流声后代"(均见《论说》篇)。总之,他对玄学名家的论文评价是相当高的。对道家思想浓厚的嵇康,刘勰颇多赞美之辞,除《论说》篇肯定他的《声无哀乐论》外,《明诗》篇誉之为"嵇志清峻";《书记》篇赞美他的《与山巨源绝交书》"志高而文伟";《体性》篇说"叔夜俊侠,故兴高而采烈";《才略》篇称"嵇康师心以遣论",对嵇康的诗文在思想和艺术上都有所肯定。魏晋南北朝玄学盛行,老庄之学与儒学合流,当时贵族文人多崇尚玄学;刘勰对道家著作和玄学论文在思想内容上多所肯定,正是这种时代风气下产生的现象。

刘勰虽然大力提倡儒家之道,但他对那些内容并不符合儒家经典的作品,并不是笼统排斥,而是区别对待,有所吸取。特别作为一个文学批评家,对那些他认为内容纰谬而艺术上有其特长的作品,他都在不同程度上肯定其特色与价值。这种有分析的态度,还是比较通达合理的。

三

这一节,想谈谈刘勰对汉魏六朝乐府民歌(或无名氏作品)和笔记小说评价过低甚至不予论述的情况及其原因。

汉乐府(主要是相和歌辞)中的不少民歌,像《战城南》、《上邪》、《有所思》、《陌上桑》、《平陵东》、《东门行》、《妇病行》、《孤儿行》、《白头吟》、《上山采蘼芜》、《十五从军征》、《焦仲卿妻》等等,继《诗经》"国风"之后,注意反映下层人民的苦难,反映妇女社会地位的低下和痛苦,要求真诚不变的爱情,具有充实的社会内容和丰富的人民性。在艺术上也是描写具体细致,语言朴素生动,在古代诗歌中别开生面,独树一帜,对后来影响深远。刘勰对这部分作品却采取漠视、贬抑的态度。《乐府》篇说:"若夫艳歌婉娈,怨志诀绝,淫辞在曲,正响焉生。"范文澜《文心雕龙注》:"怨志诀绝,唐写本作'宛诗诀绝'。按唐本近是。宛疑是怨之误。古辞《白头吟》'闻君有两意,故来相决绝',《艳歌何尝行》'上惭沧浪之天,下顾黄口小儿',殆即彦和所指者耶?《宋志》皆列在大曲,故云淫辞在曲。"范氏的解释大致可信。唯"上惭沧浪之天"二句,出自曹丕《艳歌何尝行》。另有古辞《艳歌何尝行》,以"飞来双白鹄"起兴,写夫妇离别的痛苦,题材与《白头吟》接近。《文心雕龙》对汉乐府民歌的评述仅此寥寥数句。此外,他对曹操、曹丕等学习乐府民歌的歌辞,评为"志不出于慆荡,辞不离于哀思,虽三调之正声,实《韶》、《夏》之郑曲"(《乐府》)。人们不禁要问,刘勰对这类作品,评价为什么如此低呢? 我想,大概有下述几点原因:

第一,刘勰对乐曲的态度是很保守、正统的。汉代的保守派,认为当时新起的乐府诗,丢弃了《诗三百篇》的雅乐传统,都是郑声。《汉书·礼乐志》说:"河间献王献所集雅乐,天子下大乐官,常存肄之,岁时以备数,然不常御,常御及郊庙皆非雅声。"又说:"今汉郊庙诗歌,未有祖宗之事,八音调均,又不协于钟律;而内有掖廷材人,外有上林乐府,皆以郑声施于朝庭。"这种看法是有代表性的。在班固他们看来,郊祀歌、安世房中歌等郊庙乐章还不是雅声,出自民间的清商三调一类歌辞,就更等而下之了。刘勰承袭了这种看法,《乐府》篇云:"'桂华'(安世房中歌之一)杂曲,丽而不经,'赤雁'(指郊祀歌的《象载瑜》章)群篇,靡而不典,河间荐雅而罕御,故汲黯致讥于《天马》也。"对照《汉书》,意见可说完全一致。郊庙歌辞如此,至于清商三调等相和歌辞,刘勰认为更是"诗声俱郑","实《韶》、《夏》之郑曲"了。黄侃《文心雕龙札记》说:"自秦以来,雅音沦丧,汉代常用,皆非雅声。魏晋以来,陵替滋甚,遂使雅郑混淆,钟石斯缪。彦和闵正声之难复,伤郑曲之盛行,故欲归本于正文。……盖欲去郑声,必先为雅曲。"这解释是中肯的。汉乐府民歌中,颇多反映妇女爱情、婚姻题材的作品,如《有所思》、《上邪》、《陌上桑》、《塘上行》、《陇西行》、《艳歌何尝行》、《白头吟》以至《上山采蘼芜》、《焦仲卿妻》等篇,或歌颂坚贞的爱情,或写女子被遗弃的哀怨,或讽刺贵族荒淫,或反抗家长压迫,其思想意义大都积极而富有社会意义,而并没有什么庸俗不健康的成分;刘勰把这类作品一概斥为艳歌淫声,态度是很保守的。

　　第二,刘勰对描写下层人民生活的作品是鄙薄的。《时序》篇有一段话很值得注意:"降及灵帝,时好辞制,造羲皇之书,开鸿都之赋。而乐松之徒,招集浅陋。故杨赐号为驩兜,蔡邕比之俳优。其馀风遗文,盖蔑如也。"这里批评了东汉末期灵帝时鸿都门的文学风气。其事详见于《后汉书·蔡邕传》:

　　　　(灵)帝好学,自造《皇羲》篇五十章,因引诸生能为文赋者。……侍中祭酒乐松、贾护,多引无行趣势之徒,并待制鸿都门下,熹陈方俗闾里小事,帝甚悦之,待以不次之位。……邕上

> 封事曰：……夫书画辞赋，才之小者，匡国理政，未有其能。……
> 而诸生竞利，作者鼎沸。其高者颇引经训风喻之言；下则连偶俗
> 语，有类俳优；或窃成文，虚冒名氏。

刘勰把鸿都门下写作文、赋的那些文人目为"浅陋"之徒，他们的作品
是"馀风遗文，盖蔑如也"，也是"辞义浅薄不足称"的意思（参考范文
澜《文心雕龙注》），可见鄙薄之甚。鸿都门文人的作品没有流传下
来，但据蔡邕封事，其内容"憙陈方俗闾里小事"，即多写下层人民的
日常生活；形式上则是"连偶俗语"，即语言通俗，这些不正与汉乐府
民歌的特色相同吗？按汉乐府中包含民歌最多的相和歌辞，当时属
于汉乐四品中的黄门鼓吹乐，由黄门倡优演唱①。蔡邕批评鸿都门
文人作品"有类俳优"，正好证明这类作品风格与乐府民歌相似。刘
勰同意蔡邕对鸿都门文人及其作品的抨击，间接反映出他对汉乐府
民歌的鄙视态度。《文心雕龙》对建安文人学习汉乐府民歌反映下层
人民痛苦生活的篇什，像曹操的《蒿里行》、陈琳的《饮马长城窟行》、
阮瑀的《驾出北郭门行》、曹植的《泰山梁甫行》都未予论列，也反映了
同一态度。

第三，从艺术上说，刘勰对汉乐府民歌也是鄙薄的，这里顺便一
起说一说。汉乐府民歌的不少优秀篇什，叙事具体细致，人物形象鲜
明，语言朴素生动，具有很高的艺术性。但这是我们今天的看法。胡
应麟《诗薮》说它们"质而不俚，浅而能深，近而能远，天下至文，靡以
过之"（内编卷一），评价极高。但这是唐宋古文运动成功以后文风趋
向质朴、民歌获得文人重视的时代的看法。刘勰身处南朝，当时文坛
崇尚绮辞丽藻，《文心雕龙》也是用精致的骈文写作；从骈偶文风的角

---

① 参考拙作《说黄门鼓吹乐》，载《乐府诗论丛》（编者按：即《乐府诗述论》
中编）。

度看,汉乐府民歌的语言,自是属于"连偶俗语"一类了。刘勰对汉代无名氏的古诗是相当推重的,《明诗》篇说:"古诗佳丽……观其结体散文(范文澜注:"散文犹言敷文"),直而不野,婉转附物,怊怅切情,实五言之冠冕也。"这些古诗,出于文学修养较高的文人之手,颇有文采,语言虽直而不野;至于汉乐府民歌那就是质野了。《书记》篇云:"文辞鄙俚,莫过于谚。"对民间谚语的文辞也认为极其鄙俚。《乐府》篇又云:"子建、士衡,咸有佳篇。"刘勰贬低汉乐府民歌和曹操、曹丕的乐府诗,独独赞美曹植、陆机的乐府诗"咸有佳篇",看来正因两人的作品讲究文采,多骈词偶句。互相对照,其艺术标准不是很鲜明吗? 顺便提一下,刘勰对陶潜诗不重视,也是由于陶诗语言质直,不合于当时的艺术标准。此点今人已多论述,故不赘。

对汉乐府民歌及建安文人一部分学习模仿民歌的作品,从思想内容到艺术形式,刘勰都鄙薄其俚俗浅陋。这种态度不独刘勰为然,还见于同时代的其他批评家。如锺嵘《诗品》,论述了汉代无名氏古诗和相传为李陵、班婕妤所作的五言诗,评价甚高,均置于上品,但对汉乐府民歌却只字不提。虽然品第了曹操、曹植、阮瑀三家,但并没有提出《蒿里》、《泰山梁甫吟》、《驾出北郭门行》等反映人民痛苦的篇什加以称述。对陈琳根本不加品第。再看萧统《文选》乐府类所选诗篇,汉代无名氏乐府古辞三首,为《饮马长城窟行》("青青河边草"篇)、《伤歌行》("昭昭素明月"篇)、《长歌行》("青青园中葵"篇);曹操两篇,为《短歌行》("对酒当歌"篇)、《苦寒行》("北上太行山"篇);曹植四篇,为《箜篌引》("置酒高殿上"篇)、《美女篇》、《白马篇》、《名都篇》。陈琳、阮瑀之作未选。乐府民歌和建安文人中反映人民苦难的优秀篇什,均未选入。稍后徐陵编《玉台新咏》,才选入了无名氏《上山采蘼芜》、《日出东南隅行》(即《陌上桑》)、《陇西行》、《艳歌行》、《皑如山上雪》(即《白头吟》)、《双白鹄》(即《艳歌何尝行》)、《焦仲卿妻》以及陈琳《饮马长城窟行》等作品,那是因为《玉台新咏》一书专选有关男女爱情婚姻题材的诗篇,所以采择此类诗篇较多,与当时一般正统之见有所不同。

汉乐府民歌和建安文人注意反映人民苦难的诗歌创作的优秀传统,在建安以后魏晋南北朝长时期的文人创作中是中断了,除北朝民歌(鼓角横吹曲)外,文人诗歌中简直找不到这类题材的作品。连杰出的诗人陶渊明,长期生活在农村,也缺乏反映农民痛苦生活的篇什。魏晋南北朝时期,门阀制度发展,贵族文人把持文坛,形成不健康的创作风气。他们在生活上远离人民,思想上根本不关心人民的痛苦,作品中描写下层人民的生活,在他们看来是鄙俚而不高雅的。陶渊明的诗,语言质朴,接近日常语言,受南朝文人鄙视,目为"田家语"(见钟嵘《诗品》,意谓村俗话);如果进一步描写泥腿子的生活,恐怕更要受到非议了。这种风气到了唐代才有明显的转变。陈子昂提倡风雅兴寄,开了个头;以后杜甫、元结、白居易、张籍等诗人接踵而起,继承汉乐府民歌的优秀传统,大力创作乐府诗,比较广泛深入地反映了下层人民的苦难,使诗歌创作出现了一个新的高峰。

有些《文心雕龙》的论文认为刘勰关心人民,这话缺乏根据。的确,刘勰很关心政治,要求文学积极地为封建政治服务;但他并不关心人民,他对反映人民痛苦的诗篇,抱着漠视和鄙夷的态度。有些同志认为刘勰、钟嵘大力提倡风骨,而风骨的内涵,包含着反映社会动乱、人民苦难的内容;这种说法很难成立。如果风骨的内涵真是如此,那刘勰为什么对汉乐府民歌和建安文人反映人民生活的篇什如此漠视和鄙夷呢?《文心雕龙·风骨》说:"结言端直,则文骨成焉;意气骏爽,则文风清焉。""故练于骨者,析辞必精;深乎风者,述情必显。"所谓风骨,是指作品的思想感情表现得鲜明爽朗,语言遒劲有力,是一种艺术风格,不是指思想内容而言。

六朝时代,乐府清商曲辞中的吴声歌曲和西曲歌发展和流行,取代了汉魏相和歌辞的地位。著名的《前溪歌》、《子夜歌》等产生于东晋,《华山畿》、《读曲歌》、《石城乐》等产生于刘宋初期。这些歌曲,刘勰撰《文心雕龙》时应当都是熟悉的,但书中却只字未提。原来这些乐曲歌辞,内容都是写男女的爱情和离别相思,被保守、正统思想浓厚的人目为郑卫之声。《宋书·乐志》著录了不少汉魏的清商三调等歌辞,但于六朝清商曲辞,仅叙述吴声歌曲若干著名曲调的本事缘起,认为"其歌词多淫哇不典正",不予选载。刘勰认为汉乐府民歌中的比较健康的有关男女爱情婚姻题材的作品,都是淫辞艳曲;吴声、西曲歌辞,在他看来当然更为淫邪,不屑齿及了。

　　魏晋南北朝是我国古代笔记小说的发展时期,产生了数十种小说集,其中如东晋干宝的《搜神记》、刘宋刘义庆的《世说新语》,都是比较杰出的。与《世说》同性质的裴启的《语林》,更早在东晋产生。《文心雕龙》对这类小说也是只字不提,其故何在呢?推究起来,原因大致是:一、从正统观点看来,"小说家者流,盖出于稗官,街谈巷语,道听途说者之所造也"(《汉书·艺文志》),在九流十家中厕居末座,不为正统文人所重视。二、从思想内容看,志怪小说《搜神记》等多记鬼神灵怪之事,包括一些优美的民间传说故事,在刘勰看来都是荒诞不经的,违背他提出的"事信而不诞"的标准。这类志怪小说,《隋书·经籍志》归入史部杂传类。刘勰对史传文学的内容,强调要"务信弃奇";而志怪小说却正是爱录异闻,"莫顾实理"(《史传》)的,自不会受到他的重视。记人小说《世说新语》等书的不少内容,在他看起来又是属于"谬辞诋戏,无益规补"(《谐讔》)的,违背他提出的"义直而不回"(《宗经》)的标准。三、从艺术上看,这些笔记小说,都用散体文描写情事,不用骈词偶句,在刘勰看来又是缺乏文采之美的。综上数因,《文心雕龙》对笔记小说不加评述,也就不难理解了。

　　综上所述,刘勰评价作家作品,重视其思想内容要积极地为国家政治服务,强调其规讽作用,使统治者获得鉴戒,改进政治;同时也肯定抒写个人情志、内容不背于儒家风教的作品。他根据征圣、宗经的原则,提出了三项评价作品思想内容的标准:情深而不诡,事信而不诞，义直而不回。他所谓"情深"、"义直"的具体内涵，是以儒家的伦理道德为准则的。对表现道家思想和玄学的作品，他也比较肯定。对其他思想内容不合或者部分不合于儒家准则的作品，他主张"览华而食实，弃邪而采正"（《诸子》），肯定其合于经典的内容，或者仅仅吸取其艺术上有用的部分。对无益于政治教化和道德修养的谐辞隐语一类仅供娱乐的作品，刘勰则采取排斥态度。对汉魏六朝的乐府民歌，刘勰认为其内容形式都是粗鄙俚俗的，有的评价很低，有的甚至不予齿及。对魏晋南北朝的笔记小说，他也未予重视，不加评述。

我国古代以儒家思想为指导、主张文章要积极为政治服务、重视作品的讽谏作用的文学理论，有两种不同的情况：一种仅仅主张作品内容要涉及国家政治，进行规讽，使统治者获得鉴戒参考；另一种则主张作品要反映民生疾苦，要求统治者加以重视，对弊政有所改革，其进步性更为明显。刘勰的理论属于前一类；杜甫、白居易的理论属于后一类。刘勰对汉乐府民歌评价很低；杜甫、白居易则重视学习继承汉乐府民歌的优秀传统，积极创作新乐府来反映民生疾苦，说明他们虽然都以儒家思想为指导，但在这方面却走着两条不同的道路。这种区别不仅是作家和评论家个人主张的差别，实际反映着南朝和唐代两个不同时代文学创作和评论风尚的差别。

评价作家作品的政治标准和艺术标准，刘勰都主张征圣宗经，但比较起来，他的思想政治标准要更为保守一些。在艺术形式方面，他比较强调通变，重视并肯定汉魏六朝文学的发展和变化，只是要求以儒家经典朴质简约的文风来适当纠正当时过于萎靡柔弱的文风，并不是真正要复古（此点我另有专文评论）。在思想内容方面，他的主张则比较鲜明地以儒家经典为准则，对背离这些准则的作品批评也比较多，显得正统的气味更为浓厚。

（原载《广西师范学院学报》1979 年第 4 期）

刘勰论文学作品的范围、艺术特征和艺术标准

　　本文试图探讨刘勰文学理论中的三个问题，即一、文学作品的范围怎样？它包括哪些门类的作品？其中哪些又是主要的？二、文学作品的艺术特征是什么？三、好的文学作品应当具有怎么样的艺术特色？这三个问题，互有关系，在考察刘勰对文学作品艺术性的理解和要求时，都是值得注意的，也是刘勰整个文学理论中的重要组成部分。

一

　　刘勰心目中文学作品的范围是相当宽泛的。除在《文心雕龙》头上五篇（所谓"文之枢纽"）中肯定儒家"五经"为各体文章的渊源，认为纬书、楚骚的奇文异采都足资酌取外，在《明诗》以下二十篇中，论述各种文体，在篇名中提到的文体共有以下三十三类：

　　　　诗、乐府、赋、颂、赞、祝、盟、铭、箴、诔、碑、哀、吊、杂文、谐、讔、史传、诸子、论、说、诏、策、檄、移、封禅、章、表、奏、启、议、对、书、笺记。

这还是比较大或重要的类别，在论述中又涉及不少比较小或次要的

类别,数量就更多了,这里不再详述。文体分类的繁密是当时文坛的一种趋势,萧统《文选》所收作品的体裁有以下三十八类:

> 赋、诗、骚、七、诏、册、令、教、文(策文)、表、上书、启、弹事、笺、奏记、书、移、檄、对问、设论、辞、序、颂、赞、符命、史论、史述赞、论、连珠、箴、铭、诔、哀、碑文、墓志、行状、吊文、祭文。

其分类的数目和《文心雕龙》接近,主要类别的名称也大致相同,可见这种分类反映了当时写作的实际情况和人们对文章分类的一般认识。在三十多种文体中,刘勰所列举或加以评论的作品,有的富有文采,有的则具有一定的文学性。萧统选文是很重视文学性的,刘勰所品评、肯定的作品,有很大数量见于《文选》,可证刘勰也很重视作品的文学性。

《文选》除采录少数史论和史述赞外,不收经、史、诸子,《文心雕龙》则对"五经"、史传、诸子均有专篇论述。"五经"、史传、诸子固然是学术著作,但其中部分篇章确实具有一定的文学性甚至较强的文学性,我们今天也仍然把它们当作文学作品来阅读。刘勰在论述"五经"、史传、诸子时,也并没有忽视它们的文学价值。他赞美"五经"是"圣文雅丽,衔华佩实"(《征圣》);赞美司马迁有"博雅宏辩之才",班固《汉书》"赞序弘丽"(《史传》);赞美《孟子》、《荀子》"理懿而辞雅",《列子》"气伟而采奇"(《诸子》)等等,都是注意到它们的文学性的。因此,我们不能因为刘勰论述了"五经"、史传、诸子等书,就笼统地批评他对文学作品的范围和界限认识不清楚。当然,也应当指出,经、史、子书中确实有很大部分不具有什么文学性,刘勰在论述时并没有加以辨别,而且他对经书的文学性也是夸大了的。

在《书记》篇中,刘勰在论述了书信、笺记两类作品后,更附带论列了不少应用文体,其文云:

夫书记广大，衣被事体，笔札杂名，古今多品。是以总领黎庶，则有谱籍簿录；医历星筮，则有方术占式；申宪述兵，则有律令法制；朝市征信，则有符契券疏；百官询事，则有关刺解牒；万民达志，则有状列辞谚：并述理于心，著言于翰，虽艺文之末品，而政事之先务也。

这里列举了谱、籍、簿、录等二十多种文体，几乎把当时日常应用的文字记录都网罗进去了，这就把文学的范围扩大到所有文字记载，的确是模糊了文学的范围和界限。但也要看到，刘勰尽管列举了这么许多应用文体，但仅把它们放在论述各体文章的末尾附带提一下，并没有详细加以论述，并称之为"艺文之末品"，可见他认为这类文体在文章中地位也是很不重要的。

刘勰心目中的文学范围虽然很宽泛，但他认为其中的重点则是诗歌、辞赋和富有文采的各体骈散文，特别诗赋尤为重要。这从《文心雕龙》全书中许多地方可以获得证明：

一、《辨骚》篇云："凭轼以倚《雅》《颂》，悬辔以驭楚篇，酌奇而不失其贞，玩华而不坠其实。"这是他在"文之枢纽"中结合如何学习楚骚而提出的指导创作的总原则。因为他认为诗赋是文学作品的主要体裁，所以用"倚《雅》《颂》，驭楚篇"来提出指导创作的总原则。《情采》篇泛论作者性情与作品文辞的关系，但也以诗赋为例来分析，指出"诗人什篇"（指《诗三百篇》）是"为情而造文"，"辞人赋颂"是"为文而造情"；并批评后代作者"远弃风雅，近师辞赋"。《辨骚》、《情采》两篇，都是结合主要文体来提出一般的创作原则。

二、刘勰接受了南朝流行的文笔说，在论述各体文章时，先论文，后论笔，文体排列次序，大致与萧统《文选》接近。在论"文"时，又以诗赋居首。这种排列位置也显示出诗赋的重要性。还有后面《杂文》、《谐讔》两篇所论述的作品，实际多数也是诗赋一类，或者说是诗赋的支流。

三、《体性》篇论述作家个性与作品风格的关系,列举了大作家贾谊、司马相如、扬雄、刘向、班固、张衡、王粲、刘桢、阮籍、嵇康、潘岳、陆机等十二人,代表了西汉、东汉、魏、晋各代文学的最高成就。其中除刘向一人外,都以诗赋名家(其中有的兼长散文或骈文)。

四、《时序》篇论述历代文学与时世的关系,自先秦至东晋,其中除东汉外,其他各代均以评述诗赋作家作品为主。《才略》篇涉及面稍广,但诗赋作家作品仍占最大比重,其馀则为富有文采的骈散文。

五、《物色》篇论述文学与自然景物的关系,更是结合抒情写景的诗赋来谈。前面讲《诗经》、楚辞、汉赋,后面着重讲刘宋以来的山水风景诗。

综上诸例,可以肯定地说,刘勰心目中文学作品的主要对象是诗赋和富有文采的各体骈散文,而诗赋尤占首要地位。

建安以后,抒情写景富有文学性的诗赋繁兴,到南朝有进一步的发展,除诗赋外,不少骈文也着重抒情写景,富有诗味。这种现象标志着文学创作日趋自觉和独立,并与缺乏文学性的学术著作和应用文章分离开来。反映到文学理论上,有所谓文笔之分;重视文学的人每每重视有韵之文(以诗赋为主)。当时一些写诗赋的作者,往往轻视文辞比较质朴的儒家经典,忽视文学的政治教化作用,有的甚至片面追求辞藻的华美,如裴子野《雕虫论》所指出的“摈落六艺,吟咏情性”、“篇绣鞶帨,无取庙堂”。刘勰对这种现象也表示不满,《序志》批评道:“辞人爱奇,言贵浮诡,饰羽尚画,文绣鞶帨。”为此,他强调说“圣文雅丽”,各体文章都源出“五经”,为文必须宗经;还强调文章要为政治教化和修身服务。上引《书记》篇中,刘勰在列举谱、籍、簿、录等二十多种应用文体时,一方面承认它们是“艺文之末品”,即在文学中的地位是很不重要的;另一方面又指出它们是“政事之先务”,即在政治和日常事务中是迫切需要的。下文又指出这些应用文体"并有司之实务,而浮藻之所忽也",申明它们为日常应用所必需,而为吟咏诗赋、追求辞藻华美的人们所忽视。由此可见,刘勰在《文心雕龙》中把文学作品的范围定得很宽泛,甚至列举了二十多种当时常见的应用文体,是同他文学要为政治教化和日常事务服务的指导思想紧密联系着的;同时对当时那些重文轻笔、鄙视缺乏文采的文章的现象,也包含着他的补偏救弊的苦心。

但另一方面,诗赋在文学作品中占据主要地位,这不但是创作界的实际情况,而且为历来从事纂辑评论的人们所公认。《汉书·艺文志》有《诗赋略》专录诗赋及其作者的名目。《宋书·谢灵运传论》性质等于一篇文学传论,其内容先述《诗三百篇》,次述楚辞、汉赋,中间指出"自汉至魏,辞人才子,文体三变",三次变化分别以司马相如、班固、曹植、王粲为其代表。其后至西晋元康时代,则以潘岳、陆机最为突出。所举都是擅长诗赋的作家。萧子显的《南齐书·文学传论》把"今之文章"分为三体,认为它们分别渊源于谢灵运、傅咸和应璩、鲍照等名家,也主要是就诗歌说的。萧统编《文选》,首列赋,次为诗、骚、七(枚乘《七发》一类赋体)。可见文学作品以诗赋为主要对象,是当时的公论。刘勰生处南朝,他不能违反当时的公论,更不能无视文学创作的实际情况,所以尽管他认为文学的范围非常宽泛,但在具体论述时,仍不能不以诗赋为主要对象。我们看到,刘勰在详细评述诗赋时,比较注意肯定部分作品具有鲜明的讽谕劝戒意义,同时批评形式华艳而缺乏此种内容的作品。如《明诗》赞美夏代《五子之歌》能够"顺美匡恶",韦孟《讽谏诗》具有"匡谏之义",应璩《百一诗》"辞谲义贞";《诠赋》批评"逐末之俦"创作之赋"无贵风轨,莫益劝戒";《杂文》肯定枚乘《七发》"所以戒膏粱子弟"等等。面对当时许多诗赋作品缺乏有益于政治教化和道德修养的现象,刘勰这类意见也是包含着矫正时弊的意义的。

二

上文说明刘勰心目中的文学范围虽然很宽泛,但其主要对象则是诗、赋和具有文学性的各体骈散文。当时骈文发达,刘勰对汉魏六朝的骈体文学持肯定态度,他的《文心雕龙》全书也是用工致的骈文写的。所以在骈、散文中,他更为重视骈文。当时戏曲还没有产生,但志怪小说涌现不少,并有若干记人事的小说,如《语林》、《世说新语》等,但刘勰对它们以及更早的小说(如《穆天子传》、《燕丹子》)抱着轻蔑态度,在《文心雕龙》全书中只字不提。

作为文学主要对象的诗、赋和骈散文,其文学特征,在刘勰看来,主要体现在语言的形态、色泽和声调之美方面。《情采》篇说:

> 故立文之道,其理有三:一曰形文,五色是也;二曰声文,五音是也;三曰情文,五性是也。五色杂而成黼黻,五音比而成《韶》、《夏》,五情(一作性)发而为辞章,神理之数也。

又《原道》篇云:

> 傍及万品,动植皆文。龙凤以藻绘呈瑞,虎豹以炳蔚凝姿。云霞雕色,有逾画工之妙;草木贲华,无待锦匠之奇。夫岂外饰,盖自然耳。至于林籁结响,调和竽瑟;泉石激韵,和若球锽。故形立则章成矣,声发则文生矣。夫以无识之物,郁然有采,有心之器,其无文欤!

这两段话都是讲事物文采之美,意思沟通,可以结合起来看。刘勰认为自然界龙凤虎豹、云霞草木的体貌具有形文之美,林籁结响与泉石激韵具有声文之美,它们都是有文章或文采之美的。万物之灵的人类,自然能够创造具有文章之美的事物,具体说来,则有形文(如美丽的黼黻)、声文(如动听的《韶》、《夏》)、情文(辞章即文学作品)三大类。"形立则章成","声发则文生",原文指龙凤虎豹、林籁泉石等自然界事物的现象,但这个原则具有普遍性,适用于人类创造或加工的事物,所以黼黻有形文,《韶》、《夏》有声文。人们用语言文字写成的作品,是有形态色泽和声调之美的,所以作品也具有形文和声文之美。范文澜《文心雕龙注》在注释《情采》时说:"形文如《练字》篇所论,声文如《声律》篇所论。"引申说来,这话还是有道理的。总之,刘勰认为,文采之美主要表现为形态色泽和声调,它们广泛存在,自然界的事物、人类加工创造的事物以至文学作品,都分别具有这种文采之美。

《情采》篇以下,刘勰用了不少篇章来论述文章的形态色泽和声韵之美。《声律》篇专论语言声韵之美,他强调作者必须注意声律,使文章做到"声转于吻,玲玲如振玉;辞靡于耳,累累如贯珠"。这是属于声韵之美的。《丽辞》篇专论文句的骈偶对仗,认为偶句之美,仿佛"玉润双流,如彼珩珮"。《事类》篇论述运用成语典故,认为运用得好,犹如"文梓共采,琼珠交赠"。《练字》篇分析用字,指出"缀字属篇,必须练择",应避免诡异、联边等不雅观的弊病。此外《比兴》、《夸饰》、《隐秀》分别论述比喻、夸张、含蓄等修辞手段。这些都是属于语言形态色泽之美的。刘勰所谓文章之美或所谓采,主要就表现在这些方面。上举这种语言文字的声韵之美和形态色泽之美,特别是声律、对偶、用典等,在骈体文中表现尤为突出。刘勰正是从骈文家的立场来仔细论述这类问题的。又《体性》、《风骨》、《定势》等篇探讨文章风格,同语言的运用也是密切相关的。《体性》指出各体文章都是以"辞为肤根"。《风骨》云:"练于骨者,析辞必精。"又云:"捶字坚而难移,结响凝而不滞,此风骨之力也。"《定势》批评近代辞人好奇之病,在于"颠倒文句,上字而抑下,中辞而外出"。都分别指出了文章风格与语言运用的密切关系。诗、赋、骈散文这类文体的艺术特征或文采之美,就当时人们的认识来说,主要表现在语言的形态色泽和声韵方面。

这里要谈到文学作品的形象性。我们看到,刘勰对文学作品中的人物形象是不重视的,甚至抱着鄙薄的态度。就诗歌而言,汉乐府中有一部分民歌如《陌上桑》、《东门行》、《妇病行》以至《焦仲卿妻》等,刻画人物形象鲜明生动;但对此类作品,《文心雕龙·乐府》竟只字不提,还笼统地指责乐府民间歌曲为"淫辞"。散文方面,《史记》中的不少篇章,像《项羽本纪》、《魏公子列传》等等,写人物也很突出,但《史传》篇对此也未加称誉,反而批评司马迁有"爱奇反经"之失。《汉书》的一部分篇章(如《苏武传》、《东方朔传》),写人物也颇成功,但《史传》也未加称誉,而是从骈文语言之美的角度肯定其"赞序弘丽"。刘勰主张写历史必须真实,对于《史记》、《汉书》中描绘人物生动、富有故事性、带有传说色彩的那些人物传记,显然是不会欣赏的。小说方面,上文已提到,他对魏晋南北朝及前此的小说,都只字不提。小说中尽管富有人物形象,但从骈体文角度来衡量,都是属于散体之笔,其语言是缺乏文采之美的。刘勰在《谐隐》中谈到一部分通俗文学,因为谐辞隐语属于有韵之文,较有文采,在他看来比小说更有文学价值。楚辞和先秦汉代诸子书中的一部分神话传说,也有人物形象,但刘勰也持否定态度。他批评楚辞中的这类内容为"诡异之辞"、"谲怪之谈",批评《列子》、《淮南子》的这类内容是"踳驳之类"。当然,他批评神话传说荒诞不可信,是从思想内容角度立论的,不是从艺术角度立论的;但是如果他重视人物形象的话,对它们就要一分为二,而不是笼统否定了。至于说刘勰肯定了许多《诗三百篇》以下的抒情诗,而抒情诗实际塑造了诗人本身的形象;但抒情诗塑造诗人本身形象的认识,出自后代文学理论,刘勰是不具有的。

　　《文心雕龙》也谈到文学形象,却不是指人物形象,而是指外界的物。它们首先是指自然风景,《辨骚》所谓"论山水则循声而得貌,言节候则披文而见时",《明诗》所谓"山水方滋","情必极貌以写物",都是讲描写自然风景。《物色》更是集中论述自然风景与文学创作的关系以及应当如何描写自然风景。文学作品中的风景描绘,虽渊源于风骚,但魏晋以来大为发展,篇章渐趋繁富,至刘宋山水诗兴起而臻于昌盛,刘勰特列《物色》篇加以论述,可见他对于自然景物描写是很重视的。除自然景物外,还有一些其他外界的物,如宫殿、鸟兽等,常常成为辞赋的描写对象。《夸饰》云:"至如气貌山海,体势宫殿,嵯峨揭业,熠耀焜煌之状,光采炜炜而欲然,声貌岌岌其将动矣。"这里讲到宫殿等物的描写。《诠赋》赞文云:"写物图貌,蔚似雕画。"这里指出描写山水风景等外界之物,要求像图画一般写得具体生动。这种把外界之物写得具体生动的特点,当时称为"形似"。《物色》云:"自近代以来,文贵形似,窥情风景之上,钻貌草木之中。……体物为妙,功在密附。"这里"形似"主要是讲刘宋以来的山水诗。《宋书·谢灵运传论》:"相如巧为形似之言。"这里"形似"主要指司马相如《子虚》、《上林》赋关于苑囿中种种景物的描写。锺嵘《诗品》评张协"巧构形似之言",评谢灵运诗"尚巧似",均指其写景诗句而言。当时文论中颇多以"形似"品评作家作品,反映了南朝时期写景篇章的发达。

　　上文指出,在许多文学样式中,刘勰认为主要对象是诗赋。诗历来以抒情为主,赋的一部分也以抒情为主,建安以后抒情小赋日趋发展,因此刘勰在论述文学作品表现的题材时,往往首先强调抒情或抒写情志。《宗经》指出"文能宗经,体有六义",其一即为"情深而不诡",下面才提到"事信"、"义直"。《辨骚》赞美屈宋之作"叙情怨则郁伊而易感,述离居则怆怏而难怀"。《明诗》宣称"在心为志,发言为诗",赞美汉代古诗"婉转附物,怊怅切情"。《诠赋》认为赋是"铺采摛文,体物写志"。这些都可以看出他把抒写情志作为写作诗赋的主要目的。《情采》篇泛论作品内容与形式的关系,篇中以情代表内容,并以诗赋为例子来进行分析,更可以看出他对抒写情志的重视。至于外界的物,特别是山水风景,常常与情结合在一起。这种情景结合或情景交融的现象,渊源于诗骚,魏晋以来日趋发展。刘勰对这种现象是很重视的。《明诗》云:"人禀七情,应物斯感,感物吟志,莫非自然。"《诠赋》云:"原夫登高之旨,盖睹物兴情。"都说明情、物二者的密切关系。《物色》篇更是集中地分析了这个问题,指出:"岁有其物,物有其容;情以物迁,辞以情发。"概括了物、情与辞(作品)的关系。值得注意的是,《神思》篇泛论创作构思,也着重讲构思与物的关系。如云:"故思理为妙,神与物游。神居胸臆,而志气统其关键;物沿耳目,而辞令管其枢机。"下文又云:"夫神思方运,万途竞萌。……登山则情满于山,观海则意溢于海。我才之多少,将与风云而并驱矣。"这里的山、海、风云都是自然景物。这种论述使我们很容易想起陆机的《文赋》。《文赋》首段描绘创作构思,也比较重视情与物的关系,如云:"遵四时以叹逝,瞻万物而思纷。悲落叶于劲秋,喜柔条于芳春。"又云:"情曈昽而弥鲜,物昭晰而互进。"文学作品所表现的题材是多方面的,除情、物外,还有事、义等。陆机、刘勰等着重讲表现情与物,恐怕只能用抒情写景的诗赋是当时文学创作的主要现象来解释。

　　由上所述,可见刘勰认为文学作品诗、赋、骈散文的艺术特征,主要是语言文字的形态色泽之美、声韵之美,诗赋和一部分骈文则又是表现在抒情的真切、状物的具体生动方面。梁代萧绎《金楼子·立言》在论述文笔之分时,曾经指出文的特点是:"吟咏风谣,流连哀思谓之文。"又云:"至如文者,惟须绮縠纷披,宫徵靡曼,唇吻遒会,情灵摇荡。"这里"绮縠纷披"是指文字形态色泽之美,"宫徵靡曼,唇吻遒会"是指语言声韵之美,"流连哀思"、"情灵摇荡"是指抒情真切动人。刘勰并不像萧绎那样重文轻笔,他是既重文、又重笔;但他对于有韵之文的艺术特征的理解,同萧绎的看法是互相沟通的。刘勰身处文笔说流行的南朝,他也承认文笔之分,并按照文笔之分来论述各种文体;他的关于有韵之文的艺术特征的看法与萧绎互相沟通,也是不难理解的。当然,在涉及情志的内涵时,刘勰比较重视教化规讽作用,要求它们有益于政治和道德修养,这是同他强调诗赋应有讽谕劝戒意义一脉相通的。

魏晋南北朝时代,文学在一定程度上摆脱儒家思想的束缚,作品日趋繁富,人们对文学特征的认识和要求,也有了新的发展,这个特点也鲜明地反映在刘勰的理论中间。他重视诗赋等文学性更强的作品,重视文学的抒情性,重视语言之美,都是其例证。但他不重视人物形象,他所谓语言之美,主要是指骈偶、声律等骈体文学的语言要素,则又表现出很大的局限,反映了当时骈文盛行、小说没有成熟并受轻视的时代风气。

三

刘勰对文学作品的要求,不但在于它们应当具有形态色泽和声韵之美等艺术特征方面,他还认为文采华美的特点应当与质朴雅正的特点互相结合,做到有文有质,文质彬彬。这是他对于作品艺术性的比较全面的要求,也是他评价作家作品的艺术标准。

《征圣》篇指出:“圣文雅丽,衔华佩实。”《宗经》篇指出,作文如能宗法“五经”,在艺术上就能做到“风清而不杂,体约而不芜,文丽而不淫”。刘勰认为“五经”之文是文质彬彬的典范,既具有华丽的文采,又是雅(典雅)、实(质实)、清(明朗)、约(精炼),不芜杂、不淫滥,具有雅正质朴的风格。他在《辨骚》中提出“酌奇而不失其贞(正),玩华而不坠其实”,要求奇正结合,华实结合,再一次在“文之枢纽”中强调了这一原则。《风骨》指出文章应当做到风骨与采二者兼备,即既有明朗刚健的风格,又有华美的文采。《通变》指出作文应当“斟酌乎质文之间",即质朴与华美结合得好,不要过于质朴,也不要过于华艳。《定势》指出,正与奇、典与华,必须"兼解以俱通",即都要掌握,不可偏废。在这几对概念中,风骨、质、正、典,指的是质朴雅正的文风;采、文、奇、华等,指的是华美奇丽的文风。他在不同场合运用了不同的名称,内涵实际相同或很接近,指的都是质和文两种文风,他要求质、文二者相结合。

刘勰的这种要求,是针对南朝宋齐文学而发的有的放矢的言论。宋齐时代,文学创作特别是抒情写景的诗赋和骈文进一步发展,许多作家刻意追求语言形式的华美。刘勰认为当时许多作品,缺乏像《诗三百篇》作者那样真实的感情,不是"为情造文",而是"为文造情",在形式上表现为片面追求辞句的华美,其突出的弊病为语言繁冗而不精要,奇诡而不雅正,在通篇风貌上则表现为风骨不振,缺乏明朗刚健的风格。这种弊病源于楚辞、汉赋,到南朝又有发展。

先说繁冗之病。此病刘勰常常称为淫丽,即过度追求并堆砌艳丽的辞藻。《诠赋》云:"宋发夸谈,实始淫丽。"指出此病肇端于宋玉。它到汉代赋家司马相如等人手里而恶性发展,《物色》云:

> 及长卿之徒,诡势瑰声,模山范水,字必鱼贯,所谓诗人丽则而约言,辞人丽淫而繁句也。

而南朝文人写作诗赋,则是沿着汉赋淫丽这条路子发展,《情采》云:"为情者要约而写真,为文者淫丽而烦滥。而后之作者,采滥忽真,远弃风雅,近师辞赋,故体情之制日疏,逐文之篇愈盛。"这里所谓后之作者,范围虽然很广,但矛头所指,主要还是指宋齐文人。《宗经》批评不良文风云:"楚艳汉侈,流弊不还。"含意相同。"侈"指文辞奢侈,即淫丽。"流弊不还",即"近师辞赋"、"逐文之篇愈盛"的意思。

次说奇诡之病。刘勰并不笼统地排斥新奇。他对于《离骚》的

"奇文郁起",作了很高的评价。他要求"酌奇而不失其贞（正）",反对
逐奇失正。他对于宋齐文学的逐奇失正之风是很反对的。《定
势》云：

> 自近代辞人,率好诡巧,原其为体,讹势所变,厌黩旧式,故
> 穿凿取新。察其讹意,似难而实无他术也,反正而已。故文反正
> 为乏,辞反正为奇,效奇之法,必颠倒文句,上字而抑下,中辞而
> 出外,回互不常,则新色耳。……旧练之才,则执正以驭奇；新学
> 之锐,则逐奇而失正。势流不反,则文体遂弊。

近代辞人指刘宋文人。《通变》云："宋初讹而新。"指出这种文风自刘
宋初期开始。《明诗》在论述刘宋山水诗发达时分析其艺术特点为：
"俪采百字之偶,争价一句之奇。情必极貌以写物,辞必穷力而追
新。"指出力求新奇是山水诗的一个显著特色。刘勰认为这种片面追
求新奇之风是不好的,他在《体性》中也批评说："新奇者,摈古竞今,
危侧趣诡者也。"其意与《定势》的"新学之锐,则逐奇而失正"互相映
照。刘宋初期这种文风,对齐代影响还很大。《通变》指出："今才颖
之士,刻意学文,多略汉篇,师范宋集。"为了纠正这种文风,刘勰常常
加以抨击。《序志》批评当时文风有云："辞人爱奇,言贵浮诡,饰羽尚
画,文绣鞶帨。"看来主要也是指这种文风。

　　当然,文辞繁冗、奇诡二者往往结合在一起,不能截然分开。如
《明诗》论刘宋山水诗"穷力追新",但又"俪采百字之偶",文辞繁富。
总之,追求文辞的艳丽繁富和奇巧新颖,是宋齐文学继承楚辞、汉赋
传统而又有发展的艺术特色。

　　上文指出,汉赋和刘宋山水诗在描绘事物时都讲求形似。《宋
书·谢灵运传论》说司马相如"巧为形似之言",钟嵘《诗品》评谢灵运
诗"尚巧似"。这种崇尚形似或巧似的特色,即刘勰所谓"情必极貌以

写物,辞必穷力而追新"(《明诗》),是常常和描写的细致、文辞的富艳新奇密切联系着的。刘勰对形似或巧似虽然没有明显地加以批评,但从"物色虽繁,而析辞尚简"(《物色》)这句话看,他对这种文风也是有所不满的。

针对繁冗、新奇之病,刘勰大力提倡文辞的精要简约和雅正。《征圣》篇云:

> 《易》称"辨物正言,断辞则备",《书》云"辞尚体要,弗惟好异"。故知正言所以立辩,体要所以成辞,辞成无好异之尤,辩立有断辞之美。

开宗明义地提出了"正言"、"体要",要求文辞的雅正精要;反对"好异",即故意追求奇巧。《序志》云:"盖《周书》论辞,贵乎体要;尼父陈训,恶乎异端。"同时批评"辞人爱奇,言贵浮诡",主旨与《征圣》完全一致。由此可见,反对宋齐繁芜奇巧的文风,提倡文辞的精要雅正,是刘勰写作《文心雕龙》的主旨所在。这种主旨,贯穿于《文心雕龙》全书,随处可见。如《奏启》云:"立范运衡,宜明体要。"《书记》云:"随事立体,贵乎精要。"《事类》云:"综学在博,取事贵约,校练务精,捃理须核。"《练字》云:"若依义弃奇,则可与正文字矣。"《物色》赞美《诗经》云:"皎日嘒星,一言穷理;参差沃若,两字连形。并以少总多,情貌无遗矣。"都体现了这一主旨。其例尚多,不备举。

文辞过于繁富艳丽,堆砌辞藻,结果使文章沉腘臃肿,缺乏明朗有力的风貌,所谓"繁华损枝,膏腴害骨"(《诠赋》)。针对此病,刘勰大力提倡风骨。《风骨》云:"结言端直,则文骨成焉;意气骏爽,则文风清焉。"意谓应当使思想感情表现得鲜明爽朗,语言端直有力,形成一种明朗刚健的文风,所谓"风清骨峻,篇体光华",使整个篇章焕发出动人的光彩。他以禽鸟为喻,认为有风骨的作品,犹如鹰隼翱翔高空,骨劲气猛;美丽而缺乏风骨的作品,则如雉鸟肌丰力沉,只能低飞于百步之间。

刘勰批评宋齐文学的繁冗、奇诡和缺乏风骨,他提倡精要、雅正和风骨,希望做到雅正与奇丽结合,风骨与文采结合,也就是文与质相结合。要做到这点,他认为必须向儒家"五经"学习。《宗经》指出文能宗经,就能做到"风清而不杂,体约而不芜,文丽而不淫"。《通变》在批评了"魏晋浅而绮,宋初讹而新。从质及讹,弥近弥澹"的文风后指出:"矫讹翻浅,还宗经诰,斯斟酌乎质文之间,而櫽括乎雅俗之际。"也就是宗经才能做到文质彬彬的意思。《风骨》指出要使文章具有风骨,应当"镕铸经典之范,翔集子史之术",把学习对象扩大到子、史,因为子、史之文也比较质朴,与"五经"之文同能起到补偏救弊的作用。

与刘勰同时,某些注意文学特点的人们,往往强调经、史、子等学术著作与文学作品的区别,强调文与笔的区别。如萧统《文选》不选诸子,认为它们"盖以立意为宗,不以能文为本"。史书是"褒贬是非,纪别异同,方之篇翰,亦已不同";其中只有少数赞论序述较有文采。萧纲《与湘东王书》也说:"未闻吟咏情性,反拟《内则》之篇,操笔写志,更摹《酒诰》之作;迟迟春日,翻学《归藏》;湛湛江水,遂同《大传》。"都是明显的例子。刘勰在这方面和他们看法不同,他不是强调经、史、子等学术著作与文学作品的区别,而是强调应当向"五经"、史书、诸子等学习质朴刚健的文风。他虽也区分文笔,但并不重文轻笔,并用不少篇幅来论述无韵之笔。他指出后世各体文章都源出"五经",经文雅丽,是文章的楷模,作文必须宗经。他特列《史传》、《诸子》两篇来论述史书和诸子。他认为一方面继承汉魏以来的骈体文学传统,另一方面注意向"五经"、史书、诸子学习,才能使文章做到华实结合,奇正结合,风骨与文采结合,达到文质彬彬的境界。

刘勰强调文章应当文质彬彬,这在企图矫正宋齐时代文辞竭力追求绮靡这一面来说,有其积极意义,但他对宋齐文学特别是其艺术表现方面的成就与贡献是估计不足的。即以山水诗而论,它冲破了枯燥的玄言诗长期统治诗坛的局面,描绘自然景物,细致新颖,大大丰富了诗歌的艺术技巧,开辟了文学创作的新局面,在诗歌发展史上的贡献无疑是巨大的。但刘勰却赞美《诗经》的景物描写简练得体,能"以少总多",强调文辞的雅正简约,对山水诗文辞的新奇富艳持不满态度,这就显得偏于保守,对文学作品的新变与进步认识不足了。

综上所述,刘勰关于文学的范围、艺术特征、艺术标准的意见大致可以概括如下:

一、文学的范围是很宽广的,它包括各体文章,甚至缺乏文学性的应用文字。但其重要对象,则首先是诗赋,其次是富有文采的各体骈文和散文。

二、文学的艺术特征,主要表现在语言形态色泽和声调之美方面。自然景物的描绘能增加文学的具体生动性,但人物形象却未受重视。诗赋等有韵之文以抒情为主,其抒情常常和写景结合在一起。

三、作品的语言应当华实结合,文质彬彬。宋齐文风过于追求富艳奇巧,文多质少;为了补偏救弊,他大力提倡向经、史、子的质朴文风学习。

总的说来,刘勰在这方面的态度是比较折中的。他不像萧纲、萧绎那样强调文辞之美,鄙薄学术、应用文章缺乏文学之美;也不像裴子野《雕虫论》那样推崇经史,轻视诗赋。他认为文学作品以诗赋和富有文采的骈散文为主,它们应当具有语言的形态色泽和声调之美,诗赋题材主要是抒情写景;但他反对当时片面地追求文辞绮丽奇巧的作风,主张向经、史、子学习,使文章的华美性与质朴性相结合。他是汉魏以来长期发展的骈俪文风的改良者。

(原载《文心雕龙学刊》第 3 辑,齐鲁书社 1986 年出版)

刘勰对汉魏六朝骈体文学的评价

刘勰《文心雕龙》一书，撰成于南齐时代，它除提出不少文学的理论批评原则和写作方法外，还评述了自先秦到南朝时期的许多具体作家和作品。汉魏六朝时期文学，以辞赋、诗、文为主，是骈体文学的发展时期，骈俪之作在文坛占据着统治地位。刘勰对汉魏六朝(严格讲是对汉魏两晋以迄宋齐)骈体文学的评价，是《文心雕龙》内容的一个重要部分，从中可以看出刘勰评价作家作品的艺术标准，他的儒家复古思想和通变求新思想的关系，值得我们重视和探讨。

一

讲求骈偶对仗，是骈体文学的基本因素。除骈偶外，汉魏六朝骈体文学更讲求辞藻、用典、声律诸因素。西汉辞赋和辞赋家的部分散文，辞采富艳，句式比较整齐，多排偶句，已为骈体先导；东汉时代，这种倾向在辞赋和各体散文中进一步发展。旧时所谓骈体盛行的"八代文学"，八代是指东汉、魏、晋、宋、齐、梁、陈、隋。这表明骈体文正式形成于东汉。以后至魏晋，许多作家的五言诗、文、辞赋，对偶更趋工致，文采力求华美，音调注意和谐，骈体文风益盛。到南朝宋齐时代颜延之、谢灵运、沈约、谢朓等作家出来，又进一步追求多用典故，讲究声律，把骈体文学语言形式的华美推到了高峰。

对骈偶、辞藻、用典、声律这些构成骈体作品语言形式重要因素的表现手段,刘勰是完全采取了肯定的态度的。《文心雕龙·附会》说:"夫才童学文,宜正体制,必以情志为神明,事义为骨髓,辞采为肌肤,宫商为声气。……斯缀思之恒数也。"他把事义(包括用典)、辞采、宫商(主要指声律)比作人的骨髓、肌肤、声气,是作品形式不可缺少的部分。《文心雕龙》下半部有《声律》、《丽辞》、《事类》诸篇,专门讨论声律、骈偶、用典等问题,下面分别扼要地介绍一下刘勰对这些表现手段的态度。

先说骈偶。《丽辞》篇专论骈偶(丽辞即指骈俪之辞),一开始就说:"造化赋形,支体必双;神理为用,事不孤立。夫心生文辞,运裁百虑,高下相须,自然成对。"结尾赞语又云:"体植必两,辞动有配。左提右挈,精味兼载。"把骈偶比作人体的手足,自然成双,不可缺少,可说对丽辞的重要性强调到无以复加的程度。这种主张并不符合文学创作的实际情况(许多好作品用偶句很少甚至不用偶句),但足见刘勰对骈偶的重视。《丽辞》篇对汉代赋家崇尚骈偶的风气作了肯定,誉为"丽句与深采并流,偶意共逸韵俱发"。它还批评不讲究骈偶的作品说:"若夫事或孤立,莫与相偶,是夔之一足,踦䟑而行也。"据古籍相传,夔是只有一足之兽,是动物中的反常现象。刘勰把不讲骈偶之文比作夔,再次说明他认为文章必须运用骈偶。

次说用典。《事类》篇专论运用典故(包括成语和故实),有云:"明理引乎成辞,征义举乎人事,乃圣贤之鸿谟,经籍之通矩也。"认为运用典故是圣贤写作文章的一个常见的重要因素。为了纯熟地运用典故,《事类》篇强调作文必须博学,文云:"文章由学,能在天资。才自内发,学以外成。有学饱而才馁,有才富而学贫。学贫者迍邅于事义,才馁者劬劳于辞情。……才为盟主,学为辅佐,主佐合德,文采必霸;才学褊狭,虽美少功。"指出才、学二者必须结合,缺一不可;学识浅薄者运用典故必然感到艰难吃力,使文章达不到良好的效果。这些议论,都可以说明刘勰对于运用典故非常重视,认为是文章的一个不可缺少的因素。

再说声律。《声律》篇专论声律，有云：“凡声有飞沉，响有双叠。双声隔字而每舛，叠韵杂句而必睽。沉则响发而断，飞则声飏不还。并辘轳交往，逆鳞相比，迕其际会，则往蹇来连；其为疾病，亦文家之吃也。”刘勰说“声有飞沉”，飞声、沉声相当于沈约《宋书·谢灵运传论》中的浮声、切响。大约飞声、浮声指平声；沉声、切响是指上去入三声，即后来人的所谓仄声。区分飞声和沉声，即要求平声与上去入三声间隔运用，求得语言声调的变化与和谐流美。所谓“双声隔字而每舛”，相当于沈约所提八病中的傍纽病；所谓“叠韵杂句而必睽”，相当于八病中的大韵、小韵两种病。刘勰把声律不谐的弊病称为“文家之吃”，他要求作者在声律上前后照应，使语言和谐流美，达到“声转于吻，玲玲如振玉，辞靡于耳，累累如贯珠”的目的。由此可见，刘勰不但一般地重视作品语言的音调之美，而且还是永明声律论的积极拥护者。

再说辞藻。辞藻是指文章语言之美，它可分广狭两义。广义的泛指文章语言的华美，上述骈偶、典故、声律运用得好，都可称辞藻。狭义的指文章诉诸视觉的语言色泽之美，一般所谓文采，主要是指这方面文章语言之美，它是文学作品语言中最基本的、常见的现象。刘勰对辞藻非常重视。《情采》篇一则曰：“君子常言，未尝质也。”再则曰：“绮丽以艳说，藻饰以辩雕，文辞之变，于斯极矣。”这还是就广义的辞藻而言。《练字》篇说：“缀字属篇，必须练择。一避诡异，二省联边，三权重出，四调单复。”就着重从语言色泽方面考虑了。

由上可见，刘勰对汉魏六朝骈体文学作品语言诸要素，骈偶、辞藻、用典、声律等等，都是非常重视，积极肯定的，他是骈体文学主要表现手段的热烈拥护者和宣传者。当然，在讨论这方面问题时，他也对骈体文学的某些弊病加以指摘。如《情采》篇批评有的作品缺乏真实内容，片面追求文采，结果“淫丽而烦滥”；《丽辞》篇批评有的骈文

"气无奇类,文乏异采,碌碌丽辞,则昏睡耳目"。这种批评不是说明他反对辞藻和骈偶,只是说明他主张在注重内容的前提下重视辞藻,主张运用骈偶要新颖动人罢了。

还必须指出,刘勰不但在理论上重视肯定骈体文学,并且在实践上是一位积极的骈文作家。《文心雕龙》五十篇都是用骈文写的,各篇骈句都占绝大多数,单句很少;而且语言富有文采,多用典故,音节和谐,不但是见识精辟的论著,同时也是优美的骈体文学作品。魏晋南北朝人的论著和论文,有的用骈文写,偏于华美,《文心雕龙》是其突出的代表作品;有的骈散相兼,比较质朴疏朗,如《颜氏家训》。即使同是品评文学之作,锺嵘与刘勰同时,所著《诗品》,单句也较多,语言不似《文心雕龙》华美。所以从写作实践看,也足以说明刘勰是骈体文学的热烈支持者。

二

我们再来看看刘勰对汉魏六朝骈体文学重要作家作品的评价。

先说作为骈体文先驱的汉赋。《诠赋》篇说:"观夫荀(卿)结隐语,事数自环;宋(玉)发巧谈①,实始淫丽;枚乘《菟园》,举要以会新;相如《上林》,繁类以成艳;贾谊《鵩鸟》,致辨于情理;子渊《洞箫》,穷变于声貌;孟坚《两都》,明绚以雅赡;张衡《二京》,迅发以宏富;子云《甘泉》,构深玮之风;延寿《灵光》,含飞动之势:凡此十家,并辞赋之英杰也。"可见他对汉代司马相如、扬雄、班固、张衡等这些辞赋的代表作家作品都持肯定的态度。《诠赋》篇又指出作赋"词必巧丽,丽词

---

① 杨明照《文心雕龙校注》:"巧,唐本(指唐写本)作'夸',《御览》五八七引作'誇'。按'夸'字是('誇'与'夸'通),'巧'其形误也。《夸饰》篇:'自宋玉、景差,夸饰始盛。'即其证。"

雅义,符采相胜,如组织之品朱紫,画绘之著玄黄"。刘勰正是从这样的艺术标准来肯定汉赋的重要作家作品的。当然,刘勰对汉赋的艺术也有批评。《物色》篇说:"及长卿之徒,诡势瑰声,模山范水,字必鱼贯,所谓诗人丽则而约言,辞人丽淫而繁句也。"批评司马相如等赋家的作品堆砌辞汇,流于淫丽。《夸饰》篇说:"自宋玉、景差,夸饰始盛。相如凭风,诡滥愈甚。故上林之馆,奔星与宛虹入轩;从禽之盛,飞廉与鹪鹩俱获。及扬雄《甘泉》,酌其馀波,语瑰奇则假珍于玉树,言峻极则颠坠于鬼神。至《东都》之比目①,《西京》之海若,验理则理无不验②,穷饰则饰犹未穷矣。"批评司马相如、扬雄、班固、张衡作品中某些描写夸张过甚,流于失实,并不是否定四人的辞赋。刘勰对辞赋中常见的夸张手法基本上还是肯定的,《夸饰》篇说:"至如气貌山海,体势宫殿,嵯峨揭业,熠耀焜煌之状,光采炜炜而欲然,声貌岌岌其将动矣。莫不因夸以成状,沿饰而得奇也。"他肯定汉赋的夸张手法,只是认为不要太过分,要求"酌诗书之旷旨,翦扬马之甚泰,使夸而有节,饰而不诬,亦可谓之懿也"。

东汉骈文开始发展,不但辞赋,各体文章骈偶成分都加重。班固、张衡而外,蔡邕是这时期骈文的代表作家,尤长于碑文。刘勰对蔡邕的碑文给予极高评价,《诔碑》篇云:"自后汉以来,碑碣云起,才锋所断,莫高蔡邕。观杨赐之碑,骨鲠训典;陈郭二文,词无择言。周胡众碑,莫非清允。其叙事也该而要,其缀采也雅而泽。清词转而不穷,巧义出而卓立。察其为才,自然而至。"

建安时代,诗赋、散文,都重视文采、骈偶。《宋书·谢灵运传论》云:"至于建安,曹氏基命,二祖陈王,咸蓄盛藻,甫乃以情纬文,以文

---

① 范文澜《文心雕龙注》:"班固《西都赋》曰:'揄文竿,出比目。'……此云《东都》,盖误记也。"

② 同上《文心雕龙》范注:"《纪评》曰:不验当作可验。纪说是也。"

被质。"即指出了这种特点。刘勰对建安文学的评价是很高的,《明诗》、《时序》两篇有具体论述,其文为大家所熟悉,这里不再征引。需要指出的是他特别推崇曹植、王粲。《明诗》篇说:"兼善则子建、仲宣,偏美则太冲、公幹。"《章表》篇说:"陈思之表,独冠群才。观其体赡而律调,辞清而志显,应物掣巧,随变生趣,执辔有馀,故能缓急应节矣。"《才略》篇说:"仲宣溢才,捷而能密,文多兼善,辞少瑕累,摘其诗赋,则七子之冠冕乎!"建安作家中,曹、王两人(特别是曹植),作品富于文采,骈偶句多,对后来骈体文学的发展影响较大。刘勰特别推崇曹、王,足见他对骈体文学的肯定态度。同时,他认为刘桢(公幹)、左思(太冲)的作品是"偏美",不及曹、王"兼善",就是因刘、左两人之诗比较质朴,文采不足,也就是锺嵘《诗品》评刘桢作品"气过其文,雕润恨少"的意思①。

西晋前期,以陆机、潘岳为首的一群作家,把建安文学重视文采的风气继续推向前进,骈偶辞藻,更趋富艳。《时序》篇评论当时的著名作家说:"晋虽不文(不文指帝王不重视文学),人才实盛。茂先摇笔而散珠,太冲动墨而横锦;岳、湛曜联璧之华,机、云标二俊之采;应、傅、三张之徒,孙、挚、成公之属,并结藻清英,流韵绮靡。"可见刘勰对太康文学的注意"华""采","结藻清英,流韵绮靡",也持着肯定的态度。潘岳为文,特长哀诔,刘勰誉为"巧于序悲,易入新切"(《诔碑》),"虑善(唐写本作"赡")辞变,情洞悲苦","义直而文婉,体旧而趣新"(《哀吊》),给以充分的肯定。刘勰对陆机的文风颇有不满之词。《议对》篇说:"陆机断议,亦有锋颖,而腴辞弗剪,颇累文骨。"《镕裁》篇说:"士衡才优,而缀辞尤繁。"《才略》篇说:"陆机才欲窥深,辞务索广,故思能入巧,而不制繁。"都是批评陆机作品文辞过于繁富,

---

① 锺嵘评左思诗为"野于陆机",意谓左思诗歌的文采不及陆机。《论语·雍也》:"质胜文则野。"野就是质朴而文采不足之意。锺、刘所见略同。

损伤风骨,但还肯定赞美他"才优",作品"锋颖","思能入巧",并不是整个否定陆机。还有上引《时序》篇称陆机、陆云兄弟"标二俊之采",《杂文》篇赞美陆机的《演连珠》"理新文敏",《论说》篇赞美他的《辩亡论》"亦其美矣",可见刘勰对陆机是在基本肯定的前提下加以批评的。

刘勰对文采不足的作家表示不满,对文风偏于质朴的作家则不予重视。上文提到刘勰认为刘桢、左思"偏美",是不满其文采不足。曹操的诗文质朴,刘勰未予赞美。《明诗》、《才略》两篇都提到曹丕、曹植而不及曹操。《乐府》篇提到曹操的作品,但评价不高。东晋大诗人陶渊明的作品风格质朴自然,同南朝一般贵族文人崇尚的华美文风相左,所以不受当时大多数文人的重视。《文心雕龙》全书(包括《明诗》、《时序》等篇)竟没有一处提到陶诗①,可见刘勰在当时风气的影响下,对陶诗的评价也是不高的。

刘勰对刘宋时代以谢灵运、颜延之为代表的文学评价如何呢?《时序》篇说:"尔其缙绅之林,霞蔚而飙起。王、袁联宗以龙章,颜、谢重叶以凤采,何、范、张、沈之徒,亦不可胜也。"赞美当时文人"霞蔚飙起",人才济济,以"凤采"(凤凰羽毛之美)誉颜、谢,可见他对刘宋文学的肯定态度。当然,刘勰对刘宋文学也有批评。《通变》篇说:"宋初讹而新"指出刘宋文学在追求文辞新颖的同时,产生了诡异讹滥的流弊。《明诗》篇说:"宋初文咏,体有因革。庄老告退,而山水方滋。俪采百字之偶,争价一句之奇,情必极貌以写物,辞必穷力而追新。此近世之所竞也。"指出了谢灵运山水诗一派在艺术上雕章琢句、力求新奇的特色,于叙述中似略有贬意。但《物色》篇则说:"自近代以来,文贵形似。窥情风景之上,钻貌草木之中。吟咏所发,志惟深远;体物为妙,功在密附。故巧言切状,如印之印泥,不加雕削而曲写毫

---

① 只有《隐秀》篇提到陶诗,但此篇一般认为是后人所补。

芥,故能瞻言而见貌,印(疑作"即")字而知时也。"对刘宋"文贵形似"
的风气又颇加肯定。文贵形似,即《明诗》篇"情必极貌以写物"之意,
它确是刘宋诗文突出的艺术特色,鍾嵘《诗品》评谢灵运、颜延之诗都
有"尚巧似"之语,评鲍照诗为"善制形状写物之词"。刘勰肯定"文贵
形似",实际上也是对刘宋代表作家颜、鲍、谢等人的肯定。再则,颜、
谢(特别颜延之)之作,大量运用典故,刘勰对用典又非常强调(见上
文);对年代略早于颜谢、文风质朴自然的陶渊明不予重视。总的看
来,刘勰对以颜谢为代表的刘宋文学,也是在基本肯定的前提下指出
其缺点的。

《时序》篇评当代南齐文学云:"今圣历方兴,文思光被,海岳降
神,才英秀发。驭飞龙于天衢,驾骐骥于万里。经典礼章,跨周轹汉,
唐虞之文,其鼎盛乎!"这段赞美话在很大程度上可以说是对当代帝
王的阿谀奉承之词,但也不全是。南齐时代,声律论兴起,刘勰既对
四声八病之说给予肯定(见上文),那末对体现声律论的南齐新体诗
文,评价自不会低。

综上所述,可见刘勰对汉魏六朝骈体文学的许多作家作品,都加
以赞美肯定;这种评价,同他在艺术形式上肯定骈偶、辞藻、典故、声
律等文辞因素也是互相配合的。刘勰对具体作家,于建安重曹植、王
粲,于西晋重潘岳,于刘宋肯定颜延之、谢灵运;认为刘桢、左思偏美;
不重视曹操、陶渊明,都体现出他注意文采的主张,反映出南朝的创
作风尚和品评标准,其基本倾向同沈约《宋书·谢灵运传论》、鍾嵘
《诗品》是相近的。

三

如上所述,刘勰肯定汉魏六朝骈体文学的形式,肯定不少汉魏六
朝骈体文学代表作家作品;在肯定的前提下,刘勰也指出其中某些作

品存在着"淫丽"、"讹滥"等弊病。

这里,我们要进一步探讨刘勰评价作家作品的基本艺术标准,概括说来,就是要求雅丽,反对淫丽,既要求文章华美,又反对过分。

刘勰是很重视文学作品的华美的。《征圣》篇说:"然则志足而言文,情信而辞巧,乃含章之玉牒,秉文之金科矣。"强调文辞要"巧"。《定势》篇说:"若爱典而恶华,则兼通之理偏。"认为如果只求典雅,厌弃华美,是违背"兼通之理"的。《序志》篇说:"古来文章,以雕缛成体。"认为雕缛是从古以来文章的特色。他对于文学发展过程中艺术形式的新颖创造,认为是必然的、合理的现象。《通变》篇说:"通变无方,数必酌于新声。""文律运周,日新其业。变则其久,通则不乏。"正是根据这样的标准,刘勰对楚辞(主要指屈原、宋玉作品)的"惊采绝艳,难与并能"(《辨骚》)给予高度赞扬;而且如上所述,对汉魏六朝骈体文学的艺术形式和不少代表作家作品都作了肯定。

但另一方面,刘勰对汉魏六朝淫丽、讹滥的文风又加以批评指摘。《序志》篇说:"去圣久远,文体解散。辞人爱奇,言贵浮诡,饰羽尚画,文绣鞶帨。离本弥甚,将遂讹滥。"说明他写作《文心雕龙》的一个重要动机,就在于批评后代的不良文风。刘勰对后代不良文风的不满,包含着内容、形式两个方面,这里单讨论形式方面(内容方面拟另为文分析)。刘勰不满司马相如等赋家的赋或堆砌辞藻,或夸张过甚,存在着淫丽失实之弊病。汉赋的这种弊病起源于楚辞,所以他还指出"楚艳汉侈,流弊不还"(《宗经》)。他批评陆机的作品文辞过繁,"腴辞弗剪,颇累文骨"(《议对》)。他还批评了近代(主要指刘宋)文风的浮诡讹滥,对此,《定势》篇有较具体的说明,文云:"自近代辞人,率好诡巧。原其为体,讹势所变,厌黩旧式,故穿凿取新。察其讹意,似难而实无他术也,反正而已。故文反正为乏,辞反正为奇。效奇之法,必颠倒文句,上字而抑下,中辞而出外,回互不常,则新色耳。"这些批评,指摘了汉魏六朝某些作家作品存在着过分追求文辞富艳、字句新奇的弊病，一般说来还是比较中肯的。但如上所述，对司马相如、陆机、颜延之、谢灵运等作家，刘勰并没有加以否定，而是在基本肯定的前提下指出其弊病。

为了纠正后代的不良文风，刘勰认为必须宗经。他认为"圣文雅丽，衔华佩实"（《征圣》），圣人的经书，其文辞典雅规正，无"逐奇而失正"（《定势》）之病；简练得要，有"体约而不芜"（《宗经》）之美，同后代淫丽讹滥的文风截然不同，所以作文必须宗经。《通变》篇说："榷而论之，则黄唐淳而质，虞夏质而辨，商周丽而雅，楚汉侈而艳，魏晋浅而绮，宋初讹而新。从质及讹，弥近弥澹。何则？竞今疏古，风末气衰也。……练青濯绛，必归蓝蒨；矫讹翻浅，还宗经诰。斯斟酌乎质文之间，而櫽括乎雅俗之际，可与言通变矣。"他认为商周以前之文质朴，楚汉以后之文华艳新奇，商周之文（即指儒家"五经"）则是"丽而雅"，文质彬彬，堪称模范。他号召作文要征圣宗经，在艺术形式上就是要求学习经书文质彬彬的文风，纠正后代过求华艳新奇之病。黄侃《文心雕龙札记》说："舍人处齐梁之世，其时文体方趋于缛丽，以藻饰相高，文胜质衰，是以不得无救正之术。"（《情采》篇）意见颇为中肯。

问题是"五经"之文，在艺术上是否真如刘勰所说，是"丽而雅"、"文丽而不淫"？我们知道，儒家经书中，只有《诗经》、《春秋左传》堪称文学作品，称得上具有文采之丽。其他的经文，语言都很质朴或比较质朴，里面仅有少数语句较有文采。刘勰把它们一概称之为丽，是夸大了它们的文学性的。不但如此，刘勰还强调经书具有骈体文学的特色。《丽辞》篇说："易之《文》、《系》，圣人之妙思也。序乾四德，则句句相衔；龙虎类感，则字字相俪。乾坤易简，则宛转相承；日月往来，则隔行悬合。虽句字或殊，而偶意一也。"《事类》篇说："明理引乎成辞，征义举乎人事，乃圣贤之鸿谟，经籍之通矩也。"经书中固然含有运用骈字偶句、成语故事的成分，但毕竟占少数，经书中的排比句，同后世的骈偶文字也还有区别,刘勰在这里显然把经书中的骈偶、用典成分夸大了。从实际情况看,经书中的语言绝大部分是单词奇句,骈字偶句只占很少数,还是后来唐宋古文家所提倡的古文,符合于经书文辞的面貌。刘勰强调经书的骈偶、用典成分,认为经书是骈体文学的祖宗,其目的是为骈体文学张目,以儒家经书为旗帜来拥护和支持骈体文学。

在艺术形式方面,刘勰的儒家复古思想看来不是主要的。如果把他的"楚艳汉侈,流弊不还","矫讹翻浅,还宗经诰"这类话孤立起来看,似乎他是主张模拟经书文辞,否定汉赋以后的骈体文学了。实际不然,他是骈体文学的积极拥护者和支持者,从《文心雕龙》全书所发挥的理论看,从《文心雕龙》本书的文辞形式看,都是如此。他强调征圣、宗经,并不像唐宋以来的古文家那样,要打倒骈文,恢复先秦两汉的散体文(古文);他只是认为文章形式要文质彬彬;主张要继承经书的质朴文风,来纠正后代骈体文学过于华艳新奇的风气罢了。在复古与新变这对矛盾方面,主张新变,还是刘勰艺术标准的主要方面,他只是主张以复古为手段来纠正新变的一些流弊,这也就是他要求文学形式应"执正以驭奇",反对"逐奇而失正"(《定势》)的思想实质。

魏晋南北朝时代的文学创作,在很大程度上摆脱了过去儒家经典的束缚,取得了很大的进展。思想内容方面的成就,以非本文范围,不去多谈。艺术形式方面,不但出现各体文章,数量大增,而且注意抒发感情,描写细致新颖,语言华美和谐,富有形象性和音乐性,不但诗歌如此,许多文章亦然,大大推动了文学艺术形式的发展,使文学作品与非文学作品进一步划分界限,在我国古代文学的历史发展上是一个贡献。当然,由于当时贵族文人把持文坛,视野狭窄,片面追求文辞之美,也产生了不少形式主义倾向浓厚的作品。对魏晋南北朝文学创作的成就贡献和缺点流弊,必须坚持一分为二的观点,进行具体分析。刘勰站在通变的立场,对楚辞、汉赋以后文学形式的发展变化,有的作了充分肯定,有的基本上加以肯定。他不像扬雄晚年那样,认为作赋是"童子雕虫篆刻","壮夫不为"(《法言·吾子》),有否定文学的倾向。他也不像梁代裴子野那样,指斥当时的许多骈体诗文为"摈落六艺,吟咏情性","淫文破典","非止乎礼义"(《雕虫论》),表现出浓厚的儒家复古思想。比较说来,刘勰认识并肯定文学作品不同于学术文章的特点,认识并肯定汉魏六朝骈体文学在艺术形式方面的发展和创造,同时指出了它的一些流弊,其见解还是相当通达而合理的。当然,刘勰也存在着过分重视并肯定骈体文学的局限性。他认为作文非用骈偶、典故不可,就是一种偏见。对具体作家,他不重视文风偏于质朴的曹操、陶渊明,也是明显的例证。这是南朝骈体文学占文坛统治地位的时代风气在他身上的反映。

有些文学史研究者认为魏晋南北朝骈体文学的创作倾向是形式主义,而刘勰则是反对形式主义的。这种看法于刘勰对汉魏六朝骈体文学的评价似乎缺乏全面的了解,值得商榷。

(原载《文学遗产》1980 年第 1 期)

刘勰论宋齐文风

　　刘勰在《文心雕龙·序志》中指出,他是因目击后代文风不良,企图予以矫正,因而写作《文心雕龙》一书,详论作文之法。《序志》云:"去圣久远,文体解散,辞人爱奇,言贵浮诡,饰羽尚画,文绣鞶帨,离本弥甚,将遂讹滥。"他所指责的这种不良文风,主要是指宋齐文学而言。《文心雕龙》全书中对宋齐文风屡有评述,我们对刘勰在这方面的看法,如果有比较清楚的认识,将有助于理解《文心雕龙》的写作宗旨和品评标准。

　　刘勰在《时序》篇中评述宋齐文学道:

　　　　自宋武爱文,文帝彬雅,秉文之德,孝武多才,英采云构。自明帝以下,文理替矣。尔其缙绅之林,霞蔚而飙起,王、袁联宗以龙章,颜、谢重叶以凤采,何、范、张、沈之徒,亦不可胜也。盖闻之于世,故略举大较。

　　　　暨皇齐驭宝,运集休明。……今圣历方兴,文思光被,海岳降神,才英秀发,驭飞龙于天衢,驾骐骥于万里,经典礼章,跨周轹汉,唐虞之文,其鼎盛乎!鸿风懿采,短笔敢陈;颺言赞时,请寄明哲。

这里对宋齐两代文学,除"自明帝以下,文理替矣"一句外,都是笼统赞美之辞,实际并不体现刘勰真实的看法。纪昀评"今圣历方兴"以下一段文字云："阙当代不言,非惟未经论定,实亦有所避于恩怨之间。"看来刘勰这里对宋齐两代文学的评价,都是有所回避的。

在《明诗》《物色》两篇中,刘勰对刘宋时代兴起并发展的山水文学(表现样式以诗为主,也有少量辞赋、骈散文)作了比较具体的评述:

> 宋初文咏,体有因革,庄老告退,而山水方滋。俪采百字之偶,争价一句之奇,情必极貌以写物,辞必穷力而追新,此近世之所竞也。(《明诗》)

> 自近代以来,文贵形似,窥情风景之上,钻貌草木之中。吟咏所发,志惟深远;体物为妙,功在密附。故巧言切状,如印之印泥,不加雕削,而曲写毫芥,故能瞻言而见貌,即字而知时也。(《物色》)

《物色》篇的所谓近代,当即指刘宋,可能也包括萧齐前期;所谓近代以来,则泛指宋齐两代。宋齐两代,由于谢灵运、谢朓等名家的倡导,山水写景诗盛极一时,成为当时创作界的主要现象。上举《明诗》、《物色》两段文字,指出了山水文学刻画景物细致、语言华美新奇的特色,在表面上是客观的叙述中,对山水文学还是有褒有贬的。他肯定了山水诗取代了专谈老庄哲理的玄言诗,描写景物细致贴切,这层意思还比较明显。至于贬意,则须结合其他篇章,始能了解。《通变》云:"宋初讹而新。"把讹和新联系在一起,则知《明诗》"辞必穷力而追新"句带有贬意。又《体性》云:"新奇者,摈古竞今,危侧趣诡者也。"再结合《序志》所谓"辞人爱奇,言贵浮诡"、"将遂讹滥"等句看,则知刘勰对宋初以来新奇讹滥的文风是深表不满的。

《南齐书·文学传论》曾经指出当时文章(主要为诗赋)大致有三个流派,分别导源于谢灵运等人,其文云:

今之文章，作者虽众，总而为论，略有三体：一则启心闲绎，托辞华旷，虽存巧绮，终致迂回，宜登公宴，本非准的，而疏慢阐缓，膏肓之病，典正可采，酷不入情。此体之源，出灵运而成也。次则缉事比类，非对不发，博物可嘉，职成拘制。或全借古语，用申今情，崎岖牵引，直为偶说，唯睹事例，顿失清采。此则傅咸"五经"，应璩指事，虽不全似，可以类从。次则发唱惊挺，操调险急，雕藻淫艳，倾炫心魂，亦犹五色之有红紫，八音之有郑卫，斯鲍照之遗烈也。

其中第一、第三两派，分别为刘宋谢灵运、鲍照所开创，而第二派导源于魏晋的傅咸、应璩，但此派喜欢"缉事比类"，多用典实，诗风实与刘宋颜延之相似，刘永济《十四朝文学要略》云："傅、应一体，则延年、希逸（谢庄字）其流也。"其说是。因此萧齐文风，实际可说大抵沿袭刘宋。综观《文心雕龙》全书，刘勰屡致不满的近世文风，主要是指以刘宋谢灵运、鲍照、颜延之等名家为先驱而在萧齐又有所发展的创作倾向。试归纳刘勰所指责的宋齐文风的弊病，分别就以下四项加以探讨。

第一，为文而造情。此点《情采》篇有具体的论述。刘勰认为，《诗三百篇》是为情而造文，即作者先有深挚的思想感情，然后发为诗歌，所谓"志思蓄愤，而吟咏情性，以讽其上"。而后代的不少诗赋作者，却是为文而造情。他们缺乏深挚的思想感情，为写文章而写文章，所谓"心非郁陶，苟驰夸饰，鬻声钓世"。

为文造情之弊，大致说来又有两种。一是"繁采寡情"，即文采繁富，感情贫乏。在作品中，刘勰赞美吟咏性情的诗，对着重铺叙事物的赋则比较鄙薄，就是因为这种赋繁采寡情。《明诗》云："在心为志，发言为诗。"又云："感物吟志，莫非自然。"这种着重吟咏情志的诗歌是他所肯定和向往的。他肯定屈原的辞赋，因为其内容具有规讽之旨、比兴之义等等；因为它们不但论山水言节候，而且叙情怨述离居（均见《辨骚》），总之以抒写情志为主。他赞美汉代古诗，因其"婉转附物，怊怅切情"，符合于感物吟志的作诗原则。在《比兴》篇中我们看到刘勰赞美《诗三百篇》多用兴体，不满汉代以来的辞赋多用比体，也是从这个原则出发的。《比兴》云："兴之托谕，婉而成章，称名也小，取类也大。"这是赞美兴体托谕深远。《比兴》又云："炎汉虽盛，而辞人夸毗，讽刺道丧，故兴义销亡。于是赋颂先鸣，故比体云构，纷纭杂遝，信旧章矣。"这是批评汉赋缺乏讽刺内容（刘勰认为它是言志的重要方面），兴体亡而比体盛。

《比兴》篇又论汉魏以来辞赋诗歌多用比体的情况道：

> 夫比之为义，取类不常：或喻于声，或方于貌，或拟于心，或譬于事。宋玉《高唐》云："纤条悲鸣，声似竽籁。"此比声之类也。枚乘《菟园》云："焱焱纷纷，若尘埃之间白云。"此比貌之类也。……若斯之类，辞赋所先，日用乎比，月忘乎兴，习小而弃大，所以文谢于周人也。至于扬、班之伦，曹、刘以下，图状山川，影写云物，莫不织综比义，以敷其华，惊听回视，资此效绩。又安仁《萤赋》云："流金在沙。"季鹰《杂诗》云："青条若总翠。"皆其义者也。故比类虽繁，以切至为贵；若刻鹄类鹜，则无所取焉。

刘勰指出，宋玉以下汉魏以来的不少辞赋，都利用比喻来刻画事物，包括山川云物等自然风景。从《比兴》篇可以看出刘勰不是一概地重兴轻比，他肯定《诗三百篇》的比体能"蓄愤以斥言"，肯定《离骚》"讽兼比兴"，因为诗骚着重抒发情志，特别具有规讽的政治内容，这种比体其性质和兴体很接近，所以可贵；而汉魏以来盛行的"或喻于声，或方于貌"的比，只是追求巧妙地刻画事物的形貌，缺乏抒发情志、规讽弊政的内容，这种比体和兴体分道扬镳，所以就较诗骚为逊色了。

这种注意刻画事物形貌的手法,不论是用赋体还是比体,当时称为形似。《文镜秘府论·地卷》云:"形似体者,谓貌其形而得其似。"这种手法首先在汉赋中发展,故《宋书·谢灵运传论》云:"相如巧为形似之言。"至魏晋而延及于五言诗,故锺嵘《诗品》评张协为"巧构形似之言"。上举《比兴》篇所举张翰《杂诗》"青条若总翠"句也是其例。至刘宋山水诗兴起,不少作家注意细致描绘自然景色,这种手法就大为发展。《物色》篇明确指出:"自近代以来,文贵形似,窥情风景之上,钻貌草木之中。"《明诗》所谓"情必极貌以写物",也是这个意思。再看《诗品》对刘宋诗人的评价。它评谢灵运云:"杂有景阳(张协)之体,故尚巧似(巧似即巧为形似之言),而逸荡过之。"评颜延之云:"尚巧似。"评鲍照云:"善制形状写物之词。……贵尚巧似。"可见刘宋颜、鲍、谢三大家写诗都追求形似。对于形似这种描写手法,刘勰并不笼统否定,他在《物色》中肯定它具有"体物为妙,功在密附","故能瞻言而见貌,即字而知时"的细致工巧的艺术特色,但它们景语多而情语少,特别缺乏诗骚擅长的讽谕内容,因此毕竟是"文谢于周人"了。《明诗》在叙述山水诗的兴起和特色后,结语云:"此近世之所竞也。"这句看似客观叙述的话后面,是隐藏着对山水诗的贬意的。沈德潜《说诗晬语》说:"诗至于宋,性情渐隐,声色大开,诗运一转关也。"也指出了刘宋诗歌的这种特色。

以上说的是"繁采寡情"之病,还有一种是"言与志反",即虚假之病。《情采》篇批评这种弊病云:"故有志深轩冕,而泛咏皋壤;心缠几务,而虚述人外。真宰弗存,翩其反矣。"范文澜《文心雕龙注》解释这几句道:

> 刘歆作《遂初赋》,潘岳作《秋兴赋》,石崇作《思归引》,古来文人类此者甚众,然不得谓其必无皋壤人外之思。盖鱼与熊掌,本所同欲,不能得兼,势必去一,而反身绿水,固未尝忘情也。故

尘俗之缚愈急,林泉之慕弥深。彦和所讥,尚非伊人。若夫庸庸禄蠹,鄙性天成,亦复摇笔鼓舌,虚言遐往,斯则所谓"真宰弗存,翻其反矣"者也。

范说虽颇有见地,但刘歆、潘岳等人贪恋官禄、言行不一的现象比较突出,的确也成了此种文病的前驱;后来文人尤而效之,就每况愈下了。六朝文人,多出身贵族,贪恋爵禄,同时喜谈超脱尘世的玄学,当山水文学兴起后,更喜欢写企羡山林、观赏风景的诗篇。谢灵运有很强的仕进心,自以为"宜参权要",对刘宋王朝的不重用他"常怀愤愤"(《宋书·谢灵运传》),同时大写企羡隐遁的山水诗。这种矛盾的心情在以后谢朓等写景诗中也有表现。南齐孔稚圭的《北山移文》,讽刺周颙虚伪的隐逸行为,它虽是一篇对友人开玩笑的游戏文章(参考拙作《孔稚圭的〈北山移文〉》,载《汉魏六朝唐代文学论丛》),但也反映了当时文人在这方面言行不一的风气。可以想象,在谢灵运、谢朓等名家影响下,当时那种"志深轩冕,而泛咏皋壤"的作品是相当多的,所以招致刘勰的抨击了。

第二,是繁富冗长。此病的特点是铺陈艳丽的辞藻(刘勰称为淫丽),其源出于辞赋。《诠赋》云:"宋发夸谈,实始淫丽。"指出此病肇端于宋玉的赋。在《物色》篇中,刘勰指出《诗三百篇》描写物象,用词简约而生动,堪为准则,《离骚》已有堆砌之病,到司马相如的赋而恶性发展:

> 是以诗人感物,联类不穷。……皎日嘒星,一言穷理;参差沃若,两字连形。并以少总多,情貌无遗矣。虽复思经千载,将何易夺。及《离骚》代兴,触类而长,物貌难尽,故重沓舒状,于是嵯峨之类聚,葳蕤之群积矣。及长卿之徒,诡势瑰声,模山范水,字必鱼贯,所谓诗人丽则而约言,辞人丽淫而繁句也。

就诗歌（五言诗）来说，汉魏篇什一般都比较简约（乐府少数叙事篇章除外），晋代陆机的诗歌承曹植之绪，铺排较多，到谢灵运山水诗更多地以作赋的铺陈之法写诗，因而在这方面有进一步的发展。《诗品》评谢灵运诗"颇以繁富为累"，一语道中其病。萧纲《与湘东王书》批评当时文人"学谢（指谢灵运）则不届其精华，但得其冗长"，又指出了谢诗的不良影响。《明诗》说刘宋山水诗"俪采百字之偶"，五言诗要达到百字之偶，至少需二十句，说明其篇幅之加长。谢灵运诗篇幅加长，达到百字或超过百字的篇章比较多，确是值得注意的。当时学习谢灵运的文人是很多的，因此繁冗之病，必然成为突出的现象，而为刘勰所不满了。

第三，是新奇诡异。《通变》说"宋初讹而新"，"讹"即诡异奇巧之意，可见此病是刘宋文风的突出现象。《明诗》说当时山水诗"辞必穷力而追新"，追求用字的新奇，确是山水诗表现技巧的一个特色。谢诗如"春晚绿野秀，岩高白云屯"（《入彭蠡湖口》），"白云抱幽石，绿筱媚清涟"（《过始宁墅》），"林壑敛暝色，云霞收夕霏"（《石壁精舍还湖中作》）等，句中所用动词，都很新颖工巧，为过去评论者所赞赏。看来刘勰对这种用字的新颖奇巧，不见得反对。他并不一概反对新奇，他对屈赋的"奇文郁起"，作了很高的评价。他反对的是"摈古竞今，危侧趣诡"的新奇。按《诗品》评鲍照诗有云："贵尚形似，不避危仄，颇伤清雅之调，故言险俗者多以附照。"所谓危仄（通侧）、险俗，正与刘勰所谓"危侧趣诡"相通。刘宋诗歌的新奇之风，在鲍照作品中显得比较突出。大体说来，有两个特色：一为奇险，一为俚俗。《南齐书·文学传论》说鲍照诗"发唱惊挺，操调险急"，即已指出其奇险风貌。后人于此也多有评论，如陈祚明《采菽堂古诗选》云："鲍参军诗，如惊潮怒飞，回澜倒激。"刘熙载《艺概》云："'孤蓬自振，惊沙坐飞'，此鲍明远赋句也，若移以评明远之诗，颇复相似。"从正统目光看来，奇险违背了和平雅正之音，是一种疵病，故《诗品》评为"颇伤清雅之调";在刘勰看来,它是属于"逐奇而失正"的风格。

鲍照诗的另一特色为俚俗,鲍照写了不少乐府诗,其中一部分篇章,体制语言都深受民歌影响,比较通俗。他的《吴歌》三首、《采菱歌》七首、《中兴歌》十首等,学习当时流行南方的乐府民歌吴声歌曲和西曲歌,五言四句,短小浅俗。他又擅长七言歌行,七言诗在晋宋也多受民歌影响,在文人中还不盛行,被认为"体小而俗"(傅玄《拟张衡〈四愁诗〉序》)。他的七言歌行《拟行路难》十八首,是学习民歌《行路难》的作品,不但体制通俗,还具有"发唱惊挺,操调险急"的特色。这种学习民歌的诗,在当时为正统气较浓的人所鄙薄。相传颜延之轻视汤惠休、鲍照的这类诗,立"休鲍之论"(见《诗品》),并说:"惠休制作,委巷中歌谣耳,方当误后事。"(《南史·颜延之传》)这种学习民歌、内容多述男女情爱的诗,还被时人目为淫靡。《诗品》说"惠休淫靡,情过其才";《南齐书·文学传论》评鲍照也有"雕藻淫艳"之语。《文心雕龙·乐府》评述汉魏六朝多述男女情爱的民间歌曲云:

> 若夫艳歌婉娈,怨志诀绝,淫辞在曲,正响焉生!然俗听飞驰,职竞新异,雅咏温恭,必欠伸鱼睨,奇辞切至,则拊髀雀跃,诗声俱郑,自此阶矣。

刘勰把那些民间歌曲称为"淫辞",目为"新异",与"雅咏"相对待;可以推想刘勰认为鲍照那些学习民歌的作品,也是属于淫靡一类的了。《体性》篇在新奇体下,更列轻靡一体,文云:"轻靡者,浮文弱植,缥缈附俗者也。"可见刘勰认为靡丽文风是与迎附俗尚即俚俗性紧密联系着的。所以说刘勰所谓新奇诡异之病,在鲍照诗中表现较突出。

刘勰在《定势》篇中更指出新奇诡异之病,常常表现为颠倒文句:

> 自近代辞人,率好诡巧。原其为体,讹势所变,厌黩旧式,故

穿凿取新。察其讹意，似难而实无他术也，反正而已。故文反正
为乏，辞反正为奇。效奇之法，必颠倒文句，上字而抑下，中辞而
出外，回互不常，则新色耳。……正文明白，而常务反言者，适俗
故也。然密会者以意新得巧，苟异者以失体成怪。旧练之才，则
执正以驭奇；新学之锐，则逐奇而失正。势流不反，则文体遂弊。

近人孙德谦在其《六朝丽指》中对刘勰所指诡巧讹变之病，举了不少
例子进行解释，值得参考，今节录其文于下：

> 《文心·通变》篇："宋初讹而新。"谓之讹者，未有解也。及
> 《定势》篇则释之曰……观此则讹之为用，在取新奇也。……《通
> 变》又曰："今才颖之士，刻意学文，多略汉篇，师范宋集。"则文之
> 反正喜尚新奇者，虽统论六朝可矣。……一时作者并起，既以新
> 奇制胜，则宜考其为此之法。吾试略言之。有诡更文体者，如韦
> 琳之有《鲍表》，袁阳源之有《鸡九锡文》并《劝进》。是虽出于游
> 戏，然亦力趋新奇，而不自觉其讹焉者也。有不用本字，其义难
> 通，遂使人疑其上下有阙文者。……又《北山移文》："道帙长
> 殡。"此殡字借为埋没意。且其文究非檄移正格，犹可说也。而
> 江文通《为萧拜太尉扬州牧表》："若殒若殡。"《说文》："殡，死在
> 棺，将迁葬柩，宾遇之。"今文果从本义，则殡为死矣。章表之体，
> 理宜谨重，何必须此殡字？盖亦惟务新奇，讹谬若此也。以上二
> 者，皆系用字之讹，以为苟不如此，不足见其新奇耳。他如鲍明
> 远《石帆铭》："君子彼想。"恐是"想彼君子"，类彦和之所谓颠倒
> 文句者。句何以颠倒？以期其新奇也。又庾子山《梁东宫行雨
> 山铭》："草绿衫同，花红面似。"其句法本应作"衫同草绿，面似花
> 红"，今亦颠之倒之者，使之新奇也。……其余则哲如仁之类，一
> 言蔽之，不离乎新奇者近是。虽然，《记》有之："情欲信，辞欲

巧。"礼家且云尔,又何病夫新奇哉!

孙氏把新奇之病分为诡更文体、用字之讹、颠倒文句三项,举例以宋齐为主,论述比较具体,大致符合刘勰原意。除颠倒文句外,《鲕表》一类游戏文章,刘勰在《谐讔》篇中曾加以指责。用字之讹,他在《指瑕》篇中也较多地举出东晋作品的例子,并说:"斯实情讹之所变,文浇之致弊。而宋来才英,未之或改。"其意思也是很明显的。《指瑕》篇所举病例,虽不全属新奇,但也有不少属于此类。孙德谦在其书中另一处还指出江淹《恨赋》中"孤臣危涕,孽子坠心"两句,应为"孤臣坠涕,孽子危心",也是为了好奇而用字颠倒。总之,鲍照、江淹等人用字造句追求新奇的现象的确也是文学创作方面的一种倾向。

第四,是缺乏风骨。风骨是指作品中思想感情表现得鲜明爽朗、语言遒劲有力。风清骨峻的作品,必然明朗而刚健,有飞动之致,犹如骨劲气猛的鹰隼,能够翱翔高空。反之,如果作品堆砌华美的词藻,语言沉腿臃肿,结果就会"丰藻克赡,风骨不飞,则振采失鲜,负声无力"(《风骨》),犹如肌丰力沉的雉鸟,只能低飞于百步之间。《诠赋》云:"繁华损枝,膏腴害骨。"也是这个意思。

建安诗歌富有风骨。《明诗》评建安作家云:"慷慨以任气,磊落以使才。造怀指事,不求纤密之巧;驱辞逐貌,唯取昭晰之能。"正指出了他们意气骏爽、作品明朗而不纤密的特色。《明诗》又评西晋诗云:"晋世群才,稍入轻绮。张、潘、左、陆,比肩诗衢,采缛于正始,力柔于建安。"除左思这样个别作家外,西晋诗人比起建安作家,其显著倾向是文采丰富(采缛)了,而骨力却削弱(力柔)了。其中陆机的作品,文辞尤为繁富而缺少风骨,故刘勰屡有不满之辞。如《议对》云:"陆机断议,亦有锋颖,而腴辞弗剪,颇累文骨。"《镕裁》说:"士衡才优,而缀辞尤繁。"《才略》说:"陆机才欲窥深,辞务索广,故思能入巧,而不制繁。"都是其例。

宋齐文风，正是沿着西晋的绮靡文风发展下来的。《通变》云：

> 榷而论之，则黄唐淳而质，虞夏质而辨，商周丽而雅，楚汉侈而艳，魏晋浅而绮，宋初讹而新。从质及讹，弥近弥澹。何则？竟今疏古，风末气衰也。

风末气衰，即《封禅》篇谓之"风末力寡"，就是风骨不振的意思。刘勰认为，刘宋新奇诡异的文风，沿着楚汉辞赋侈艳之风和魏晋文学（主要是西晋文学）浅绮（即轻绮）之风向前发展，文多而质不足，所以风骨不振。刘勰并不反对华美的文采，他反对片面追求翰藻，而主张文质结合，主张文采与风骨结合，使作品既文辞华美，而又明朗刚健，像凤凰那样"藻耀而高翔"。他对汉赋、西晋以及刘宋文学不满，是因为它们文采繁缛，损伤了风骨。

刘宋名家，只有鲍照作品俊逸劲健，较有风骨。谢灵运、颜延之两家，就有繁冗、纤密之病。上文已指出，谢诗有过于繁富之病。他的诗大量运用排偶，正是沿着陆机的路子发展。又颜延之诗，《诗品》说他"源出陆机"，"体裁绮密"；又喜欢运用典故，与谢庄都有"繁密"之称。颜诗在宋齐时代影响很大。《诗品·序》云："于时化之，故大明、泰始中，文章殆同书钞。近任昉、王元长等，词不贵奇，竞须新事，尔来作者，寖以成俗。遂乃句无虚语，语无虚字，拘挛补衲，蠹文已甚。"这种堆砌典故、纤密繁缛之风，正好与建安诗歌"不求纤密之巧，唯取昭晰之能"相对立，因而也就缺乏风骨了。又《南齐书·文学传论》批评傅咸、应璩一派喜用典故的诗风为"顿失清采"，也指出了这类诗歌缺乏爽朗风貌的缺点。

综上所述，可见刘勰对宋齐文学是一分为二，有褒有贬，但不满之辞较多。对刘宋时代兴起的山水文学，他给予一定的历史地位，在《明诗》、《物色》两篇中作了具体评述，肯定它们在艺术上的成就。同时,他对宋齐文学的弊病,深表不满。这种弊病通过上面的分析,大致可以归纳为为文造情、繁富冗长、新奇诡异、缺乏风骨四项。这四项不良文风,分别在刘宋前期谢灵运、鲍照、颜延之等名家作品中已经抬头,到后来又有所发展。

刘勰写作《文心雕龙》,主要目的就是为了指出作文的正道,矫正宋齐的不良文风。他认为宋齐文学那些为文造情、繁冗靡丽的文风,远源于辞赋;而儒家经典文风,却是为情造文、雅正简约、富有风骨的。因此,他在《文心雕龙》中经常指出要摈弃赋家浮靡之风,向经典雅正的文风学习。在《情采》篇中,他慨叹说:"后之作者,采滥忽真,远弃风雅,近师辞赋;故体情之制日疏,逐文之篇愈盛。"在《征圣》篇中,他引证了《周易》《尚书》的话,主张作文必须"正言"、"体要",以提倡雅正简约的文风。《宗经》篇指出,如果作文能够宗法经典,作品就能表现出情深而不诡、风清而不杂、体约而不芜、文丽而不淫等优良文风。《风骨》篇指出,作文必须"镕铸经典之范",同时反对"习华随侈,流遁忘反"。凡此等等,都包含着摈弃辞赋浮靡之风、宗尚经典雅正之风的意思。当然,这并不意味着刘勰一味主张复古,反归儒家经典质朴文风的道路上去。刘勰对汉魏以来流行的骈体文学是肯定的,他本人也是一个骈文家。他只是如《通变》所说,认为楚汉辞赋太侈艳,晋宋文学沿着这条路子,发展为浅绮讹新之病。他大力提倡学习经典,是为了"矫讹翻浅",使作品能够"斟酌乎质文之间",达到文质彬彬,即既有骈体文章的华美辞藻,同时又不流于浮靡诡异。

刘勰对宋齐文学的批评意见,我们今天也应该采取一分为二的态度。他主张应当为情造文,主张文章应该有明朗刚健的风貌,这些意见都是很好的。但他在反对繁冗、奇异文风时,对宋齐作品艺术上的细致描写和用词造句的某些新颖奇巧的特色,也采取不满和批判的态度;对山水文学的艺术创新和历史贡献,肯定得不够;在描写景物方面把《诗三百篇》推为极则,认为它们"以少总多,情貌无遗";这种见解、态度都不免保守。他对宋齐文学的新奇,批评也嫌过分,故孙德谦即有"何病夫新奇"之论。至于他不满民间歌曲和鲍照等人诗歌的俚俗,就更显示出重雅轻俗的偏见了。现在有些研究《文心雕龙》的同志,一遇到刘勰批评宋齐文风,就认为是对形式主义文学的批判,这种意见是片面的。我认为对刘勰批评宋齐文风的意见,也要具体分析,不宜笼统地加以肯定。

(原载《复旦学报》1983 年第 5 期)

下　编

刘勰文学理论的折中倾向

我国古代的文学创作(特别是诗赋),到魏晋南北朝时期发生了很大的变化。由于儒家思想对整个社会统治力量的削弱,文学创作不像汉代那样受到儒学的严重束缚,强调文学要为政治教化服务;而注意表现个人日常的生活和情志,注意追求形式的华美。自建安时代开始,中经西晋太康、刘宋元嘉以至南齐永明等几个时代,其主要代表作家曹植、王粲、陆机、潘岳、谢灵运、鲍照、沈约、谢朓等人,都显示出此种创作特色,形成此时期文学创作的主导倾向。对于此种创作倾向,在文学理论批评方面,则分成反对、赞成和调和折中三种派别,在诗赋理论批评方面表现得尤为鲜明突出。刘勰属于折中派。为了把问题说清楚,对另外两派有必要作一些简要的介绍①。

先说反对派。这派的代表人物是梁代的裴子野。其《雕虫论》主张文学应经世致用,论诗以《诗经》的劝善惩恶作用为指归。他认为自楚辞、汉赋以后,许多文人写作大量赋诗歌颂,追求辞藻富丽,无裨政教,故"蔡邕等之俳优,扬雄悔为童子"。他指责刘宋后期以来,许多士人刻意写诗,摈弃经史,其内容不脱草木风云,"非止乎礼义","巧而不要,隐而不深",在内容、形式上都加以否定。裴子野是一位史学家,其言论鲜明地表现了史学家崇尚教化实用、轻视抒情写景的

①　参考周勋初《梁代文论三派述要》一文,载《中华文史论丛》第 5 辑,1964年出版。该文首先提出梁代文论可分三派的看法。

诗赋、漠视文学的艺术特征的倾向。裴子野自己的文章写得颇为质朴典正,但缺少文学作品之美,萧纲批评他"乃是良史之才,了无篇什之美","裴亦质不宜慕"(《与湘东王书》),是相当中肯的。裴子野的言论,与当时文学趋向自觉和独立的潮流背道而驰,因此尽管在当时有一部分人学习他的文体,但影响毕竟不能持久,在文学史上也不可能占有较重要的一席地位。后来北周苏绰帮助宇文泰实行文化复古政策,认为秦汉以来风气不淳朴、魏晋更是华诞,主张恢复西周淳厚的风俗文化,"捐厥华,即厥实","背厥伪,崇厥诚"(《大诰》)。其公文刻意模仿《尚书》古质的文辞。这种复古主张和实践比裴子野走得更远,其影响也很短暂。隋代李谔可说是这派的后劲。他在《上隋高祖书》中大力抨击魏晋南北朝的浮华文风。他指出自曹魏以来,由于统治者崇尚诗赋,士人致力于此,"竞骋文华,遂成风俗,江左齐梁,其弊弥甚"。其作品是"遗理存异,寻虚逐微,竞一韵之奇,争一字之巧。连篇累牍,不出月露之形;积案盈箱,唯是风云之状"。还慨叹"羲皇舜禹之典,伊傅周孔之说,不复关心,何尝入耳",也就是裴子野《雕虫论》"罔不摈落六艺,吟咏情性"的意思。反对派的特点是重质轻文,提倡对政治教化有直接裨益的经史文章,对魏晋以来以诗赋为主体的文学作品,因其内容侧重抒写日常情景,文辞追求华美,认为华而不实,加以鄙薄甚至否定。反对派的代表人物,实际是学术家、政治家,而不是文学家。

赞成派以沈约、萧纲、萧绎、萧子显、徐陵等人为代表。沈约的《宋书·谢灵运传论》评述历代文学的发展,对建安以来各阶段文学的创新变化和日趋华美,都加以肯定。评建安文学云:"二祖陈王,咸蓄盛藻,甫乃以情纬文,以文被质。"评西晋初期文学云:"降及元康,潘陆特秀,律异班贾,体变曹王,缛旨星稠,繁文绮合。"评刘宋初年文学云:"爰逮宋氏,颜谢腾声,灵运之兴会标举,延年之体裁明密,并方轨前秀,垂范后昆。"末段对由他自己倡导的重视声律的永明体,更是竭力宣扬。沈约可说是齐梁时代鼓吹文学新变的有力人物。稍晚于沈约的萧纲,在诗的格律形式上继承了永明体,在内容方面则是倡导描绘艳情和妇女的体态,形成了风靡一时的宫体诗。他赞美萧映的宫体诗写得"性情卓绝,新致英奇"(《答新渝侯和诗书》),反映了他对宫体诗踌躇满志的欣赏态度。他抨击扬雄、曹植轻视诗赋的言论。指出诗赋的职能是吟咏情性,抒情写景,不应模拟《内则》《酒诰》等经典文体。他提倡的抒情写景内容,大抵是"春庭落景,转蕙承风,秋雨且晴,檐梧初下"或"时闻坞笛,遥听塞筚"等景物触发了情志,因而"寓目写心",不要求与政治教化之类有联系(见《答张缵谢示集书》、《与湘东王书》)。他不满裴子野文章过于质朴缺乏篇什之美,已见前述。萧绎的文学观和其兄萧纲非常接近。南朝文人习惯上把文章区分为有韵之文、无韵之笔两大类。萧绎重文轻笔,认为文(主要指诗赋)"须绮縠纷披,宫徵靡曼,唇吻遒会,情灵摇荡"(《金楼子·立言》),即辞藻华赡,音韵流美,情感强烈激荡。对于缺乏这种艺术美的笔则颇为轻视。他还认为:"吟咏风谣,流连哀思谓之文。"南朝文人五言诗发展至齐梁时代,因为蒙受乐府清商曲中吴声歌曲、西曲歌的影响,内容着重表现男女艳情及其相思哀怨,篇幅趋向短小,语言较为清新明朗。萧绎的这两句话正好反映了南朝乐府民歌对当时文人诗歌影响的进一步深入。萧子显的《南齐书·文学传论》也很重视文学的创新变化,指出:"在乎文章,弥患凡旧,若无新变,不能代雄。"《传论》对南朝宋齐文学大体上持肯定态度,对为颜延之所轻视的汤惠休、鲍照一派深受民歌影响的作品给予赞美:"休鲍后出,咸亦标世。"他还认为作诗应"杂以风谣,轻唇利吻,不雅不俗,独中胸怀",重视吸取民歌语言的流美动听和通俗明白的特色。这些都反映出他对民歌的重视。徐陵编辑《玉台新咏》,选录了大量宫体诗和其他表现男女之情的作品(包括一部分乐府民歌),可说是以选本形式体现了萧纲、萧子显等人的主张。赞成派大力肯定南朝文学的创新与变化,故可称新变派。他们重文轻质,重视文学的抒情特征和语言的色彩、音韵之美,并注意向长于表现男女怨情、风格清新的乐府民歌学习。他们大抵是南朝后期宫体诗赋的倡导者,是永明体、宫体作家中的领袖或重要人物。

折中派有刘勰、锺嵘、萧统、颜之推等人,而以刘勰的言论尤为具体突出。刘勰对于文学(以诗赋为主)的折中见解,主要表现为以下两个特点。

第一个特点是对作品的思想内容,他主张抒写日常情景与讽谏规箴并重。汉代儒学昌盛时,人们往往强调文学的规讽作用。《诗大序》云:"国史明乎得失之迹,伤人伦之废,哀刑政之苛,吟咏情性,以风其上,达于事变而怀其旧俗者也。"强调吟咏情性的内容,必须紧密联系当时政治和伦理道德的弊病来进行讽谏。这种看法代表了汉人对诗歌内容和功能的普遍要求。魏晋以来的文学理论,却往往只是强调吟咏情性,不要求以讽其上,把汉儒所提倡的《诗经》的美刺比兴传统丢掉了,所以被裴子野讥为"摈落六艺,吟咏情性"。刘勰有鉴于此,注意提倡诗歌的规讽内容和功能。我们看《文心雕龙·明诗》,他评夏代《五子之歌》云:"太康败德,五子咸怨,顺美匡恶,其来久矣。"评屈原云:"逮楚国讽怨,则《离骚》为刺。"评韦孟《讽谏诗》云:"汉初四言,韦孟首唱,匡谏之义,继轨周人。"评应璩云:"应璩《百一》,独立不惧,辞谲义贞,亦魏之遗直也。"都是肯定这些作家作品具有讽谏内容。韦孟、应璩在诗歌发展史上均不占重要地位,《明诗》篇篇幅不长,不能详述历代作家作品,却特地提到韦孟、应璩,可见刘勰对作诗讽谏的重视程度。在《谐讔》篇中,我们看到刘勰对于谐辞隐语这两类文体,虽然评价不高,但只要它们具有箴戒讽谏的作用,仍然予以肯定。另一方面,刘勰对那些缺乏讽谏内容的作家作品,则表示不满。如《谐讔》批评东方朔的一些辞赋和隐语,"无所匡正","无益规补"。在《情采》篇中,刘勰肯定《诗三百篇》是为情造文的佳作,它们能够"吟咏情性,以讽其上";同时批评后代的辞赋一类作品"苟驰夸饰",片面追求语言形式的富美,乃是为文造情的不良文风的表现。在《比兴》篇中,他批评许多辞赋大量运用比喻来刻画事物,而不重视运用托谕深远的兴,形成"辞人夸毗,讽刺道丧,故兴义销亡"的局面。这也是根据《诗经》美刺比兴的标准来立论的。在《乐府》篇中,我们看到刘勰对汉魏六朝许多来自民间的通俗歌曲甚为不满,认为歌辞、音乐都是郑声一类。又云:"若夫艳歌婉娈,怨志诀绝,淫辞在曲,正响焉生!"对乐府诗中大量表现男女爱情和相思题材的作品,加以猛烈抨击。刘勰认为作品应当雅正,这类乐府歌诗(其中有不少是民歌)内容淫荡,又缺乏讽谏内容,文辞浅俗,因此其价值还不及某些谐辞隐语。

刘勰对抒写日常情景、不涉及政治内容的作品,也还是重视的。他强调讽谏,但并没有把讽谏作为衡量作品的唯一准则。在诗歌方面,他对汉代无名氏古诗评价极高,誉为"婉转附物,怊怅切情,实五言之冠冕"(《明诗》)。对建安时代的文人诗评价也高,但其实内容则是"怜风月,狎池苑,述恩荣,叙酣宴",与汉代古诗都着重抒写日常生活中的情景,无涉于讽谏。《明诗》篇的主要篇幅,还是介绍这类诗歌。这是他对汉魏以来五言诗发展的客观现实的尊重。对南朝特别发达的山水文学(以山水诗为主体),他也是很重视的。他特列《物色》一篇论述诗赋作品中的写景问题,并且赞美刘宋以来山水文学细致的艺术描绘道:"巧言切状,如印之印泥,不加雕削,而曲写毫芥,故能瞻言而见貌,即字而知时也。"面对魏晋以来抬头、南朝愈益发达的抒写日常情景的作品,刘勰不是笼统地加以否定,而是部分地表示不满,并提醒人们不要丢掉《诗经》讽谏的传统。他主张表现这两方面内容的作品都有存在的价值,只是为了补偏救弊,他有时对于缺乏规讽内容的作品批评得多一些严一些。在《征圣》篇中,刘勰指出,文章除掉有益于政治教化和外交活动外,对个人修身也具有积极作用。

在刘勰看来,这种描写日常情志和景物的作品,在作者可以起"散郁陶,托风采"(《书记》)一类作用,对读者可以陶冶性灵,都有益于修身,也就是钟嵘《诗品序》所说的"使穷贱易安,幽居靡闷"的一类作用。上述反对派把文章仅仅作为为政治服务的工具;折中派认识到文学对人的思想感情所起的潜移默化作用,这是他们高明的地方。

刘勰折中思想的第二个特点是既重视文采,又重视质朴刚健,主张文质结合。刘勰对文采是很重视的,他认为文章必须具有文采,正像天上的日月、地上的山川具有光彩一样(见《原道》)。他引用孔子的话,主张文章应当"志足而言文,情信而辞巧"(《征圣》)。南朝骈文昌盛,追求语言形式之美。刘勰也是一个骈文家,《文心雕龙》全书即用精美的骈文写成。书中有《声律》、《丽辞》、《事类》、《练字》等篇,对音韵、对偶、用典、辞藻等骈文语言诸要素分别加以论述,认为它们是必要的修辞手段。《夸饰》篇对辞赋中常见的夸张手法也颇加赞美。全书中对汉魏以迄南朝的不少讲究文采的作家作品作了不同程度的肯定。可是,刘勰不像沈约、萧纲、萧子显那样,一味肯定南朝文学的新变趋势。他在肯定汉魏以迄南朝骈体文学成就的同时,又认为南朝文学过于华艳新奇,缺少质朴雅正之风,应当加以补救。他认为商周时代"五经"之文既美丽又雅正,文质彬彬。楚辞、汉赋的特点是侈艳,过于追求文辞富丽,文胜于质。以后"魏晋浅而绮,宋初讹而新"(《通变》),追求绮丽新奇,使文风过于浮艳,是"楚艳汉侈,流弊不还"(《宗经》)的表现。为此他大力提倡宗经,"矫讹翻浅,还宗经诰,斯斟酌乎质文之间,而櫽括乎雅俗之际"(《通变》),企图以"五经"质朴而又雅丽的文风来补救魏晋以来文章文有馀而质不足的毛病。在《辨骚》篇中,他提出写作诗赋,应该倚靠《诗经》,驾驭楚辞,做到奇正结合,华实相扶,实际上也就是有文有质,文质彬彬。在《风骨》篇中,刘勰大力提倡风骨,主张风骨、文采相结合,他指出,风清骨健的作品,风貌爽朗刚健,犹如猛禽鹰隼那样有力,但其缺点是缺乏羽毛之艳丽;因此风骨应与文采相结合,才能如凤凰那样,既美丽又有力。风骨与文采相结合,实际上是质文结合、文质彬彬的另一种表述方式。

以上是刘勰折中文学观的两个基本特点,其目的都是在肯定骈体文学的同时,力图补救魏晋以迄南朝文风过于浮靡的弊病。魏晋南北朝时代的文学作品,较多地摆脱了儒家传统思想的束缚,不强调文学应为政教服务,内容方面着重表现日常生活的各个方面和作者个人的情志,题材有所扩展,思想比较解放,在艺术上追求语言形式的完美和技巧的细致创新。这些都在中国文学史上具有进步意义,标志着文学创作趋向自觉和独立。但也不能不承认,作家对国事民生不大关心,诗赋中较少表现这方面的社会内容;艺术上在追求华美细致和创新的同时,的确也缺少刚健有力之美。因此,刘勰这种折中的文学观,在针砭时弊、改进文风方面是具有积极意义的。这样讲不等于说刘勰的见解完全正确。他的见解中也包含着若干片面的、不合理的因素。例如他认为"五经"既雅且丽,是文章的典范,就过于夸大经书的文学性,夸大了作为载负着封建社会的指导思想的儒家经典的作用。又如他对魏晋以来文学创作的发展创新,显得批评过多,肯定不足。他强调文章应当写得简约,写景也要"析辞尚简",对后代写景文学的描绘细致流露出不满。这些都显示出他宗经复古思想的局限。但大体说来,他认为文学在广泛表现日常生活和个人情志的同时,要注意政治内容和对政治社会的效果,在追求艺术上的艳丽、细致时,要注意保持爽朗刚健的风貌,这种见解包含着合理的辩证因素,表现了企图综合历史上重质、重文两种不同创作倾向推动文学前进的良好愿望。

除刘勰外,折中派还有锺嵘、萧统、颜之推诸人,见解与刘勰相近。锺嵘论诗,强调表现怨情,对左思、应璩等人长于讽谕,也颇加赞赏。他主张文质并重,《诗品序》所谓"干之以风力,润之以丹采",要求风力(即风骨)与文采相结合。他赞美曹植"骨气奇高,词采华茂",

"体被文质",也是此意。他对南朝诗歌追求绮丽、风骨不振的现象表示不满。他论诗最推尊曹植、刘桢富有风骨。对诗风柔弱、于南朝诗人很有影响的张华加以批评,列入中品。对永明时代杰出诗人谢朓,也列入中品。这些都寓有矫正时弊之意。萧统编选《文选》,选择标准颇重视文采,有"综缉辞采,错比文华"(《文选序》)等语。但他又重视雅正文风,不选南朝过于浮艳的作品,不选表现爱情的乐府民歌和深受民歌影响、比较通俗的文人诗,在这方面与《玉台新咏》大异其趣。对典丽的颜延之、任昉作品,选得颇多。萧统主张文章应当"丽而不浮,典而不野,文质彬彬"(《答湘东王求文集及〈诗苑英华〉书》),《文选》选篇就是实践了这一主张的。颜之推的主张,多与刘勰相近,当是受刘勰影响。刘勰主张作文应参酌古今,"体必资于故实","数必酌于新声"(《通变》),这也是求得文质彬彬的一条途径。颜之推则说:"宜以古之制裁为本,今之辞调为末,并须两存,不可偏弃也。"(《颜氏家训·文章》)即是一例。折中派的特点是兼重诗赋和实用性文章,兼重文质。他们肯定魏晋以来文学的成就,重视文采,但对南朝浮艳的文风则表示不满。他们主张华实相扶,文质彬彬,提倡雅正,反对浮靡。有些人则更注意作品应有规讽内容。他们长于理论,刘勰、钟嵘更是大批评家。

折中派的文学主张,对唐代的文论和创作产生了明显的影响。唐初史家文论,往往注意文质兼重。《隋书·文学传序》提出文章应注意气质、清绮二者的结合(即是刘勰、钟嵘等人要求风骨与文采结合之意),做到"文质斌斌,尽善尽美"。以后殷璠编选《河岳英灵集》,赞美盛唐诗歌云:"既闲新声,复晓古体;文质半取,风骚两挟;言气骨则建安为俦,论宫商则太康不逮。"(《河岳英灵集·集论》)中肯地指出了盛唐诗歌兼综古今、文质、风骨与文采的特色和成就。以后杜甫、白居易提倡风雅比兴,要求诗歌注意反映国事民生,对统治者进行规讽,促使其改良政治,从而推动了唐代中期新乐府和讽谕诗的发展。历史证明,唐代文学(特别是唐诗)的辉煌成绩,同这种比较合理的文学主张的指导有着紧密的联系。

（原载《文心雕龙》1988 年国际研讨会论文集
《文心雕龙研究荟萃》,上海书店 1992 年出版）

说《文心雕龙·序志》的一段话

《文心雕龙·序志》有一段话,说明刘勰写作该书的直接原因,颇值得重视。文曰:

> 唯文章之用,实经典枝条,五礼资之以成,六典因之致用,君臣所以炳焕,军国所以昭明。详其本源,莫非经典。而去圣久远,文体解散,辞人爱奇,言贵浮诡,饰羽尚画,文绣鞶帨,离本弥甚,将遂讹滥。盖《周书》论辞,贵乎体要;尼父陈训,恶乎异端。辞训之异(疑当作奥),宜体于要。于是搦笔和墨,乃始论文。

首先刘勰认为,后代各种文章,都是儒家经典派生出来的,都渊源于经典,表现出他鲜明的宗经立场。《宗经》有曰:"故论说辞序,则《易》统其首;诏策章奏,则《书》发其源……"指出各种文体均源出"五经",可说是对"详其本源,莫非经典"的具体说明。接着作者指出,近世以至当代作者追求新奇,崇尚藻饰,文风浮诡,文体解散,离开了经典的轨道。最后他提出,为了矫正不良文风,必须按照圣人的教训,像《尚书·毕命》所说那样,要"辞尚体要,不惟好异";要按照孔子"攻乎异端"(《论语·为政》)的精神,攻击违背雅正之道的文风。这里又鲜明地表现了作者"论文必征于圣,窥圣必宗于经"(《征圣》)的立场。

关于"《周书》论辞,贵乎体要"云云,我过去曾写过《〈文心雕龙·序志〉"先哲之诰"解》一文(见本书上编),读者可以参看。本文拟着重就中间"去圣久远,文体解散"批评当时不良文风诸句作一些解说。据我的体会,刘勰指陈当时不良文风,有两层意思。一层是批评当时文章片面追求新奇,文辞浮诡淫丽。"饰羽"二句,就是形容这种文风。《庄子·列御寇》:"饰羽而画,从事华辞。"扬雄《法言·寡见》:"非独为之华藻也,又从而绣其鞶帨。"即是"饰羽"二句所本。这种文风的特点是浮诡淫丽,违背了"辞尚体要"的原则。另一层意思是批评不良文风表现到各种文章的体裁样式中,破坏了文体的正常规格,使"文体解散"。这两层意思固有联系,又有区别。第一层是从总体上批评当时不良文风,是从文章的体貌风格立论;第二层是批评当时不良文风破坏了各种文体的规格,是从文章的体制规格立论。《文心雕龙》是一部论作文之道的书,故《序志》一开头便说:"夫文心者,言为文之用心也。"书中第一部分《原道》以下五篇论写作的总原则;第二部分自《明诗》至《书记》二十篇分体论述作文之道;第三部分自《神思》至《总术》十九篇,又打通各种文体,就构思、风格、剪裁结构、修辞等方面论述作文之道;第四部分为《时序》以下六篇,除《序志》为自序外,其馀五篇论述与创作有关的一些问题,但不直接论写作之道,是杂论或附论性质。上面所说的第一层意思,即批评当时浮诡淫丽文风以及矫正之方,在全书第一、第三两部分中论述较多;上面所说的第二层意思,即批评当时"文体解散"现象以及矫正之方,则在全书第二部分有具体论述。可以说,针对《序志》所陈述的当时不良文风,提出矫正的途径和方法,构成了《文心雕龙》全书的中心内容。下面就这方面进行分析和解说。

刘勰论文,反对片面追求新奇,反对奇诡浮艳的文风。《定势》篇有曰:

> 自近代辞人,率好诡巧,原其为体,讹势所变,厌黩旧式,故穿凿取新。察其讹意,似难而实无他术也,反正而已。故文反正

为乏，辞反正为奇。效奇之法，必颠倒文句，上字而抑下，中辞而出外，回互不常，则新色耳。

这是他反对片面追求新奇文风的集中论述，批评刻意求新者务反作文正常之道，故意颠倒字句。在《体性》篇中，刘勰把文章风格分为八体，其中有"新奇"一体，文曰："新奇者，摈古竞今，危侧趣诡者也。""摈古竞今"，即是《定势》"厌黩旧式，穿凿取新"之意；"危侧趣诡"和《定势》"率好诡巧"意思相近。二者都批评了近代文人作文片面追求新奇、流于诡异之病。

刘勰还反对过分追求艳丽的文风。《情采》篇在这方面有较集中的论述：

昔诗人什篇，为情而造文；辞人赋颂，为文而造情。何以明其然？盖《风》、《雅》之兴，志思蓄愤，而吟咏情性，以讽其上，此为情而造文也；诸子之徒，心非郁陶，苟驰夸饰，鬻声钓世，此为文而造情也。故为情者要约而写真，为文者淫丽而烦滥。而后之作者，采滥忽真，远弃《风》、《雅》，近师辞赋，故体情之制日疏，逐文之篇愈盛。

指出后世作者背离了《诗三百篇》为情造文的优良传统，沿袭发展楚辞、汉赋的艳丽文风，使文章趋于淫丽烦滥，《宗经》篇叹息"楚艳汉侈，流弊不还"，也是这个意思。

上面所说刘勰反对奇诡、淫丽文风，就是前边《序志》一段话所说的第一层意思。如何矫正这种不良文风呢？刘勰提出了宗经酌骚、执正驭奇的作文原则。刘勰认为"五经"出自圣人之手，文辞雅丽，"衔华佩实"（《征圣》），文质彬彬。并指出作文如能取法经典，在艺术上便能"体约而不芜"，"文丽而不淫"（《宗经》）。但刘勰认识到《诗经》等经书之后，文章艺术又有新的创造和发展，不容忽视。他盛赞《离骚》"奇文郁起"（《辨骚》），甚至认为纬书中的一些"事丰奇伟，辞富膏腴"（《正纬》）的典实和文词，也可资利用。说明他在文章艺术上主张广泛吸取，不局限于经书；他重视奇丽，只是反对奇诡；他重视艳丽，只是反对淫丽。《辨骚》篇提出，作文应"倚《雅》《颂》"，"驭楚篇"，"酌奇而不失其贞，玩华而不坠其实"，即是要求以《诗经》"贞"（通"正"）"实"之文风为本，酌取运用楚辞的奇辞华采，做到"执正驭奇"（《定势》）。这里以《诗经》、楚辞为代表，扩大言之，即是以经书为本，吸取后来楚辞、纬书等的奇辞异采。这是刘勰提出作文之道的总原则，也是他矫正近代以至当代不良文风的根本途径。

在《通变》篇中，刘勰通过对历代文学风貌发展变化的论述，也清楚地表明这一基本看法。《通变》曰：

> 榷而论之，则黄唐淳而质，虞夏质而辨，商周丽而雅，楚汉侈而艳，魏晋浅而绮，宋初讹而新。从质及讹，弥近弥澹。何则？竞今疏古，风末气衰也。今才颖之士，刻意学文，多略汉篇，师范宋集，虽古今备阅，然近附而远疏矣。……桓君山云："予见新进丽文，美而无采；及见刘扬言辞，常辄有得。"此其验也。故练青濯绛，必归蓝蒨；矫讹翻浅，还宗经诰。斯斟酌乎质文之间，而櫽括乎雅俗之际，可与言通变矣。

此处所谓商周之文，即指"五经"，因为相传"五经"主要产生于周代。刘勰认为，"五经"之文既丽且雅，有文有质，最合乎理想。在此以前，黄唐虞夏之文偏于质，楚汉以下又偏于文，都各有偏胜，不够理想。楚汉魏晋之文偏于侈艳浅绮，刘宋之文偏于讹而新，也即《序志》所批评的"饰羽尚画"、"讹而新"等淫丽奇诡的文风。为了矫正这种文风，刘勰认为必须宗法经诰，使文章做到有文有质，雅俗结合。雅指雅正，俗指趋新的俗尚，"檃括乎雅俗之际"，指把雅正、新奇二者结合起来。

刘勰尽管强调为文必须宗经，但又重视后世文学的奇辞异采。《通变》篇除主张雅俗结合外，还在赞语中说："望今制奇，参古定法。"实际上也是主张把古之雅正、今之奇丽二者结合起来。在上引文字中，刘勰指责楚汉文风侈艳，但他对楚汉文学仍颇加肯定。他对屈赋给予高度评价，固不必说。他也重视汉代文学，在此处既批评今之文士不重视向汉篇学习，又引桓谭的话，肯定刘向、扬雄的文章，就是明证。《时序》、《才略》等篇，对汉代文学多有赞美。他不满汉代文学侈艳，主要是就司马相如等的一部分大赋而言。再说他对刘宋初年兴盛起来的山水诗，《明诗》篇指出它们崇尚辞藻对偶，辞句新奇，写物细致，"此近世之所竞也"，于叙述中寓有贬意。《物色》篇则对山水文学有更多肯定，称道它们有曰："巧言切状，如印之印泥，不加雕削，而曲写毫芥，故能瞻言而见貌，即字而知时也。"总之，刘勰对楚汉以下文学大抵采取一分为二的态度。既不满它们过于浮艳之风，但又肯定它们的创新和变化。他大力提倡宗经，只是企图以经典比较质朴刚健的文风来调剂宋齐时代他认为过于浮艳奇诡的文风，使文风趋于有文有质，而不是要打倒汉魏以至宋齐时代崇尚绮丽的骈体文学文风。在这方面，刘勰的态度和唐宋提倡古文的作家态度是不同的，后者对魏晋南北朝的骈体文学大抵采取笼统否定摒斥的态度。

上面解说的是《序志》中的第一层意思，下面再说第二层意思。《序志》指责当时："去圣久远，文体解散。"《文心雕龙》中提到的"体"，常指文章的体貌风格，如《体性》篇所举八体便是。但此处的"文体"，则当指文章的体制规格。刘勰认为，文章应有一定的体制规格，"文体解散"，则是把一定的体制规格破坏了，因而是文章的大病，亟应注意矫正。

刘勰对文章体制十分重视，《附会》篇曰："夫才童学文，宜正体制：必以情志为神明，事义为骨髓，辞采为肌肤，宫商为声气。"指出体制是情志、事义、辞采、宫商诸种因素的综合表现，也就是思想和艺术的综合表现。他认为作文首先应当明了和掌握体制，才能胸有全局，顺利进行。《镕裁》篇提出作文须先抓"三准"，而三准中又首先是"设情以位体"，即根据思想感情的表达需要，对文章的体制规格加以经营筹划。《封禅》篇曰："构位之始，宜明大体。"这个大体也就是体制。自《明诗》至《书记》二十篇，分论各体文章，各篇内容，如《序志》所述，分为"原始以表末"、"释名以章义"、"选文以定篇"、"敷理以举统"四项。其中"敷理以举统"一项，着重论述各类文章的体制规格。刘勰在文中把体制称为大体、体、大要、纲领之要等等，如：

> 夫盟之大体，必序危机，奖忠孝……感激以立诚，切至以敷辞。（《祝盟》）

> 原夫哀辞大体，情主于痛伤，而辞穷乎爱惜。（《哀吊》）

> 原夫兹文之设，乃发愤以表志。……此立体之大要也。（《杂文》）

"敷理以举统"这一项，文字虽然不多，但最终点明各体文章写作时首先应注意的大体即体制，因而成为自《明诗》至《书记》二十篇的核心部分。《明诗》篇"敷理"项开头说："故铺观列代，而情变之数可监；撮举同异，而纲领之要可明矣。"所谓"铺观列代"、"撮举同异"，是指"原始以表末"、"选文以定篇"两项中对历代作家作品的评论。可见刘勰论述这两项，其最终目的是使人们明了、掌握纲领之要，即文章的体制。《通变》篇曰："是以规略文统，宜宏大体。先博览以精阅，总纲纪而摄契。"文统，即"敷理以举统"之"统"；大体，即体制；博览精阅，是"原始以表末"、"选文以定篇"两项引导读者去做的；纲纪，即纲领之要。这四句话可说是对"敷理以举统"一项重要性的简括说明，也是对通过"原始"、"选文"两项促进人们明了、掌握大体的旁证。

《通变》篇又说:"凡诗赋书记,名理相因,此有常之体也;文辞气力,通变则久,此无方之数也。名理有常,体必资于故实;通变无方,数必酌于新声。"这里说明,诗、赋、书、记等各种不同体裁,因其内容形式各异,决定了它们具有不同的体制规格。所谓"名理相因","名"指诗、赋等文体名目,"理"即"敷理以举统"之理,指各种文章的写作要求和规格;名理相因,是说依据文章体裁而规定其体制。刘勰认为,文章的体裁、体制都是有常即具有规定性的,因此必须征取故实,即参照过去的各类有关作品;它们不像用词造句那样可以变化无方。刘勰在论述各体文章时,对过去作家某些作品在体裁、体制方面有所违反和背谬的现象,有时提出批评。如《颂赞》篇曰:"至于班、傅之《北征》、《西征》,变为序、引,岂不褒过而谬体哉?"这是批评班固、傅毅所作的《窦将军北征颂》、《西征颂》,褒美之辞过多,变为序、引一类文体,和颂体的正常规格不合。《诔碑》篇曰:"至如崔骃诔赵,刘陶诔黄,并得宪章,工在简要。陈思叨名,而体实繁缓,《文皇诔》末,百言自陈,其乖甚矣。"这里一面肯定崔骃、刘陶的诔文写得简要得体,一面批评曹植的《魏文帝诔》文体繁缓,用百来字自述哀思,有乖诔辞之体制。又《才略》篇曰:"殷仲文之孤兴,谢叔源之闲情,并解散辞体,缥渺浮音。"这是批评殷仲文、谢混的游览题材诗篇,文辞体制松散,不是五言诗的佳作。

在"敷理以举统"部分,刘勰除正面阐明各体文章的体制规格外,有时还指出它们不应当那么写。如《哀吊》篇曰:

> 夫吊虽古义,而华辞末造,华过韵缓,则化而为赋。固宜正义以绳理,昭德而塞违,割析褒贬,哀而有正,则无夺伦矣。

指出吊文不宜过多用华辞,使之流为赋体。又《论说》篇曰:

> 凡说之枢要,必使时利而义贞,进有契于成务,退无阻于荣

身。自非谲敌,则唯忠与信。披肝胆以献主,飞文敏以济辞,此说之本也。而陆氏直称"说炜晔以谲诳",何哉?

这是说说辞正常情况应重视忠信,批评陆机《文赋》突出"谲诳"之论不足取。在刘勰看来,违反文章正常体制的作品,过去已常有出现,虽名家(如曹植)也在所不免;陆机《文赋》更发表了不正确的言论。在文人刻意追求奇诡、华丽的风气中,文章违反正常体制的现象更趋严重,所以他要特别强调明了、掌握大体的重要性,藉以矫正当时文体解散之病。以上是解说《序志》那段话的第二层意思。

　　综上所述,可见针对当时奇诡淫丽、文体解散两种突出的文病,刘勰撰写《文心雕龙》论述作文之道。在全书的第一部分、第三部分的前面几篇,着重论述文章必须宗法经书、执正驭奇,以矫正奇诡淫丽之病;在第二部分着重论述文章必须维护正常的体制规格,以矫正文体解散之病。但刘勰对奇辞异采也是很重视的,故在执正驭奇、掌握大体的前提下,在第三部分的后面,又以《声律》、《丽辞》、《比兴》、《夸饰》等好几个篇章来研讨各种修辞手段,以实现他"数必酌于新声"的目的。以上所说,我想对理解《文心雕龙》一书的写作宗旨、全书的篇章结构,会有所帮助。

　　最后,还要说明一点,即我们说《文心雕龙》的中心是论作文之道,是研讨文章作法,是就书的写作宗旨和结构而言。若就全书内容看,则较为广泛,其中涉及不少重要文学理论问题,涉及历代许多重要作家作品的评论,并发表了许多精辟独到的见解,有些方面且有较为系统的论述,这些内容无疑使《文心雕龙》成为中国文学批评史上一部伟大著作,其价值远远超过他论述作文之道、矫正当时文风的本意。我们研究《文心雕龙》,必须把作者的写作本意和该书的客观价值区别开来。

(原载《文心雕龙研究》第 1 辑,北京大学出版社 1995 年出版)

释“楚艳汉侈，流弊不还”

《文心雕龙》的《宗经》篇末尾有曰：“建言修辞，鲜克宗经。是以楚艳汉侈，流弊不还。正末归本，不其懿欤！”慨叹后世作文者跟踪楚辞之艳、汉赋之侈，竭力追求文辞之华丽，形成末流的许多弊病；因而要求正末返本，学习“五经”的优良文风。《文心雕龙·通变》曰：“商周丽而雅，楚汉侈而艳。”“五经”主要出自商周，刘勰认为“五经”之文具有雅丽的特色，《征圣》篇也有“圣文雅丽，衔华佩实”之语。所谓“正末归本”，就是要求矫正楚艳汉侈的流弊，使文风归于雅丽。这是贯穿《文心》全书的一个重要思想。

刘勰认为，楚辞文风的特点是艳。《辨骚》篇对楚辞评价很高，说它是“奇文郁起”，“自铸伟辞”，“为辞赋之英杰”。篇中评述《离骚》等各篇曰：

> 故《骚经》、《九章》，朗丽以哀志；《九歌》、《九辩》，绮靡以伤情；《远游》、《天问》，瑰诡而慧巧；《招魂》、《大招》，耀艳而深华；《卜居》标放言之致，《渔父》寄独往之才。故能气往轹古，辞来切今，惊采绝艳，难与并能矣。

不但总的赞美楚辞为“惊采绝艳”，而且分评各篇时的“朗丽”、“绮靡”、“瑰诡”、“耀艳”、“深华”等词语，均寓有艳丽之意。刘勰对楚辞评价很高，对它的艳丽文风也给予充分肯定。

刘勰充分肯定楚辞的艳丽,但又认为它描写有过分夸饰、铺张之处,华而不实,形成弊病;到汉代赋家又进一步加以发展,丽而侈,弊病就更加显著了。《夸饰》曰:

> 自宋玉、景差,夸饰始盛。相如凭风,诡滥愈甚。故上林之馆,奔星与宛虹入轩;从禽之盛,飞廉与焦明俱获。及扬雄《甘泉》,酌其馀波,语瑰奇则假珍于玉树,言峻极则颠坠于鬼神。至《东都》之比目,《西京》之海若,验理则理无可验,穷饰则饰犹未穷矣。又子云《羽猎》,鞭宓妃以饷屈原;张衡《羽猎》,困玄冥于朔野。娈彼洛神,既非魑魅;惟此水师,亦非魍魉;而虚用滥形,不其疏乎!此欲夸饰其威,而忘其事义睽剌也。

这里指出,自宋玉、景差的辞赋,夸张描写之风开始兴盛;到司马相如等汉赋家的作品,更加发展,不少夸张描写,凭空造作,内容不合事理,形成了"诡滥"、"虚用滥形"之弊。《物色》篇更指出辞赋因着意描绘,以致文辞繁冗:

> 是以诗人(指《诗经》作者)感物,联类不穷。……故灼灼状桃花之鲜,依依尽杨柳之貌。……皎日嘒星,一言穷理;参差沃若,两字连形。并以少总多,情貌无遗矣。虽复思经千载,将何易夺。及《离骚》代兴,触类而长,物貌难尽,故重沓舒状,于是嵯峨之类聚,葳蕤之群日积矣。及长卿之徒,诡势瑰声,模山范水,字必鱼贯,所谓诗人丽则而约言,辞人丽淫而繁句也。

这里赞美《诗经》作者描绘事物,常常只用一字两字,而情貌无遗,言简意赅。至《楚辞·离骚》一类作品,就往往叠用形容词汇。汉赋家更是变本加厉,形成了"辞人丽淫而繁句"之弊病。

对于汉代杰出辞赋家司马相如,《文心雕龙》在评述其作品时,常常指出它们具有繁艳侈丽的特色。《诠赋》篇曰:"相如《上林》,繁类以成艳。"《体性》篇曰:"长卿傲诞,故理侈而辞溢。"《才略》篇曰:"相如好书,师范屈宋,洞入夸艳,致名辞宗。然核取精意,理不胜辞;故扬子以为'文丽用寡者长卿',诚哉是言也!"

从以上所述,可以大致看出,刘勰所谓"楚艳汉侈"之弊,主要是指内容凭空虚构,不合事理;文辞重叠堆积,繁艳冗长。刘勰认为,魏晋以迄南朝文章(主要指诗赋)的弊病,即是从楚艳汉侈承袭、发展而来。《情采》篇曰:

> 昔诗人(指《诗经》作者)什篇,为情而造文;辞人(主要指宋玉和汉赋家)赋颂,为文而造情。何以明其然?盖《风》、《雅》之兴,志思蓄愤,而吟咏情性,以讽其上,此为情而造文也;诸子之徒(指辞人),心非郁陶,苟驰夸饰,鬻声钓世,此为文而造情也。故为情者要约而写真,为文者淫丽而烦滥。而后之作者,采滥忽真,远弃《风》、《雅》,近师辞赋;故体情之制日疏,逐文之篇愈盛。

指出魏晋以来作者,着重学习楚辞汉赋,片面追求文辞华美,形成思想感情不真实、文辞淫丽烦滥之弊。《明诗》篇评刘宋时期流行的山水诗曰:

> 宋初文咏,体有因革,庄老告退,而山水方滋。俪采百字之偶,争价一句之奇,情必极貌以写物,辞必穷力而追新,此近世之所竞也。

"俪采百字之偶",指刘宋山水诗篇较过去文人五言诗加长,注意对偶、辞采,寓有淫丽之意。过去诗论家指出谢灵运山水诗注意细致描绘,以赋体写诗,足见汉赋侈丽特色对谢灵运山水诗的影响。鍾嵘《诗品》评谢诗"颇以繁芜为累"①,与《文心》意思相通,而贬意更明。对"争奇"、"追新",刘勰亦有不满。《通变》篇曰:"宋初讹而新。"将"新"与"讹"连在一起。《体性》篇曰:"新奇者,摈古竞今,危侧趣诡者也。""摈古竞今",与《情采》篇的"远弃风雅,近师辞赋"句意相通,均可为证。结句"此近世之所竞也",冷冷一句,表现了刘勰对山水诗刻意追求繁艳、新奇的创作风尚,隐寓不满和批评。

《通变》篇论历代文风变迁大势曰:

> 榷而论之,则黄唐淳而质,虞夏质而辨,商周丽而雅,楚汉侈而艳,魏晋浅而绮,宋初讹而新。从质及讹,弥近弥澹。何则?竞今疏古,风末气衰也。

指出商、周之文(即"五经"之文)丽而雅,最为理想;商、周以前之文偏于质朴,以后之文偏于艳丽新奇,均有缺点。魏、晋之文浅而绮,宋初之文讹而新,则均由楚艳汉侈变化发展而来,也就是楚艳汉侈流弊的具体表现。风末气衰,指文章风力衰弱,即缺乏风骨。据《风骨》篇的论述,具有风骨的作品,风貌清明爽朗,文辞刚健有力,即所谓"风清骨峻"。那些片面追求华艳之作,丽藻纷披,缺乏爽朗的风貌和有力的文辞,风骨不振。《风骨》篇慨叹后代文人"习华随侈,流遁忘反",实际就是批评魏晋以来文风崇尚绮靡新巧,缺少风骨,其含义与"楚艳汉侈,流弊不还"是一致的。

由上所述,可见刘勰认为楚艳汉侈的流弊具体表现为:叙述事物虚妄,背离事理;表现思想感情不真挚;文辞繁艳淫丽;缺乏爽朗刚健的风貌。前二者就思想内容而言,后二者指文辞风格而言。《序志》

---

① "繁芜",一作"繁富"。按此处语含贬意,当作"繁芜"。

篇曰:"去圣久远,文体解散,辞人爱奇,言贵浮诡,饰羽尚画,文绣鞶帨,离本弥甚,将遂讹滥。"指的也是当时那种习华随侈的文风。

为了矫正这种文风,刘勰大力提倡宗经,即作文须以"五经"为规范,他认为这是文章铲除流弊、正末归本的重要途径。《宗经》篇还具体指出文章宗法"五经",则具有"六义"之美:

> 故文能宗经,则体有六义:一则情深而不诡,二则风清而不杂,三则事信而不诞,四则义贞而不回,五则体约而不芜,六则文丽而不淫。

六义中的情深、风清、事信、文丽四项,都是针对当时华侈文风而发,对照上文所述,不难明白。义贞、体约两项,也与矫正华侈文风相关。义贞而不回,指思想贞正而不回曲。《杂文》篇批评枚乘《七发》以下的"七体"一类文章道:

> 观其大抵所归,莫不高谈宫馆,壮语畋猎;穷瑰奇之服馔,极蛊媚之声色;甘意摇骨髓,艳辞动魂识。虽始之以淫侈,而终之以居正。然讽一劝百,势不自反。

即是批评这类文章文风淫侈,其思想内容有回曲而不贞正之处。体约而不芜杂。《文心》一书中体常指体制规模,它与语言的繁简密切相关。

在《征圣》篇中,刘勰引用《易·系辞下》和《尚书·毕命》的话,指出文章应当正言、体要,《序志》篇也有类似的话。其中"正言"指雅正的文风,它涉及到内容、文辞两方面,重点更在于思想内容的规正。六义中的情深、事信、义贞三项,大致可归属于正言范围。"体要"指朴实精要的文风,它以思想内容为基础,但主要指语言风格。六义中的风清、体约、文丽三项,大致可归属于体要范围。通过《征圣》、《宗经》两篇,刘勰把"五经"优良文风的标准,作文必须宗法"五经"的道理,论述得可说是很具体和系统化了①。

必须指出,刘勰尽管大力提倡宗经,企图藉以矫正当时他认为过于华艳的文风;但他并没有因此摒弃华艳的文风,而是要求华实互相结合。《辨骚》篇对楚辞的艺术成就评价甚高,指出它们"气往轹古,辞来切今,惊采绝艳,难与并能矣",实际是肯定楚辞的艺术成就有突过《诗经》之处。因此他主张把学习《诗经》和学习楚辞结合起来,以《诗经》的贞实文风为基点,吸取楚辞的奇华艺术,所谓"凭轼以倚《雅》《颂》,悬辔以驭楚篇,酌奇而不失其贞,玩华而不坠其实"(《辨骚》)。对楚辞以后文学创作的发展和新变,他也持同样态度,有所肯定而不是笼统抹煞。《夸饰》篇在批评汉赋某些内容背离事理(详见上文)之后,接着说:

> 至如气貌山海,体势宫殿,嵯峨揭业,熠耀焜煌之状,光采炜炜而欲然,声貌岌岌其将动矣。莫不因夸以成状,沿饰而得奇也。

这是肯定汉赋通过夸张手段,把外界物象描绘得十分具体生动。《物色》篇曰:

> 自近代以来,文贵形似,窥情风景之上,钻貌草木之中。吟咏所发,志惟深远;体物为妙,功在密附。故巧言切状,如印之印泥,不加雕削,而曲写毫芥。故能瞻言而见貌,即字而知时也。

---

① 参考拙作《〈文心雕龙·序志〉"先哲之诰"解》一文。编者按:此文收入《文心雕龙探索》上编。

　　这是肯定宋齐时代山水诗赋一类作品描绘景物十分逼真细致。在《风骨》篇中，刘勰提出风骨与采应二者兼备。这里的采，自应包含着吸取楚辞、汉赋以至魏晋以来作品的藻采在内。在《通变》篇中，刘勰提出纠正魏晋浅绮、刘宋讹新文风的主张说："矫讹翻浅，还宗经诰。斯斟酌乎质文之间，而櫽括乎雅俗之际，可与言通变矣。"要求质朴和文采相结合，雅正和绮丽（时俗风尚追求绮丽）相结合，其寓意与宗经、酌骚的主张相沟通。尽管刘勰认为经书文章既雅且丽，实际它总体上毕竟偏于质朴，在华丽这方面，楚辞、汉赋及以后文学有不少发展和创新，刘勰认为应当加以吸取，而不像某些复古派那样笼统地加以排斥。他只是要求矫正楚艳汉侈的流弊，而不是摒弃楚艳汉侈。这应当说是他文学理论的高明之处。

　　在对待文学遗产的态度上，同时代的《诗品》作者锺嵘，见解和刘勰很是接近。锺嵘重视风骨，赞美建安风力；但也重视文采，主张风力与丹采相结合（见《诗品序》）。这一主张与《文心·风骨》的论点一致。锺嵘对上品中的曹植、刘桢、陆机、谢灵运等人最为推崇，认为他们都源出"国风"，与刘勰的宗经思想相通。他对源出楚辞的张华、鲍照、谢朓等人，贬语稍多，置于中品，但又有所肯定，则与刘勰的酌骚思想相通。总之，刘、锺两人对南朝华艳文风均有不满，并企图通过提倡经书比较质朴雅正的文风来加以矫正和改进。

　　南朝梁代裴子野的《雕虫论》，对楚辞、汉赋及以后的华艳文风，则采取鄙弃态度，与刘、锺两人颇不相同：

　　　　后之作者，思存枝叶，繁华蕴藻，用以自通。若悱恻芳芬，楚骚为之祖；靡漫容与，相如扣其音。由是随声逐影之俦，弃指归而无执。赋诗歌颂，百帙五车，蔡邕等之俳优，扬雄悔为童子。圣人不作，雅郑谁分？

裴子野是一位史学家,撰有《宋略》(全书今佚),上引《雕虫论》即出自《宋略》。他主张文章应为政治教化服务,否定吟咏情性、崇尚辞藻的诗赋,立论是片面的。以后唐代文人,也发表过一些与裴子野类似的言论,如:

> 王勃《上吏部裴侍郎启》:"自微言既绝,斯文不振,屈、宋导浇源于前,枚、马张淫风于后。"

> 李华《赠礼部尚书清河孝公崔沔集序》:"屈平、宋玉,哀而伤,靡而不返,'六经'之道遁矣。"

> 独孤及《唐故殿中侍御史赠考功郎中萧府君文集录序》:"尝谓扬、马言大而迂,屈、宋词侈而怨。沿其流者,或文质交丧,雅郑相夺,盍为之中道乎?"

> 李白《古风》其一:"正声何微茫,哀怨起骚人。扬马激颓波,开流荡无垠。废兴虽万变,宪章亦已沦。自从建安来,绮丽不足珍。"

这些言论,对楚辞、汉赋及其以后的华艳文风,批判都很严厉。但像王勃、李白,只是理论上说大话,实际在创作时还是充分注意吸取楚辞以后作品的营养。而古文运动的一些前驱者,过分强调文章的政治教化作用和质朴文风,结果他们的作品往往写得干瘪而缺少文学性。直到韩愈出来,重视多方面向遗产学习,"沉浸酰郁,含英咀华",包括楚辞、汉赋,"下逮《庄》、《骚》,太史所录,子云、相如,同工异曲"(《进学解》),古文创作方始进入盛境。以上这些唐代文人对待遗产的态度及其成败得失,很值得我们思考和借鉴。

(原载日本九州大学中国文学会主编
《〈文心雕龙〉国际学术研讨会论文集》,
1992 年台湾文史哲出版社出版)

刘勰对东汉文学的评价

刘勰在《文心雕龙》中对历代文学,自先秦至刘宋,都作过评价。他对先秦"五经"、楚辞和建安文学,评价都很高,为大家所熟知。东汉文学,受儒学影响颇深,刘勰从宗经立场出发,对东汉文学评价也颇高,此点每为人们忽视,甚至还产生一些误会。本文试图在这方面作较为具体的阐述,以期对这一问题获得确切的认识。

一

《文心雕龙·时序》篇有一段文字,对东汉文学的发展大势和特色,作了扼要的评述。文云:

> 自哀、平陵替,光武中兴,深怀图谶,颇略文华。然杜笃献诔以免刑,班彪参奏以补令,虽非旁求,亦不遐弃。及明、章叠耀,崇爱儒术,肆礼璧堂,讲文虎观,孟坚珥笔于国史,贾逵给札于瑞颂,东平擅其懿文,沛王振其通论,帝则藩仪,辉光相照矣。自和、安已下,迄至顺、桓,则有班、傅、三崔,王、马、张、蔡,磊落鸿儒,才不时乏,而文章之选,存而不论。然中兴之后,群才稍改前辙,华实所附,斟酌经辞,盖历政讲聚,故渐靡儒风者也。降及灵帝,时好辞制,造皇羲之书,开鸿都之赋,而乐松之徒,招集浅陋,故杨赐号为驩兜,蔡邕比之俳优,其馀风遗文,盖蔑如也。

这段话指出,东汉初年,光武帝对文学不大重视。之后明帝、章帝崇尚儒术,招集文人讨论经学。当时藩王东平宪王刘苍、沛献王刘辅,在文章、经学方面也有所述作。中间经过和帝、安帝以迄顺帝、桓帝,著名文人辈出,有班固、傅毅、崔骃、崔瑗、崔寔、王延寿、马融、张衡、蔡邕等人。他们的作品,取法经书文辞,有华有实(华指华美的语言风格,实指具有符合封建政治教化需要的内容和朴实的语言风格),这是受到明帝以来几世帝皇招聚文人讲论经学的影响。到东汉末年,灵帝不重儒学,专好文辞,风气就坏了。

《才略》篇评马融云:"马融鸿儒,思洽识高,吐纳经范,华实相扶。"此处"吐纳"二句与《时序》的"华实所附,斟酌经辞"二句意思相通,都是赞美东汉文章或马融作品华实兼备,受经书影响。又《事类》篇云:"至于崔、班、张、蔡,遂捃摭经史,华实布濩,因书立功,皆后人之范式也。"也是这个意思,只是指出崔、班等大家,除经书外还吸收了史书的养料。刘勰认为,经书文风的最大特色即是华实兼备。《征圣》云:"然则圣文之雅丽,固衔华而佩实者也。""衔华佩实",就是"华实相扶"之意。"雅丽"意思与"衔华佩实"相通。"雅"与"实"义近,"丽"与"华"意同。《通变》云:"商周丽而雅。"就是指产生于商周时代的经书文风。《辨骚》指出,写作文章如能倚靠《雅》、《颂》,驾御楚辞,就能做到"玩华而不坠其实"。楚辞文风偏于艳丽,作文如能以学习经书为立足点,吸取楚辞,就能华实兼备。由此可见,东汉文章华实相扶的特色,正是由于深受经书影响而得来的。

"磊落鸿儒"句中的鸿儒,当即指班、傅、三崔等人。鸿儒一词,系采用王充《论衡·超奇》篇的提法。郭晋稀先生《文心雕龙注译》谓《时序》中的"鸿儒"即《论衡》中之"鸿儒",甚是。《超奇》云:

> 通书千篇以上,万卷以下,弘畅雅闲,审定文读,而以教授为人师者,通人也。杼其义旨,损益其文句,而以上书奏记,或兴论

立说，结连篇章者，文人、鸿儒也。

　　故夫能说一经者为儒生，博览古今者为通人，采摭传书以上书奏记者为文人，能精思著文、连结篇章者为鸿儒。故儒生过俗人，通人胜儒生，文人逾通人，鸿儒超文人。故夫鸿儒，所谓超而又超者也。

　　连结篇章，必大才智鸿懿之俊也。

由上可见，王充认为鸿儒是具有大才智之人，他们不是仅通经书训诂章句的儒生，而是能精思著文，连结篇章。在《超奇》篇中，王充对汉代文人，最推重司马迁、刘向、扬雄、桓谭、班彪、班固等人，意思就是把他们作为鸿儒。刘勰受王充影响，把班固、傅毅等人称为鸿儒，意谓他们不但通经，文风受经书影响，而且能精思著文，连结篇章。刘勰把班固、傅毅等人称为鸿儒，可见对他们的评价是很高的。

　　"而文章之选，存而不论"这两句怎样理解呢？现代《文心雕龙》注释者的注释不尽相同。郭晋稀先生认为"文章之选"即《论衡》中的"文人"，恐不确。按此处是说文章之选，而不是文人之选。而且如王充所说，文人是指"能采摭传书以上书奏记者"，上书奏记等文字，在《文心雕龙》全书论述对象中地位并不重要，仅《章表》、《奏启》、《议对》诸篇中有所涉及，刘勰没有必要在《时序》这段精炼概括的文字中提上一笔。赵仲邑先生《文心雕龙译注》译此两句说："至于可以推荐的作品之多，在这里就按下不谈了。"我觉得这样理解比较妥贴。"存而不论"一句，不一定寓有贬义，其语原出《庄子》。《庄子·齐物论》云："六合之外，圣人存而不论。"意谓天地四方之外，冥漠难知，故圣人存而不论；是指对没有条件弄清楚的事物，采取搁置不论的态度。《时序》借用其语，意谓东汉好文章很多，但《时序》因限于篇幅，只能暂时存而不论。这一缺憾，在《明诗》、《诠赋》、《诔碑》、《才略》诸篇中事实上已得到补救。这些篇章中提到的东汉文章之选,下文还将提及。

"群才稍改前辙"一句,说明刘勰认为东汉文人对西汉文学的轨迹已有所改变。汉代文学辞赋最为发达,它发展了楚辞词藻富艳的特色,所以《通变》说"楚汉侈而艳"。对汉赋淫丽之风,刘勰颇表不满,《宗经》称为"楚艳汉侈,流弊不还"。刘勰认为辞赋淫丽之风始于宋玉,西汉司马相如的作品表现得最为充分,故他评司马相如作品为"繁类以成艳"(《诠赋》),"理侈而辞溢"(《体性》),"洞入夸艳"、"理不胜辞"(《才略》)。又《物色》云:"及长卿之徒,诡势瑰声,模山范水,字必鱼贯。所谓诗人丽则而约言,辞人丽淫而繁句也。"以司马相如为代表的汉赋淫侈之风,到东汉时代有所改变。东汉辞赋,作者因深受儒学和经书影响,文风由艳丽趋向雅丽,这从班固、张衡的作品即可窥见(详下)。其他文体也是类此情况。这样,东汉文学就不像西汉不少作品(以辞赋为主)那样华而少实,而是华实结合得较好。对此刘勰是颇为肯定的。我们不能因为刘勰说过"楚汉侈而艳"一类话,就认为刘勰把东汉辞赋也归入淫侈一类,他对东西汉还是有所区别的。

汉灵帝爱好辞赋文学,招集一批文人聚集鸿都门下,《后汉书》的杨赐、蔡邕、阳球诸传均有记载。《蔡邕传》记述较详,有云:

> 初(灵)帝好学,自造《皇羲篇》五十章,因引诸生能为文赋者。本颇以经学相招,后诸为尺牍及工书鸟篆者,皆加引召,遂至数十人。侍中祭酒乐松、贾护,多引无行趣势之徒,并待制鸿都门下。熹陈方俗闾里小事。帝甚悦之,待以不次之位。……邕上封事曰:……夫书画辞赋,才之小者。……(陛下)听政馀日,观省篇章,聊以游意,当代博弈,非以教化取士之本。而诸生竞利,作者鼎沸。其高者颇引经训风喻之言,下则连偶俗语,有类俳优。或窃成文,虚冒名氏。

鸿都门文人的作品没有流传下来,据蔡邕所上封事中所说,其中不少作品"意陈方俗闾里小事",表现民间日常生活;语言则是"连偶俗语",通俗而口语化。这类作品,注意故事性、通俗性、娱乐性,正像俳优乐人演唱的乐府民歌(如《孤儿行》、《妇病行》)那样,所以蔡邕攻击他们"有类俳优"。当时杨赐也猛烈抨击鸿都门文人,把他们比作尧时驩兜那样的凶人。这类作品不认真以儒学思想为指导,背离儒家文章应有益于政治教化的原则。从正统立场看来,它们是邪而不正,俗而不雅的。刘勰引用并肯定杨赐、蔡邕对鸿都门文人的攻击,并认为他们的作品浅陋不足称道,也鲜明地表现出他的儒家教化立场和崇尚雅正的偏见。在刘勰看来,从明帝、章帝以来东汉长期的浸润儒学、文质兼备的优良文风到这时是被破坏了。

二

　　刘勰在《才略》篇中,对东汉不少著名文人作了评述,有时还举出了一些代表作品。文云:

　　　桓谭著论,富号猗顿,宋弘称荐,爰比相如,而《集灵》诸赋,偏浅无才,故知长于讽论,不及丽文也。敬通雅好辞说,而坎壈盛世,《显志》、《自序》,亦蚌病成珠矣。二班、两刘,奕叶继采,旧说以为固文优彪,歆学精向,然《王命》清辩,《新序》该练,璿璧产于昆冈,亦难得而逾本矣。傅毅、崔骃,光采比肩,瑗、寔踵武,能世厥风者矣。杜笃、贾逵,亦有声于文,迹其为才,崔、傅之末流也。李尤赋铭,志慕鸿裁,而才力沉膇,垂翼不飞。马融鸿儒,思洽识高,吐纳经范,华实相扶。王逸博识有功,而绚采无力。延寿继志,瑰颖独标,其善图物写貌,岂枚乘之遗术欤!张衡通赡,蔡邕精雅,文史彬彬,隔世相望,是则竹柏异心而同贞,金玉殊质而皆宝也。刘向之奏议,旨切而调缓;赵壹之辞赋,意繁而体疏;孔融气盛于为笔,祢衡思锐于为文,有偏美焉。潘勖凭经以骋才,故绝群于《锡命》;王朗发愤以托志,亦致美于序铭。然自卿、渊已前,多役才而不课学,雄、向已后,颇引书以助文,此取与之大际,其分不可乱者也。

上面引文中除刘向、刘歆父子外,其他都是东汉作家。在《才略》篇中,这段文字不算短,提到的作家相当众多,除刘向、刘歆外共有二十一人。这一方面是由于东汉时代各种文体日益发展,客观上作家作品确实众多,但同时也说明刘勰对东汉文学是颇为重视的。尽管他对其中少数作家(桓谭、李尤、王逸)也有贬辞,但总的倾向是以肯定、赞扬为主。

《才略》、《时序》两篇提到的东汉作家,可以互相比较参证。

《时序》篇提到东汉贾逵、班固等十位作家,《才略》则有二十一人,《时序》的十家,均见于《才略》,《才略》论述面要更广一些。《时序》的十家,比较说来更为杰出,所以刘勰称为"磊落鸿儒"。《时序》中的"王",范文澜氏《文心雕龙注》认为是指王充,杨明照先生在其《文心雕龙校注拾遗》中《时序》篇"则有班傅三崔、王马张蔡"句下驳正说:

> 按《才略》篇……所叙东汉作家,即有王延寿在内(并无王充);名次先后,亦复与此略同。则"王"为王延寿,当无疑义。《诠赋》篇曾称"延寿《灵光》"为辞赋英杰之一,是舍人之于延寿,推崇已极。且仲任原非文士,而本篇又专论文运升降;《诸子》篇尚未叙及其《论衡》,则此处之非王充,更可知矣。范说误。

杨说甚是。刘勰论文,对作品的文采是很重视的。他认为"圣文之雅丽,固衔华而佩实"(《征圣》),主张"文丽而不淫"(《宗经》),风骨与采相辅相成(见《风骨》),一贯重视文章辞采美丽的特征。王充的文章朴实缺少文采,所以他衡文时并不推重王充。

上引《才略》一段文字,最后提到才与学的问题,指出西汉司马相如、王褒以前,文人往往凭才气写作,不重视学习吸取典籍中的事类;扬雄、刘向以后,则颇多引用典实。这实际也是西汉大多数文人与东汉文人的一个不同特色。这一点,在《事类》篇中有较为具体的论述:

> 观夫屈、宋属篇,号依诗人,虽引古事,而莫取旧辞。唯贾谊《鵩赋》,始用《鹖冠》之说;相如《上林》,撮引李斯之书,此万分之一会也。及扬雄《百官箴》,颇酌于《诗》、《书》;刘歆《遂初赋》,历叙于纪传,渐渐综采矣。至于崔、班、张、蔡,遂捃摭经史,华实布濩,因书立功,皆后人之范式也。

说明西汉后期的扬雄、刘歆,开始博采古籍中的成语典实,这种风气到了东汉的班固、张衡诸名家,而有进一步的发展。《时序》的"斟酌经辞",《才略》的"引书以助文",《事类》的"渐渐综采"、"捃摭经史",都是指引用经书及其他典籍中的辞语典实,即所谓"明理引乎成辞,征义举乎人事"(《事类》)。刘勰肯定这种斟酌经辞的做法,实是刘勰文须宗经理论的一个重要构成部分。

《事类》篇更指出,作家须同时具备才与学,才、学二者必须相辅相成:

> 文章由学,能在天资。才自内发,学以外成。有学饱而才馁,有才富而学贫。学贫者迍邅于事义,才馁者劬劳于辞情。此内外之殊分也。是以属意立文,心与笔谋,才为盟主,学为辅佐。主佐合德,文采必霸;才学褊狭,虽美少功。

所谓学，指平时多读书，广览典籍，博闻强记，掌握典籍中丰富的知识和词语，作文时便能斟酌运用，得心应手。《神思》篇所谓"积学以储宝"，也是指的这种准备工夫。刘勰认为，西汉的大多数作家，文章凭藉才气，不重学问（运用事类）；东汉文人，除有才（《时序》称"才不时乏"）外，还重视学，故能做到"华实布濩，因书立功"。在主佐合德这方面，东汉文学比西汉有了进步和发展。从《事类》篇，我们看到刘勰对运用成语典故是非常重视的；东汉文章多用事类，重学问，成为他充分肯定它们的一个重要原因。

三

　　刘勰除在《时序》、《才略》两篇中对东汉文学进行了概论外，还在《文心雕龙》的其他篇章对东汉不少作家作品分别有所评述。这里不拟作全面的分析介绍，仅就他对班固、张衡、蔡邕等几位杰出作家的评价作一些分析。

　　先说班固。《诠赋》云："孟坚《两都》，明绚以雅赡。"《诠赋》指出作赋必须"义必明雅"、"词必巧丽"、"丽词雅义，符采相胜"。班固的《两都赋》正符合这一标准，可见刘勰对它是很推崇的。《颂赞》云："班、傅之《北征》、《西征》，变为序引，岂不褒过而谬体哉！"这是批评班固的《骠骑将军窦北征颂》褒扬过分而致文章体制谬误。《杂文》肯定班固的《答宾戏》"含懿采之华"，《封禅》肯定他的《典引》"雅有懿采"。《史传》评班固《汉书》云："其十志该富，赞序弘丽，儒雅彬彬，信有遗味。至于宗经矩圣之典，端绪丰赡之功，遗亲攘美之罪，征贿鬻笔之愆，公理辨之究矣。"对《汉书》的弘丽儒雅，大力加以肯定，并赞扬他作史能宗经矩圣。后两句批评了班固修史有遗亲、征贿的品德上的缺点。《体性》云："孟坚雅懿，故裁密而思靡。"《体性》提到的自贾谊至陆机十二位作家，代表了西汉、东汉、曹魏、西晋等朝代文学的最高成就,东汉提到的是班固、张衡两人。东汉文学首列班、张,这几乎是魏晋以来文人学者的一致看法。刘勰认为,班固文章的特色是儒雅、雅懿,这正是深受儒学和经书影响的表现。班固的儒家思想的确很浓重,在其作品中随处流露,如《两都赋》赞美东汉王朝的不少政治措施都依据"六经",《汉书·司马迁传赞》批评司马迁《史记》的某些观点离经背道,都是明显的例子。刘勰对班固评价很高,正是他宗经思想的必然表现。班固的文章不但内容儒雅,而且文辞也很雅丽。他的辞赋散文,除富有文采外,句法整齐,多骈偶句,为八代骈体文学的前驱,这也为崇尚骈文的刘勰所推重。总之,对班固的文章,从内容到形式,刘勰都是十分欣赏和肯定的。

次说张衡。《明诗》云:"张衡《怨篇》,清典可味,《仙诗》、《缓歌》,雅有新声。""平子得其雅。"《诠赋》云:"张衡《二京》,迅发以宏富。"《杂文》云:"张衡《应间》,密而兼雅。""张衡《七辩》,结采绵靡。"《体性》云:"平子淹通,故虑周而藻密。"《才略》云:"张衡通赡。"可见张衡的作品,具有典雅、富赡、周密的特色。这种特色,特别是典雅、富赡二者,与他博通典籍、熟悉经书有着密切的关系。刘勰对张衡评价很高,《体性》把他与班固并列为东汉文学的代表,《才略》则把他与蔡邕并列,比为"金玉殊质而皆宝"。《夸饰》篇曾指责张衡的《西京赋》、《羽猎赋》有描写失实不当之处,用来证明汉赋夸饰过分的弊病(同时被指责的还有司马相如、扬雄和班固)。但这毕竟是枝节问题,并不影响对张衡的总体评价。

再说蔡邕。《铭箴》云:"蔡邕铭思,独冠古今。桥公之钺,吐纳典谟;朱穆之鼎,全成碑文,溺所长也。"《诔碑》云:"自后汉以来,碑碣云起,才锋所断,莫高蔡邕。观《杨赐》之碑,骨鲠训典;《陈》、《郭》二文,词无择言;《周》、《胡》众碑,莫非清允。其叙事也该而要,其缀采也雅而泽。清词转而不穷,巧义出而卓立,察其为才,自然而至矣。"《杂文》云:"蔡邕《释诲》,体奥而文炳。"《才略》云:"蔡邕精雅。"蔡邕文章的特征是精雅。刘勰不但对蔡邕文章（特别是碑文）评价甚高，而且还指出它们"吐纳典谟"、"骨鲠训典"，即往往渊源于经书。典谟、训典指的是《尚书》中的《尧典》、《大禹谟》、《伊训》这类文章。

对班固、张衡、蔡邕三大家之文，刘勰均以雅称之。雅是经书文风的显著特色。《体性》提出文章有八体，其一为典雅，"典雅者，镕式经诰，方轨儒门者也"。《定势》云："模经为式者，自入典雅之懿。"可见刘勰认为经书为雅或典雅的文风树立了典范，作文能认真学习经书，就能获得典雅的良好风貌。刘勰推许班固等三大家之文雅，显然同他们学习经书、斟酌经辞有着密切的关系。刘师培曾指出班固、蔡邕两家作品纯为儒家之文，其说云：

> 自武帝以迄建安，儒术独尊，故儒家之文亦独盛。如班固《汉书》不独表志纪序取法经说，即传赞亦莫不尔。就其文论，气厚而浓密，渊茂而含蕴，字里行间饶有馀味，纯系儒家风格，与法家迥殊。盖法家之文，发泄无馀，乏言外之意，说理固其所长，但古质而无渊懿之光；儒家之文，说理虽不能尽，而朴厚中自有渊懿之光。若孟坚则能备具儒家之特色者也。蔡伯喈之文亦纯为儒家。其碑铭颂赞固多采用经说，即论事之文亦取法《春秋繁露》。而文章之重规叠矩，则又胎息于荀子《礼论》、《乐论》。故虽明白显露，而文章自然含蕴不尽。文能含蕴，则气自厚矣。研究班、蔡之文者，能含蕴不尽，即为有得。又班、蔡之文，并渊懿而有光，与古质不同。李斯刻石，虽古质而不渊懿。韩昌黎《平淮西碑》摹拟秦刻石，益古质而无光矣。①

刘师培认为班固、蔡邕的文章，在内容、艺术上都深受经书和儒家的

---

① 见罗常培编著《汉魏六朝专家文研究》第十节。

影响,是很有见地的。他所谓渊茂、含蕴、朴厚,与刘勰所推重的经书典雅、华实兼备的文风是相通的。他所谓"朴厚中自有渊懿之光",与刘勰赞美班固之文"雅懿"、蔡邕之文"雅而泽",看法也是很接近的。刘师培虽然没有直接引用《文心雕龙》的评语,但其见解当受刘勰的影响。

　　这里再谈一下潘勖。潘勖是东汉末叶建安时文人。他为汉献帝写的《册魏公九锡文》,称颂曹操功德。文章写得很渊雅,为后人所赞赏,被萧统收入《文选》。刘勰对此文非常推重,在《文心雕龙》好几处提及。《诏策》云:"潘勖《九锡》,典雅逸群。"《风骨》云:"昔潘勖锡魏,思摹经典,群才韬笔,乃其骨髓峻也。"《才略》云:"潘勖凭经以骋才,故绝群于锡命。"不但对潘文评价极高,誉为"逸群"、"绝群",而且指出其文的特点是"思摹经典",在运思上刻意摹仿经书。如开头"即我高祖之命,将坠于地"一段文字,何义门评为"全仿《尚书》行文"。结尾文字亦绝似《尚书》。中间行文,亦多规仿《尚书》、《左传》,故清方伯海评云:"裒辑《尚书》、《左》、《国》以成文,浑朴质穆。"①刘勰竭力赞扬潘勖《九锡文》,即在于它构思行文上刻意摹仿经书。在《通变》篇中,刘勰评述了历代文风。他认为商周之文(指经书)"丽而雅",华实兼备,最符合理想。商周以前之文过于质,商周以后之文则过于文华,所谓"楚汉侈而艳,魏晋浅而绮,宋初讹而新",结果是文风浮靡,缺少风力(即风骨)。这种文病,在刘勰所处的齐梁时代,有增无减。为了矫正这种文风,他大力提倡宗经,"矫讹翻浅,还宗经诰,斯斟酌乎质文之间,而櫽括乎雅俗之际"。《风骨》篇也指出,为了使文章具有风骨,应当"镕铸经典之范,翔集子史之术",也是提倡向经书和子书、史书学习摹仿。刘勰认为,只有认真向经书学习,才能扭转时俗所崇尚的过于华艳浮靡的文风,做到既雅且丽,华实兼备,风骨与文

---

　　① 　见清于光华《文选集评》卷八引。

采兼备。潘勖的《九锡文》在学习经书方面取得良好成绩，为转变文风提供了有益的借鉴，所以刘勰竭力予以赞扬。

刘勰说"楚汉侈而艳"，谓楚辞艳丽、汉赋侈靡，是就楚汉文风的大趋势而言，是一种粗略的概括。实际上如上文所分析，东汉辞赋尽管还保留着侈靡之风，但比西汉已颇有改变，不像司马相如那样侈艳，而是华实兼备了。至于辞赋以外的文章，像班固的史传文、蔡邕的碑文，就更谈不上侈了。"魏晋浅而绮"，就晋代文学来说，浅绮主要指西晋太康文学，东晋玄言文学弥漫，作品语言平淡，缺乏文采，就谈不上绮了。

四

综上所述，可见刘勰对文学作品的风貌，要求既雅且丽，文质彬彬，华实兼备。他不满当时浮靡文风，提倡宗经，除掉在思想内容上尊奉经书外，即在于求得文风的改良，取得文质结合、华实相扶的效果。东汉文人注意向经书学习，对西汉以司马相如为代表的侈艳文风有所改变，能做到华实兼备，因此刘勰对之评价颇高。他对东汉大作家班固、张衡、蔡邕的作品甚为推重，认为具有向经书认真学习而得来的典雅特色，并把他们美称为鸿儒。对潘勖的《册魏公九锡文》，也因其在构思和遣词造句上善于规摹经书而激赏不已。刘勰对东汉文学的赞美、肯定，是他宗经思想的必然表现。

在现代《文心雕龙》研究界，关于刘勰对东汉文学的评价，有少数学者产生了一些误会，主要表现在对《时序》篇论东汉文学一段文字的理解中。刘永济氏在其《文心雕龙校释》（1948 年初版）论汉魏之际文风变迁时有云：

> 建安文学尚气之源，亦有可得而言者。盖东汉自明、章崇

儒,经术久渐,学尚墨守,惮于阐发。经生之文,类多散缓,浅人为之,遂成冗漫。安、和之世,文风已敝。《御览》引《后汉书》,陈忠(安帝时人)奏选尚书郎曰:"尚书出纳帝命,为王喉舌,而诸郎多文俗吏,鲜有雅才,每为诏文,宣示内外,转相求请。"故舍人《诏策》篇曰:"安、和政弛,礼阁鲜才,每为诏敕,假手外请。"降及灵帝,虽好辞制,而当时鸿都之士,大抵浮华无实,已不足振藻扬芬。……加以献帝末季,天下大乱,风俗偷薄,魏武救之以名法,务为清峻。而海宇多事,才士皆有慷慨靖乱之心,言为心声,发而不觉。文举、正平之文已然。至建安诸子,而风会遂成。故《典论·论文》直揭宗风,而倡主气之说,舍人"世积乱离,风衰俗怨,并志深而笔长,故梗概而多气"四语,识解甚高,诚溯河穷源之论矣。

刘氏认为建安文人作品慷慨尚气,是对于东汉经生散缓冗漫文风的反拨,其见解很有启发性,值得重视。但他所谓东汉明、章以来"经生之文,类多散缓"云云,只能指一般经生的训诂注释之文,而不能概括班固、张衡等鸿儒之文。刘勰评张衡《二京赋》"迅发以宏富",评蔡邕碑文"叙事也该而要",显然不是散缓文风。刘氏又说"安、和之世,文风已敝",下文仅举朝廷诏敕假手外请一例,论证不足。从《时序》篇看,刘勰认为从和帝、安帝下迄顺帝、桓帝之世,是"磊落鸿儒,才不时乏",并没有"文风已敝"的意思。刘氏虽然没有直接诠释"磊落鸿儒"、"文章之选"诸语,但他论述明、章、安、和一段时期的文学,持批判态度,不符《时序》篇的原意。

对《时序》篇论东汉文学的误解,在周振甫先生的《文心雕龙注释》(1981年出版)中表现得更为鲜明。其论点节录如下:

东汉渐靡儒风,趋向浅陋。(《时序》篇说明)

"磊落鸿儒,才不时乏,而文章之选,存而不论。"产生了不少大儒,但作品选不出来了。这不是否定后汉的作品,是说后汉"渐靡儒风"的作品选不出来。用儒家思想来写作,写不出好作品,这是受世情的影响,不利于创作的。(同上)

用儒家思想来写作,会影响写作质量,写不好文章的。《诸子》说:"自六国以前,去圣未远,故能越世高谈,自开户牖。两汉以后,体势浸弱,虽明乎坦途,而类多依采。"先秦时代的诸子,自开门户,所以多创获;两汉以后,儒家定于一尊,著作多依傍儒家,弄得体势浸弱,不如先秦了。再就文学创作说:《时序》里讲到后汉"历政讲聚,故渐靡儒风",于是在创作上"文章之选,存而不论"。受儒家影响的作家,就写不出好文章来了。为什么呢?《论说》里主张"师心独见,锋颖精密"。刘勰认识到不论著述或创作,都要师心独创,反对依傍,这是他的卓越的见解。这样看来,他不主张用儒家思想来写作,还认为依傍儒家思想是写不好作品的。(同书《前言》)

周先生的这些言论,我认为可以商榷。

周先生认为东汉渐靡儒风的作品,写得不好,所以选不出来。这是对《时序》篇原文的误解。如上文所论列,刘勰对东汉浸润经学的文学评价甚高,把班固、张衡以至蔡邕等称为鸿儒,对他们的文章十分推重,在《诠赋》、《诔碑》、《才略》诸篇中列举了若干佳作名篇的名目;只是在《时序》中因限于篇幅,对"文章之选"暂时"存而不论"。这个问题上文已经作了较详细的论证,这里不必多加复述。周先生说东汉文章因"渐靡儒风,趋向浅陋"。按刘勰在《时序》中攻击鸿都门文人为浅陋,周先生这里把汉末鸿都门文人和前此渐靡儒风的作家作品混为一谈,也是不妥当的。周先生后来也觉得对"文章之选,存而不论"两句的解释不合于事实,在其《文心雕龙今译》(1986年出版)中作了一点修改,把这两句译成"至于选录文章,放在一边不谈"。在注文中引证《诠赋》、《明诗》、《诔碑》诸篇提到班固、张衡、傅毅、蔡邕等作家,认为"并不是文章之选,存而不论"。但又说:"这里可能是指渐靡儒风的文章,都存而不论。"似是把班固、蔡邕等人的文章,都划到渐靡儒风以外去了。这也是讲不通的。

周先生认为"用儒家思想来写作,写不出好作品",也不然。刘勰认为,东汉鸿儒既以儒家思想为指导,又吸收了经书的语言,所谓"斟酌经辞",写出了不少华实兼备的好作品。班固、蔡邕的作品,如上所述,受儒家影响都是很浓重的。在《体性》篇中,刘勰列举各代的大作家,汉代除班固、张衡外,西汉还有贾谊、司马相如、扬雄、刘向四人,其中扬雄、刘向两人的文章,儒家思想也是很浓的。刘勰提倡文必宗经,他在《宗经》中提出的情深、风清、事信、义贞、体约、文丽等六义,却是经书和宗经之文所具有的六项思想艺术标准。他的宗经主张除在前五篇"文之枢纽"中有提纲挈领的表述外,后边亦常有涉及。如《明诗》云:"诗者持也,持人情性。三百之蔽,义归无邪,持之为训,有符焉尔。"《史传》云:"是立义选言,宜依经以树则;劝戒与夺,必附圣以居宗。"宗经的态度都是很鲜明的。由此可见,所谓"用儒家思想来写作,写不出好作品",恰恰与刘勰原意相违背,而且也不符合中国文学发展的历史事实(杜甫、白居易的不少诗篇,也以儒家思想指导来写作)。

周先生所谓"用儒家思想来写作",含义不大清晰,他似乎主要不是指以儒家思想来指导写作,而是指作品直接地着重表现儒家思想。他在《文心雕龙今译》的《时序》篇说明中说:"不论是儒家思想或道家思想,当作家依傍这种思想来创作,把这种思想作为作品的思想内容,妨碍他从生活中发掘思想内容,妨碍他的想象飞腾时,就会给创作带来不利影响。"他把东晋玄言诗和东汉渐靡儒风的作品相提并论,以作例证。诚然,东晋玄言诗往往以平淡而缺乏文采的语言,赤裸裸地表现老庄哲理,缺乏文学性,的确不是好作品。东汉渐靡儒风的文章可不是这样,它们往往华实兼备,有不少受读者喜爱的好作品。东晋玄言诗很少流传下来,东汉渐靡儒风的一部分佳作却长期为后世传诵(萧统《文选》即选入不少),读者的眼光很明亮,二者是品级不同的。宋明时代的理学诗、道学诗,才是着重宣传儒家思想、缺乏文学情趣的作品。它们也不受读者欢迎,其特点、影响与玄言诗相近。

周先生还引用了《诸子》、《论说》两篇的言论来说明他的论点,细按也有问题。汉代的子书不及先秦,自是事实。其原因除内容多因袭前人、缺少创造外,还由于文章的艺术性较平庸,所谓"体势浸弱",恐怕主要还是指作品体貌而言。刘勰评论学术著作和论说文,也是兼顾思想和艺术两方面的。上文说过,刘勰对王充的《论衡》并不重视。实际王充的《论衡》,创见颇多,不为儒家传统思想所束缚,但文笔较冗长拖沓,又缺少文采,因此刘勰不予重视。《论说》认为李康的《运命论》超过《论衡》(《论衡》中有一部分篇章论述运命),就是因为《运命论》写得富有文采。如果刘勰很反对依傍儒家思想来写作,并把它当作衡量作品高下的重要标准,那末王充的《论衡》将会得到他的很高评价。《杂文》云:"唯《七厉》叙贤,归以儒道,虽文非拔群,而意实卓尔矣。"这是一个很足注意的例子,说明刘勰从宗经立场出发,对《七厉》"归以儒道"的内容非常赞赏,但又指出它文辞较平庸不特出。再说,汉代的子书,固多属儒家学派,但也不是清一色。即以《诸子》所举诸书而言,据《隋书·经籍志》记载,崔寔《政论》属法家,仲长统《昌言》属杂家,杜夷《幽求新书》属道家,并不都是儒家(王充《论衡》亦属杂家)。《文心雕龙》是衡文之作,分析刘勰的评论,看来还得多注意文辞。《淮南子》内容其实也"类多依采",但文辞较好,故《诸子》评为"泛采而文丽"。《论说》篇赞美魏晋的若干玄学论文"师心独见,锋颖精密",肯定它们的思想内容多创见。这说明刘勰处在玄学仍然流行的南朝,受其影响,能认识到这些玄学论文在内容上的独创性,但他并不肯定其文辞艺术。《论说》又云:"陆机《辨亡》,效《过秦》而不及,然亦其美矣。"《辨亡论》、《过秦论》,都是以儒家思想为指导来评论历史的,刘勰又颇加赞美。只要全面地看问题,是无法从《诸子》、《论说》两篇得出刘勰反对依傍儒家思想来写作的论点来的。

周先生的上述论点,涉及到刘勰论文是真宗经还是假宗经,涉及到《文心雕龙》的一个核心问题,故不可以不辨。

刘永济氏于汉魏六朝文学有深厚根柢,其《文心雕龙校释》有不少精辟的见解。周振甫先生的《文心雕龙注释》,吸收了许多今人研究成果,益以己见,也很见功力。两书都是研究《文心雕龙》的重要参考书。上面所论,只是认为两书对刘勰评价东汉文学的解释,有所误会而已。

（原载《文心同雕集》,成都出版社 1990 年出版）

《文心雕龙》为何不论述
汉魏六朝小说?

　　刘勰《文心雕龙》全书,对于诸子百家中小说家的作品,仅提及一处。《诸子》篇在论述春秋战国时代的九流十家时,各举一位(个别的举两位)代表作者为例。于小说家则举《青史子》,有句曰:"《青史》曲缀以街谈。"按班固《汉书·艺文志》据刘向、刘歆《七略》,把小说家放在诸子最后,并有叙说曰:"小说家者流,盖出于稗官,街谈巷语,道听途说者之所造也。……闾里小知者之所及,亦使缀而不忘。"《诸子》篇提及小说家时也放在最后,所谓"曲缀以街谈",词语亦本自《汉书·艺文志》。

　　《汉志》叙小说共有十五家,《青史子》次在第四位,曰:"《青史子》五十七篇。"自注:"古史官记事也。"此书唐代已亡佚,南朝尚存部分,《隋书·经籍志》称"梁有《青史子》一卷",故刘勰尚及见其书。鲁迅《古小说钩沉》辑有《青史子》三条,内容谈胎教、教育、祭祀等,与今日所谓小说涵义有别。按《大戴礼记》、贾谊《新书》已征引《青史子》,可见其书当产生于先秦。余嘉锡《小说家出于稗官说》一文谓刘勰"论小说家不举他书,独引《青史》为证,正以当时现存之书,此为最古耳"[1]。

---

　　① 　余氏文收入《余嘉锡论学杂著》一书,1963 年中华书局出版。郑樵《通志·氏族略》引贾执《姓氏英贤录》,谓青史子乃"晋太史董狐之子,受封青史之田,因氏焉"。

汉魏六朝时代,特别魏晋以后,文言笔记体小说逐步发达,作品数量不少,其中有志怪小说,也有志人小说。据《隋书·经籍志》,志怪小说归入史部杂传类,上起魏文帝《列异传》,下至颜之推《冤魂志》,共有三十多种(记载神仙的不少传记,尚不计入内)。志人小说归入子部小说家类,自无名氏《燕丹子》以下,至邯郸淳《笑林》、刘义庆《世说》等,也有十馀种。《隋志》如此归类,实本自前代。梁代阮孝绪《七录》,为一著名的目录书,其书已亡,但其序言尚存,见唐释道宣所编《广弘明集》卷三。其序文详记全书分类目录,其中记传录有杂传部二百四十一种、鬼神部二十九种,即相当于《隋志》史部的杂传类;子兵录有小说部十种,即相当于《隋志》子部的小说类。可见《隋志》对汉魏六朝小说的归类,大体与阮孝绪《七录》相同。《七录》把鬼神部附在杂传部之后,认为二者内容性质相近,《隋志》因把鬼神部并入杂传部。在中国古代封建社会中,大多数人迷信鬼神是实际存在的,并非子虚乌有,故记载鬼神之书与记人物之杂传性质相近,杂传类可以包容记载鬼神之书。鲁迅《中国小说史略》第五篇《六朝之鬼神志怪书》(上)曾说:"盖当时以为幽明虽殊途,而人鬼乃皆实有,故其叙述异事,与记载人间常事,自视固无诚妄之别矣。"也说明在当时人看来,记载鬼神怪异之书,性质实与记载人事的杂传无大区别。至于《隋志》所列小说家书,大多数是《笑林》、《世说》一类,内容多诙谐滑稽,又篇幅简短,它们虽也记载人间杂事,但内容、体制与杂传类有别,故列入子部小说家类而不归史部杂传类(《隋志》小说家类仅有《燕丹子》一种,内容体制更接近杂传类)。

《隋志》史部杂传类所列志怪小说、子部小说家类所列志人小说,大多数产生于魏晋以至南朝刘宋时代,刘勰博览群书,应当看到。阮孝绪《七录》撰成于梁武帝时代,阮与刘勰为同时代人,刘勰的图书分类观念应与阮孝绪相近。如果刘勰对汉魏六朝的志怪、志人小说重视的话,应当在《文心雕龙》的《史传》、《诸子》两篇中予以论述,然而两篇于此却是只字不提。这里我们不禁要问：刘勰为何对分量不少并具有相当文学价值的志怪、志人小说如此不重视呢？

从客观情况看，志怪、志人小说在史部、子部典籍中处于很不重要的地位。阮孝绪《七录》之记传录，先列国史、注历、旧事、职官、仪典、法制、伪史等部，然后才是杂传、鬼神两部，最后是地理志与谱系、目录一类书，《隋志》史部次序大致也是如此。《隋志》在叙述杂传类时有曰："魏文帝又作《列异》，以序鬼物奇怪之事，稽康作《高士传》，以叙圣贤之风。因其事类，相继而作者甚众，名目转广，而又杂以虚诞怪妄之说。推其本源，盖亦史官之末事也。"把杂传书称为"史官之末事"，可见其地位之低。《文心雕龙·书记》篇后半篇提到谱、籍、簿、录等二十多种应用文体，不加详述，并称它们为"艺文之末品"，也表示此类作品在文章中很不重要。《文心雕龙》的《史传》篇，着重评述了编年、纪传二体的一些重要史书，杂史、霸史与记载典章制度的史籍均未遑评述，更不用说是属于史官末事的杂传了。至于子部的小说家，汉代以来，一直放在诸子各家最后，所谓"街谈巷语，道听途说者之所造"（《汉书·艺文志》），地位甚低。《文心雕龙·诸子篇》前半篇，历述九流十家，故有"《青史》曲缀以街谈"一句；其后半篇评述各家的文学特色，只举儒、道等八家，没有提及农家、小说家，因为农家书属自然科学，缺乏文学价值，故与位居末尾的小说家均不被齿及了。

我们还要进一步从刘勰的主观认识方面推究原因。从总体看，刘勰对民间文学和文人所作的通俗作品抱着轻视态度，这从《文心雕龙》的《乐府》、《谐隐》两篇看得很清楚。《乐府》篇把许多出自民间的通俗乐曲和歌辞斥为"郑曲"、"淫辞"。《谐隐》篇专门论述俳谐作品和隐语。该篇指出："文辞之有谐隐，譬九流之有小说，盖稗官所采，以广视听。"把文学中的谐辞隐语与诸子中的小说家相提并论，都是属于末流、末品。《谐隐》赞语又把谐辞、隐语比作粗野的植物菅与蒯,同时认为高雅的作品则像丝与麻。该篇又称谐辞"本体不雅",是鄙俚粗俗的作品①。

在思想内容方面,刘勰重视作品应对政治、道德修养产生积极作用。《谐讔》所谓"大者兴治济身,其次弼违晓惑","会义适时,颇益讽诫",即是此意。《谐讔》对《史记·滑稽列传》所载淳于髡、优旃、优孟的滑稽辞令,认为具有讽谏君王、"抑止昏暴"的作用。而对东方朔、枚皋的一些滑稽小赋,曹丕的《笑书》、潘岳《丑妇赋》、束皙《卖饼赋》等一类通俗作品,均认为仅有滑稽而缺少政治、道德修养方面的积极内容,从而不予肯定。对隐语,刘勰肯定淳于髡以大鸟为喻讽谏齐威王的言辞,而批评东方朔的不少隐语"谬辞诋戏,无益规补"。《谐讔》篇赞最后郑重指出:"空戏滑稽,德音大坏。"表明他认为滑稽作品如果缺乏对政治、道德修养产生积极作用的内容,是没有价值的。小说家中的邯郸淳《笑林》等笑话,其性质与曹丕《笑书》(今佚)当相类,在刘勰看来自是"空戏滑稽"之作。刘义庆《世说》一类作品,其中也有很大部分属于这一类,故也不受重视。《诸子》篇曰:"诸子者,入道见志之书。"可见刘勰认为有价值的子书,应当表现治国修身之道,表现作者高尚的志趣,位居诸子末品的小说家,从这方面的标准来衡量,自是很不够的。

从《乐府》篇,我们看到刘勰对汉乐府民歌中一些表现男女婚姻、爱情主题的作品,如《白头吟》、《艳歌行》、《艳歌何尝行》等一类作品十分轻视,斥为淫辞。这类作品,反映了下层社会男女的悲欢离合,反映了妇女的悲惨地位和痛苦,实际具有积极的社会内容,但刘勰看不到这种价值。如上所述,在思想内容方面,刘勰重视的是直接对政治、道德修养产生积极作用。魏晋南朝时代,门阀制度昌盛,出身贵

---

① 参考拙作《从〈乐府〉、〈谐讔〉看刘勰对民间文学和通俗文学的态度》一文。编者按:此文收入《文心雕龙探索》上编。

族的文人领导并影响了整个文坛。他们在生活、思想感情上都远离下层人民，因而当时高雅层次的文学创作和批评，都不重视表现下层社会的情况。晋宋之际的大诗人陶渊明，长期居住农村，有机会经常接触农民，但其诗却没有直接写到农民，便是一个明证。刘勰对表现下层社会情状的作品也是轻视的。除上文提及的他对汉乐府民歌的鄙夷外，这里再举一例。东汉末年的汉灵帝，喜欢民间通俗文艺，在鸿都门招集了一批文人，其作品颇多描写"方俗闾里小事"（即民间日常生活），灵帝颇加赞赏，重用那些文人。当时著名文人蔡邕上书谏诤，斥骂这类作品语言鄙俗，像俳优唱戏一样（见《后汉书·蔡邕传》）。《文心雕龙·时序》提到此事时，把鸿都门文人斥为"浅陋"，表明刘勰同意蔡邕的看法。我们看到，汉魏六朝小说，特别是杂传类中的志怪小说，记载了大量的民间故事，也即"方俗闾里小事"，这在刘勰看来，当然是属于浅陋而不足道了。

《文心雕龙》认为，作品记事应当信实可靠，《宗经》篇提出"六义"作为作品的思想艺术标准，其中之一便是"事信而不诞"。《辨骚》篇在肯定《楚辞》中《离骚》等篇章重大思想意义的同时，指出其中包含了丰隆求宓妃、康回倾地等一些诡异之辞、谲怪之谈，有背于经书正规之风。《诸子》篇也说："《列子》有移山跨海之谈，《淮南》有倾天折地之说，此踳驳之类也。"这些都说明刘勰对内容怪诞与充满幻想的神话传说不能理解和肯定。汉魏六朝的志怪小说，包含了大量怪异的民间传说，根据刘勰记事须信实的标准，他当然不会肯定这类篇章。杂传类中还有一部分宣传佛法灵异、因果报应的作品，如刘义庆《幽明录》、王琰《冥祥记》等，作为佛教的信仰者，刘勰对它们可能抱有好感。但如上文所述，史部图书十分繁富，杂传类的地位很不重要，他也不可能对此特加青睐了。

上面说的是思想标准，再从艺术标准看。魏晋南北朝骈体文学发达，南朝尤盛。当时人们衡量作品艺术性的首要标准，就是看作品是否具有骈文语言之美,即对偶工致、辞藻美丽、声律和谐、用典精切等。押韵脚的韵文更受重视,被称为"文",中以诗赋居首,还有颂、赞、箴、铭等体。不押韵脚的文章也要注意对偶、辞藻等语言美,这从萧统《文选》所选文章便可明白。当时的志怪、志人小说,运用散体,性质与记事的史书相似,不讲求骈文文体的语言美,所以在当时人们看来,是缺少艺术美的。我们看《文选》选了陶渊明的《归去来辞》,因为它是具有对偶、辞藻、声韵之美;不选其《五柳先生传》、《桃花源记》,因为它们是散体记事文,不具有骈文的语言美。《文心雕龙·书记》说:"文辞鄙俚,莫过于谚。"可见刘勰对民间作品语言质朴俚俗很不满意。在《乐府》篇中,刘勰对通俗的民间作品评价很低,同时对富有对偶、辞藻之美的曹植、陆机的乐府诗颇为赞赏,称为"咸有佳篇"。同样是通俗性的作品,刘勰特列《谐讔》一篇评述谐辞隐语。尽管他认为东方朔、曹丕以下的许多作品"空戏滑稽",缺乏思想价值,但它们是韵文,讲求骈文的语言美,故在艺术上仍值得重视;至于志怪、志人小说一类,则是思想、艺术均无足取了。

一部分记人记事作品,往往具有人物形象鲜明、情节曲折生动的优点,因而富于文学价值。但在南朝时代,一般文人对此并不重视,不加肯定。《文心雕龙》的《史传》篇在谈到《史记》、《汉书》的艺术性时,只肯定司马迁有"博雅弘辩之才",赞美《汉书》各篇前后的序、赞文辞"弘丽",对于两书本纪、列传的不少篇章叙述人物事件真切生动,却是只字不提。《文选》特设史论、史述赞两类,选录了若干《汉书》、《晋纪》、《后汉书》、《宋书》中的篇段,因为它们具有骈文的语言美,对于这类史书中记人记事的篇章,也不齿及。可见在南朝文人看来,像《史记》中的《项羽本纪》、《信陵君列传》,《汉书》中的《东方朔传》、《霍光传》等篇章,尽管记人记事十分生动,但因缺少骈文的语言美,仍是缺少文学价值。汉魏六朝小说的许多篇章,也以散体行文,以记人记事生动活泼取胜,其不受刘勰的重视,自无足怪。我国古代这种不重视记人记事生动活泼的偏见，直至唐宋以来，特别明清时代，由于小说戏曲的长足发展，才发生了明显的变化①。

由上可见，《文心雕龙》没有论述汉魏六朝小说，有主客观两方面的原因。客观原因是史部、子部图书十分丰富，杂传、小说类位居史部、子部末品，地位很不重要，不遑论述；主观原因则是在刘勰看来，不论是思想内容还是艺术成就，杂传、小说类作品均缺乏价值。

（原载《庆祝王元化教授八十岁论文集》，
华东师范大学出版社 2001 年出版）

---

① 参考拙作《从〈文选〉选录史书的赞论序述谈起》一文，收入拙著《中国古代文论管窥》。

谈《文心雕龙》的《风骨》、《通变》

　　《文心雕龙》第三部分中的《风骨》、《通变》是两个重要篇章,次序相接。《风骨》研讨如何使文章具有风骨,形成优良的文风;《通变》研讨历代文风的发展变化及其与风骨的关系。两篇内容关系紧密。本文不拟对两篇内容进行全面的论述,仅对《风骨》篇中的若干疑难语句以及两篇的紧密关系,试作阐述。

一　《风骨》释疑

　　关于风骨这一概念的涵义,《风骨》篇讲得很明确。它有曰:"若能确乎正式,使文明以健,则风清骨峻,篇体光华。"结尾赞语又曰:"文明以健,珪璋乃聘。"可见风的特征是清明爽朗,骨的特征是遒劲峻健。《风骨》又曰:"故练于骨者,析辞必精;深乎风者,述情必显。"则又具体指出:风清是指作品的思想感情表述得明朗显豁,骨峻是指运用文辞精要。《风骨》又曰:"结言端直,则文骨成焉;意气骏爽,则文风清焉。"则又具体指明获得风骨的根源。意气指作者的意志、气质和性格,它们形成思想感情。作者的思想感情骏发爽朗,就会产生作品风貌清明显豁的特征。结言端直,指运用辞语正直挺拔,这样就能使作品骨力劲健。总之,风骨是指文章具有鲜明爽朗、刚健有力的风貌,其关键在于作者临文时要有骏发爽朗的思想感情,能运用劲健精要的词语。风骨是指文章的外部风貌,而不是指文章思想内容的内在性质,即思想感情是否纯正、健康、进步等等①。

在关于风骨问题的讨论中,有些同志认为风骨的内涵包含着指作品思想感情的内在性质,指思想感情的纯正、健康、进步等等。我想形成这种误会,与《风骨》篇的某些语句表述不够明确、易生歧义有关。下面试举几个比较明显的例子略加解释。

一、《风骨》曰:"诗总六义,风冠其首,斯乃化感之本源,志气之符契也。"按《毛诗序》释六义有曰:"风,风也,教也,风以动之,教以化之。"《国风》居《诗三百篇》之首,在上者以风教化下民,在下者以风讽谏在上者,上下互相风动感发,故曰"化感之本源"。《毛诗序》解释风,指诗的思想内容所产生的教化感发作用,刘勰则借以指文学作品(包括诗文)鲜明显豁的风貌对读者的艺术感染力量。二者虽同属文学作品对读者(或听者)所起的影响,但内涵已有变化。刘勰此处"化感"系指作品的艺术感染力,联系下文便可看得很清楚。《风骨》曰:"相如赋仙,气号凌云,乃其风力遒也。"相如赋仙,指西汉司马相如写作《大人赋》。《史记·司马相如传》:"相如既奏《大人之颂》(即《大人赋》),天子(汉武帝)大说,飘飘有凌云之气,似游天地之间意。"按司马相如的代表性大赋《子虚赋》、《上林赋》,文辞繁富艳丽,刘勰评为"繁类以成艳"(《诠赋》),"理侈而辞溢"(《体性》),风骨不足。而《大人赋》文辞接近楚辞,较为简练,风貌较为清明爽朗,有飞动之致,故刘勰举以为作品有风力(此处即指风)之范例。又《大人赋》述游仙之事,汉武帝读后有飘飘之气。刘勰认为这种强大的艺术感染力,来自该赋具有鲜明爽朗的风力。刘勰对汉赋讽一劝百的内容颇为不满,若从作品内容性质的角度而言,则《大人赋》适应了汉武求仙的欲望,刘勰是不会加以肯定的。刘勰喜欢援引儒家经典作立论根据,此处以《诗经》之风体与风骨之风比附说明,亦是一例。

---

① 参考拙作《从〈文心雕龙·风骨〉谈到建安风骨》,原载《文史》第9辑。

二、《风骨》曰:"若瘠义肥辞,繁杂失统,则无骨之征也。"肥辞,指繁富的辞采。辞采过于繁富,容易使作品无骨;正像人体过于肥胖,则骨骼无力。《文心雕龙·诠赋》有曰:"繁华损枝,膏腴害骨。"正是指明肥辞害骨。刘勰对陆机作品文辞繁而少骨,常表不满,如《议对》篇曰:"及陆机断议,亦有锋颖,而腴辞弗剪,颇累文骨。"即是一例。此处瘠义肥辞,带有偏义复词性质,重点在肥辞,因而它与无骨具有密切的因果关系,瘠义是陪衬。瘠义与无骨没有必然联系;但辞肥而内容贫瘠,则无骨的病态尤为突出。又内容贫瘠或不充实,也仍然与内容性质的纯正、健康等无关。《文心雕龙》各篇均用精致的骈文写成,为了求得语句的整齐工致,有时夹杂了若干不必要的词语,此处之瘠义便是一例。又如《比兴》篇曰:"毛公述传,独标兴体,岂不以风通而赋同,比显而兴隐哉?"此处重点是讲比和兴,赋还是表现方法之一,作为诗体之一的风,实在没有必要提及,但为了骈文的行文需要,也连带提及了。

三、《风骨》又曰:"昔潘勖锡魏,思摹经典,群才韬笔,乃其骨髓峻也。"潘勖锡魏,指东汉末叶潘勖的《册魏公九锡文》,其文代汉献帝宣示意旨,叙述曹操功德,宠以九锡。此处"思摹经典"之"思",有的论者认为指思想内容,并以此证明风骨之骨与思想内容有关。实际不然。此处思指作文时之运思、构思,亦即神思,非指文章的思想内容。潘文用词造句,竭力摹仿《尚书》,如首段有曰:"即我高祖之命,将坠于地。朕用夙兴假寐,震悼于厥心。曰惟祖惟父,股肱先正,其孰恤朕躬?乃诱天衷,诞育丞相,保乂我皇家,宏济于艰难,朕实赖之。今将授君典礼,其敬听朕命。"何焯评曰:"全仿《尚书》行文。"又潘文结尾曰:"君往钦哉,敬服朕命,简恤尔众,时亮庶功,用终尔显德,对扬我高祖之休命。"语句亦绝似《尚书》。中间行文,亦多规仿《尚书》、《左传》。故清方伯海评曰:"衰辑《尚书》、《左》、《国》以成文,浑朴质穆。"(于光华《文选集评》卷八引)范文澜《文心雕龙注》亦谓其

"规范典诰,辞至雅重"。所谓"典诰",指《尚书》中《尧典》、《舜典》、《大诰》、《康诰》等一类文章。儒家经典之文辞,往往比较质朴刚健,《尚书》尤为突出,潘文刻意摹仿《尚书》,语言刚健有力,故《风骨》篇举为骨峻之范例。按《文心雕龙·诏策》曰:"潘勖《九锡》,典雅逸群。"(《定势》篇曰:"模经为式者,自入典雅之懿。")《才略》篇曰:"潘勖凭经以骋才,故绝群于锡命。"均可互相参照,说明刘勰对潘文竭力摹仿经书之推重。但应注意潘文乃在文辞上摹仿经书。骨髓峻,即骨峻。质朴之语言是文辞之基干,故骨可称为骨髓①。

以上所举三处文句,均容易使读者误会风骨内涵包含文章思想的内在性质,故略作解释。总之,风骨是指作品思想感情表现得鲜明爽朗,语言精要劲健,而不是指思想感情的内在性质。作品语言精要劲健,容易使作品风貌鲜明爽朗,故风、骨二者常连在一起使用,成为一个术语。作者的意气骏爽,不易强求;因而注意运用精要劲健的语言作为文辞的基干,就成为锻炼风骨的一个关键性的问题。

二　《通变》、《风骨》两篇之紧密关系

《通变》篇论文章的发展变化,它紧接《风骨》篇之后,在内容上两篇有紧密关系。

《通变》开头曰:

> 夫设文之体有常,变文之数无方。何以明其然耶?凡诗赋书记,名理相因,此有常之体也;文辞气力,通变则久,此无方之数也。名理有常,体必资于故实;通变无方,数必酌于新声。故

---

①　参考拙作《〈文心雕龙·风骨〉笺释》。编者按:此文收入《文心雕龙探索》上编。

　　　能骋无穷之路，饮不竭之源。

这里指出作文时应注意两个方面，一是有常之体，二是无方之数。有常之体，指文章之体裁及其基本规格要求。刘勰对此很重视，《文心雕龙》的《明诗》至《书记》二十篇，于此有具体论述，而且常把规格要求称为"大体"、"纲领之要"等等。所谓"名理相因"，是指根据各体文章的名目（如诗赋）来规定写作之理，即其基本规格要求。以《诠赋》为例，其名义是："赋者铺也，铺采摛文，体物写志也。"其写作之理则是："原夫登高之旨，盖睹物兴情。情以物兴，故义必明雅；物以情观，故词必巧丽。丽词雅义，符采相胜。"这就是根据赋的名义提出的作赋之理，也就是作赋的基本规格要求。刘勰认为这种基本规格要求是具有恒久性的，必须以古来的范文为法式，所以说"体必资于故实"。如果违背这种基本规格要求，那就成为"谬体"、"讹体"（见《颂赞》篇），是一种不良现象，必须注意避免。

　　《通变》所谓"无方之数"，是指文辞气力的运用变化情况。气力，此处即指风力、风骨。上文指出，风骨指文章思想感情表现得鲜明爽朗，语言精要劲健，而其关键是语言的运用问题。故此处文辞气力，是指文辞的运用变化情况，具体地说，指文辞的质朴华美情况表现如何。文辞质朴刚健者往往富于风骨，文辞华美繁缛者则往往风骨不振。刘勰主张文章应当兼有文采与风骨，文采与质朴二者结合，达到文质彬彬。《风骨》篇曰：

　　　夫翚翟备色而翾翥百步，肌丰而力沉也；鹰隼乏采而翰飞戾天，骨劲而气猛也。文章才力，有似于此。若风骨乏采，则鸷集翰林；采乏风骨，则雉窜文囿；唯藻耀而高翔，固文章之鸣凤也。

他以禽鸟为喻，认为文章应文采、风骨二者兼备，如同凤鸟那样，既外表美丽,复骨力劲健,有飞动之致。否则像雉鸟那样羽毛美丽而飞翔无力,或像鹰隼那样能翱翔高空而羽毛灰暗,都不能达到文质兼备的理想境界。这种要求文质兼备、文采与风骨结合的主张,在南朝其他作家、评论家也有所表现。如锺嵘《诗品序》提出:"干之以风力,润之以丹采。"王僧孺《詹事徐府君集序》提出:"质不伤文,丽而有体。"均是其例。

刘勰认为历代文学的发展,有时偏于文,有时偏于质,故《时序》篇开头有"时运交移,质文代变"的提法。《通变》篇对上古至南朝初期文风的发展变化,再从文质角度考察,作了概括的叙述:

> 榷而论之,则黄唐淳而质,虞夏质而辨,商周丽而雅,楚汉侈而艳,魏晋浅而绮,宋初讹而新。从质及讹,弥近弥澹。何则?竞今疏古,风末气衰也。

这里刘勰指出,商周之文,即"五经"主要产生时代的文章丽而且雅,文质结合得最好。在此之前,黄帝、唐尧、虞舜、夏朝之文偏于质而文不足;在此之后,文风则日趋绮艳,文有馀而质不足。以至于刘宋初期,文章更由刻意趋新而流于讹滥。《序志》篇曰:"辞人爱奇,言贵浮诡,饰羽尚画,文绣鞶帨,离本弥甚,将遂讹滥。"说的即是此种情况。刘勰认为,刘宋初期以来文风,由于竞今疏古,追求新奇而疏忽古雅,以致新而讹,文味淡而不深,风末气衰,即风骨不振。这里又一次表明了风骨与质朴刚健文风的紧密关系。

为了矫正后代偏于文而质不足的不良文风,刘勰主张作文应当宗法儒家经典。《通变》篇曰:

> 故练青濯绛,必归蓝蒨;矫讹翻浅,还宗经诰。斯斟酌乎质文之间,而櫽括乎雅俗之际,可与言通变矣。

这里"经诰"泛言之即指儒家经书；确切地说，"诰"指《尚书》中《大诰》、《康诰》一类作品，这类作品语言特别刚健有力。潘勖的《册魏公九锡文》，刻意摹仿《尚书》典诰之文辞，因而骨力特健，故为刘勰所推重，已见上述。此处提出宗法经诰，大致也寓有着重效法《尚书》中《大诰》一类作品以矫正时下文章风骨不振的意思。刘勰笼统赞美经书文辞丽而雅，但实际经书文辞大致可分两类：一类确为丽而雅，如《诗经》、《左传》；一类则偏于质而少文，如《尚书》、《仪礼》的大部分篇章。刘勰为了强调经书是人们作文的学习典范，笼统说经书文辞丽而雅，是不符合实际情况的。《风骨》篇提出作文之道有曰：

> 若夫镕铸经典之范，翔集子史之术，洞晓情变，曲昭文体，然后能孚甲新意，雕画奇辞。

这里指出作文除以经书为模范外，还应取法子书、史书。子书、史书之文，有的文质兼备，有的则偏于质朴。这里指出向子书、史书学习，也是为了矫正时下作品文采偏胜、风骨不足之病，以达到文质彬彬、古雅与时俗文风折衷的境界。

综上所述，可见《风骨》篇阐述风骨是指明朗刚健的文风，以质朴胜，而理想的文风应为风骨与文采相结合，文质兼备。《通变》篇指陈历代文风变化，认为楚汉以来文风文有馀而质不足，因而风骨不振，提出宗法经诰来进行挽救，使文章能文质兼备，雅俗折衷。故两篇内容息息相通，关系密切。

《风骨》、《通变》两篇，表明了刘勰对文风的基本要求与矫正当时文弊的主张，它们与《文心雕龙》前五篇总纲所表述的观点，也是息息相通，关系密切。总纲指出，作文必须宗法经书，还要吸取纬书、楚辞的奇辞异采，做到倚《雅》《颂》，驭楚篇，"酌奇而不失其贞，玩华而不坠其实"（《辨骚》），也就是风骨与文采并重、文质应兼备之意。《宗经》篇指出:经书之文,具有"六义"之美,六义中的"风清而不杂",即指具有清明爽朗之风貌;"体约而不芜"、"文丽而不淫",指作品体式文辞,精要雅丽而不繁芜淫滥,则文章必有骨力。可见《风骨》、《通变》两篇,其内容是《文心雕龙》基本思想的辅佐与补充,因而在全书中占有重要地位。

(原载《文史》第 49 辑,中华书局 1999 年出版)

研究《文心雕龙》应全面了解其作家作品评价

　　研究中国古代文学理论批评，我一直认为应当重视其中的作家作品评价。这不但因为古文论中的作家作品评价分量相当大（不少论著这类评价还占主要部分），具体地体现了著者的文学观念与思想倾向，必须加以重视；而且还因为不少论著的理论概括比较简约笼统，意思不大明白，只有结合作家作品的评价来考察，方能获得全面确切的理解。《文心雕龙》一书中的作家作品评价部分比重也很大。《原道》等五篇对"五经"、纬书、楚辞等作了具体分析。《明诗》至《书记》二十篇，分论各体文章，各篇中的"原始以表末"、"选文以定篇"部分都是作家作品评论。下半部《神思》以下十九篇，着重论述文章的风格和修辞手段，也是结合许多作家作品的例子来说明。最后六篇中的《时序》、《才略》两篇，更是着重论述各时代的作家作品与文学风尚。可以说，对历代文学发展与作家作品的评述，在全书分量中约占一半左右，对此我们应给予充分的注意。《文心》对不少作家作品的评价，常常散见于各篇中，因而考察时又必须全面留意，综合起来分析，而不能抓住一点，不及其馀。本文于此不拟进行全面论述，仅就刘勰评论历代作家作品与其评论文风的总原则二者的关系略加说明。

　　刘勰评价历代作家作品与文风的总原则，是要求文采与风骨相结合，即要求作品文质兼备，文质彬彬。《风骨》篇强调作品应兼具风骨与采，即作品应兼有明朗刚健的风貌与美丽的文采。它以禽鸟为喻，指出作品应像凤凰那样，既有美丽的羽毛，又有能翱翔高空的气力，才是理想的境界。否则如雉鸟那样羽毛艳丽而不能高飞，鹰隼那样能高飞而羽毛缺乏文采，均不符合理想。《通变》篇在总论历代文学发展时说：

> 榷而论之，则黄唐淳而质，虞夏质而辨，商周丽而雅，楚汉侈而艳，魏晋浅而绮，宋初讹而新。从质及讹，弥近弥澹。何则？竞今疏古，风末气衰也。

这里认为，商周时代的文章（主要为"五经"）既丽且雅，文质彬彬，最为理想。商周以前的作品偏于质朴，商周以后的作品日趋绮艳，文有馀而质不足。楚汉以后之文，尽管绮艳新奇，读起来却是乏味，是因为"风末气衰"，缺少明朗刚健的风骨。为了矫正此弊，刘勰认为必须学习经书刚健明朗的文风，所谓"矫讹翻浅，还宗经诰"，达到"斟酌乎质文之间"，即质文兼备、文质彬彬的境界。《文心》全书即以此为总原则来指导写作并评价历代文学。它在评价历代文学及作家作品时，也常常涉及思想内容，但在以儒家思想为准则的前提下，它讨论的主要问题还是文质情况，即作品是否文质兼备，还是二者有所偏胜。它对楚辞以至南朝文学的批评，主要是认为它们文采偏胜，而风骨不足；但对它们在艺术上的创新和发展，又往往作出适当的肯定。

自《原道》至《辨骚》五篇，为《文心》全书总纲，提出了宗经酌骚、执正驭奇的纲领性主张，也体现了要求文质兼备的意思。刘勰认为写作必须以"五经"为规范，说"圣文雅丽，衔华佩实"（《宗经》），即具有文质彬彬之美。但实际"五经"中有不少部分文章偏于质朴而缺少文采，《尚书》、《仪礼》、《春秋经》诸经中大部分篇章均偏于质朴。楚辞的崛起，以其艳逸的文采，标志着中国古代文学作品在艺术上的巨大创新和发展,《文心》誉为"奇文郁起","惊采绝艳,难与并能"(《辨骚》),"笼罩雅颂"(《时序》),认为楚辞的文采超越了《诗经》的雅颂,因而必须加以吸取。《文心》还指出尽管纬书的内容荒诞不足取,但其"事丰奇伟,辞富膏腴"(《正纬》),也有助于文章写作。可见刘勰提出文必宗经,并不是要求人们简单回归到"五经"的风貌,而只是以经书为旗帜,要求作品文质彬彬,矫正当时文有馀而质不足的弊病。这正是他的高明之处;否则一味复古,将使作品写得枯燥而缺乏文学的生动性。唐代元结《箧中集》一派诗人,唐代中期一些古文运动的前驱者,其作品即是如此。

《文心》对楚辞也有批评。《辨骚》指出楚辞运用不少神话传说,属于"诡异之辞"、"谲怪之谈",它们涉及到内容题材和文辞两方面。它对宋玉的辞赋,指责尤为厉害,认为是开辞赋淫丽之风的始作俑者。有曰:"宋(玉)发夸谈,实始淫丽。"(《诠赋》)所谓"淫丽",指文辞过于艳丽繁富,形成了文有馀而质不足的现象。《文心》提出"酌骚"、"驭奇",意思是适当酌取楚辞的奇辞异采,并以经书为准则来驾驭,不能完全循着楚辞的路子走下去。

对于汉代及其以后的辞赋,《文心》也是有褒有贬。汉赋(特别是其中的大赋)沿着楚辞的路子,描写细腻,文辞繁艳,《文心》认为它们发展了淫丽的文风。汉赋家中,司马相如在这方面尤为突出,《文心》颇多批评,有曰:"繁类以成艳。"(《诠赋》)"理侈而辞溢。"(《体性》)"及长卿之徒,诡势瑰声,模山范水,字必鱼贯,所谓诗人丽则而约言,辞人丽淫而繁句也。"(《物色》)"洞入夸艳,致名辞宗,然核取精意,理不胜辞,故扬子以为文丽用寡者长卿,诚哉是言也。"(《才略》)可见《文心》是把司马相如的辞赋作为汉赋淫丽之风的代表来加以批评的。另一方面,我们看到《文心》对汉代著名赋家往往给以肯定。《诠赋》篇对枚乘、贾谊、王褒、班固、张衡、扬雄、王延寿的作品均有好评,如说扬雄的《甘泉赋》"构深玮之风",班固的《两都赋》"明绚以雅赡"

等等。即使对司马相如的赋也有所肯定,如说他的《大人赋》具有风貌清明的优点(见《风骨》)。汉赋常常运用夸张手法来描写事物,《文心·夸饰》对此也是有褒有贬,不是笼统肯定或否定。它既指出汉赋的夸张描写存在着诡滥而违背事理之病,但又承认它们在描写山海宫殿时,显得逼真生动,具有"光采炜炜而欲然,声貌岌岌其将动"的优点。可见《文心》对汉赋采取一分为二的态度,既有批评,也有肯定。曹丕《典论·论文》即标举"诗赋欲丽",突出"丽"。《文心·诠赋》也说赋"词必巧丽","丽词雅义,符采相胜";可见也肯定辞赋应写得丽,只是反对过分的淫丽罢了。《宗经》慨叹"楚艳汉侈,流弊不还",只是不满楚辞、汉赋及其以后文风的淫丽之病,显然不是对楚辞、汉赋的笼统否定。《情采》篇把《诗经》与辞赋相比照,认为前者"为情而造文",后者"为文而造情",这里也是针对一部分缺乏真情实感、文辞"淫丽烦滥"的作品而发。如果执此认为《文心》全书把《诗经》、辞赋当作两种对立的创作倾向来理解,就失之片面了。

　　对于汉魏六朝的五言诗,《文心》也是有褒有贬。五言诗是汉魏新兴的诗歌样式,它逐步取代《诗经》四言体、楚辞长短句体而广泛流行,成为汉魏六朝诗歌的主要样式。《明诗》篇有"四言正体"、"五言流调"的提法,说五言诗是时俗流行的格调,不是传统的正体,还流露出尊重旧传统的一点偏见;但《明诗》对汉魏以至南朝诗歌,用了更多篇幅来评述五言诗,其中对汉代古诗、建安诗歌均作了很高评价。之后对正始之诗、太康之诗、东晋玄言诗、宋初山水诗均有具体论述。这说明刘勰正视到五言诗自汉魏以来已占据诗坛主要地位,成就突出,因此也着重评述五言诗。刘勰不满东晋玄言诗,与锺嵘态度相同,这反映了南朝大多数文人对枯燥乏味的玄言诗的厌恶。对刘宋初期开始流行的山水诗,则采取一分为二的态度。《明诗》在评述山水诗的艺术特色时曰:"俪采百字之偶,争价一句之奇,情必极貌以写物,辞必穷力而追新,此近世之所竞也。"最后一句寓有贬意,对山水诗刻意追求文辞繁富新奇表示不满。谢灵运的山水诗，往往篇幅较长，文辞较繁。故《诗品》评曰："颇以繁芜为累。"萧纲《与湘东王书》曰："学谢（灵运）……但得其冗长。"①但刘勰对山水诗的描绘艺术又有所肯定。《物色》篇曰："故巧言切状，如印之印泥，不加雕削，而曲写毫芥，故能瞻言而见貌，即字而知时也。"对其描写景物的生动逼真功力给予肯定，正像《夸饰》篇肯定辞赋的夸张描写那样。刘勰主张文辞应精要简约，认为繁富冗长，易流于淫丽。《物色》赞美《诗经》的景物描写能"以少总多，情貌无遗"，而对楚辞以下诗赋的淫丽之风常致不满。但他又看到后代诗赋在描写事物的细致与生动逼真方面有超过前人之处，而不能不给予适当的肯定。

上面就《文心》对楚辞、汉赋、汉魏至刘宋五言诗的评述作了分析，它们代表了战国至南朝初期文学主要样式的发展和成就，因而也可以看出刘勰对"五经"以后历代文学评价的倾向。从以上分析可以看出，刘勰对楚辞、汉赋、汉魏至刘宋五言诗，都认识到它们在艺术上具有创新与发展，并给予不同程度的肯定。另一方面，他又对楚辞、汉赋、汉魏以来五言诗中一部分作品过分追求文辞繁艳新奇之病，表示不满和批评，这就是所谓"楚艳汉侈，流弊不还"（《宗经》），也就是淫丽之病。为了矫正这种文风，刘勰大力提倡文必宗经，主张向"五经"雅丽之风学习，使文章能做到执正驭奇，华实兼备，风骨与文采兼备，也就是达到有文有质、文质彬彬的理想境界。通过以上对《文心》对楚辞、汉赋、汉魏以来五言诗评价的分析，又反过来证明要求文质兼备、文质彬彬，的确是刘勰评价文学的总原则，它贯彻在各方面的作家作品中间。把《文心》的作家作品评价与理论原则结合起来研究，阐明刘勰批评文学的总原则是文质彬彬，固然是很重要的，但其

① 参考拙作《刘勰论宋齐文风》一文。编者按：此文收入《文心雕龙探索》上编。

作用不仅限于此点。如"风骨"这一概念的内涵究竟如何,学术界迄今尚有不同意见,如果我们能结合《文心》的作家作品评价来考察,就比较容易取得共识了①。再说,一个批评家对作家作品的评价,往往表现出他的审美趣味和倾向,表现出他的文学史观。即使不一定和他的理论主张有紧密的联系,也是文学批评史需要研究的方面,也是值得重视的。

（原载镇江《文心雕龙》国际学术研讨会论文专辑
《论刘勰及其〈文心雕龙〉》,学苑出版社 2000 年版）

---

① 　参考拙作《〈文心雕龙·风骨〉笺释》。

范文澜的《文心雕龙讲疏》

范文澜同志的《文心雕龙讲疏》一书，是他的《文心雕龙注》的前身。范氏的《文心雕龙注》著称于世，今天尚流传颇广；其《文心雕龙讲疏》则知者甚少，故特作简介。

此书于1925年（民国十四年）10月由天津新懋印书局出版。24开大开本（如一般期刊大小），用4号字体排印。全书五百多页，约近三十万字。除去《文心》原文不计，约二十万字，而后来的《文心雕龙注》，则除去《文心》原文有四十多万字，比起《讲疏》来，注释（包括附录）字数要增加一倍多，主要是注释的条数和内容的增加。如《史传》、《诸子》两篇，《讲疏》注文各有四十多条，已颇详赡，《注》复各增至五十多条。范注除注释详赡外，另一特色是各篇下面附录不少参考性文字，有的为各篇原文中提到的作品，与原文对照参看，甚为方便，有的为有关的评论文章，或阐发原文意蕴，或提供有关材料，对读者深入理解原文极有裨益。此一特色在《讲疏》中已具有，而《注》又颇多调整增益。如《正纬》篇，《讲疏》仅录刘师培《谶纬论》一篇，《注》则增加了徐养原《纬候不起于哀平辨》、刘师培《国学发微》（一节）等六篇。又如《序志》篇，《讲疏》原录应场《文质论》等四篇，《注》又增加了曹丕《典论·论文》等五篇。按《讲疏》范氏自序，该书在1923年已经写成，而《注》则1929年问世，可见从《讲疏》完成到《注》出版，中间又经历了五六年时间。两书相比，见出范氏对《文心》注释精益求精、不断提高的精神。

　　体例上,《讲疏》与《注》基本相同,只是注文安排地位有变化。《讲疏》的注文分插在各篇分段下面,《注》则注文与原文分列,上册为原文,中下册为注文,其后重版本又将注文分置各篇之下。《讲疏》卷首原有梁启超序一篇、范氏自序一篇;《注》不录此两序,而有"例言"十条。"例言"中没有提到《注》是在《讲疏》基础上扩充而成,似觉可怪。

　　20世纪的二三十年代,高校教师为学生讲授古典著作,详加讲解疏证,往往以"讲疏"命名,如黄侃有《诗品讲疏》,顾实有《〈庄子·天下篇〉讲疏》、《〈汉书·艺文志〉讲疏》,许文雨有《文论讲疏》等。

　　《讲疏》范氏自序,全文约有一千字,文繁不录。其内容首言自己在南开大学任教职时为学生讲解《文心雕龙》,征引群书,历一年多而成该稿。次言清代黄叔琳校注纰缪颇多,宜加补葺订正。又言过去在北平求学时,师从黄侃(季刚)先生,深受黄侃《文心雕龙札记》一书的影响,誉为"精义妙旨,启发无遗"。又次揭示《文心》要旨。有曰:"读《文心》当知崇自然、贵通变二要义,虽谓全书精神可也。《讲疏》中屡言之者,即以此故。"

　　《讲疏》卷首作者自序前尚有梁启超氏序文一篇,请友人查核,此文《饮冰室文集》未收,范氏后来的《文心雕龙注》亦不载,世所罕见,全文不长,故附录下方,供学人参阅。

　　　吾国论文之书,古鲜专籍。东汉之桓谭《新论》、王充《论衡》,杂论篇章,时有善言。然《新论》已佚,而传者不过数言;《论衡》虽存,而议论或涉偏激。自此以后,挚虞《流别》、李充《翰林》,为论文之专籍矣;而亦以搜辑残阙,难窥全豹,学者憾之。若夫曹丕《典论》,号为辨要,陆机《文赋》,亦称曲尽;然一则掎摭利病,密而不周,一则泛论纤悉,实体未赅。求其是非不谬,华实并隆,析源流,明体用,以骈俪之言,而有驰骤之势,含飞动之采,极瑰玮之观者,其惟刘彦和之《文心雕龙》乎!

《文心》之为书也,本乎道,师乎圣,体乎经,酌乎纬,变乎骚。缀文之士,苟能任力耕耨,奉为准则,是诚文思之奥府,而文学之津逮也。晚近学子,好诋前修,而自炫新异,可喻于田巴之议稷下,犹未能譬于孟坚之嗤武仲也。扬己抑人,甘于谫陋,其何能读古人之书,而默契彦和之深意乎!

虽然,抑又有故焉。文心者,言为文之用心也。虽为论文之言,而摛翰振藻,炜烨其辞,杼抽献功,整齐其语。是以命意而曰《附会》,修辞而言《镕裁》,师古而称《通变》,别体而号《定势》,文术虽同,标名则殊。读者不察,或生曲解,或肆讥评,其故一也。加以征引之文,间有亡佚,辗转传钞,讹夺滋甚,苟不辨订错啎,网罗散失,以诠释之,读者自易致迷,其故二也。有此二故,《文心》一书,领悟者寡,诚无足怪,然窃尝深惜焉!

乃者吾友张伯苓手一编见视,则范君仲沄之《文心雕龙讲疏》也,展卷诵读,知其征证详核,考据精审,于训诂义理,皆多所发明,荟萃通人之说而折衷之,使义无不明,句无不达。是非特嘉惠于今世学子,而实有大勋劳于舍人也。爰乐而为之序。民国十三年十一月,梁启超。

梁氏博学多识,从此序可知他对汉魏六朝文学批评与《文心雕龙》均有相当的理解。序文末段提到的张伯苓,是一位著名教育家,任南开大学校长多年。上文提到,《讲疏》是范氏在南开执教时的讲稿,故托张伯苓请梁氏作序文。

(原载《江苏大学学报》2003 年第 2 期)

《文心雕龙》五十篇题解

原 道 第 一

本篇探讨文的本原，指出文本于道，文是至高无上的道的体现。刘勰认为，文普遍存在于天地间和人类社会。天色玄，地色黄，天上日月垂光，地上山川焕采，都是文。人为万物之灵，发为语言文章，也有文采。以至龙凤虎豹草木等动植物均有文。文表现为形态色泽之美，也表现为音响声韵之美。它们都是自然而然地形成的，是道的体现。古代帝王和圣人制作的"六经"是人文的典范。古代帝王、圣人，秉承道心，取法天文地文，逐步制成"六经"。"六经"不但具有形态和声韵的语言文字之美，而且在政治教化方面发挥巨大作用。这也是道的体现。刘勰指出，道通过圣人表现为"六经"之文，圣人依据"六经"之文来阐明道。在这里，刘勰把自然之道和圣人之道（儒家的一套政治制度和伦理道德规范）混合起来了。刘勰论文章创作，强调应以圣人的经书为依归；本篇阐述圣人之道即由自然之道演绎而成，这就把他的文学理论提到哲学的本体论高度。

本篇中天地间的各种文都本于道的看法，接受了《老子》的影响。《老子》有道为"万物之母"（第一章）等话。本篇认为，古代帝王取法天地之象制作经书，则本于《易传·系辞》。《老子》所讲的道，是没有意志的自然；《系辞》所讲的天，则是有意志的，故本书《正纬》篇有"原夫图箓之见,乃昊天休命"的话。这里刘勰把道家自然之道和儒家上天意志混合在一起了。魏晋南北朝时代,糅合儒、道两家之说的玄学流行,它宗奉《老子》、《庄子》、《周易》三书为经典。玄学中有一个重要论题,名教与自然合一,即认为儒家所提倡的一套政治制度、伦理道德规范和道家所鼓吹的自然之道相一致。生活在齐梁时代的刘勰,接受玄学影响;本篇中圣人之道源出自然之道的言论,就是这一时代思潮的产物。

本篇所谓文,有广、狭二义。广义的指天地间万物所表现的形态色泽和声韵之美;狭义的指人们用文字写作的文章(包括具有文学性的作品和实用文章)。据古籍记载,我国上古时代的一些杰出帝王,往往是具有非凡智慧、能力的领袖和发明家,被称为圣王。

征 圣 第 二

征圣,意为验证于圣人。本篇主旨在说明写作文章必须以圣人的作品及其指导性言论为依据,故名《征圣》。本篇指出,古代帝王圣人,在进行政治教化、外交、个人修养等方面,都重视运用文辞和文化措施。经书中言及的"志足言文"、"情信辞巧",更是对文章的内容、形式的基本要求。经书文辞,在不同场合表现出不同风貌,或简或繁,或明或隐,但都运用恰当,足为师范。本篇后半,引用《易传》、《尚书》的话,强调"正言"、"体要",要求文章写得雅正和切实扼要。结尾指出圣人文章的特点是既雅且丽,华实兼备,堪为准则。

提倡雅正、精要,反对诡异、浮靡,是刘勰针对当时(南朝)他不满的文风而发。本书《序志》篇于此有明确的阐述。《序志》除引《尚书》外,还引了《论语·为政》"攻乎异端"的话。刘勰前后援引《易传》、《尚书》、《论语》等圣人的言论,为他反对时弊、提倡优良文风提供了有力的理论根据。

本篇和下面《宗经》篇都认为作文必须依据圣人的经书,但本篇着重从圣人作品的总体特色和圣人关于立言的指导性意见立论,《宗经》则着重从"五经"各自的特色和影响立论。

宗 经 第 三

本篇通过对经书价值、思想艺术特色、影响的阐述,说明文章必须宗法经书的主旨。本篇先是指出,经书表现了恒久不变之道,它们起源于邃古,绵延久远,传下来的经孔子编订,而成《易》、《书》、《诗》、《礼》、《春秋》"五经"("六经"中的《乐经》是乐谱,经秦火失传,故此处不论),它们内容深奥,文辞典范。接着,指出"五经"各自的性质和内容特色,在文辞表现上,则着重就隐、显两方面立论,意见和《征圣》篇相通。再次,指出经书对后代文章产生巨大影响,举例说明后代论、说、辞、序等二十种主要文体,分别渊源于"五经",经书是后代各体文章取之不竭的源泉。最后,指出作文如能宗法"五经",则文章可以取得"六义"之美,这是刘勰在宗经前提下为文章树立的六条标准。其中情深、事信、义直三者指思想内容,风清指风貌,体约、文丽指形式和语言风格,它们是《文心雕龙》全书评价作家、作品的主要标准。本篇中对"五经"价值和作用的过分推崇,表现了刘勰作为儒学信徒的偏见,也反映了中国古代封建社会里儒学长期成为统治思想的巨大威力。

刘勰在《序志》篇中自述,《文心雕龙》前五篇(自《原道》至《辨骚》)谈"文之枢纽",即是提出了写作文章的总纲或总原则。其中《原道》、《征圣》、《宗经》三篇关系特别密切,刘勰认为,道、圣、经三位一体,作文必须以圣人制作并用以明道的"五经"为楷模。圣人的文章雅正、体要,"五经"文章具有情深、风清等六义之美,他在圣人的"五经"中找到了写作、评价文章的标准,并以此来反对当时他不满的文风。这就是《原道》等三篇所揭橥的核心思想。

正 纬 第 四

纬书相传为解经之书,取经纬交错之义。它们产生于西汉,与预告吉凶的谶相结合,内容包含大量封建迷信,但也含有若干古史传说、天文地理等有价值的材料。纬书盛行于汉魏六朝,南朝文人以学习纬书为博学的标志,所作辞赋骈文喜欢用典,往往从纬书采摭资料。针对当时纬书对文学影响颇大的现象,刘勰写作了《正纬》篇。刘勰对纬书的荒诞内容,进行了具体分析和批评。他把它们和经书比较对照,指出其伪证有四。接着又从历史发展方面,说明纬书多出自汉代喜谈技数者之手,内容侈陈阴阳灾异,荒诞不经,为东汉一些博学有识之士所抨击。但刘勰又认为,纬书中所包含的某些古代传说和自然界现象的记载,"事丰奇伟,辞富膏腴",写作文章可从中吸取养料,因而不能一概否定。

本篇题名《正纬》,取纠正纬书纰缪之意,是从否定角度说的。《序志》篇说"酌乎纬",意为酌取纬书的某些题材、文辞,是从肯定角度说的。本篇赞语有云:"芟夷谲诡,采其雕蔚。"则是从否定、肯定两方面而言。纬书在隋代受到严禁,从此亡佚,对文学也就不再产生影响了。

辨 骚 第 五

骚,原指《离骚》,后泛指《楚辞》中以《离骚》为首的屈原、宋玉作品,本篇所论,也泛指屈、宋之作。本篇开头赞叹《离骚》等作为《诗经》以后的"奇文郁起",与下文所称"自铸伟辞",都充分肯定了楚辞重大的文学成就和艺术创新。接着列举汉代刘安等五家之说,认为都失之片面。刘勰指出,楚辞内容艺术,有的雅正同于风雅,有的则夸诞失实,背离经书文风。其评论虽仍不脱汉代文人依经立论的风气,但分析比较具体细致。之后,指陈了《离骚》《九章》等篇章各自的艺术风貌和特色,又称道楚辞抒情真挚深刻,写景生动真切,对后代辞赋作者产生深远的影响。刘勰对楚辞的思想内容有褒有贬,对其艺术描写则更多地加以肯定,誉为"气往轹古,辞来切今,惊采绝艳,难与并能",给予了极高评价,表现了刘勰进步的艺术观点。本篇最后表明,作文应当倚靠《雅》《颂》,驾驭楚辞,即应以《诗经》雅正文风为根本,酌取楚辞的奇辞异采,做到奇正结合,华实相扶。这是贯穿《文心雕龙》全书的一个基本观点。

汉代以来,楚辞一直具有重要的历史地位。南朝文人大抵认为《诗经》、楚辞是文学的两大源头。沈约《宋书·谢灵运传论》认为历代诗赋等"莫不同祖风骚";锺嵘《诗品》论诗人渊源所自,不出"国风"、"小雅"、楚辞三者,意思相近。刘勰也持这种看法。他认为汉魏以至南朝的诗赋,有的沿着楚辞的路子,追求艳丽,形成"楚艳汉侈,流弊不还"(《宗经》)的不良文风,所以他强调应以《诗经》的雅正文风为根本,酌取楚辞的奇辞异采。在当时,诗、赋是文章中两种最重要的体载,本篇提出"倚《雅》《颂》"、"驭楚篇",也是从诗、赋角度立论。扩大起来说,这一原则就是倚"五经",驭楚辞、纬书,简括地说,就是执正驭奇。纬书的文学成就,不能与楚辞相比,但就其文辞奇伟、可以酌取这方面说,它们还是相似的。

本篇题名《辨骚》,辨,着重辨析楚辞与经书的异同。《序志》篇说"变乎骚",变,着重指明楚辞在《诗经》后的变化和创新。本书前五篇论文之枢纽,其中《原道》、《征圣》、《宗经》为一组,阐述执正之理;《正纬》、《辨骚》为一组,阐述驭奇之理,合起来构成了执正驭奇的基本观点。骚其实也是一种文体,后世有骚体、楚辞体等称呼,萧统《文选》有骚一类,刘勰因为把楚辞当作文学之祖或典范看待,所以在文之枢纽中加以论述,而不与《明诗》以下二十篇归入一类。

明 诗 第 六

  自本篇以下至《书记》二十篇是本书的第二部分,每篇大致论述一种或两种文体。当时文人往往把许多文体归为文、笔两大类,句尾押韵者叫文,句尾不押韵者叫笔。本书自《明诗》至《谐隐》十篇论文,自《史传》至《书记》十篇论笔。这二十篇内容,如《序志》篇所述,大概有四项内容,所谓"原始以表末,释名以章义,选文以定篇,敷理以举统",就是叙述源流,解释名称性质,评述重要作家作品,指陈体制特色和规格要求。

  本篇专门阐明诗歌的名义、源流等。自开头至"有符焉尔"为"释名以章义",指出诗歌的性质是表现人们的思想感情,认为诗歌应"持人情性","义归无邪",表现出较浓厚的儒家正统观点。自"人禀七情"至"此近世之所竞也"一长段为"原始以表末,选文以定篇"(这两项在《明诗》以下各篇中常常合并介绍),结合作家作品叙述诗歌的历史发展。先是概述上古的诗歌和《诗经》、《离骚》,由于《诗经》、楚辞已有专篇详述,故此处从简。以下循序论述汉、魏、两晋以至刘宋初年之诗,较为具体。其中对汉代无名氏古诗、建安诗歌、西晋与东晋诗歌、宋初山水诗,它们各自的时代风貌和艺术特色,都有十分精当的评语,常常为后人所称引,它们显示出刘勰卓越的鉴赏、分析能力。在这一长段中,刘勰肯定夏朝《五子之歌》"顺美匡恶",肯定《离骚》为刺,肯定汉初韦孟的《讽谏诗》"匡谏之义,继轨周人",肯定魏代应璩《百一诗》"辞谲义贞",都表现出他很重视诗歌的政治讽谕作用。在论述汉魏至南朝诗时,他也提到少数四言诗(如韦孟《讽谏诗》)、七言诗(《柏梁诗》),但重点放在五言诗方面,这也符合这段时期五言诗繁荣昌盛的真实面貌。自"铺观列代"至"故不繁云"为"敷理以举统",指出诗中主要两体四言诗、五言诗风格各有偏重,各个诗人也各有所长，只有像曹植、王粲那样少数作者兼长四言、五言。写作诗歌时，人们应根据自己的才性所长，选择合适的体裁和风格来加以表现，这就为写作者指明了作诗的纲领。

"敷理以举统"一项，常居各篇之末，着墨不多，但从指导写作角度阐明各体文章的体制特色和规格要求，是各篇内容结穴所在，地位很重要。刘勰把这部分称为"纲领之要"、"大要"、"大体"等等，认为写作文章应首先抓住。本篇有云："故铺观列代，而情变之数可监；撮举同异，而纲领之要可明矣。"指出篇中论述诗歌沿革和作家作品异同，是为了"敷理以举统"。这几句话大致适用于《明诗》以下十九篇。

乐　府　第　七

汉代，朝廷设立乐府机关，或采各地歌谣，或令文人制歌辞，配乐演唱，叫乐府诗，简称乐府。后来有许多模仿乐府体制而不配乐之作，也叫乐府。乐府其实只是诗歌中的一类，因为体制有其特点，作品也多，故刘勰另立一篇论述。

本篇前面部分说明，配乐的诗歌，肇端于上古；夏殷之世，因国土辽阔，陆续产生四方之音；《诗经》亦均配乐，从中可见风俗盛衰。可惜先秦时代中和雅正的乐曲，在汉代的乐府中未能得到继承。西汉乐府机关采集的各地歌诗，固然是通俗的俚曲；即连用于祭祀天地、祖宗的郊祀歌、房中歌乐章，也是丽靡不经。俗而不雅的乐曲在汉魏以来的乐府诗中一直盛行。中间虽有少数作品较为雅正，但作用不大。刘勰论乐曲，推崇先秦雅乐，贬责汉魏以来的通俗性乐曲，本篇赞语有云："韶响难追，郑声易启。"其主旨十分明显。汉魏两晋流行的俗曲，是乐府中的相和歌辞，篇中所指斥的汉乐府《艳歌行》、《白头吟》等篇章，曹操、曹丕所作的清商三调曲《苦寒行》、《燕歌行》，都属相和歌辞。西晋大臣荀勖召集一批音乐师，制新律笛，并整理了曹魏传下来的清商三调歌诗（见《宋书·律历志》、《宋书·乐志》）。以清商三调为主的相和歌辞，长时期来受到人们欢迎，刘勰则竭力贬低，认为它们声节急促，情思哀怨，"诗声俱郑"，背离了中正和平的雅乐轨道。东晋、南朝宋齐时代，南方又有新的俗曲（吴声歌曲、西曲歌）产生，盛行于世。对这类着重表现男女情爱的乐府诗，刘勰更是鄙薄，不加齿及。刘勰贬低通俗乐曲、民间诗歌的主张，表现出他在这方面的保守观点。

本篇后面部分指出，乐府的特点是要用乐曲配合歌辞演唱，"辞繁难节"，因此歌辞贵在写得简约一些。

诠 赋 第 八

本篇专门诠释论述赋体。首段说明赋的名义和性质。指出赋的特点是通过"铺采摛文"来"体物写志"，是着重从文辞表现特色而言。赋又有不歌而朗诵之义，则是从口头表达时的特色而言。接着，本篇详细论述了赋的源流演变和重要作家作品。指出屈原《离骚》等作（古时也称"屈原赋"），开始详细描写事物的声音面貌，呈现出赋体特色（屈赋因已有《辨骚》篇详论，故此处仅简单提及）。接着谈宋玉、荀况的若干作品，题名为赋，赋体从此确立名称，逐步发展壮大了。对汉魏以来的赋，谈得更为具体。先是从题材上把赋区分为两大类，一类表现"京殿苑猎，述行序志"，规模较大，另一类描写"草区禽族，庶品杂类"，体制较小，各自指陈其内容艺术特色（这种分类与《文选》所选赋的分类很接近，可以参看）。接着列举战国、两汉、曹魏、两晋时期自荀况、宋玉以至郭璞、袁宏等十八位杰出作家，各自标举其代表作品和艺术特色。最后论"立赋之大体"，也就是敷理以举统。认为赋的思想应明雅，文辞应巧丽，雅义与丽词相结合。

刘勰认识到，各种文体常有其各自特色。就赋来讲，更宜重视文采之富美。本篇前后有曰"铺采摛文"、"词必巧丽"、"蔚似雕画",都是此意。这是根据赋的艺术特色总结出来的。但刘勰又认为,赋必须写得丽而有则,是雅丽;不应丢掉风轨劝戒,片面追求华艳,陷于淫丽。他认为淫丽之风,始于宋玉,后来又有发展,所谓"楚艳汉侈,流弊不还"(《宗经》),以至促成当时的浮诡文风。《情采》篇说"辞人赋颂,为文而造情",也是着重批评辞赋的流弊。他在肯定辞赋特色和重要作家作品成就的同时,常常指摘其失误,寄寓着补偏救弊的深意。

颂 赞 第 九

本篇以下十多篇,一篇中大抵兼述两种比较接近的文体。本篇分别论述颂、赞两体。前面部分论述颂体,指出颂的名义性质,原是歌颂人的功德,告于神明。颂体在历史发展中,应用扩大,用于讽刺、歌颂物品,但主要还是颂扬人的功业。又接着和赋、铭两体相比,指出其异同,说明了颂体的特点和写作要求。后面部分论述赞。指出赞的意义是说明、赞助。在《史记》、《汉书》两书的自叙传中,对全书各篇均作赞语,帮助评论历史人物和事件。后来郭璞注《尔雅》,对动植物亦加赞语。最后指出赞文体制短小,应叙述简练,文辞明晰。刘勰认为,各种文体都有一定的体制特色和规格要求,不宜违背。他批评班固、傅毅的《北征颂》、《西征颂》,前面的序太长,是谬体;批评马融的《广成颂》、《上林颂》,华丽似赋,弄文失质。他认为赞是颂体的分支,以赞扬为主。郭璞的赞"义兼美恶",亦属变体。他对文体的发展变化态度相当保守。

颂着重歌颂功德,在封建社会中用途很广。赞除赞扬外,在篇末以简约之辞总结文意,后世亦常应用(本书五十篇后亦各有赞语)。颂、赞的文学性不及赋体鲜明,它们往往沿用《诗经》的四言句式,比较庄重,不及五言句流美。但它们运用简练的词句扼要叙述对象,也具有一定的文采,表现出作者锤炼词句、刻画描写的功力,即本篇赞语所谓"镂影摛声,文理有烂"。陆机《文赋》提及十种重要文体,其中即有颂,云:"颂优游以彬蔚。"彬蔚,也是指其文辞之美。《文选》卷四七选颂五篇、赞二篇,又卷五〇选史述赞四篇。范晔《狱中与诸甥侄书》有曰:"赞自是吾文之杰思,殆无一字空设,奇变不穷,同合异体,乃自不知所以称之。"这些都见出古时文人对颂、赞的重视。本书中的某些赞语(如《辨骚》、《物色》),写得也很好,不妨参读。本篇以下论述的祝、盟、铭、箴、诔、碑各体,大致均运用简括的韵文写作,体式和颂、赞接近,其文学特色也较为接近。

祝 盟 第 十

本篇论述祝、盟两种文体,因其和颂辞原本均为祭告神祇之作,性质接近,故接连着论述。本篇前面部分介绍祝辞,说明祝辞用于向神祇祷祝,以求福佑。在上古时代,用于祈求农业的丰收。春秋以降,其用途扩大,遍及群神,目的也不是为人民的生产和生活,而是为个人幸福。又指出祝文在后代,流为祭告死者的哀策、祭文,内容就和诔文相近了。刘勰认为祷神的祝辞,必须诚恳朴实,不要华侈。后面部分介绍盟辞。说明它是人们在结盟时向神祇发誓、表明心迹之作。古时结会,虽有口头约誓,但不立盟置辞。汉代以降始有盟辞。但像臧洪、刘琨的盟辞,固然意气雄迈,但实际效果并不佳,那是因为彼此并不真心信任。最后指出写作盟辞的要领是:叙述当前危机,要求戮力同心,存亡与共,须"感激以立诚,切至以敷辞"。本篇赞美虞舜有"利民之志",认为结盟须依靠忠信,强调修辞立诚,都表现出刘勰继承了儒家思想的进步一面。

祝辞、盟辞一般都颇简质,仅有少数较有文采,如刘琨的与段匹碑盟辞。由祝辞衍化出来的哀策文、祭文就更具有文学性。《文选》

卷五八选录哀策文两篇,和哀辞同归哀类;卷六〇又选祭文三篇,另列一类。

铭 箴 第 十 一

本篇论述铭、箴两种文体。全篇可分三段(本书题解凡提及分段,皆不包括"赞")。第一段讲铭的名义性质、文体源流和作者作品。指出铭是刻在器物上的韵语,用以鉴戒,也用以记述德泽功绩;铭起源于上古,在春秋和两汉颇为发展。同时列举了不少作者和作品,对班固、张昶、蔡邕、张载诸人的铭文,尤为赞美。第二段讲箴的名义性质、源流和作者作品。指出箴用以箴戒过失,犹如针石之攻疾防患。它盛行于夏、商、西周,春秋战国时中衰,至汉代复兴,魏晋作者不绝,其中以扬雄写得最好。第三段指出铭、箴两体相近,但因铭兼有褒赞内容,因而风格又应有所不同:箴须确切,铭贵弘润。至于题材须核以辨,文辞须简而深,这是二者都应遵守的。

铭、箴二体在汉魏晋时期比较流行,陆机《文赋》所列十种重要文体有铭、箴,文云:"铭博约而温润,箴顿挫而清壮。"《文选》卷五六选箴一篇、铭五篇,其中包括本篇所赞扬的班固《封燕然山铭》、张载《剑阁铭》。

诔 碑 第 十 二

本篇论述诔、碑两种文体。全篇可分两部分。前一部分讲诔。先是指出诔为陈述死者德行之文,接着论列先秦至魏晋时代不少作家作品,对长于诔文的潘岳,评述较为具体。后面指明诔文的体制特色和写作要求,认为它叙述死者德行,体制像传记;其辞运用韵语,又似颂。它既表现死者的德行,又抒发了致诔者的哀伤。第二部分讲碑。先是指出碑为刻在石碑上的文辞。接着叙述碑文源流,指出后代碑文用于叙述、称颂死者。于众多作家作品中,特别赞美长于碑文的蔡邕。刘勰称道蔡邕的碑文"叙事该而要,缀采雅而泽",表现出他提倡雅正精约文风的一贯主张。后面提出碑文的体制特色和写作要求,指出碑文前边的序(散文)性质是传记,后边的韵语则是铭文。它应当充分写出死者美好崇高的德行和功业。

陆机《文赋》提到的十种重要文体中有碑、诔,文云:"碑披文以相质,诔缠绵而凄怆。"《文选》卷五六、五七选录诔八篇,其中潘岳所作的有四篇;又卷五八、五九选碑五篇,其中蔡邕所作的有两篇。

哀 吊 第 十 三

本篇论述哀、吊两种文体。全篇可分两部分。前一部分讲哀辞。先是指出哀辞为对夭折者的悼伤之文。中间论述哀辞的源流,对汉、魏、晋的作家作品进行评价。其中对长于哀辞的潘岳之作,备致推崇。后边指明哀辞既是表现对夭折者的哀伤,故其内容、措辞应注意分寸。"隐心而结文"二句,强调应根据思想情感而撰文,而不应首先追求文辞之藻丽,形成华侈之风。其论与《情采》篇主张为情造文、反对为文造情数句相通。第二部分讲吊。先是说明吊为因对方有灾难不幸,用言辞吊悼。可以对人,也可对事。中间评述两汉魏晋的作家作品,对贾谊的《吊屈原文》评价特高,誉为事核、辞清,这符合刘勰所提倡的艺术标准。后边论写作要求,对于过分华靡、形同赋体的作品,表示不满。

《文选》卷五七、五八"哀"类选录哀辞三篇,其中潘岳一篇,另外两篇为哀策文,本书在《祝盟》篇中曾提及。

杂 文 第 十 四

本篇论述对问、七、连珠三种文体,总称杂文。本篇可分五段。

第一段说明这三种文体，分别由宋玉、枚乘、扬雄三人创始，兼及此三文特色，指出它们都是作者闲乐时所为（因此带有诙谐性质）。第二段论述对问一体，列举两汉魏晋各家的作品，有所褒贬，结尾指出该体是作者发愤表志之作，写作上须表现出高深的情志和光艳的文采。第三段论述七体，评价了两汉魏晋的作品。其中赞美枚乘《七发》"独拔而伟丽"，又批评这类作品往往"先骋郑卫之声"，实际是不满它们流于淫丽。刘勰认为这类作品应当写得艳丽而不淫滥。第四段论述连珠，对汉魏时杜笃等四家拟作都致不满，而独肯定陆机的制作。后面指出该体应写得义明词净，事圆音泽。第五段是附论，说明自汉代以来，杂文的名目繁多，对它们可以考察其名义，分别归入有关文体，该篇不再详述。

本篇的对问，《文选》卷四五又分为对问、设论两类，对问类录宋玉《对楚王问》一篇，设论类录东方朔、扬雄、班固之作各一篇。《文选》卷三四、三五有"七"类，录枚乘、曹植、张协之作。又卷五五连珠类，则仅录陆机所作的《演连珠》。对问、七两体，着重铺叙，体式接近辞赋，后世有些文人把它们归入辞赋类。

谐 讔 第 十 五

本篇论述谐辞、隐语两种文体，也就是笑话、谜语，但先秦、汉魏六朝时代的谐辞、隐语，一般均用韵文写作。本篇可分三段。第一段结合举例，说明谐隐的性质、作用和价值。第二段讲谐辞。首先肯定《史记·滑稽列传》中所载淳于髡等所作的谐辞，因为它们尽管文辞不雅，但意在讽谏，义旨规正。其后东方朔、枚皋所作的滑稽赋，就纯属游戏之辞。魏晋时代，谐辞盛行，也都是嘲戏取乐之作。第三段讲隐语。指出隐语的特点是利用暗示、比喻等手法。接着肯定先秦时代的若干隐语，具有兴治济身、弼违晓惑的积极作用。到汉代东方朔的隐语,就全是游戏而无益规补了。魏代以来,以文字、品物为猜测对象的谜语盛行,但此类作品,虽有小巧,毕竟背离文学远大的功能。总之,谐辞、隐语,在文学中品级较低,犹如九流中的小说家一样。

刘勰认为,谐辞、隐语是俚俗不雅之作,其中少数作品具有箴戒规讽作用,值得肯定;许多仅是滑稽取乐之作,就很少价值。这里表现出他主张文学应为政治道德修养服务、轻视娱乐性通俗文学的观点,这种观点和《乐府》篇鄙薄通俗乐曲和歌辞的看法互相沟通。魏晋南北朝时代,谐辞盛行,许多作品用赋体写成,颇有文采,具有辞藻华美、对偶工巧、音韵和谐等语言美,顺应了当时骈体文学昌盛的创作潮流,因而得到许多文人的重视和爱好。据《隋书·经籍志》集部总集类所载书目,即有袁淑等所撰的诽谐文集,计四种,共二十馀卷。诽谐文即是谐辞。刘勰尽管认为这类作品品级不高,但面对当时创作现实,仍承认它们具有文学性,因而写作本篇予以论述。

史 传 第 十 六

从本篇以下到《书记》篇,分别论述属于笔(不押韵的散文)的各种文体。本篇专论史传(历史著作)。全篇可分三部分。第一部分说明史传的名义、性质,指出古史即为经书中的《尚书》、《春秋》;推崇孔子修《春秋》,表现劝戒褒贬;称赞《左传》解释《春秋》,是史书的冠冕。第二部分论述从战国至晋代的史书沿革。其中对《史记》、《汉书》评述较详,肯定亦较多。但对二书为吕后立纪,大加非议,表现出浓厚的封建夫权观念。对其后史书,最推重《三国志》。《文心雕龙》各篇论历代作家作品,大抵到晋代为止,今传廿四史中的《后汉书》,系刘宋范晔所撰,因而本篇未加论及。第三部分论史书的体制和写作。指出史书记载王朝的盛衰兴废,要写出一代的制度和政治演变,表现劝戒与夺之旨,必须征圣宗经。接着认为纪传体史书,由于年久事繁,要做好总会、铨配工作,颇为不易。不少史家记载远事，爱好搜采奇闻；记载同时代人，则趋炎附势，因而所记均失实不可信，因此强调史家必须秉笔直书，析理居正。篇中赞美《史记》的"实录"精神，篇末赞语赞美"直归南董"，反复表现了刘勰要求史书真实地反映历史的进步思想。

在骈体文学占主导地位的南朝，史书用散体文记载史实、人物，一般被人们认为缺少文采。但史书篇章中的序、论，多用骈体，其赞更运用韵文，则被认为有文采。本篇称道《汉书》"赞序弘丽"，即是此意。《文选》不选史书的纪传，但选择一部分史书的论赞。卷四九、五〇选《汉书》等史论九篇、史述赞四篇。《文选序》特别指出，史书中的赞、论、序、述，有"综辑辞采"、"错比文华"之美。我们阅读《文心雕龙》、《文选》，必须注意南朝文人的这种审美标准。

魏晋南北朝时代产生了许多志怪小说，当时人们往往迷信鬼神为实有，故目录学者把它们归入史部，《隋书·经籍志》列入史部杂传类。这类志怪，有的文学性颇强，如东晋干宝的《搜神记》。本篇提及干宝的《晋纪》而不及《搜神记》，说明刘勰对志怪小说不予重视。当时历史载籍纷繁，志怪所记非军国大事，在史部中被认为地位很不重要。再则，志怪内容多诡诞不经，又用散体写作，在崇尚内容信实、文辞应有骈俪之美的刘勰看来，自然更是卑卑不足道了。

诸 子 第 十 七

本篇评述先秦至魏晋的子书。全篇可分四段。第一段简述子书的名义、性质，指出子书是英才们"入道见志"之书。第二段着重论述先秦子书的思想内容。先是指出战国以前的少数子书，出自后人追记。接着列举孟轲、庄周以至青史子等九流十家的著作，揭示其内容特色。说明魏晋的子书内容流于枝蔓琐碎。认为子书内容，有的纯粹，有的踳驳（其区别标准大致根据儒家思想），要求读子书者取纯粹而去踳驳,"弃邪而采正"。其中对子书中所包含的神话传说、寓言故事采取了否定态度,认识比较偏狭。第三段着重论子书的文辞风格。先是分别列举《孟子》、《荀子》等十八种子书的文辞特点,说明许多子书除"入道见志"外尚有其文学价值。接着列举《新语》、《新书》等六种汉晋子书。其间中肯地指出了两汉以来的子书多依采前人之说,不及先秦子书那样"自开户牖",富有创造性。但把先秦子书优胜的原因指为"去圣未远",则是不适当地抬高了圣人的作用(《辨骚》篇开头也有"去圣之未远"语)。第四段指出子书的特色,认为它们可以垂诸不朽,笔端饱含感情,寄托着刘勰自己写作《文心雕龙》企图垂名千古的怀抱,故被纪昀评为"隐然自寓"。

　　本篇第二段提到小说家的《青史子》,但第三段论子书文辞风格时,却没有提及小说。汉魏六朝时代,小说的数量、质量均颇可观。即如《世说新语》一书,文学性就相当强。按此书出自刘宋初年的刘义庆,衡以《文心雕龙》全书评述作家作品,大抵迄于东晋,自不能述及;但《世说新语》前驱《语林》,乃东晋裴启所撰,亦未提及。可见刘勰对这类小说是不重视的。这类小说均用散文写作,从崇尚骈体文学的标准看来,它们缺乏辞藻、对偶、声韵之美,即缺少文学性。同样是通俗性文学,刘勰用专篇评述谐辞、隐语,而对魏晋南北朝小说不予齿及,其原因主要是由于骈体文学的审美标准。

论说第十八

　　本篇论述论、说两种文体。全篇可分两部分,分别讲"论"和"说"。第一部分先是讲论的名义、性质和渊源。指出论的特点是"弥纶群言,专精一理",就某一问题进行深入探讨。于作者作品,对魏晋嵇康、夏侯玄、王弼、何晏、宋岱、郭象等人的玄学论文,举例颇多,誉为"师心独见,锋颖精密","独步当时,流声后代",说明刘勰对析理精密、富有创见的不少玄学论文,抱着赞美肯定的态度,反映出他重视理论探索、重视辩论的精神。玄学杂糅儒、道两家之说,为当时许多文人(包括刘勰)所接受。另外贾谊、李康、陆机等的论文,富于文采,亦予称赏。接下去讲论的体制特色和写作要求,认为论应当"义贵圆通,辞忌枝碎",要析理严密,使对方无隙可乘,见解颇为透辟。末尾附论经书的注释,主张解经应当"要约明畅"。第二部分讲"说"。先是说明说的名义和源流。指出战国争雄时代,辩士云涌,说辞亦盛;至汉代一统,辩说遂趋衰歇。又说明说辞除口头陈说(后被史家载入史册)外,尚有书面形式的上书一类,并在这方面举出若干作者作品予以评价。末尾指出,说辞必须做到"时利而义贞",对公私均有效果。

如上所述,贾谊《过秦论》、李康《运命论》、陆机《辨亡论》一类评论历史、人事的论文,富有文采。它们运用许多对偶、排比、夸张、比喻等修辞手段,使文章富有气势和辞藻之美,因而广泛地受到文士们的喜爱。至于说辞、上书,出于辩士、纵横家,也富于文采,就其善于铺陈描写而言,与上述论文在体式上都接近于辞赋。陆机《文赋》所举十种重要文体,其中诗、赋、碑、诔、铭、箴、颂七种均属韵文,只有论、奏、说三种属散文,于论、说云:"论精微而朗畅。""说炜晔而谲诳。"陆机对论、说两体很重视,主要由于它们富有文采。本书论无韵之笔各体,于史传、诸子专门著作后即探讨论、说,也很重视。《文选》卷五一至五五选录论十四篇,其中有《过秦》、《运命》、《辨亡》诸篇。又卷三九选录上书七篇,其中有李斯《上书秦始皇》、邹阳《上书吴王》、《狱中上书(梁王)自明》等篇。

诏 策 第 十 九

本篇论述帝王发布的诏令一类公文。全篇可分两部分。第一部分论诏策。先是讲诏策的名义、性质,指出诏用于诏告臣下,策用于策封王侯。自先秦至汉魏,由于时代变化和用途有异,帝王文告还有诰、誓、制、敕等名称。本篇以诏策概括,大约因为诏书应用最广,而策文则有若干为后代称颂的佳作。接着论述诏策文的沿革和名篇佳作。指出汉武帝,东汉明、章二帝,魏文帝,东晋明帝等对诏书文辞很重视,引用具有才学之士来从事写作,因而多佳作。末尾指明这类文章由于内容和所施对象不同,有的辞气温润,有的辞气威严,不同情况应表现出不同的风貌,这是写作上应注意的。第二部分简述戒敕、教两种与诏策接近的文体,它们都是上对下之文,但不限于帝王对臣下,也有长官对僚属、百姓,父对子等。

诏策一类文章,体现了帝王对臣下的教训和威严,历代帝王对它们大抵颇为重视。这类文章,不但宜注意内容的切合对象,还宜注意文辞的适度、渊雅,以显示朝廷掌管诏令者的深厚学养,因此唐宋以来把这类文章称为大手笔。汉武帝策封齐王、燕王、广陵王三文,词句古雅,为人称道。《史记·三王世家》全载三文,篇末赞语誉为“文辞烂然,甚可观也”。《太史公自序》亦曰:“三子之王,文辞可观。”本篇又特加赞美,誉为“文同训典,劝戒渊雅,垂范后代”。训典,指《尚书》中《伊训》、《尧典》一类文章,意谓策封三王文规仿《尚书》而绝似之。本篇又称道汉末潘勖《册魏公九锡文》(“册”通“策”)为“典雅逸群”,亦谓潘文规仿《尚书》、《左传》,故有典雅之美。商周时代诏策一类文章,大抵保存于《尚书》中,故《宗经》篇曰:“诏策章奏,则《书》发其源。”后代诏书,重视文辞古雅,故往往模仿《尚书》。由此可见封建统治者对经书的重视。本篇对策三王文、《册魏公九锡文》特加称道,则表现了刘勰征圣宗经的一贯主张。《文选》卷三五选诏二篇(均汉武帝诏)、册文一篇(即潘勖《册魏公九锡文》)。

檄 移 第 二 十

本篇论述檄、移两种文体。全篇分两部分。第一部分讲檄文。

先是结合檄文的渊源述其名义、性质。指出檄是军事行动中宣告敌方罪行的文章，其源颇早，但到战国时始用檄名。之后列举隗嚣、陈琳、锺会、桓温等的檄文，加以称道。末尾讲檄的体制和写作要求，主张檄文旨在声讨对方，故必须刚健有力，"必事昭而理辨，气盛而辞断"。第二部分讲移。移是晓谕对方使之从命的文章。檄用于军事活动中声讨敌方，移除军中用于非敌对的对方外，还可广泛用于非军事活动方面，故有武移、文移之分。文中举了司马相如、刘歆、陆机的移文加以肯定。移文的体制和写作要求，大致同于檄文，故略而不论。

檄文源于战国时的辩士和纵横家，在陈述自己有理、对方无道时，往往采用张扬的手法，因而颇有文采。从这方面看，檄文性质与说辞相近。《论说》篇批评陆机《文赋》"说炜晔而谲诳"的话，主张"自非谲敌，则唯忠与信"。檄文针对敌人，故本篇主张"谲诡以驰旨，炜烨以腾说"。这又是说，檄不同之处。《文选》卷四三选移文两篇，其一即为刘歆《移书让太常博士》；又卷四四选檄文四篇，其中包括本篇称道的陈琳、锺会的檄文和司马相如的《难蜀父老》（该文本篇归入移文类）。

封禅第二十一

本篇论述与封禅有关的文章。古代有些帝王，为了显示自己的功德，到泰山上设坛场祭天叫封，在泰山下的某小山（多数是梁父山）设坛场祭地叫禅。封禅被认为是非常隆重的祭祀。全篇可分三段。第一段讲封禅的性质，指出它是帝王宣示德化的活动。第二段讲有关封禅文字的沿革和重要作家作品。指出古代帝王黄帝、虞舜等均有巡视大山的事迹，见于载籍。秦始皇、汉武帝、东汉光武帝等登泰山巡封，均有铭功的石刻文。司马相如写作长篇《封禅文》，铺陈汉朝功德，劝导武帝封禅，成为富有创造性的鸿笔。以后扬雄、班固，模仿司马相如，写了《剧秦美新论》、《典引》，都是这方面的佳作。之后邯郸淳的《受命述》、曹植的《魏德论》,文辞软弱迂缓,就缺乏光采了。第三段讲封禅文的写作要求,认为应当写得内容光明正大,文辞刚健有力。

司马相如、扬雄、班固的三篇封禅文,是有关封禅文章的名篇,为后人传诵。《文选》卷四八"符命"类即选录了这三篇文章。它们可说是封禅文的代表作。其特点是着重铺陈帝王、王朝的功业德泽,富有文采,在着重铺叙方面和辞赋相近(司马相如等三人都长于辞赋)。但辞赋文辞偏长于华艳,封禅文则宜文辞刚健有力,所谓"辞成廉锷"。刘勰对此很重视。他认为封禅文应当学习《尚书》中的《伊训》、《尧典》一类篇章朴素刚健的语言,树立文辞的"骨干"。所谓"树骨于训典之区"。他赞美张纯的《泰山刻石文》"首胤典谟",即其前面部分学习《尚书》中《尧典》、《大禹谟》等一类篇章。他所谓"骨",即是《风骨》篇中强调的骨,指刚健有力的文辞。他认为《尚书》在这方面为人们树立了典范。他批评邯郸淳《受命述》"风末力寡"、"不能奋飞",即是《风骨》篇所谓雉鸟"肌丰而力沉"之意。他批评曹植《魏德论》迂缓冗长,"飙焰缺焉",和《风骨》篇要求的"篇体光华"正好形成对立面。提倡风骨是《文心雕龙》全书的一贯主张,它不但在《风骨》篇中有集中论述,而且还散见于《诏策》、《封禅》、《通变》等篇,阅读时宜互相参证。

章表第二十二

本篇论述章、表两种文体。全篇可分三段。第一段结合章、表的起源,说明章、表的名义、性质。指出臣下给帝王的上书,历代有各种名称。汉代以后,通行章、奏、表、议四体(奏、议两体在以下篇章中论述),章用以谢恩,表用以陈请。第二段论述汉魏晋各代擅长章表(主要是表)的作者和著名篇章,其中对曹植的作品尤为推崇。中间称赞孔融"气扬采飞",曹植"律调"、"辞清",庾亮"文雅"等等,可见对章表的文采颇为重视。第三段论章、表的体制和写作要求。指出章应写得明白体要;表应写得义雅文清,具有文采。最后郑重指出必须"辞为心使",在文辞的繁约、华实方面处理适当。

历代封建朝廷对文书一直颇为重视,上对下的诏、策、令等,下对上的章、表、奏等,都注重辞采,以显示统治阶层的文化修养。表这一文体,内容较广泛,兼有叙事、议论、抒情,因此较多佳作名篇,情文并茂。诸葛亮《出师表》、李密《陈情表》即是其例。《文选》卷三七、三八选表达十九篇。本篇中提到的孔融、诸葛亮、曹植、羊祜、庾亮、刘琨诸人的表,均入选。

奏启第二十三

本篇论述奏、启两种文体,以奏为主。全篇可分三段。第一段讲奏,又可分两小段。前一小段讲一般的奏,指出奏是臣下向帝王进言的文体,汉代以来又称上疏,其内容可以是多方面的。在论述汉、魏、晋的代表作品时,于西汉举例最多。之后论奏的体制和写作要求,指出应有明允笃诚的精神,辨析疏通的文风。后一小段专门论述弹劾之奏,指出其特点是根据法律来"绳愆纠谬"。在列举了若干汉、晋作品后,强调认为,它应以礼义为准绳,做到理正辞严,而不应吹毛求疵,随便谩骂。第二段论述启。指出它在晋代流行,其作用介于奏、表两体之间。其篇幅比较简短,写作时要注意做到"辨要轻清,文而不侈"。第三段附述谠言、封事、便宜三种文体,它们都是奏的支流。

奏疏内容,重在论述政事,注意说得"辨析疏通",故一般文辞较为质朴,不像表、启兼重表现情愫,文辞比较华美。故《文选》选录表体颇多,而少收奏疏。《文选》卷三九收启三篇(均任昉作),又卷四○收弹事三篇(任昉、沈约作)。汉代的许多奏疏,编者认为缺少文采,均不被收录。

议对第二十四

本篇论述议、对策两种文体。全篇可分四段。第一段讲议体的名义、性质、历史和作家作品。指出议是应帝王的咨询，臣僚议论朝廷政务的文章。其起源颇早，至汉代始有驳议之名。之后列举汉、魏、晋各代的著名作品，并认为后汉应劭、西晋傅咸最长此体。第二段讲议的体制和写作要求。指出写作议体，必须熟悉议论的对象，要写得义显辞正，表达要辨洁、明核。如果不了解政务，徒然驰骋巧辩，那便是舍本逐末。第三段讲对策的性质和作者作品。指出对策是针对朝廷提出的政务问题而陈述自己看法的文章；还有一种叫射策，是就自己探取的试题陈述意见。对策、射策都是议论政务，它们可说是议的别体。之后说明对策、射策始于汉代，列举两汉晁错等五家作品作为典范，并认为魏晋的作品就大为逊色了。第四段讲对策、射策的体制和写作要求。指出它们不像驳议那样参加争辩，而是正面阐明为政之道。内容须深于政术时务，权衡时势，匡救世俗，写得志足言文。

议对之文大抵文辞较为质朴，较少文采，故重视翰藻的《文选》不予选录。

书记第二十五

本篇论述书记及其他多种相关文体。全篇分两部分，分别论述书记和相关文体。第一部分讲书记（书记即书札、书信）。先是讲书记的名义、性质。次述历史和作家作品，指出它于春秋时代开始流行，列举了两汉魏晋的名家名作。之后指出写作书札，宜做到"条畅以任气，优柔以怿怀。文明从容"。在论述一般朋友间往来的书札之后,又介绍了臣僚对上级官吏的书信,有奏记、笺记等名称,更列举了奏记、笺记的若干名家佳作(以笺记为主)。最后指明笺记的体制和写作要求。第二部分认为,书记范围广大,许多表示心意的应用文都可包纳。从用途说,可分总领黎庶、医历星筮等六类;从文体说,可分谱、籍、簿、录、方、术、占、式等二十四种。分别简单介绍了各体的名义、性质,偶举一二例子说明。最后指出写作时应注意精要,它们是各级政府的公文和社会上流行的应用文。

书札、笺记,性质和表相近,叙事、议论外兼重抒情,重视文采,故历代颇多佳作。本篇中对司马迁、东方朔、嵇康等人书札的文学性颇加赞美。《文选》卷四一、四二、四三选录书达二十二篇,本篇提及的司马迁、杨恽、嵇康、赵至等人的名篇均入选,还选了孔融、阮瑀、应璩等人的篇章。《文选》卷四〇选了杨修、繁钦等人的笺九篇,阮籍的奏记一篇。

刘勰所谓文,实有广、狭两义。广义之文,包括许多用文字记录的应用文,本篇提到二十四种。这类作品,大多文辞质朴,有的甚至鄙俚。本篇虽予简单叙录,但认为它们在政事上是迫切需要的先务,在文学上则是"艺文之末品",因而不加具体论述。狭义之文则需要有文采,即文辞的绮丽、藻饰(见《情采》篇)。《文心雕龙》全书具体论述的大多是这类文章。

神思第二十六

神思指人们进行创作时的思维活动,本篇专门论述这方面的问题。自《明诗》至《书记》二十篇,分别研讨各体文章的体制规格和写作要求。自《神思》至《总术》十九篇,则是打通各种文体,泛论构思、风格、结构、修辞等写作问题。作文必先构思,故以《神思》居这部分之首。

　　全篇可分三段。第一段先是说明人们在进行创作思维活动时，思路异常开阔，打破时间空间的限制，头脑中仿佛展示了自然界鲜明生动的形象，并考虑如何运用美妙的词句来加以表现。接着指出，为了保证构思顺利和富有效果，必须保持虚静的心理状态，头脑清醒，精神贯注；同时须注意积学、酌理等四方面的素养，做好平时的准备。再次指出由于构思不顺利，写下的成果和原来的良好设想相差很远，因而强调构思时必须保证精神的从容舒畅。第二段结合前代名家的创作情况，说明由于人的才性不同，文思迟速，差别很大。但不管迟速，均须注意平时的博练。还强调平时须博学多见，积累材料，下笔时就不致感到贫乏；写作时要善于剪裁，使文章主旨分明，避免头绪纷繁。认识到博见与贯一的辩证关系。第三段说明由于临文情况复杂多端，有时会出现文不逮意的现象，这还得靠多多琢磨加工。接着指出，构思中某些微妙的纤旨曲致，难以用言语表达（这当是受到魏晋玄学中言不尽意论的影响）；但又认为，掌握了至精技术的人（如轮扁），虽然不能说清楚道理，但通过长期的实践，还是能把纤旨曲致表现出来。

　　本篇对创作构思广阔丰富的特点作了具体生动的说明，并指出为了使构思富有效果，须注意平时要有良好的积累和学养，写作时要保持头脑的清醒和精神的从容不迫，文章内容要主旨分明，要重视日常的写作锻炼和实践，这些见解都是相当精当和切实的。

体性第二十七

　　本篇论述文章体貌风格和作家情性、个性的关系。全篇可分三段。第一段首先指出，文章是作者内部思想感情的表现。接着说明由于作者的才能、气质、学问、习尚不同，所作文章风格也就不同。作者的才、气属于先天的情性，而学、习则属于后天的陶染。作品在辞理、风趣等方面表现出来的不同情况,均分别和作者的才、气、学、习有关。之后又指出作品风格,大致可分为八种。对典雅一体最为推重,因为它取法儒经,堪为典范;对新奇、轻靡二体加以贬抑,因为它们是南朝宋齐以来不良文风的表现。这八种风格,可分为四组,每组两体风貌正相对立,所谓"雅与奇反"等等。这就形成了比较系统的作家风格论。

　　第二段列举汉、魏、晋时代贾谊、司马相如等十二位著名作家,各有其鲜明的文章风格,这又和他们各自的情性、个性相关联,认为文章风格是他们才气的自然流露。魏晋南北朝时代,才性论流行。人们往往认为,由于各人禀受了宇宙间不同的清气或浊气,形成不同的气质才性。如葛洪《抱朴子·尚博》曰:"清浊参差,所禀有主,朗昧不同科,强弱各殊气。"曹丕《典论·论文》曰:"文以气为主,气之清浊有体,不可力强而致。"曹丕是运用人的禀气清浊说来解释文章的不同风格。本篇所谓"才力居中,肇自血气","吐纳英华,莫非情性",也正是这种观点的表现。

　　第三段说明,作者除先天禀赋的才气外,后天的学习也应注意。学习重在初化,因此少年时就应首先学习雅正的体制,根基正了,旁及其他,自能融会贯通,得其要领。最后指出,作者应结合具体情况,选择某一风格来确定自己的学习方向;应根据自己天性所长加以锻炼,使才能得以充分发展。刘勰在才性、学习两方面,固然更强调先天的才性(《事类》篇也有"才为盟主,学为辅佐"的话),但也重视后天的学习,其看法还是比较全面的。

风骨第二十八

　　本篇论述文章应有风骨。全篇可分为三段。第一段论风骨的涵义和作用。指出风的特点是清、显,即文风鲜明爽朗,它是作者意气骏爽的表现。骨的特点是运用端直、精要的语言,指作品文辞刚健精练,它是作品语言的骨干。指出风骨优良的作品,文风鲜明生动,具有强大的艺术感染力(即"化感")。司马相如的《大人赋》,文风清明爽朗,故汉武帝读后飘飘有凌云之概,是为风清;潘勖的《册魏公九锡文》,刻意模仿《尚书》质朴的辞语,笔力刚健精要,群才为之搁笔,是为骨峻。末后强调不要追求繁富的辞采,因为这会伤害风骨。文辞繁富艳丽,不但缺乏刚健精要的文骨,也影响到文风的鲜明爽朗(风与骨这两个名词关系密切,所以被人们合在一起当作一个概念来使用)。第二段先是说明风骨(主要指风)和气的密切关系,举曹丕、刘桢的议论,认为作家禀具了不同的气质,就表现为文章的不同气貌或风貌。接着认为,作文应气骨(即风骨)与文采兼备,犹如凤凰那样,既有能高翔的骨力,又有文采美丽的毛羽。第三段论锻炼风骨的途径方法。指出应首先取法经书,旁及子书、史书,从旧规中获得风骨,然后再运用新意奇辞,这样才能使文章"风清骨峻,篇体光华"。

风骨与《体性》篇中提出的典雅、远奥等概念,《定势》篇中提出的典雅、清丽等概念,虽然同属风格范畴,但性质有些不同。典雅、清丽等是指某一作家或某种文体的风格特征,而风骨则是对于许多作家和文体提出的普遍性要求。本篇强调文章要有明朗刚健的优良文风,是针对南朝文风的弊端而发。刘勰认为,南朝许多诗赋和各类骈文,主要沿着楚辞、汉赋的路子,片面追求华辞丽藻,即《宗经》篇所谓"楚艳汉侈,流弊不还",因而大力提倡风骨,主张应注意向具有风骨的经、子、史书取法学习,树立文章的骨干,以挽救时弊。在提倡风骨时,也要求兼顾文采,这与《辨骚》篇提出的奇正兼顾、华实并重的宗旨是相通的。

东晋、南朝,先是人物品评中较多运用风骨这一概念,稍后影响及于书画评论和文学评论。在刘勰之前,少数文学评论中已出现风骨论,但比较零碎,本篇首次对文学风骨论进行较系统的理论概括,成为《文心雕龙》全书理论的一个重要组成部分，并对后代产生相当深远的影响。

通变第二十九

本篇论述作文须有变化创新。通变一语源于《易·系辞下》："穷则变，变则通，通则久。"这里指作文须掌握变化、通畅不停滞的道理，方能持久。

全篇可分为四段。第一段指出，文章有两个方面，一是有常之体，指诗、赋、书、记等各种体裁和它们特定的体制及规格要求。刘勰认为，这些文章体裁及其写作规格要求是具有恒久性的，必须以古人之文为法。《文心雕龙》中《明诗》至《书记》二十篇的"敷理以举统"部分，着重论各种文体的体制和规格要求，并称之为"大体"，就是要求人们注意遵守此类规格要求。另一方面是文辞气力（气力即气骨、风骨），指文辞运用的华美和质朴刚健情况，这是没有规定程式的，应当随时变化创新。本书下面自《情采》至《指瑕》十一篇，着重讨论了这方面的问题。

第二段先是评论历代文风。指出后代文人虽注意取法前代，但文风总是逐步趋向华美。大体说来，商周以前之文偏于质朴，商周以后之文偏于艳丽新奇，而商周之文（指主要产生于商周时代的"五经"），则既美丽又雅正，最具有规范性。商周以后之文，因流于侈艳讹新，因而缺乏爽朗刚健的风骨。他批评当时文人作文，注意学习刘宋文章而忽略汉代篇章，这里汉代篇章，主要指刘向、扬雄等作家所作的风格比较质朴刚健的散文，而不是指那些艳丽的辞赋。在总结历代文风变化及其得失的基础上，刘勰提出必须矫正魏晋以迄刘宋浅绮讹新的文风，取法经典，使作品不偏于质或文，兼有雅正、新奇（过于新奇则流于俗）的风貌，这就是懂得通变了。这种观点，也就是

《风骨》篇提出的风骨要与文采相结合的看法。强调质文兼备,奇正结合,宗法经典,随时通变,这是贯穿《文心雕龙》全书的基本思想。

第三段列举汉代枚乘等五位名家的辞赋例句,在夸张声貌方面,用意相沿袭,但辞句有变化,用以说明文辞气力方面的通变。第四段说写作文章,首先要抓大体纲领,即各体文章的体制和基本规格(即《明诗》以下二十篇所谓"敷理以举统"),然后再根据表现情志的需要来敷设文采。即先要抓有常之体,再注意无方之数,内容和第一段互相呼应。

定 势 第 三 十

本篇论述文章体裁与风格的关系。势,态势、姿态,此处指作品的风貌或风格。《体性》篇研讨作家个性和文章风格的关系,属于风格形成的主观因素;本篇所论,则属于风格形成的客观因素。

本篇可分四段。第一段说明,作者依据所要表现的思想情感选择体裁,再依据体裁确定态势。各种文体,犹如弩机所发的矢,曲涧的湍流,圆规、方矩画出的圆形和方形,自然产生了直、回、转、安等各种态势,以此说明体裁和风格的密切关系。第二段先是指出,一个通透文章之道的作者,应当能够驾驭多种态势,奇正刚柔,随机应变;如果执着于某一风格而排斥其他,就昧于兼通之理。但是在一篇作品中,必须保持风格的一致性,雅郑杂糅是不好的。这里比较合理地处理了风格多样性与一致性的关系。后面归纳章、表、奏、议等二十来种文体,分为六类,指出它们各自的基本风格特征。过去曹丕《典论·论文》提到八种文体(概括为四类)的风格特征,陆机《文赋》则提到十种文体的风格特征;本篇所论,较之前人更加完整和系统化。本书自《明诗》至《书记》二十篇的"敷理以举统"部分,对各种文体的体制风格,分别有更为具体的解说,读者可以参看。

　　第三段列举前人有关文势的意见,并有所评论。先是引桓谭、曹植的言论,说明由于爱好习尚的不同,各人对文章的态势有所偏爱。次引刘桢之论,认为文势有刚有柔,不必强调"壮言慷慨"。末引陆云之说,肯定他先迷而后能从善。第四段对近代(指刘宋与南齐前期)作者追求奇诡的文风提出批评。讹势是指一种逐奇失正的不良风格,与《通变》所谓"宋初讹而新"意思相通。刘勰认为,讹势的一种主要表现形式是颠倒词句。按鲍照《石帆铭》:"君子彼想。"正言当是"想彼君子"。江淹《恨赋》:"孤臣危涕,孽子坠心。"正言当是"孤臣坠涕,孽子危心"。又《别赋》:"心折骨惊。"正言应为"骨折心惊"。大概这种颠倒词句的手法,在当时比较流行,故本篇特为提出来加以批评。刘勰强调作文应"执正驭奇",反对"逐奇失正",这一观点与《辨骚》的"酌奇而不失其贞(正),玩华而不坠其实"的提法息息相通,它是贯穿全书的一个重要观点。

情采第三十一

　　本篇论述作者情志和作品文采(即辞采)的关系。作者的情志表现为作品的思想内容,故本篇实际即是论述作品内容与形式的关系问题。

　　全篇可分三段。第一段说明,自然界许多事物都有文采,文章也必然有文采。引用《孝经》、庄子、韩非的言论,证明文章自然重视藻饰绮丽。接着指出,必须遵循正道驾驭文采,认为文辞是为表现情志服务的,具有良好的情志,方能写出好作品。第二段指出在创作上有两种不同的倾向。一种是为情造文,以《诗三百篇》为例,作者心积忧愤,自然要把真情实感加以吟咏倾吐,其作品特点是要约而写真。另一种是为文造情,认为楚汉以来的不少辞赋作者,没有忧愤的情思,只是追求夸张的描写,其作品特点是淫丽而烦滥。接着慨叹后代作者弃风雅而师辞赋,结果表现真情的作品日益稀少,片面追求文采的作品盛行。这是刘勰针对魏晋以来他认为不良的文风而发,与《宗经》篇"楚艳汉侈,流弊不还"的批评意思相通。从《诠赋》篇可见刘勰对汉代以来的辞赋也是有所肯定的;这里对辞赋的严厉批评,主要是为了要矫正时弊,因为他认为当时浮诡讹新的文风,是沿着辞赋刻意追求辞藻发展而来的。第三段再郑重指出,辞采是为了表现道理、心情,即作者的思想感情;心定理正,再适当运用辞藻,方能写出好文章。

本书下半部自《神思》至《总术》十九篇,打通各种文体,泛论写作方法。本篇上面《体性》、《风骨》、《通变》、《定势》四篇,就文章通篇的体势风貌论述;下面《声律》、《章句》以至《指瑕》九篇,均研讨用词造句问题,重点更在辞格的运用,这就是所谓采。刘勰对辞采很重视,对声律、对偶(丽辞)、用典(事类)等骈体诗文修辞诸要素各用专篇研讨。但他又认为,如果片面追求辞采,忽视作文应以情志为本,那就会导致近代以来流行的浮诡文风。因此,在逐篇研讨这些辞采要素之前,先行阐明情志与辞采的关系,使学习文章者有一个正确的方向。

镕裁第三十二

本篇论述镕情理、裁文采,讲谋篇之道。全篇可分五段。第一段说明镕裁之意义,指出镕是镕铸所要表现的情理,要做到纲领昭畅,避免一意两出;裁是裁剪浮词,避免同辞重句。第二段说明,作文大致分为两大步骤,先是要抓好三准:即根据所要表现的情理来安排通篇的体制规格,根据所要表现的事物来选择有关的材料,运用精要的语言来树立文辞的骨干。然后在此基础上斟酌运用文采,做到首尾圆合,条理分明。第三段说明,在运用文采、研讨字句时,由于作者性分不同,文辞有繁有略,指出应做到略而意不缺少,繁而辞不重复。第四段就繁略评论前代文士。指出谢艾、王济行文繁略得体。批评陆机运辞过繁。第五段小结全篇,说明一定要善于镕裁,才能使文章情理说得周到而不繁琐,文辞流畅而不淫滥。

本篇通论镕情理、裁文采,重点更在剪截浮词。刘勰认为,当时文风的一个突出弊端,在于文辞浮诡淫滥。《宗经》篇所谓"楚艳汉侈,流弊不还";《风骨》篇所谓"习华随侈,流通忘反",都是批评此种弊端。它使文风淫滥柔靡,缺乏风骨,必须矫正。陆机文辞,伤于繁冗,除本篇外,刘勰在其他篇章中也有指摘。如《议对》篇曰:"腴辞弗剪,颇累文骨。"《才略》篇曰:"陆机才欲窥深,辞务索广,故思能入巧,而不制繁。"均是。

声律第三十三

本篇论述文章的声律。自此以下至《指瑕》共九篇,研讨用词造句的各种问题,研讨对象即《情采》篇所谓采。《镕裁》认为,作文应先定三准,次讨字句。所谓采,也就是字句的文采。

全篇可分三段。第一段说明,文章的声律,本于人的语言声音有高下疾徐之不同,是自然产生的;但要认识其道理,使所作文章声韵和谐合律,却是不容易的。第二段提出运用声律的原则和方法。指出声调有飞声、沉声之区分。飞声、沉声,与沈约《宋书·谢灵运传论》中的浮声、切响相当,大约飞声、浮声指平声,沉声、切响指上、去、入三声,即后世所谓仄声。认为飞声、沉声要"辘轳交往",间隔运用,以取得声调的变化与和谐。又指出如果一句中运用不相连的双声字、叠韵字(即沈约所谓八病中的傍纽和大韵、小韵三种病),就会造成声律的不和谐。异音相从,即指飞声、沉声要间隔运用,双声字、叠韵字不得隔字运用,这样才能取得声调和谐。可见刘勰论声律,虽未明确提出四声、八病等名称,但他对沈约所提倡的声律说实际是赞同的。当时许多文人对声病的规律还不认识,所以说"选和至难";至于一般诗文的押韵,为大家所熟悉,所以说"作韵甚易"。这一段讲永明声律说的要义,是全篇重点所在。第三段联系前代文人的作品和议论讨论声律。认为曹植、潘岳的作品,譬如宫商大和,声调随处和谐;陆机、左思的作品,则有时乖离。又认为《诗经》中的作品音韵清切,属于正声;楚辞和陆机作品夹杂楚地方言,音韵就多错乱。最后指出,要使文辞切合声韵,须有辨别声律的洞察能力,谨慎安排,而不能随便运用。

章句第三十四

本篇论述章、句的安排。全篇可分四段。第一段先是说明章句的意义和字、句、章、篇四者的相互关系。接着指出安章宅句,须注意妥善处理,前后关顾,做到"外文绮交,内义脉注",前后之间,内容贯注,文辞照应。第二段讲每句的字数,说明文章以运用四言句、六言句为多,有时运用三言句、五言句加以调节。至于诗、颂等诗歌体,则二言、三言以至六言、七言句均有,但以四言为正体。刘勰认为一般文章多用四言句、六言句,反映了当时骈文流行、行文常用四字、六字句的实际情况。当时五言诗盛行,在诗坛已成主流,刘勰仍以四言为正体,则表现出他最推重《诗经》体式的保守观点(《明诗》篇也有"四言正体"之句)。第三段论诗赋等韵文的变换韵脚。说明前代作家,有的勤于换韵,有的则不然。认为换韵太快或百句不迁都不妥善。韵用于句末,换韵和韵文的分章有关,故于此篇加以讨论。第四段讲语助字或虚字。在说明诗赋中常用的"兮"字之后,又列举十二字,指出它们分别用于句首、句中、句尾,它们虽无意义,但在组合句子方面起了切实的作用。这段内容,反映了当时文人对虚字的认识。

《镕裁》篇从全篇着眼,论谋篇之道;本篇论安排章句;《丽辞》以下诸篇,着重研讨用字造句。各篇在安排上是根据论述对象,由大及小。

丽辞第三十五

丽辞,即骈俪、对偶的词句。本篇论述丽辞在文章中的运用问题。全篇可分为三段。第一段先是说明宇宙间万物的肢体都是成双作对,故文辞也必然有对偶。接着指出《尚书》中已出现对偶语句,至于《易传》中的《文言》、《系辞》,《诗经》中的篇章,春秋时列国大夫的外交辞令,骈偶之辞就更多。至汉代扬雄、司马相如等著名赋家,崇尚骈偶,作品中丽辞的成分和艺术性就更加强了。以后魏晋作家,也十分讲究丽辞的运用。总的说明先秦是丽辞的始发阶段,两汉、魏晋是丽辞的昌盛阶段。第二段提出丽辞可分为言对、事对、反对、正对四种,有难易优劣之区别,各举例说明。又指出言对、事对中各有反对、正对之分。本段对丽辞的种类作了归纳。第三段指出丽辞运用中的一些弊病,有辞意重出、两事优劣不均、用事孤立等。最后指出,运用丽辞,贵有奇气异采,如果都是平庸的词句,必然使人生厌。

魏晋南北朝时代,文人大量运用丽辞,造成骈体文学发达,在文坛占据主要地位。刘勰是骈文的拥护者,其《文心雕龙》全书即用工致的骈文写成。本篇十分强调丽辞产生、运用的必然性。认为作文必用丽辞,犹如动物肢体成双作对,把人工的修辞技巧和自然生成的形体等量齐观,可谓比拟不伦。又批评用事孤立如夔之一足。这些都是过分强调丽辞的必要,为骈体文学张目。先秦古籍中的确已有不少对偶、排比语句,但它们在全篇中大抵只占少数甚至是个别现象,是散文(或古文)中的骈偶因素。至汉魏两晋南北朝时代,已不是先秦时文章的"奇偶适变,不劳经营",而是文人刻意追求骈偶,刻意经营,运用丽辞日趋细密,遂形成骈体文学的全盛时代。这时期骈体作品中的奇句乃是少数甚至是个别的。本篇虽然也说明了两个历史时期丽辞运用在程度上的变化,但没有指出由散文到骈文,文体在性质上已有很大变化。本篇尾部指出,写作运用丽辞,要有奇气异采,要"迭用奇偶",避免文章的板滞,这对指导写作骈体诗文是很精辟的见解。

比兴第三十六

本篇研讨比喻、起兴两种修辞手段。赋、比、兴原是《诗经》的三种写作手法,后来作品,也是诗歌、辞赋等韵文运用比兴为多,故本篇结合诗歌、辞赋来论述比兴。

全篇可分为三段。第一段说明比、兴的特点和区别,指出比写得明显,兴则隐约,在进行讽刺时也是如此。第二段结合先秦两汉作品论比兴。先是说《诗经》的兴和比,各举例说明;接着说屈原作品"讽兼比兴";最后批评汉代赋家大量运用比喻,"讽刺道丧,故兴义销亡"。刘勰认为起兴法"称名小而取类大",含义更为深远,所以对汉代辞赋"兴义销亡"的现象表示不满。第三段联系宋玉和汉魏西晋的作家作品论比喻。说明比类颇多,有喻于声、方于貌、拟于心、譬于事等等区别。指出诗赋多用比喻,描写事物具体细致,富有文采,对读者起到"惊视回听"的效果;但它们只是追求比类的丰富生动,缺乏讽刺,是"习小而弃大"。

刘勰论诗赋,注重讽刺内容,以使文学有利于政教。比、兴两种方法,本来可用于讽刺,也可用于颂美。本篇第一段强调"蓄愤斥言"、"环譬托讽",即是偏于强调讽刺。再则,刘勰深受儒家"温柔敦厚"诗教的影响,对兴法微婉地进行讽谕更为欣赏。本此,他对后代诗赋缺乏讽刺内容、大量运用比体深致不满。但另一方面,他对后代诗赋由于大量用比,文采富美、描写细致生动,增强了艺术性,也有所肯定。刘勰的这种既重讽谕内容、又重艺术性的观点,在《明诗》篇也有所表现,读者可以参看。

夸饰第三十七

本篇论述夸张手法。全篇可分为三段。第一段说明运用夸张手法,能使被陈说的事物显得更加真实生动,因而古来文辞中经常出现夸张。接着举《诗经》《尚书》中的部分例子作证。第二段说明宋玉、景差的辞赋,盛用夸张,汉代司马相如、扬雄等人的辞赋循此发展,形成虚诡浮滥之风,违背事理。但他们在描写山海宫殿等雄壮事物方面,运用夸张,刻画逼真生动,具有动人的魅力。后来文人循其轨迹,用夸张成功地描绘了炜烨、萎绝、欢笑、戚泣种种情状,起到了发蕴飞滞、披瞽骇聋的艺术效果。第三段指出,运用夸张应抓住要领,不要过分而违背事理,应向《诗经》《尚书》学习,克服司马相如、扬雄辞赋的诡滥作风,做到"夸而有节,饰而不诬"。

汉魏两晋以迄南朝,辞赋盛行,大量运用夸张手法进行描绘,其他文体如书信、论文以及诗歌等,一部分作品也多用夸张。夸张、比喻都是该时期文学作品构造辞藻美的重要因素,故本书各列专篇加以论述。

事类第三十八

本篇论述事类的运用,即用典问题。事类,指古人传下来的言论、事迹,可以作为行文时的引用材料。

全篇可分为三段。第一段说明事类的作用是引用前言往事以表情达意、援古证今。接着说《周易》《尚书》已引用成辞人事以明理征义。至西汉末扬雄、刘歆等人,开始多用故实。到东汉崔骃、班固等作家,博采经史事类,文章写得华实并茂,成为后人的范式。第二段先是说明文章和才学的关系。认为写作文章,须依赖先天的才力和后天的学问。虽强调"才为盟主",但对通过读书获得丰富的学问(包括故实事义)也十分重视。认为"经典沉深,载籍浩瀚",要学问好,一定要下功夫阅读,多闻博见,方能使才力丰赡并充分发挥。又指出平时阅读,掌握的事类要广博,行文时选择运用则要注意简约、精确、核实,较好地处理了积蓄准备和临文应用的关系。末尾又指出事类应放在文章的合适位置,使之充分发挥作用。第三段举例说明用典的谬误,虽曹植、陆机等名家,亦在所不免,劝告人们要小心处理。

东汉魏晋南北朝时代,骈体文学发展昌盛,这时期的文人,也日益重视用典。至南朝颜延之、任昉等人的文章,用典更是连篇累牍。文人们往往用一两个关键词语来代表一个前言或往事,使文辞简约,便于对偶文章的应用。这时期还出现不少类书,分类纂辑前言往事,便于作者的翻检采用。这时期作文重视用典的风气,几乎与骈体文学的发展同步。用典和骈偶、声律、辞藻同样成为骈体文学的重要修辞手段和艺术技巧。直至唐宋时代古文运动开展,骈文趋衰,作文用典之风亦有所减弱。用典过多,易使文辞冗杂晦昧,缺少明朗刚健的风骨;其在诗歌,则易形成"繁采寡情"(《情采》)之弊。本篇指摘用典谬误之例,没有批评用典过多之弊,表明作者在这方面有所偏爱。刘勰读书极广,学问渊深,行文喜征引前言往事,故不免此失。

练字第三十九

本篇论述文字的选择运用。所谓练字,不是指结合意义来选用词语,而是从字的形状着眼,从视觉上区别其美恶,审慎地选择运用。

全篇可分四段。第一段先是说明文字的起源、作用、先秦至汉代字体的变化。之后说明前汉文人识字多,有的还是语言文字学家,故文章用字丰富深奥;后汉以来,文人不重视文字之学,文章用字日趋寻常简易。末尾指出,世间常用、人所共晓的字,习惯上就认为易;反之则认为难。第二段说明《尔雅》、《仓颉》是两部重要的小学书,前者重释义,后者包罗奇文,重形体。作文者对两书均应重视。接着指出字形繁简,有美丑之区别,应当重视。本段主旨在指陈作文必须重视字形。段中谈到解释字义之书《尔雅》,谈到宫商,是作为陪衬之用。第三段说明作文选字必须注意四点:避诡异、省联边、权重出、调单复。这是刘勰从字形选择上归纳出来的四点要求。第四段说明古书上有一些文字,由于音近形近等原因,形成别字。后代文人好奇,引用这些别字作文,那是不规范的。因为别字往往和形体有关,所以附带在这里谈及。

汉字是单音节文字,又采用象形、指事、形声、会意等诉诸视觉意识的手段来构造字形,因此字的形貌因素在文字方面显得较为突出。骈文讲究文字的对称、匀整,对字形美观的要求也要高些(即在散文,避诡异、省联边等四点要求,在不同程度上也是需要注意的)。可见刘勰重视字形的选择,有着汉字特点和当时骈文昌盛两方面的原因。

隐秀第四十

本篇原文残缺。有的本子自"而澜表方圆"句以下、"朔风动秋草"句以前,尚有四百来字,经研究者考证,系出明人伪托,这里不取。

本篇论述含蓄和警策两种表现技巧。现存残文可分前后两段。前段说明隐和秀是使文章焕发光采的两种表现手段。隐的特点是要有文字以外的意思,让读者去体会,就是含蓄的表现手法。秀是篇中秀拔警策、在全篇中显得卓绝不伦的语句。后段说明秀句在前人作品中并不多见,是"思合而自逢",用现代理论解释,可说是创作灵感勃发时的表现。后面指出文章的晦塞,虽深奥而不是隐;文词的雕削,表面虽美巧而不是秀。隐、秀应当做到"自然会妙",与后世所谓"文章本天成,妙手偶得之"的意思大致相同。文辞要美丽,但又要自然,这是刘勰的一贯主张。

隐和秀不像骈偶、比喻、夸张、用典那样是一般文学作品都具有的,它们在修辞和表现技巧方面属于更高级的手段,所以本书把本篇置于《丽辞》、《事类》等篇之后。后代文学(特别是诗歌)对隐、秀也颇重视。南宋张戒《岁寒堂诗话》引此篇有曰:"情在词外曰隐,状溢目前曰秀。"二句为今本所无,当是佚文。

指瑕第四十一

本篇指摘文章的瑕疵毛病。全篇可分为三段。第一段先是说文章影响颇大,下笔要慎重。接着指出古来能文之士,作文常有瑕病。举出曹植、潘岳等人的文章在内容、运用词语上的不当,它们是:比尊于微,不重孝道;称卑如尊,比拟过分。第二段先是指责晋宋以来文人用字随便,违反本义,如把赏赐之"赏"用作赏爱(这一批评未必正确,因为字义随着时代变化而可以引伸发展)。之后又指出近代辞人喜用比语、反音,这是人们猜忌心理的一种表现。第三段指摘前人注释文字中的谬误。举出薛综注《西京赋》于中黄伯等古代勇士、应劭释《周礼》"匹马"之名称,均不明真相。本书《论说》篇认为注释是论文的支流,"解散论体"而成,因此这里也作为文章的瑕病而举以为例。

自《丽辞》篇以下,所论大抵是用词造语方面具体的枝节性的问题,本篇所举瑕病,也是如此。至于大范围的篇体方面的文病,则在《风骨》、《通变》、《定势》、《情采》等篇中多有涉及。

养气第四十二

本篇论述作文时应保养好精神,使思路畅通。全篇可分三段。第一段说明作文的构思和运用言辞表达,都是精神的作用。所以要注意保养精神,做到率志委和,从容不迫;如果钻砺过分,神疲气衰,效果就不佳。之后指出,上古文章比较质朴,随作者胸臆自然流露,所以古人作文显得馀裕;战国以后文章,竭情追求文辞新奇,所以后人作文显得紧张忙碌。第二段说明一个人的才分有限,而精神活动的范围却无边无际,如果过分用心和追求文辞之美,便会精气内销,神志外伤。接着举前人的言行作证。第三段先是说明作文是为了抒发郁滞,故应从容不迫,适应时机,而不宜损伤精神和志气。接着指出,人们写作时的思绪,有时顺利畅通,有时迟钝阻塞,这都是精神在起作用;因此要注意调养,使心境清和,志气顺畅,当心烦意乱时,即应停止构思和写作,用逍遥谈笑来消除疲劳。

本篇论养气,是从生理方面进行分析论述的。其主旨在说明一个人当精神良好时,文思顺畅,才能把文章写好。因此作文必须注意保持平和虚静的心境,使神清气爽,文思才不会壅滞。在中国古代文论中,还有一种从思想道德修养方面立论的养气说。《孟子·公孙丑上》:"我知言,我善养吾浩然之气。"孟子所谓浩然之气,是指重视仁义道德修养而得来的思想品德上的正气。孟子认为,一个人有了浩然之气,就能分辨别人言辞的真伪善恶。后来韩愈把孟子的知言养气说发展为立言养气说,认为配合仁义道德的养气工夫做好了,就会写出好文章,所谓"气盛则言之短长与声之高下者皆宜"(《答李翊书》)。这一看法影响很大,宋、元、明、清不少文人均承袭发挥其说。这种主张与本篇所谓养气,同名异实,宜加区别。

附会第四十三

本篇论述谋篇的原则和方法。附会意为连缀聚合,这里是指把内容、文辞方面的种种材料连缀聚合起来,形成一个整篇。

本篇可分为三段。第一段先是说明附会是通过结构剪裁缝合,形成整篇作品。接着借人体为喻,"以情志为神明"四句,正确地阐述了作品思想内容和文辞形式的关系。之后说明,附会辞义,要抓住纲领,使诸多的义理、言辞、材料,得到妥贴安排,做到全篇完整统一,而无倒置、纷乱之病。要注意全局、大局,不要因追求局部细小的偏善之巧而忽略全篇的完美。第二段申述抓住纲领的重要性。指出文章的表现情况各殊,作者才分不同,但一定要注意着眼全局,使全篇统绪不离中心,义脉流畅,避免纷乱偏枯之病。并以骊牡驾车为喻,认为善于附会者如同高明的驭者那样,抓住马缰绳,能把骊马的力量统一起来。第三段先是说明善于不善于附会,效果判然不同,并举前人写作事例作证。之后指出,文章的结尾很重要;结尾不好,文章就缺乏馀味,所以要注意做到首尾呼应,使通篇生色。

总术第四十四

本篇论述掌握作文之术的重要性。全篇可分为三段。第一段论文笔问题。先是说明文章区分文笔,始于近代(指晋宋)。接着引颜延年的意见而予以批驳。颜氏认为经书质朴少文,只能称为言;解释经书的传记文辞比较详赡婉曲,始得称笔。刘勰认为经书也有文采,口头语才叫言,不能用言、笔来区分经、传。刘勰论作文,力主宗经,认为"圣文雅丽,衔华佩实"(《征圣》),经书"文丽而不淫"(《宗经》)。颜延年认为经书质朴少文,是言而非笔,与刘勰见解大相径庭,故予以批驳。刘勰对把文章区分为有韵之文、无韵之笔两大类还是赞成的。本书自《明诗》至《书记》二十篇,前十篇论文,后十篇论笔,就是明证。

第二段先是提到陆机《文赋》,认为它讨论虽称详尽,但有"实体未该"之失。接着指出文苑之中,有些作者写得好,有些作者却存在种种毛病,所以一定要注意掌握作文之术。本段中把"研术"和"练辞"对举,可见术不是指遣词造句方面的方法,结合本篇赞语中"务先大体"一句看,术就是指文章的大体、大要、纲领之要,也就是一篇文章的体制和基本规格要求。这大体,在《明诗》以下二十篇的"敷理以举统"部分有较具体的阐述,在《风骨》《通变》《定势》《情采》《镕裁》《附会》等篇中均有述及。刘勰对遣词造句很重视,《声律》至《指瑕》九篇论之甚详。但他担心人们片面追求文辞奇诡,忽视大体,致使文章"言贵浮诡"、"文体解散"(《序志》),所以于《声律》等论文辞各篇之后,在本篇强调要作者注意掌握作文之大体。陆机《文赋》在这方面缺乏论述,所以刘勰讥其"实体未该"。又本段中说明善于作文之人,有精者、博者、辩者、奥者,与《征圣》篇所说圣人之制作具有简言、博文、明理、隐义四大优点意思呼应,也反映了刘勰文必宗经的一贯主张。

第三段通过比喻,再次说明执术的重要性。认为掌握了术,犹如善于弈棋的人,有一定的方法,可以"因时乘机,动不失正",不像博塞者靠侥幸取胜。后面又指出文体之术多种多样,要注意把全篇弥缝组合得好,不要因个别局部处理不当而致全文解体。

自《神思》至《总术》十九篇,打通各种文体,泛论写作方法。《神思》至《镕裁》七篇,研讨构思、篇章体制风格等全局性的问题;《声律》至《指瑕》九篇,研讨遣词造句等具体问题;《养气》篇指出作文时应保持良好的精神状态;最后再结以《附会》、《总术》两篇,提醒人们在重视文辞的同时,更要注意通篇的完整和大体。可见刘勰在这方面的看法颇为全面、周密。

时序第四十五

本篇依据时间先后次序论述历代文学的发展。全篇可分为七段。第一段劈头指出,各时代的文风,有时偏于质朴,有时偏于文华,常有变化。接着评述唐、虞、夏、商、周五代文学。因周以前作品留存很少,故与周合为一段。以下六段,分别评述西汉、东汉、魏、晋、宋、齐文学。在评述时,注意指陈各代文学的风貌特色及其形成的历史原因,颇多精辟之见。如说屈原、宋玉辞赋的文采光艳,是出自当时诸子游说著书、纵横驰骋的风气;西汉文风,主要接受楚辞影响;东汉儒学隆盛,文风趋于华实并重;汉末魏初,社会动荡,文人"志深笔长",文风"梗概多气";曹魏后期,玄学抬头,"篇体轻澹";西晋文风崇尚艳丽,至东晋则玄学昌盛,作品"辞意夷泰",出语必称老庄。这些都是颇为精当深入的见解,常为后人所称引。于宋齐两代文学,有所回避,故仅作笼统赞美,不予具体评价。

篇中"故知文变染乎世情,兴废系乎时序"二句,扼要地指出文学的盛衰变化和时代、社会有着紧密的联系。篇中所述对文学发生影响的时代社会因素,大致有以下三点:一是政治兴衰和社会治乱,如论周代诗歌、汉末建安文学便是;二是学术思想情况,如论曹魏后期文学、东晋文学便是;三是君主的提倡,如论西汉武帝提倡文学、曹操父子礼遇文人等便是。这些分析评论,大体上符合于各时期的历史实际状况。

《明诗》至《书记》二十篇中的原始以表末、选文以定篇两部分,带有分体文学史性质;本篇概述各时期文学发展大势,则属文学通史性质。二者合起来,比较全面系统地表现了刘勰对上古至南朝历代文学的评价。

物色第四十六

本篇论述文学与自然景物的关系,因景物具有各种各样的色彩,故名物色。全篇可分为三段。第一段说明,一年四季,气候景物各有不同,人们的感情也随之变化,并以文辞表现出来。第二段概述先秦汉代写景词语的发展。先是说《诗经》作者仔细观察物象,精心运用文辞加以表现,并举了不少例子作证,认为它们能做到以简约的词语充分地表现丰富的物色。到《离骚》等楚辞作品,写景词语趋向繁复。至司马相如等汉赋家,更喜欢用一连串的词语来描写山水景物,形成了扬雄所说"辞人之赋丽以淫"的状况。之后又指出,运用黄、白等表示颜色的字,也应如《诗经》、楚辞那样,偶一出现,否则就"繁而不珍"。第三段先是说明晋宋以来,山水写景文学发达,作者在这方面着力描摹,写景细致逼真。接着指出,《诗经》、楚辞作者写景并能抓住要害,后来作者应吸取这种经验。总之,睹物兴情,要有从容不迫的心境;表现丰富多采的物色,要善于运用简约的词语,这样才能写出情意新颖、馀味无穷的佳作。古来文人,在这方面懂得会通变化的,就能成功。最后指出,山水风景是启发文思的府库,并以屈原作品作证,要人们对此予以重视。

魏晋南北朝时代,山水写景文学逐步发达,不但作品众多,而且在理论批评方面也时有反映。文学与写景的关系,成为晋宋以来不少文人所关心的一个问题,因此本书特设此专篇加以研讨。篇中赞美《诗经》写景,"以少总多,情貌无遗",奉为极则;对汉魏以来写景篇章,有所指摘,主要认为它们"丽淫繁句",而对其描写的细致生动方面,则肯定不足,反映了刘勰思想的保守性和片面性。

本篇次在《时序》篇后面,《时序》论文学与时代的关系,本篇论文学和自然景物的关系,两篇开头均是四言四句,内容句法,彼此对称,《时序》与本篇是姊妹篇。有些研究者认为本篇次序应移前,和《声律》至《练字》等论用词造句诸篇放在一起。这种看法缺乏有力的证据,不可从。

才略第四十七

本篇论述历代重要作家的才能、才华。全篇可分为五段。第一段评述虞、夏、商、周时代的作家。一开始提到九代作家的"辞令华采",说明他对作品的文采很重视,把它作为衡量作家成就的一个主要标准。段中对商周时代产生的《尚书》《诗经》仅作简述,因为其中许多作品作者不明,而且前此篇章对经书的价值已多涉及。对春秋时代列国外交活动中的一些言辞,因其富有文采,举了若干例子。于战国,除诸子、楚辞外,也举了若干游说、上书的例。第二段评述两汉作家。对三十多位作者作了扼要的评论,如说司马相如"洞入夸艳",扬雄"涯度幽远,搜选诡丽","张衡通赡,蔡邕精雅"等等,都是很精当的。末尾指出西汉后期和东汉作者,作文喜欢称引古书,与西汉前中期不同,这一看法也见于《事类》篇。段中评述的作家,都是辞赋、各体散文作者,不及诗人。两汉诗歌,以无名氏古诗最为杰出,《明诗》篇有很高评价,但本篇所评述的作家,都有名姓,不及无名氏,所以只能舍而不论。

第三段评述曹魏文学。先是指出从全面看,曹丕诗文有其长处,不比曹植差许多,表现出不随俗浮沉的见解。之后评述十多位作家,也多精当之论,如曰"嵇康师心以遣论,阮籍使气以命诗"便是。第四段评述两晋二十多位作家。其中指出,"潘岳敏给,辞自和畅";陆机"思能入巧,而不制繁";"刘琨雅壮而多风"等等,也均颇中肯。评魏诗不称曹操,晋诗不称陶潜,是其局限。南朝骈体文学发达,文人普遍重视文采翰藻。曹操、陶潜之诗,文采不足,当时评价不高,锺嵘《诗品》置曹操于下品,陶潜中品,刘勰也不能超出这种局限。末尾于刘宋作家,以其世近,不作具体评述。第五段发表感想。指出西汉元封年间、汉末建安年间,由于汉武帝、曹操父子提倡文学,招纳文人,形成"崇文之盛世",为后人所企羡。在中国古代封建社会中,君王的爱好提倡,成为一种权威性的政治力量,给文人提供了驰骋才能的出路和条件,往往成为文学繁荣的一个重要因素,因此刘勰对此颇为重视。

本篇纵论历代作者，举出姓名者达九十多人，文笔简练，评论允当。《时序》篇评论历代文学发展大势，涉及作家不多，本篇可补《时序》篇的不足。

知音第四十八

本篇论述文学鉴赏和批评。知音原指对音乐艺术的深入认识和理解，后来借用于其他方面，本篇则用以指对文章的深入认识和理解。

全篇可分为三段。第一段说明要做到知音是困难的。段中列举汉魏事例，指出由于人们存在着贵古贱今、崇己抑人、信伪迷真等缺点，因而对文章不能进行正确的评价。之后又说明在形器方面，人们对麟凤与麏雉、珠玉与砾石，也产生过误谬，何况情况复杂的文章，其优劣就更难区分了。第二段先是说明，文章作品众多，风貌各异，人们由于性格、兴趣不同，往往喜爱某一类作品而摒弃其他，形成偏好。接着指出，避免偏好，必须圆照，即进行全面的观察和认识。为此必须博观大量作品，了解它们复杂多变的种种形态，排除个人偏见，才能取得公正合理的评价。以上着重从态度立论。

第三段着重谈鉴赏、批评的方法。先是指出，要理解作品，先要从位体等六个方面观察。位体，指构置通篇体制，这在《明诗》至《书记》二十篇的"敷理以举统"部分有具体论述，《体性》至《定势》四篇亦有论述。置辞，指如何运用辞采，《丽辞》、《比兴》、《夸饰》、《练字》等篇有较详细的研讨。通变，指对古代作品的因革情况，《通变》篇有详论。奇正，指文章风貌的奇与正，《辨骚》、《定势》篇有较多论述。事义，指运用成语典故的状况，《事类》篇有详述。宫商，指声韵是否和谐协调，《声律》篇有详述。以上六项，概括了文章艺术形式的重要方面。其中体制、辞采是两大主要方面，其他四项可归属前两项，通变、奇正兼及体制、辞采,事义、宫商可归入辞采(广义的)。《文心雕龙》全书对以上六项都很注意论述,用以指导人们进行写作。在进行鉴赏、批评时,也应首先注意这些方面的表现,用以判断作品艺术性的优劣,并进而考察所表现的情志。段中接着说:"缀文者情动而辞发,观文者披文以入情。"两句概括了作者、读者和作品的关系。"辞发"的"辞"、"披文"的"文",均指作品的艺术形式,也即是以上六观的对象。作者通过位体、置辞等表现其才华,读者则通过它们考察作品艺术的优劣并进而理解其思想内容。后面指出,只要人们能够博览作品,全面观照,具有深刻的鉴识力,就能做到心地澄明,不管作品如何深奥、特异,均能认识清楚,作出公正合理的评价,成为文学领域中的知音。

程器第四十九

本篇论述士人的品德和才能问题。程,计量考核。器,才能,这里兼指士人的器局品德和才能。

全篇可分为四段。第一段开头指出,衡量士人,应从器用(军国办事才能)和文采(文学才能)两方面考察。接着说明,近代文人因为务华弃实,在品德、行为方面常多疵病,因而招致评论者的讥议。第二段先是列举汉、魏、晋三代的十多位著名文人的瑕累。接着指出,不但文人,古来将相大臣有种种瑕累者也不可胜数;但由于他们名位崇高,受到的讥评就减少。再则,文人品行良好的,像屈原、贾谊等人,也不在少数,批评了过去文人无行说的片面性。第三段先是承接上文,指出文人因职位卑下,其瑕病易受讥诮,情况与将相大臣不同,这是客观条件造成的。接着认为,士人担任官职后,应注意实际事务。像司马相如、扬雄那样的人,有文才而缺少实际办事能力,所以政治地位升不高。而像庚亮、郤縠、孙武等人,能文能武,所以成为将相大臣。第四段认为,文士应当培养优良的品质和政治军事才能,有事时能担负起国家的重任,不得志时能写出有价值的著作、文章,垂名后世。

本篇上半篇着重谈文士的品行,谈"名之扬抑",批评文人无行论的片面性,显示出敢于向传统偏见挑战的勇气。下半篇着重谈士人的政治出路,谈"位之通塞",认为士人首先应当在政治军事上有所建树,并强调文学应为军国服务。《序志》曰:"唯文章之用,实经典枝条,五礼资之以成……军国所以昭明。"讲的也是这层意思。这又表现了重政治轻文学的保守看法。魏晋南北朝时代,抒情写景作品盛行,创作普遍重视语言形式之美,文学的自觉性、独立性有所加强,刘勰这种重政治轻文学的见解的确显得保守。不过这又有其历史原因。在中国古代长期的封建社会中,士人的命运经常和从政联系在一起。他们为了在事业、生活上获得优越条件,总是企求攀登政治上的高位,在言论上也常是首先强调政治,把文学放在次要甚至附庸地位。唐代裴行俭有关士人当"先器识后文艺"的话,简括地表述了这种看法。这种看法比较普遍地存在于古代士人的头脑中,只是表现的程度有轻有重罢了。

序 志 第 五 十

本篇是全书的自序,介绍著者写作本书的心意,包括写作目的动机、写作基本原则态度、全书主要内容和结构安排等。中国在唐以前的著作,序言大抵置于全书末尾。

全篇可分为五段。第一段先是解释《文心雕龙》书名,指出它的意思是仔细地研讨写作文章之道。之后说明人为万物之灵,聪明智慧,但生命短促,如想垂名不朽,要依赖立言著作。第二段先是说自己非常仰慕大圣孔子,原想注释经书,阐扬圣旨,但过去注家已多精深之作,于此难有突出成就。想到文章由经书派生出来,源于经典,对国家的政治军事产生积极作用；而当时许多文人，片面追求新奇浮诡文风，崇尚华辞丽藻，致使文体解散，即文章的基本体制和规格要求（这在全书中是非常强调的大体、大要、纲领之要）被破坏。之后称引《尚书·毕命》的话，认为文风应当体要、核要。称引《论语·为政》"攻乎异端"的话，结合《征圣》篇称引《易·系辞下》"辨物正言"的话看，是认为文风应当规正、雅正。提倡核要、雅正的文风，反对淫滥讹谬的文风，是刘勰写作本书的指导思想。第三段评论汉魏以来的文论。列举曹丕、曹植等六家著作，认为各有优缺点，都不免见识狭小。又指出桓谭、刘桢等也偶有论述，但均未能寻根索源，依据经书立论，因而对后生无所裨益。所谓先哲之诰，即指上文所引《尚书》、《论语》等书中圣人的言论。

　　第四段扼要介绍全书的主要内容和结构安排。先是指出《原道》等五篇是说明作文之枢纽，意为指导写作的总原则。其次说明《明诗》以下二十篇，分文、笔两大类论述各体文章，各篇内容分为"原始以表末"等四项。其中"敷理以举统"一项，指陈各体文章的体制和规格要求，刘勰认为十分重要，故与前五篇并称为纲要。于下半部，先是提到《情采》、《神思》、《体性》、《风骨》、《定势》、《附会》、《通变》、《声律》、《练字》等篇，它们打通各种文体，研讨文章的构思、风格、篇章字句等。接着提到《时序》、《才略》、《知音》、《程器》四篇，就文学与时代、历代作家、文学批评、作家才德等进行研讨。下半部二十五篇名目繁多，这里只是列举一部分。最后提到《序志》。从指导写作的立场讲，上半部指明作文枢纽与各体文章的体制和规格要求，是更为基本的，故称为纲领；下半部论文章风格和篇章字句等，有较多篇研讨用词造句，内容显得更具体细致，故称为毛目。第五段说明，要写成一部书评论许多作家作品是困难的。自己的见解，与前此有同有异，均非出于苟且，而是经过仔细考虑，力求做到全面妥贴的。

《文心雕龙》的艺术标准

　　《文心雕龙》一书谈到了不少文学理论批评问题,谈得还颇有系统,并时有精采见解,因此可以视为一部文学理论书籍。但其写作本意,则在于指导写作,全书内容重点,也着重在写作原则和写作方法方面,因而关于作品的艺术标准、艺术形式和技巧的问题,谈得最多。本文拟就该书谈艺术标准问题,分三个主要方面进行分析。

一　主张执正驭奇,反对逐奇失正

　　正,指文风雅正;奇,指文风奇特。刘勰并不笼统地反对奇,他肯定优良的奇丽、奇伟等文风,但批评奇诡的不正文风。他主张作文应坚持雅正的原则,以它为基干,驾驭运用奇辞异采,反对片面地追求新奇而丧失雅正。在《序志》篇中,刘勰表明写作《文心雕龙》一书,宗旨在于阐明写作之道,所谓"夫文心者,言为文之用心也"。而其写作缘由则是当时文风不正,《序志》篇曰:"去圣久远,文体解散,辞人爱奇,言贵浮诡,饰羽尚画,文绣鞶帨,离本弥甚,将遂讹滥。"对于当时(指南朝宋、齐时期)文人片面追求文辞艳丽而形成的奇诡文风,深致不满,因而企图写作《文心雕龙》一书来阐明写作正道,挽救时弊。

　　逐奇失正的现象,在艺术上突出地表现为追求夸张的描写,文辞淫丽烦滥。《情采》篇曰:"诸子之徒(指辞赋作者),心非郁陶,苟驰夸饰,鬻声钓世,此为文而造情也。故为情者要约而写真,为文者淫丽而烦滥。"即是此意。其次，又表现为违背常规，故意颠倒词句。《定势》篇曰："自近代辞人，率好诡巧，原其为体，讹势所变，厌黩旧式，故穿凿取新。察其讹意，似难而实无他术也，反正而已。故文反正为乏，辞反正为奇。效奇之法，必颠倒文句，上字而抑下，中辞而出外，回互不常，则新色耳。"

刘勰认为，文学作品的逐奇失正，来自两个历史时期。一是来自楚辞、汉赋，形成文辞的繁冗淫丽，他说：

> 是以诗人（指《诗三百篇》作者）感物……并以少总多，情貌无遗矣。……及《离骚》代兴，触类而长，物貌难尽，故重沓舒状，于是"嵯峨"之类聚，"葳蕤"之群积矣。及长卿之徒，诡势瑰声，模山范水，字必鱼贯，所谓诗人丽则而约言，辞人丽淫而繁句也。（《物色》篇）

> 自宋玉、景差，夸饰始盛。相如凭风，诡滥愈甚。故上林之馆，奔星与宛虹入轩；从禽之盛，飞廉与焦明俱获。……（举《甘泉赋》、《东都赋》、《西京赋》等例）验理则理无可验，穷饰则饰犹未穷矣。（《夸饰》篇。此例兼及内容、艺术两方面）

这种繁冗淫丽的现象，至魏晋南朝沿袭不衰。如陆机的诗文，词句繁冗，刘勰常加以指摘。又如以谢灵运为主的刘宋初期的山水诗，《明诗》篇评曰："俪采百字之偶，争价一句之奇，情必极貌以写物，辞必穷力而追新，此近世之所竞也。"对其繁富新奇，在叙述中也寓有贬意。对此，《宗经》篇曾慨叹"楚艳汉侈，流弊不还"。实际文学作品的描写，大抵日趋细致，后来居上，《物色》篇以《诗经》的简约描写为极则，对楚辞、汉赋以来的富艳描写多加指摘，是片面而保守的。

二是来自刘宋初期以谢灵运、鲍照为代表的奇诡文风。《通变》

篇曰："楚汉侈而艳，魏晋浅而绮，宋初讹而新。"楚辞、汉赋的侈艳，已如上述。下面再略说讹而新。《序志》篇所谓"辞人爱奇，言贵浮诡"，与《通变》篇意思相通。谢灵运山水诗句有"白云抱幽石，绿筱媚清涟"（《过始宁墅》）、"春晚绿野秀，岩高白云屯"（《入彭蠡湖口》），句中"抱"、"媚"、"屯"诸字，均表现出"极貌写物"、"穷力追新"的特色。至于《定势》篇所谓"颠倒文句"之病，近人孙德谦在其《六朝丽指》一书中曾举出例子：鲍照《石帆铭》的"君子彼想"，恐是"想彼君子"；江淹《恨赋》中的"孤臣危涕，孽子坠心"，危、坠二字当互易位置。《体性》篇曰："新奇者，摈古竞今，危侧趣诡者也。"也是批评刘宋初年以来的奇诡文风，"今"指宋、齐近代。又《通变》篇曰："今才颖之士，刻意学文，多略汉篇，师范宋集。"还指出因而形成"竞今疏古"、"近附而远疏"的创作风气。这里所谓"宋集"，指刘宋名家鲍照等人的文集，所谓"汉篇"，指《体性》篇所提到的汉代贾谊、扬雄、刘向、班固等名家篇什，而非指以司马相如、王褒为代表的汉赋侈艳文风。

　　为了纠正上述两种不正文风，刘勰提出作文必须宗法儒家经典（指"五经"）的主张。他认为如能宗经，则文章可以获得"六义"之美，即"一则情深而不诡，二则风清而不杂，三则事信而不诞，四则义贞而不回，五则体约而不芜，六则文丽而不淫"（《宗经》）。此处情深、事信、义贞三项，属思想内容方面，非本文论述范围，姑置不论。风清、体约、文丽，指风貌清明、体制要约、文辞雅丽，三者属艺术形式方面，是雅正文风在艺术上的主要表现，是儒家经典文风的主要艺术特征，应作为师法的主要对象。而与风清等相对立的杂乱、繁芜、淫滥等则是逐奇失正的文风，是上述不正文风的主要表现，应予以摈弃。刘勰对"五经"以后发展起来的文学作品的奇辞异采，也很重视并主张吸取，因而提出了宗经酌骚、执正驭奇的主张。《辨骚》篇通过分析，指出楚辞有同于风雅的典诰一面，又有异乎经典的夸诞一面，因而主张酌取楚辞奇丽而不失雅正的一面。《辨骚》篇末曰："若能凭轼以倚

《雅》《颂》,悬辔以驭楚篇,酌奇而不失其贞,玩华而不坠其实,则顾盼可以驱辞力,欬唾可以穷文致。"这里以《诗经》的《雅》、《颂》代表儒家经典,认为作文取法古代作品,应以"五经"为倚靠的基干,以楚辞为驾驭酌取的对象。

刘勰很重视文采。他不但主张充分吸取楚辞的奇辞异采,而且主张对楚辞以后文学所表现出来的并不失正的文采,也应当分别酌量吸取。《正纬》篇认为纬书"事丰奇伟,辞富膏腴,无益经典而有助文章"。《夸饰》篇赞美汉代以来辞赋的夸张手法曰:"至如气貌山海,体势宫殿,嵯峨揭业,熠耀焜煌之状,光采炜炜而欲然,声貌岌岌其将动矣。莫不因夸以成状,沿饰而得奇也。"《物色》篇赞美刘宋以来的山水文学曰:"自近代以来,文贵形似,窥情风景之上,钻貌草木之中。吟咏所发,志惟深远,体物为妙,功在密附。故巧言切状,如印之印泥,不加雕削,而曲写毫芥。故能瞻言而见貌,即字而知时也。"表明他对纬书、辞赋、山水诗文的文辞和艺术技巧都有所肯定,这是符合他执正驭奇的原则的。

二 主张有文有质,文质彬彬

刘勰主张文章在语言运用、风貌展示方面,既有文采,又有质朴,文质结合,达到文质彬彬的境界。

文质并提,最早见于《论语·雍也》:"子曰:质胜文则野,文胜质则史。文质彬彬,然后君子。"何晏《论语集解》解释道:"包咸曰:野,如野人,言鄙略也。史者,文多而质少。彬彬,文质相半之貌。"邢昺《疏》:"彬彬,文质相半之貌,言文华质朴相半彬彬然,然后可为君子也。"包咸、何晏、邢昺都把文质理解为文华和质朴,文与质都是指一个人的文化修养、礼仪节文、言谈举止等而言。孔子认为一个人如果缺少文化修养,言辞朴拙,不讲礼仪,便如同草野之人;相反,如果过分文饰言辞，讲究繁文缛礼，就如同那些掌管文辞礼仪的史官，多虚浮不实之语。文与质相半，不过分偏向一方，那才是既有文化修养，又不虚浮不实的君子。后来魏晋南北朝以至唐代的文论，常常借用《论语》这段话来评论文学，指文章的文华与质朴，指以语言为基础的文与质两种不同文章风貌以及作家的总体风貌特征。刘勰亦是如此。文与质，在南朝以至唐代的文论中，均指文学的艺术风貌特征，至于以质指作品的思想内容的，那只是个别场合。

刘勰竭力主张文章应有文有质，文质兼备。他认为儒家"五经"文风的首要特征便是文质兼备。《征圣》篇曰："然则圣文之雅丽，固衔华而佩实者也。"此处"衔华佩实"，即指有文有质。上文提到，《宗经》篇认为文章如能宗法经书，便能做到"风清而不杂，体约而不芜，文丽而不淫"。"文丽而不淫"，指文辞具有文采但不过分，而风貌清明、体制要约，是指文章写得明朗扼要而不芜杂，它是质朴文风的体现。《通变》篇论自上古至刘宋历代文风的大势曰："黄唐淳而质，虞夏质而辨，商周丽而雅，楚汉侈而艳，魏晋浅而绮，宋初讹而新。"指出商周两代（"五经"的主要产生年代）文风既美丽又雅正，有文有质，最为理想；其前之文风过质，其后之文风过文，各有偏向。这里通过纵向比较，阐明了作文必须宗经的理由，而其衡量标准则是文质彬彬。

刘勰大力提倡文章应有风骨。《风骨》篇指出，风骨的特色是"明以健"，"风清骨峻"，即文风明朗刚健。又认为雉鸟羽毛鲜艳但飞翔不能高远，是由于"肌丰而力沉"；鹰隼羽毛缺乏文采却能翱翔高空，是由于"骨劲而气猛"。这里以雉鸟比喻文采艳丽但缺乏风骨的作品，以鹰隼比喻饱含风骨但缺乏文采的作品。可见风骨作为文风，偏于质朴。刘勰大力提倡风骨，是为挽救南朝文章文有馀而质不足的弊病。他理想的文风则是风骨、文采二者兼备，有质有文。以禽鸟相比，则应如凤凰那样，既羽毛藻耀，又能高翔。《通变》篇指出，魏晋以迄宋初的文章，"风末气衰"，即风力不振，接着认为要矫正"魏晋浅而绮,宋初讹而新"的弊病,还应宗法经书,如此方能"斟酌乎质文之间",做到有文有质,更显示出刘勰提倡宗经以挽救时弊、追求文质彬彬文风的苦心。

刘勰主张文质兼备,因此他不但提倡风骨,也重视文采。《文心雕龙》下半部《声律》以下八篇集中讨论文采(修辞手段),其中《丽辞》篇讲对偶,《声律》篇讲声韵,《事类》篇讲用典,此外《比兴》、《夸饰》、《练字》、《隐秀》诸篇则大致上是讲辞藻。它们都是讨论作品的语言之美。骈体文章所讲求的诸种语言美现象,刘勰不但分别作了专门系统的论述,而且都加以肯定,认为这是文章所必需的,还往往指出诸种修辞手段在经书中已经出现,到后代又有所发展。在刘勰看来,提倡文必宗经和肯定骈体文学是可以统一而不是矛盾的,因为骈体文学也渊源于经书。在《声律》诸篇之前,刘勰安排了《情采》一篇,指出文采是为表现情性服务,不能为文而造情,形成文辞"淫丽而烦滥"的现象。这里表明在详细论述文采之前,他提醒人们不应当片面追求文辞的艳丽。

从《文心雕龙》全书,可见刘勰对东汉文学评价甚高。《才略》篇列举东汉著名作家作品,篇幅超过西汉。《时序》篇曰:"中兴之后,群才稍改前辙,华实所附,斟酌经辞,盖历政讲聚,故渐靡儒风者也。"这里指出东汉文风的主要特色是有华有实,文质兼备,而此种文风得力于能吸取儒家经书文辞的营养,并纠正了西汉赋家枚乘、司马相如、王褒等作品文辞淫侈的偏向。又《事类》篇指出东汉著名作家崔骃、班固、张衡、蔡邕等,其作品能"捃摭经史,华实布濩,因书立功,皆后人之范式也",说明东汉大文豪班固等因为能够吸取经书、史书的营养,因而能有华有实,即文质兼备。《才略》篇评马融曰:"马融鸿儒,思洽识高,吐纳经范,华实相扶。"指出大学问家马融的文章能充分吸收经书典范性的成就,因而做到"华实相扶",即文质结合。经书文辞的一大特色是典雅,刘勰常用"雅"字评东汉名家的作品。如评张衡《应间》曰:"密而兼雅。"(《杂文》)评蔡邕为"精雅"(《才略》),其碑文"缀采也雅而泽"(《诔碑》)。对班固,更是屡以"雅"字予以赞美。《诠赋》篇有曰:"孟坚《两都》,明绚以雅赡。"《封禅》篇肯定其《典引》"雅有懿采"。《史传》篇评《汉书》有曰:"其十志该富,赞序弘丽,儒雅彬彬,信有遗味。"我们细读《文心雕龙》,不难发现其文辞渊雅而有文采,多四字句,从容不迫,其风格与班固、蔡邕的文风颇为接近,无怪对班固、蔡邕等要大力赞扬了。由此也可见,刘勰的写作实践和理论批评是一致的。

奇正、文质都是一对矛盾,刘勰主张执正驭奇、文质彬彬,都强调二者的统一,表明他具有辩证眼光。但奇正、文质两对术语既有联系又有区别。奇正涵盖思想和艺术而言,是大前提,所以在全书总纲中加以强调。文质着重就文辞风格而言,因全书重点研讨艺术,故在评论中屡屡指出。"五经"以前的黄唐虞夏之文偏于质,但还是正的;楚汉以至刘宋之文,往往文采过分,其中有逐奇失正的一面,但也有可资采择的一面,这就是"驭奇"。作品应有文采,但文采过分而流于淫丽烦滥,那就是失正而走入邪路。《征圣》篇曰:"《易》称'辨物正言,断辞则备';《书》云'辞尚体要,弗惟好异'。故知正言所以立辩,体要所以成辞。"此处引《周易》强调"正言",引《尚书》强调"体要",是刘勰评论文章的两大原则。前者是执正弃邪主张的概括。后者强调体要,要求文章写得精要而不繁冗芜杂,寓有反对文辞淫丽之意,与文质兼备、文质彬彬的主张相通。可见上述主张执正驭奇、文质彬彬二者,确是刘勰文学观念的核心所在(参考拙作《〈文心雕龙·序志〉"先哲之诰"解》,收入拙著《文心雕龙探索》,上海古籍出版社 1986 年版)。

三 主张遵循各体文章的基本规格进行写作

《文心雕龙》上半部自《明诗》至《书记》二十篇,分别论述各体文章的名义、渊源沿革、著名作家作品、写作规格等,其中以"敷理以举统”论写作规格一项为核心。《明诗》篇"敷理以举统"项开头说:"故铺观列代,而情变之数可监;撮举同异,而纲领之要可明矣。"所谓"铺观列代"、"撮举同异",是指"原始以表末"、"选文以定篇"两项中对历代作家作品的评论。这说明刘勰论述这两项,其最终目的是使人们明了、掌握纲领之要,即文章的体制。《通变》篇曰:"是以规略文统,宜宏大体。先博览以精阅,总纲纪而摄契。"文统,即"敷理以举统"之"统";大体,即体制;博览精阅,是"原始"、"选文"两项引导读者阅览各体作品;纲纪,即纲领之要。这四句话可说是对"敷理以举统"一项重要性和做法的简括说明,也是对通过"原始"、"选文"两项促进读者明了、掌握大体的旁证。

刘勰把体制称为大体、体、大要、纲领之要等等,如:

> 夫盟之大体,必序危机,奖忠孝……感激以立诚,切至以敷辞。(《祝盟》)
>
> 原夫哀辞大体,情主于痛伤,而辞穷乎爱惜。(《哀吊》)
>
> 原夫兹文之设,乃发愤以表志。……此立体之大要也。(《杂文》)

《通变》篇说:"凡诗赋书记,名理相因,此有常之体也;文辞气力,通变则久,此无方之数也。名理有常,体必资于故实;通变无方,数必酌于新声。"这里指出,诗、赋、书、记等各种不同体裁,因其内容形式各有其特点,决定了它们具有不同的体制规格。所谓"名理相因","名"指诗、赋等文体名目,"理"即指"敷理以举统"之理,指各种文章的写作要求和规格;名理相因,是说依据文章的体裁而确定其体制。刘勰认为,文章的体裁及其体制,都是有常规的,必须征取故实,参照过去的各类有关作品作为规范,它们不像用词造句那样可以变化多端。气

力，即气骨、风骨；文辞气力，即指文章中文采、风骨的运用情况。刘
勰认为，文章中文采、风骨的运用、结合情况（即文质结合情况）是可
以变化多端的。文章必须文质兼备，文质彬彬，但文质的具体运用与
变化，则是没有常规的。《通变》篇即着重论述这方面的问题。

在《明诗》以下二十篇的"敷理以举统"部分，刘勰除正面阐明各
体文章的体制规格外，有时还指出它们不应采用的写法。如《哀吊》
篇曰：

> 夫吊虽古义，而华辞未造，华过韵缓，则化而为赋。固宜正
> 义以绳理，昭德而塞违，割析褒贬，哀而有正，则无夺伦矣。

指出吊文不宜过多运用华辞，使之流为赋体。《论说》篇曰：

> 凡说之枢要，必使时利而义贞，进有契于成务，退无阻于荣
> 身。自非谲敌，则唯忠与信。披肝胆以献主，飞文敏以济辞（按
> 这里涉及内容、文辞两方面），此说之本也。而陆氏直称"说炜晔
> 以谲诳"，何哉？

这里说明说辞正常情况应当重视内容忠信，思路敏捷而辞锋锐利，批
评陆机《文赋》对说辞特点阐释不正确。刘勰还对过去作家的某些作
品在体制方面有背于正规的现象提出批评。如《颂赞》篇曰："至于
班、傅之《北征》、《西征》，变为序引，岂不褒过而谬体哉？"这是批评班
固、傅毅所作的《窦将军北征颂》、《西征颂》，褒美之辞过多，变为序、
引一类文体，和颂体的正常规格不合。《诔碑》篇曰："至如崔骃诔赵，
刘陶诔黄，并得宪章，工在简要。陈思叨名，而体实繁缓，《文皇诔》
末，百言自陈，其乖甚矣。"这里一面肯定崔骃、刘陶的诔文写得简要
得体，一面批评曹植的《魏文帝诔》文体繁缓，用百来字自述哀思，有

乖诔辞之体制。从上述正反两方面情况可见刘勰对各体文章必须遵循正常的体制规格这一点,是十分重视的。

在《序志》篇中,刘勰慨叹当时"去圣久远,文体解散",所谓"文体解散",当即指文章破坏了必须遵循的体制规格。《序志》篇下文又称当时"辞人爱奇,言贵浮诡",指责当时文风片面追求新奇,文辞浮艳诡异。不遵循各体文章的正常体制规格,使文体解散,是一种失正的现象,而其形成原因,又与当时文人用词造句追求浮诡(即文采过于新艳、文胜于质)有密切关系。可见作文应遵循各体文章的基本规格,与前述第一、二两项执正驭奇、文质彬彬有着紧密的联系。

《文心雕龙》全书可分四个部分。《原道》以下五篇为第一部分,为全书总纲,以执正驭奇为指导思想。《明诗》以下二十篇为第二部分,分论各体文章,以论体制规格为核心,故以遵循各体文章的基本规格为指导思想。《神思》以下十九篇为第三部分,论用词造句、篇章结构、体貌风格等,重点论文章艺术,以文质彬彬为指导思想(执正驭奇、文质彬彬二者,实际也是全书的指导思想,但在书的第一、三部分表现尤为鲜明突出)。《时序》以下五篇为杂论,涉及面较广,没有一个统一的指导思想。最后一篇为《序志》,是自序。故我认为本文所述三项,可以视为全书最重要的艺术标准。

(原载《文学遗产》2005 年第 5 期)

刘勰《文心雕龙》[*]

第一节　刘勰的生平、思想和著作

在中国文学批评史上，刘勰的《文心雕龙》占有非常突出的地位。它总结了先秦以至南朝宋齐时代文学创作和文学批评的丰富经验，论述广泛，体系完整，见解深刻，成为一部空前的文学批评巨著。全书运用优美的骈文写成，本身也富有文学价值。

刘勰（约公元 465—521?），字彦和。祖籍东莞郡莒县（今山东莒县）。西晋末年永嘉之乱，其祖先避难南奔，移居京口（今江苏镇江）。京口接近南朝京城建康（今江苏南京），系当时重镇之一，文化也比较发达。刘勰祖、父两代仕宦均不通显。祖父灵真，是宋司空刘秀之的弟弟，履历不详。父刘尚，做过越骑校尉小官。刘勰早年失父，家贫不娶妻，但奋发好学。从《文心雕龙》全书涉及的内容看，他对于经、史、子、集各方面的典籍，都相当熟悉，也足以说明他早年勤学的工夫。刘勰约二十岁时，到定林寺（在今南京紫金山）依靠著名僧人僧祐，相处十馀年，博通佛教典籍，同时帮助僧祐整理大量佛经，予以校定叙录。在这段时间内，他也不放松对中国文史典籍的研习；他三十多岁时

---

　　* 此篇原为王运熙、杨明著《魏晋南北朝文学批评史》第二编"南北朝文学批评"第三章，共十一节由王运熙执笔。

写成的《文心雕龙》，就是在长期苦心钻研的基础上产生的。

相传《文心雕龙》写成后，刘勰背负书稿，装成货郎模样，来到当时官职贵盛的著名文人沈约车前，希望得其称誉。沈约取读后大加器重，认为"深得文理，常陈诸几案"。梁武帝天监初，刘勰年近四十时，开始进入仕途，起家奉朝请，先后担任过中军临川王萧宏记室、车骑仓曹参军、太末（今浙江衢县）令、南康王萧绩记室兼东宫通事舍人、步兵校尉兼东宫通事舍人等职，官位都不高。《梁书·刘勰传》载他为太末令时，"政有清绩"，说明他具有一定的政治才干。东宫通事舍人一职，专为太子呈奏案章。刘勰兼此职时，深得重视文学的昭明太子萧统的爱重。萧统编纂的《文选》一书，内容多与《文心雕龙》相通，当是受到刘勰的影响。后来梁武帝命刘勰与僧人慧震于定林寺编定佛经。完成后，刘勰对仕途不再抱有希望，遂出家为僧，改名慧地，其后不到一年便去世了。

关于刘勰的生卒年，《梁书》、《南史》均无确切记载，须稍作说明。《文心雕龙》撰成于南齐末年（约公元 501 年），刘勰自言年逾三十始决心写《文心》（见《序志》），范文澜《文心雕龙注》因此推测刘勰约生于宋明帝泰始初（约公元 465 年），大致可信。范氏又谓僧祐卒于天监十七年（公元 518 年），刘勰于僧祐卒后与慧震在定林寺编定佛经，"大抵一二年即毕功，因求出家，未期而卒，事当在武帝普通元二年（案为公元 520、521 年）间"，刘勰大约活了五十六七岁。范说为不少研究者所采用。近年来有的同志根据宋释祖琇《隆兴佛教编年通论》、元释念常《佛祖历代通载》等佛教史籍的记载，考辨刘勰出家在萧统死后。萧统卒于梁武帝中大通三年（公元 531 年），刘勰卒年当更在其后①，提出了值得重视的新说。关于这一问题，有待进一步的

① 杨明照谓刘勰当卒于梁武帝大同四年或五年（公元 538、539 年），见《梁书刘勰传笺注》，收入《文心雕龙校注拾遗》。李庆甲谓刘勰当卒于梁武帝中大通四年（公元 532 年），见《刘勰卒年考》，载《文学评论丛刊》第一辑。

考订。

关于《文心雕龙》的成书年代,清代刘毓崧有《书〈文心雕龙〉后》一文,谓当在南齐末年,其说云:

> 《文心雕龙》一书,自来皆题梁刘勰著,而其著于何年,则多弗深考。予谓勰虽梁人,而此书之成,则不在梁时,而在南齐之末也。观于《时序篇》云"暨皇齐驭宝,运集休明。太祖以圣武膺录,世祖以睿文纂业,文帝以贰离含章,高宗以上哲兴运,并文明自天,缉遐景祚。今圣历方兴,文思光被"云云。此篇所述,自唐虞以至刘宋,皆但举其代名,而特于齐上加一皇字,其证一也。魏晋之主,称谥号而不称庙号,至齐之四主,惟文帝以身后追尊,止称为帝,馀并称祖称宗,其证二也。历朝君臣之文,有褒有贬,独于齐则竭力颂美,绝无规过之词,其证三也。东昏上高宗之庙号,系永泰元年八月事,据"高宗兴运"之语,则成书必在是月以后。梁武帝受和帝之禅位,系中兴二年四月事,据"皇齐驭宝"之语,则成书必在是月以前。其间首尾相距,将及四载。……(《通义堂文集》卷十四)

刘氏又进一步推论《时序》所谓"今圣历方兴"语当指和帝。沈约在东昏时"官司徒左长史征虏将军南清河太守,虽品秩渐崇,而未登枢要;较诸同时之贵幸,声势曾何足言。及其事和帝也,官骠骑司马,迁梁台吏部尚书,兼右仆射",则位望隆重,与《梁书·刘勰传》"约时贵盛"之语相合。刘氏的论证,比较翔实缜密,现代《文心雕龙》研究者多信从之。

除《文心雕龙》外,刘勰的制作,今尚存《灭惑论》、《梁建安王造剡山石城寺石像碑》两篇,都是宣扬佛教的。《梁书》本传说刘勰"为文长于佛理,京师寺塔及名僧碑志,必请勰制文",可惜绝大多数都亡佚了。刘勰长期与僧祐相处,帮助僧祐编校佛教典籍,今传僧祐所编撰的《出三藏记集》、《释迦谱》、《弘明集》等书,后人推测,可能主要出自刘勰之手。

刘勰一生兼长儒学与佛理,他的思想也是兼综儒佛,只是由于著作的性质与内容不同,分别表现出不同的思想倾向。《文心雕龙》是在儒家思想指导下写作的。《序志》篇说他写作《文心雕龙》,是企图"树德建言","名逾金石之坚",这是儒家"三不朽"传统思想的表现。他自称是孔子信徒,原拟注释儒经,但因过去马融、郑玄等大儒在这方面的工作已做得很深入,"就有深解,未足立家",故转而论文。他认为文章本源于儒家经典,对政治发生重大作用,"五礼资之以成,六典因之致用,君臣所以炳焕,军国所以昭明",《程器》篇也有"摛文必在纬军国"之语,这种文章应积极为政治服务的看法,也是儒家文艺思想的一个重要方面。在《文心雕龙》前三篇,他充分论述了文章必须宗法"五经"、以儒家之道为准绳的道理。其宗经思想还贯穿于《文心雕龙》全书。刘勰要求文学服务于政治,因此不可能用佛家思想来指导;综观《文心雕龙》全书的思想实质,绝少佛家的影响,仅在个别场合使用了佛书中的术语(如《论说》篇中偶用"般若"一词)。至于全书体系完整,论证精密,则当是受到佛典的启发。

汉代经学分为今文学、古文学两派。汉末郑玄遍注群经,以古文学为主,此后今文学遂告式微。南北朝时代,南北经学风气亦有不同。北方遵守郑玄注,南方则受玄学影响,儒玄杂糅。当时南方《周易》用王弼注,《尚书》用《伪孔传》,《左传》用杜预注;北方《周易》、《尚书》用郑玄注,《左传》用服虔注;南北同用的则有《诗经》的《毛传》、《郑笺》、《三礼》的郑玄注。南方经学的特点是简约明朗,但杂以虚玄之风(参考皮锡瑞《经学历史》第六章)。刘勰身处南朝,接受的即是南方流行的经学。《论说》篇中批评汉代今文经师的烦琐章句,同时赞美《诗毛传》、《尚书》伪孔传、《三礼》郑玄注、《周易》王弼注"要约明畅,可为式矣",就是明证。从《文心雕龙》全书中采用的经说看,刘勰在经学方面接受的主要是古文学派和王弼等玄学家的观点。

《灭惑论》、《梁建安王造剡山石城寺石像碑》两文,都是站在佛教立场上宣扬佛法的作品。当时道士伪托张融之名造作《三破论》,攻击佛教破国、破家、破身,祸害深重。于此《灭惑论》进行了针锋相对的驳斥。文中也肯定儒学,认为儒佛之道相通,但尤尊佛教。《梁建安王造剡山石城寺石像碑》一文,内容着重叙述营造石像始末,大力宣传佛法伟大,充满宗教迷信。

魏晋南朝,老庄之学流行,且与儒学结合,形成玄学。《周易》、《老子》、《庄子》是玄学的三部重要经典,号称"三玄"。上文提到,南朝经学也受玄学影响,《周易》即采用玄学大师王弼的注释。刘勰思想也接受了不少老庄与玄学的成分,在《文心雕龙》中有鲜明的表现。《文心》全书称引《周易》、《老子》、《庄子》三书的言论颇多。他论文强调"自然"与"自然之道",强调语言应简约精要,都显出老庄与玄学的影响。他虽然不满玄言诗,但赞美夏侯玄、王弼、何晏的某些论文"师心独见,锋颖精密"(《论说》),赞美王弼的《周易注》"要约明畅",说明他对玄学的内容与表现形式,还是肯定颇多的。当然,《文心雕龙》书中处主导地位的显然是儒家思想,老庄与玄学处于从属的地位。此点将在下面章节再作具体分析。

六朝时代,除儒学在政治上仍居领导地位外,玄学与佛教都颇盛行,道教也在发展,儒、释、道各家在思想上有矛盾、有斗争,但彼此又有所吸取和融合,社会与学术界呈现出思想复杂的状态。当时士人兼综数家之学者颇多,像刘勰这样兼综儒家、佛教、道家与玄学,在当时并不算稀罕。

《文心雕龙》产生以前,特别魏晋以来,已经陆续出现了不少文论著作,为刘勰写作这一体大虑周、带有总结性的巨著,提供了许多有益的资料和经验。刘勰在《序志》篇中曾列举前代的重要文论并加以评价：

> 详观近代之论文者多矣：至如魏文述典，陈思序书，应玚文
> 论，陆机《文赋》，仲洽《流别》，弘范《翰林》，各照隅隙，鲜观衢路，
> 或臧否当时之才，或铨品前修之文，或泛举雅俗之旨，或撮题篇
> 章之意。魏典密而不周，陈书辩而无当，应论华而疏略，陆赋巧
> 而碎乱，《流别》精而少功，《翰林》浅而寡要。又君山、公幹之徒，
> 吉甫、士龙之辈，泛议文意，往往间出。并未能振叶以寻根，观澜
> 而索源，不述先哲之诰，无益后生之虑。

这些著作，或存或佚，或仅存残片。从现存资料看，《文心》受挚虞、陆机两家之说影响更为明显：上半部《明诗》、《诠赋》等篇章中论各体文章的体制和规格，往往采撷《文章流别志论》的见解；下半部论创作构思、文体风格、写作方法与技巧等，则较多地接受《文赋》的影响。刘勰不满过去文论"鲜观衢路"，认为它们不能寻根索源，其所谓衢路、根源，当指儒家经典。其所谓"先哲之诰"，则即指《序志》上文"《周书》论辞，贵乎体要；尼父陈训，恶乎异端"之语，表现出他征圣、宗经的宗旨。此点下文分析《征圣》篇时再加评论。

《文心》全书体系完整，结构严密，范文澜曾指出这与佛典的影响有关，说刘勰"盖采取释书法式而为之，故能絪理明晰若此"（《文心雕龙·序志注》）。这话很有见地。佛典中不少著作，体系结构颇为严密，刘勰博通佛教经论，写作、经营《文心》时受其启发，是很可能的。同时也须指出，先秦两汉有少数学术著作，已经颇有系统性。例如《吕氏春秋》，全书分为十二纪、八览、六论三部分，共二十六篇。每篇下又各分若干节，各有标题，每纪四题，每览七题，每论五题，体系相当完整。又如司马迁《史记》，全书分为十二本纪、十表、八书、三十世家、七十列传，分别记载各种历史人物和现象，体系也颇严密。其《自

序》称引《老子》"三十辐共一毂"语作为写三十世家的理论根据,似给《文心·序志》引《易系辞》"大衍之数五十"为全书五十篇作论据以启发。又陆贾《新语》、《淮南子》分别以《道基》、《原道》为首篇,都有推究本原、统摄全书的用意。《文心》也以《原道》为首,应是受到它们的影响。总之,《文心》全书体系完整,结构严密,是继承了我国古代学术著作的优秀传统,同时也吸取佛教经典的长处。

《文心雕龙》产生以后,历代不少文人学者给予很高的评价。唐代刘知幾写作《史通》,深受此书启发,他评介说:"词人属文,其体非一,譬甘辛殊味,丹素异采;后来祖述,识昧圆通,家有诋诃,人相掎摭,故刘勰《文心》生焉。"(《史通·自叙》)指出了它折衷群言、见识圆通全面的特长。宋初孙光宪对它也作了很高赞美:"降自屈宋,逮乎齐梁,穷诗源流,权衡辞义,曲尽商榷,则成格言,其惟刘氏之《文心》乎!后之品评,不复过此。"(《白莲集序》)明胡应麟说:"刘勰之评,议论精凿。"(《诗薮》内编卷二古体中)清代编《四库全书总目提要》,其集部诗文评类首列此书,小序称它与锺嵘《诗品》是传世的诗文评专著之始,并指出其特点是"究文体之源流,而评其工拙"。骈文学家孙梅更是作了极高估价:"探幽索隐,穷神尽状,五十篇之内,百代之精华备矣。"(《四六丛话》卷三一)章学诚也盛称它"体大而虑周","笼罩群言",与《诗品》同为"专门名家"的著作(见《文史通义·诗话》)。因为此书颇推重汉魏以迄南朝的骈文,且用骈文写作,故不受唐宋以来古文家重视。韩、柳、欧、苏等古文大家都没有称道过它。只有苏门学士黄庭坚在《与王立之》中曾说:"所论虽未极高,然讥弹古人,大中文病,不可不知也。"(《山谷尺牍》卷一)虽然有所肯定,但评价不甚高。

《文心雕龙》的注释工作,宋代即已开始。宋辛处信有《文心雕龙注》十卷,见于史志著录,但其书不传。明代有王惟俭《文心雕龙训故》、梅庆生《文心雕龙音注》,都较简略。清代有黄叔琳《文心雕龙辑注》,内容较详赡,因此流传颇广。明清两代文人,又喜评《文心》,其中杨慎、曹学佺、黄叔琳、纪昀诸家评语,阐发文意,有一定参考价值。"五四"以后,学术界受西方影响,对文艺理论较过去重视,对《文心》的注释进一步开展,成绩突过前人。五十年代前出版的有黄侃《文心雕龙札记》、范文澜《文心雕龙注》、刘永济《文心雕龙校释》等,五十年代后则有王利器《文心雕龙校证》、杨明照《文心雕龙校注拾遗》、周振甫《文心雕龙注释》、陆侃如与牟世金《文心雕龙译注》、郭晋稀《文心雕龙注译》、赵仲邑《文心雕龙译注》、台湾李曰刚《文心雕龙斠诠》等。国外有日本兴膳宏的《文心雕龙注》等。校注以外关于研究、介绍《文心》的著作,公开出版的也有十馀种(不包括台湾学者著作在内),单篇论文更为繁多,难以枚举。《文心雕龙》的研究工作,正在多方面地开掘、进一步深入之中。

第二节 《文心雕龙》的宗旨和结构

《文心雕龙》全书,广泛评论了历代作家作品,涉及到不少重要文学理论问题,论述有系统而又深刻,无疑是一部伟大的文学理论批评著作。但从刘勰写作此书的宗旨看,从全书的结构安排和重点所在看,它原来却是一部写作指导或文章作法。

《文心雕龙·序志》一开头就说:"夫文心者,言为文之用心也。"明确指出其书是讲如何用心做文章的。下文解释"雕龙"两字的含义说:"古来文章,以雕缛成体,岂取驺奭之群言雕龙也?"按《史记·孟子荀卿列传》:"谈天衍,雕龙奭。"《集解》引刘向《别录》解释说:驺奭发挥驺衍谈天之说,修饰得非常细致,有如"雕镂龙文,故曰雕龙"。"岂取驺奭"句与《杂文》篇"岂慕朱仲四寸之珰乎"句一样,都是用反诘语气表示肯定;句末"也"字作疑问助词用。刘勰用"雕龙"名书,当是说其书论述作文之法,像雕龙那样非常精细。《序志》篇更指出此

书的撰述,在于针对当时的不良文风,为写作指出一条正确的道路:

> 唯文章之用,实经典枝条。……详其本源,莫非经典。而去圣久远,文体解散,辞人爱奇,言贵浮诡,饰羽尚画,文绣鞶帨,离本弥甚,将遂讹滥。盖《周书》论辞,贵乎体要;尼父陈训,恶乎异端;辞训之异①,宜体于要。于是搦笔和墨,乃始论文。

也鲜明地表述了此书宗旨是以圣人的言论为准则来进行评论,指导写作。

《文心雕龙》这一宗旨,贯穿全书,许多地方都扣紧宗旨论述如何把文章写好;而且在全书的结构安排上也体现出来,经纬交错,把如何写好文章的道理讲得很周密。我们明瞭了《文心》的宗旨,对全书五十篇的组织结构,也就容易有确切的认识。

《文心雕龙》的组织结构,据《序志》篇自述,全书五十篇,前二十五篇为上篇,论文之纲领;后二十五篇为下篇,论文之毛目;其中《原道》至《辨骚》首五篇又是论文之枢纽。其实下半部二十五篇也可分为两部分,自《神思》至《总术》十九篇泛论写作方法;《时序》以下五篇杂论文学与时代关系等其他问题;最后一篇《序志》是自序。因此,全书除《序志》外,大致上可分四个部分:《原道》以下五篇为第一部分,揭示指导写作的总原则;《明诗》以下二十篇为第二部分,分论各体文章的性质、源流与写作规格;《神思》以下十九篇为第三部分,泛论写作方法;《时序》以下五篇为第四部分,杂论与写作有关的问题。下面对这四个部分略作剖析。

自《原道》至《辨骚》五篇为第一部分,《序志》称为"文之枢纽",开宗明义地提出了指导写作的总原则。这五篇中,《原道》、《征圣》、《宗

---

① 刘永济《文心雕龙校释》谓"异"字疑是"奥"字之误,其说可取。

经》是一组,《正纬》、《辨骚》是另一组。《原道》等三篇关系非常密切,道、圣、经是三位一体,所谓"道沿圣以垂文,圣因文而明道"(《原道》),主旨在说明圣人之文(即"五经")表现了至高无上的道,是文章的典范,所以作文必须宗法"五经"。《宗经》篇说:"若禀经以制式,酌雅以富言,是即山而铸铜,煮海而为盐也。"明显地从写作角度指出了宗经的好处。《正纬》、《辨骚》两篇,指出纬书、楚骚那类作品,某些情况(主要是思想内容)与经典不合,但辞采富丽,作文可以取材和借鉴,则也应加以吸取。《辨骚》最后说:"若能凭轼以倚《雅》《颂》,悬辔以驭楚篇,酌奇而不失其贞(正),玩华而不坠其实,则顾盼可以驱辞力,欬唾可以穷文致,亦不复乞灵于长卿,假宠于子渊矣。"指出作文必须以宗经(倚《雅》《颂》)为本,以酌取楚辞为辅,做到奇正相参,华实并茂。这可以说是对《原道》至《辨骚》五篇的小结,提出了指导写作的总原则。酌奇、不坠其实、驱辞力、欬唾等辞语,都明显地是从写作角度来谈论问题。

自《明诗》至《书记》二十篇为第二部分,分论各体文章。《序志》介绍这部分云:"若乃论文叙笔,则囿别区分,原始以表末,释名以章义,选文以定篇,敷理以举统,上篇以上,纲领明矣。""论文叙笔"句指出这部分所论文章有文笔之分(前十篇论有韵之文,后十篇论无韵之笔)。"原始以表末"四句,指出各篇介绍各体文章,内容大致分为四项:叙述源流,解释名称性质,评述代表作家作品,指陈体制特色和规格要求。其中"敷理以举统"一项,常在篇末,分量较始末、选文两项为小,但从指导写作角度指明各体文章基本的体制特色和规格要求,是各篇结穴所在,前面三项内容都是为了它服务的,所以在刘勰看来它的地位最为重要。上引《序志》篇云:"上篇以上,纲领明矣。"这纲领可以指《原道》以下五篇所提出的指导写作的总原则、总纲领,也可以指这部分各篇的"敷理以举统"部分,因为它们分别指明了写作各体文章的体制特色和规格要求,对写好各体文章来说,也具有纲领性的意义。请看例证：

> 故铺观列代，而情变之数可监；撮举同异，而纲领之要可明矣。若夫四言正体，则雅润为本；五言流调，则清丽居宗。华实异用，唯才所安。（《明诗》）

> 故其大体所资，必枢纽经典，采故实于前代，观通变于当今，理不谬摇其枝，字不妄舒其藻。……然后标以显义，约以正辞。文以辨洁为能，不以繁缛为巧；事以明核为美，不以深隐为奇。此纲领之大要也。（《议对》）

上面两则引文，均摘自"敷理以举统"项内。所谓"纲领之要"，即敷理以举统，指明各体文章的体制特色和规格要求，它同《序志》篇"纲领明矣"的提法是吻合的。《明诗》说"纲领之要可明矣"，《序志》说"纲领明矣"，语句都一致。又上引《明诗》篇自"故铺观列代"到"而纲领之要可明矣"这几句话，意为考察了历代的作家作品，因而明白了作诗的纲领之要，也正好说明原始表末、选文定篇两项内容归结起来是为敷理举统服务的。刘勰在这部分的首篇《明诗》中明确指出敷理以举统是作文的纲领之要，而且指出研讨历代作家作品是为了明白纲领之要，可说是起了提挈以下十多篇的作用的。这部分其他各篇的敷理以举统部分，常常把各体文章基本的体制特色和规格要求称为"体"、"大体"、"体制"、"要"、"大要"、"枢要"等等，意思同纲领之要差不多。古人作文，除诗赋外，就是各体骈散文，它们在体制上都各有其特点，并在长期写作过程中形成了基本的规格要求。作者写作时，首先要依据其基本的体制特色和规格要求，结合具体题材，从总体上经营设计。因为《文心》的宗旨在于指导写作，所以刘勰非常重视这部分的二十篇，并把各篇核心敷理以举统一项称为纲领之要。这第二部分,过去一般称为文体论,恐不妥。因为其重点不在释名章义,像后世《文体明辨》那一类书籍;如上所述,这部分内容核心是论作法,在比重上则是以述源流、评作品为多。

自《神思》至《总术》十九篇为第三部分。《序志》介绍这部分云:"至于割情析采,笼圈条贯,摛《神》、《性》,图《风》、《势》,苞《会》、《通》,阅《声》、《字》。"由于文字限制,刘勰只是列举了一部分篇名,也没有把这部分的体系结构讲清楚,因此研究者容易产生不同的认识。这部分一般研究者称为创作论,笔者认为更确切地说,应称为写作方法泛论,是打通各体文章,从篇章字句等一些共同性问题来讨论写作方法的。第二部分分体谈作法,第三部分打通各体谈作法,一经一纬,相辅相成。十九篇的组织结构,大体上先是谈谋篇,研讨文章的整体风格;次是谈用词造句,研讨具体的修辞手段和写作技巧;最后呼应前文,重复强调了谋篇的重要性。这部分第一篇为《神思》,谈作文的构思和想像,这是写作过程中首先接触到的问题。《体性》以下四篇着重研讨风格问题。《体性》谈作家与风格的关系;《风骨》提倡明朗刚健的文风;《通变》论历代文风变化,作文应矫正近世不良文风;《定势》谈文体与风格的关系。文章的风格,是就整篇说的,所以论述风格实际就是讲谋篇问题。《文心》书中屡有"篇体"、"篇制"字样用以指风格,如"江左篇制,溺乎玄风"(《明诗》),"风清骨峻,篇体光华"(《风骨》),"正始馀风,篇体轻澹"(《时序》),都可证明《体性》等篇着重谈风格,实际是讲谋篇,只是并非研讨整篇的结构安排,而是研讨如何获得整篇的优良风格。下面是《情采》、《镕裁》两篇。《情采》讨论情与采即作者的思想感情(直接体现为作品的思想内容)与作品语言文采的关系问题,指出情是根本,必须为情造文。《镕裁》指出写作文章,必须先考虑做好设情位体、酌事取类、撮辞举要等三准;三准明确了,再从事研讨字句,敷设文采。下面是《声律》、《章句》、《丽辞》、《比兴》、《夸饰》、《事类》、《练字》、《隐秀》、《指瑕》等九篇,除

《章句》篇兼论章法(指安排小段)外,其他各篇都是研讨用词造句和修辞手段,即所谓"采"。刘勰对文采很重视,用了八九个篇章进行研讨,但他预先在《情采》、《镕裁》两篇中,指出文采必须为表现真情服务,为文必须先标三准,抓其大者,使人们明确用词造句、敷设文采在整个写作过程中的恰当地位。后面《养气》、《附会》、《总术》三篇,在研讨文采之后,又回过头来,照应前文,补充论述有关构思、篇体问题。《养气》认为要做到写作时思路畅通,必须注意"清和其心,调畅其气",与《神思》篇"陶钧文思,贵在虚静"的言论相呼应。《附会》讨论"附辞会义",把文章的内容形式安排得当,做到"首尾周密,表里一体"。刘勰认为这是"命篇之经略",也就是谈谋篇问题,只是前面《体性》等篇研讨篇的风格,《附会》则研讨篇的组织结构。《总术》强调作文必须通晓"术",并批评许多作者"多欲练辞,莫肯研术"。从篇中"执术驭篇"、"务先大体"等语句看,这术就是《明诗》以下二十篇屡屡提及的纲领之要或大体,也就是《体性》、《风骨》等篇论述的篇体。在这部分末尾,在研讨了声律、丽辞等许多用词造句、敷设文采的问题后,刘勰生怕作文的人片面注意练辞,而忽略了"大体",所以特列《总术》一篇,反复申述应首先重视体制,以表示其郑重叮咛之意。

自《时序》以下为第四部分。其中《序志》为全书的自序,故这部分实际是《时序》以下五篇。其中《时序》论述历朝文学与时代的关系、各时期文学的发展与特色;《物色》论述文学创作与自然景物的关系;《才略》论述历代重要作家的文学才能与创作特色;《知音》论述文学批评的态度和方法;《程器》论述作家的品德修养和政治才能。这些篇章,除《物色》一部分直接谈到写作方法外,其他四篇都没有谈到写作方法。它们在全书是杂论性质,在前面三部分分别论述了写作总原则、写作各体文章的规格要求、写作方法泛论外,刘勰感到还有一些问题虽然不是直接谈写作,但从创作修养看也颇重要,因而写下了这些篇章。《序志》称《明诗》以下二十篇为"纲领",是因为《文心》全书宗旨在指导写作,其重点在端正各体文章的体制,所以称之为纲领。它把下半部称为"毛目"(细目),那大约是因为下半部有不少篇章讨论用词造句,相对来讲是比较细小的问题,所以叫作毛目了。

根据上面的粗略分析,试把《文心》全书的组织结构,用目录条列如下:

一、论指导写作的总原则

(一)论以圣人的经书为典范:《原道》、《征圣》、《宗经》

(二)论吸取纬书、楚辞的养料:《正纬》、《辨骚》

二、论各体文章的性质、源流、体制和规格要求(以体制和规格要求为核心)

(一)论有韵之文:自《明诗》至《谐讔》十篇

(二)论无韵之笔:自《史传》至《书记》十篇

三、泛论写作方法与技巧

(一)论创作构思及其条件:《神思》、《养气》

(二)论篇体的风格、组织结构及其重要性:《体性》、《风骨》、《通变》、《定势》《附会》、《总术》

(三)论用字造句敷设文采及其先决条件:《情采》、《镕裁》　自《声律》至《指瑕》九篇

四、杂论

(一)论文学与时代、自然景物的关系:《时序》、《物色》

(二)论作家的才能与品德:《才略》、《程器》

(三)论文学批评的态度和方法:《知音》

五、自序:《序志》

《文心》全书的体系和结构,《序志》虽有介绍,但语焉不详,因此容易引起不同的理解(特别对下半部)。目前研究者还存在不同意见,这

里力图探索刘勰原意,提供一种看法。对这一问题,还有待进一步的研讨。《文心》下半部的篇章次序,某些地方存在一些疑问(如《物色》篇的位置),是否有错乱,这个问题值得探讨。但今存元明以来多种《文心》刻本,在篇章次序上均无歧异,因此对此问题必须慎重;如果按照研究者本人的理解而把某些篇章轻易地改变次序,是不稳当的。

我们说《文心》一书的宗旨是指导写作,全书的各部分篇章也是按照这一宗旨组织安排的,这并不等于低估它在理论批评上具有重大的创造和成就。《文心》在指导写作时,常常涉及不少重要的文学理论问题(第四部分的《时序》、《知音》等更是直接谈理论),并展开论述,诸如创作的构思和思想艺术标准、内容与形式的关系、作品风格与作家个性及文学样式的关系、如何建立优良的文风、继承与革新的关系、文学与时代的关系、文学批评的态度和方法等等,都能总结前人的创作经验和理论,并往往有所发展,立论周到深入,这是一方面。另一方面,它还系统广泛地评论了历代重要作家作品,对它们的特色、成就及历史条件发表了许多精到的见解。这些内容使《文心》具有重大的理论批评价值,成为中国文学理论批评史上的里程碑式的巨著。

《文心》是一部体系比较完整、结构比较严密的学术著作。这种比较完整的组织结构,当是受到我国古代子史等专书的启发与影响。例如《吕氏春秋》,全书除《序意》(自序)外,共二十六篇,分为十二纪、八览、六论;十二纪又分为春夏秋冬四小部分,每小部分又分成《孟春纪》、《仲春纪》、《季春纪》等,秩序井然。又如《史记》,全书一百三十篇,分为十二本纪,十表、八书、三十世家、七十列传,结构也颇严密,以后纪传体史书均受其影响。《文心》一书的组织结构,正是继承了这类学术著作的传统。《序志》援引《周易·系辞上》"大衍之数五十,其用四十有九"的话来说明全书五十篇,也正与司马迁《太史公自序》援引《老子》"三十辐共一毂"的话说明三十世家相类似。另一方面,刘勰博通佛教典籍，不少佛典的规模体系，往往比较宏大严密，《文心》当也受其启发影响。范文澜说《文心》"盖采取释书法式而为之，故能䂬理明晰若此"（《文心雕龙·序志注》），这看法是有理的。

第三节　基　本　思　想

刘勰在《文心雕龙》开头五篇中，表达了全书的基本思想。《序志》说："盖《文心》之作也，本乎道，师乎圣，体乎经，酌乎纬，变乎骚，文之枢纽，亦云极矣。"他把这五篇称为作文之枢纽，意思是提出了指导写作的总原则。大致说来，《原道》、《征圣》、《宗经》是一组，说明文章的根源是道，圣人的文章（"六经"）体现了微妙的道心，是文章的典范；《正纬》、《辨骚》是一组，指出纬书、楚辞虽有背离"六经"之处，但应酌取其奇辞异采。下面对这五篇分别加以剖析。

一　《原道》、《征圣》、《宗经》

《原道》篇的中心是说明文章的根源是道。汉代《淮南子》首篇名《原道训》，此篇题名当受其影响。但《原道训》探究道之体用，此篇则说明文之根源为道，角度不同。刘勰认为宇宙间一切有文采的事物（包括文章）都根源于道，都是道的体现。《原道》首段云：

> 文之为德也大矣，与天地并生者何哉！夫玄黄色杂，方圆体分，日月叠璧，以垂丽天之象，山川焕绮，以铺理地之形，此盖道之文也。仰观吐曜，俯察含章，高卑定位，故两仪既生矣，惟人参之，性灵所钟，是谓三才，为五行之秀，实天地之心，心生而言立，言立而文明，自然之道也。傍及万品，动植皆文，龙凤以藻绘呈瑞，虎豹以炳蔚凝姿。云霞雕色，有逾画工之妙；草木贲华，无待锦匠之奇。夫岂外饰，盖自然耳。至于林籁结响，调如竽瑟；泉石激韵，和若球锽。故形立则章成矣，声发则文生矣。夫以无识

之物,郁然有彩,有心之器,其无文欤!

刘勰指出,天色玄而地色黄,天地本身即有色彩。天上的日月,地面的山川,更是富有文采。作为万物之灵、天地之心的人类,发为言语文章,当然更有文采。旁及各种动物、植物以及云霞泉石等,无不有文采,有的表现为形文(形态色泽),有的表现为声文(声韵)。这些文采都是自然而然地呈现出来的,都是道的体现,也就是说道是文的根源。刘勰指出文亘古长存,遍及万物,这就充分证明了文之德性的伟大。这段中关于文的根源是道或自然的看法,是接受了《老子》的影响。《老子》说过:道为"万物之母"(第一章),道"似万物之宗"(第四章),"道法自然"(第二十五章)。《韩非子·解老》也说:"道者万物之所然也,万理之所稽也,理者成物之文也,道者万物之所以成也。"魏晋南朝玄学流行,人们喜欢援引老庄之说谈论本体的道;刘勰说道是一切文采(包括人类的文章)的根源,表明其言论打上了明显的时代思潮的烙印,而与过去荀子、扬雄等人论文道关系呈现出不同的特色。

《原道》接着论述人文的起源和发展云:

> 人文之元,肇自太极,幽赞神明,易象惟先。庖牺画其始,仲尼翼其终。而乾、坤两位,独制《文言》,言之文也,天地之心哉!若乃《河图》孕乎八卦,《洛书》韫乎九畴,玉版金镂之实,丹文绿牒之华,谁其尸之,亦神理而已。自鸟迹代绳,文字始炳。……唐虞文章,则焕乎始盛。……逮及商周,文胜其质,雅颂所被,英华日新。文王患忧,繇辞炳曜,符采复隐,精义坚深。重以公旦多材,振其徽烈,制诗缉颂,斧藻群言。至夫子继圣,独秀前哲,镕钧"六经",必金声而玉振,雕琢情性,组织辞令,木铎起而千里应,席珍流而万世响,写天地之辉光,晓生民之耳目矣。

刘勰认为,人类文章开始于易象。太古伏羲氏根据天地之文制八卦,为《易经》之肇始,后来孔子作"十翼",完成《周易》。孔子对乾、坤两卦(代表天地)独制富有文采的《文言》加以阐发,也说明人文是根据天地之文制作的。相传八卦出自《河图》,九畴出自《洛书》,刘勰认为这类古代文化起源的现象,都是由神理(即道或道心)主宰着的。自从文字产生以后,文章逐步发展,至商周而大盛,陆续产生了《诗经》、《周易》等经典。到孔子整理编订"六经",成为万世楷模,充分体现了天地之文的辉光,起到了教育生民的目的。这一段着重叙述了"六经"的产生与完成过程,指出了经过历代圣人之手完成的"六经",是取法天地之文而制作的,是垂教万世的典范。

《原道》最后一段与赞辞论述了"六经"与道的关系,着重指出了"六经"的根源是道。文云:

> 爰自风姓,暨于孔氏,玄圣创典,素王述训,莫不原道心以敷章,研神理而设教,取象乎河洛,问数乎蓍龟,观天文以极变,察人文以成化;然后能经纬区宇,弥纶彝宪,发挥事业,彪炳辞义。故知道沿圣以垂文,圣因文而明道,旁通而无滞,日用而不匮。《易》曰:"鼓天下之动者存乎辞。"辞之所以能鼓天下者,乃道之文也。

> 赞曰:道心惟微,神理设教。光采玄圣,炳燿仁孝。龙图献体,龟书呈貌。天文斯观,民胥以效。

上文中"道沿圣以垂文"二句概括了全篇主旨,指出道通过圣人之手体现为人文,圣人以制作人文("六经")来明道,阐明了道、圣、文三者的关系。篇末引用《易传》的话,指出文辞所以能发生"鼓天下之动"的重大作用,由于是道之文,点明了道是文的根源的主题。

《原道》第二、第三两段的观点,来源于《易传》。《易传·系辞》云:

> 古者包牺氏之王天下也,仰则观象于天,俯则观法于地,观鸟兽之文与地之宜,近取诸身,远取诸物,于是始作八卦,以通神明之德,以类万物之情。(《系辞下》)
>
> 是故天生神物(指著龟),圣人则之。天地变化,圣人效之。天垂象,见吉凶,圣人象之。河出图,洛出书,圣人则之。(《系辞上》)
>
> 圣人有以见天下之动,而观其会通,以行其典礼,系辞焉以断其吉凶,是故谓之爻。……极天下之赜者存乎卦,鼓天下之动者存乎辞。(《系辞上》)

仔细比照《原道》与《易传·系辞》,我们可以看出:一、《原道》的道心、神理,就是《系辞》的天,这个天是有意志的,它能够通过象来垂示吉凶,《周易》的卦、爻辞就是根据天意制作的,所以能产生"鼓天下之动"的作用。《河图》、《洛书》,先秦时代人们认为是上天赐予圣王伏羲和夏禹的祥瑞,相传伏羲取法《河图》画八卦,夏禹取法《洛书》作《洪范》。刘勰对此也是相信的。他还根据《系辞上》把"取象乎河洛"与进行卜筮的"问数乎著龟"并提,说明它们都是圣人根据天意而进行的活动。《宗经》篇说经书是"象天地,效鬼神"。《正纬》篇说:"夫神道阐幽,天命微显,马龙出而《大易》兴,神龟见而《洪范》耀。……原夫图箓之见,乃昊天休命。"看法均与《原道》篇相通,但对天有意志这一点,说得更为明显了。二、《原道》第二、三段和赞辞所述文的属性,比第一段有了发展变化。第一段所讲之文,不管天文、地文(人文没有具体讲),都是指形态色泽、声韵等外部形式的美。第二、三段和赞辞所讲之文,则不但具有"彪炳辞义"的语言形式之美(人的语言美是一种艺术美,与天文、地文的自然美已有区别),而且还具有"经纬区宇,弥纶彝宪,发挥事业"等内容上的真和善。这个真和善实际上是儒家提倡的一套政治思想制度和伦理道德,是统治者对人民进行教化、实行统治的工具。这个真和善,从根本上说,是圣人根据上天垂象示吉凶、锡予瑞物等神意逐步建立起来的。在刘勰看来,经书之所以光照万世,首先是由于它们内容上的真和善。赞辞云:"光采玄圣,炳耀仁孝。"明确指出圣人的制作所以有光采,是由于仁孝一类思想的炳耀。在这里,刘勰把真、善和美结合在一起,都当作文或文采的属性了。刘勰认为,经书内部体现了儒家仁义道德之真和善,外部呈现为色泽声韵之美(这实际上已为文章的创作和评论树立了思想艺术标准),其根源都是道心或神理,也就是上天的意志。根据上面的分析,我们认为,在探讨文之根源这一根本性问题上,刘勰不但是唯心论者,而且是有神论者。

《原道》的观点,前面取自《老子》,后面取自《易传》,呈现出比较复杂的状态。老庄论道,强调无为,强调自然而然;《易传》论道,强调上天意志,强调圣人以神道设教。刘勰把不属于一个系统的思想糅合在一起,正反映了南朝时代玄学继续流行,《老》、《庄》与《周易》互相融合的时代思潮。魏晋玄学中有一个重要论题,所谓名教与自然相一致。持这种看法的人认为儒家的一套维护封建政治社会秩序的政治思想制度和伦理道德是效法自然、合于自然的,因此它们同老庄所提倡的自然不是背谬而是一致的。玄学大师王弼、郭象等都持这种看法。东晋袁宏曾用比较浅显的话表明了这一观点,他说:"然则名教之作何为者也?盖准天地之性,求之自然之理,拟议以制其名,因循以弘其教,辩物成器,以通天下之务者也。"(《后汉纪》卷二六)儒家的"六经",集中规定并体现了名教。《原道》认为"六经"不但根据上天意志,而且合于自然,把《易传》之道同《老》、《庄》之道打通了,正是接受了名教与自然一致的观点。从《原道》篇看,从《文心雕龙》全书看,刘勰对名教、自然二者,更为重视名教。他认为文章应当对政治教化起积极作用,他以名教作为衡量作品思想内容、指导写作的主要标准,这就是所谓宗经。

刘勰是一位伟大的文学理论批评家,他在一些文学重要问题上,发表了不少合理的、进步的见解;但在文学之根源这个问题上,却表现出他是一个唯心论者和有神论者,这是需要我们实事求是地区别对待的。

征圣,意为验证于圣人,就是依据圣人的文辞进行写作。《征圣》、《宗经》两篇,都是讲圣人的经书是文章的楷模,只是《征圣》着重从经书总体讲,《宗经》则着重就"五经"各自的特色与影响分别言之。

《征圣》一开始就指出圣人之情是通过文辞来表现的。接着引用经传的记载,说明圣人在政化、事迹、修身诸方面都重视文化措施和运用文辞,实际说明了文学的功能和作用,文云:

> 是以远称唐世,则焕乎为盛;近褒周代,则郁哉可从。此政化贵文之征也。郑伯入陈,以文辞为功;宋置折俎,以多文举礼。此事迹贵文之征也。褒美子产,则云"言以足志,文以足言";泛论君子,则云"情欲信,辞欲巧"。此修身贵文之征也。然则志足而言文,情信而辞巧,乃含章之玉牒,秉文之金科矣。

所谓政化,指政治教化,这是封建统治者进行统治的主要手段。所谓事迹,从所举郑伯入陈两例,指外交活动,实际也是政治的一部分。因此,文学的社会作用,大致是有助于政治教化和个人道德修养两个方面。《序志》说:"唯文章之用,实经典枝条,五礼资之以成,六典因之致用,君臣所以炳焕,军国所以昭明。"这是就文学有助于政治教化说的。《书记》云:"言以散郁陶,托风采。"这是就有助于个人道德修养说的。《文心雕龙》对这两方面的作品都是肯定的,但在论及文学的功能和作用时,刘勰更强调有助于政治教化这一个方面。在上引一段文字结尾,刘勰指出文学应当情文并胜,即思想感情要真实,语言要有文采,这是他对作品内容形式的基本要求。

《征圣》指出,在文辞运用方面,经书在不同场合表现出不同的面貌:有时简略,有时繁博,有时隐晦,有时明显,"抑引随时,变通适会",在不同情况下采取不同的表达方法。这里对文辞应随机应变的看法是比较合理的。

《征圣》后半特别强调作文必须注意典正、体要,具有雅丽的风格:

> 是以论文必征于圣,窥圣必宗于经。《易》称"辨物正言,断辞则备";《书》云"辞尚体要,弗惟好异"。故知正言所以立辨,体要所以成辞;辞成无好异之尤,辨立有断辞之美。……然则圣文之雅丽,固衔华而佩实者也。

"辨物正言"二句出于《易·系辞下》,这里强调正言,是指文风要雅正,更着重指内容的规正。"辞尚体要"二句出于《尚书·毕命》,这里强调文辞要体要。体要,《伪孔传》云:"辞以体实为要。"《尚书正义》云:"言辞尚其体实要约。"就是文辞要切实扼要的意思,是着重从语言形式方面说的。刘勰很重视文风的雅正和切实扼要,在《序志》篇也郑重地提到:

> 盖《周书》论辞,贵乎体要;尼父陈训,恶乎异端;辞训之异(疑当作"奥"),宜体于要。

此处"《周书》论辞",即指《毕命》"辞尚体要"二句。"尼父陈训"二句,出于《论语·为政》:"子曰:攻乎异端,斯害也已。"反对异端,实际即是提倡正言,其精神也与"弗惟好异"相通。总之,刘勰强调文风应当雅正、精要,反对故意追求奇异。他这种主张,是针对当时他所不满的文风而发。《序志》说当时"辞人爱奇,言贵浮诡",他认为文辞浮滥诡异,片面追求奇丽,是当时文章大病,所以强调正言体要,企图予以矫正。其主旨既揭橥于《征圣》,又申明于《序志》,叮咛之意,分明可见。《序志》批评曹丕《典论·论文》以下诸家文论都"不述先哲之诰",看来所谓"先哲之诰",即指《周书》、《易传》、《论语》这几句话,这是刘勰反对当时浮诡文风的理论根据,在《文心》全书中具有指导性的重要意义。《征圣》在末尾指出,"圣文雅丽,衔华佩实",意思说圣人文章的风格,既典雅切实,又华美有文采,这当然是由于做到正言和体要的结果。反之,那些浮诡之作,由于背离了正言和体要,就只能是丽而不雅,华而不实了。

《宗经》篇的主旨是说作文必须取法经书,它是《原道》、《征圣》两篇议论的归宿。《宗经》一开始就竭力赞美经书具有至高无上的神圣性质:

> 三极彝训,其书曰经。经也者,恒久之至道,不刊之鸿教也。故象天地,效鬼神,参物序,制人纪,洞性灵之奥区,极文章之骨髓者也。

这里所谓"恒久之至道,不刊之鸿教"是指儒家提倡的一套政治思想制度和伦理道德,刘勰认为它是恒久不变的,这可以说是董仲舒提出"天不变,道亦不变"以来封建社会中统治阶级人士普遍的看法。《宗经》接着指出经过孔子整理编订,"五经"完成,它们"义既挺乎性情,辞亦匠于文理",在思想文辞上都具有典范性。

《宗经》在中间一段着重分析"五经"的不同。它指出"五经"具有各自的性质和内容:《易》惟谈天,《书》实记言,《诗》主言志,《礼》以立体,《春秋》辨理。"五经"在表达上也表现出不同情况,有的隐约,有的明显,还有文诡理畅、辞晓义隐的"表里异体"的现象,着重就隐、显两方面进行分析,议论与《征圣》篇相通。

《宗经》指出,"五经"由于内容深刻,文辞美好,对后代产生巨大深远的影响;后代的许多文体都源出"五经","五经"是后代文章用之不尽、取之不竭的源泉:

> 至于根柢槃深,枝叶峻茂,辞约而旨丰,事近而喻远,是以往者虽旧,馀味日新,后进追取而非晚,前修久用而未先,可谓太山遍雨,河润千里者也。

> 故论说辞序,则《易》统其首;诏策章奏,则《书》发其源;赋颂歌赞,则《诗》立其本;铭诔箴祝,则《礼》统其端;纪传盟檄,则《春秋》为根:并穷高以树表,极远以启疆,所以百家腾跃,终入环内者也。若禀经以制式,酌雅以富言,是即山而铸铜,煮海而为盐也。

在长期封建社会中,"五经"的影响固然是巨大深远的,但这里对"五经"思想艺术成就与影响,毕竟作了过度的夸张。这种夸张正是为他文必宗经的理论服务的。当时人们心目中的"五经",包括了一部分释经的传,如《易传》、《礼记》、《春秋左传》等,这些著作经后人考证,大致上产生于战国以至西汉初期。春秋战国时代,文化(包括文学)已颇为发展,许多文体也已经产生或萌芽,它们被保存在"五经"中间。刘勰列举论说辞序等二十种文体,认为其体制源出"五经",大致上也是可信的。后来颜之推在《颜氏家训·文章》中也发表了类似的见解。但刘勰说"百家腾跃,终入环内",强调后代文章跳不出"五经"的圈子,抹煞后代的发展与创新,又是不对的。

《宗经》强调指出，作文如能以"五经"为楷模，则能达到"六义"之美：

> 故文能宗经，体有六义：一则情深而不诡，二则风清而不杂，三则事信而不诞，四则义直（唐写本作"贞"）而不回，五则体约而不芜，六则文丽而不淫。扬子比雕玉以作器，谓"五经"之含文也。

"风清"与《风骨》篇之"风清"相通，指思想感情在作品中呈现出鲜明爽朗的风貌。"体约"之"体"，在《文心》书中常指体制风格，此处着重指体制规模。体有六义是说：感情深挚而不浮诡（虚假），风貌清朗而不繁杂，记事信实而不荒诞，思想正直而不回曲，体制要约而不芜秽，文采美丽而不淫滥。其中情深、事信、义直是指思想内容，风清是指艺术风貌，体约、文丽是指语言风格。文章具有六义之美，就是在内容、形式上都达到了完美的境界。在这里，刘勰为文学创作和文学批评树立了六条标准。《征圣》提出正言、体要，对内容、形式两方面的要求还提得比较概括；这里分析为六条，就更为具体了。大体说来，情深、事信、义直三者属于正言，风清、体约、文丽三者属于体要。正言、体要是两根纲，六义则是六条目。实际上"五经"并不全部符合这六条标准。例如《左传》中预言将来的某些记事，就荒诞不可信。《易经》、《尚书》、《仪礼》、《春秋经》中的许多篇章，语言都很质朴而不美丽。刘勰对"五经"的赞美显然是过分了的。这里重要的问题，不在于刘勰对"五经"的赞美是否符合实际，而在于他是以"五经"为旗帜来提出他文学创作和文学批评的标准，使之具有强大的号召力。情深、风清等是从正面说的，是雅丽的优良文风的标志；诡、杂等是从反面说的，是优良文风的对立面。《宗经》末尾慨叹楚汉以来文人不能宗经，片面学习楚辞、汉赋艳侈的文风，形成很大流弊。楚艳汉侈的流弊是淫丽,是雅丽文风的对立面,这个问题刘勰先在这里揭橥一下,以后篇章还有详细论述。

以上扼要介绍分析了《原道》等三篇的主要内容。这三篇所论的中心问题是说"五经"是文章的典范。《原道》叙述了经书的起源、发展和完成,指出它们根源于道,并体现了道,所以光耀万世。《征圣》着重从总体上论述经书的优良文风;《宗经》着重分析"五经"的各自特色与巨大影响,并提出了创作和批评的具体标准。三篇的归宿点是说作文必须宗法"五经",要获得六义之美。在儒家思想指导下,道、圣、文是三位一体的,所谓"道沿圣以垂文,圣因文而明道"。从指导写作讲,直接的学习对象是经书,所以宗经必然成为三篇的结穴所在。在刘勰以前,荀卿已经把道、圣、文三者联系起来立论,后来扬雄又有进一步的发挥。刘勰的《原道》等三篇,对这个问题论述更为详细、系统和深入;并由此提出了六义作为指导创作和批评的具体标准,这是很有价值的。刘勰论道,接受了玄学影响,把儒家的名教与道家的自然结合起来,又显示出与过去不同的时代特色。

二 《正纬》、《辨骚》

《正纬》、《辨骚》两篇,性质比较接近,指出纬书、楚骚的共同特色是奇,它们有不少地方(主要是内容方面)背离了经书雅正的文风,但其奇辞异采,富有文学性,创作时应当吸取其养料。

纬书相传为解经之书,取经纬交错、相辅相成之义。它在西汉时与预告吉凶的谶相结合,内容包含大量封建迷信,宣传天人感应、君权神授的观点,但也含有若干古史传说、天文地理等有价值的材料。它兴起于西汉末年,到东汉,因得到光武帝的大力提倡,风靡一代,数量也大为增加。汉末郑玄遍注群经,颇采纬书之说,并为部分纬书作注,可见他对纬书的重视。南朝刘宋孝武帝、梁武帝都曾下令禁止,其势稍杀。至隋代禁令更严,炀帝派使者四出,尽收与谶纬相涉之书焚烧,纬书始告消亡。唐初编撰《隋书·经籍志》,著录焚馀之谶纬,尚存十三部九十二卷（后代均告散亡），可以推想其原来数量必甚众多。纬书盛行于汉魏六朝，南朝时虽经宋孝武、梁武禁止，但文人仍以学习纬书为博学的标志，故王筠为萧统所作哀册文有"思探几赜，驰神图纬"之句。南朝辞赋骈文喜欢用典，其中采用纬书的颇多，从《文选》李善注征引的出处可以看出。由此可见，纬书与汉魏六朝文学有着密切的联系，学习与汲取纬书，成为当时文人创作活动的一个不容忽视的方面。刘勰的《正纬》篇就是针对这种情况而写作的。

刘勰对内容荒诞的纬书很是不满，篇名《正纬》，意思是要正其纰缪。他认为纬书多出于伪造，其伪证有四：一是"经正纬奇，倍摘千里"，不相配合；二是纬是神教，"神教宜约，而今纬多于经，神理更繁"；三是符谶出自天命，而世传纬书多假托孔子之作；四是"商周以前，图箓频见，春秋之末，群经方备，先纬后经，体乖织综"。刘勰继承了东汉桓谭、尹敏等古文经学家和进步学者的见解，对纬书的作伪和虚妄进行了具体分析，表现出他较为清醒的崇实精神。但他大力匡正纬书之谬，目的是要维护经书的纯洁性与神圣地位。他指出"图箓之见，乃昊天休命，事以瑞圣，义非配经"，认为"经足训矣，纬何豫焉"，主旨都非常明显。他虽然认为纬书所述神教都出伪造，但对《河图》、《洛书》的出自天命却深信不疑。这些都表明他思想的很大局限。

然而，刘勰对于纬书并不一概否定，他认为纬书中的某些题材和文辞，在艺术上具有奇丽的特色，可以吸取：

> 若乃羲农轩皞之源，山渎钟律之要，白鱼赤乌之符，黄金紫玉之瑞，事丰奇伟，辞富膏腴，无益经典，而有助文章，是以后来辞人，采摭英华。

刘勰认为，纬书中关于伏羲、神农、轩辕、少皞等古代帝王的传说，关于山河钟律的记载，其事实往往是奇特雄伟的；而那类传说、记载中的一些名物,像白鱼、赤乌、黄金、紫玉等等,其辞语又富有文采。这类题材和辞语,无益于解释经书,但作为成语典故来使用,却有助于文章的写作。由此可见,刘勰对纬书采取了一分为二的态度。对纬书相传出自孔子之手、内容上解释经书辅经而行这方面,他是怀疑和否定的;对纬书可以作为文章题材辞语的材料这方面,他又是肯定的。本篇题名《正纬》,强调正其纰缪,是从否定方面说的;《序志》篇说"酌乎纬",强调酌其英华,是从肯定方面说的。正和酌合起来,构成了他对纬书的整个态度。本篇赞语云:"芟夷谲诡,采其雕蔚。"也是就正和酌两方面分别说的。刘勰这种区别对待而不是笼统否定的态度是可贵的。须指出的是,刘勰肯定纬书中的一部分题材辞语,是从它们宏伟丰富的历史故事和奇特的描绘手法中吸取文章的营养,以增加辞藻、对偶、用典等方面的语言色泽之美,并显示作者博学多识的功力。这种看法,实际上反映了南朝辞赋骈文作家的审美要求。

《辨骚》是一个重要篇章,它对屈原作品作了细致深入的分析,表现了对文章艺术性的高度重视,并由此提出了指导写作的总原则。篇名中的骚,实际是指楚辞中以《离骚》为首的屈、宋之作。当时人们习惯上用骚泛指屈、宋之作,如萧统《文选》所选骚一类作品,除《离骚》外,还有《九歌》、《九章》、《九辩》、《招魂》等篇章。

《辨骚》一开始就以充满赞叹情绪的笔调,指出了《离骚》具有重大的文学成就与历史地位:

> 自风雅寝声,莫或抽绪,奇文郁起,其《离骚》哉! 固已轩翥诗人之后,奋飞辞家之前,岂去圣之未远,而楚人之多才乎!

刘勰说《离骚》等作是"奇文",意思和《正纬》说纬书"事丰奇伟,辞富膏腴"接近,指出二者都具有奇丽的特色。但是,楚辞的成就与地位是纬书无法比拟的。楚辞是《诗经》以后我国古代文学最重大的创造。《序志》说"变乎骚",也指出了楚辞是"五经"以后文学方面的一个巨大变化与创新。汉代辞赋直接从楚辞发展而来,魏晋南朝的辞赋骈文,在楚辞影响下又有新的发展与变化。长时期来,楚辞在人们心目中具有崇高地位。刘安认为《离骚》兼有"国风"、"小雅"之长。王逸《楚辞章句》把《离骚》称为经。沈约《宋书·谢灵运传论》在论述汉魏文学时说:"源其飙流所始,莫不同祖风骚。"《文心·定势》云:"模经为式者,自入典雅之懿;效骚命篇者,必归艳逸之华。"也把诗、骚作为两大学习效法对象。鍾嵘《诗品》系统评论了汉魏两晋南朝诗人,指出他们作品的远源是"国风"、"小雅"、楚辞三者,实际上也是"同祖风骚"的意思。他们认为楚辞可以上配《诗经》,二者都是人们学习模仿的典范。这种对楚辞的重视,还反映在目录分类学上。梁代阮孝绪编《七录》,其"文集录"部分,首列"楚辞部",以后再是别集、总集、杂文部。后来《隋书·经籍志》袭其例,集部也是首列楚辞类。因此,对楚辞的评价,是文学理论批评方面的一个大问题,是指导人们写作时一个必然涉及的大问题。《辨骚》篇对此作出了具体的回答。

《辨骚》介绍了汉代淮南王刘安、班固等人对于屈赋的评价。其中刘安、王逸、汉宣帝、扬雄四家是一派,都是充分肯定,认为可配《诗经》;班固是另一派,对屈原指摘较多,认为违背了大雅中"明哲保身"的古训,某些记载也与经传不合。刘勰认为这两种看法各有所偏,"褒贬任声,抑扬过实",并进而提出了自己的见解:

> 将核其论,必征言焉。故其陈尧舜之耿介,称禹汤之祗敬,典诰之体也;讥桀纣之猖披,伤羿浇之颠陨,规讽之旨也;虬龙以喻君子,云蜺以譬谗邪,比兴之义也;每一顾而掩涕,叹君门之九重,忠怨之辞也。观兹四事,同于风雅者也。至于托云龙,说迂怪,驾丰隆求宓妃,凭鸩鸟媒娀女,诡异之辞也;康回倾地,夷羿

毙日，木夫九首，土伯三目，谲怪之谈也；依彭咸之遗则，从子胥
以自适，狷狭之志也；士女杂坐，乱而不分，指以为荣，娱酒不废，
沉湎日夜，举以为欢，荒淫之意也。摘此四事，异乎经典者也。
故论其典诰则如彼，语其夸诞则如此。固知楚辞者，体宪于三
代，而风杂于战国，乃雅颂之博徒，而词赋之英杰也。

他列举楚辞与《诗经》相同者有四项，其中典诰之体、规讽之旨、忠怨
之辞，分别说劝善、惩恶和怨刺，都是从思想内容角度谈的；比兴之义
则涉及艺术手法。这些都符合于《诗经》美刺讽谕的传统。他又指出
楚辞与经典异趣者四项，其中诡异之辞、谲怪之谈二者性质相近，但
也有区别，后者指记载神话传说，前者则指诗人利用神话传说驰骋想
像，用幻想方式表现自己的情思，二者既是内容，又是特殊的表现方
法；狷狭之志、荒淫之意都是从思想内容说的。刘勰认为这种怪异的
题材与狷狭荒淫的思想不符合儒家经典的传统。由此，他得出结论：
楚辞虽取法三代的经典，但又夹杂了战国纵横家的风貌，它不是雅颂
的纯正继承者，而是辞赋中的英雄豪杰。汉代经学昌盛，汉人多喜欢
依据《诗经》评论楚辞。刘勰这里的评价，也没有摆脱依经立论的框
框，但分析较为细致。班固不理解屈赋的斗争精神，表现出明显的保
守观点；王逸驳斥班固，认为楚辞处处合于经典，忽视了楚辞大量运
用神话传说所带来的艺术创新。刘勰虽然也接受了一些班固保守观
点的影响，但总的说来，他对屈赋的思想内容评价颇高，更注意到它
们艺术表现上的巨大变化，显示出他的看法比较全面合理一些。

《辨骚》接着对楚辞的艺术特色、艺术成就与深远影响进行了
剖析：

观其骨鲠所树，肌肤所附，虽取镕经意，亦自铸伟辞。故《骚
经》、《九章》，朗丽以哀志；《九歌》、《九辩》，绮靡以伤情；《远游》、

《天问》,瑰诡而慧巧;《招魂》、《大招》,耀艳而深华;《卜居》标放言之致,《渔父》寄独往之才。故能气往轹古,辞来切今,惊采绝艳,难与并能矣。

自《九怀》以下,遽蹑其迹,而屈、宋逸步,莫之能追。故其叙情怨则郁伊而易感,述离居则怆怏而难怀,论山水则循声而得貌,言节候则披文而见时。是以枚、贾追风以入丽,马、扬沿波而得奇,其衣被词人,非一代也。故才高者菀其鸿裁,中巧者猎其艳辞,吟讽者衔其山川,童蒙者拾其香草。

这里"自铸伟辞"与篇首"奇文郁起"意思相近。刘勰赞美楚辞为奇文伟辞,与肯定纬书的"事丰奇伟,辞富膏腴"用意相近,大致从两个方面因素着眼。一是题材,指楚辞运用大量神话传说并借此驰骋诗人遨游天界的幻想。二是文辞,指楚辞用语艳丽多姿。而艳丽的文辞又与神话传说紧密相关,因为在光怪陆离的神话传说里,出现了许多神仙、山川、动物、服饰等等,提供了许多瑰玮璀璨的辞语。因此,这两个因素的表现,可以归结到奇艳的辞采。《辨骚》在分析楚辞各篇的特色时,除了"瑰诡慧巧"与题材有关外,其馀"朗丽"、"绮靡"、"耀艳深华"等都指辞采风貌,后面并用"惊采绝艳"来概括楚辞各篇总的艺术特色。刘勰在《文心》中常常把楚辞总的艺术特色称为艳。《宗经》篇即有"楚艳汉侈"的提法。《时序》篇云:

屈平联藻于日月,宋玉交彩于风云。观其艳说,则笼罩雅颂。故知炜烨之奇意,出乎纵横之诡俗也。

把屈、宋富于藻彩之作称为艳说,并指出其奇特的构思出自纵横家的习气,也与"风杂于战国"意思沟通。总之,艳说和奇文伟辞意思差不多,都标志着楚辞突出的艺术特色。

我们看到,刘勰对楚辞的评价,在思想内容方面是比较正统和保守的,他批评那些利用神话传说的内容为诡异之辞、谲怪之谈,不合于经典;但在艺术形式上却又是宽容和大胆的,高度肯定楚辞的艺术特色与成就,认为它们"气往轹古,辞来切今,惊采绝艳,难与并能","笼罩雅颂",竭力赞美它们才气横溢,辞采艳丽,其艺术成就凌驾《诗经》之上。这种评价说明刘勰在艺术鉴赏方面是比较大胆和有见识的,他尽管大力提倡宗经,但毕竟承认文学创作是在进步的,某些方面可以后来居上,因而充分肯定楚辞的变化与创新。

《诸子》篇中对《列子》、《淮南子》的评价,可与《辨骚》相参照。《诸子》批评《列子》的"移山跨海之谈"和《淮南》的"倾天折地之说"都是"踳驳之类",不满其书多载神话传说,内容夸诞;但同时又肯定《列子》"气伟而采奇",《淮南》"泛采而文丽",肯定其才气宏放,辞采奇丽。这里问题是刘勰既然竭力赞美楚辞的惊采绝艳,而这种惊采绝艳在很大程度上又是利用了神话传说,因此他对那些所谓夸诞之说不可能完全否定,而只能网开一面采取容忍的态度。在这里,正统的儒家思想实际已经向建立在异端内容基础上的惊采绝艳让步了。为了解释这种矛盾的现象,《诸子》指出《归藏易》中已有"羿毙十日,嫦娥奔月"等迂怪之谈。这就是说,那些夸诞迂怪之谈,在经书的个别场合也是出现过的。这样就为他的让步在经书方面找到了理论根据。

《辨骚》赞美楚辞抒发忠怨之情与离居流放之苦,则真挚深刻;描绘山水时令,则生动逼真。从抒情写景角度对楚辞的艺术描写作了高度肯定,体现出新的艺术眼光。汉代文人论楚辞艺术,大抵都从语言风格和比兴手法着眼,如刘安说:"其文约,其辞微……其称文小而其指极大,举类迩而见义远"(《史记·屈原传》);班固说:"其文弘博雅丽,为辞赋宗"(《离骚序》);王逸赞美屈赋有"华藻"(《楚辞章句序》），都是。刘勰除掉总的肯定楚辞语言风格为艳丽，还特别提到它们抒情写景方面的突出成就，分析就更细致了。自魏晋以来，文学作品中抒情写景的篇章日益发展，刘宋初年还产生了山水诗派，南朝的辞赋、诗歌、骈散文中，都涌现出一批抒情写景的佳篇。《辨骚》对楚辞艺术成就的分析，注意到抒情写景的细致生动，《物色》更是专门探讨这一问题，这是南朝文人审美趣味、审美要求在刘勰理论中的反映。

《辨骚》指出，楚辞对后世文学发生深远影响，"衣被词人，非一代也"。西汉枚乘、贾谊、司马相如、扬雄等著名赋家，更是直接追踪着楚辞的奇文丽藻。楚辞的艳丽辞藻、山川香草等名物词语，以至某些篇章的宏伟体制，都是后来者学习汲取的对象。

《辨骚》最后指出，写作诗赋，必须处理好如何学习《诗经》与学习楚辞的关系。

　　　　若能凭轼以倚《雅》《颂》，悬辔以驭楚篇，酌奇而不失其贞，玩华而不坠其实，则顾盼可以驱辞力，欬唾可以穷文致，亦不复乞灵于长卿，假宠于子渊矣。

在当时不少文学体裁中，以诗赋最为重要；就写作诗赋讲，学习《诗经》、楚辞最为重要。刘勰认为写作诗赋学习遗产时，应当倚靠《雅》《颂》，就是依据《诗经》；驾驭楚篇，就是酌取楚辞。《诗经》文风的特色是雅正朴实，楚辞文风的特色是奇丽华艳，但某些地方有逐奇失正之病。"若能凭轼"二句意思说，写作时应以《诗经》雅正文风为根本，酌取楚辞的奇辞异采，但应注意不要逐奇失正，把学习《诗经》与学习楚辞很好结合起来。这里酌奇就是酌取楚辞的奇辞异采。对楚辞，刘勰分别运用了"辨骚"、"变乎骚"、"酌奇玩华"等不同提法，其精神实质却是一致的。辨，着重辨析楚辞与经书的异同；变，着重指明楚辞的变化与创新;酌、玩,着重吸取其有用部分。宗法《诗经》、酌取楚辞,固然主要是就写作诗赋说的;但由此引申出来的执正驭奇的观点,则是指导一切文体写作的总原则。这个总原则贯穿于《文心》全书。

在楚辞直接影响下成长的汉赋,词采更加繁富艳丽,产生了"辞人之赋丽以淫"或玩华坠实的弊病。刘勰说"楚艳汉侈",侈就是淫丽之意。汉代赋家中,司马相如的赋淫丽之病最为突出,所谓"繁类以成艳"(《诠赋》)。《辨骚》说"不复乞灵于长卿"云云,寄寓着反对淫丽的意思。

三 执正驭奇的基本思想及其历史背景

在"文之枢纽"的五篇中,刘勰认为写作文章,首先应当宗法"五经",同时也要酌取纬书、楚辞(楚辞更为重要)的艳丽辞采。"五经"文风的特征是正,楚辞则是奇。他认为应当以正为根本,驾驭驱遣奇辞异采,做到《定势》篇所说的执正驭奇;不应当片面追求诡怪,逐奇失正。这是他提出的指导写作的总原则。《定势》又说:"模经为式者,自入典雅之懿;效骚命篇者,必归艳逸之华。"明确地把文风分为两大类,学习"五经"的文风典雅(即雅正),学习楚辞的文风艳逸(即奇丽)。他要求作文者"奇正虽反,必兼解以俱通"(《定势》),是要兼综奇正。

正,表现于内容、形式、风格等方面。具体说来,就是《宗经》提出的"体有六义"。其中情深、事信、义直是属于思想内容的正,风清是属于风貌的正,体约、文丽是属于语言形式的正。奇,也表现于内容、形式、风格等方面。刘勰认为奇有两类。一类是好的,大致上指属于语言形式的奇辞异采,应当吸取,他称为"酌奇"。一类是不好的,片面追求奇,易成"体有六义"的对立面,产生情诡、事诞、义回、文淫等现象。他认为应当摒弃,《练字》篇称为"依义弃奇"。

除奇正这对概念外,《文心》书中还使用了华实、文质这两对概念,意义往往与奇正接近,华靡、富有文采的文风与奇丽接近,朴实、质朴的文风则与雅正接近。《辨骚》把"玩华而不坠其实"与"酌奇而不失其贞"并举,意即华实、奇正这两对概念内涵相似。《定势》指出必须兼解奇正,兼通华典,也是此意。《通变》指出商周以前之作偏于质,商周以后之作偏于文,他要求"斟酌乎质文之间",即培养质朴与辞采并重的文风。刘勰强调"圣文雅丽",即"五经"的文章既雅正又华丽。《通变》说"商周丽而雅",也是此意,因为按照传统看法,"五经"主要产生于商周时代。雅丽可说是刘勰心目中的理想文风。"五经"中的篇章,实际富有文采的只占少数,大多数是偏于质朴的。因此,他主张对楚辞以来的奇丽文采,只要不背于正的,要充分肯定与吸取。他不但对屈赋评价极高,而且对汉魏以迄南朝盛行的骈体文学的主要修辞手段,如对偶、声律、用典等都加以肯定,《文心》全书也用精美的骈文写成。刘勰在艺术上是重视发展与创新的,他在执正驭奇、雅丽的旗帜下,肯定了楚辞以来后代文学的变化与创新。他是肯定新变的,只是认为不要变得过分,流于浮靡诡异,逐奇失正。这执正驭奇,也是与《宗经》提出的六义标准(特别是"文丽而不淫"一项)吻合的。他认为当时的文风,存在追求新奇而失去雅正、过于靡丽而缺少质朴的弊病,所以他往往强调雅正,企图补偏救弊,实际也就是贯彻他执正驭奇的总原则。

要求奇正兼采,华实并重,做到文质彬彬,这是刘勰指导文学创作以至文学批评的总原则或基本思想。它贯穿在《文心》全书中间。黄侃《文心雕龙札记》在解释《序志》"古来文章以雕缛成体"一句时说:"此与后章'文绣鞶帨,离本弥甚'之说,似有差违;实则彦和之意,以为文章本贵修饰,特去甚去泰耳。全书皆此旨。"这话说得很中肯,探得了刘勰文学思想的核心。因为刘勰主张"文章本贵修饰",所以他对于楚辞以迄南朝许多代表作家作品及骈体文学的一些重要修辞手段,都加以肯定;因为他主张"去甚去泰",所以他反对那种逐奇失正、玩华坠实的文风。当然,奇正兼采、华实并重这个总原则,主要是从一代文风、一个作家的整个创作这种大的倾向提出要求的;至于讲到具体情况,那么因为各种文体性质不同,可以有所侧重,如辞赋可以华艳一些,奏议则应当以朴实见长。

这个总原则或基本思想,如何贯彻在《文心雕龙》全书中呢?下面试略举数例。《乐府》批评以男女艳情为题材的一部分乐府诗道:"若夫艳歌婉娈,怨志诀绝,淫辞在曲,正响焉生!然俗听飞驰,职竞新异:雅咏温恭,必欠伸鱼睨;奇辞切至,则拊髀雀跃。诗声俱郑,自此阶矣。"是指斥一部分乐府诗内容淫荡,文辞新奇,文风不雅正,是属于逐奇失正之例。《诠赋》认为作赋应当"义必明雅"、"词必巧丽",要求雅正的内容和巧丽的词采相结合。辞赋自楚辞以来,艺术表现上有一个崇尚艳采的传统,所以刘勰也强调其"词必巧丽",但认为应当丽而不失其正。《史传》批评某些史书由于爱奇而内容失实:"俗皆爱奇,莫顾实理,传闻而欲伟其事,录远而欲详其迹。"史书记事贵真实可信,如果爱奇而违实理,就不合他揭橥的"事信而不诞"的标准,也就是逐奇失正。他还强调史书评论历史人物与事件,应当"析理居正",不要"任情失正";要获得正,必须以经书为指导,所谓"依经以树则","附圣以居宗"。他还批评司马迁《史记》有"爱奇反经之尤"。《诸子》指出对待内容庞杂的子书,应当"览华而食实,弃邪而采正"。篇中对《列子》、《淮南》多录神话传说的态度,已见上文。《风骨》云:"若夫镕铸经典之范,翔集子史之术,洞晓情变,曲昭文体,然后能孚甲新意,雕画奇辞。"指出首先应取法经书,再用奇辞描绘,也是执正驭奇之意。《通变》指出刘宋文风,存在着讹而新的弊病,也就是逐奇失正。为了纠正此种风气,他强调应当宗法经书,做到"斟酌乎质文之间",即文质彬彬。《定势》更是明确提出要执正驭奇,反对逐奇失正。《夸饰》指出,汉赋多用夸饰,使文章"成状"、"得奇",形象鲜明生动;但反对"夸过其理",要求"酌诗书之旷旨,翦扬马之甚泰",也是执正驭奇之意。《练字》专论用字。他反对使用诡异瑰怪的字,指出"别风淮雨"是由于文人爱奇而采用误字,不足为训。他认为此种诡异的字应当摒弃,所谓"依义弃奇"。以上例证说明,要求奇正兼综、执正驭奇,确是刘勰文学理论批评中的基本思想。刘勰在表述他的基本思想时,他对不少具体作家作品进行评论,对不少具体问题发表意见,其中有的很中肯恰当,有的则并不恰当。那是另一个问题,此处不拟辨析。

刘勰宗经执正、酌骚驭奇、奇正兼综的基本思想,有它产生的特定的历史背景。自从汉末建安以来,两汉盛行的经学势力不振,诗赋骈文则日益发展,作品数量繁多。《宋书·臧焘传论》云:"自魏氏膺命,主爱雕虫,家弃章句,人重异术。"这里雕虫指诗赋,章句指经书训诂之学。这段话,指出了曹操父子秉政后诗赋盛而经学衰的形势。到南朝宋齐时代,其间发展道路虽略有曲折,但总的趋势是诗赋等文学作品日益发展。梁代裴子野《雕虫论》指出,自刘宋孝武帝大明年间以来,诗赋昌盛,士人趋之若鹜,蔑弃经学,"闾阎年少,贵游总角,罔不摈落六艺,吟咏情性,学者以博依为急务,谓章句为专鲁",可见当时文学创作的倾向。刘宋前期,谢灵运、颜延之、鲍照等作家出来,给文学创作带来很大变化。谢灵运写了许多山水诗,刻画精细,辞藻富艳,注意炼字,改变了长期以来枯淡的玄言诗的统治局面,开一代诗风。颜延之作品风格绮密,又喜欢用典。鲍照诗多用乐府体,兼学旧曲新声,用字绮艳,写得豪放而又奇丽,他的辞赋骈文也具有这种特色。谢、颜、鲍三大家对后来影响都颇大,形成了一股追求绮艳新奇的文风。这种文风沿着西晋初年陆机、潘岳的传统发展而来,进一步重视技巧,描写更趋细致,内容多抒写个人情性;但忽视文学为政治服务,忽视教化作用,艺术上因刻意追求奇丽,容易流于柔靡,丧失建安文学刚健有力的优点。颜、谢等大家已有此种倾向,学习他们的一群作家,当然更突出了。

对于这种文学创作倾向,齐梁文人们的态度是不同的。多数人赞成这种文风,并继续向前推进,于是产生了永明新体诗,以后又产生宫体诗和徐庾体骈文。有的人持反对态度。如裴子野《雕虫论》，批评颜、谢作品"箴绣鞶帨，无取庙堂"，即绮丽而无益于政治。批评那些山水文学作品"深心主卉木，远致极风云，其兴浮，其志弱，巧而不要，隐而不深"。指斥当时的文风为"淫文破典"，"非止乎礼义"。他以经史之学为标准，把当时文学创作的成就连同缺点一起都否定了。裴子野是一位史学家，他的意见代表了一位学者对于当时文风的严重不满，但也反映了他提倡经史、不理解文艺特征的偏见。

刘勰在这方面采取了比较折中的态度。他并不认为当时绮丽的骈体文风是与"五经"文风相互对立而不可调和的，而要把两者结合起来。他高度评价了楚辞的艺术成就，充分肯定了汉代以来文学在楚辞影响下发展的艳丽的文采。他只是指责汉赋以下一部分作品内容不纯正真实，文辞片面追求绮艳新奇，有逐奇失正之病。为此他大力提倡"五经"雅正的文风，认为它具有"情深而不诡"等六义之美，企图借此来补偏救弊。他指出"五经"之文是雅丽的，不但雅正，而且美丽，这就为"五经"文风与当时绮丽文风可以互相结合提供了理论根据。他提出了宗经酌骚、执正驭奇的基本思想或总原则，就是要求把"五经"文风与楚辞以迄宋齐逐步发展的绮丽文风互相融合，做到奇正兼采；华实并重，文质彬彬。

从总的倾向说，刘勰的这种见解还是较为合理的。在思想内容方面，他既重视文学的政治教化作用，也肯定抒写个人的真情实感。在艺术上，他肯定楚辞以来文学的发展与创新，也指责了南朝文学过于靡丽的风气。当然，由于他受宗经思想的束缚，受当时骈俪文风的影响，在不少具体问题上，也表现出种种局限和保守性，这些留待下文加以剖析。

《文心》一书的宗经思想，还受到当时统治者提倡儒学的影响。东晋时代，玄风盛而儒学衰。刘宋时儒学稍有恢复，但仍不盛。这种情况至南齐有显著变化。南齐创业主高帝即提倡儒学，至武帝永明年间,在宰臣王俭的倡导下,进一步定礼乐,兴学校,尊儒生,儒学开始昌盛。《南齐书·刘瓛陆澄传论》道:"永明纂袭,克隆均校。王俭为辅,长于经礼。朝廷仰其风,胄子观其则。由是家寻孔教,人诵儒书,执卷欣欣,此焉弥盛。"可见当时情况。永明年间正当刘勰青年时期,下距《文心》写作年代也不远;以宗经思想为指导的《文心》,正是打上了这种儒学复兴的时代思潮的鲜明印记。

第四节　论文体及其写作要求

自《明诗》至《书记》二十篇,分别论述各体文章。在这二十篇中,刘勰论述了几十种文体的名称性质、渊源发展、代表作家作品、体制特色和规格要求。其中论述渊源发展、代表作家作品部分,带有文学史性质,拟在下节详述。本节介绍他对文体种类的看法和他在论述各体文章体制规格时所表现出来的创作及批评标准。

一　论文体

刘勰心目中文学作品的范围是颇为宽泛的,他把经、史、子、集各方面作品都纳入到文学的范围。在《原道》以下五篇中,他认为"五经"是文章的典范,又是后代各体文章的渊源;认为纬书、楚骚的奇文异彩都足资酌取。除经、纬、骚外,他在《明诗》以下二十篇的篇名中提到的文体共有以下三十三类:

> 诗、乐府、赋、颂、赞、祝、盟、铭、箴、诔、碑、哀、吊、杂文、谐、
> 谑、史传、诸子、论、说、诏、策、檄、移、封禅、章、表、奏、启、议、对、
> 书、笺记。

这是比较大或重要的类别,在论述中又涉及不少比较小或次要的类别,如诗有四言诗、五言诗、离合诗、回文诗等,杂文有对问、七辞、连

珠等,数量就更繁多,这里不去详述了。东汉以来,各种文体日益繁多与发展。《后汉书》记载当时著名文人的作品时,罗列各种文体名目,往往达十来种。西晋挚虞编集《文章流别集》四十一卷,又撰《文章流别志论》二卷,分类辑录各体文章,并予以评述。两书均佚,从《志论》残存的若干片段看,论及的文体已有十馀种。与刘勰同时的萧统所编集的《文选》,所收作品的体裁有三十八类,其分类数目和《文心》接近,除经、纬书、史传、诸子外,两书主要类别的名称也大致相同。由此可见,这种分类反映了当时写作的实际情况和人们对文章分类的一般认识。

有些论者非议刘勰把经书、史传、诸子等学术著作纳入文学范围,混淆了文学作品与非文学作品的界线。这种意见并不全对。经、史、子部的情况比较复杂,其中确有一部分作品富有文学性,如《诗经》、《左传》、《史记》、《孟子》、《庄子》等,我们今天编写文学史,仍然把它们放在重要的地位。刘勰在论述经、史、子时,也并没有忽视它们的文学价值。他赞美“五经”为“圣文雅丽,衔华佩实”(《征圣》);赞美司马迁有“博雅宏辩之才”,班固《汉书》“赞序弘丽”(《史传》);赞美《孟子》、《荀子》“理懿而辞雅”,《列子》“气伟而采奇”(《诸子》)等等,都是注意到它们的文学性的。因此,不能笼统地批评刘勰把“五经”、史传、诸子等书列入文学范围;问题是经、史、子书中确实有很大部分不具有什么文学性,刘勰在论述时并没有加以区别,他对“五经”的文学成就,还作了过分的夸张。

在《书记》篇中,刘勰在论述了书信、笺记两类文体后,附带论列了不少应用文体,它们有谱、籍、簿、录、方、术、占、式、律、令、法、制、符、契、券、疏、关、刺、解、牒、状、列、辞、谍等二十四种。这里几乎把当时日常应用的文字记录都网罗进去了,这就把文学的范围扩大到所有文字记载,的确模糊了文学的范围和界限。但也要看到,刘勰尽管列举了大量应用文体,但仅把它们放在论述各体文章的末尾附带提一下,并没有详细加以论述,并称之为"艺文之末品",可见他认为这类文体在文学中的地位是很不重要的。

刘勰心目中的文学范围虽很宽泛,品种虽很繁多,但他认为其中的重点则是诗歌、辞赋和富有文采的各体骈散文,特别诗赋尤为重要。这不但体现于《明诗》以下二十篇的篇名中,还在《文心》不少地方的论述和安排中显示出来。一、他在论述各体文章时,以诗赋居首,与《文选》选文先选赋和诗一样,在排列位置上显示出诗赋的重要性。二、他在《辨骚》中提出指导写作的总原则:倚《雅》《颂》,驭楚篇,"酌奇而不失其贞,玩华而不坠其实"。因为他认为诗赋是文学作品的主要体裁,所以以诗骚为代表来提出指导创作的总原则。《情采》篇泛论作者性情与作品文辞的关系,也以诗赋为例来分析。他指出诗人什篇是"为情而造文",辞人赋颂是"为文而造情";并批评后代作者"远弃风雅,近师辞赋"。《辨骚》、《情采》两篇,都是结合主要文体来提出一般的创作原则。三、《体性》篇论述作家个性与作品风格的关系,列举了大作家贾谊、司马相如、扬雄、刘向、班固、张衡、王粲、刘桢、阮籍、嵇康、潘岳、陆机等十二人,代表了西汉、东汉、魏、晋各代文学的最高成就。这些大家除刘向一人外,都擅长诗赋,有的专长诗或赋,有的兼长两体,有的还兼工骈散文。四、《时序》篇论述历代文学与时世的关系,自先秦至东晋,其中除东汉外,其他各代均以评述诗赋作家作品为主。《才略》篇涉及面稍广,但诗赋作家作品仍占最大比重,其馀则为富有文采的骈散文。五、《物色》篇论述文学与自然景物的关系,更是结合抒情写景的诗赋来谈。前面讲《诗经》、楚辞、汉赋,后面着重讲刘宋以来的山水风景诗。以上五例,足以说明刘勰于各体文章中最重视什么。

南朝时代,文人们往往把作品分为文和笔两大类。刘勰肯定并采用了这种区分法。《序志》自称"论文叙笔,则囿别区分"。《文心》全书的第二部分,自《明诗》至《谐谶》十篇论述有韵之文,自《史传》至

《书记》十篇论述无韵之笔,正是"囿别区分"的表现。《文心》各篇中还往往把文、笔二者对举,如《体性》云:"笔区云谲,文苑波诡。"《总术》云:"文场笔苑,有术有门。"《才略》云:"孔融气盛于为笔,祢衡思锐于为文。"说明他是经常注意着文、笔二者的区别的。

刘勰注意文、笔的区分,他论述各体文章,先论文,后论笔,首论诗赋,说明他承认文的地位更为重要。但他并不轻视笔,他认为笔也有文采。《总术》云:"夫文以足言,理兼诗书,别目两名,自近代耳。"指出无韵的《尚书》也有文采,也可以称文,把作品分为文、笔两大类是近代的情况。他的书名叫《文心雕龙》,兼论文、笔,是把笔统摄在广义之文里边的。《时序》云:"庾(亮)以笔才逾亲,温(峤)以文思益厚。"下句的文实指笔,因为温峤长于诏策一类笔札。《诏策》云:"明帝崇才,以温峤文清,故引入中书。"《才略》云:"温太真之笔记,循理而清通,亦笔端之良工也。"可证。《文心》书中的"文",多数场合指有文采之文,少数场合指有韵之文,两者的涵义有所区别。

刘宋颜延年主张把作品分为文、笔、言三类,即在笔中又分出言、笔两类,笔是有文采的,言是没有文采的。颜延年认为"经典则言而非笔,传记则笔而非言"。刘勰在《总术》篇中反对颜氏的主张,认为经典是有文采的。其实经典之文,有的有文采,有的缺乏文采,不能一概而论。两人的意见,不免各执一偏。刘勰认为"五经"富有文采,是后世文章的模范,如果认可颜氏之说,那就会动摇《文心》全书的思想基础,所以他竭力加以反对。

综上所述,可见刘勰在对待文体分类和文学范围问题上,态度也是比较折中的。他重视诗赋和富有文采的骈散文,把它们放在重要地位加以论述;但对那些缺乏文采的应用文字,也并不排斥在文学范围之外。他重视有韵之文,但也不轻视无韵之笔。他不像裴子野那样提倡经史而鄙薄诗赋,也不像萧绎那样重文轻笔,所以说他的态度是比较折中的。他重视有文采的无韵之文,是合理的;但他把许多缺乏文采的应用文字归入文学范围,又是保守的。前面说过,刘勰很重视文学的实用功能,强调文学要为政治教化服务;因此,尽管他很重视文采,但对那些虽乏文采而有实用价值的文字也给予一席之地,它们虽是"艺文之末品",却是"政事之先务"(《书记》)。

二 论各体文的写作要求

《明诗》以下二十篇的敷理以举统部分,论述各体文章的体制特色和规格要求,提出了写好各体文章的纲领性意见。刘勰对此非常重视,常常把它称为大体、纲领之要等等,表现了《文心》全书着重指导写作的企图。这里体现了刘勰的创作标准和批评标准,值得我们重视。下面即着重从这方面作一些分析。

刘勰论文学,内容、形式并重,他论述各体文章写作要求时,常常从义理和文辞两方面加以考虑,例如:

情以物兴,故义必明雅;物以情观,故词必巧丽。丽词雅义,符采相胜。(《诠赋》,引文下黑点是笔者加的,下仿此。)

揄扬以发藻,汪洋以树义。(《颂赞》)

约举以尽情,昭灼以送文。(《颂赞》)

感激以立诚,切至以敷辞。(《祝盟》)

必使理有典刑,辞有风轨。(《奏启》)

理不谬摇其枝,字不妄舒其藻。(《议对》)

由于各体文章的内容性质、体裁样式不同,它们的文辞风格也应当有差异。这在过去曹丕《典论·论文》、陆机《文赋》中都有所揭示,刘勰在《定势》篇中也有概括说明,在《明诗》以下篇章中则有更为具体的阐述。如赋,其性质是"赋者铺也,铺采摛文,体物写志也";所以他重视文辞藻丽,所谓"丽词雅义,符采相胜,如组织之品朱紫,画绘之著玄黄"。但对于告神的祝文,则强调应当朴实,所谓"凡群言务华,而降神务实,修辞立诚,在于无愧"。又如《铭箴》篇指出铭、箴二体应有不同的风格:"箴全御过,故文资确切;铭兼褒赞,故体贵弘润。"

作品的文辞风格要求,主要是由其内容性质决定的,上举祝文、铭箴都是其例。刘勰在这方面有时有很细致的分析:

> 原夫论之为体,所以辨正然否,穷于有数,究于无形,钻坚求通,钩深取极,乃百虑之筌蹄,万事之权衡也。故其义贵圆通,辞忌枝碎,必使心与理合,弥缝莫见其隙,辞共心密,敌人不知所乘,斯其要也。(《论说》)

又如《诏策》篇指出诏策之文,由于所施对象不同,内容性质各别,因而产生歧异的风格:

> 故授官选贤,则义炳重离之辉;优文封策,则气含风雨之润;敕戒恒诰,则笔吐星汉之华;治戎燮伐,则声有洊雷之威;眚灾肆赦,则文有春露之滋;明罚敕法,则辞有秋霜之烈:此诏策之大略也。

作品的文辞风格既然主要地被内容性质所决定,因此刘勰又指出,为了写好文章,树立良好的文风,作者应当熟悉他所要叙述的对象:

> 又郊祀必洞于礼,戎事必练于兵,佃谷先晓于农,断讼务精于律。然后标以显义,约以正辞。(《议对》)

论说是学术文,诏策、议对是应用文,其中大部分作品没有文学性。刘勰论述诏策的风格,使用了"重离之辉"、"风雨之润"等词语,透露了对封建帝皇权威的赞美。但是,他指出作品的许多具体风格,被它们的思想内容所决定,作者应当熟悉其所写的对象,这些意见是很中肯的,在文学理论批评上具有普遍性的意义。

作品的文辞风格要求,有时候也要考虑到体裁样式的特殊情况。如《明诗》云:"四言正体,则雅润为本;五言流调,则清丽居宗。"就是由于四言诗、五言诗样式不同,其风格要求也不一样。又如赞,由于"篇体促而不广",因此必须"约举以尽情,昭灼以送文"。《杂文》篇论连珠体云:"文小易周,思闲可赡。足使义明而词净,事圆而音泽,磊磊自转,可称珠耳。"指出连珠词净音泽的文辞风格特色,是由它小巧圆转的体裁所决定的。

《宗经》篇提出情深、风清、事信、义直、体约、文丽六项指导创作、评价作品的标准,这在《明诗》以下二十篇的敷理以举统部分,往往结合各种文体有所阐述。

先说情深而不诡。《哀吊》云:

> 原夫哀辞大体,情主于痛伤,而辞穷乎爱惜。……隐心而结文则事惬,观文而属心则体奢。奢体为辞,则虽丽不哀。必使情往会悲,文来引泣,乃其贵耳。

作品抒发真情实感,隐心结文,才能达到文来引泣的动人效果;否则观文属心,虚诡浮夸,就虽丽而不哀了。对此,《情采》篇有更充分的论述。《情采》篇肯定为情而造文,反对为文而造情,其提法和这里的肯定隐心而结文、反对观文而属心是一致的。

次说风清而不杂,它指作品风貌清朗而不繁杂。《风骨》篇于此有专门论述,申述文章应风清骨峻,风貌明朗刚健。《檄移》云:

> 故其植义飏辞,务在刚健。插羽以示迅,不可使辞缓;露板

> 以宣众,不可使义隐。必事昭而理辨,气盛而辞断,此其要也。
> 若曲趣密巧,无所取才矣。

檄文因为旨在声讨敌人,宣示于众,所以必须"事昭而理辨,气盛而辞断",具有明朗刚健的特色。又《封禅》篇指出封禅文旨在宣扬帝皇功德,必须做到"义吐光芒,辞成廉锷",即具有明朗刚健的特色。篇中批评曹魏邯郸淳的封禅文《受命述》"攀响前声,风末力寡,辑韵成颂,虽文理顺序,而不能奋飞",即是缺乏风骨,缺乏明朗刚健、具有飞动之致的优良风貌。

再说事信而不诞,它指记事信实而不荒诞。此点对历史散文特别重要,《史传》篇对不少记载失实的史书提出了尖锐的批评:

> 若夫追述远代,代远多伪。……盖文疑则阙,贵信史也。然俗皆爱奇,莫顾实理。传闻而欲伟其事,录远而欲详其迹;于是弃同即异,穿凿傍说,旧史所无,我书则传。此讹滥之本源,而述远之巨蠹也。至于记编同时,时同多诡,虽定哀微辞,而世情利害。勋荣之家,虽庸夫而尽饰;迍败之士,虽令德而嗤埋。吹霜煦露,寒暑笔端。此又同时之枉,可为叹息者也。故述远则诬矫如彼,记近则回邪如此,析理居正,唯素心乎!

析理居正,指史家能辨明史实的真伪、历史人物的善恶,秉笔直书,方能做到记事信实而不荒诞。《史传》赞文有云:"直归南董",也是这个意思。如果莫顾实理,记事必然诬矫回邪。对其他文体,刘勰也往往强调记事必须核实可信。如《铭箴》云:"其取事也必核以辨。"《议对》云:"事以明核为美。"都是其例。纬书内容多荒诞不实,刘勰非常不满。他对楚辞以及《列子》、《淮南子》等子书中的一些神话传说持不满态度,也是从事信而不诞的标准出发的。

再说义直而不回,它指思想纯正而不回曲。《哀吊》云:

> 固宜正义以绳理,昭德而塞违,割析褒贬,哀而有正,则无夺伦矣。

正义以绳理,即义直而不回之意。他对具体作家作品,常用义直、义正一类词语加以肯定。如赞美曹植的《诰咎文》"裁以正义"(《祝盟》),赞美潘岳的哀辞"义直而文婉"(《哀吊》),赞美崔瑗的《七厉》"植义纯正"(《杂文》),都是其例。刘勰所谓义直,所谓思想内容的纯正无邪,是以儒家的政治思想和伦理道德规范为准则的。《史传》篇于此有明确的表述:

> 是立义选言,宜依经以树则;劝戒与夺,必附圣以居宗;然后诠评昭整,苛滥不作矣。(《史传》)

又《奏启》篇提出为文应"辟礼门以悬规,标义路以植矩",结合《诸子》篇批评商鞅、韩非"六虱五蠹,弃孝废仁"的话相参证,可见他对于儒家所提倡的礼、义、仁、孝等一套伦理道德规范是非常重视的。

再说体约而不芜,它指作品体制规模要约而不芜杂。《铭箴》篇批评晋代潘尼的《乘舆箴》为"义正而体芜",即因箴文贵在简要确切,而《乘舆箴》则比较冗长,伤于芜杂。作品体制是否要约,同语言运用有密切关系。文辞过于繁富,容易导致体制芜杂。《哀吊》云:"观文而属心则体奢。奢体为辞,则虽丽不哀。"体奢是体约的对立面,它往往由于追求文辞的繁富美丽而形成。

再说文丽而不淫,它指文辞美丽而不淫滥。它同体约而不芜同属语言运用范围,关系非常密切,故上引《哀吊》说:"奢体为辞,则虽丽不哀。"体制芜杂与文辞淫丽当然不是一回事,但文辞淫丽往往带来体制的芜杂,两种弊病容易合在一起。南朝许多文人,作品追求文辞繁富艳丽,刘勰对它们芜杂淫丽之病常常加以指责。《情采》篇于此有集中的论述。他批评他们"为文而造情","苟驰夸饰",结果作品"淫丽而烦滥",不能做到"要约而写真"。其他如《诠赋》篇批评那些"逐末之俦","虽读千赋,愈惑体要,遂使繁华损枝,膏腴害骨",也是明显的例子。

由上可见,《宗经》篇提出的情深、风清等六项标准,是贯彻在论述各体文章的写作要求中间的。只是由于各体文章的性质、体裁等有所不同,刘勰往往针对具体情况强调某一项标准。例如对着重抒情的哀吊文强调情深,对声讨敌人的檄移强调风清骨峻,对史传文强调事信等等。辞赋容易写得艳丽,他则强调体约而不芜和文丽而不淫。

刘勰认为,各体文章都有基本的体制和规格要求,必须遵循而不得违背,在这方面出格,就形成谬体、讹体等不良现象,是应当引以为戒的。《颂赞》篇就对这种现象作了批评:

> 至于班、傅之《北征》、《西征》,变为序引,岂不褒过而谬体哉!……陈思所缀,以《皇子》为标;陆机积篇,惟《功臣》最显:其褒贬杂居,固末代之讹体也。

第五节　论历代文学

《文心雕龙》全书用很大篇幅评论了历代的文学。自《明诗》以下二十篇中的原始以表末、选文以定篇部分,系统介绍了各体文章的源流和作家作品,带有分体文学史性质。《时序》、《才略》两篇,更是概括评述了历代文学的发展和著名作家,是简要的文学史和作家论。本节主要综合这些篇章的内容,介绍刘勰对历代文学的评述意见和他的文学史观。刘勰论及的作家作品很多,这里仅选择重要的、文学性较强的作品进行介绍。我们可以看到，他的宗经酌骚的基本思想，他的指导创作和批评的"情深而不诡"等六义标准，是贯彻在他对历代文学的评价中间的。

一 论先秦文学

刘勰对上古唐虞时代的古歌谣，对其内容颇加肯定，认为"心乐而声泰"，表现出"政阜民暇"的太平景象（见《时序》）。但他也指出这类歌谣的文采是不足的：

> 至尧有《大唐》之歌，舜造《南风》之诗，观其二文，辞达而已。（《明诗》）

他在论及夏代诗歌时，特别强调了诗歌直接联系政治的美刺作用："及大禹成功，九序惟歌；太康败德，五子咸怨：顺美匡恶，其来久矣。"实际这类传说中的古歌谣多出后人伪托，刘勰在这方面还不可能加以辨别。

刘勰对《诗经》给予了极高的评价。他沿袭了孔子的意见，认为三百篇的思想内容都是纯正无邪的；还认为风雅颂各部分以及赋比兴等手法都是含义深邃，焕发光采的：

> 三百之蔽，义归无邪。（《明诗》）

> 自商暨周，雅颂圆备，四始彪炳，六义环深。（《明诗》）

他还继承了汉儒关于《诗经》美刺比兴的说法，强调了《诗经》中篇章运用比兴手法进行讽谕的作用：

> 比则蓄愤以斥言，兴则环譬以托讽。（《比兴》）

> 观夫兴之托谕,婉而成章,称名也小,取类也大。(《比兴》)

在《情采》篇中,刘勰指出《诗经》中篇章的特色是为情而造文,具有充实的政治内容,风格简要朴实,与后代辞赋家为文造情的浮夸文风迥然不同:

> 盖风雅之兴,志思蓄愤,而吟咏情性,以讽其上,此为情而造文也。诸子之徒,心非郁陶,苟驰夸饰,鬻声钓世,此为文而造情也。故为情者要约而写真,为文者淫丽而烦滥。

这种议论,显然从汉代扬雄"诗人之赋丽以则,辞人之赋丽以淫"(《法言·吾子》)推演发展而来。他说《诗经》文风"要约而写真",也同《宗经》提出的情深而不诡、体约而不芜、文丽而不淫等标准相吻合。在《物色》篇中,他对《诗经》在描写自然景物方面所表现出来的丽而不淫的特色作了具体的阐述:

> 故灼灼状桃花之鲜,依依尽杨柳之貌,杲杲为出日之容,瀌瀌拟雨雪之状,喈喈逐黄鸟之声,喓喓学草虫之韵。皎日嘒星,一言穷理;参差沃若,两字连形:并以少总多,情貌无遗矣。虽复思经千载,将何易夺。

总之,刘勰认为《诗经》中的篇章,从为情而造文的原则出发,内容真挚充实,重视美刺讽谕;多用比兴手法,风格微婉含蓄,语言简约生动,在思想上艺术上都有极高造诣,成为后来的典范。有些同志根据刘勰大力推崇《诗经》,而《诗经》中包含许多民歌,因此认为刘勰重视民间文学,这是不妥当的。刘勰按照汉儒的解释,认为风诗均出上层阶级人士之手,而不是民间作品。

对于楚辞,刘勰除在《辨骚》篇有集中的论述外,其他篇章也多有涉及。对《辨骚》上文已有具体分析,这里联系其他篇章扼要地撮述一下。

刘勰对屈原忠君爱国的品格是完全加以肯定的。《程器》篇指出历来文人的品行常多疵病,但也有少数例外,于此高度肯定了屈原、贾谊的"忠贞"。《辨骚》肯定屈原作品在思想内容方面具有典诰之体、规讽之旨、比兴之义、忠怨之辞,继承了《诗经》风雅的优秀传统,这些实际就是屈原忠贞品德在其作品中的具体表现。但《辨骚》又指出屈赋内容存在着诡异之辞、谲怪之谈等缺点,夹杂了战国纵横策士的夸诞风气,背离了儒家经典的正统。

刘勰对屈赋的艺术成就作了高度的赞扬。他说它们"气往轹古,辞来切今,惊采绝艳,难与并能"(《辨骚》),指出其艳丽的辞采达到了凌驾前人、无与伦比的境界。《时序》更指出屈、宋的艳说"笼罩雅颂"。屈、宋辞赋在描写的细致生动方面,确实比《诗经》有很大的发展。刘勰虽然强调宗经,但他承认屈、宋辞赋在艺术上有笼罩雅颂之处,表现了他见识的大胆和进步性。《辨骚》还指出屈赋的抒情写景非常真挚生动,所谓"叙情怨则郁伊而易感"、"论山水则循声而得貌"等等,反映了魏晋以来抒情写景文学日趋发达,作家和评论家对其艺术特色的重视。《物色》还指出了自然景物对屈赋的特殊作用:"屈平所以能洞监风骚之情者,抑亦江山之助乎!"刘勰认为屈赋在艺术上也存在一些缺点。《辨骚》所指责的诡异之辞、谲怪之谈,既是内容,也牵涉到艺术表现,他对于屈赋大量运用神话传说的表现方法是有所不满的。《物色》更认为在描绘自然景物方面,屈赋改变了《诗经》用语"以少总多"的简约原则,开始趋向繁缛,为汉赋淫丽之风作了先导:

> 及《离骚》代兴,触类而长,物貌难尽,故重沓舒状,于是嵯峨之类聚,葳蕤之群积矣。及长卿之徒,诡势瑰声,模山范水,字必

鱼贯,所谓诗人丽则而约言,辞人丽淫而繁句也。

对于宋玉的作品,刘勰采取了区别对待的态度。对收辑在《楚辞》中的《九辩》等篇章,总的说来评价是高的,《辨骚》篇把它们与屈赋连类并提,誉为"屈宋逸步"。他赞美《九辩》抒情绮靡,《招魂》辞采艳丽:"《九歌》、《九辩》,绮靡以伤情。""《招魂》、《大招》,耀艳而深华。"但《招魂》、《大招》,文字竭力铺陈,又多谲怪之谈;而宋玉的《高唐赋》、《神女赋》等赋篇,描写也甚为铺张富丽。对此,刘勰颇表不满,认为是辞人之赋丽以淫的开端:

> 宋(玉)发夸谈,实始淫丽。(《诠赋》)
>
> 自宋玉、景差,夸饰始盛;相如凭风,诡滥愈甚。(《夸饰》)

晋代皇甫谧《三都赋序》、挚虞《文章流别志论》都指出荀卿、屈原的赋尚有古诗之义,宋玉之赋则开始淫丽。刘勰继承了这种看法。在他看来,屈原作品虽已有"重沓舒状"的倾向,但还是部分的遣词造语现象,而宋玉作品的淫丽,则是属于整个篇章体制风格的问题了。

总的说来,他对楚辞的评价是很高的,着重肯定了它艺术上的巨大创新。《文心》书中常常诗、骚并提,还把《辨骚》列入"文之枢纽",认为都是后世文学学习取法的对象,给予屈赋以崇高地位。但他又认为楚辞有背离经典文风、奇而失正之处,宋玉的作品开始趋向淫丽,这些都是不好的。

下面再说刘勰对先秦散文的评价。《才略》篇论虞、夏、商、周文章云:

> 虞夏文章,则有皋陶六德,夔序八音,益则有赞,五子作歌,

辞义温雅，万代之仪表也。商周之世，则仲虺垂诰，伊尹敷训，吉甫之徒，并述诗颂，义固为经，文亦师矣。

这里所提到的文章，有的属于《诗经》，多数则出于《尚书》，有《皋陶谟》、《舜典》、《大禹谟》、《五子之歌》、《仲虺之诰》、《伊训》等，刘勰认为它们辞义温雅，足为后代师法，表现出他的宗经思想。在《宗经》篇中，他指出《尚书》中的篇章由于记录古人语言，文字难懂，但只要掌握训诂，就能"寻理即畅"，"文意晓然"。

对相传为孔子所修的《春秋经》，刘勰竭力赞美它的褒善贬恶的义例书法，同时赞美《左传》作者了解《春秋》的微言大义，阐明经旨，这些都表明了他对于经书的推崇。

昔者夫子……因鲁史以修《春秋》，举得失以表黜陟，征存亡以标劝戒，褒见一字，贵逾轩冕，贬在片言，诛深斧钺。然睿旨幽隐，经文婉约，丘明同时，实得微言，乃原始要终，创为传体。传者转也，转受经旨，以授于后。实圣文之羽翮，记籍之冠冕也。(《史传》)

《史传》篇赞语还提出"辞宗丘明"，这主张是比较合理的。因为《尚书》、《春秋》毕竟记述简单，文辞质朴，而《左传》则记述翔实而富有文采。这里表明刘勰主张史传文应当有文采。

春秋时代，列国间聘问、会盟频繁，参与活动的臣僚往往擅长辞令；战国纷争，策士游说君王贵族，风气普遍。他们的言辞往往富有文采，被记录在《左传》、《战国策》等史籍中。刘勰对这类作者作品也是肯定的：

及乎春秋大夫，则修辞聘会，磊落如琅玕之圃，焜耀似缛锦之肆，蓬敷择楚国之令典，随会讲晋国之礼法，赵衰以文胜从飨，国侨以修辞捍郑,子太叔美秀而文,公孙挥善于辞令,皆文名之标者也。战国任武,而文士不绝。……乐毅报书辨以义,范雎上疏密而至,苏秦历说壮而中,李斯自奏丽而动。(《才略》)

此外,《论说》篇也赞美范雎、李斯的上书善于陈说事理,《书记》篇则说"七国献书,诡丽辐凑",称道其文采。战国时代的游说之辞,大量保存于《战国策》;《史传》篇中虽没有直接提及《战国策》的文学价值,但从上述引文看,他对《战国策》的文章显然是肯定的。

在《诸子》篇中,刘勰对先秦诸子有较具体的论述。他认为诸子是"入道见志之书","述道言治",所以着重分析其思想内容。他认为诸子的思想有纯粹的,也有踳驳的,其区别标准在于是否符合于"五经"。他指出《庄子》、《列子》、《淮南子》等书中运用的一些神话、传说和寓言都是踳驳之类(它们不符合"事信而不诞"的标准),其见解与《辨骚》相通。他抨击商鞅、韩非,认为《五蠹》等篇宣传"弃孝废仁",作者不得好死,是咎由自取,表现出浓厚的儒家道德伦理观念。他指出先秦诸子大抵富有创见,"越世高谈,自开户牖",不似两汉以下的子书"类多依采",这是很中肯的。

他对诸子书的文辞也有所论列:

> 研夫《孟》、《荀》所述,理懿而辞雅;《管》、《晏》属篇,事核而言练;列御寇之书,气伟而采奇;邹子之说,心奢而辞壮;墨翟、随巢,意显而语质;尸佼、尉缭,术通而文钝;《鹖冠》绵绵,亟发深言;《鬼谷》眇眇,每环奥义;情辨以泽,《文子》擅其能;辞约而精,《尹文》得其要;慎到析密理之巧;韩非著博喻之富;《吕氏》鉴远而体周;《淮南》泛采而文丽:斯则得百氏之华采,而辞气之大略也。

这里涉及的作者与著作颇众,论述很简括,但大体说来,对各家文辞风格的特色,分析还是比较恰当的。他虽然认为《列子》、《淮南》的内容踳驳,但仍然肯定其采奇文丽;虽然很不满韩非的法家思想,但又肯定其文章善于博采比喻陈说事理,不因思想内容而否定艺术成就,表现出能够区别对待的态度。其显著缺点是不能突出少数文学性强的子书作较为具体的论述。先秦诸子中,《庄子》的文学价值很高,此处没有提到,上文也仅有"庄周述道以翱翔"一句,说明刘勰对《庄子》的文学价值是认识不足的。

二　论两汉文学

秦朝年代短促,作品亦少,《文心》书中仅有少数地方提到。《明诗》云:"秦皇灭典,亦造仙诗。"《诠赋》云:"秦世不文,颇有杂赋。"指秦始皇使博士所为《仙真人诗》和《汉书·艺文志》叙录的"秦时杂赋九篇"(今均不传)。《铭箴》云:"始皇勒岳,政暴而文泽,亦有疏通之美焉。"则对出自李斯手笔的一些刻石文的文辞加以肯定。

汉代文学发达,刘勰也有较多论述。汉代辞赋繁兴,成为文人作品的主要样式。刘勰对汉赋是相当重视的。《诠赋》篇叙述了汉赋从汉初到成帝命刘向校录群书时的发展过程;指出赋体虽肇端于战国楚地,但昌盛于汉代。他把赋分为大赋、小赋两大类,论大赋有云:"若夫京殿苑猎,述行序志,并体国经野,义尚光大。"这里指的是《两都》、《二京》、《上林》、《甘泉》等长篇赋,刘勰认为它们表现了汉皇朝宏伟的规模和气势,于叙述中含有赞美之意。他肯定大赋对王朝和帝皇的歌颂,同他特列《封禅》一篇专论"一代典章"的封禅文一样,表现出浓厚的封建思想。《诠赋》列举了汉代的主要赋家及其代表作,肯定他们是辞赋之英杰:

　　观夫荀结隐语,事数自环;宋发夸谈,实始淫丽。枚乘《菟园》,举要以会新;相如《上林》,繁类以成艳。贾谊《鵩鸟》,致辨于情理;子渊《洞箫》,穷变于声貌。孟坚《两都》,明绚以雅赡;张衡《二京》,迅发以宏富。子云《甘泉》,构深玮之风;延寿《灵光》,含飞动之势。凡此十家,并辞赋之英杰也。

这里除荀卿、宋玉两人外,其他八人都是汉代主要赋家。枚乘作品,实际《七发》更有代表性,但当时文体分类,习惯把《七发》一类作品从辞赋中割出,称为"七辞",萧统《文选》也另列一类,所以这里没有举《七发》。刘勰在他处对《七发》也颇加赞美,《杂文》云:"观枚氏首唱,信独拔而伟丽矣。"《才略》云:"枚乘之《七发》,邹阳之上书,膏润于笔,气形于言矣。"

在肯定汉赋的同时,刘勰对汉赋的弊病也常常加以指责。汉赋继承发展了楚辞的传统,文辞艳丽,所以《通变》说:"楚汉侈而艳。"刘勰认为,宋玉作品开始趋向淫丽,汉赋又加发展。《宗经》云:"楚艳汉侈,流弊不还。"笼统说,楚辞、汉赋的艺术特征都是艳丽;细言之,汉赋更加淫靡,就是侈了。《物色》云:"及长卿之徒,诡势瑰声,模山范水,字必鱼贯,所谓诗人丽则而约言,辞人丽淫而繁句也。"这里从描写自然景物一端指出汉赋淫丽之弊,实际这一弊病也表现在其他方面。《情采》篇指出辞人赋颂的特点是为文而造情,文辞"淫丽而烦滥",虽是泛指历朝辞赋,但这种特点是从汉赋发展起来的。刘勰认为汉赋淫丽之病,在司马相如作品中表现最为突出,他评司马相如作品为"繁类以成艳"(《诠赋》),"理侈而辞溢"(《体性》),"洞入夸艳"(《才略》)。文辞繁富艳丽,几乎成为相如辞赋的主要特征。他对这种特征是很不满意的。《才略》篇批评司马相如说:"核取精意,理不胜辞,故扬子以为文丽用寡者长卿,诚哉是言也!"至于其他不少汉赋,虽也不同程度上存在着淫丽之风,但不像相如那样集中突出,淫丽并不成为那些作家的主要特征。《诠赋》就指出,扬雄赋的特征是深玮,班固赋的特征是明绚雅赡,可见他对汉代那些主要赋家的评价,还是有所区别的。

在批评汉赋文辞淫丽的同时,刘勰还指出它们内容方面的缺点。这大致有两方面。一是缺少讽谏内容,微弱的讽谏常常为帝王奢华生活的铺张描写所掩盖,就是扬雄所谓"讽一劝百"。《诠赋》云:"繁华损枝,膏腴害骨,无贵风轨,莫益劝戒。"就是此意。《杂文》篇在论述《七发》一类作品时,也有"讽一劝百,势不自反"的批评。又《比兴》篇云:"炎汉虽盛,而辞人夸毗,讽刺道丧,故兴义销亡。"也是指责汉赋缺少讽谏。二是夸张过度,记载失实。两汉魏晋的赋,大量运用夸张手法描摹物象。刘勰肯定夸张手法所引起的艺术效果,指出不少赋篇在描写山海宫殿等宏伟光耀的物象时,表现出"光采炜炜而欲然,声貌岌岌其将动"(《夸饰》)的动人景象,但他也批评了汉赋夸张过度、不合事实和情理的弊病:

> 自宋玉、景差,夸饰始盛;相如凭风,诡滥愈甚。故上林之馆,奔星与宛虹入轩;从禽之盛,飞廉与焦明俱获。及扬雄《甘泉》,酌其馀波,语瑰奇则假珍于玉树,言峻极则颠坠于鬼神。至《东都》之比目,《西京》之海若,验理则理无可验;穷饰则饰犹未穷矣。又子云《羽猎》,鞭宓妃以饷屈原;张衡《羽猎》,困玄冥于朔野。变彼洛神,既非魑魅;惟此水师,亦非魍魉;而虚用滥形,不其疏乎!此欲夸其威而饰其事,义睽剌也。(《夸饰》)

这种强调赋的内容必须写真实情况的观点来自左思。左思在《三都赋序》中批评了《上林》、《甘泉》、《西都》、《西京》诸赋记载失实,在举例后接着说:"考之果木,则生非其壤;校之神物,则出非其所。于辞则易为藻饰,于义则虚而无征。"刘勰承袭了这种观点,他批评《甘泉》、《西都》、《西京》三赋所举例子,也同于左思。这种强调写实的议论,针对汉赋夸饰过甚的现象,有一定意义;但反对文学作品的想像虚构作用,也存在着片面性。他还指出宓妃、玄冥不是恶神,不应鞭打困辱,以致混淆了正面形象与反面形象的界线,这却是合理的(在相信鬼神的古人看来,宓妃、玄冥等水神也是实有的,写他们不算虚构)。

刘勰对汉赋的批评,是从他的六义标准出发的。他从文丽而不淫的标准批评汉赋文辞淫丽,从义直而不回的标准批评汉赋劝百讽一,从事信而不诞的标准批评汉赋记载失实。《文心》全书中对汉赋的批评比较多,有时还比较尖锐;那是因为刘勰认为汉赋的靡丽夸饰之风,长期以来对后代文学产生不良影响,为了补偏救弊,故多加指责。实际上,他是在肯定汉赋的前提下对它们加以批评,他肯定了汉赋体物写志的内容和美艳的文辞,基本肯定了汉赋的主要作家及其作品,但对汉赋的缺点又严加指责。他虽袭用了扬雄某些批评汉赋的语言,但他并没有否定汉赋。在对待汉赋的评价上,他的根本态度与扬雄是不同的。

再看刘勰对汉代诗歌的论述。《明诗》论汉初诗云:"汉初四言,韦孟首唱,匡谏之义,继轨周人。"这是赞美韦孟《讽谏诗》继承了《诗经》讽刺的优良传统。尽管他由于受到宗经思想的束缚,认为四言诗是正体,五言诗是流调,有所轩轾;但他毕竟能尊重历史事实,看到五言诗在汉魏晋宋已在诗坛占主导地位,因此《明诗》的主要篇幅是讲述五言诗的发展。《明诗》指出五言诗肇端于先秦,至汉代有所发展。对相传为李陵、班婕妤所作的五言诗,他抱着审慎的存疑态度。汉代无名氏古诗,成就很高。萧统《文选》曾选录其中十九首,传诵后世。《明诗》对这类古诗的评价也是很高的:

> 观其结体散(疑是"敷"字)文,直而不野,婉转附物,怊怅切情,实五言之冠冕也。

指出古诗写物则宛转细致,抒情则悱恻动人,中肯地说明了古诗高超的艺术成就。古诗语言,深受汉代民歌影响,因此质朴爽朗,但又经过文人提炼，颇有文采，《明诗》说它质直而不粗野，也是很恰当的。古诗内容，多数表现游子思妇、死生新故之感，较少美刺时政，所以《明诗》主要从艺术上加以肯定。汉代已产生不少七言诗，从前后《汉书》的一些作家传的记载等可以窥见（这类七言诗后来绝大部分亡佚）。但整个汉魏六朝时代，人们常重五言而轻七言。西晋傅玄云："张平子作《四愁诗》，体小而俗，七言类也。"（《拟四愁诗序》）就是一证。《明诗》篇也不重视七言诗。它虽然提到相传为汉武帝等所作的《柏梁台联句》，但在讲到张衡诗时，却是只提其四言、五言诗，而不及《四愁诗》，反映了他轻视俗体的偏见。

《乐府》篇论汉代郊庙歌辞云：

> 延年以曼声协律，朱马以骚体制歌。《桂华》杂曲，丽而不经；赤雁群篇，靡而非典。河间荐雅而罕御，故汲黯致讥于《天马》也。

《桂华》是安世房中歌十七章中的一章；赤雁，指郊祀歌十九章中的《象载瑜》章，它是汉武帝行幸东海时获赤雁而作。这里以《桂华》、赤雁泛指安世房中歌和郊祀歌，所以称"杂曲"、"群篇"。《天马》也是郊祀歌的一章。刘勰认为安世房中歌、郊祀歌文辞靡丽，内容不合郊祭庙祭要求，背离了《诗经》祭祀诗的传统。这种看法承自《汉书·礼乐志》。《汉书·礼乐志》云："河间献王献所集雅乐。天子下大乐官，然不常御，常御及郊庙皆非雅声。昔殷周之雅颂，君臣男女有功德者，靡不褒扬。今汉郊庙诗歌，未有祖宗之事，八音调均，又不协于钟律。"（文有节录）刘勰所谓不经非典，就是指汉代郊庙歌辞没有歌颂天地祖宗的功德，音乐又不采用先秦雅乐，而是新声俗乐，不协于钟律。刘勰对安世房中歌、郊祀歌的批评，表现他坚持先秦雅乐标准的保守态度。

对汉乐府民歌（主要见于相和歌辞），《乐府》篇没有很明确的评述。篇中有云：

> 若夫艳歌婉娈，怨志诀绝，淫辞在曲，正响焉生！然俗听飞驰，职竞新异。雅咏温恭，必欠伸鱼睕；奇辞切至，则拊髀雀跃。诗声俱郑，自此阶矣。

这段批评主要针对汉魏的俗乐和民歌。艳歌，当指相和歌辞中的《艳歌何尝行》、《艳歌行》。两篇题名"艳歌"，又表现了男女间的深厚情意，所以刘勰称为"艳歌婉娈"。怨志诀绝，当指相和歌辞中的《白头吟》。《白头吟》有句云："闻君有两意，故来相决绝。"刘勰把《艳歌行》、《白头吟》等篇章斥为淫辞，可见他对汉乐府民歌的评价是很低的。汉乐府民歌中的不少篇章，反映广阔社会现象，内容充实，语言朴素生动，文学价值很高。刘勰对这类作品如此轻视，不能不说是正统偏见。究其原因，大致有三。一是鄙薄新声俗乐。他坚持先秦雅乐的标准，认为汉代的新声俗乐都是郑声。郊庙歌是郑声，相和歌辞等更是郑声。《乐府》还批评曹操、曹丕等学习汉乐府民歌的三调歌辞是"韶夏之郑曲"。二是鄙薄民歌内容反映下层社会情事。他虽然主张文学要有益于政治教化，但不赞成直接表现下层社会。《后汉书·蔡邕传》载，东汉灵帝时，侍中祭酒乐松、贾护等在宫廷鸿都门下招集一批文人写作辞赋，多叙"方俗闾里小事"，灵帝很是爱好。蔡邕上书攻击他们，说这类作品"连偶俗语，有类俳优"。《文心·时序》论述东汉文学时，指斥"乐松之徒，招集浅陋"，同意蔡邕的看法。汉乐府民歌中有不少篇章，正是表现方俗闾里小事，语言通俗，由黄门乐人（俳优）演唱。刘勰鄙薄鸿都门文人与鄙薄汉乐府民歌的态度是一致的。他对民歌反映爱情、婚姻的内容，也颇鄙薄，斥为淫辞。三是鄙薄民歌文辞质朴粗野。他提倡骈体文学，重视辞藻、对偶、声律之美,因此认为民歌语言质直粗野缺乏文采。他曾说:"文辞鄙俚,莫过于谚。"(《书记》)对民间谚语的语言艺术极为轻视。他说汉代无名氏古诗"直而不野",相比之下,汉乐府民歌在他看来便是直而野了。

再看刘勰对汉代散文的论述。《史记》和《汉书》代表了汉代史书和历史散文的最高成就。《史传》篇评《史》、《汉》云:

> 爰及太史谈,世惟执简,子长继志,甄序帝勋。……故本纪以述皇王,列传以总侯伯,八书以铺政体,十表以谱年爵,虽殊古式,而得事序焉。尔其实录无隐之旨,博雅宏辩之才,爱奇反经之尤,条例踳落之失,叔皮论之详矣。及班固述汉,因循前业,观司马迁之辞,思实过半。其十志该富,赞序弘丽,儒雅彬彬,信有遗味。至于宗经矩圣之典,端绪丰赡之功,遗亲攘美之罪,征贿鬻笔之愆,公理辨之究矣。

这段论述大抵采取班彪班固评《史记》、仲长统评《汉书》的话,但也表现了刘勰对《史》、《汉》的评价。他肯定《史记》体例恰当,叙述能得事理,记事实录无隐,肯定《汉书》的十志内容该备丰富,各部分端绪丰赡,条举目张,叙述详赡,都是从历史著作的体例和内容进行评论的。他批评《史记》广搜博采,有好奇反经之病,赞美《汉书》宗经矩圣、儒雅彬彬,表现了他浓厚的宗经思想,和对《史记》进步的思想内容缺乏理解。值得注意的是他对《史》、《汉》的文学评价,他笼统地赞美司马迁有博雅宏辩之才,而于《汉书》的赞序,特别称道其弘丽,这里表现了他崇尚骈体文的审美标准。《汉书》各篇中的赞序,文字比较典丽,句子一般整齐而多骈句,其《叙传》中的述赞又为韵文,这些都符合于南朝骈体文学发达、文人崇尚辞藻、骈偶、声律的要求,所以特为刘勰所赞美。萧统《文选》一般不录史书,但特别选录了《汉书》、《晋纪》、《后汉书》、《宋书》的若干史论和史述赞,《文选序》还指出它们具有

"综缉辞采"等语言之美,其看法与刘勰是共通的。《史记》文笔,多奇句而少偶句,跌宕纵横,错落多姿,风貌与《庄子》接近。刘勰对《庄子》、《史记》的文辞都不加赞美,看来都是出于骈文家的偏见。《史记》、《汉书》中的不少传记,写人则形象鲜明突出,叙事则情节生动曲折,富有文学价值。对这类篇章,《文心》全书(包括《史传》篇)没有一处加以称道。这是由于尽管这类篇章语言也很流畅生动,但用的是散体而非骈体,从骈文标准看,它们是缺乏文学美的。这里还可看出,刘勰衡量作品的文学价值,主要是从骈文角度考察其语言之美,而不注意人物形象的描绘。汉乐府民歌中的不少篇章,像《陌上桑》、《孤儿行》、《妇病行》以至《焦仲卿妻》等等,刻画人物颇为成功,都没有得到他的赞许,这主要是因为如上文所述,他轻视民间歌词的俚俗不雅,缺乏骈文文采之美;同时也反映了他根本不重视人物形象的描绘。

除《史》、《汉》外,刘勰对汉代其他散文也屡有称道。西汉前期邹阳上吴王、梁王的书札,富有文采,有战国策士遗风。刘勰评为"喻巧而理至,故虽危而无咎"(《论说》),又与枚乘《七发》同誉为"膏润于笔,气形于言"(《才略》)。他对司马迁《报任少卿书》、杨恽《报孙会宗书》等一些书信佳篇,也颇加赞美:

> 汉来笔札,辞气纷纭。观史迁之报任安,东方朔之难公孙,杨恽之酬会宗,子云之答刘歆,志气槃桓,各含殊采,并杼轴乎尺素,抑扬乎寸心。逮后汉书记,则崔瑗尤善。(《书记》)

后汉蔡邕擅长碑文,名重一时。刘勰对他的碑文也是竭力赞美,有云:

> 其叙事也该而要,其缀采也雅而泽。清词转而不穷,巧义出

> 而卓立。察其为才,自然而至矣。(《诔碑》)

所谓"该而要"、"雅而泽",是符合于他体约而不芜、文丽而不淫的标准的。蔡邕碑文,文辞典雅,句法整齐,多四言句,与班固的文章同为八代骈体文学的先驱,符合于刘勰的审美要求,所以得到他的激赏。

汉代的不少奏议对策之文,往往能剀切地剖析事理,并有一定文采,历来为人们所称道,刘勰对于这类直接为政治教化服务的文章也是颇加肯定的:

> 自汉以来,奏事或称上疏。儒雅继踵,殊采可观。若夫贾谊之务农,晁错之兵术,匡衡之定郊,王吉之劝礼,温舒之缓狱,谷永之谏仙,理既切至,辞亦通畅,可谓识大体矣。后汉群贤,嘉言罔伏。杨秉耿介于灾异,陈蕃愤懑于尺一,骨鲠得焉;张衡指摘于史职,蔡邕诠列于朝仪,博雅明焉。(《奏启》)

此外,《诸子》篇提到汉代的若干著作,陆贾《新语》、贾谊《新书》等等,说它们的内容"或叙经典,或明政术",没有从文学角度进行评述。《诏策》篇对汉代诏策文也颇多论述,有云:"武帝崇儒,选言弘奥。策封三王,文同训典,劝戒渊雅,垂范后代。……暨明、章崇学,雅诏间出。"训典指《尚书》中《伊训》、《尧典》一类文章。这里说明刘勰对汉代一部分规摹《尚书》、显示出儒雅特色的诏策文是很推重的。又《封禅》篇对司马相如、扬雄、班固诸家的封禅文也有较具体的评论,但这类文章无大价值,不必赘述了。

《宗经》云:"楚艳汉侈,流弊不还。"《通变》云:"楚汉侈而艳。"刘勰认为汉代文风由楚辞之艳而发展为侈,主要是就辞赋而言。其实,汉代的古诗、散文风格都并不侈靡,用侈概括汉代文风是不全面的。但《文心》全书虽广泛论述各种文体,但实以文人诗和辞赋为主体;汉代文人诗数量还很少,因此刘勰就以汉赋来概括汉代文风了。

三　论魏晋文学

魏晋时代,诗赋和骈文进一步发展,文辞更趋华丽,较之两汉时代又有新的特色。

曹魏文学大致可分为前后两期。前期以曹操父子和建安七子为代表,所谓建安文学;后期以嵇康、阮籍为代表,所谓正始文学。下面分别介绍刘勰对这两期文学的论述。

建安时代,曹操父子爱好文学,招纳一批文士聚居邺下,互相唱和。他们生值乱离,又蒙礼遇,多伤时悯乱之思,乘时立业之志,情怀激荡,意气慷慨,形成了一种特殊的风格。《时序》篇于此有简括而又深刻的评述:

> 自献帝播迁,文学蓬转,建安之末,区宇方辑。魏武以相王之尊,雅爱诗章;文帝以副君之重,妙善辞赋;陈思以公子之豪,下笔琳琅。并体貌英逸,故俊才云蒸。……观其时文,雅好慷慨;良由世积乱离,风衰俗怨,并志深而笔长,故梗概而多气也。

当时五言诗趋向昌盛,篇什众多,成为文人诗歌的主要样式,在诗坛开始占据统治地位。《明诗》篇评云:

> 暨建安之初,五言腾踊。文帝、陈思,纵辔以骋节;王、徐、应、刘,望路而争驱。并怜风月,狎池苑,述恩荣,叙酣宴。慷慨以任气,磊落以使才。造怀指事,不求纤密之巧;驱辞逐貌,唯取昭晰之能。此其所同也。

这里指陈了建安诗歌的风格特色,一方面是作家慷慨任气,磊落使才,也就是《时序》所谓雅好慷慨,形成了一种意气风发,风格倾向骏爽刚健的特色;同时在抒情叙事上不求纤密而取昭晰,因而文风清朗。这种骏爽刚健清朗的诗风,就是所谓建安风骨。刘勰虽然没有直接使用建安风骨这一名称,但对建安风骨的特色作了具体的描述。《乐府》篇对曹操、曹丕、曹叡的乐府篇章,肯定其"气爽才丽",但又批评曹操《苦寒行》、曹丕《燕歌行》等"志不出于慆荡,辞不离于哀思,虽三调之正声,实韶夏之郑曲",表现了他崇尚雅乐、轻视清商俗曲的偏见。

《才略》篇论建安重要作家云:

> 魏文之才,洋洋清绮。旧谈抑之,谓去植千里。然子建思捷而才俊,诗丽而表逸;子桓虑详而力缓,故不竞于先鸣,而乐府清越,《典论》辩要,迭用短长,亦无懵焉。但俗情抑扬,雷同一响,遂令文帝以位尊减才,思王以势窘益价,未为笃论也。仲宣溢才,捷而能密,文多兼善,辞少瑕累,摘其诗赋,则七子之冠冕乎!琳、瑀以符檄擅声,徐幹以赋论标美。刘桢情高以会采,应场学优以得文。路粹、杨修,颇怀笔记之工;丁仪、邯郸,亦含论述之美。有足算焉。

建安文人中,曹植、王粲两人成就最高,这是当时一般的看法。沈约《宋书·谢灵运传论》把曹、王两人作为建安文学的代表,就是明证。刘勰对曹植、王粲的评价也是很高的,这里并说王粲是七子之冠冕。但他对某些人过份抑低曹丕的言论深表不满,指出曹植、曹丕两人各有特色,曹丕有其长处,并不是去植千里,成就悬殊。他还分别指出了建安其他文士虽不及王粲文多兼善,但也各有所长,值得称道。这里显示了他比较客观公允的批评态度。但他因重视骈偶文采,对风格以质朴见长的曹操诗文的价值,未能认识,又表现其思想局限。

《时序》论曹魏后期文学云:

　　　　至明帝纂戎,制诗度曲,征篇章之士,置崇文之观,何、刘群
　　才,迭相照耀。少主相仍,唯高贵英雅,顾盼含章,动言成论。于
　　时正始馀风,篇体轻澹,而嵇、阮、应、缪,并驰文路矣。

魏齐王芳正始年间,玄学开始抬头,曹魏后期文学受玄学影响,内容
常涉玄理,文辞比较朴素而不尚华藻,形成了篇体轻澹的特色。《明
诗》论此时期诗歌云:

　　　　及正始明道,诗杂仙心,何晏之徒,率多浮浅。唯嵇志清峻,
　　阮旨遥深,故能标焉。若乃应璩《百一》,独立不惧,辞谲义贞,亦
　　魏之遗直也。

所谓"明道",指老庄思想和玄学。这里除指出当时诗风受玄学影响
外,还特别推重嵇康、阮籍两家的作品,认为分别具有清峻、遥深的特
色,高步诗坛,这个评价也是很恰当的。刘勰还肯定了应璩的《百一
诗》,那是因为《百一诗》多讽谏时事,符合于他所提倡的对诗歌内容
的要求。
　　嵇康、阮籍两家的作品,在曹魏后期的确最为突出。除《明诗》
外,《体性》、《才略》两篇也有论述:

　　　　嗣宗傲诞,故响逸而调远;叔夜俊侠,故兴高而采烈。
　　(《体性》)
　　　　嵇康师心以遣论,阮籍使气以命诗。(《才略》)

嵇康为人刚直而富有侠气,放言无忌,故其作品清峻、兴高采烈。他
的散文,敢于反对寻常看法,发表新见,确有师心遣论的特色。阮籍

才气纵横，倜傥不羁，故其作品响逸调远。他生值魏晋易代之际，害怕直言遇祸，为诗多隐约其辞，故有意旨遥深的特色。刘勰对嵇、阮两家的评论，是中肯而又深刻的。

西晋时期，涌现出一批有才华的作家，《时序》评云：

> 至武帝惟新，承平受命，而胶序篇章，弗简皇虑。降及怀、愍，缀旒而已。然晋虽不文，人才实盛。茂先摇笔而散珠，太冲动墨而横锦，岳、湛曜联璧之华，机、云标二俊之采，应、傅、三张之徒，孙、挚、成公之属，并结藻清英，流韵绮靡。

《明诗》论西晋诗歌云：

> 晋世群才，稍入轻绮，张、潘、左、陆，比肩诗衢，采缛于正始，力柔于建安，或析文以为妙，或流靡以自妍，此其大略也。

刘勰指出西晋文学（包括诗歌）的主要特色是绮丽华靡，就诗歌讲，西晋诗歌的文采要比正始诗歌华丽，但又缺少建安诗歌那种爽朗刚健的力量。这一分析也是很中肯的。这里须说明，刘勰说正始文学篇体轻澹，说西晋文学绮丽华靡，都是指大多数作家的主导倾向而言，并不是概括了该时期所有的作家作品。例如阮籍的某些作品（如《大人先生传》），风格就是壮丽而非轻澹；左思的诗歌比较质朴刚健，不以文采丰缛见长。但就大多数作家的主导倾向看，那么说正始文风轻澹，西晋文风绮靡，还是不错的。在西晋作家群中，南朝评论者一般认为陆机、潘岳最为杰出。沈约、刘勰、锺嵘都是这样看法。沈约《宋书·谢灵运传论》有"降及元康，潘、陆特秀"的话。锺嵘《诗品序》有"陆机为太康之英，安仁、景阳为辅"的话。《文心·体性》也把潘、陆两人作为西晋文学的代表，文云："安仁轻敏，故锋发而韵流；士衡矜重，故情繁而辞隐。"潘、陆两人风格虽有不同，但就绮丽华靡的倾向看，却是一致的，正如《宋书·谢灵运传论》所形容的那样，"缛旨星稠，繁文绮合"。刘勰对这种华丽繁缛而较少骨力的文风是带有不满的。

东晋时期，玄学进一步发展，对文学的影响也更为普遍深入，玄言诗赋在文坛占据了统治地位。《时序》、《明诗》评述此种现象云：

> 自中朝贵玄，江左称盛，因谈馀气，流成文体；是以世极迍邅而辞意夷泰，诗必柱下之旨归，赋乃漆园之义疏。故知文变染乎世情，兴废系乎时序，原始以要终，虽百世可知也。(《时序》)

> 江左篇制，溺乎玄风，嗤笑徇务之志，崇盛忘机之谈。袁、孙以下，虽各有雕采，而辞趣一揆，莫与争雄；所以景纯仙篇，挺拔而为俊矣。(《明诗》)

玄言诗赋内容着重宣扬老庄思想，文辞枯燥平淡，缺乏文学意味。《宋书·谢灵运传论》批评它们"遒丽之辞，无闻焉尔"，《诗品序》批评它们"理过其辞，淡乎寡味"，"平典似道德论"，都着重批评它们缺少艺术性。刘勰独注意从思想内容方面进行批评，指出它们在国家多难、世极迍邅时辞意和平夷泰，不关心世务，崇尚超脱现实，这里反映了他要求文学有助于政治教化的一贯主张。

东晋前期文学中，刘琨、郭璞的诗篇比较突出。刘勰对刘、郭两家也相当赞美，除上引《明诗》篇称道郭璞《游仙诗》外，尚有《才略》云：

> 刘琨雅壮而多风，卢谌情发而理昭，亦遇之于时势也。景纯艳逸，足冠中兴，《郊赋》既穆穆以大观，《仙诗》亦飘飘而凌云矣。

东晋文人中,刘勰对郭璞评价最高,认为是诸家之冠。值得注意的是他不重视陶渊明,《文心》全书没有一处提及陶诗,《隐秀》篇伪文有一句提及,又不能算数。南朝文人一般重视骈体文学的辞藻、对偶、声律之美,陶诗语言质朴平淡,不尚雕饰,所以在当时评价不高。《诗品》也把他置于中品。对曹操、陶渊明两人不重视,评价低,是刘勰、锺嵘两人共通的现象,反映了当时大多数文人崇尚华藻的艺术偏见。刘勰赞美郭璞的作品艳逸,陶诗缺少的正是艳。

上面说的主要是诗赋,下面介绍刘勰对魏晋散文的论述。

魏晋时期,有不少散文长于叙事抒情,写得很有情致,文采斐然,像曹植的章表、潘岳的哀诔以及阮瑀、孔融等人的书札等,都是颇有文学价值的作品。刘勰对它们都是很赞美的:

> 陈思之表,独冠群才。观其体赡而律调,辞清而志显,应物制巧,随变生趣,执辔有馀,故能缓急应节矣。(《章表》)

> 潘岳……巧于序悲,易入新切。(《诔碑》)

> 观其(指潘岳)虑赡辞变,情洞悲苦,叙事如传,结言摹诗,促节四言,鲜有缓句;故能义直而文婉,体旧而趣新,《金鹿》、《泽兰》,莫之或继也。(《哀吊》)

> 魏之元瑜,号称翩翩;文举属章,半简必录;休琏好事,留意词翰,抑其次也。嵇康《绝交》,实志高而文伟矣;赵至叙离,乃少年之激切也。(《书记》)

这类文章,《文选》选录较多,说明它们的文学性比较强,受到人们的重视。

魏晋时代,儒学的统治地位削弱,思想界比较活跃,文人对不少问题往复辩论,玄学的发展也推动了论辩之风,因此论说文频繁涌现。刘永济说："魏晋之际，世极乱离，学靡宗主，俗好臧否，人竞唇舌，而论著之风，郁然兴起。"(《文心雕龙校释》)分析了当时论说文发达的历史背景。刘勰对论说文也是重视的。他赞美嵇康"师心以遣论"，已见上文。《论说》篇评述魏晋论文云：

> 魏之初霸，术兼名法，傅嘏、王粲，校练名理。迄至正始，务欲守文，何晏之徒，始盛玄论，于是聃周当路，与尼父争途矣。详观兰石之《才性》，仲宣之《去伐》，叔夜之辨声，太初之《本玄》，辅嗣之两例，平叔之二论，并师心独见，锋颖精密，盖论之英也。至如李康《运命》，同《论衡》而过之；陆机《辨亡》，效《过秦》而不及，然亦其美矣。次及宋岱、郭象，锐思于几神之区，夷甫、裴颜，交辨于有无之域，并独步当时，流声后代。然滞有者全系于形用，贵无者专守于寂寥，徒锐偏解，莫诣正理，动极神源，其般若之绝境乎！逮江左群谈，惟玄是务，虽有日新，而多抽前绪矣。

以上所举自夏侯玄、王弼以至郭象等，有不少是玄学论文。对这类辩论玄理文章的思想内容，刘勰是有所不满的，指出它们有时"徒锐偏解，莫诣正理"；但他肯定它们析理精密，敢于发表创见，这确实指出了这类论说文的显著特色。他还指出东晋的玄学论文"多抽前绪"，缺少新见，也说明了他主张论文贵在有创见。刘勰对魏晋玄学论文重视和肯定，论述较详，说明他的思想也受玄学影响，对玄学论文"师心独见，锋颖精密"，更是钦佩。自己写作《文心》，"擘肌分理"，考虑周详，当是受到它们的影响。不过这类论文，一般文采稍逊，笔端也不带感情，因此较少文学价值。上面引文所举篇章中，只有李康《运命论》、陆机《辨亡论》富有文采，故为《文选》所采录。大抵《论说》篇评述论文，与《诸子》篇一样，主要从学术著作角度着眼，对其文学性注意较少。

魏晋时期滑稽文学也颇为发达。滑稽文学虽在先秦两汉时代已经流行,但到魏晋而大盛。《谐讔》篇评述魏晋俳谐文云:

> 至魏文因俳说以著笑书,薛综凭宴会而发嘲调,虽抃推(疑当作"帷")席,而无益时用矣。然而懿文之士,未免枉辔。潘岳《丑妇》之属,束皙《卖饼》之类,尤而效之,盖以百数。魏晋滑稽,盛相驱扇。遂乃应场之鼻,方于盗削卵;张华之形,比乎握春杵。曾是莠言,有亏德音。岂非溺者之妄笑,胥靡之狂歌欤!

对魏晋这类滑稽文的思想内容,刘勰持着批判的态度。《谐讔》篇肯定了优旃、优孟等的滑稽说辞,认为它们"谲辞饰说,抑止昏暴","辞虽倾回,意归义正",具有讽谏君王的积极作用;同时批评东方朔、枚皋等的说辞则是"无所匡正,而祗媟谍弄",缺乏讽谏内容。《谐讔》还叙述曹魏时代隐语(即谜语)也颇为发达,曹丕、曹植等均有制作,但也缺乏积极内容,"虽有小巧,用乖远大"。总之,刘勰认为谐辞隐语应当在政治、教化、道德修养等方面产生积极作用,"大者兴治济身,其次弼违晓惑","会义适时,颇益讽诫";否则便是"空戏滑稽,德音大坏"了。魏晋的谐辞隐语,大抵缺乏上述积极内容,"无益时用",有些还是"有亏德音"的"莠言",所以刘勰对其思想内容颇表不满。但是这类滑稽文大都用杂赋等韵文形式写成,又多出"懿文之士"的手笔,注意辞藻、对偶、声律等语言之美,富有文采,因而得到当时许多文人的欣赏喜爱,流行文坛,其风一直延及南朝。据《隋书·经籍志》载,刘宋袁淑撰有《诽谐文》十卷,梁代又有《续诽谐文》十卷等,可见风气之盛。刘勰尽管不满这类滑稽文的思想内容,但对其艺术还是欣赏的,所以特列《谐讔》篇加以论述。

刘勰对六朝乐府中的清商曲辞和魏晋南北朝的小说,都没有加以论述,表现了对这些民间文学和通俗文学的轻视态度。

乐府清商曲辞中的吴声歌曲,起于东晋(如《子夜歌》、《前溪歌》等),到南朝又产生不少新的曲调,还产生了西曲歌。这些歌曲在当时上层社会中甚为流行,刘勰当然也有所了解。上文说过,刘勰提倡先秦雅乐,鄙视汉魏以来的新声俗乐。他对乐府中表现男女婚姻爱情和悲欢离合之作很不满,斥为郑卫之声。《乐府》篇云:"若夫艳歌婉娈,怨志诀绝,淫辞在曲,正响焉生!"指责的直接对象是汉乐府中《艳歌行》、《白头吟》等篇章;东晋《子夜歌》等一类作品,在刘勰看来则是更为淫艳,所谓自郐以下,就无须评述了。

魏晋时期小说也有发展,产生一批作品,志怪的有曹丕《列异传》、干宝《搜神记》等,记人的有裴启《语林》等。到南北朝,小说数量就更多。当时人们不把它们归属集部而归属子部、史部。到唐初编《隋书·经籍志》仍是如此,志怪小说归入史部杂传类(当时大多数人以为鬼神是实有,故记鬼神也属于历史范围),记人小说归入子部小说家类。《文心》中的《史传》、《诸子》两篇,对这两类小说都是只字未提。这除掉由于轻视小说家"街谈巷语"的正统偏见外,还有其具体原因。原来刘勰主张记事应当切实可信,《史传》强调作史应"务信弃奇";而志怪小说却是广录异闻,违背了他强调的"事信而不诞"的标准。志人小说的不少内容,写士人的风流放诞行为,在他看来也是"谬辞诋戏,无益规补"的,违背了"义直而不回"的标准。从艺术上看,这两类小说都用散文体叙述情事,还不及俳谐文具有骈文的文采之美。综上数因,所以他对魏晋南北朝小说都不屑评述了。刘勰在艺术上重俳谐文而不重小说,反映出南朝大多数文人的审美偏见。

《通变》篇云:"魏晋浅而绮。"浅、绮两字概括了魏晋文风的主要特色。绮指绮丽。上面说过,魏晋文学大致可分曹魏前期、曹魏后期、西晋、东晋四个阶段。曹魏前期(建安文学)、西晋两个时期的文风的确比较绮丽。曹魏后期,诗文渐染玄风,"篇体轻澹",东晋更是玄风弥漫,作品"理过其辞,淡乎寡味",都谈不上绮丽。刘勰说魏晋文风绮丽,主要指曹魏前期和西晋文学而言,它们代表了魏晋文学的主导倾向,南朝的绮靡文风即是由此发展而来的。试看《宋书·谢灵运传论》论述魏晋文学时,举曹植、王粲为建安文学的代表,举潘岳、陆机为西晋文学的代表,没有评述曹魏后期文学,对东晋玄言文学颇表不满,且没有举代表作家,接着再讲刘宋的谢灵运、颜延之。这说明沈约认为魏晋文学的主线是以曹、王为代表的建安文学和以潘、陆为代表的西晋文学。刘勰大抵也持这种看法,所以他用绮字来概括魏晋文风。至于浅,那是指魏晋作品用语趋于浅易,不像汉代文学深奥。《练字》篇指出,西汉重视文字训诂之学,司马相如、扬雄都撰有小学专书,多深奥之字,辞赋中也多用生僻的字。这种情况到魏晋有了很大的变化:

> 及魏代缀藻,则字有常检,追观汉作,翻成阻奥。故陈思称:"扬马之作,趣幽旨深,读者非师传不能析其辞,非博学不能综其理。"岂直才悬,抑亦字隐。自晋来用字,率从简易,时并习易,人谁取难?今一字诡异,则群句震惊;三人弗识,则将成字妖矣。

末尾是说宋齐时代也承袭了魏晋浅易的文风。

四 论宋齐文学

《文心》撰成于南齐末年,故书中常称刘宋与南齐前期为近代或近世。《文心》对宋齐文学论述较少,多数篇章评论历代作家作品,常到晋代为止,仅有少数篇章言及宋齐文学,大致也比较笼统。

《时序》篇论刘宋文学相当概括,只是说宋代前期诸帝爱好文学,并举了若干作家的姓氏:

> 自宋武爱文,文帝彬雅,秉文之德;孝武多才,英采云构。自明帝以下,文理替矣。尔其缙绅之林,霞蔚而飙起:王、袁联宗

以龙章,颜、谢重叶以凤采,何、范、张、沈之徒,亦不可胜也。盖闻之于世,故略举大较。

这里提到了袁淑、颜延之、谢灵运、范晔等重要作家,但都没有进行具体评述。下文接着讲南齐文学,更是一片笼统的赞扬,说什么"海岳降神,才英秀发","跨周轹汉,唐虞之文,其鼎盛乎"等等,而一点不提及作家姓氏。又说:"飏言赞时,请寄明哲。"表明不愿评论当代文学。《才略》篇评述历代重要文人,于刘宋也仅在末尾概括地说:"宋代逸才,辞翰鳞萃,世近易明,无劳甄序。"没有言及南齐。纪昀评《时序》末段云:"阙当代不言,非惟未经论定,实亦有所避于恩怨之间。"这是很可能的。

刘宋初期,谢灵运等作家出来,写作了大量山水风景诗,文辞富丽,完全改变了过去枯燥的玄言诗统治文坛的局面,其影响又颇为深远。对这一文学发展过程中的重要现象,刘勰还是很重视的,在《明诗》、《物色》两篇中作了较具体的评述:

> 宋初文咏,体有因革,庄老告退,而山水方滋,俪采百字之偶,争价一句之奇,情必极貌以写物,辞必穷力而追新,此近世之所竞也。(《明诗》)

> 自近代以来,文贵形似,窥情风景之上,钻貌草木之中。吟咏所发,志惟深远;体物为妙,功在密附。故巧言切状,如印之印泥,不加雕削,而曲写毫芥,故能瞻言而见貌,即字而知时也。(《物色》)

刘勰对自然景物描写是很重视的,特列《物色》一篇专论自然景物的描绘问题。在上引两段文字中,他评论了刘宋初年以来兴起的山水文学（以诗歌为主，也有一些辞赋和骈散文），指出它们在艺术上有两个特色：一是描绘景物细致工巧而逼真；二是文辞华美，除一般地注意辞藻、对偶外，还力求新奇。这两个特色事实上又往往结合在一起，即是以华美新奇的文辞去细致工巧地描绘景物。

文贵形似一语，可说是概括了山水文学最显著的艺术特色。所谓形似，即指细致逼真地描绘客观景物。《文镜秘府论·地卷》云："形似体者，谓貌其形而得其似。"这种手法首先在汉赋中发展，故《宋书·谢灵运传论》云："相如巧为形似之言。"至魏晋而延及于五言诗，故锺嵘《诗品》评张协为"巧构形似之言"。汉赋中的形似，描写对象较广泛，魏晋以来诗歌中的形似，则主要是描写自然景物。刘宋时代，追求形似几乎成为许多著名诗人的特色。故《诗品》评谢灵运云："杂有景阳（张协）之体，故尚巧似（巧似即巧为形似之言），而逸荡过之。"评颜延之云："尚巧似。"评鲍照云："善制形状写物之词。……贵尚巧似。"可见刘宋颜、鲍、谢三大家写诗都追求形似。刘勰对宋初以来山水文学的形似手法是有所肯定的，《物色》称道它们细致工巧而逼真，产生了瞻言见貌、即字知时的艺术效果。

但另一方面，刘勰对山水文学又抱着不满的态度。他论诗注意抒发情志，表现讽谕，而不满山水文学缺乏这种内容。这层意思在《比兴》篇中说得比较明显。《比兴》指出比、兴二者都应当同讽谕联系起来，所谓"比则蓄愤以斥言，兴则环譬以托讽"。又指出兴的托谕特别深广，"称名也小，取类也大"。他批评汉代辞赋家文辞夸张，"讽刺道丧，故兴义销亡"。他列举若干例子，指出汉赋大量运用比喻来描摹事物的声音、形貌等等，但缺乏讽谕内容，所以不及周代的《诗经》，接着就谈到了魏晋以来的山水景物描写：

> 夫比之为义，取类不常；或喻于声，或方于貌。……若斯之类，辞赋所先，日用乎比，月忘乎兴，习小而弃大，所以文谢于周

人也。至于扬、班之伦，曹、刘以下，图状山川，影写云物，莫不织综比义，以敷其华，惊听回视，资此效绩。又安仁《萤赋》云："流金在沙。"季鹰《杂诗》云："青条若总翠。"皆其义者也。

辞赋中刻画事物声音、形貌的许多比喻，实际上可说是追求形似的一种手段。刘勰对于这种缺乏讽谕内容的比喻，虽然并不笼统否定，但表示不满，认为是习小而弃大。他对于魏晋以来承袭并发展了这种手段的景物描写（包括山水文学），像"流金在沙"等，也包含了不满。当然，山水文学的许多描写并不采取比喻手法，但在追求形似、缺乏讽谕这点上却是共通的。

刘勰对山水文学的内容虚假也表示不满。《情采》篇云：

> 故有志深轩冕，而泛咏皋壤，心缠几务，而虚述人外，真宰弗存，翩其反矣。……况乎文章，述志为本，言与志反，文岂足征！

这种虚述人外、言与志反的作品，过去已有，像汉代刘歆的《遂初赋》、晋代潘岳的《秋兴赋》、石崇的《思归引》等都是其例，但到宋齐的山水文学又有发展。六朝文人多出身贵族，贪恋爵禄，同时喜谈超脱尘世的玄学；当山水文学兴起后，在江南山明水秀之区，更喜欢写企羡山林、观赏风景的诗篇。谢灵运有很强的仕进心，自以为"宜参权要"，对刘宋王朝不重用他"常怀愤恨"（《宋书·谢灵运传》），同时大写企羡隐遁的山水诗。这种矛盾心情即言与志反的现象在以后谢朓等写景诗中也有表现。可以推想，在谢灵运、谢朓等名家影响下，当时那种"志深轩冕，而泛咏皋壤"的作品是相当多的，所以《情采》篇予以抨击。

刘勰对山水诗文辞的繁富冗长也有所不满。谢灵运的山水诗常常以辞赋的铺陈之法写作，因此一般篇幅较长，描绘细致。《明诗》说刘宋山水诗"俪采百字之偶",五言诗要达到百字之偶,至少需二十句,说明其篇幅之长。谢灵运诗达到百字或超过百字的篇章的确比较多。《诗品》评谢灵运诗"颇以繁富为累",也指出这一特点。萧纲《与湘东王书》批评当时文人"学谢(指谢灵运)则不届其精华,但得其冗长",可见谢诗繁富冗长的特点在梁代仍很有影响。刘勰在《物色》篇中指出,《诗经》描写景物,用词简约,"以少总多,情貌无遗",堪为后代极则。《离骚》词语趋繁,已有"重沓舒状"的倾向。到司马相如等人的辞赋,更是"字必鱼贯",所谓"辞人丽淫而繁句"了。言下之意,是说宋齐的山水文学也存在着淫丽的弊病。

《明诗》篇在指陈山水诗的特点后,用"此近世之所竞也"一句作小结,这句话表面是客观叙述,实际内含贬意。贬责的具体内容,如上文所分析,大致上是指缺乏讽谕内容、言与志反、繁富冗长三个方面。《情采》篇认为,在诗赋方面存在着两种不同的创作倾向:一种是为情而造文,以《诗经》为代表,其特点是"要约而写真",内容真实而语言简练,能够"吟咏性情,以讽其上"。另一种是为文造情,以辞赋为代表,其特点是"淫丽而烦滥",语言淫滥而缺乏真情实感。他慨叹后之作者抛弃风雅的优秀传统而学习辞赋,结果"体情之制日疏,逐文之篇愈盛",许多作品存在着"言与志反"、"繁采寡情"的弊病。他所谓后之作者,当然泛指魏晋以来许多文人,但矛头所向,主要则在于宋齐时代的山水文学作者。

以上说的是刘勰对以谢灵运为首的山水诗派的态度。刘宋诗人以谢灵运、颜延之、鲍照三家最为著名,影响也最大。《南齐书·文学传论》说当时诗体大别为三派,分别导源于谢灵运、傅咸、应璩、鲍照诸家。第二派喜欢"缉事比类",多用典故,这种诗风到颜延之又有发展,因此这三派的大师实即谢、颜、鲍三家。那末,刘勰对颜延之、鲍照的评价又是如何呢?

对颜延之,《时序》篇只笼统说"颜、谢重叶以凤采",泛称其家族文才之盛,没有对他作具体评论。按刘勰大力提倡风骨,即文风要爽朗刚健,可以推想他对颜延之过于绮密的诗风是不满的。《诗品》评颜延之诗"其源出于陆机","体裁绮密","又喜用古事,弥见拘束"。陆机的作品,文辞繁富,但缺少风骨,刘勰常致不满,如说他"腴辞弗剪,颇累文骨"(《议对》)。颜延之诗源出陆机,体裁绮密,自然也是缺少风骨。颜诗在宋齐时代影响很大。《诗品序》云:"于时化之,故大明、泰始中,文章殆同书钞。近任昉、王元长等,词不贵奇,竟须新事,尔来作者,寖以成俗。遂乃句无虚语,语无虚字,拘挛补衲,蠹文已甚。"这种堆砌典故、纤密繁缛的诗风,正好与建安诗歌"不求纤密之巧,唯取昭晰之能"(《明诗》)的风清骨峻的特征相对立。由此可见,刘勰对颜延之一派的诗风肯定是有所不满的。

鲍照一派诗风的特色是奇险通俗。《诗品》评鲍照诗有云:"贵尚巧似,不避危仄,颇伤清雅之调。故言险俗者多以附照。"指出后来学习鲍诗者多偏于险俗一路。刘勰虽然没有直接批评过鲍照,但从各方面比照来看,他对这种诗风是颇为不满的。《南齐书·文学传论》说鲍照诗"发唱惊挺,操调险急",指出其奇险特色。按《体性》篇云:"新奇者,摈古竞今,危侧趣诡者也。"所谓"危侧趣诡",与《诗品》的"不避危仄"相通。刘勰对新奇一体是有贬意的。《南齐书·文学传论》又称鲍诗"雕藻淫艳",指出其用语华艳、迎合俗尚的特色,这与刘勰强调的"文丽而不淫"原则是相左的。又鲍照喜欢学习民歌写作乐府诗。他的《吴歌》三首、《采菱歌》七首等学习南方民歌,其七言歌行《拟行路难》学习北方民歌。这种学习民歌、风格比较俚俗的诗,为当时正统气较浓的人所鄙薄。相传颜延之轻视汤惠休、鲍照的这类诗,立"休、鲍之论"(见《诗品》)。按《乐府》篇评乐府中多述男女情爱的民间歌曲有云:"淫辞在曲,正响焉生!然俗听飞驰,职竞新异。"可见刘勰对这类诗歌是很不满的。总之,刘勰强调文风应当雅正,鲍照一派险俗诗风,与雅正距离较远,他肯定是不满的。

《通变》篇说:"宋初讹而新。"以讹、新两字来概括刘宋初期以谢、颜、鲍三家为代表的文风。谢灵运的山水诗是新奇的,所谓"辞必穷力而追新"。鲍照诗的奇险通俗特征也是新奇的。刘勰对这种新奇都带贬意,特别是鲍照诗具有"摈古竞今,危侧趣诡"的倾向,当更为不满。至于讹,刘勰认为是由于片面追求新奇而形成的不正文风。《定势》说:

> 自近代辞人,率好诡巧,原其为体,讹势所变,厌黩旧式,故穿凿取新。察其讹意,似难而实无他术也,反正而已。故文反正为乏,辞反正为奇。

所谓"厌黩旧式,故穿凿取新",实与"摈古竞今"的新奇体相通。刘勰并不笼统地反对奇异与创新,他赞美屈赋为"奇文郁起",评价很高;但他要求奇而不失其正,即执正驭奇,反对逐奇而失正。他认为近代辞人(指刘宋和南齐前期的文人)片面地穿凿取新,结果形成不正的讹势。

讹的具体表现又是如何呢?《定势》指出它的一个重要特点是颠倒文句,所谓"效奇之法,必颠倒文句,上字而抑下,中辞而出外,回互不常,则新色耳"。刘勰在这方面没有举具体例子。按鲍照《石帆铭》:"君子彼想。"正言恐是"想彼君子"。江淹《恨赋》:"孤臣危涕,孽子坠心。"正言应为"孤臣坠涕,孽子危心"。这些就是颠倒文句的例子(参考孙德谦《六朝丽指》)。这种文风,想来在宋齐时代是颇为流行的。

在《指瑕》篇中,刘勰还指出晋宋一些篇章,用字改变原义,也是讹的一种表现:

> 若夫立文之道,惟字与义。字以训正,义以理宣。而晋末篇

章,依希其旨,始有赏际奇至之言,终有抚叩酬酢之语,每单举一
字,指以为情。夫赏训锡赍,岂关心解;抚训执握,何预情理。雅
颂未闻,汉魏莫用。悬领似如可辨,课文了不成义。斯实情讹之
所变,文浇之致弊。而宋来才英,未之或改,旧染成俗,非一
朝也。

刘勰认为用字违反本义,是反正,是讹。他认为赏、抚两字,本义是表
现行动,用以写心理活动是不对的。这种看法不免保守,不理解字义
是随着时代变化而有所引申发展的。刘永济说:“以锡赍作心解之
意,用执握指情理为言,乃文家引申本义而用之之法,初不必为瑕
累。”(《文心雕龙校释》)也指出其说之迂执。《指瑕》又云:“近代辞
人,率多猜忌,至乃比语求蚩,反音取瑕。虽不屑于古,而有择于今
焉。”指出刘宋以来文人喜欢利用反切等声韵方法来表现词语之新
奇,这种瑕病,在他看来大概也是讹的一种表现形式。

五 小结

从刘勰对历代文学的论述,可以看到他的一些重要文学观点,特
别是他评价文学作品的思想艺术标准。

刘勰的基本文学思想是宗经酌骚、执正驭奇,这像一根红线,贯
穿在对历代文学的论述中间。他对《诗经》、《尚书》、《春秋》、《左传》
等评价都很高,对《诗经》更是竭力赞美。他对楚辞、汉赋以至宋齐的
山水文学,都在不同程度上给予肯定。比起经书来,它们在文学上都
有发展和创新;对它们的肯定,就是酌骚驭奇思想的表现。另外,他
对历代文学作品违反经书优良传统的现象则常常加以批评指责。

《征圣》篇指出,文学的主要任务应当在政治教化方面发生积极
作用,其次则要有助于人们的思想道德修养。刘勰对经书的大力推
崇,对《诗经》美刺比兴方法的赞美,大体上都是从政治教化作用的角
度来立论的。他对后代一些文学性并不强的政论文(例如汉代的奏

疏)颇为重视和赞美,也是因为它们在政治上发挥了效用。汉代的封禅文和某些大赋,对帝王歌功颂德,也首先是由于这个原因获得他的肯定。对晋代玄言文学的空谈老庄玄理,不关心世务,无助于政治教化,他则深致不满。以文辞进行讽谏,是使文学发挥积极政治作用的一个重要途径。刘勰对此非常重视。他把《诗经》的比兴讽谕奉为典范。他对楚辞内容的肯定,对韦孟《讽谏诗》、应璩《百一诗》的赞美,大体上都基于这个标准。另一方面,他又对汉赋及后代许多辞赋、山水文学等缺少讽谏内容,表现了鲜明的不满。

对一些和政治没有直接联系但有助于思想道德修养的作品,刘勰也往往加以赞美。汉代无名氏抒写夫妇友朋间思念的古诗、建安文人互相酬答的诗篇、汉魏晋各朝的一些书札,它们表现了亲戚朋友间正常健康的情谊,他都在不同程度上作了肯定。对汉代东方朔、枚皋以至晋代潘岳、束皙等人的一些俳谐文章,他认为不但缺乏讽谏内容,而且也无助于修身,因而对其思想内容加以否定。

《宗经》篇提出的情深而不诡、事信而不诞、义直而不回三项,是刘勰评价作品思想内容的三个具体标准。情深而不诡这一标准,主要衡量以抒情为主的诗赋。《诗经》为情造文,要约写真,自是这方面的典范。楚辞、汉代古诗、建安文人诗,刘勰认为大体上都是符合这个标准的。楚辞中的"荒淫之意"已经背离了经书的传统,至于后代的许多诗赋,"真宰弗存","言与志反",就更是变本加厉了。事信而不诞,首先用以衡量史传文等记事之作。他强调史传文应当内容信实可靠。他赞美《史记》"实录无隐",同时又批评它存在"爱奇反经"的缺点,都是从这一标准出发的。《辨骚》批评屈、宋作品一部分内容诡异谲怪,《诸子》批评《庄子》、《列子》、《淮南子》等书多采神话、传说和寓言,《夸饰》批评汉赋某些描述不合事理,也是从这一标准出发的。他对魏晋南北朝小说很轻视,不加论述,除掉认为它们是不登大雅之堂的俗体外,一个重要原因恐怕也是由于志怪小说记事多荒诞不可信。义直而不回,是要求作品思想内容纯正无邪。他认为《诗经》内容如孔子所说,是思无邪的。楚辞虽主要表现屈原高尚的忠贞品质和思想,但已存在"狷狭之志"、"荒淫之意"的缺点。汉魏以来的乐府,他认为更多淫荡之辞,是郑卫之音。魏晋以来的不少俳谐文章,也是"空戏滑稽,德音大坏"。总之,在评价作品的思想内容时,刘勰是紧紧抓住情深、事信、义直这三项标准的。

作品中的思想感情是否纯正美好,刘勰是以儒家的政治伦理观念作为标准的。所谓"立义选言,宜依经以树则",虽然是直接讲史传文,但也适用于其他各体文章。《原道》云:"光采玄圣,炳燿仁孝。"《论说》云:"自非谲敌,则唯忠与信。"《奏启》云:"辟礼门以悬规,标义路以植矩。"他所标举的仁孝、忠信、礼义等等,都是儒家所提倡的伦理道德标准。

刘勰虽然主张作品思想内容应以儒家的政治伦理观念为准绳,但他对于儒家以外的思想学说,并不笼统地加以排斥。《诸子》篇除肯定儒家著作《孟子》、《荀子》外,对其他自《管子》至《淮南子》等书,也都有所肯定,虽然主要是肯定其文辞,但往往也涉及内容,如说《鬼谷子》"每环奥义",《吕氏春秋》"鉴远而体周"等等。他对于法家商鞅、韩非提倡"弃孝废仁",非常不满,但仍说"韩非著博喻之富",从艺术上作了肯定。他对道家较多好感。除赞美《列子》"气伟而采奇"外,《诸子》还特别提到鬻子是周文王之友,老子为孔子之师。《论说》篇对何晏、王弼等的玄学论文评价也颇高,誉为"师心独见,锋颖精密"。对深受老庄影响的嵇康诗文,也屡加赞美。当时儒家统治思想地位削弱,儒道融合,玄学流行,思想界比较活跃解放。这种情况,对于即使强调征圣宗经的刘勰,也不能不产生影响。

刘勰对于作品思想内容的要求,也有着明显的局限性。除掉强调征圣、宗经以外,较突出的是:一、他虽然提倡文学要有助于政治教化,但不要求作品反映下层社会生活和民生疾苦,像唐代白居易、元稹那样。他对汉乐府民歌评价很低，对魏晋以来的志怪小说只字不提，都是其例。他对汉魏六朝表现爱情婚姻题材的诗篇也很鄙薄，笼统地斥为淫辞或郑卫之声。这里反映了当时贵族文人统治文坛局面下的审美偏见。这种偏见，在锺嵘《诗品》和萧统《文选》中也有反映，即两书对这类乐府诗篇不加评述或选录。二、刘勰对作品思想性的要求有时较为狭窄，他往往要求作品直接对政治教化产生积极作用或有助于修身。实际文学作品中还有其他方面的思想内容值得肯定。例如山水文学描绘了优美的自然风景，可以陶冶性灵，培养人们的道德情操和审美趣味。又如某些不涉及政治的俳谐文，只要不是恶意中伤，也可以使读者从笑话中得到愉快和一些启发。对这类作品的思想意义，他显然都是缺少认识的。

《宗经》提出的风清而不杂、体约而不芜、文丽而不淫三项，是刘勰评价作品艺术性的三个具体标准。其中文丽而不淫一项尤为重要，他使用也最频繁，其他两项都和这项关系密切，故这里先说这一项。他认为经书文风的特征是既雅且丽，当然是丽而不淫。楚辞文风艳丽，其中部分篇章已有奇而失正之病，至于宋玉的赋更开淫丽之风。这种淫丽文风至汉赋大有发展，而魏晋以来的许多诗赋又继承了汉赋的传统。山水诗的"俪采百字之偶"，就是其例。刘宋文学刻意追求新颖奇巧，其过分失当之处，在他看来也是淫丽的一种表现。刘勰并不笼统否定汉赋以来的艳丽，而是主张加以节制，所谓"翦扬、马之甚泰，使夸而有节"（《夸饰》），达到丽而不淫。这可以说是他总结了楚辞、汉赋以至南朝文学创作经验后的基本态度。它与"文之枢纽"中提出的宗经酌骚、执正驭奇的总原则是密切沟通的。体约而不芜，指作品体制规模应当简约而不芜杂。《铭箴》篇批评潘尼的《乘舆箴》"体芜"，即因箴体特贵简约，所谓"文约为美"，而《乘舆箴》则相当冗长，故讥为体芜。《诔碑》篇批评曹植的《文帝诔》"体实繁缓"。他还屡屡批评陆机作品文辞太繁。体制繁芜、文字冗长，虽然与语言淫丽不是一回事,但魏晋以来文人,常常爱用华靡的文辞从事铺张的描写,故体芜、文淫二者往往结合在一起,故《物色》说"辞人丽淫而繁句"。至于风清而不杂,指思想感情在作品中表现得鲜明爽朗,呈现出清明而不杂乱的风貌。据《风骨》篇论述,刘勰认为作品的风貌是否清明,首先要看作者的气质和才性,看他是否具有骏爽的意气。但它与文辞运用也有密切关系;如果片面追求文采,堆砌大量华辞丽藻,那就会"振采失鲜,负声无力",缺乏风骨了。所以他强调作者应当"无务繁采",即不要追求繁富的文采。由此可见:风清、体约、文丽三项艺术标准息息相通,其共同点是不要过分追求繁富艳丽的辞采。

魏晋以至南朝,骈体文日趋发展,许多文人从事写作,的确往往追求繁富艳丽的辞采,形成一种"缛旨星稠,繁文绮合"(《宋书·谢灵运传论》)的靡丽文风,缺乏爽朗刚健的气息。刘勰强调风清、体约等三项标准,对症下药,具有补偏救弊的积极意义,这无疑是应当肯定的。但同时也应当指出,汉赋、魏晋南朝的骈体诗文虽有靡丽之病(同时内容又不充实或空虚),但其描写细致工巧,语言精美,在文学艺术的发展史上是一大贡献,对后代文学(如唐诗)也产生积极影响。刘勰在文辞运用上,固然主张丽,但过于强调简约,把《诗经》的简练语言奉为典范(见《物色》),对汉赋以至南朝山水文学的细致描写常带贬责,目为淫丽,过分强调宗经执正,而酌骚驭奇不足,表现出较大的保守性。

还应当指出,刘勰所谓文章的丽,主要是从骈体文学角度,就骈文语言的辞藻美丽、对偶工整、音韵和谐等因素说的。这样就带来他评价上的一些明显的局限性。一是重骈体文轻散体文。他赞美班固《汉书》"赞序弘丽",对蔡邕的碑文更是竭力称誉,因为班、蔡两人的作品文辞工整典雅,是东汉骈文兴起时代的典范。对魏晋时代的俳谐文,他对其内容虽颇为不满,但它们多出高等文人之手,用美丽的赋体和骈文写成,因此还是受到他的重视而用专篇加以论述。另一方面,《庄子》《史记》两书,尽管其艺术成就很高,但多奇句、缺乏骈文之美,其文辞就不受刘勰的称道。曹操、陶渊明的诗,成就都高,陶诗尤杰出,但《文心》全书提到曹操而评价不高,只字不提陶渊明,也是因为两人诗篇语言质朴,缺乏骈体文学的语言之美。二是不重视人物形象的描绘。他所谓文章之美,着重体现在语言(特别是骈文语言)方面,而描写人物,叙述事件,一般都用散体文。他认为散体文缺乏骈文语言之美,因此对着重写人物、艺术成就颇高的作品也不加称道。例如《左传》、《史记》、《汉书》的一部分篇章写人物形象鲜明生动,《史记》尤为突出;他对这三部史书虽颇赞美,但并没有在这方面加以肯定。汉乐府中的一部分篇什如《东门行》、《孤儿行》、《焦仲卿妻》等,写人叙事也颇杰出,他也毫不称誉。《文心》下半部着重谈创作技巧,对如何写好人物这一点也毫无论述。三是轻视质朴通俗的民间文学。民间文学的语言大抵都很质朴通俗,不注意雕琢词句,缺乏当时上层文人所崇尚的骈文文采。《书记》篇云:"夫文辞鄙俚,莫过于谚。"说明刘勰对民间谚语的语言质朴是很不满的,这种看法当然也适用于语言风格相似的其他民间文学样式。他抨击汉魏六朝的乐府民歌,不论述包含了不少民间传说故事的志怪小说,除掉内容方面的原因外,很重要的一点是由于这类作品文辞质朴,缺乏骈文的文采。以上三点局限,其核心是从骈体文学的角度来对待作品的丽和美。这里反映了处在骈文盛行时代的一位伟大文学批评家的时代局限和阶级偏见。这种局限和偏见,在锺嵘《诗品》的评论、萧统《文选》的选篇情况中也有着不同程度的表现。

第六节　文学历史发展观

刘勰不但对历代文学作了广泛深入的评论,而且有他的文学发展史观,这主要见于《时序》、《通变》两篇。《时序》篇结合历代时世的推移来阐述文学的发展变化,内容丰富深入,其中涉及若干文学史中带有规律性的东西。《通变》探讨文学创作的继承与创新问题,中间也谈到历代文学发展变化的大势,可与《时序》互相参照。

《时序》云:"时运交移,质文代变。"又云:"故知文变染乎世情,兴废系乎时序。"篇末赞语有云:"质文沿时。"这些语句表达了刘勰对于文学历史发展的纲领性看法,即是:一、文学随着时代发展而变化,其风貌有时偏于质朴,有时偏于华艳;二、文学面貌的变化,是受着时代社会情况影响的。下面即以《时序》、《通变》为中心,结合其他篇章,对这两点略加阐述。

一　质文代变

以质文为标准来评论文学,刘勰以前早已有之,其立论根据则出于孔子。《论语·雍也》云:"子曰:质胜文则野,文胜质则史。文质彬彬,然后君子。"何晏《集解》:"包(咸)曰:野,如野人,言鄙略也。史者,文多而质少。彬彬,文质相半之貌。"邢昺疏:"文质彬彬然后君子者,彬彬,文质相半之貌,言文华、质朴相半彬彬然,然后可为君子也。"《论语》所谓文、质,原指人们的文化修养、礼仪节文而言,涵义较广泛,但也包括文学在内。后来人们在儒家思想的影响下,就喜欢用质、文这对概念来评论文学。如班彪评司马迁《史记》说:"善述序事理,辩而不华,质而不野,文质相称。"(《后汉书·班彪传》)刘宋檀道鸾《续晋阳秋》说:"逮乎西朝之末,潘、陆之徒,虽时有质文,而宗归不异也。"(《世说新语·文学》注引)都是其例。与刘勰同时的文人,则如沈约《宋书·谢灵运传论》赞美建安文学为"以情纬文,以文被质",锺嵘《诗品》赞美曹植诗为"体被文质",就是称道建安文学、曹植诗都有文质彬彬之美。可见以文质这对概念来评论文学,在南朝已相当流行。

《文心》书中运用文质这对概念评论文学之处颇多,多数用以指作品的风格特色,《时序》《通变》则着重通过质文变化来说明文学的历史发展。刘勰这种思想还受到秦汉以来政治、历史学说方面文质论的影响。《礼记·表记》载孔子曾云:"虞夏之质,殷周之文,至矣!"《尚书大传》:"王者一质一文,据天地之道。"后来董仲舒《春秋繁露·三代改制质文》、班固《白虎通德论·三正》对此均有阐述发挥。其所谓质,主要指为政简易,崇尚质朴,较少礼节法令制度;文则指多设人为的礼法制度,崇尚文化(包括文学)。建安时代阮瑀、应玚各撰《文质论》,也是从这个角度进行论辩。阮瑀尚质,主张"少言辞,政不烦","不至华言","意崇敦朴"。应玚尚文,批评阮瑀"弃五典之文,暗礼智之大,信管、望之小,寻老氏之蔽",认为"质者不足,文者有馀"。应玚尚文的言论,得到刘勰重视,在《序志》篇中评述前代文论也予以论列。应论中"二政代序,有文有质"的质文代变言论很可能直接影响了刘勰的文学历史发展观点。

在《通变》篇中,刘勰对历代文学质文变化的情况,作了概括的叙述:

> 榷而论之,则黄唐淳而质,虞夏质而辨,商周丽而雅,楚汉侈而艳,魏晋浅而绮,宋初讹而新。从质及讹,弥近弥澹。何则?竞今疏古,风末气衰也。

刘勰认为商周之文(主要指"五经")丽而能雅,文质彬彬,最符合理想。在此以前的黄(帝)、唐、虞、夏偏于质,在此以后的楚、汉、魏、晋、宋则偏于文,所谓侈艳新绮,都不完美。这是一种粗略的概括,实际商周以后,文风也不是直线式地日趋华丽,而是时有质文,走着比较曲折的道路。下面略作具体分析。

商周以前作品不但数量很少(姑不论其真伪),而且颇为单纯,总的说来文风是质朴的。虽然其间后一代比起前一代来,文采也有所发展,所谓"虞歌《卿云》,则文于唐时"(《通变》),也只是比较而言。所以《明诗》又说:"尧有《大唐》之歌,舜造《南风》之诗,观其二文,辞达而已。"

商周时代产生"五经"(商颂过去认为是商代作品),刘勰认为其特征是文质结合得好,符合理想。除《通变》说"商周丽而雅",《征圣》也说"圣文雅丽,衔华佩实"。华丽和雅正朴实相结合,就是文质彬彬的意思。实际"五经"之文,有很大部分偏于质朴,刘勰为了强调"五经"的典范意义,对"五经"的文采作了不适当的夸张。

春秋战国时代,诸子百家兴起,促使文学进一步发展,到屈原、宋玉写作许多辞赋,更使文坛生色。《时序》小结战国诸子和屈宋的文学云:"观其艳说,则笼罩雅颂,故知炜烨之奇意,出乎纵横之诡俗也。"指出这时期文风特色是"艳",是"炜烨",开了偏重文采的局面。《辨骚》赞美楚辞"惊采绝艳",又指出其文风特色是"奇"、"华",与雅颂文风的"贞(正)"、"实"相区别,也是说它偏重文采。

汉代承屈宋馀绪,辞赋最为发展。汉赋的特色也是艳丽,所谓"极声貌以穷文","写物图貌,蔚似雕画"(《诠赋》)。《时序》小结西汉文学云:"大抵所归,祖述楚辞,灵均馀影,于是乎在。"指出了西汉赋家蒙受楚辞的深刻影响。《通变》说:"楚汉侈而艳。"是就两代文风的共同特色而言;《宗经》说:"楚艳汉侈。"于合提中分说,则又指出汉赋文辞侈靡,比楚辞有所发展。

东汉辞赋依然昌盛,但文风较西汉已有变化。《时序》云:"中兴之后,群才稍改前辙,华实所附,斟酌经辞。盖历政讲聚,故渐靡儒风者也。"所谓"稍改前辙",即指对西汉文风有所更改。刘勰指出东汉历朝帝王提倡儒学,招集儒生讲学,文学受其影响,表现出"斟酌经辞"、有华有实的特色。在其他篇章中,刘勰常指出东汉的几个大作家具有儒家雅正的文风。如《诠赋》说班固的《两都赋》"明绚以雅赡",《史传》说班固的《汉书》"儒雅彬彬";《才略》说"张衡通赡,蔡邕精雅,文史彬彬,隔世相望",《诔碑》说蔡邕的碑文"其缀采也雅而泽";《才略》又说马融"吐纳经范,华实相扶"。刘勰认为,这些作家受儒家经典影响颇深,因而文风也具有"五经"之文丽而雅的特色,也就是文质结合得较好。这里鲜明地表现了他文必宗经的创作思想。

《通变》说:"魏晋浅而绮。"浅指用字浅易,不似汉代文章深奥(参见《练字》篇);绮即绮丽,也就是富于文采。魏晋两代文学,实际不是直线式地向绮丽发展,而是中间有着反复和变化。曹魏前期和后期有所不同。前期即建安、黄初时代,作家遭汉末丧乱,"志深笔长,梗概多气"(《时序》),文风俊爽刚健,形成所谓建安风骨,以质见长;但又能"以文被质"(《宋书·谢灵运传论》),"体被文质"(《诗品》),因而文质结合得比较好。到后期正始时代,玄学思想抬头,作品"篇体轻澹"(《时序》),就显得文采不足了。晋代文风,东、西晋也有区别。西晋文风的特色是绮丽。《时序》指出彼时作家"并结藻清英,流韵绮靡"。《明诗》也说张、潘、左、陆等一批诗人"稍入轻绮","采缛于正始,力柔于建安",以文采见长。到了东晋,上承正始遗风,玄学大盛,诗文受其影响,崇尚发挥老庄思想,"理过其辞,淡乎寡味"(《诗品序》),又变得枯燥而缺乏文采了。

《通变》说:"宋初讹而新。""讹而新"实际可以概括宋齐两代文风的主要倾向。《时序》于宋齐文学仅作笼统赞美,没有具体评价。《明诗》评谢灵运一派山水诗说:"俪采百字之偶,争价一句之奇,情必极貌以写物,辞必穷力而追新。"指出了山水诗字句力求新奇的特色。《定势》说近代(指刘宋和南齐前期)辞人作品追求诡巧,成为讹势。其特点是"颠倒文句,上字而抑下,中辞而出外"。刘勰对这种"穿凿取新"的文风深表不满。这种力求新奇、流入讹势的文风,当然是文胜于质。

综上所述,可见从上古到宋齐时代,文风的发展过程是一条曲折反复的道路,大致说来有三种情况:一是质胜于文,黄唐虞夏、曹魏后期、东晋属之;二是文胜于质,楚、西汉、西晋、宋齐属之;三是华实相扶,文质结合得较好,商周、东汉、曹魏前期属之。一般说来,文风以质朴见长时,总是比较重视思想内容,但重视内容不等于内容好。例如晋代玄言诗重视发挥老庄思想,但忽视国事,为刘勰所不满。刘勰认为,儒家的《五经》为文质彬彬的优良文风树立了准则;东汉文学受儒学影响深,所以文风也就雅正。为了矫正宋齐的浮靡文风,达到文质彬彬,他大力提倡征圣宗经,《通变》云:"矫讹翻浅,还宗经诰,斯斟酌乎质文之间,而櫽括乎雅俗之际,可与言通变矣。"鲜明地表现了这层意思。这就是刘勰的中国文学发展趋势观,以及在总结文学历史发展经验基础上提出来的今后创作方向。和政治、历史学说方面的文质论一样,刘勰的质文代变的文学史发展观,带有浓厚的历史循环论色采。这反映了在我国古代长期的封建社会中,政治制度、社会形态、文学创作等都缺少剧烈的变化,因而人们在总结历史经验、指陈发展趋向时,往往会被质文代变这一类狭窄的观念所束缚。

刘勰以后,从文质变化的角度来评述文学发展变化的,历代不乏其人。如《隋书·文学传序》评论南朝文学偏于文,北朝文学偏于质,各有缺点,所谓"气质则理胜其词,清绮则文过其意";并对后来创作提出了"各去所短,合其两长,则文质斌斌,尽善尽美"的期望。卢藏用《陈子昂文集序》赞美陈子昂的文学业绩说:"卓立千古,横制颓波,天下翕然,质文一变。"指出了陈子昂以质朴刚健的作品扭转了六朝以迄唐初的绮靡文风。直至明清,还时有这种质文变化的看法,兹举两例:

> 周尚文,故《国风》、《雅》、《颂》皆文。……汉尚质,故古诗、乐府多质。……文质彬彬,周也。两汉以质胜,六朝以文胜。魏稍文,所以逊两汉也;唐稍质,所以过六朝也。(胡应麟《诗薮》内编卷一)

> 上古文字简质。周尚文,而周公、孔子之文最盛。其后传为

左氏,为屈原、宋玉,为司马相如,盛极矣。盛极则孳衰,流弊遂
为六朝;六朝之靡弱,屈、宋之盛肇之也。昌黎氏矫之以质,本
"六经"为文。后人因之,为清疏爽直,而古人华美之风亦略尽
矣。平奇华朴,流激使然。(刘大櫆《论文偶记》)

可见质文变化论的源远流长了,它成为我国古代文论中探讨文学发
展变化的一种重要理论。

二 文变染乎世情

在文学发展过程中,除掉文学本身风貌的变化外,还有一个重要
方面,那便是它与时代的关系。刘勰认为,"文变染乎世情,兴废系乎
时序"。所谓"世情"、"时序"的具体内容是什么呢? 根据《时序》篇的
论述,大致上可以分为以下三点。

一,是政治的盛衰和社会的治乱。刘勰指出,唐虞时代,政治清
明,民生安定,因而产生了《击壤歌》、《南风诗》等"心乐而声泰"的作
品。《时序》论述周代诗歌,尤为具体:

> 逮姬文之德盛,《周南》勤而不怨;大王之化淳,《邠风》乐而
> 不淫。幽厉昏而《板》、《荡》怒,平王微而《黍离》哀。

接着他小结上古至春秋时代的诗歌云:"故知歌谣文理,与世推移,风
动于上,而波震于下者也。""风动于上",指朝廷政治的盛衰隆污;"波
震于下",指表现人们思想感情的诗歌。刘勰认为,上面有怎么样的
政治状况,下面就有怎么样的诗歌作为反应。

刘勰这种政治密切影响文学的看法,来源于前人关于诗乐的论
述。根据《左传·襄公二十九年》记载,吴公子季札在鲁国观周乐,依
次聆听了《诗三百篇》的各个部分,一一作了评论,从诗乐所表现的情
调特点来探讨民情风俗和政治的盛衰,可知春秋时代人们已经认识

到政治和文学的密切关系了。后来《乐记》说:"治世之音安以乐,其政和;乱世之音怨以怒,其政乖;亡国之音哀以思,其民困。"《诗大序》也有这样的话。这是对《诗三百篇》与政治关系的更为扼要的概括。周代后期政治由盛趋衰,诗歌的情思风格呈现出不同面貌,汉儒把它们称作变风、变雅(《诗大序》、郑玄《诗谱序》均有论述)。上引刘勰关于周诗前后期不同风貌的论述,显然承袭了汉儒的见解。前人关于诗乐和政治关系的看法,大体上符合《诗三百篇》的实际内容,故为刘勰所吸取。

与政治盛衰密切相关的是社会的治乱,它常常影响到人们(包括作家)的生活、思想和感情,影响到文学。《时序》明确指出建安文学"梗概多气"的风格特征,是由于当时社会的动乱:"观其时文,雅好慷慨,良由世积乱离,风衰俗怨,并志深而笔长,故梗概而多气也。"又《才略》篇云:"刘琨雅壮而多风,卢谌情发而理昭,亦遇之于时势也。"也是着眼于从社会动乱来解释刘琨、卢谌诗歌的风格特征的。从社会状况和作家的生活经历来解释作品的做法,刘勰以前也已经有了,谢灵运《拟魏太子邺中集诗八首》的小序便是。他评王粲云:"家本秦川,贵公子孙,遭乱流寓,自伤情多。"评应玚云:"汝颍之士,流离世故,颇有飘薄之叹。"《时序》对建安文学与当时社会关系的论述,当受到谢灵运的影响,但分析更为具体深刻。

二,是君主爱好和提倡文学。《时序》指出,战国时期的齐、楚两国,君主重视文学,"齐开庄衢之第,楚广兰台之宫",招集了不少文学之士,因此两国文学发达,产生了孟轲、荀卿、屈原、宋玉等杰出作家。西汉时期,"孝武崇儒,润色鸿业,礼乐争辉,辞藻竞骛",大批文士聚集朝廷,"应对固无方,篇章亦不匮,遗风馀采,莫与比盛"。到汉末建安时期,曹操父子又提倡文学,亲自创作,礼遇文士。在他们手下聚集了王粲、陈琳等一大群文人,形成了"俊才云蒸"的盛况。对西汉武帝和曹操父子的提倡文学,刘勰特别重视和赞美,除《时序》外,《才略》末尾也指出,人们谈到文学,总是首先想到元封(武帝年号)和建安两个时代,它们是"崇文之盛世,招才之嘉会"。由此可见,刘勰所强调的影响文学的世情时序,其中君主的提倡,乃是一个相当重要的因素。

在我国古代封建社会中,君主是最高统治者,具有无上的威力,其意志和要求,往往表现为某种政治力量和制度,产生巨大作用。君主爱好和提倡文学,招集许多文学之士,加以礼遇,使他们获得较好的生活条件和社会地位,专心从事创作,并且彼此可以在一起切磋琢磨,互相启发。这样,在君主周围,就会出现一批作家,写出大量作品,其中并有少数文人成就卓越,标志着一个时代的高峰,如汉武帝时的司马相如、司马迁,建安时的曹植、王粲。当然,君主提倡对于文学的作用,主要表现为涌现较多的作品(也容易产生较多的歌功颂德的庸俗作品),以及由于许多文人致力于创作,作品的艺术性容易得到提高;至于作品内容的充实和进步,则更多地依赖于作家具有丰富的阅历和先进的思想。刘勰在这方面的认识是不足的。

在中国古代,封建君王提倡文学,常为人们所津津乐道。即以汉武帝、曹操父子而言,《汉书·公孙弘卜式兒宽传赞》即赞美汉武帝重视招纳文学武艺之士,与文学有关者,"文章则司马迁、相如,滑稽则东方朔、枚皋,应对则严助、朱买臣","汉之得人,于兹为盛"。至于曹操父子,《三国志·王卫二刘傅传评》也说:"昔文帝、陈王,以公子之尊,博好文采,同声相应,才士并出。"鍾嵘在《诗品序》中也盛称曹氏父子对建安文学的影响。可见刘勰对君主提倡文学的重视,实际上是反映了古代许多文人对这种现象的看法。

三,是学术思想的面貌。《时序》指出,战国时代群雄纷争,诸子百家风起云涌,游说盛行,屈原、宋玉艳丽的辞赋,其"炜烨之奇意",乃"出乎纵横之诡俗"。东汉时代,明帝、章帝"崇爱儒术,肆礼璧堂,讲文虎观",从此儒学大为发展,因而东汉文学表现出"华实所附,斟酌经辞","渐靡儒风"的特色。晋代文学,深受玄学影响,多阐发老庄哲理,东晋尤盛,"诗必柱下之旨归,赋乃漆园之义疏"。又《明诗》说:"正始明道,诗杂仙心。""江左篇制,溺乎玄风,嗤笑徇务之志,崇盛忘机之谈。"也指出了玄学对魏晋诗歌的影响。各个时代的学术思想,往往给予文学以明显而直接的影响;中国古代哲学、文学二者,经常密切相关,不少杰出的文学家同时又是思想家。刘勰概括了大量史实,指出了学术思想对于文学的深刻影响,有助于我们对中国古代文学历史发展的理解。

玄学对魏晋文学(特别东晋文学)的严重影响,南朝文人早就予以论述和批评。刘宋檀道鸾《续晋阳秋》指出,自正始年间抬头的玄学,至东晋大盛,许询、孙绰又融合佛理,制作诗赋,成为"一时文宗"(《世说新语·文学》注引)。《宋书·谢灵运传论》也指出东晋玄风最盛,大家钻研老庄,"驰骋文辞,义殚乎此",结果使作品缺乏"遒丽之辞"。稍后锺嵘《诗品序》对玄言诗也痛加批评。刘勰在这方面的言论,大约受到檀道鸾、沈约的影响;但他除评玄言诗赋外,还涉及到战国与东汉文学,论述更为广泛全面。

从大量的我国古代历史事实,我们看到,对各个时代文学影响最大、最直接的外部条件,常常是社会生活、政治情况和学术思想。刘勰论述时代与文学的关系,着重强调上述三个方面,是合理的,表现出较鲜明的唯物主义倾向。当然,他在肯定封建君主提倡文学的作用时,缺乏具体分析,也反映其阶级局限。

《时序》篇还谈到了屈宋辞赋对于汉赋的巨大影响,那是属于文学本身的继承关系问题,而不是外部的世情、时序与文学的关系,此处不再详论。

综上所述,可见刘勰运用质文代变的观点来分析我国古代文学的发展变化,还从政治和社会、君主提倡、学术思想等几个方面来探讨文学发展变化的历史背景。刘勰的这些理论和观点,从单个来说,大抵已见诸前人,并不是他的独创。然而,刘勰把前人比较零碎的看法或对局部问题的评论综合起来,加以具体化、系统化,对先秦至南朝文学,作了全面的探讨,不但把文学历史的发展过程阐述得脉络清晰,而且对文学发展趋势及其历史背景,作了比较深入的分析,在文学历史发展观方面,构成了他自己的理论体系。在这方面,他的成就远远超越前人,作出了相当大的贡献。

第七节 论创作构思

《文心》第三部分自《神思》至《总术》十九篇,打通各体文章,泛论写作方法。这部分的第一篇为《神思》,论创作构思。《养气》以及《物色》的部分内容,与《神思》关系密切。本节以《神思》为主,联系《养气》、《物色》等篇进行分析。

神思是指人们进行创作时的思维活动,包括回忆、联想、分析、组合等等,即创作构思。构思是创作的第一步,构思之后,才进入用文辞表达的阶段,所以刘勰把《神思》放在第三部分的头上,并把构思活动称为"驭文之首术,谋篇之大端"。陆机《文赋》一开始即注意讲创作构思,有"收视反听,耽思傍讯"等语。稍后于刘勰的萧子显,在其《南齐书·文学传论》中也说:"属文之道,事出神思。"这些说明自西晋至南朝的文人对创作构思的重视。

创作构思的活动领域是异常广阔的。《文赋》已有"精骛八极,心游万仞"之语,《神思》篇于此有更具体的描绘:

> 文之思也,其神远矣。故寂然凝虑,思接千载;悄焉动容,视通万里;吟咏之间,吐纳珠玉之声;眉睫之前,卷舒风云之色:其思理之致乎!……夫神思方运,万涂竞萌,规矩虚位,刻镂无形,

> 登山则情满于山,观海则意溢于海,我才之多少,将与风云而并
> 驱矣。

这里指出作家在进行构思活动时,思路开阔,思绪纷繁,能够打破时空的限制,所谓"思接千载"、"视通万里";他的眼前,仿佛展示着种种鲜明生动的景物,所谓"卷舒风云之色"。构思活动不但领域非常广阔,而且由于专心思虑,惨淡经营,因此思想感情往往很饱满充沛,沉浸在想象的世界里,和被想象的事物紧密地打成一片,所谓"登山则情满于山,观海则意溢于海"。这些描绘和分析,接触到了文学创作形象思维的某些特色,较之前人的文论有所发展。

《神思》谈到了人们从事创作活动时的三个要素,即作家的思想感情、外界事物、文辞:

> 故思理为妙,神与物游。神居胸臆,而志气统其关键;物沿
> 耳目,而辞令管其枢机。

作家的创作活动,就在于通过构思,把他认识的外界事物、自己的思想感情,用文辞表现出来。《物色》篇云:"情以物迁,辞以情发。"提到情、物、辞三者,意思与《神思》相通。这三个要素,在创作全过程中、在构思阶段均须加以注意。在构思阶段,作者头脑中涌现出种种外界事物的表象,他必须予以加工组织,还要考虑到如何遣词造句加以表达。因此,在创作第一步的构思阶段,也就必然涉及到这三个要素。

物,从广义说,泛指外界众多事物;但《神思》篇"神与物游"之物,实指景物,《神思》提到风云、山海等物,都是有形状有声响、可以耳闻目睹的景物,其涵义与《物色》篇的物色大致相同。前面提到,《神思》、《物色》两篇,都是情志、物、文辞三者并提。《物色》篇中谈到的

物,有四时气候、玄驹、丹鸟、清风、明月、白日、春林、桃花、杨柳、雨雪、黄鸟等等,都是自然景物。《文选》所选的赋有"物色"一类,描写风、秋景、雪、月等等,也是自然景物。有的研究者指出,《文心》全书用物字凡四十八处,除极少数外,物字均"作为代表外境或自然景物的称谓"①。这个统计是值得重视的。文学作品表现的内容是多方面的,除景物外,还大量反映外界的事物,表现作者的思想感情,所以《宗经》"六义"标准,即提出情深、事信、义直等项内容方面的要求。为什么《神思》论外界事物,只是突出景物呢?原来《神思》、《物色》篇中之物,与《明诗》、《诠赋》篇中的物,都从诗赋创作立论,偏重自然景物。魏晋南朝,抒情写景之作特为发达,文人写诗赋,或睹物兴情,或托物写志,经常通过写景物来表现情意,形成风尚。前面《论文体》节已指出,《文心》全书虽然广泛论述各种文体,但实以诗赋为主体。因此,《神思》篇论物只是突出自然景物,也是可以理解的。刘勰论诗赋创作,认为人们思想感情的产生,是由于外物的触发和感召,所谓"感物吟志"(《明诗》),"情以物兴"(《诠赋》),表现他在情与物的关系这个问题上,继承了中国古代文论的进步传统,具有唯物主义因素。但他所谓物,偏重自然景物,又反映了那个时代诗赋内容不够广阔、偏重抒情写景的局限。

作者构思的一个重要内容是考虑运用文辞,包括谋篇布局、用词造句等等。《文赋》对此曾作具体描绘,《神思》则先作概括性论述,具体的则留待《声律》以下诸篇。他认为作者的思意决定文辞的运用;驱遣辞令,必须确切表达作者的情意,做到"密则无际"。文辞的美,主要表现在色泽、音调两个方面。《神思》赞语云:"刻镂声律,萌芽比兴。"以声律指音调之美,以比兴代表形象色泽之美,这两句就是指作家应考虑如何运用具有色泽音调之美的文辞来进行写作。《物色》

---

① 见王元化《文心雕龙创作论》书中的《心物交融说物字解》篇。

云:"属采附声,亦与心而徘徊。"采、声指色泽、音调,两句也是说作者应反复考虑如何运用文辞,意思与《神思》赞语相通。至于具体地论述属采附声,那就是下面《声律》《丽辞》《比兴》《夸饰》等篇的任务了。

刘勰认为人们在构思时必须保持虚静的心理状态,《神思》云:"是以陶钧文思,贵在虚静,疏瀹五藏,澡雪精神。"这是因为作文时心情虚静,就能精神爽朗,思想集中,思路明晰而有条理。《养气》赞语又云:"水停以鉴,火静而朗。无扰文虑,郁此精爽。"更以水火为喻,申明只有虚静才能朗鉴。此点在《养气》篇中有更具体的阐发:

> 且夫思有利钝,时有通塞,沐则心覆,且或反常,神之方昏,再三愈黩。是以吐纳文艺,务在节宣,清和其心,调畅其气,烦而即舍,勿使壅滞。意得则舒怀以命笔,理伏则投笔以卷怀。逍遥以针劳,谈笑以药倦。

这里指出作文时须心气清和调畅,才能使思路顺利畅通;如果神志昏昏,心烦意乱,思路必然迟钝壅塞。此种表述完全与《神思》的虚静说相通。刘勰又主张作文时应做到心情从容不迫,有逍遥谈笑之乐,因为这样才能保证思路顺利畅通。《养气》又云:

> 夫耳目鼻口,生之役也;心虑言辞,神之用也。率志委和,则理融而情畅;钻砺过分,则神疲而气衰,此性情之数也。

这也和《神思》"秉心养术,无务苦虑;含章司契,不必劳情"的议论相通。要创作出好作品,须付出艰苦的劳动,但临文时作者须精神爽朗,使思路顺利畅通,保证创作的成功。刘勰的这种看法是比较合理的,符合于人们创作活动的实际状况。

创作时应心情从容不迫,甚至逍遥谈笑,但并不意味着创作是一

件轻松的事情,《神思》指出,在构思前必须有充分的准备:

> 积学以储宝,酌理以富才,研阅以穷照,驯致以绎辞。然后使玄解之宰,寻声律而定墨;独照之匠,窥意象而运斤。

积学句是说平时广泛读书学习,在题材、词语、典故等等方面积累丰富材料,临文时可以选择取资。酌理句是说采择前人著作、文章中的思想观点,以开拓自己的才思。研阅句中的"阅"字,有的研究者认为是指阅历或生活经验,恐未必然。把阅字解释为阅历或生活经历,在词语运用习惯上是少见的,在《文心》其他篇章和魏晋南北朝其他文论中似乎都找不到这种例子。此处的研阅、穷照,当指阅览钻研他人文章,学习其写作艺术。《通变》云:"先博览以精阅,总纲纪而摄契。"《知音》云:"鉴照洞明。"又云:"圆照之象,务先博观。"两篇中的"阅"、"照",与观览相仿,均指阅读观摩他人作品,识其长处。《知音》又提出"将阅文情,先标六观"。六观中的位体、置辞、通变、奇正等,都是着重从写作艺术考虑的。可以说,六观的对象即是研阅穷照的主要内容。驯致句是说从容地寻绎玩味他人作品的文辞。[①] 积学以下四句实际均指学习前此的著作和文章,从中吸取养料,不过角度和侧重点不同。积学句是吸取题材、词语、典故等材料,酌理句是吸取思想观点,研阅句是吸取写作艺术,驯致句是玩味文辞,四者都是创作前的准备工作。准备工作做好了,然后进入挥毫写作的阶段,所谓"寻声律而定墨","窥意象而运斤"。建安以后的魏晋南北朝时代,门阀制度昌盛,许多文人生活圈子窄小,不注意反映广阔的社会生活和人民苦难,反映到文论上,则是不把丰富广阔的生活体验作为创作的条件。陆机《文赋》论创作的准备工夫,一是"颐情志于典坟"云云,二是

---

① 驯致句解释采寇效信说。寇文尚未发表。

"遵四时以叹逝"云云,也不出读书借鉴、观览景物两项,《神思》篇内容正是由此发展而来。这种理论局限到唐宋时代方才获得突破。

文人作文,由于才性不同,迟速迥异。张衡十年作赋,曹植七步成诗,这类写作佳话,流传广泛。《神思》指出,"人之禀才,迟速异分",骏发者应机立断,覃思者研虑方定。但不管迟速难易有殊,作者都须加强勤学苦练,所谓"博见"和"博练"。他指出只有广泛阅读,博闻多见,才能避免文章内容贫乏之病,所谓"博见为馈贫之粮"。此点在《事类》篇中有更具体的阐发:

> 夫经典沉深,载籍浩瀚,实群言之奥区,而才思之神皋也。……是以将赡才力,务在博见。

刘勰在论述创作的准备条件时,重视后天的学习,也是比较合理的。

《神思》还指出,作者依靠平时的博学多见,为创作积累了丰富的材料,准备了有利条件,但构思时又必须善于剪裁选择,使文章主旨分明,而不是头绪纷繁:

> 是以临篇缀虑,必有二患:理郁者苦贫,辞溺者伤乱。然则博见为馈贫之粮,贯一为拯乱之药,博而能一,亦有助于心力矣。

指出平时要博见,临文要贯一,博而能一,处理好准备工夫要博与构思行文要一的关系,是颇为精当的。

陆机《文赋》论构思,已指出构思有利钝之分,或天机骏利,或六情底滞;对产生此种现象的原因,他表示不能解释,慨叹"未识夫开塞之所由"。刘勰对这个问题,一面强调养气,以保证构思时精神爽朗,思想集中;一面又强调平时的积学研阅,博闻多见,做好准备工作。总的说来,他的看法比较具体而切实可行。

《神思》末段云:

> 若情数诡杂,体变迁贸,拙辞或孕于巧义,庸事或萌于新意,视布于麻,虽云未费,杼轴献功,焕然乃珍。至于思表纤旨,文外曲致,言所不追,笔固知止。至精而后阐其妙,至变而后通其数,伊挚不能言鼎,轮扁不能语斤,其微矣乎!

这段话有三层意思。先是说临文情状复杂多端,有时想得很好,有巧义新意,但写下来的却是拙辞庸事,这就是《文赋》所谓"文不逮意"。碰到这种情况,刘勰认为要善于琢磨加工,如同把麻织成布匹,要经过运用杼轴的辛勤劳动。接着说构思中的某些微妙的纤旨曲致,是言语文辞所不能表达的,这种看法当是受到魏晋玄学中言不尽意论的影响。但接着又说,掌握了至精至变技术的人,还是能够把构思中那些微妙的部分表现出来;只是这高超的技术,仅能通过实践来掌握,而不可能用言语来向人传授。从这里看出,刘勰在论述构思与表达的矛盾时,一方面受到言不尽意论的影响,带上一点神秘色彩;但他认为通过长期写作实践,勤于琢磨,还能表达微妙之旨,重点在强调锻炼,见解还是比较切实的。

第八节 论体制风格

《文心》第三部分《体性》以下四篇,着重研讨作品的体制风格问题,大体上都是从通篇作品着眼,指出如何建立良好的文风,与下面《声律》、《丽辞》等篇探讨用词造句者不同。这四篇中,《体性》论述作家与风格的关系;《风骨》提倡明朗刚健的文风;《通变》结合论述历代文风变化,探讨如何矫正近世不良文风;《定势》论述文体与风格的关系。这四个篇章,内容关系密切,互相沟通,故本节放在一起论述。

一 论体性

《体性》篇着重论述文章体制风格和作家个性的关系。体指体貌，即作品的体制风格；性指作家的情性、个性。《体性》一开始就指出了文章风格和作家的密切关系：

> 夫情动而言形，理发而文见，盖沿隐以至显，因内而符外者也。然才有庸俊，气有刚柔，学有浅深，习有雅郑，并情性所铄，陶染所凝，是以笔区云谲，文苑波诡者矣。故辞理庸俊，莫能翻其才；风趣刚柔，宁或改其气；事义浅深，未闻乖其学；体式雅郑，鲜有反其习：各师成心，其异如面。

这里"辞理庸俊"四句，指作品的文辞、风力、用事用典、体制格式等表现状况，大致上都属于风格的范围。《体性》指出，作品在辞理、风趣等方面呈现出来的不同特色，是被作者的才（才能）、气（气质）、学（学问）、习（习尚）所决定的；作者有怎么样的才、气、学、习，就表现为怎么样的文章体貌。才、气、学、习四者又可以概括为两类，才、气是一类，属于先天的情性；学、习是一类，属于后天的陶染，故《体性》又称"才由天资，学始慎习"。才、气、学、习决定作家作品的风格，在《文心》其他篇章中也屡有论述。如《才略》云："子建思捷而才俊，诗丽而表逸；子桓虑详而力缓，故不竞于先鸣。"又云："仲宣溢才，捷而能密，文多兼善，辞少瑕累。"《奏启》云："若夫傅咸劲直，而按辞坚深；刘隗切正，而劾文阔略：各其志也。"是说的作者才能气质和作品风格的关系。《才略》云："相如好书，师范屈宋，洞入夸艳，致名辞宗。"《定势》云："模经为式者，自入典雅之懿；效骚命篇者，必归艳逸之华。"是说的学习前代文学和作品风格的关系。

《体性》指出，作者的才气个性，是形成作品风貌的首要因素，它结合历代的十二位杰出作家来说明这一问题：

若夫八体屡迁，功以学成，才力居中，肇自血气。气以实志，志以定言，吐纳英华，莫非情性。是以贾生俊发，故文洁而体清；长卿傲诞，故理侈而辞溢；子云沈寂，故志隐而味深；子政简易，故趣昭而事博；孟坚雅懿，故裁密而思靡；平子淹通，故虑周而藻密；仲宣躁竞，故颖出而才果；公幹气褊，故言壮而情骇；嗣宗俶傥，故响逸而调远；叔夜俊侠，故兴高而采烈；安仁轻敏，故锋发而韵流；士衡矜重，故情繁而辞隐。触类以推，表里必符。岂非自然之恒资，才气之大略哉！

魏晋南北朝时代，才性论流行，人们往往用才性论来品评人物以至文艺。刘劭《人物志》用了大量篇幅研讨这方面的问题。晋代袁准《才性论》指出，生于天地之间的万物，所以或美好或丑恶，是由于或禀受清气，或禀受浊气。葛洪《抱朴子·尚博》也说："清浊参差，所禀有主，朗昧不同科，强弱各殊气。"曹丕《典论·论文》说："文以气为主，气之清浊有体，不可力强而致。"是运用禀气清浊说来解释文章的高下美恶和不同风貌。总之，他们都认为人们禀受了不同的气，形成不同的气质才性，这是个人特征的决定性的或首要的因素。《体性》谓"才力居中，肇自血气"，谓"吐纳英华，莫非情性"，认为禀气决定才力，情性决定文章体貌，也正是这种观点的表现。

但是，刘勰并不像曹丕那样片面强调气的决定作用，他同时也重视后天的学习，《体性》云：

夫才由天资，学慎始习，斫梓染丝，功在初化，器成采定，难可翻移。故童子雕琢，必先雅制。……故宜摹体以定习，因性以练才。

他认为后天的学习也很重要，指出作文者应当根据天性通过学习来锻炼才能;年轻时应首先选择雅正的体制学习,来培养自己的良好文风。《体性》又云:"八体屡迁,功以学成。""习亦凝真,功沿渐靡。"这些强调后天学习作用的言论,都是颇为合理的。《事类》篇也较为详细地论述了才、学二者的关系:

> 夫姜桂因地,辛在本性;文章由学,能在天资。才自内发,学以外成。有学饱而才馁,有才富而学贫。学贫者迍邅于事义,才馁者劬劳于辞情,此内外之殊分也。是以属意立文,心与笔谋,才为盟主,学为辅佐。主佐合德,文采必霸;才学褊狭,虽美少功。夫以子云之才,而自奏不学,及观书石室,乃成鸿采。表里相资,古今一也。

这里在指出"才为盟主"的同时,很强调作为辅佐的学的重要意义,认为主佐必须结合,表里必须相资,看法与《体性》篇相通,充分重视了后天的作用。当然,刘勰这里把学习只看作是读书和学习前人文章中的成语典故,又表现出他的思想局限。

《体性》论风格,分成典雅等八体,其言云:

> 若总其归涂,则数穷八体:一曰典雅,二曰远奥,三曰精约,四曰显附,五曰繁缛,六曰壮丽,七曰新奇,八曰轻靡。典雅者,镕式经诰,方轨儒门者也。远奥者,馥采典文,经理玄宗者也。精约者,核字省句,剖析毫厘者也。显附者,辞直义畅,切理厌心者也。繁缛者,博喻酿采,炜烨枝派者也。壮丽者,高论宏裁,卓烁异采者也。新奇者,摈古竞今,危侧趣诡者也。轻靡者,浮文弱植,缥缈附俗者也。故雅与奇反,奥与显殊,繁与约舛,壮与轻乖,文辞根叶,范围其中矣。

这里把文体分成雅与奇、奥与显、繁与约、壮与轻八种,形成一一相对的四组风格,其中雅与奇着重指体式,奥与显着重指事义,繁与约着重指辞理,壮与轻着重指风趣,这样就对风格分类作出了系统的分析和归纳。作者因个性和思想感情不同,形成不同的文风,前人已有论述。《易·系辞》云:"将叛者其辞惭,中心疑者其辞枝。吉人之辞寡,躁人之辞多。诬善之人其辞游,失其守者其辞屈。"陆机《文赋》云:"故夫夸目者尚奢,惬心者贵当。言穷者无隘,论达者唯旷。"这些还只是一般地论述作者情性与文风的关系,严格说不能算是论风格分类。比较起来,刘勰在这方面的见解显得完整有系统多多了。

《文心》其他篇章中有关八体的论述,值得我们注意。《辨骚》提出了"酌奇而不失其贞(正)"的原则。《定势》更是明确地把学习经书和楚辞者分为两种不同风格类型,一是"典雅之懿",即正;一是"艳逸之华",即奇。这是最大范围的风格分类。正与奇是就经书和楚辞两种不同体制的作品说的,与《体性》的"体式雅郑"之说也相沟通(这里也说明作家风格与文体风格有其交叉和沟通之处)。《征圣》分析"五经"文风,指出它们"繁略殊形,隐显异术",其中繁略从文辞运用讲,隐显从思想内容的表达讲,也同繁与约、奥与显的分类相沟通。壮与轻二者,显然是指刚健雄壮与柔弱轻靡两种不同风格,《风骨》篇强调文风应当明朗刚健,反对像雉鸟那样"肌丰力沉"的柔弱之作,也与《体性》之说相通。

在这八体中,刘勰最重视的是典雅体,其特点是竭力学习儒家经书的文风,所谓"镕式经诰,方轨儒门"。他还指出童子学文,"必先雅制","宜摹体以定习",雅制主要也是指典雅体。这里反映了刘勰浓厚的宗经思想。对典雅下面的远奥体,刘勰称为"经理玄宗",玄宗是指玄学。锺嵘《诗品》称郭璞"游仙之作,辞多慷慨,乖远玄宗"。《颜氏家训·勉学》:"何晏王弼,祖述玄宗。"是其证(参考杨明照《文心雕龙校注拾遗》卷六)。刘勰虽不满玄言诗,但对玄学论文还是称道的。《论说》篇赞美嵇康、夏侯湛、何晏、王弼等人阐扬玄理的论文为"师心独见,锋颖精密,盖论之英也"。远奥体"经理玄宗"之评,当指玄学论文。这里也反映了南朝玄学流行对刘勰的影响。在对八体的叙述中,可以看出刘勰对新奇、轻靡两体颇不满意,语带贬责。这两体追求新奇或轻靡之风,都迎合时俗好尚,背离古雅的体制。这种批评,实是针对刘宋文风及沿袭刘宋的南齐文风而发。《通变》篇称刘宋文风"讹而新","竞今疏古",称当时(南齐)文士多"师范宋集","近附而远疏",可以证明其矛头所指。此点上文《论历代文学》节有较详叙述,这里不赘。须指出的是,刘勰对文风的奇,不是笼统反对,他肯定奇丽而不失其正的文风,但反对刻意追求新奇因而奇诡不正的文风。这在《辨骚》、《定势》篇中均有明确表述。《辨骚》大力肯定屈赋"奇文郁起","自铸伟辞",重点在肯定其奇丽;《体性》论新奇体,重点在批评宋齐奇诡文风。都是论文风之奇,但重点不同,态度迥异,宜分别观之。

《体性》把文章风格分为八种,较之过去文论确实较为详细而有系统,是风格分类学的一个发展。但各种文章的风格,实际更为丰富多采,八体只能说是主要的或基本的风格类型,并不能概括文苑中百花齐放的风貌。后来唐代皎然《诗式》分为十九体,司空图《诗品》分为二十四品,由简趋繁,是必然的趋势。到清代姚鼐分为阳刚、阴柔两大类,则又由博反约了。

《体性》列举了贾谊以至陆机十二位大作家,说明作者才气情性和作品风格的关系,其中所揭示的各个作家的基本风格特征,在《文心》其他篇章中也有涉及,可以互相参证。如对贾谊,《体性》云:"贾生俊发,故文洁而体清。"《哀吊》云:"自贾谊浮湘,发愤吊屈,体周而事核,辞清而理哀。"《才略》云:"贾谊才颖,陵轶飞兔,议惬而赋清。"可见贾谊文风的基本特色是清。又如对班固,《体性》云:"孟坚雅懿,故裁密而思靡。"《诠赋》云:"孟坚《两都》,明绚以雅赡。"《杂文》云:"班固《宾戏》,含懿采之华。"《史传》评《汉书》云:"儒雅彬彬,信有遗味。"《封禅》云:"《典引》所叙,雅有懿采。"可见班固作品的基本特色是雅懿。从这里看出,刘勰对历代名家文风的基本特色,认识颇为明确,《文心》各篇的评论意见是统一的。

二 论风骨

刘勰在《风骨》篇中大力提倡文章要有风骨,即明朗刚健的优良文风。风骨与《体性》篇中提出的典雅、远奥等概念,《定势》篇中提出的典雅、清丽等概念,虽然同属风格范畴,但性质有些不同。典雅、远奥、清丽等是指某一作家或某一文体的风格特征,而风骨则是对于许多作家和文体所提出的一种普遍性的要求。

关于风骨这一名称的涵义,《风骨》篇解释较多,下列语句扼要指出风骨的特征,值得注意:

> 结言端直,则文骨成焉;意气骏爽,则文风清焉。

> 故练于骨者,析辞必精;深乎风者,述情必显。

> 若能确乎正式,使文明以健,则风清骨峻,篇体光华。

> 文明以健,珪璋乃聘。

风是作者思想、感情、气质、性格等特征呈现于作品的外部风貌,作者有怎么样的感情、气质等,作品便有怎么样的风貌,所以《风骨》说风是作者"志气之符契"。从上列引文,可知风的特征是清、显、明,即作者的思想、感情等在作品中呈现得清明显豁,它是"意气骏爽"的反映。风清是指文章风貌清明爽朗的一种艺术特征,相当于今天所说的鲜明生动的文风。《风骨》说风是"化感之本源",是指作品的艺术感染力而言,而不是指作品的教育感化作用(当然,如果作品具有教育意义,那么其艺术感染力强了,进一步也能产生教育感化作用)。黄侃《文心雕龙札记》云:"风即文意。"确切地说,风不是指文意的内涵,而是指文意呈现出来的外部风貌。

《风骨》认为,文章有骨,是"结言端直"的表现,可知它是属于语言运用范围的事。从上引文句来看,骨的特征是精、健、峻,可知骨的涵义是指运用的语言精要、劲健、峻直。在《文心》一书中,作品语言统称之则为辞、文辞,若分析言之,则辞之精要刚健者谓之骨,绮丽华靡者谓之采、藻。《杂文》篇云:"藻溢于辞。"藻、辞分别讲,是指文辞富于藻饰。刘勰认为,作品的文辞,应当既精要刚健,又有文采,达到风骨与采相结合;但二者应以骨为基干。以人之躯体为喻,精要刚健之辞犹如骨骼,藻丽之辞犹如血肉。躯体必须有骨骼作基干,然后血肉得以附丽。所以《风骨》说:"沉吟铺辞,莫先于骨。"又说:"辞之待骨,如体之树骸。"这不是说骨在辞之外,而是说骨是辞的基干部分,如同骸骨是躯体的基干部分那样。

风和骨原是两个概念,分别指文章风貌的鲜明生动和刚健有力。《风骨》所谓"风清骨峻"、"文明以健",清、明是指风,峻、健是指骨。但风、骨二者又密切相关。作者的感情、气质等是通过文辞表现出来的,文辞精要刚健,作者的思想感情就容易表现得鲜明爽朗;反之,文辞柔靡拖沓,必然会影响思想感情表现的明朗性。因此风、骨二者结合起来,被当作一个统一的美学要求提出来,其主要特征是指文风的爽朗刚健。

《风骨》还举了具体作品作为具有风骨的例证。司马相如的《大人赋》被认为风好。《史记·司马相如传》:"相如既奏《大人之颂》(即《大人赋》),天子大悦,飘飘有凌云之气,似游天地之间意。"司马相如的大赋《子虚》、《上林》,其特色是文辞繁富艳丽,刘勰评为"繁类以成艳"(《诠赋》),"理侈而辞溢"(《体性》),风骨不足。而《大人赋》则文辞接近楚辞,较为简练,风貌清明爽朗,有飞动之致,汉武读后"飘飘有凌云之气",说明它具有颇强的艺术感染力(即"化感"作用),故刘勰举为有风力(此处着重指风)的范例。潘勖的《册魏公九锡文》被认为骨好。潘文代汉献帝立言，叙述曹操功绩，宠以九锡。其用词造句，竭力规仿《尚书》，文辞比较质朴刚健，故刘勰举为有骨的范例。刘勰对潘勖此文颇为重视。《诏策》篇云："潘勖《九锡》，典雅逸群。"《才略》云："潘勖凭经以骋才，故绝群于锡命。"又《体性》云："典雅者，镕式经诰，方轨儒门者也。"都可说明潘文的特色是模仿儒家经典（此处主要指《尚书》）的文辞风格。

除《风骨》专篇外，《文心》全书中论及风骨之处颇多。下面举几个例子。

建安文学以富有风骨著称于史。刘勰虽然没有直接使用建安风骨这一名称，但他对建安文学富有风骨这一特征，却是不止一次地指出并加以肯定。《明诗》认为曹丕、曹植、王粲、刘桢等人的诗歌，"慷慨以任气，磊落以使才"，意为情怀慷慨，意气风发；在抒情述事的表现方面，他们不追求辞藻的纤密富丽，而崇尚写得昭晰明朗。《乐府》赞美曹魏三祖的篇章"气爽才丽"。《时序》认为建安文学"梗概而多气"。这些话都指出了当时创作意气骏爽、风貌清朗的特色（"梗概而多气"句中的"梗概"，意为大概，也就是行文疏朗而不纤密的意思）。建安文学所以富有风骨，一是因为作者情怀慷慨，意气骏爽，二是因为作者行文疏朗而不纤密。刘勰对建安文学特征的分析，是同他对风骨的阐述相一致的。建安风骨，是指建安文学（主要是诗歌）富有爽朗刚健的风格特征。《时序》指出建安文学所以雅好慷慨，是由于"世积乱离，风衰俗怨"的时代背景，形成了作者"志深而笔长"的特色，这是从作家所处的环境来说明建安文人情怀慷慨、意气骏爽的原因。刘勰并没有重视、肯定当时那些反映社会动乱、人民苦难的篇章，像曹操的《薤露行》、《蒿里行》，陈琳的《饮马长城窟行》，阮瑀的《驾出北郭门行》等。《明诗》论述建安诗歌题材时有云："并怜风月，狎池苑，述恩荣，叙酣宴。"也没有提到叙述丧乱。前节曾说明，刘勰对长于反映人民生活、文辞质朴通俗的汉乐府民歌，评价很低。上述曹操、陈琳等诗篇,风格逼近汉乐府民歌,其不受刘勰重视,自不难理解。锺嵘《诗品》推崇建安风力(即风骨),但也不重视、不提及这类诗篇,陈琳根本不入品第之列。由此可见,刘勰、锺嵘心目中的建安风骨,并没有包含反映社会动乱和人民苦难的内容。

刘勰对文辞过繁、影响文骨的陆机批评较多。《风骨》云:"若瘠义肥辞,繁杂失统,则无骨之征也。"指出过于繁富的文辞(即肥辞)造成文章缺乏骨力(这里因骈文整齐句法需要,用瘠义作肥辞的陪衬,并不意味文义与文骨有必然联系)。《诠赋》云:"膏腴害骨。"以人的躯体为比喻,指出肥能害骨。陆机的文章,常常运辞过繁,晋代文人已有讥议,刘勰有时则更从风骨角度加以批评。如《议对》云:"陆机断议,亦有锋颖,而腴辞弗剪,颇累文骨。"《镕裁》云:"士衡才优,而缀辞尤繁。"《才略》云:"陆机才欲窥深,辞务索广,故思能入巧,而不制繁。"都是。对以陆机、潘岳为代表的太康诗歌,刘勰也指出它们"采缛于正始,力柔于建安"(《明诗》),认为它们文采丰缛,但风力不及建安文学,于指陈特色中带有贬意。

刘勰在论述各体文章的写作规格要求时,也很重视风骨。如《檄移》篇论檄文有云:

> 故其植义飏辞,务在刚健。插羽以示迅,不可使辞缓;露板以宣众,不可使义隐。必事昭而理辨,气盛而辞断,此其要也。若曲趣密巧,无所取才矣。

檄文目的在于声讨敌人罪行,宣告我方决心,行文特别要注意鲜明晓畅和刚健有力,即富有风骨,故此处予以强调。又《封禅》篇指出封禅文的写作,应"树骨于训典之区",即取法《尚书》中《伊训》、《尧典》一类文章,树立文骨。封禅文是帝皇祭祀天地的文章,须以帝皇口吻铺陈功德,祷告天地,故应模仿《尚书》中的训典一类篇章。刘勰认为写作封禅文,首先要学习《尚书》训典之文质朴刚健的辞句以树立文骨;如果像邯郸淳《受命述》那样"风末力寡","不能奋飞",即缺乏风骨,缺乏飞动的风貌,就不好了。

  风骨这一概念,在魏晋时代原来用以品评人物,风指风姿、风度、神气之美,骨指形态、骨相之美。魏晋时代,上层社会很重视人物的风度、形态之美。《世说新语》在这方面有不少记载,此处略举几例:

> 嵇康身长七尺八寸,风姿特秀。见者叹曰:"萧萧肃肃,爽朗清举。"(《世说·容止》)

> 潘岳姿容甚美,风仪闲畅。(《世说·容止》注引《潘岳别传》)

> 王济语曰:"吾与外生(指卫玠)共坐,若明珠之在侧,朗然来照人。"(《世说·容止》注引《卫玠别传》)

> 张天锡见王弥风神清令,言话如流。……天锡讶服。(《世说·赏誉》)

这里的"风姿"、"风仪"、"风神",均指人的风神姿貌,所谓"爽朗清举"、"闲畅"、"朗然来照人"、"清令",都是形容一个人具有美好的风神姿貌,其共同特色是清峻爽朗。后来文艺理论中的"风清",即由此引申而来。作品风貌清朗,一下子就容易感染读者;正如一个人风神清朗,很容易吸引别人一样。魏晋时代玄学流行,玄学崇尚超尘脱俗,因此当时人们特别欣赏人物风姿清峻爽朗之美,认为这是超尘脱俗的一种标志。《世说·贤媛》载:"王夫人神情散朗,故有林下风气。"即是此意。

  人物品评中的骨,是指骨相,即人的骨骼长相。魏晋时代人们对此也颇重视。《世说·赏誉》载:"王右军(羲之)目陈玄伯垒块有正骨。"这是赞美陈玄伯骨相像石块那样坚实挺拔。《世说·轻诋》载："旧目韩康伯将肘无风骨。"注引《说林》曰："范启云：韩康伯似肉鸭。"韩康伯身躯肥胖臃肿,好像肉鸭,骨骼为肥肉所掩,缺乏骨相挺拔之美,当然也谈不上风神清朗,因此被讥为无风骨了。《世说·赏誉》注引《文章志》云："王羲之高爽有风气。"又引《晋安帝纪》云："王羲之风骨清举。"韩康伯因骨相不佳而缺乏风骨,王羲之因风神高爽而风骨清举,都说明风和骨二者密切相关,风影响骨,骨影响风,故被连称。引申到文学理论,精要刚健的语言好像人的骨骼,故叫骨;绮丽华美的语言则好像人的血肉。

用风骨品评人物的风气,很早就影响到绘画理论。当时绘画对象主要是人物,因此人物品评中的风骨论,很容易移植到画论中来。东晋顾恺之在《画论》、《魏晋胜流画赞》、《画云台山记》三文中,提到"骨法"、"奇骨"、"天骨"、"骨趣"等等,均指画中人物的骨相;提到"神气",则是指画中人物的风神。南齐谢赫(年代略早于刘勰)的《古画品录》,更是强调风骨。他用"神气"、"风范气候"、"风采"、"风趣"等词语指风,用"骨法"、"用笔骨梗"等词语指骨。他还运用风骨这一名称,如赞美曹不兴所画的龙云："观其风骨,名岂虚哉!"说明除人物画外,对其他生物画也可使用这一名称。《古画品录》还提到著名的绘画"六法"。其中第一法为"气韵生动",即指风;第二法为"骨法用笔",即指骨。把风和骨放在第一、第二位,可见谢赫对风骨的重视。后来唐代张彦远《历代名画记》于此更有发挥和阐述。画论中风骨的涵义和人物品评中风骨的涵义是一致的。画论中风、神、气韵等词语,均指画中对象(主要是人物)的神情风貌表现的鲜明生动性而言;骨、骨法用笔等词语,则指画中对象的骨相形貌是否被勾勒得遒劲有力而言。气韵和笔力二者的关系很密切。如果笔力不遒,要表现生动的气韵是困难的;正如人物骨骼不端直,很难设想会产生清峻爽朗的风度。风和骨二者关系密切,所以人物品评和画论中都把它们结合起来，当作一个美学概念来使用。

在南朝的书法理论中，也运用着风骨这一概念。如梁代袁昂《书评》评东汉蔡邕云："骨气洞达，爽爽有神。"即是赞美蔡邕书法有风骨。相传为东晋卫夫人所作的《笔阵图》云："善笔力者多骨，不善笔力者多肉。多骨微肉者谓之筋书，多肉微骨者谓之墨猪。多力丰筋者圣，无力无筋者病。"这里明确强调了书法中骨的重要性，认为用笔挺拔遒劲、富于骨力者为上乘，笔迹肥胖、缺乏骨力者为下乘。墨猪的比喻，与《世说》所载韩康伯被讥为肉鸭相似，都是形容过肥而缺乏骨力。书画理论中的用笔或笔迹，犹如文章中的语言，都应重视挺拔遒劲，才能保证作品具有爽朗刚健的风貌。

在刘勰以前，已有人运用风骨这个概念来品评文学。《宋书·王微传》载王僧谦论王微云："兄文骨气可推，英丽以自许。"骨气即气骨，也即是风骨。《宋书·谢灵运传论》评建安文学云："子建、仲宣，以气质为体。"这里气指意气骏爽，质指质素的语言；以气质为体，指骏爽意气和质素语言构成的作品的体制风格，亦即作品具有风骨之意。这里正是指明了建安文学的特征。稍晚于刘勰的锺嵘，在《诗品》中也使用了"建安风力"一语，并赞美曹植诗"骨气奇高"。由此可见，运用风骨这一概念评价文艺作品，在南朝已是文学、绘画、书法各个领域的共通现象。但别家论述，大抵都是评论具体作家（或艺术家）作品，而刘勰的《风骨》篇，则对风骨的涵义、重要性和锻炼风骨的方法等问题都作了分析，因此成为论述风骨问题的一篇最有系统的文章。

刘勰强调风骨，强调文章应有明朗刚健的文风，是由于他对当时文风颇不满意。南朝宋齐时代，文风进一步趋向绮靡，许多作家追求华辞丽藻，山水诗的"俪采百字之偶，争价一句之奇"（《明诗》），就是一个典型例子。在谢灵运、颜延之、鲍照等名家带动下，当时创作界形成了一股"习华随侈，流遁忘反"（《风骨》）的文风。刘勰对此深表不满,《序志》篇表明,他写作《文心雕龙》,宗旨就在阐明作文正道,矫正这种文风。作品堆砌大量华辞丽藻,必然柔靡不振,缺乏明朗刚健的风骨。所以刘勰针对当时文风,大力提倡风骨。在《通变》篇中,刘勰指出,楚汉文风已经侈而艳,至魏晋刘宋,更是浅绮讹新,竭力追求绮丽新奇,因此"风末气衰",即缺少风骨。接着他提出"矫讹翻浅,还宗经诰"的主张,即取法"五经"(特别是《尚书》训诰一类文章)质朴刚健的文风以振兴风骨。这种观点,同他对潘勖《册魏公九锡文》的大力褒扬正是息息相通。

刘勰大力提倡风骨,意味着他提倡清峻爽朗、质朴刚健的文风,但他并不因此轻视文采,而是主张风骨应与文采相结合。他以禽鸟为喻,指出作品有风骨而乏文采,如同鹰隼一类鸷鸟,能高飞而乏羽毛之美;有文采而乏风骨,则如同雉鸟,羽毛艳丽而不能高飞。他理想的文风是风骨与文采二者兼备,如同凤凰那样,既能高翔,又毛羽鲜艳。这同锺嵘《诗品序》"干之以风力、润之以丹采"的观点是一致的。这种把艺术要素分为两大方面并要求两者结合的主张,在南朝绘画、书法理论中也有表现。在画论方面,谢赫《古画品录》常以神韵气力与精谨细密相对举。如评顾骏之云:"神韵气力,不逮前贤;精微谨细,有过往哲。"评夏瞻云:"气力不足,精彩有馀。"评丁光云:"非不精谨,乏于生气。"都指出他们长于精细而短于气韵。又评晋明帝云:"形色虽略,颇得神气。"则是说晋明帝的画颇有气韵而精细不足。在书论方面,则是把骨、力与肉、媚对举。上引卫夫人《笔阵图》已有多骨、多肉的比喻。梁武帝《答陶隐居论书》云:"纯骨无媚,纯肉无力。……肥瘦相和,骨力相称。"更是明确指出了骨、力与肉、媚二者应当结合。此外,如刘宋羊欣《采古来能书人名》评王献之云:"骨势不及父,而媚趣过之。"梁王僧虔《论书》评郗超云:"紧媚过其父,骨力不及也。"评谢综云:"书法有力,恨少媚好。"都是二者对举的例子。

《风骨》指出,要文风清明,作者必须"意气骏爽";要文骨刚健,必须"结言端直"。按照魏晋南北朝人的通行看法,人的意气是人的气质性格的反映,主要来自先天的禀赋,所以《风骨》篇引用了曹丕《典论·论文》的话,"文以气为主,气之清浊有体,不可力强而致"。作者气质清刚,作品就容易有风骨。《风骨》论述孔融、刘桢两人气质高妙,所以作品也富有风骨。这是就作者禀赋说的。但是,结言端直,即作品语言运用得挺拔刚健,则主要依赖于作者后天的学习和锻炼。他郑重指出,锻炼风骨,必须重视"无务繁采",即不要追求繁富的文采,因为繁采不但直接伤害文骨,还会使文风晦昧而不明朗。

《风骨》末段更具体指明了锻炼风骨的途径和方法。有云:

> 若夫镕铸经典之范,翔集子史之术,洞晓情变,曲昭文体,然后能莩甲新意,雕画奇辞。昭体故意新而不乱,晓变故辞奇而不黩。若骨采未圆,风辞未练,而跨略旧规,驰骛新作,虽获巧意,危败亦多。

这里指出,作文必须首先学习儒家经典和诸子、史传等比较质朴刚健的文章,树立起爽朗刚健的风骨(即锺嵘"干之以风力"之意),同时通晓文章的复杂变化情况,了解各种文章的体制和规格要求;然后才能妥善地创造新意奇辞,达到风骨与文采的很好结合。如果忽视、违弃传统的规格要求(所谓"旧规"往往具有风骨),一味趋新,就会走上危败的道路。

刘勰、锺嵘重视风骨的言论,对后代文论产生了深远影响。唐代前期文人往往提倡风骨,特别重视学习建安风骨,企图借此来改革南朝以迄唐初浮靡柔弱的诗风。初唐杨炯在《王勃集序》中指责高宗龙朔初年,文人竞为纤细雕刻之词,"骨气都尽,刚健不闻"。陈子昂在《与东方左史虬修竹篇序》中更是鲜明地提出要学习汉魏风骨,争取与建安作者"相视而笑"。盛唐时代,大诗人李白、高适都以高昂的诗

笔称颂了建安风骨。殷璠的《河岳英灵集》，专选盛唐诗歌，他对高
适、崔颢、薛据等诗风爽朗刚健的作家，常常用风骨或气骨加以赞美。
他所选篇章，也比较侧重于风格质朴刚健的古体诗。殷璠还赞美盛
唐诗云："文质半取，风骚两挟，言气骨则建安为俦，论宫商则太康不
逮。"（《河岳英灵集·集论》）这与刘勰、锺嵘要求风骨、文采兼备的思
想也是一致的。盛唐诗风的确明朗刚健，继承并发展了建安诗歌的
优良传统，因此后来文人又使用盛唐风骨这一名称来加以称颂。改
革南朝诗风、恢复汉魏传统的任务，在盛唐诗人手中已经完成。唐代
中后期，经过安史之乱，国情大变，有识之士迫切要求作品反映政治
社会弊端、人民生活痛苦。在诗论方面，以杜甫、白居易、元稹等人为
代表，强调比兴或风雅比兴，企图发扬《诗经》积极反映现实、美刺讽
谕的传统，促使统治者注意改良政治。他们不再提倡风骨。这一现
象说明了政治社会情况对于诗歌理论的深刻影响。

宋明以来文论，谈风骨者不如唐代前期那样集中，但也时时而
有，大抵表现在对前代诗歌的评论方面。以下略举数例。严羽《沧浪
诗话·诗评》云："顾况诗多在元、白之上，稍有盛唐风骨处。"严羽认
为在接近盛唐风骨这方面，顾况诗成就在元稹、白居易之上。元、白
诗作，往往叙述周详，文辞繁富浅露，缺乏刚健挺拔的风貌。白居易
承认自己与元稹诗均有"辞繁"之病，亦即刘勰所谓"膏腴害骨"。相
比之下，顾况诗豪迈奔放，反而具有风骨。明代中后期，前后七子崛
起，诗宗盛唐，因此当时诗论也往往推崇风骨和盛唐风骨。胡应麟
《诗薮》一书，赞美风骨之论很多。他推崇盛唐风骨，同时往往指责到
中唐钱起、刘长卿的篇什，丧失了盛唐风骨。如云："钱、刘以降，篇什
虽盛，气骨顿衰。"（《诗薮》内编卷四）他评王粲诗云："仲宣才弱，肉胜
骨。"（《诗薮》内编卷二）这是引用了过去人物品评和书论中骨肉对举
的提法来评论文学。清代纪昀也喜用风骨评论前代诗歌。他针对李
戡、杜牧指斥元、白诗"纤艳不逞"的公案，评杜牧云："平心而论，牧诗

冶荡甚于元、白,其风骨则实出元、白上。"(《四库提要·樊川文集提要》)杜牧诗虽然也多述男女艳情,但不似元、白诗那样描写详细浅露,而是语言比较简练刚健;历代评论者常赞美杜牧诗俊爽豪逸,实际即是肯定其诗具有风骨。纪昀说杜牧诗风骨胜元、白,与严羽说顾况诗风骨胜元、白,其精神是一致的。纪昀评宋代曾几《家酿红酒美甚戏作》诗云:"风骨矫矫,却无犷态。"(《瀛奎律髓刊误》卷十九)这是对江西派诗风格矫健的赞美。纪昀评元代李孝光诗云:"元诗绮靡者多,孝光独风骨遒上,力欲排突古人。"(《四库提要·五峰集提要》)他把风骨与绮靡对举,其崇尚俊爽刚健诗风之意是很明显的。宋明以来评论者使用风骨这一名称时,大抵侧重于赞美刚健有力的风格。

三 论通变

在《通变》篇中,刘勰指出历代文学的风貌有所不同,大抵商周以前偏于质,楚汉以来偏于文,他主张继承前代的质朴文风,但也重视文采绮丽,要求文质结合得好。这实际上是研讨文学创作中的继承与革新问题。

通变这一词语源于《易传·系辞》。《系辞下》云:"易,穷则变,变则通,通则久。"变是变化;通是通畅不停顿不阻塞,故《系辞上》又说:"往来不穷谓之通。"《系辞下》又云:"变通者,趋时者也。"指出人们必须随着时势发展而有所变化,使事物不致停滞不前。通变原意是指事物应有所变化而流通不滞,刘勰运用到文学上,是指文章应当变化创新,向前发展。但在变化创新时,必须考虑继承过去的传统,有所因而有所革,把继承与革新结合起来。有的研究者认为通指继承,变指革新,这样解释"通"字恐怕不合原意。

在《通变》一开始,刘勰把作品分为有常之体和文辞气力两个方面,他认为前者应注意继承,后者应注意变化:

夫设文之体有常,变文之数无方。何以明其然耶?凡诗赋

> 书记,名理相因,此有常之体也;文辞气力,通变则久,此无方之
> 数也。名理有常,体必资于故实;通变无方,数必酌于新声。故
> 能骋无穷之路,饮不竭之源。

这里所谓有常之体,不仅指诗赋书记等各种体裁样式,还兼指各种文体在体制风格方面的基本规格要求。刘勰对此是很重视的,在各体文章分论部分,他常常把这种基本规格要求称为"大体"或"纲领之要"等等。所谓"名理相因",是指根据各体文章的名目(如诗赋)来规定写作之理,即基本规格要求。以《诠赋》为例,"赋者铺也,铺采摛文,体物写志也",这是讲赋之名义;"原夫登高之旨,盖睹物兴情。情以物兴,故义必明雅;物以情观,故词必巧丽。丽词雅义,符采相胜",这是根据赋的名义提出的作赋之理,丽词雅义,就是作赋的规格要求。刘勰认为这种规格要求是具有恒久性的,必须以古人之文为法,所以说"体必资于故实",也就是《通变》赞语中的所谓"参古定法"。如果背离这种基本规格要求,那就成为"谬体"、"讹体"(见《颂赞》),是一种不良现象。文辞气力中的气力,即风力或风骨。文辞气力,是指作品语言质朴和华美的情况。这方面的情况,刘勰认为没有一定程式,应当随时变化,使之有所创新和发展,达到"通变则久"的目的。把有常之体方面的继承性和文辞气力方面的创造性二者结合起来,就能使文学创作渊源不竭,顺遂发展。这就是刘勰要求继承与革新二者结合的具体内涵。在《文心》一书中,我们看到,《明诗》以下二十篇的"敷理以举统"部分,刘勰着重讨论了有常之体;而《声律》至《指瑕》等九篇,则着重讨论文辞的运用。

《颜氏家训·文章篇》有一段话,意思和刘勰大致相同,大约即是受到《通变》篇的影响。文云:

> 古人之文,宏材逸气,体度风格,去今实远;但缉缀疏朴,未

为密致耳。今世音律谐靡,章句偶对,讳避精详,贤于往昔多矣。
宜以古之制裁为本,今之辞调为末,并须两存,不可偏弃也。

《颜氏家训》所谓体度风格,大致上就是刘勰所谓有常之体;所谓音
律、章句、讳避等等,则属于文辞气力范围。

《通变》接着叙述了上古至刘宋时代文学的发展变化,总的趋势
是由质朴到文华;指出了楚汉以后,文华过分,形成了不良倾向,并提
出了改变这种倾向的主张:

> 榷而论之,则黄唐淳而质,虞夏质而辨,商周丽而雅,楚汉侈
> 而艳,魏晋浅而绮,宋初讹而新。从质及讹,弥近弥澹。何则?
> 竞今疏古,风末气衰也。……故练青濯绛,必归蓝蒨,矫讹翻浅,
> 还宗经诰。斯斟酌乎质文之间,而櫽括乎雅俗之际,可与言通
> 变矣。

刘勰认为,商周之文(实即指"五经")既丽且雅,文质彬彬,最具有典
范性。商周以前之文偏于质,文采不足;商周以后之文,文采又嫌过
分。楚汉辞赋繁兴,追求艳辞丽藻,此后文风更向这方面发展,务求
新奇,使文章缺少风骨,即缺少爽朗而质朴刚健的风貌。风末气衰,
即《封禅》篇"风末力寡"之意,也就是缺少风骨。

这里涉及到古今两种文体不同风格之争。刘勰认为,古代文体
偏于质朴,文风雅正,常富有明朗刚健的风骨;今世文体则偏于华艳,
文风俚俗,常缺少风骨。而其核心则在于文风的偏质或偏文,《时序》
篇所谓"时运交移,质文代变",也就是根据质与文的变化来谈论历代
文学的发展。刘勰对魏晋以来以至刘宋偏于华艳、力求新奇的文风
颇为不满,认为它们文过而质不足,缺少风骨;他主张学习《尚书》中
典诰一类质朴刚健的文章来进行补救,使作品质文兼备,雅俗咸宜,

这就是所谓"斟酌乎质文之间,而櫽括乎雅俗之际"。《文心》全书根本宗旨是为了指导写作,此处要求质文兼备的主张,是刘勰在总结古来文学发展变化以后所提出的一项写作原则,和上面所说的继承古人体制、创造新的文辞的原则,都是贯穿全书的重要主张。在当时文坛上,关于趋新学古,人们存在着不同的看法。不少人士提倡新体,萧子显强调新变,萧纲强调写言情的诗赋,都是其例。裴子野则主张向经史学习,写质朴实用之文,不满"摈落六艺,吟咏情性"(《雕虫论》)的诗赋。刘勰的态度比较折衷,他重视诗赋,重视文采,但认为文风不宜过分华艳,要有文有质,文质彬彬。他论文强调宗经,又指出经典文风既丽且雅,也就是企图借此树立这种质文兼备的文风标准。这种主张,在《宗经》、《辨骚》、《风骨》、《通变》诸篇中表现最为鲜明突出。《宗经》主张"文丽而不淫",《辨骚》要求奇正结合、华实兼综,《风骨》要求风骨与采相结合,实际都是这层意思。《通变》篇位置紧接在《风骨》之后,主要也是由于两篇都着重表达了刘勰的这一基本思想。

这种要求文质兼备的思想在当时其他人言论中也有所表现。如范云赞美何逊作品云:"质则过儒,丽则伤俗,其能含清浊,中今古,见之何生矣。"(《梁书·文学传》)王僧孺云:"质不伤文,丽而有体。"(《詹事徐府君集序》)都是此意。

刘勰认为古代之文偏质,近代今世之文偏文,这种"质文代变"的看法带有历史循环论性质(参见上《文学历史发展观》节)。这种循环论也受到《易传》的影响。《系辞上》云:"变通配四时。"又云:"变通莫大乎四时。"春夏秋冬四季的运行,循环往复,寒往暑来,暑去寒至。刘勰(还有当时其他一些人士)认为文学风貌的变化也是循环往复的,有时偏质,有时偏文。他反对某一方面偏胜,所以在当时文胜之际强调宗经以补偏救弊。

《通变》篇举了汉赋的例子来说明通变因革的情况:

夫夸张声貌,则汉初已极。自兹厥后,循环相因,虽轩翥出辙,而终入笼内。枚乘《七发》云:"通望兮东海,虹洞兮苍天。"相如《上林》云:"视之无端,察之无涯,日出东沼,月生西陂。"马融《广成》云:"天地虹洞,固无端涯,大明出东,月生西陂。"扬雄《校猎》云:"出入日月,天与地沓。"张衡《西京》云:"日月于是乎出入,象扶桑与濛汜。"此并广寓极状,而五家如一。诸如此类,莫不相循,参伍因革,通变之数也。

这里指出,汉赋夸张声貌的描写,汉代初期已达高峰,此后作品常多因袭。自枚乘《七发》以至张衡《二京赋》,在"广寓极状"的描写方面,因袭多而变化少。这种现象说明:某种文学样式在某些方面的文辞技巧,在达到高峰以后,后来者颇难有巨大的创新。上举汉赋诸例,大抵后人因袭前人用意,只是文辞有所变换。这种变化,实际与宋代黄庭坚所提倡的"不易其意而造其语"的换骨法颇为接近,同样表现了古代诗词歌赋创作中化旧为新的技法。刘勰主张文学创作应当有所因袭,有所变化,继承与革新并重,这一理论原则是正确的。《通变》赞云:"变则堪久,通则不乏。趋时必果,乘机无怯。"对变革更是相当强调。但涉及创作,他认为各种文学样式的基本体制规格,应当继承旧有传统;在文辞运用方面,他虽主张多加变化,但又认为某些方面在前人已有突出成就之后,后来者"虽轩翥出辙,而终入笼内",因多革少。这里反映了他的保守观念。

《通变》后段谈论进行通变时需要注意的原则和方法。一是"宜宏大体,先博览以精阅",就是要从大局着眼,广泛浏览深入研究过去的作品,汲取其中的养料。二是"凭情以会通,负气以适变",这里的"气"指志气,两句是说应当以情志为本,根据表现情志的需要来处理好文辞的运用。两句对偶成文,实际讲的是一个意思。这两点意见都是比较中肯的,后一点意见在《情采》篇中有着更充分的论述。

四 论定势

《定势》篇研讨文章体裁样式与风格的关系。势，态势，姿态，指作品的风貌或风格。魏晋以来，文人们认为某种文章体裁，应有其固定的基本风格；刘勰也持这种看法，故称为"定势"。《体性》研讨作家个性与文章风格的关系，是属于风格形成的主观因素；《定势》研讨文章体裁与风格的关系，是属于风格形成的客观因素。为了与《体性》篇的"体"有所区别，更为了与体裁的"体"不致混淆，本篇用"势"字来指陈文章风格。在汉魏六朝的书法理论中，我们看到评书者在论述各种书体的姿态风貌时，常常使用"势"字，如晋代卫恒的《四体书势》、索靖的《草书势》、王羲之的《笔势论》都是其例。本篇情况与之相类似。

《定势》开始说明了势的涵义及其与文体的关系：

> 夫情致异区，文变殊术，莫不因情立体，即体成势也。势者，乘利而为制也。如机发矢直，涧曲湍回，自然之趣也。圆者规体，其势也自转；方者矩形，其势也自安。文章体势，如斯而已。

"因情立体"两句指出，因为表现情意的需要，产生了文体，接着根据体裁来形成文势。萧统说："美终则诔发。"（《文选序》）为了褒美死者，产生了诔这一文体，这就是因情立体。体裁产生后，顺着各种文体的特点形成了势。《定势》指出，各种文体，犹如弩机所发的矢、曲涧的湍流、圆规方矩画出的圆形方形，产生了直、回、转、安等各种态势，都是很自然的。

《定势》归纳二十来种重要文体，指出它们的基本态势如下：

> 是以括囊杂体，功在铨别，宫商朱紫，随势各配。章表奏议，则准的乎典雅；赋颂歌诗，则羽仪乎清丽；符檄书移，则楷式于明

断；史论序注，则师范于核要；箴铭碑诔，则体制于弘深；连珠七辞，则从事于巧艳：此循体而成势，随变而立功者也。

各种不同文体，由于表现不同内容，使用于不同场合，因而形成不同的风格，这的确是很自然。曹丕《典论·论文》已经指出："盖奏议宜雅，书论宜理，铭诔尚实，诗赋欲丽。"陆机《文赋》列举诗、赋、碑、诔、铭、箴、颂、论、奏、说等十种文体，指陈其风格特色，而有"诗缘情而绮靡，赋体物而浏亮"等语。《定势》列举的文体更多，包括了《明诗》以下二十篇所论述的大部分重要文体，而且把它们归纳为六大类，指陈其基本风格特征，显示出较为完整的理论体系。

《定势》中这六大类文体风格特征，是同前面分论各体文章部分的"敷理以举统"内容互相呼应的（"敷理以举统"常用体、大体等名称，实与此篇的"势"内涵相通）。《定势》对每一大类文章的风格特征，只用了两个字，讲得很简括；"敷理以举统"内容则具体多了，但其核心则大致与《定势》所论相符。如《章表》云："章式炳贲，志在典谟，使要而非略，明而不浅。表体多包，情伪屡迁，必雅义以扇其风，清文以驰其丽。"强调的是典雅一路。又如《明诗》云："四言正体，则雅润为本；五言流调，则清丽居宗。"此处把四言雅润与五言清丽对举，与《定势》提法（"赋颂歌诗羽仪清丽"）表面有些矛盾，实则"雅润"之"润"有修饰文采之意，亦属"丽"的范围，再看《物色》篇，则见刘勰对四言体《诗经》文辞之丽，还是备加称颂的。总之，《定势》讲得很简括，"敷理以举统"内容很具体，但大致互相贯通呼应；偶有一二不尽符合处，必须融会全书以明之。

《定势》所举典雅、清丽等等，是指各类文章风格的基本特征，也就是所谓"各以本采为地"。在这种本采的基础上，作者还可以按照不同条件有所变化，所谓"宫商朱紫，随势各配"，在文辞运用上有所侧重，表现出创作特色，形成丰富多采的风貌。如《明诗》云："平子

（张衡）得其雅，叔夜（嵇康）含其润，茂先（张华）凝其清，景阳（张协）振其丽。"这是说明，这些作家的诗歌，在清丽的本采基础上各有所侧重，表现出各自的独特风格。

上文说过，各种不同文体，由于内容和用途不同，自然形成各种不同风格。如章表奏议一类文章，向皇帝或上级陈述情况，态度严肃，风格自当求其典雅。符檄书移一类文章，声讨或指责对方的罪恶过失，风格自应明断。但文章创作在不断发展，作者众多，情况多变，所谓某一文体的基本风格特征，恐怕也只能概括大多数作家作品，而不能概括全部。例如曹操、应璩的大部分诗歌，写得古朴质直，谈不上清丽。在这种场合，清丽与其说是诗歌的基本风格特征，还不如说是它的标准风格特征。刘勰、锺嵘、萧统等对曹操、应璩诗歌评价不高，就是因为它们不合于标准风格。又如《定势》认为史论应当核要，《论说》也指出论文应"义贵圆通，辞忌枝碎"，核要与"辞忌枝碎"意思符合。但一部分论文，像贾谊《过秦论》、李康《运命论》、陆机《辨亡论》、干宝《晋纪总论》等，文采均颇富丽，其善于铺陈处还带有辞赋色彩，是实在不能用核要来概括它们的风格特征的。

《定势》指出，人们由于爱好习尚的不同，在作品风格上往往有所偏至。所谓：

> 模经为式者，自入典雅之懿；效骚命篇者，必归艳逸之华。综意浅切者，类乏酝藉；断辞辨约者，率乖繁缛。

不同作家偏长某种风格，其原因来自才性与文体两个方面。作家才性习尚与风格的关系，《体性》篇已有详细论述；又某种文体有其基本风格特征，故作家因其才性习尚所近，往往擅长写作某种文体，如《典论·论文》所谓王粲、徐幹长于辞赋，陈琳、阮瑀长于章表书记便是。这种情况，说明作家的才性习尚、文体、风格三个因素已经融合在一起了。可惜此点《定势》没有展开论述。

《定势》指出，一个通透文章之道的作者，应当能够驾驭多种态势风格（实际上主要就是能写各体文章），奇正刚柔，随机应变；如果执著某一风格而排斥其他风格，就昧于兼通之理。但是，在一篇作品中，必须保持风格的一致性，雅郑杂糅是不好的。它比较合理地处理了风格多样性与一致性的关系问题：

> 然渊乎文者，并总群势，奇正虽反，必兼解以俱通；刚柔虽殊，必随时而适用。若爱典而恶华，则兼通之理偏，似夏人争弓矢，执一不可以独射也。若雅郑而共篇，则总一之势离，是楚人鬻矛誉盾，两难得而俱售也。

《定势》最后对近代辞人（指刘宋与南齐前期作者）追求奇诡的文风提出批评：

> 自近代辞人，率好诡巧。原其为体，讹势所变，厌黩旧式，故穿凿取新。察其讹意，似难而实无他术也，反正而已。故文反正为乏，辞反正为奇。效奇之法，必颠倒文句，上字而抑下，中辞而出外，回互不常，则新色耳。……然密会者以意新得巧，苟异者以失体成怪。旧练之才，则执正以驭奇；新学之锐，则逐奇而失正。势流不反，则文体遂弊。

讹势是指一种逐奇失正的不良风格，与《通变》所谓"宋初讹而新"意思相通。刘勰认为，讹势的一种主要表现形式是颠倒文句。按鲍照《石帆铭》："君子彼想。"正言恐是"想彼君子"。江淹《恨赋》："孤臣危涕，孽子坠心。"正言应为"孤臣坠涕，孽子危心"。又《别赋》："心折骨惊。"正言应为"骨折心惊"。又庾信《梁东宫行雨山铭》："草绿衫同，花红面似。"正言应为"衫同草绿,面似花红"(参考孙德谦《六朝丽指》)。从《指瑕》篇看,刘勰指责魏晋以来的不良文风,方面是比较广的;这里批评逐奇失正之风,突出颠倒文句一项,当是这种手法在当时较为盛行、影响较大的缘故。《定势》要求作者熟悉旧规,掌握传统的体制规格,做到执正驭奇,避免逐奇失正,这种意见与《辨骚》的"酌奇而不失其贞(正),玩华而不坠其实"的提法是息息相通的。

以上《体性》、《风骨》、《通变》、《定势》四篇,从不同角度研讨文章的体制风格。这体制风格,是就作品通篇而言,这较之局部性的用词造句无疑更为重要,所以刘勰在《文心》下半部先加以论述。四篇从不同角度论述了体制风格,但它们所强调和注意的则存在着一些共同点。

一是主张文质、奇正相结合。《风骨》提出风骨与采相结合,风骨偏于质朴,风骨与采结合,即是质文结合。《通变》提出"斟酌乎质文之间,而檃括乎雅俗之际",意思更为明显。《定势》主张兼通奇与正、华与典,主张"执正驭奇",也是这个意思。

二是崇尚雅正,贬抑新奇,提倡学习经典文风,借以矫正时弊。《体性》认为文章有八体。八体中首列典雅一体,指出它的特点是"镕式经诰,方轨儒门",后面还指出童子学文"必先雅制",崇雅宗经之意甚为明显。八体中最后列新奇、轻靡两体。新奇体的特点是"摈古竞今,危侧趣诡",轻靡体的特点是"浮文弱植,缥缈附俗"。矛头指向魏晋宋齐时代那种摈弃古式、逐奇失正的文风。《风骨》主张作文应"镕铸经典之范",批评"习华随侈,流遁忘反"的风气。《通变》对"楚汉侈而艳,魏晋浅而绮,宋初讹而新"的文风均有所不满,认为它们文多质少,缺乏风骨;因而主张"矫讹翻浅,还宗经诰"。《定势》批评近代文人偏好诡巧,逐奇失正。以上诸例都体现了这层意思。

三是注意语言的运用。《文心》论文,其对象为诗赋及各体骈散文。刘勰不重视小说及其他叙事文学,故他论写作技巧与手段,大抵侧重于语言的运用。所谓文质结合、崇雅正、贬新奇等等,往往注意从文辞方面加以考虑。他所谓篇体风格,也往往是指语言风格。《风骨》指出要锻炼风骨,必须"无务繁采";《定势》指出近代辞人追求奇诡的方法,在于颠倒文句,都是注意语言运用的例子。还有《通变》所举汉代赋家夸张声貌的例子,也是属于语言运用上推陈出新的范围。

刘勰对于体制风格的基本观点,同他在"文之枢纽"诸篇中表达的思想是一致的。简括地说,就是要求奇正结合,文质彬彬,要执正驭奇,不要逐奇失正。这一纲领性思想贯穿于《文心》全书,而在"文之枢纽"和《体性》等四篇中表现得尤为鲜明突出。

《文心》书中还论及时代风格。《通变》的"楚汉侈而艳"等语即是一例。此外,在《时序》、《明诗》篇中有较多描述。对这个问题,刘勰着重从文学的发展角度来谈,不像《体性》等四篇直接从指导写作的角度来探讨。关于他对时代风格的论述,详见上文,这里不赘。

第九节　论　辞　采

《文心雕龙》第三部分创作方法统论,即从《神思》至《总术》十九篇,以较多篇章着重研讨两个方面的问题。一是通篇的体制风格,《体性》以至《定势》四篇加以探讨;一是用词造句、文辞修饰问题,他称为采或辞采、文采,《声律》以至《指瑕》九篇加以探讨。

汉魏六朝是骈体文学昌盛发达的时代。当时诗、赋、各体文都重视用骈体写作,骈体文学在文坛占据了统治地位。骈体文学不但讲究骈偶,要求对仗工整;而且重视音节色泽之美,要求文辞声韵和谐,色彩美丽;还爱多用典故,以显示作者的博学多识。这种骈体文风,东汉时代趋于发展,延伸于魏晋,至南朝宋齐更进入高潮。刘勰身处骈文昌盛时期,受时代风气的影响,拥护骈体文学。《文心》全书即用优美的骈文写成。他对声律、对偶、用典、辞藻等骈文语言诸要素,都非常重视,用了不少篇章进行仔细探讨,在全书中占据了相当大的比重。这里不拟对这些篇章作细致的分析说明(那将是修辞学史的任务),而着重考察他对辞采或骈文语言要素的态度。

先说声律。《声律》篇专论声律,有云:"凡声有飞沉,响有双叠。双声隔字而每舛,叠韵杂句而必睽。沉则响发而断,飞则声飏不还。并辘轳交往,逆鳞相比,迕其际会,则往蹇来连,其为疾病,亦文家之吃也。"可见刘勰不但重视双声、叠韵的运用,还提出要重视飞声、沉声。飞声、沉声相当于沈约《宋书·谢灵运传论》中的浮声、切响。大约飞声、浮声是指平声;沉声、切响是指上去入三声,即后世所谓仄声。区分飞声和沉声,即要求平声与上去入三声间隔运用,求得语言声调的变化与和谐流美。所谓"双声隔字而每舛",相当于沈约所提八病中的傍纽病;所谓"叠韵杂句而必睽",相当于八病中的大韵、小韵两种病(参考黄侃《文心雕龙札记》)。刘勰把声律不谐的弊病称为"文家之吃",他要求作者在声律上前后照应,使语言和谐流美,达到"声转于吻,玲玲如振玉;辞靡于耳,累累如贯珠"的目的。由此可见,刘勰不但一般地重视作品语言的音调之美,而且还是永明声律论的拥护者。史载沈约对《文心》一书很器重,"常陈诸几案"(《梁书·刘勰传》),这方面的意见吻合,当是一个重要原因。

次说骈偶。《丽辞》篇专论骈俪之辞,即骈偶。《丽辞》开头云:"造化赋形,支体必双;神理为用,事不孤立。夫心生文辞,运裁百虑,高下相须,自然成对。"结尾赞语又云:"体植必两,辞动有配。左提右挈,精味兼载。"把骈偶语句比作人体的手足,自然成双,不可缺少,这里对骈偶的必要性作了异乎寻常的强调,比拟不伦。这种主张并不符合文学创作的实际情况,因为许多好作品用偶句很少甚至不用偶句;但它反映了南朝多数文人强调骈偶的风尚。《丽辞》肯定了汉代赋家讲求骈偶的风气,誉为"丽句与深采并流,偶意共逸韵俱发"。它还批评不讲究骈偶的作品说:"若夫事或孤立,莫与相偶,是夔之一足,趻踔而行也。"据古籍相传,夔是只有一足之兽,是动物中的反常现象。刘勰把不讲究骈偶之文比作夔,再次说明他认为文章必须运用骈偶。

再说用典。《事类》篇专论运用典故(包括成语和故实),有云:"明理引乎成辞,征义举乎人事,乃圣贤之鸿谟,经籍之通矩也。"认为运用典故是圣贤写作文章的一个常见的重要现象。为了纯熟地运用典故,《事类》强调作文必须博学,文云:"文章由学,能在天资。才自内发,学以外成。有学饱而才馁,有才富而学贫。学贫者迍邅于事义,才馁者劬劳于辞情。……才为盟主,学为辅佐,主佐合德,文采必霸;才学褊狭,虽美少功。"指出才、学二者必须结合,缺一不可;学识浅薄者运用典故必然感到艰难吃力,以致文章不能写得良好。这些议论,都说明刘勰非常重视运用典故,认为是写出好文章的一个不可缺少的重要因素。汉魏以来,骈文一直重视用典,到南朝颜延之、任昉等作家出来,此风弥盛。当时还产生了多种类书,供文人渔猎之用。《事类》强调用典的重要,正是反映了当时风尚。

再说辞藻。辞藻是指诉诸视觉的文辞的形态色泽之美,大致上属于积极修辞范围。从广泛意义上说,上述骈偶、用典都是辞藻。辞藻和辞采、文采的涵义很接近。刘勰对辞藻非常重视。《情采》指出,"君子常言,未尝质也",即必有文采;还肯定了"绮丽以艳说,藻饰以辩雕"的现象。除《丽辞》、《事类》外,他还用了《比兴》、《夸饰》、《练字》、《隐秀》四篇论述辞藻的运用。《比兴》篇论比喻(包括明喻和暗喻)。比兴以外界事物为比喻,抒发思想感情,可以增强文章的形象性和艺术感染力。比兴手法在《诗三百篇》中已频繁运用,至后代辞赋诗歌又有发展。《比兴》对这类作品中的比兴都作了不同程度的肯定。认为《诗经》的兴"婉而成章,称名也小,取类也大",比则"写物以附意,飏言以切事",在抒情达意上都起积极作用。对汉魏辞赋大量用比,虽有所批评,但也肯定它们具有"惊听回视"的艺术效果。《夸饰》论述夸张。它指出运用夸张是作文的必然现象，所谓"文辞所被，夸饰恒存"。刘勰对汉赋的夸张过度颇表不满，但又大力肯定了夸张在描写外界事物方面的积极效果："至如气貌山海，体势宫殿，嵯峨揭业，熠耀焜煌之状，光采炜炜而欲然，声貌岌岌其将动矣。莫不因夸以成状，沿饰而得奇也。"他还指出后代作品注意运用夸张，产生了"发蕴而飞滞，披瞽而骇聋"的艺术力量。《练字》论述作文用字必须注意字形之美，提出了"避诡异"、"省联边"、"权重出"、"调单复"的要求。《隐秀》主张文辞要有隐有秀，有云："隐也者，文外之重旨者也；秀也者，篇中之独拔者也。"隐秀是指文辞表现的含蓄有滋味和包含警策语句，使作品具有"馀味曲包"、"动心惊耳"的艺术魅力。

由上可见，刘勰对声律、骈偶、用典、辞藻等诸种骈文语言因素都是非常重视，有时甚至作了不适当的强调。他不但强调这些因素为写作文章所必需，而且还特列不少篇章具体研讨其写作方法。因此我们认为，刘勰在理论上、实践上都是骈体文学的支持者、拥护者。这是问题的一方面。另一方面，他对汉魏以来特别是南朝宋齐时代文风过于浮艳，又颇为不满。他主张文丽而不淫，主张执正驭奇，在他看来，重视和恰当运用上述骈文诸因素，是属于正常的丽，应当肯定；但如果文辞过于华艳和追求奇诡，那就是丽而淫和逐奇失正，应当反对和纠正。为了纠正这种浮艳奇诡的文风，恰当运用辞采，他分别提出了若干主张，归纳起来，大致有以下几点：

一是为情造文，也就是为了表现情志的需要而敷设文采。《情采》篇专论情志与文采。文有云："文采所以饰言，而辩丽本于情性。故情者文之经，辞者理之纬，经正而后纬成，理定而后辞畅，此立文之本源也。"明确指陈了情和采二者的关系。篇中指出《诗三百篇》是"为情而造文"，有真情实感，其文"要约而写真"；后代辞赋一类作品常是"为文而造情"，没有真情实感，片面追求藻饰，其文"淫丽而烦滥"。其批评矛头，大抵指向汉魏以来特别是宋齐时代追求华艳的文风。他还指出，文采过艳，反而不能很好表现情志，所谓"采滥辞诡，则心理愈翳"。篇末强调作文应"心定而后结音，理正而后摛藻"，处理好情与采的关系。在《声律》以下诸篇具体研讨辞采的前面，刘勰特列《情采》一篇，强调为情造文，寓有纠正时弊的深意。《附会》篇云："夫才童学文，宜正体制，必以情志为神明，事义为骨髓，辞采为肌肤，宫商为声气。"也指明了作者思想感情、作品内容与文辞间的关系（这里把辞采与宫商即声律对言，分指语言的色泽美与声韵美；实际辞采从广泛意义上讲，可包宫商）。

二是要注意通篇的体制风格和结构，不要片面追求字句的华美。字句之美（即辞采）固然应当重视，但这种局部性之美必须和整篇之美结合起来。刘勰对通篇的体制风格非常注意，他在《明诗》以下二十篇论各体文章时，有"敷理以举统"一项，专门论述各体文章体制风格的基本特征和规格，要求人们遵循。他往往把它称为大体、大要、纲领之要等等，以表达其重视之意。《镕裁》篇所谓"规范本体谓之镕"，即指经营好通篇的体制。《总术》篇强调作文应钻研通晓"术"，批评那些追求文辞新丽的人"多欲练辞，莫肯研术"。据篇中"执术驭篇"、"务先大体"等句看，"术"即指重视通篇的体制风格。刘勰还告诫人们要注意整篇结构完整，条理清晰，做到"众理虽繁，而无倒置之乖；群言虽多，而无棼丝之乱"，"首尾周密，表里一体"（《附会》）。如果片面追求字句之美，不注意通篇，会形成"锐精细巧，必疏体统"（《附会》）的弊病。他还主张通篇的体制风格，应当奇正结合，华实相扶，使文章既雅且丽（见论"文之枢纽"）。

三是运用辞采要注意恰当，不要诡异淫侈。刘勰认为近代文风不正的一个重要原因是文人追求诡异，它主要表现在用词造句方面。《定势》篇强调指责近代辞人喜欢颠倒文句，刻意求新。《练字》篇指出用字应避诡异，批评了文人利用音讹文变使用别字的弊病。《指瑕》篇也批评了近代辞人"率多猜忌，至乃比语求蚩，反音取瑕"的风尚。除反对诡异外,他主张辞采运用要适度,不要过分。《丽辞》篇提出作文要"迭用奇偶,节以杂佩",即骈偶句与单句要穿插运用,避免语句的过分整齐呆板。《夸饰》篇指出夸张应得体扼要,不应诡异与淫侈。它批评司马相如等人的汉赋存在着"验理则理无可验"(内容上的诡异)、"穷饰则饰犹未穷"(语言淫侈)的弊病。它主张"酌《诗》、《书》之旷旨,翦扬、马之甚泰,使夸而有节,饰而不诬"。《风骨》强调"无务繁采",《镕裁》主张"剪截浮词",都是这层意思。《风骨》还主张以质朴刚健的语言为骨干,再以华美的辞藻加以润色,做到风骨与采很好结合,即质文兼备。文章的体制风格,在很大程度上是由运用语言形成的,《文心》书中提到的奇正、华实、文质、辞采与风骨这几对概念,内涵兼指体制与语言,在不同场合,有时偏重指体制风格,有时偏重指语言风格。

上述三点就是刘勰在指导创作方面纠正时弊的重要主张。从理论原则上看,它们都是比较合理的。《镕裁》篇还提出了引人注意的三准说:

是以草创鸿笔,先标三准:履端于始,则设情以位体;举正于中,则酌事以取类;归馀于终,则撮辞以举要。然后舒华布实,献替节文。

据引文看,三准不是指写作的全过程,而是指写作过程中前面三个步骤。设情位体,是指根据所要表现的情志来安排确定通篇的体制。酌事取类,是指根据所要表现的事物来选择有关的材料。撮辞举要,是指运用精要的语言来树立文骨,也就是《诗品序》所谓"干之以风力"的意思。三准确定后,再敷设文采,运用骈偶、比喻、夸张等修辞手段。这种立足于表现情志、先内容和整体、先质后文的主张与上面所分析论述的刘勰思想相一致,也与《附会》所谓"情志为神明,事义为骨髓，辞采为肌肤，宫商为声气"议论互相沟通。

刘勰论文强调宗经。他认为"五经"之文具有"情深而不诡"以至"文丽而不淫"等六义之美，在思想内容、艺术形式上都具有典范意义。他认为经文的风格特征是雅丽，它们不但富有文采，而且能为情造文，通篇体制风格优良，语言华实相扶，文质结合。他提倡宗经，其目的是为了矫正近代辞人的奇诡淫靡文风。问题是"五经"之文，在艺术上是否真如刘勰所说，是既雅且丽呢？我们知道，经书中只有《诗经》、《春秋左传》堪称文学作品，多数篇章具有文采；其他的经文，语言都很质朴或比较质朴，里面仅有少数篇章较有文采。刘勰把它们一概称之为丽，是夸大了经书的文学性的。不但如此，刘勰还强调认为，经书在运用骈偶、典故等骈文语言要素方面，也具有先锋作用和典范意义。但是，经书中固然包含着一定数量的骈字偶句、成语典故，但在全部经文中毕竟占很少成份，经书中的排比句，不避用词重复，与后世的骈偶文字也还有区别。从实际情况看，经书中的语言绝大部分是单词奇句，骈字偶句只占很少数，还是后来唐宋古文家所提倡的古文，符合于经书文辞的本来面貌。刘勰强调经书的骈偶、用典等成份，认为经书是骈体文学的祖宗，其目的是为骈体文学张目，以儒家经书为旗帜来拥护和支持骈体文学。他提倡宗经，不是要打倒骈文，恢复古文；而是企图借宗经来纠正时弊，就是所谓"矫讹翻浅，还宗经诰，斯斟酌乎质文之间，而櫽括乎雅俗之际"(《通变》)。

在这里，我们要连带探讨一下刘勰对文章艺术标准和艺术特征的意见。关于艺术标准问题，在"文之枢纽"部分提得比较集中。他认为"圣文雅丽，衔华佩实"(《征圣》)，认为经文"风清而不杂，体约而不芜，文丽而不淫"(《宗经》)，主张"酌奇而不失其贞，玩华而不坠其实"(《辨骚》)等等，概括说来，就是要求既雅且丽，文质结合。从纵的历史发展方面看，他主张古今兼采。他固然主张宗经，但又充分重视吸取楚辞以来的奇辞丽藻，主张执正驭奇。从横的方面看，他兼重体制与辞采,既重视通篇的体制风格,又重视用词造句。他主张在体制上要多宗法古式,在文辞上可多新变,但都要做到既雅且丽,文质结合。这就是刘勰艺术标准的主要内容,也是贯穿《文心》全书的重要思想。

关于文章的艺术特征,在刘勰看来,主要是应有语言的文采之美。这种美表现为声韵和形态色泽两个方面,前者《声律》篇有专论,后者则《丽辞》、《练字》等篇从各个修辞角度加以探讨。这种语言的文采之美,还必须与通篇的体制风格之美结合起来。这些意见上文已作了介绍。

作为作品艺术特征主要因素的形象性,刘勰对它的态度又是如何呢?综观《文心》全书,可以说刘勰对人物形象的刻画是不重视的。在作家作品的评价方面,他对汉乐府中《陌上桑》、《东门行》、《焦仲卿妻》等一类优秀叙事诗篇,对《史记》、《汉书》中不少生动的传记,对包含着精采篇章的魏晋南北朝小说,都没有提到并加以肯定。《文心》下半部着重就体制、辞采两方面对写作方法和技巧进行了广泛的探讨,但没有片言只语涉及人物形象。对照锺嵘《诗品》也不重视叙事诗,萧统《文选》不选汉乐府叙事篇章和《史记》等史书的人物传记,可以看出不重视人物形象,在当时文坛有其普遍性。原来从骈体文学的立场看,文章的艺术性主要表现在语言的声韵、对偶、辞藻等方面,而不是表现在人物形象的描绘方面。当时还注意区分文笔,文人往往重文轻笔;史书传记、小说一类作品,在他们看来属于无韵之笔,缺乏文采。刘勰虽然文笔兼重,但他毕竟是一位骈文家,在这个问题上不能摆脱当时的正统偏见。

刘勰对描绘外界事物(特别是景物)的形象还是相当重视的。《物色》指出《诗经》篇章善于表现景物,"写气图貌,既随物以宛转",并举了"灼灼状桃花之鲜"等若干例子。《诗经》中的比兴手法,都借助于描写外界事物,刘勰对比兴手法也是很重视的。《辨骚》赞美屈宋作品"论山水则循声而得貌，言节候则披文而见时"，即写景真切生动。《明诗》赞美汉代《古诗》"婉转附物"。《夸饰》篇肯定汉赋运用夸张手法描写山海、宫殿的高大壮丽，艺术效果很突出。对刘宋以来发展的山水诗，《物色》指出其特色是"体物为妙，功在密附"，"故能瞻言而见貌，即字而知时"。刘宋以来，南朝山水文学繁兴，故刘勰特列《物色》一篇专论景物描写。(《物色》篇次在《时序》篇之后，二者均从文学反映的对象为角度来探讨，《时序》探讨的是时代社会，《物色》是自然景物。有些研究者认为《物色》篇位置应移前，与《声律》等篇在一组，这是不对的。《声律》以下九篇，都从用词造句角度探讨问题，这从篇名看得很清楚，与《物色》不属于一类。)

刘勰对作品中抒情成份的艺术性也是相当重视的。古代文人写作抒情诗赋，往往由于外界景物的感召和触动，因此作品中的情、景二者关系密切，以景寓情，融情入景。刘勰对此点认识很明确，《明诗》所谓"应物斯感"、"感物吟志"，《诠赋》所谓"睹物兴情"，都是其例。《物色》更是集中地分析了这个问题，指出"岁有其物，物有其容；情以物迁，辞以情发"，概括了物、情、辞三者的关系。他在评论作品时，也往往情、景二者并提。如评楚辞，除指出它们写山水节候真切生动外，写情意也很成功，所谓"叙情怨则郁伊而易感，述离居则怆怏而难怀"。汉代古诗则是"婉转附物，怊怅切情"。

由上所述，可见刘勰认为文学作品的艺术特征，主要是语言的声韵之美和形态色泽之美，此外还表现在抒情的真切、状物写景的具体生动方面。而抒情写景的真切生动，仍须以语言为手段，如《诗经》抒情，汉赋状物，需要比兴、夸饰等修辞手段。语言之美，普遍表现在各体文章中间；抒情写景的真切生动，则主要表现在诗赋一类文学性更强的作品中间。萧绎《金楼子·立言》在论述文笔之分时，曾指出文的特点是："吟咏风谣，流连哀思谓之文。"又云："至如文者，惟须绮縠纷披，宫徵靡曼，唇吻遒会，情灵摇荡。"这里"绮縠纷披"是指文辞形

态色泽之美，"宫徵靡曼，唇吻遒会"是指文辞声韵之美，"流连哀思"、
"情灵摇荡"是指抒情真切动人。萧绎从语言之美和抒情性两个方面
指陈了文学作品的特征。刘勰不像萧绎那样重文轻笔，他重视作品
的政治教化作用；但他对于诗赋一类文学性强的作品，对于它们的艺
术特征的理解和要求，却是与萧绎的看法互相沟通的。这是同一个
时代人们的审美风尚的反映。

第十节　论文学批评

刘勰认为，鉴赏和评论文学作品，应当具有正确的态度和方法。
《知音》篇集中论述了这方面的问题，它以音乐为喻，指出音律、文情
的奥妙都并不容易识别，知音难逢。欲求真正成为知音者，必须建立
公正的态度，运用细致的方法。

《知音》首段指出，历来人们在评价文人和文章方面，之所以不能
公正合理，其原因有三：一是贵古贱今，二是崇己抑人，三是信伪迷
真。对这三种现象，他各举了一些事例。秦始皇拘囚韩非，汉武帝不
重视司马相如，是贵古贱今。班固嗤笑傅毅，曹植指斥陈琳、刘修，同
时赞美倾倒于他的丁廙，是崇己抑人。楼护称司马迁著书向东方朔
征求意见，是信伪迷真。这三种弊病，在当时大约都相当普遍。过去
王充、曹丕、葛洪都批评过人们贵古贱今之病，曹丕还指出了人们"暗
于自见，谓己为贤"（《典论·论文》）的毛病。信伪迷真，主要是指记
事不能信实可靠。此点刘勰在《文心》书中一贯强调。《宗经》提出
"事信而不诞"，作为"六义"标准之一。《史传》强调记事应当信实，批
评后代一些史书爱奇失实，诬矫回邪。宋齐时代纬书尚颇为流行，文
士喜采为典故。《文心》有《正纬》篇，肯定纬书的题材文辞有助于写
作文章，但强调指出它们包含着许多虚伪诡诞成份。刘勰这种崇信
实、疾虚妄的主张，也明显受到王充影响。由上可见，刘勰综合了前

人的意见，归纳成贵古贱今等三点，作为建立正确的批评态度的对立面来加以反对，立论就更有系统了。

《知音》接着指出，文章的风貌是复杂多样的，人们由于性格、兴趣不同，在文学欣赏方面往往各有偏好，喜欢某种风格而不能理解其他多种风格，因而形成主观片面的见解：

> 夫篇章杂沓，质文交加，知多偏好，人莫圆该。慷慨者逆声而击节，酝藉者见密而高蹈，浮慧者观绮而跃心，爱奇者闻诡而惊听。会己则嗟讽，异我则沮弃，各执一隅之解，欲拟万端之变，所谓东向而望，不见西墙也。

这种偏见实际与崇己抑人之病联系较为密切，只是所崇的不直接是自己的作品，而是自己所偏爱的作品。葛洪曾云："近人之情，爱同憎异，贵乎合己，贱于殊途。"（《抱朴子·辞义》）可见刘勰的这一见解也受到葛洪的影响。

人们怎样才能克服各种偏见，作出全面而公正的批评呢？《知音》提出了具体的意见：

> 凡操千曲而后晓声，观千剑而后识器；故圆照之象，务先博观。阅乔岳以形培塿，酌沧波以喻畎浍，无私于轻重，不偏于憎爱，然后能平理若衡，照辞如镜矣。是以将阅文情，先标六观：一观位体，二观置辞，三观通变，四观奇正，五观事义，六观宫商。斯术既形，则优劣见矣。

所谓"圆照"，是指与偏好相反，在进行全面客观的考察后作出公正合理的评价。要做到圆照，必先博观，广泛阅读观察各类作品，譬如高岳小丘，沧海田沟，都要涉历，这样见识广博了，再加以不杂私心偏见，就能对作品的内容形式作出正确的评判。刘勰对博观（即博览群书）是很重视的。《通变》云："是以规略文统，宜宏大体，先博览以精阅，总纲纪而摄契。"只是《通变》说的是创作准备工夫，《知音》说的则是批评准备工夫。不管创作或批评的准备条件，他都强调要见多识广。

在阅读作品时，刘勰提出应从六个方面进行考察，这就是所谓"六观"。观位体，是指考察作品的体制，也就是通篇的体制风格。这体制，刘勰在《明诗》至《书记》二十篇中的"敷理以举统"部分，对各体文章的体制特色和规格要求，都有具体阐述，刘勰往往把它称为大要、纲领之要等等，认为是写作文章时首先应当注意的。《镕裁》篇提出作文须先标三准，三准中第一就是"设情以位体"；不同的只是《镕裁》是从创作角度立论，而《知音》则从批评角度立论。观置辞，是指考察如何运用辞采。《丽辞》、《比兴》、《夸饰》、《练字》等篇详细研讨了置辞方面的问题。观通变，是指考察作品的因革，即向前代作品继承了什么，又创造了什么。据《通变》篇所述，刘勰主张继承古人体制与创造新辞相结合，其核心是质文问题，要求文章的质朴性与华美性调剂得好，风骨与文采相结合，做到"斟酌乎质文之间"。观奇正，是指考察如何处理奇、正两种不同的表现方法。据《辨骚》、《定势》等篇所述，刘勰主张作文应以儒家经典雅正的文风为本，同时酌取楚辞以下作品的奇辞异采，做到"执正驭奇"，而不要"逐奇失正"。观事义，是指考察运用成语典故，即《事类》篇所谓"据事以类义，援古以证今"的情况。观宫商，是指考察声韵是否和谐协调，《声律》篇有详论。这六种考察对象，不是完全并列的，而是有着主从交叉的关系。其中位体、置辞二者，是作品艺术表现的两大方面，《文心》下半部《体性》以下十多篇，即分别从体制和辞采两方面进行研讨，此点本章上节已有论述。通变、奇正，着重指文风的质文、奇正，主要是体制，但也与辞采有关。事义、宫商，均属于广义的辞采范围。所以在六观对象中，前二者是主要的两个方面，后四者是从前两方面分析出来的。

刘勰论文，首先重视情志，《情采》强调要为情造文，反对为文造情。《附会》论作文四要点，首列"以情志为神明"。《知音》论述评文的六观，却不提情志，而主要从形式和艺术表现着眼(体制接近于今天所谓艺术风格)，这是否表现为轻视作品的思想内容呢? 不是的。《知音》所谓"将阅文情，先标六观"，是说要了解文情，先得从六观入手，但又不是止于六观。《知音》又云:

> 夫缀文者情动而辞发，观文者披文以入情，沿波讨源，虽幽必显。世远莫见其面，觇文辄见其心。

指出鉴赏批评者应"披文以入情"。位体、置辞等六个方面，主要着眼于作品的形式和艺术风格，也就是作品的"文";鉴赏批评者必须通过六观，沿波讨源，来探求作者的情志。所以说，刘勰在《知音》中也并没有轻视思想内容。

"缀文者情动而辞发，观文者披文以入情"这两句话很重要，扼要地说明了文学创作过程和文学阅读欣赏过程二者的区别。创作者是先有思想感情，然后把它体现在一定的文辞形式之中;而鉴赏批评者首先接触到的却是作品的文辞形式，然后通过它来理解作者的思想感情。二者的过程刚巧相反，但有一个环节却是作者和批评者都必须紧紧抓住的，那就是作品的文辞形式。作者必须凭借优美的文辞形式来表现思想感情，方能打动和教育读者;批评者必须通过仔细考察文辞形式，方能理解作者的思想感情深度，并判断作品的优劣。《镕裁》篇提出的三准——设情以位体，酌事以取类，撮辞以举要，是从作者的角度立论，假定作者已经有了须表现的思想感情，考虑如何采取恰当的文辞形式来表现。《知音》篇的六观，是从鉴赏批评者的角度立论，批评者必须考察首先接触到的文辞形式，通过它来探求作者的思想感情。刘勰在《宗经》篇中提出的创作原则,实际上也是他的批评原则。通过六观后,还须从六义角度评价作品,才能完成批评任务。《文心》全书中对许多作家作品的评论,即是依据六义标准来进行的。

《知音》前面提出"文情难鉴,谁曰易分",但后文又指出只要鉴赏批评者能够深入识照,就能做到"心敏则理无不达",可见鉴别作品,关键还在于批评者的条件。这条件大致就是客观公正的态度、多见博识的学养、仔细考察的方法。刘勰认为,具备了这样的条件,就能不像流俗之人那样只欣赏浮浅之作,而不能认识深奥的好作品。

《知音》篇比较集中地论述了批评的态度和方法问题,篇中提出的六观方法,比较全面地概括了考察作品艺术形式和风格所应注意的各个方面。但《文心》书中尚有一些有关批评原则、方法的意见值得重视。除上面提到的六义标准外,他如《体性》篇指出应结合作家的个性和学养来认识其作品特征,《情采》篇强调文采应为表现真实的思想感情服务,都是从事鉴赏和批评者必须重视的。《程器》篇更指出,历代不少文人品德固然有瑕累,但也有一部分文人品德很好;还指出古来将相大臣品德有玷缺者也是不乏其人,而文士特多受人讥弹,是由于政治地位低下,"职卑多诮"。这对于破除批评领域内认为文人无行的传统偏见是很有价值的。

第十一节　结　束　语

按照刘勰自己的表白,他撰写《文心雕龙》一书,宗旨是为了指导创作。他认为南朝宋齐时代文风有诡异浮滥之病,因而写此书来指明写作的正道。全书即是以此为核心来进行论述和安排篇章结构的。《文心雕龙》书名,意义是说细致地研讨作文方法。但全书广泛地评论了历代作家作品,系统论述了文学理论上不少重要的问题,不但总结了前人的有关看法，而且提出了自己相当全面深入的见解，因而具有重大的理论价值。从作者原来意图看，他想写一部文章学；从《文心》实际内容看，它不仅是一部文章学，更是一部伟大的文学理论批评著作。

刘勰思想，兼受儒、道、释三家影响。他既奉儒做官，博通儒、道典籍，又精研佛典。《文心》一书以儒家思想为指导，主张文章应有益于政治教化和个人道德修养，并大力提倡宗经。对当时仍然流行的糅合儒、道的玄学，刘勰也颇加肯定，书中也有所反映，《原道》、《论说》等篇尤为明显。书中个别地方运用并肯定了佛家术语，全书结构严密，论述细致，又见出佛教经论对它的影响。说《文心》以儒家思想为指导，并不意味着排除其他方面的影响。这是为当时思想界的互相交融渗透状态和刘勰本人的思想复杂情况所决定的。

魏晋南北朝时代，文人文学的主要样式是诗、赋和各体骈散文。当时戏曲尚未产生，小说虽已出现不少（多数是志怪小说），但都用无韵之笔写成，缺乏骈文文采之美，不受当时评论者重视。《文心》探讨的文章，即是诗、赋和各体骈散文，没有论及小说。

魏晋南北朝时代，骈体文学昌盛。讲究骈偶藻饰的写作风气，遍及诗、赋、文各个文体领域，骈体文学在文坛占据了主导地位。刘勰处身在这个时代，也是积极拥护骈文，《文心》全书即用精美的骈文写成。只是他感到魏晋以来，文风过于华艳，文过而质不足，因此他强调作文必须宗法"五经"。经文的特征是雅丽，既雅正又美丽，也即是有文有质，文质彬彬。《通变》指出，要矫正魏晋刘宋的文风，须"还宗经诰"，"斟酌乎质文之间"，即是企图通过提倡比较质朴刚健的经书文风，对魏晋以来过于华靡的文风起补偏救弊的作用。他对魏晋以迄宋齐时代崇尚骈偶藻饰的文风，不是否定，只是要改善一下。这是他对待文学、指导写作的基本态度。

《文心》全书五十篇，刘勰分为上下两编，实际又可细分为四个部分。

《原道》至《辨骚》五篇为第一部分,刘勰称为"文之枢纽",实际是论述写作的总原则。刘勰认为作文必须宗经,同时又要充分吸取楚辞的奇辞异采。他认为经书文风具有典范性。《征圣》指出圣人的文风特征是"正言"、"体要",《宗经》更进一步指出经书具有"情深而不诡"、"风清而不杂"等六义之美。这就为指导写作以至评价作家作品树立了标准。这种标准是与魏晋以来文风的弊病相对立的,因为那种不良文风,正是刘勰所指责的不正、不体要、诡、杂等等,因而他提出这种标准,具有着鲜明的针对性。但另一方面,应当看到,经书文辞华美的毕竟只占小部分,从重视文采的角度看,不能满足于宗经。刘勰大力赞美楚辞的"惊采绝艳"(《辨骚》),还肯定纬书"事丰奇伟,辞富膏腴"(《正纬》),即是认为应当吸取经书以后文章的艺术养料。魏晋以来日益发达的骈俪文风,主要是继承了楚辞、汉赋的丰富辞采发展而来的。他一边大力赞美楚辞的文采,一边又慨叹后代文风"楚艳汉侈,流弊不还"(《宗经》),即是认为要继承吸取楚辞的文采,但又得注意不要华艳过度。为了达到这目的,《辨骚》提出作文应当倚《雅》《颂》(代表经书)、驭楚篇,做到宗经酌骚,执正驭奇,华实并茂,实际即是有文有质、文质彬彬的意思。这就是他指导写作的总原则或基本思想,也是他评价作品的基本标准。《定势》指出,经书文风特征是典雅,楚辞文风特征是艳逸,深于作文之道者必须懂得兼通之理,不能"爱典而恶华",旨意与《辨骚》相通。刘勰主张作文应当有文有质,华实并茂,在矫正当时过于浮靡的文风方面,有一定的积极意义。

自《明诗》至《书记》为第二部分,分论各体文章。共二十篇,前十篇论有韵之文,后十篇论无韵之笔。各篇中"敷理以举统"一项内容,指明各体文章的体制特色和规格要求,直接指导写作,刘勰非常重视,把它们称为作文的纲领之要。这项内容,是他总结历代作品,吸收挚虞《文章流别论》等著作的主张而形成的,表现了他"名理有常,体必资于故实"(《通变》)的主张。其中所论某些写作原则,在今天也仍有启发意义。这部分的"原始以表末"、"选文以定篇"两项内容,今天看来更富有价值,它们系统评述了历代各体文章的作家作品,有许多精辟的意见。这部分内容,加上《辨骚》、《时序》、《才略》等篇,比较完整地表现了他对历代文学的评价。在评价中,他贯彻了宗经酌骚、执正驭奇、华实并茂、文质彬彬的基本思想和"六义"标准。在作品思想内容方面,刘勰强调讽谏,要有益于政治教化,也重视有益于道德修养。他大致以儒家的政治伦理观念作为衡量作品思想感情是否纯正美好的标准;但对道家著作与玄学论文也肯定较多。他对着重反映下层社会情状的乐府民歌颇为鄙薄,对山水诗缺少讽谏内容有所不满,对一部分俳谐文因为缺乏有益于政治教化和道德修养内容而加以抨击,都表现出明显的封建正统气息。在艺术上,他的所谓文质彬彬,主要指文辞运用,要求文辞华美,但又不能过于靡丽而缺乏质朴刚健的力量。他所谓文采,是指骈体文学所重视的辞藻、骈偶、音韵等因素,因此,对骈文文采不足的作家(如曹操、陶渊明)和质朴的乐府民歌都是评价较低,甚至不予齿及,显示出南朝骈文盛行时代文人的审美偏见。

自《神思》至《总术》十九篇为第三部分,打通各体文章,泛论写作方法。这部分首篇《神思》论写作构思,因为这是写作过程中首先接触到的问题。《文心》全书虽广泛论述各体文章,但实以诗赋为主要对象,当时诗赋内容多抒情状物(包括写景),因此《神思》即据此立论。后面十多篇,主要论述两方面内容,一是通篇的体制风格,一是运用辞采。《体性》以下四篇论体制。他为了矫正时弊,比较强调宗法经典,提倡质朴雅正的文风,其目的还是达到文质彬彬。《体性》等四篇,从各个不同角度对风格问题进行了系统深入的探讨,具有很重要的理论价值。《声律》至《指瑕》九篇大致论运用辞采,由此可以看出他对声律、辞藻、对偶、用典等骈文语言诸要素都很重视,但不重视人物描绘,没有提到这一问题,这同他在评价作品时不重视乐府中的叙事诗、史传中的人物传记的看法是互相呼应的。这类叙事作品往往采取白描手法,缺乏骈文文采,因此不为当时许多文人包括刘勰所重视。刘勰注意文采,但又反对片面追求文采。在《情采》、《总术》诸篇中,他强调应为情造文,应首先注意通篇体制,然后考虑运用辞采,立论针对时弊,比较中肯合理。从这第三部分可以看出,刘勰积极拥护骈体文学,但又力图矫正当时他认为不良的骈俪文风。

自《时序》以下六篇为第四部分,除《序志》为自序外,其馀五篇大抵不直接谈写作,而是谈有关的文学理论问题,是杂论性质。《时序》篇探讨文学与时代的关系,提出了"时运交移,质文代变"、"文变染乎世情,兴废系乎时序"的重要论点,总结了历代文学的发展过程及其规律,论点与《通变》篇互相沟通。《时序》、《才略》两篇均评述历代文学,前者侧重各时期总的风貌,后者详细评论作者,两篇合看,构成了简明的文学史。《物色》篇探讨文学与自然景物的关系,指出"情以物迁,辞以情发"。魏晋以来,诗赋、骈散文中抒情写景之作繁兴,文学与自然景物的关系,成为文论注目的一个问题。《时序》、《物色》两篇都研讨文学与环境的关系,前者沿袭《乐记》、《诗大序》的传统,研讨文学怎样反映时世;后者总结历代写景作品特别是刘宋山水诗的经验,研讨文学如何描绘景物。《知音》论述进行文学鉴赏与批评应具有的正确态度与方法。《程器》论述文人的品德修养与政治才能,他破除偏见,指出文人不一定品德都有瑕累,主张文士应有政治才能,奉时骋绩。除《物色》的一小部分外,其他篇章都不直接谈写作方法,但富有理论价值。

从《文心》指导写作的宗旨看,第一部分提出写作总原则,第二部分指明各体文章的体制特色与规格要求,第三部分泛论构思、位体、置辞、结构等写作方法,以上这些直接谈论写作之道的篇章,成为全书表达宗旨的重要部分。为了深入地阐明写作之道,刘勰广泛地评述历代作家作品,指陈其优劣得失以作楷模和借鉴(如《辨骚》、《明诗》、《诠赋》),其议论往往精警深刻;同时,他又系统总结了一些重要理论问题,如《神思》论创作构思的特点与准备条件,《体性》、《定势》论风格与个性、文体的关系,《通变》论继承与创新的关系,《情采》论情志与文采(引申为内容与形式)的关系,立论系统全面,较过去文论有明显的发展。第四部分的《时序》、《物色》、《知音》等篇,理论意义也相当强。这些内容和篇章,使《文心》超越了文章学的藩篱,实际上成为一部文学理论批评巨著,并在中国文学批评史上占据非常重要的地位。

增 补 本 后 记

　　20世纪五十年代初,我在复旦大学中文系教"中国文学史"课的魏晋南北朝阶段,初步对《文心雕龙》产生兴趣。六十年代初,我一度教"中国文学批评史"课,又参与编写高校文科教材《中国文学批评史》,该书中《文心雕龙》一章(约三万字)是我执笔撰写的。在这段时间内,对《文心雕龙》用力较多,除细读原著外,还参考了不少论著、论文。当时学术界对中国古代文论(特别是《文心雕龙》)兴趣颇浓,发表的论文较多。六十年代前期,我发表了《刘勰为何把〈辨骚〉列入文之枢纽?》、《〈文心雕龙〉风骨论诠释》两文,就当时讨论中出现的两个分歧问题(即《辨骚》应列入全书第一部分抑第二部分,风骨的涵义如何),提出自己的看法,这是我研讨《文心雕龙》的最早两篇论文。1976年后,我为复旦中文系本科生和"中国文学批评史"专业的研究生几度开设"《文心雕龙》研究"专题课,反反复复研读原著,温故知新,陆续又写了十多篇论文,并于1984年编成《文心雕龙探索》一书。

　　我原先觉得过去研究《文心雕龙》的著作、论文颇多,较难出新意,只想就有心得处写少数几篇论文。后来心得逐步有积累,写出的论文遂多,能编成专书问世,这是原先没想到的。

　　《探索》书中的《〈文心雕龙〉的宗旨、结构和基本思想》一文比较重要,提出了我对《文心》一书全局性的看法。该文认为:《文心》原是一部写作方法指导性质的书,但书中讨论到不少文学理论、文学史的重大问题,见解精辟,富有理论价值,因而仍是中国文学理论批评巨著。《文心》全书可分写作方法总论、各体文章写作论、写作方法统论、附论四个部分。时下流行的看法，是把《文心》的第二、第三部分唤作文体论、创作论，在这方面我的看法很不相同。书中虽然并没有对《文心雕龙》的内容作全面的阐述，但对《文心雕龙》产生的历史条件、风骨论、刘勰的文学历史发展观、刘勰评价作家作品的思想艺术标准、刘勰对汉魏六朝骈体文学与宋齐文风的评价等若干比较重要的问题，都有相当具体细致的分析。此外，还对《序志》、《原道》、《辨骚》、《神思》、《总术》等篇中的某些问题提出了自己的看法。

20 世纪八十年代中后期，我和杨明同志合编《魏晋南北朝文学批评史》(七卷本《中国文学批评通史》之二)，其中《文心雕龙》一章约有十万字，由我执笔。该章吸收了《探索》一书中的主要研究成果，其好处是较系统完整地介绍了《文心》全书，但由于受到批评史书性质体例的约束，不免也说了一部分介绍性的话，同时对某些专门问题，也未能充分地展开论证，这是它不及《探索》之处。

20 世纪八十年代后期起，我研究文学批评史，重点从魏晋南北朝转移到隋唐五代阶段，从此关于《文心雕龙》的论文写得颇少，十多年来写作不到十篇。现在把它们编集在一起，作为《文心雕龙探索》(增补本)的下编，呈献给喜爱古文论研究的读者们。20 世纪九十年代，我和周锋同志曾合编了一本《文心雕龙译注》(1998 年上海古籍出版社出版)，其中的五十篇题解，由我执笔。这五十篇题解，虽然比较简括，但较为全面地反映了我对《文心雕龙》各篇的理解，可以补充单篇论文着重阐述一部分问题的不足。我写题解时，注意结合汉魏至南朝文学创作的实际情况，力求写得客观，力求避免某些《文心雕龙》今注今译本轻率颂扬或批判的现象。现在就把它们放在下编的后面。

我研究《文心雕龙》，特别重视把书中的理论原则与作家作品评价联系起来考察分析，我觉得这样做，更有利于看清楚问题的真相和实质。《探索》上编中有不少篇章,如刘勰对民间文学的态度、他的风骨论、他对汉魏六朝骈体文学的评价等篇,都是着重从这一角度考察、分析的。《探索》下编中的论"楚艳汉侈"、对东汉文学评价、对汉魏六朝小说的态度诸篇,也是如此。《研究〈文心雕龙〉应全面了解其作家作品评价》一文更是从全局上作了简要的理论概括。我研究其他古文论,也往往采用这一方法。我研究方法的这一特点,希望读者能注意体察。

2004 年 4 月